증편 한국구비문학대계

2-16

강원도 원주시

이 저서는 2011년 정부(교육과학기술부)의 재원으로 한국학중앙연구원(한국학진흥사업단)의 지원을 받아 수행된 연구임.(AKS-2011-CCB-1101)

증편 한국구비문학대계
2-16
강원도 원주시

황루시·유명희·유형동·김명수

한국학중앙연구원

역락

발간사

민간의 이야기와 백성들의 노래는 민족의 문화적 자산이다. 삶의 현장에서 이러한 이야기와 노래를 창작하고 음미해 온 것은, 어떠한 권력이나 제도도, 넉넉한 금전적 자원도, 확실한 유통 체계도 가지지 못한 평범한 사람들이었다. 이야기와 노래들은 각각의 삶의 현장에서 공동체의 경험에 부합하였으며, 사람들의 정신과 기억 속에 각인되었다. 문자라는 기록 매체를 사용하지 못하였지만, 그 이야기와 노래가 이처럼 면면히 전승될 수 있었던 것은 그것이 바로 우리 민족의 유전형질의 일부분이 되었기 때문이며, 결국 이러한 이야기와 노래가 우리 민족을 하나의 공동체로 묶어 주고 있는 것이다.

사회와 매제 환경의 급격한 변화 가운데서 이러한 민족 공동체의 DNA는 날로 희석되어 가고 있다. 사랑방의 이야기들은 대중매체의 내러티브로 대체되어 버렸고, 생활의 현장에서 구가되던 민요들은 기계화에 밀려 버리고 말았다. 기억에만 의존하여 구전되던 이야기와 노래는 점차 잊히고 있다. 한국학중앙연구원이 1970년대 말에 개원함과 동시에, 시급하고도 중요한 연구사업으로 한국구비문학대계의 편찬 사업을 채택한 것은 바로 이러한 시대적 상황에 대한 우려와 잊혀 가는 민족적 자산에 대한 안타까움 때문이었다.

당시 전국의 거의 모든 구비문학 연구자들이 참여하였는데, 어려운 조사 환경에서도 80여 권의 자료집과 3권의 분류집을 출판한 것은 그들의 헌신적 활동에 기인한다. 당초 10년을 계획하고 추진하였으나 여러 사정으로 5년간만 추진되었으며, 결과적으로 한반도 남쪽의 삼분의 일에 해당

하는 부분만 조사하게 되었다. 그럼에도 불구하고 한국구비문학대계는 주관기관인 한국학중앙연구원의 대표 사업으로 각광 받았을 뿐 아니라, 해방 이후 한국의 국가적 문화 사업의 하나로 꼽히게 되었다.

21세기에 들어서면서 한국학중앙연구원에서는 미완성인 채로 남아 있는 구비문학대계의 마무리를 더 이상 미룰 수 없다는 생각으로 이를 증보하고 개정할 계획을 세웠다. 20년 전의 첫 조사 때보다 환경이 더 나빠졌고, 이야기와 노래를 기억하고 있는 제보자들이 점점 줄어들고 있었던 것이다. 때마침 한국학 진흥에 대한 한국 정부의 의지와 맞물려 구비문학대계의 개정·증보사업이 출범하게 되었다.

이번 조사사업에서도 전국의 구비문학 연구자들이 거의 다 참여하여 충분하지 않은 재정적 여건에서도 충실히 조사연구에 임해 주었다. 전국 각지의 제보자들은 우리의 취지에 동의하여 최선으로 조사에 응해 주었다. 그 결과로 조사사업의 결과물은 '구비누리'라는 이름의 데이터베이스에 탑재가 되었고, 또 조사 자료의 텍스트와 음성 및 동영상까지 탑재 즉시 온라인으로 접근할 수 있는 시스템을 갖추었다. 특히 조사 단계부터 모든 과정을 디지털화함으로써 외국의 관련 학자와 기관의 선망의 대상이 되고 있다.

이제 조사사업의 결과물을 이처럼 책으로도 출판하게 된다. 당연히 1980년대의 일차 조사사업을 이어받음으로써 한편으로는 선배 연구자들의 업적을 계승하고, 한편으로는 민족문화사적으로 지고 있던 빚을 갚게 된 것이다. 이 사업의 연구책임자로서 현장조사단의 수고와 제보자의 고귀한 뜻에 감사를 표하지 않을 수 없다. 아울러 출판 기획과 편집을 담당한 한국학중앙연구원의 디지털편찬팀과 출판을 기꺼이 맡아준 역락출판사에 감사를 드린다.

2013년 10월 4일
한국구비문학대계 개정·증보사업 연구책임자 김병선

책머리에

구비문학조사는 늦었다고 생각하는 지금이 가장 빠른 때이다. 왜냐하면 자료의 전승 환경이 나날이 달라지고 있기 때문이다. 전승 환경이 훨씬 좋은 시기에 구비문학 자료를 진작 조사하지 못한 것이 안타깝게 여겨질수록, 지금 바로 현지조사에 착수하는 것이 최상의 대안이자 최선의 실천이다. 실제로 30여 년 전 제1차 한국구비문학대계 사업을 하면서 더 이른 시기에 조사를 했더라면 하는 아쉬움이 컸는데, 이번에 개정·증보를 위한 2차 현장조사를 다시 시작하면서 아직도 늦지 않았다는 사실을 실감했다.

구비문학 자료는 구비문학 연구와 함께 간다. 자료의 양과 질이 연구의 수준을 결정하고 연구수준에 따라 자료조사의 과학성이 결정되기 때문이다. 실제로 1차 조사사업 결과로 구비문학 연구기 눈에 띠게 성장했고, 그에 따라 조사방법도 크게 발전되었다. 그러나 연구의 수명과 유용성은 서로 반비례 관계를 이룬다. 구비문학 연구의 수명은 짧고 갈수록 빛이 바래지만, 자료의 수명은 매우 길 뿐 아니라 갈수록 그 가치는 더 빛난다. 그러므로 연구 활동 못지않게 자료를 수집하고 보고하는 일이 긴요하다.

교육부에서 구비문학조사 2차 사업을 새로 시작한 것은 구비문학이 문학작품이자 전승지식으로서 귀중한 문화유산일 뿐 아니라, 미래의 문화산업 자원이라는 사실을 실감한 까닭이다. 따라서 학계뿐만 아니라 문화계의 폭넓은 구비문학 자료 활용을 위하여 조사와 보고 방법도 인터넷 체제와 디지털 방식에 맞게 전환하였다. 조사환경은 많이 나빠졌지만 조사보고는 더 바람직하게 체계화함으로써 누구든지 쉽게 접속하여 이용할 수 있는 데이터베이스를 구축했다. 그러느라 조사결과를 보고서로 간행하는 일은 상대적으로 늦어지게 되었다.

2차 조사는 1차 사업에서 조사되지 않은 시군지역과 교포들이 거주하는 외국지역까지 포함하는 중장기 계획(2008~2018년)으로 진행되고 있다. 한국학중앙연구원 어문생활연구소와 안동대학교 민속학연구소가 공동으로 조사사업을 추진하되, 현장조사 및 보고 작업은 민속학연구소에서 담당하고 데이터베이스 구축 작업은 한국학중앙연구원에서 담당한다. 가장 중요한 일은 현장에서 발품 팔며 땀내 나는 조사활동을 벌인 조사자들의 몫이다. 마을에서 주민들과 날밤을 새우면서 자료를 조사하고 채록하여 보고서를 작성한 조사위원들과 조사원 여러분들의 수고를 기리지 않을 수 없다. 조사의 중요성을 알아차리고 적극 협력해 준 이야기꾼과 소리꾼 여러분께도 고마운 말씀을 올린다.

구비문학 조사를 전국적으로 실시하여 체계적으로 갈무리하고 방대한 분량으로 보고서를 간행한 업적은 아시아에서 유일하며 세계적으로도 그 보기를 찾기 힘든 일이다. 특히 2차 사업결과는 '구비누리'로 채록한 자료와 함께 원음도 청취할 수 있는 데이터베이스를 구축해서 세계에서 처음으로 인터넷과 스마트폰으로 이용할 수 있는 디지털 체계를 마련했다. '구슬이 서 말이라도 꿰어야 보배'인 것처럼, 아무리 귀한 자료를 모아두어도 이용하지 않으면 소용이 없다. 그러므로 이 보고서가 새로운 상상력과 문화적 창조력을 발휘하는 문화자산으로 널리 활용되기를 바란다. 한류의 신바람을 부추기는 노래방이자, 문화창조의 발상을 제공하는 이야기 주머니가 바로 한국구비문학대계이다.

2013년 10월 4일
한국구비문학대계 개정·증보사업 현장조사단장 임재해

한국구비문학대계 개정·증보사업 참여자_(참여자 명단은 가나다 순)

연구책임자

김병선

공동연구원

강등학 강진옥 김익두 김은희 김태환 김헌선 나경수 박경수 박경신
송진한 신동흔 심상교 이건식 이경엽 이인경 이창식 임재해 임철호
임치균 서영숙 신연우 조현설 천혜숙 허남춘 황루시 황인덕

전임연구원

이균옥 장노현 최원오

박사급연구원

강정식 권은영 김구한 김기옥 김영희 김월덕 김형근 노영근 서해숙
손화영 유명희 이영식 이윤선 정규식 조정현 최명환 한미옥 허정주

연구보조원

강선일 강태종 권경원 김나래 김명수 김은지 김자현 박기현 박은영
박혜영 이영주 이옥희 이홍우 정나경 정혜란 편성철

주관 **연구기관** : 한국학중앙연구원 어문생활사연구소
공동 **연구기관** : 안동대학교 민속학연구소

일러두기

- 『증편 한국구비문학대계』는 한국학중앙연구원과 안동대학교에서 3단계 10개년 계획으로 진행하는 "한국구비문학대계 개정·증보사업"의 조사 보고서이다.

- 『증편 한국구비문학대계』는 시군별 조사자료를 각각 별권으로 간행하는 것을 원칙으로 한다. 서울 및 경기는 1-, 강원은 2-, 충북은 3-, 충남은 4-, 전북은 5-, 전남은 6-, 경북은 7-, 경남은 8-, 제주는 9-으로 고유번호를 정하고, -선 다음에는 1980년대 출판된 『한국구비문학대계』의 지역 번호를 이어서 일련번호를 붙인다. 이에 따라 『증편 한국구비문학대계』는 서울 및 경기는 1-10, 강원은 2-10, 충북은 3-5, 충남은 4-6, 전북은 5-8, 전남은 6-13, 경북은 7-19, 경남은 8-15, 제주는 9-4권부터 시작한다.

- 각 권 서두에는 시군 개관을 수록해서, 해당 시·군의 역사적 유래, 사회·문화적 상황, 민속 및 구비 문학상의 특징 등을 제시한다.

- 조사마을에 대한 설명은 읍면동 별로 모아서 가나다 순으로 수록한다. 행정상의 위치, 조사일시, 조사자 등을 밝힌 후, 마을의 역사적 유래, 사회·문화적 상황, 민속 및 구비문학상의 특징 등을 중심으로 설명하고, 마을 전경 사진을 첨부한다.

- 제보자에 관한 설명은 읍면동 단위로 모아서 가나다 순으로 수록한다. 각 제보자의 성별, 태어난 해, 주소지, 제보일시, 조사자 등을 밝힌 후, 생애와 직업, 성격, 태도 등을 중심으로 서술하고, 제공 자료 목록과 사진을 함께 제시한다.

- 조사 자료는 읍면동 단위로 모은 후 설화(FOT), 현대 구전설화(MPN), 민요(FOS), 근현대 구전민요(MFS), 무가(SRS), 기타(ETC) 순으로 수록한다. 각 조사 자료는 제목, 자료코드, 조사장소, 조사일시, 조사자, 제보자, 구연상황, 줄거리(설화일 경우) 등을 먼저 밝히고, 본문을 제시한다. 자료코드는 대지역 번호, 소지역 번호, 자료 종류, 조사 연월일, 조사자 영문 이니셜, 제보자 영문 이니셜, 일련번호 등을 '_'로 구분하여 순서대로 나열한다.
- 자료 본문은 방언을 그대로 표기하되, 어려운 어휘나 구절은 ( ) 안에 풀이말을 넣고 복잡한 설명이 필요할 경우는 각주로 처리한다. 한자 병기나 조사자와 청중의 말 등도 ( ) 안에 기록한다.
- 구연이 시작된 다음에 일어난 상황 변화, 제보자의 동작과 태도, 억양 변화, 웃음 등은 [ ] 안에 기록한다.
- 잘 알아들을 수 없는 내용이 있을 경우, 청취 불능 음절수만큼 '○○○'와 같이 표시한다. 제보자의 이름 일부를 밝힐 수 없는 경우도 '홍길○'과 같이 표시한다.
- 『증편 한국구비문학대계』에 수록된 모든 자료는 웹(gubi.aks.ac.kr/web)과 모바일(mgubi.aks.ac.kr)에서 텍스트와 동기화된 실제 구연 음성파일을 들을 수 있다.

차례

● 현대 구전설화

● 민요

강원도 원주시 문막읍 건등1리

● 현대 구전설화

● 민요

4. 부론면

▌조사마을

▌제보자

5. 소초면

▌조사마을

● **현대 구전설화**

● **민요**

6. 신림면

▌조사마을

▌제보자

7. 지정면

원주시 개관

　원주시는 한반도의 중심부이자, 강원도의 남서부에 위치하고 있으며 백두대간을 중심으로 하여 서남쪽에 자리 잡고 있다. 동쪽으로는 영월·평창군과, 서쪽으로는 경기도 여주시·양평군과, 북쪽으로는 횡성군, 남쪽으로는 충청북도 충주·제천시 등과 인접하고 있다. 특히, 원주시는 세 개 도가 만나는 시로서 강원도, 충청북도, 경기도와 접하고 있는 위치적 특징을 지니고 있다. 남한강과 섬강을 경계로 경기도 여주시, 남한강과 운계천을 경계로 충청북도 충주시 등 2개의 다른 도와 맞닿아 있다.

　원주 지역은 수만 년 전부터 인류가 생활하였던 곳으로, 삼한시대에는 54개 부족국가로 형성된 마한의 가장 동쪽에 위치하였을 것으로 추정되고 있다. 또한 삼국시대에 백제가 마한을 통일하였을 때에는 백제의 영토였고 고구려의 남하정책으로 장수왕 57년(469)에는 원주지방을 평원군이라 하였다. 통일신라시대 문무왕 18년(678)에 전국의 행정구역을 재정비하여 9주 5소경을 설치할 때 북원소경이라 하였고, 경덕왕 때 북원경이라 하였다. 9세기말 신라가 쇠퇴하면서 각처에서 반란이 일어나자 양길은 원주지역을 근거로 세력을 확장하여 오늘날의 강원도지역 대부분을 차지하는 큰 세력으로 성장하였다.

　고려시대에 들어서 태조 23년(940)에 북원경을 폐지하고 원주를 개칭하였으며 성종 14년(995)에 전국의 행정구역을 10도 12목으로 개편하였을 때 원주지방은 충원도(현재 충북)에 소속되었다. 이어 충렬왕 17년(1291) 합단적의 침입이 있었을 때에 향공진사 원충갑과 원주사람들이 물리친 공을 기리기 위하여 익흥도호부로 개칭되었으며 충렬왕 34년(1308) 원주목으로 승격하여 행정의 중심지가 되었다. 조선시대인 1395년 지방행정구역을 정비하면서 강릉도와 교주도를 합하고 강릉의 '강'자와 원주의 '원'자를 합하여 강원도라 하였고, 원주에 강원감영이 설치되어 이때부터 강원도의 수부로서 행정·치안·사회·문화 등의 중심지 역할을 하였다.

1895년 5월 26일자로 전국이 23부 337군 제도로 개편되면서 원주는 충주부에 소속되었고, 1896년 8월 4일자로 팔도의 골격을 그대로 유지하여 전국을 13도 1목 7부 331군 제도를 실시하게 되었으나, 원주에 있던 강원도 감영은 원주에 회복되지 못하고 춘천으로 이전하게 되어 새로운 도청소재지의 시대가 열렸다. 1895년 5월 26일 칙령 제98호(1895.5.26. 공포)로 제1조 및 제3조에 의거 전국행정구역을 23부 336군으로 정비함에 따라 원주의 강원감영을 폐하고 강원도는 2부(강릉부-9개군, 춘천부-13개군)로, 원주군 외 3개군(영월, 평창, 정선)은 충주부에 이속하였다.

또한 1896년 8월 4일 칙령 제36호(건양원년 1896. 8. 4 공포, 당일 시행) 제5조에 의거 전국 23부를 폐지하고 13도로 개편됨에 따라 강원도가 부활되면서 원주군외 3개군(평창, 영월, 정선)은 강원도로 편입되고 관찰사는 춘천으로 되었다. 이때 전국 군은 5등급으로 339군중 원주군은 4등급의 군이었으며 21개 면이 있었다(읍내면, 본부면, 저전동면, 사제면촌, 판제면촌, 금물산면, 홀파면, 미내면, 부론면, 강천면, 지내면, 지향곡면, 정지안면, 고모곡면, 호매곡면, 소초면, 수주면, 좌변면, 우변면, 가리파면, 사근사면).

이어 일제강점기 당시 1914년 3월 1일 총독부령 제111호(1913. 12. 19

공포)로 강원도를 21개군(이천군, 간성군, 김화군, 철원군, 울진군, 춘천군, 횡성군, 홍천군, 원주군, 평창군, 영월군, 정선군, 삼척군, 강릉군, 양양군, 통천군, 회양군, 평강군, 화천군, 양구군, 인제군)으로 조정하여 원주군은 원주군 일원으로 하였다. 1955년 9월 1일 법률 제372호로 원주군 중 원주읍 일원, 판부면 단구리, 행구리, 호저면 우산리를 편입하여 행구동, 단구동, 우산동을 증설하여 18개동으로 시 승격하고 나머지 구역을 원성군으로 개정하였다. 1960년대에는 연합동제가 시행되어 여러 동을 묶었으며 1970년 7월 1일 인구 증가로 학성동, 태장동, 봉산동을 각각 2개동으로 분동 3개동을 증설하여 15개 연합동제 실시하였다.

1973년 7월 1일 법정동 18개동으로 확정하였으며 1989년 1월 1일 법률 제4050호로 인하여 원성군을 원주군으로 명칭변경하였다. 이후에도 여러 단계를 거쳐 현재 1읍 8면 16동으로 조정되었다.(1999년 1월 1일 시조례 제341호로 행정운영 읍면동 명칭 및 구역조정-문막읍, 소초면, 호저면, 지정면, 부론면, 귀래면, 흥업면, 판부면, 신림면, 중앙동, 원인동, 개운동, 명륜1.2동, 단구동, 일산동, 학성동, 단계동, 우산동, 태장1.2동, 봉산동, 행구동, 무실동, 반곡관설동)[1]

문막읍(文幕邑)은 42번 국도를 통해 경기도와 인접하여 시의 관문 역할을 하는 지역으로 동쪽으로 흥업면, 남쪽으로 부론면과 귀래면, 북쪽으로 지정면, 서쪽으로 경기도 여주군 강천면과 각각 접하고 있다. 섬강이 읍의 중앙부를 관류하면서 문막, 취병, 반계, 포진, 후용, 궁촌리 일대에 넓고 기름진 충적평야를 이루어 강원 제일의 곡창지대를 이룬다. 원주시의 하나뿐인 읍으로, 1995년에 문막면이 문막읍으로 승격되어 현재에 이르고 있다. 문막은 섬강의 물을 막았다는 물막이에서 유래되었다. 궁촌1리, 반계2리, 궁촌2리, 건등1리, 동화2리, 반계4리 등을 조사하였다.

---

1) 원주시청 홈페이지 참조(http://www.wonju.go.kr/www/contents.do?key=230)

소초면(所草面)은 서울~강릉간 고속도로와 원주~춘천간 5번 국도가 면내를 관통하고 있어 교통이 편리하다. 동쪽으로 횡성군 강림면과 안흥면에 접하고 서쪽으로는 호저면과 접하고 있다. 남쪽으로 태장동, 북쪽으로 횡성읍에 접한다. 약간의 평지가 발달하여 벼농사의 중심지를 이룬다. 원래 원성군 9면의 하나로 홍양리의 소새바위의 이름을 따서 소초면이라 하였다. 장양 1~8리, 홍양 1~5리, 수암 1~4리, 평장 1,2리, 의관 1,2리, 둔둔 1,2리, 교향 1리로서 24개 행정리가 있다. 주산업은 농업으로 쌀과 보리·밀 등의 곡물 외에 복숭아·배 등의 과수재배가 성하고, 한우와 젖소도 많이 사육한다. 학곡리 일대는 원주 지역 제일 명소인 치악산국립공원의 구룡사지구로 많은 관광객이 찾고 있다. 둔둔2리, 장양9리, 홍양2리 등을 조사하였다.

지정면(地正面)은 중앙선 철도가 면내를 동서로 지나며, 396번 지방도와, 7번과 9번 시도가 면을 통과하고 있다. 동쪽은 호저면, 서쪽은 경기도 양평군 양동면, 남쪽은 문막읍, 북쪽은 횡성군 서원면과 접해 있다. 남부는 낮은 구릉성 산지로, 북부는 400m 내외의 산지로 이루어져 있다. 섬강이 중앙을 곡류하면서 남으로 흘러 월송·간현·안창리 일대에 비옥한 충적평야가 발달하였다. 간현국민관광지와 한솔 오크밸리, 화승 레스피아 등이 있어 관광객이 많이 찾는다. 주산업은 농업이며 한우, 젖소, 돼지도 많이 사육한다. 1914년 지향곡면과 정지안면, 두 면의 앞 글자를 따서 지정면이라 명명하였다. 현재는 가곡, 간현, 보통, 신평, 안창, 월송, 판대의 7개리를 관할하고 있다. 간현3리와 월송1리를 조사하였다.

호저면(好楮面)은 동쪽으로는 섬강을 경계로 소초면·태장2동과 인접하고 있으며, 북쪽과 서쪽으로는 횡성군 서원면과 인접하고 있다. 남쪽으로는 흥업면·지정면과 인접하고 있다. 서부와 북부는 구릉성 산지로 이루어져 있고, 동부로 갈수록 낮아진다. 섬강 하천 유역인 옥산리와 무장리 일대에는 비교적 기름진 충적평야가 발달하여 주민들의 생활중심지가 되고 있다. 호저라는 이름은 호매곡면과 저전동면의 앞 글자를 딴 것이다. 1995년 만종 대보아파트 신축으로 만종5리가 신설되어 17개 리를 관할하게 되었다. 광격1리를 조사하였다.

부론면(富論面)은 강원, 경기, 충북의 세 도에 접해 있어 교통의 요지이다. 영동고속국도가 면의 북부를 지나고, 다양한 지방도로가 면의 서부를 남북으로 지나고 있다. 동쪽은 귀래면에 접하고, 서쪽은 섬강을 경계로 여주시 점동면에, 남쪽은 충주시 소태면과 남한강을 경계로 충주시 앙성면에, 북쪽은 문막읍과 여주시 강천면에 접하고 있다. 산지가 많으며 곳곳에 산간분지가 발달되어 있다. 법천천(法泉川)이 법천리에서 남한강에 합류하고, 남한강은 면의 서부를 충청북도와 경기도의 도계(道界)를 이루면서 북서류하다가 흥호리에 이르러 섬강과 합류한다. 고려시대에는 12조창(漕倉)의 하나인 흥원창(興元倉)이 있어 경제활동의 요충지가 되어 '말이 많이 오가는 곳' 즉 '부론(富論)'이라는 지명이 생기게 된 것으로 보기도 한다. 산지가 많으나 남한강 유역의 충적지에서 벼농사가 이루어지며, 고추·잎담배·땅콩·채소 등이 많이 생산된다. 법천사지에 국보 59호인 법천사지 지광국사현묘탑비와 법천사지 당간지주가 있고, 정산리 거돈사지에 보물 78호인 거돈사지 원공국사승묘탑비와 거돈사지 삼층석탑이 있다. 손곡리는 고려 공민왕, 손곡 이달, 임경업의 전설이나 유적이 있고 단강리에는 단종과 얽힌 전설도 있다. 법천·흥호·손곡·정산·노림·단강 등 6개 동리가 있다. 정산1리, 정산4리, 손곡3리, 손곡2리, 흥호2리 등을 조사하였다.

귀래면(貴來面)은 19번 국도가 남북으로 관통하고 있으며 남쪽으로는 충북 충주시와 경계한다. 북쪽으로는 흥업면과 접해 있으며, 동쪽으로는 충청북도 제천시 백운면과 접해 있고, 서쪽으로는 부론면과 접해 있다. 산지가 많은 편이며 황산천과 운남천이 합쳐 면의 남쪽경계를 이루며 이들 하천유역인 운남리와 운계리에는 약간의 평야가 발달하였다. 고려시대에는 구을파면(仇乙坡面)이라 불렀는데, 귀래면으로 고쳐서 초일리, 분일리, 이리, 분이리, 삼리, 분삼리, 양아치리의 7개리를 관할하다가, 1914년 군면 폐합에 따라 용암, 주포, 운남, 운계, 귀래의 5개 리로 개편되었다. 귀래는 귀한 분이 오셨다는 것에서 유래하였다고 하는데 이는 신라말 경순왕이 이곳에 머물렀다는 전설 때문이다. 용암1리, 귀래1리, 귀래2리 등을 조사하였다.

흥업면(興業面)은 19번, 42번 국도가 면을 통과하고 있으며 북쪽으로는 원주시, 남쪽으로는 귀래면과 경계하고 있다. 서쪽으로는 호저면과 지정면, 동쪽으로는 판부면과 충북 제천시와 접경을 이루고 있다. 산지가 많은 편이며, 흥업리와 사제리 일대에는 비옥한 충적평야가 발달하였다. 흥업면 매지리에는 강원도무형문화재 제15-2호인 매지농악의 전수회관과 보존회가 있으며 토지문학관과 연세대 원주캠퍼스가 자리하고 있어 교육문화의 중심지 역할을 한다. 1995년 원주시에 통합되어 4개의 법정리와 12개의 행정리로 되었다. 사제2리와 대안3리를 조사하였다.

신림면(神林面)은 원주의 남동쪽에 있고 중앙선 철도가 면의 서부를 남북으로 통과하며, 면에 속한 역으로 신림역이 있다. 중앙고속국도와 5번 국도가 철도와 나란히 지나고 있어 교통이 편리하다. 남쪽으로는 충북 제천시 봉양읍, 동쪽으로 영월군 주천면, 서쪽으로 귀래면, 북쪽으로 원주시 판부면과 경계하고 있다. 치악산과 백운산 사이에 있어 산지로 이루어져 있으며 면적은 원주시에서 가장 넓다. 용암천과 주포천이 합류하여 면의 서부 유역인 신림・용암리 일대에 좁은 충적평야가 발달하였다. 치악산 국립공원 남부진입로로 산수가 수려하여 많은 관광객이 찾는다. 천연기념물 제93호인 성남2리 성황림을 신(神)적인 수림이라고 생각해서 신림(神林)이라 하였다. 신림을 비롯하여 금창・구학・용암・성남과 황둔출장소 관내에 황둔・송계 등 7개 리가 있다. 황둔리, 성남2리, 신림3리 등을 조사하였다.

　원주시에는 위에서 설명한 것처럼 한 개의 읍과 8개의 면이 있다. 여기에 16개 동이 더 있는데 여기에서는 조사한 마을만 개관 설명하고자 한다. 시 단위에서 행정 마을을 조사대상으로 한 경우는 아래와 같이 행구동과 관설동 등 두 마을이다.

　행구동(杏邱洞)은 원주시청에서 동쪽으로 5km 거리에 위치하고 있으며, 동쪽으로는 치악산을 경계로 횡성군 강림면, 서쪽으로는 봉산동, 남쪽으로는 반곡동, 북쪽으로는 소초면에 접해 있다. 원래 원주군 부흥사면(富興寺面)의 지역으로 살구나무가 많으므로 살구둑 또는 행구(杏邱)라 하였다.

　관설동(觀雪洞)은 원주시청에서 동남방으로 4km 떨어져 있으며 원주~제천간 5번 국도의 관문이고 원주시 단구동·반곡동·무실동과 판부면 금대리·신촌리와 인접해 있다. 약 350년 전 학자인 허후(許厚)의 호를 따서 관설이라 하였다 한다.

　원주시의 인구세대 구성표는 다음과 같다.

읍면동별(1)	2016										65세 이상 고령자
	세대수	등록인구									
	소계	총수			한국인			외국인			소계
	소계	소계	남	여	소계	남	여	소계	남	여	소계
합계	142,136	341,130	169,524	171,606	337,979	167,854	170,125	3,151	1,670	1,481	41,934
문막읍	8,244	19,514	10,149	9,365	18,759	9,616	9,143	754	532	222	2,720
소초면	4,357	9,713	5,020	4,693	9,634	4,979	4,655	79	41	38	1,836
호저면	1,946	4,226	2,207	2,019	4,145	2,155	1,990	80	52	28	1,136
지정면	1,430	3,171	1,679	1,492	3,010	1,558	1,452	161	121	40	858
부론면	1,265	2,494	1,276	1,218	2,453	1,252	1,201	41	24	17	906
귀래면	1,078	2,168	1,096	1,072	2,155	1,091	1,064	13	5	8	710
흥업면	4,851	9,548	5,044	4,504	9,177	4,851	4,326	371	193	178	1,408

읍면동별(1)	세대수	2016										65세 이상 고령자
		등록인구										
	소계	총수			한국인			외국인				소계
	소계	소계	남	여	소계	남	여	소계	남	여		소계
판부면	3,364	6,939	3,605	3,334	6,882	3,577	3,305	57	28	29		896
신림면	1,979	3,893	1,969	1,924	3,862	1,954	1,908	31	15	16		1,205
중앙동	1,843	3,165	1,679	1,486	3,140	1,669	1,471	25	10	15		837
원인동	2,878	6,331	3,037	3,294	6,298	3,027	3,271	33	10	23		1,008
개운동	5,670	14,313	6,886	7,427	14,250	6,870	7,380	63	16	47		2,070
명륜1동	4,084	10,259	4,982	5,277	10,190	4,958	5,232	69	24	45		1,540
명륜2동	7,814	17,872	8,608	9,264	17,795	8,576	9,219	77	32	45		2,178
단구동	18,239	46,261	22,666	23,595	46,046	22,599	23,447	215	67	148		3,904
일산동	4,209	8,895	4,434	4,461	8,823	4,404	4,419	72	30	42		1,459
학성동	2,665	5,723	2,880	2,843	5,678	2,857	2,821	45	23	22		1,102
단계동	9,821	24,300	11,802	12,498	24,177	11,743	12,434	123	59	64		2,533
우산동	6,607	15,270	7,867	7,403	15,088	7,758	7,330	182	109	73		1,817
태장1동	4,002	10,473	5,230	5,243	10,398	5,201	5,197	75	29	46		1,202
태장2동	10,401	25,470	12,729	12,741	25,266	12,632	12,634	204	97	107		2,938
봉산동	4,149	9,611	4,777	4,834	9,574	4,758	4,816	37	19	18		1,786
행구동	2,947	8,308	4,051	4,257	8,285	4,039	4,246	23	12	11		1,100
무실동	13,899	35,957	17,576	18,381	35,800	17,510	18,290	157	66	91		2,465
반곡관설동	14,394	37,258	18,276	18,982	37,094	18,220	18,874	164	56	108		2,320

    원주시의 지형은 차령산맥이 남동부를 지나면서 높은 산지를 형성하고 있는데 비해 북서부는 비교적 완경사로 이루어져 있다. 원주천이 흥양천을 합치면서 북서류하여 섬강에 유입하며, 섬강은 사제천을 합치고 남서류하여 부론면에서 남한강에 유입한다. 이에 이들 하천 유역에는 충적평

야가 발달하여 문막평야가 만들어졌고 이러한 넓은 평야를 바탕으로 농업이 발달하였다.

원주시는 중부 내륙 지형의 전형적인 기후를 보이고 있다. 연평균 기온은 12.3℃, 가장 더운 달인 8월 월평균기온은 25.8℃, 가장 추운 달인 1월의 월평균기온은 -3.5℃이며, 연교차는 29.3℃이다. 연강수량은 1254.4mm이고 여름철(6~8월) 강수량은 774.1mm이다. 연평균 풍속은 1.3m/s이며, 월별 평균풍속은 4월에 1.7m/s로 가장 높고, 10월에 1.0m/s로 가장 낮다.[2]

원주시의 논밭 비율은 다음과 같다 논과 밭 모두 절대적 경지가 줄고 있으며 이에 따라 가구당 경지면적도 줄고 있음을 알 수 있다.

구분별(1)	2014	2015	2016
총계 (ha)	8,850	8,671	8,367
논 (ha)	4,080	4,012	3,966
밭 (ha)	4,770	4,658	4,401
가구당 경지면적 (a)	103.9	100.7	100.5

원주시는 다음과 같은 문화행사를 개최하고 있다. 대한민국 최대·최장 거리 퍼레이드형 축제인 '원주 다이내믹 댄싱카니발'은 원주시, 제36사단이 주최하고 (재)원주문화재단이 주관하는 문화축제이다. 문화체육관광부의 2019 문화관광 우수축제로 선정되었으며 따뚜공연장을 중심으로 시내 곳곳에서 열린다. "댄싱카니발", 문화예술공연, 프린지페스티벌, 군문화체험행사, 다이내믹 프리마켓 등의 행사가 준비되어 있다.

지정면 간현관광지 섬강 일원에서 '섬강축제'가 열리는데 섬강축제위원회가 주최하고 지정면청장년회, 지정면번영회, 간현관광지상가번영회 등

---

2) 원주시 홈페이지 참조(http://www.wonju.go.kr/www/contents.do?key=3710)

이 주관한다. 지역 문화와 지역 경제 활성화에 도움이 되고 있다. '치악산 복숭아 축제'는 복숭아 출하 시기에 맞춰 강원 원주시 젊음의 광장 사거리에서 진행된다. 치악산복숭아원주시협의회에서 주관하는 이 행사는 치악산복숭아 품평회. 품종전시, 복숭아 직판행사, 농특산물 직거래장터, 소비자 체험 이벤트, 개막 축하공연 등으로 원주 치악산 복숭아 브랜드를 알리는데 큰 역할을 한다.

이 외에도 원주시의 문화행사로는 여름에 개최되는 '원주 옥수수 축제'가 문막읍 문막리 문막둔치 체육공원에서, '남한강 축제'가 부론면 법천소공원 남한강변 일원에서 개최되고 있다. 5월에는 '원주한지문화제'가 원주한지테마파크에서 기획 전시되어 원주시의 한지 공예 발달에 기여하고 있다.

다음은 대강의 조사일정과 개요이다. 제보자와 마을개관 조사일정은 생략하였다.

2009. 12. 22~23 자료수집 및 예비조사

2010. 12. 16 : 소초면 둔둔2리에서 고선길, 신재헌 등의 설화 조사

2010. 12. 17 : 소초면 장양9리 한두용, 정무웅 등의 설화 조사
　　　　　　　소초면 흥양2리 진병호 자택 설화 및 민요 조사
　　　　　　　소초면 흥양2리 홍용표, 원청의 등의 설화 조사

2010. 12. 18 : 지정면 간현3리 조공수, 민창유 등의 설화 조사
　　　　　　　호저면 광격1리 조영애, 최봉열 등의 설화 조사

2010. 12. 19 : 소초면 흥양2리 홍용표에게 설화 보충 조사
　　　　　　　지정면 월송1리 최명옥, 이강염 등의 설화 조사

2011. 02. 07 : 행구동 신월랑 권복순, 유구연 등의 설화 및 민요 조사

2011. 02. 08 : 관설동 섭재 김귀득, 허춘남, 황기화 등의 설화 및 민요 조사

2011. 02. 09 : 신림면 황둔리 김창동, 백낙진 등의 민요 조사

2011. 02. 18 : 신림면 성남2리 김태진, 최봉학 등의 설화 및 민요 조사

신림면 신림3리 김기열, 이옥임, 박상희, 김순기 등의 설화 및
민요 조사

2011. 02. 19 : 귀래면 귀래1리 박영선, 전순호 등의 설화 및 민요 조사

귀래면 귀래2리 김영일, 임해문, 신동립, 서경란 등의 설화 및
민요 조사

2011. 02. 21 : 신림면 황둔리 이은관, 윤경순 등의 민요 조사

2011. 02. 22 : 귀래면 용암1리 한명숙, 이호월, 이만석 등의 민요 조사

부론면 정산1리 김소란에게 설화 및 민요 조사

부론면 정산4리 윤금분에게 민요 조사

2011. 02. 23 : 부론면 손곡3리 최원집, 이동교 등의 설화 및 민요 조사

부론면 손곡2리 이원표 자택에서 민요 조사

부론면 흥호2리, 임명수에게 설화 조사

2011. 02. 24 : 흥업면 사제3리 조병인, 한상렬 등의 설화 및 민요 조사

흥업면 대안3리 한상렬에게 민요 조사

2011. 03. 04 : 문막읍 궁촌1리 최진남에게 설화 및 민요 조사

문막읍 반계2리 여재봉, 한갑석 등의 설화 조사

2011. 03. 05 : 문막읍 궁촌2리 김순수, 장진영 등의 설화 및 민요 조사

문막읍 건등1리 김기환, 김기정에게 민요 조사

2011. 03. 06 : 문막읍 동화2리 김두열, 박영석, 등의 설화 및 민요 조사

문막읍 반계4리 남서울아파트 손난옥, 정옥난, 조일섭, 권필옥
등의 설화 및 민요 조사

2011. 03. 11 : 문막읍 반계4리 남서울아파트 손난옥, 김계순 등의 설화 및 민
요 추가 조사

문막읍 반계4리 남서울아파트 임석례, 장경자 자택 설화 조사

2011. 03. 12 : 문막읍 반계2리 여재봉 자택 설화 조사

원주시의 구비문학은 민요의 경우 원주시 중심부를 기준으로 북쪽과
남쪽 지역이 다른 양상을 보이고 있다. 원주시의 중심부를 기준으로 북쪽
지역은 민요가 한 편도 조사되지 않은 면이 있는 반면 남쪽 지역은 30여
편이 넘게 조사되기도 하였다. 북쪽 지역에 위치한 호저면과 지정면은 민

요가 조사되지 않았고 소초면에서는 민요가 한 편만 조사되었다. 시내의 상황도 이와 마찬가지여서 조사한 두 마을의 경우 민요는 한 두 편만 조사되었다.

이에 비해 남쪽 지역은 문막읍이 31편, 귀래면이 28편, 신림면이 16편 등으로 북쪽 지역에 비해 더 많은 민요가 조사되었다. 여러 가지 조건이 다르겠지만 지리적으로 볼 때 남쪽 지역이 남한강을 끼고 있어 비옥한 충적 평야가 발달한 것과 북쪽 지역에 비해 산업화와 현대적 개발이 덜한 곳이 많기 때문으로 생각할 수 있다. 특히 조사 민요의 편수가 한 두편으로 적은 지역은 해방가, 뱃노래, 베틀가 등이 조사되어 지역의 자생적 민요가 아닌 경기소리에 치중된 것으로 볼 때 이런 상황을 뒷받침한다고 볼 수 있다.

원주시의 민요를 기능별로 살피면 아래와 같다.

원주시의 민요 중 노동요는 농업노동요, 토건노동요, 임업노동요, 양육요 등이 조사되었다. 농업노동요로는 밭가는소리인 <이랴소리>와 논매는소리인 <단허리>, <상사소리>, <긇았네소리> 등이 조사되었다. <이랴소리>는 신림면에서 단 한 편만이 조사되었으며 논매는소리는 남쪽 지역인 귀래면, 흥업면, 문막읍을 중심으로 조사되었다. 흥업면 사제3리 논매는소리는의 뒷소리는 '상사테야'인데 앞소리에 '긇었네긇었네'를 지속적으로 넣고 있어 흥미롭다. 단허리와 상사소리는 강원 영서 지역에서 흔히 불려지는 논매는소리이다. 그렇지만 문막읍에서 조사된 긇았네소리는 강원 지역의 특색보다는 경기 지역 논매는소리의 영향을 보여주는 곳으로 문막읍의 지역적 정체성과 경기 지역과 경계인 곳의 문화적 특색을 보여주는 지표로 보인다.

문막읍의 조사 지역은 다섯 마을로 다른 지역보다 조사 지역도 많고 조사된 민요의 편수도 가장 많다. 마을 단위의 화합이 다른 지역보다 잘 되는 편이었고 이런 의미에서 농업노동요과 토건노동요가 이 지역에서 비교적 많이 채록되었다. 특히 건등1리의 경우 마을 잔치처럼 마을 주민들이 모두 나와 추운 겨울에도 마을 입구에서 북을 치며 논매는소리와 지경소리를 구연하였다. 이것은 이 마을의 강한 공동체 정신을 보여주는 것으로 뿌리 깊은 전통문화의 현장을 보는 듯했다.

임산노동요인 목도소리는 귀래면 용암1리의 이만석 제보자가 다른 제보자인 김영호와 함께 어깨동무를 하면서 호흡을 맞춘 소리이다. 용암1리 이만석 제보자는 이 외에도 단호리 등 여러 소리를 제보하였다. 두 사람이 호흡이 잘 맞는 편은 아니었지만 실제 상황을 연출하시는 모습에서 당시 목도 현장에 대한 상황을 짐작할 수 있는 귀한 자료이다.

원주 지역 양육요는 귀래면 용암1리와 귀래1리에서 둥게타령, 시상달공, 불아불아, 세상달강, 자장가 등이 조사되었다. 아기재우는소리와 아기어르는소리 모두 고르게 나왔으며 자장가를 제보한 제보자가 아기어르는소리인 둥게타령, 시상달공, 불아불아 등도 연속해서 구연하였다.

의식요는 운상하는소리인 상여소리, 묘다지는소리인 회다지소리, 축원하는소리인 고사반 등이 조사되었다. 이 소리들의 조사지역은 신림면 황둔리, 부론면 손곡2리, 흥업면 대안3리, 흥업면 사제3리, 문막읍 동화2리 등으로 다른 민요에 비해 지역적 분포가 넓은 편이다. 이중 신림면 황둔리 자료는 여러 사람들이 모여서 앞소리와 뒷소리가 제대로 잘 구연되었으며 이것은 회다지소리로 연결된 것으로도 나타난다. 부론면 손곡2리와 흥업면 대안3리의 고사반은 자료의 성격상 혼자 조용히 구연하였다. 흥업면 사제3리의 경우에는 제보자 세 명이 논매는소리에 이어 상여소리까지 호흡을 맞춰 잘 구연하였다.

유희요는 여러 갈래가 있는데 노래 자체의 목적이 있는 가창유희요의 비중이 다른 지역에 비해 높은 편은 아니다. 동작유희요인 다리뽑기하는소리와 언어유희요인 숫자풀이와 말잇기요 등이 비교적 많이 조사되었다. 신림면 황둔리, 귀래면 귀래2리, 부론면 정산4리, 귀래면 용암1리, 문막읍 궁촌1리, 문막읍 궁촌2리 등에서 숫자풀이, 다리뽑기하는소리, 이거리저거리갓거리, 고모네집에 갔더니, 뒷집최서방, 앞집총각, 한알대두알대, 비야비야, 두껍아두껍아 등의 다양한 소리가 조사되었다. 가창유희요는 노들강변, 해방가, 뱃노래, 아라리, 베틀가, 어랑타령, 권주가, 청춘가, 장타령, 창부타령 등이 불려졌으며 서사민요의 일종인 다복녀도 한 편 조사되었다.

원주 지역 가창유희요의 특징은 아라리의 비중이 적고 경기소리의 영향력이 크다는 점이다. 아라리가 조사된 지역으로는 행구동, 신림면, 귀래면, 부론면, 홍업면, 문막읍 등으로 민요가 전혀 조사되지 않은 지정면과 호저면을 빼더라도 두 지역이 남는다. 아라리가 강원 전 지역에서 불려지고 있는 점을 고려할 때 아라리가 약한 지역이라고 보인다. 이러한 상황은 원주 지역의 지리적인 환경과 밀접한 관련이 있다. 앞서 말했듯이 경기도와 충청도와 경계하는 지역으로서의 지역적 정체성이 드러나는 것으로도 볼 수 있기 때문이다.

이번 조사 자료는 2001년도 강원도에서 발간한 강원의 민요 원주시 편에 비하면 적은 편이다. 민요가 불려지는 상황이 약화되고 조사가 어려워지는 것은 전국 어디나 마찬가지겠지만 원주의 경우 그 사이 혁신도시와 기업도시 등의 개발이 본격화하면서 원주 지역의 전통 문화 상황의 결이 달라지지 않았을까 생각한다. 아라리가 강원 다른 지역에 비해 약하고 경기소리의 유입이 큰 편이며 남쪽의 평야지역에 농업노동요의 성격이 드러나는 이러한 원주 지역 민요의 특징은 모두 원주의 지정학적 위치와 깊은 관계가 있다고 본다.

원주시의 설화 조사는 1개 읍(문막읍), 7개 면(귀래면, 부론면, 소초면, 신림면, 지정면, 호저면, 홍업면), 2개 동(관설동, 행구동)에서 이루어졌다. 10개의 읍면동 행정 단위를 조사의 기본으로 삼고, 각 행정 단위에 포함된 자연마을 단위를 조사지역으로 설정하여 조사를 진행하였다. 여러 가지 여건상 전수 조사는 이뤄지지 못하였다. 특히 2010년 말에서 2011년 초에 걸쳐 구제역이 창궐하여 외지인의 방문 자체를 꺼리는 경우가 많았다. 그 결과 문막읍에서는 궁촌2리, 동화2리, 반계2리, 반계4리에서 1차 산업의 비중, 토박이 제보자의 비율이 높은 마을 각 1곳을 선정해 조사했다. 역시 같은 기준으로 귀래면에서는 귀래 1리, 2리를, 부론면에서는 손곡 3리, 정산 1리, 흥호 2리를, 소초면에서는 둔둔 2리, 장양 9리, 흥양 2리를, 신림면에서는 성남 2리, 신림 3리를, 지정면에서는 간현 3리, 월송 1리를, 호저면에서는 광격 2리를, 흥업면에서는 사제 3리를 조사 대상 지역으로 삼았다. 관설동에서는 섭재마을을, 행구동에서는 신월랑마을을 조사하였다.

이상의 조사에서 채록한 설화 가운데 182편 전통 설화와 12편의 현대 구전설화를 선별하였다. 선별한 자료 가운데 전통 설화를 분류하면 신화 1편, 전설 64편, 민담 117편으로 구분할 수 있다. 신화보다는 전설과 민담의 전승이 활발한 가운데 전설보다도 민담이 더 많은 수로 조사되었다.

세부적으로 살펴보면 먼저 신화는 지정면 월송리에서 채록한 <여우 잡은 월송리 서낭당 여신> 1편이 유일하다. 이 이야기도 전형적인 신화라기 보다는 마을 신의 위엄을 보여주는 형태의 이야기라고 힐 수 있다.

전설은 자연물·지형전설, 지명전설, 인물전설 등이 폭넓게 채록되었다. 전국적인 분포를 보이는 전설 유형으로는 시주 받으러 온 중을 박대한 벌로 집이 물에 잠겨 못이 되었다는 <장자못>유형의 이야기, 부잣집에서 바위 등 명당의 표지물을 파괴하여 집안이 망했다는 <며느리 단혈>이야기, 샘이나 골짜기를 건드리면 집안 여인들이 바람난다는 <건드리면 바람나는 샘물>이야기, <아기장수>이야기 등이 채록되었다. 원주의 전설 가운데서 무엇보다 많은 빈도로 채록된 유형은 <치악산 지명 유래>이야기였다. 이 이야기는 <은혜 갚은 까치>라는 민담으로 전승되기도 하지만 원주에서는 치악산과 관계를 맺으면서 전설로 기능한다. 치악산과 가까운 소초면에서는 물론 원주 전역에서 조사되었다. 이에 못지 않게 지정면 안창 '욕바위'와 관련된 <욕바위>이야기도 여러 곳에서 폭넓게 조사되었다. 인물전설은 황효자, 원천석, 임경업 등 원주와 관련을 지닌 인물의 이야기 각각 문막읍, 소초면, 부론면을 중심으로 전승되고 있음이 확인되었다.

민담은 소재 면에서 다양한 형태로 조사되었다. 세부적으로 살펴보면, <나무꾼과 선녀>, <여우누이>, <두꺼비 신랑(신선비 유형)>, <해와 달이 된 오누이> 등 정통민담이라고 할 수 있는 환상적 민담, <김선달 이야기>, <동방삭 이야기>, <방귀쟁이 며느리> 등 웃음을 유발하는 희극적 민담, <열녀 이야기>, <제사상 잘못 차려 혼난 사람>, <후객 가서 사돈 골린 양반>, <호식 피한 사람> 등과 같은 인간사와 관련된 사실적 민담이 고루 채록되었다. 이야기의 목록은 <해와 달이 된 오누이>, <동방삭 이야기>, <방귀쟁이 며느리> 등에 집중되는 경향을 보이는데, 이는 조사자의 질문 항목과 관련이 있을 것으로 생각된다. 대부분의 이야기판이 조사자의 주도로 마련되고 자발적인 참여보다는 조사자의 질문에 응답을 하는 방향으로 이뤄졌기 때문에 발견되는 문제라고 할 수 있을 것이다.

원주시에서 설화를 구연한 사람은 모두 54명이다. 성별로 구분하면 남성화자가 34명, 여성화자가 20명으로 남성화자가 조금 더 많다. 연령대로 살펴보면, 60대 8명, 70대 34명, 80대 12명으로 70대가 가장 많은 분포를 보였다.

여느 이야기판과 마찬가지로 원시에서 조사한 이야기판도 뛰어난 이야기꾼이 판을 주도하며 여러 편의 이야기를 구연하는 특징을 보인다. 주목할 만한 이야기꾼은 문막읍 반계 2리의 여재봉, 같은 읍 반계 4리의 손난옥, 임석례, 소초면 흥양 2리의 홍용표 등을 꼽을 수 있다.

여재봉은 원주 지정면에서 출생하여 13세 무렵 외가 동네인 반계 2리로 이주하였다. 그는 두 차례 조사에서 경험담을 포함하여 모두 29편의 자료를 구연하였다. 그는 안창에 전승되는 이야기(욕바위 등), 반계리 지명 유래 등의 이야기를 비롯하여 김선달, 황희정승 등과 관련된 이야기를 구연하였다. 지역전설의 경우는 어린시절 할머니께 들은 것이라고 하고, 인물전설이나 파자 이야기 등은 서당에 다니면서 들은 이야기라고 한다. 매우 적극적인 자세로 조사에 참여하였다.

손난옥은 횡성군 공근면에서 태어나 제천으로 이주하였다가 47세 무렵 원주 지정면으로, 다시 57세 무렵 문막읍 반계4리로 이주한 여성 화자이다. 그는 조사의 취지에 크게 공감하며 조사자들을 후대하고 설화는 물론 민요 조사에도 적극적으로 참여하였다. 또한 다른 화자들을 독려하고 판을 이끌어갔다. 그가 제공한 자료는 모두 16편인데 대체로 민담을 폭넓게 구연하였고, 경험담도 이야기하였다. 구연한 이야기는 대부분 어린 시절 아버지에게 들은 이야기들이라고 하며, 구연할 때 몸동작을 많이 사용하여 이해를 돕고자 하였다.

임석례는 영월군 주천면에서 태어나 정선군 고한, 부산 등을 거쳐 원주시 문막읍 반계 4리에 거주하고 있는 화자이다. 부산에 있는 아들 집을 오가며 거주하는 탓인지 마을의 노인회의 커뮤니티에는 잘 섞이지 못하는 것처럼 보였지만, 이야기를 구연할 때에는 적극적으로 나서기도 했다. 임석례도 조사자와 두 번에 걸쳐 만났으며 경함담을 포함하여 17편의 자료를 구연하였다. 구연한 자료는 민담이 많았는데 주로 부부간의 정절이나 형제 사이의 문제, 열녀 등 가족 간의 갈등에 대한 이야기가 주를 이루었다.

홍용표는 소초면 흥양리에서 태어나 지금까지 거주하고 있는 토박이 화자이다. 그는 조사의 취지를 잘 이해하고, 시글서글한 말투와 웃는 얼굴로 조사에 협조해 주었다. 조사자와 두 차례 만나 모두 11편의 자료를 제공하였다. 구연한 이야기들은 대개 전설로 마을 어른들에게 들은 것들이라고 한다. <구룡사 전설>, <치악산 유래>, <파명당> 등의 전설을 중심으로 하면서 원천석과 관련된 지명전설, <오성과 한음> 등의 민담도 구연하였다.

원주시 설화 조사의 결과는 다음과 같다.

첫째, 지명·지형전설과 인물전설이 활발하게 구연되고 있다는 점이다. 특히 <치악산의 유래>와 같은 이야기는 원주 전역에서 조사될 만큼 생명력을 보여주었다. 이는 증거물이 지니고 있는 힘과 관련되기도 하겠지만, 설화를 전승하고 향유하는 사람들의 의식이 생명력을 지니고 있다는 의미로 이해할 수 있다. 뿐만 아니라 혁신도시, 계획도시 등의 사업으로 전통적이고 자연적인 마을이 해체되는 상황에서 전설 등은 거주민의 정신적 유대감을 확인할 수 있는 이야기가 활발히 전승된다는 점은 중요한 의미를 지닌다.

둘째, 민담 목록의 편향성이다. 수치 상으로 민담은 전설에 비해 많은 수가 채록되었다. 그러나 그 목록을 살펴보면 매우 유사한 목록들로 채워져 있음을 알 수 있다. 이는 조사자의 성향과 크게 관련이 있을 것으로 여겨진다. 조사된 거의 모든 이야기판이 조사자의 요청에 의해 만들어졌으며, 제보자들 역시 몇몇을 제외하고는 조사자의 질문에 응답을 하는 수준에서 조사에 참여했기 때문이다. 이러한 점에서 이 자료는 일정한 한계를 지닌다고 할 수 있다. 그러나 이를 부정적으로만 볼 것은 아니다. 질문에 의해 기억이 재생되고 다소 부족하지만 이야기를 구연할 수 있다는 점이 확인되었기 때문이다. 이를 기반으로 삼아 전통적인 이야기판의 복원이나 재현의 가능성을 확인할 수 있다.

이상의 조사에서 정리한 자료는 다음과 같다.

문막읍 설화 - 87편   민요 - 31편
귀래면 설화 - 11편   민요 - 28편
부론면 설화 - 15편   민요 - 6편
소초면 설화 - 31편   민요 - 1편
신림면 설화 - 11편   민요 - 16편
지정면 설화 - 2편   민요 - 0편
호저면 설화 - 6편   민요 - 0편
흥업면 설화 - 1편   민요 - 9편
관설동 설화 - 9편   민요 - 1편
행구동 설화 - 1편   민요 - 2편

1. 관설동

■ 조사마을

강원도 원주시 관설동

조사일시 : 2011.2.8
조 사 자 : 황루시, 유명희, 유형동, 김명수

강원도 원주시 관설동

　원래 원주군 부흥사면(富興寺面)의 지역으로서, 인조 때 현감 허후(許厚)
가 살면서 그 호를 벌눈의 뜻을 따서 관설(觀雪)이라 하였고, 1914년 행정
구역 폐합에 따라 일리(一里)와 판제면의 본이리(本二里) 각 일부를 병합
하여 관설리(觀雪里)라 하여 판부면(板富面)에 편입되었다. 일제강점기에
동전역을 관설리라 하였고 관설의 발상지인 2통은 바깥 쪽에 위치한다
하여 외관설(外觀雪, 밖볼눈)이라 하였다. 또 2통 6반 지역은 안쪽에 위치

한다 하여 내관설(內觀雪, 안볼눈)이라 하였다가 1973년도 행정구역개편으로 시에 편입되면서 관설동이라 하였다.

섭재의 유래는 다음과 같다. 섭은 나무가 많은 숲을 의미하는 섶의 옛말이고 재는 고개를 뜻한다. 한자로는 신성(薪城)이라고 썼다.

조사 당시 마을에는 인구가 100호 정도였다. 각성받이 마을로 대부분 벼농사를 짓는다. 80년대에 농기계가 도입되어 농요가 사라지기 시작했고, 3~40년 전 즈음에 농악이나 서낭당이 사라졌다.

김귀득, 여, 1930년생

주 소 지 : 강원도 원주시 관설동 516번지
제보일시 : 2011.2.8
조 사 자 : 황루시, 유명희, 유형동, 김명수

김귀득은 충북 제천군 금성면 사곡리에서 1남 3녀 중 막내딸로 태어났다. 일제강점기 때 처녀공출을 피해서 16세에 경기도 여주로 시집가서 그곳에서 살았다. 1남 4녀를 두었는데, 아들은 일찍 죽고 딸들은 출가해 살고 있다. 40세 때 남편과 사별하고, 고생을 많이 했다고 한다. 섭재로 이주한 것은 12년 전으로 건강상의 이유로 공기 맑은 곳을 찾아 왔다. 현재 관설동 516번지에 거주하고 있다. 어린 시절 소학교에서 일어를 약간 배웠으며, 후에 야학에서 한글을 배워 깨우쳤다.

많은 고생을 했음에도 불구하고 밝은 모습으로 조사자를 대했다. 구연한 설화는 2편으로 어린 시절 들은 이야기라고 한다. 대개 낮은 톤의 목소리로 이야기를 구연했는데, 간혹 발음이 새는 부분이 있기도 했다. 변변치 않은 이야기를 녹음까지 하냐며, 쑥스러워하기도 했다.

제공 자료 목록
03_08_FOT_20110208_HRS_GGD_0001 오래 묵어 사(邪)가 된 돈
03_08_FOT_20110208_HRS_GGD_0002 첫날밤에 간부를 죽인 신랑동생

윤옥순, 여, 1942년생

주 소 지 : 강원도 원주시 관설동 섭재 390-3번지
제보일시 : 2011.2.8
조 사 자 : 황루시, 유명희, 유형동, 김명수

윤옥순은 강원도 원주시 판부면 금대리에
서 1남 4녀 중 장녀로 태어났다. 시집가서
친정에 편지하면 안 된다는 이유로 학교 교
육을 받지 못했다고 한다. 18세 때 4살 연
상이던 최종성과 혼인했는데, 남편과 태백,
영월 등 탄광촌에서 생활하다가 약 30년 전
에 지금 사는 곳으로 이주, 정착했다. 현 거
주지는 원주시 관설동 섭재 390-3번지이다.
보통체격으로 얼굴이 둥글다. 조사가 진행되어 아는 이야기가 나오자
적극적으로 나서서 구연했다. 목소리가 큰 편이고, 발음이 정확했으나, 이
야기를 할 때 행동은 거의 취하지 않았다.

제공 자료 목록
03_08_FOT_20110208_HRS_YOS_0001 쓸 방귀 - 노랑병 든 며느리

허춘남, 여, 1929년생

주 소 지 : 강원도 원주시 관설동 섭재 142-1번지
제보일시 : 2011.2.8
조 사 자 : 황루시, 유명희, 유형동, 김명수

허춘남은 충북 제천군 덕산면에서 자랐다. 1남 3녀 중 장녀로 태어나
정규 교육을 받지 못하고, 훈장이었던 할아버지에게 천자문을 배웠다. 후
에 야학에서 한글을 배워 깨우쳤다. 원주에 온 것은 12년 전으로 남편의

건강이 좋지 않아 요양을 겸해 오게 되었다
고 한다. 현재 거주지는 원주시 관설동 섭
재 142-1번지이다.

　보통체격이며 허리가 약간 굽었다. 구연
한 설화는 6편으로 거의 민담인데, 어린 시
절 할아버지께 들은 이야기가 대부분이며,
이웃에 사는 아저씨에게 들은 이야기도 있
다고 한다. 이야기를 구연할 때 인물이나
상황에 맞게 목소리 톤을 조절했으며, 극적인 상황을 연출하기도 했다.
독실한 기독교 신자인 그는 이야기를 거듭해서 청하자 '하나님 말씀을 전
하는 자로서 거짓말을 하면 안 된다'고 하기도 하였다.

제공 자료 목록
03_08_FOT_20110208_HRS_HCN_0001 쥐 좆도 모른다
03_08_FOT_20110208_HRS_HCN_0002 별과 달이 된 오누이
03_08_FOT_20110208_HRS_HCN_0003 하룻밤 사이에 머리가 센 사람
03_08_FOT_20110208_HRS_HCN_0004 쓸 방귀 - 노랑병 든 며느리
03_08_FOT_20110208_HRS_HCN_0005 첫날밤 간부를 죽인 신랑 동생
03_08_MPN_20110208_HRS_HCN_0001 도깨비에 홀려 소똥 먹은 사람

황기화, 여, 1932년생

주 소 지 : 강원도 원주시 관설동 섭재
제보일시 : 2011.2.8
조 사 자 : 황루시, 유명희, 유형동, 김명수

　황기화는 영월 수주면에서 출생하여 14
세에 혼인한 후 19세에 현재 살고 있는 원
주로 이주하였다. 2남 5녀를 두었다. 베틀가

를 길게는 아니지만 서사구조가 살아 있는 형태로 구연하여 수록하였다.

제공 자료 목록
03_08_FOS_20110208_HRS_HGH_0001

03_08_FOS_20110208_HRS_HGH_0001

오래 묵어 사(邪)가 된 돈

자료코드 : 03_08_FOT_20110208_HRS_GGD_0001
조사장소 : 강원도 원주시 관설동 섭재 마을회관
제보일시 : 2011.2.8
조 사 자 : 황루시, 유명희, 유형동, 김명수
제 보 자 : 김귀득, 여, 82세
구연상황 : 조사자들과 여러 노인들이 시집살이에 대한 이야기를 나누었다. 조사자가 제
보자에게 이야기를 권하자 옛날이야기를 하겠다며 구연했다.
줄 거 리 : 옛날 한 며느리가 화로에 묻은 불씨를 자꾸 꺼트려서 시어머니에게 혼나곤
했다. 며느리는 아무리 불씨를 잘 묻어도 자꾸 꺼지는 것이 이상해서 하루는
잠을 자지 않고 숨어서 화로를 지켜보았다. 깊은 밤이 되자 빨간 아이가 나
타나서 화로를 휘저어 불을 꺼트리는 것이었다. 며느리는 조심스럽게 아이의
뒤를 밟았는데 뒷결에 있는 고목 밑으로 사라졌다. 다음 날 며느리는 남편에
게 지난 밤 일을 이야기하고 아이가 사라진 고목 밑을 파 보도록 했다. 그러
자 고목 아래서 엽전이 가득 담긴 큰 항아리가 나타났다. 부자가 살던 곳이
있는데 돈을 숨겨 놓고, 돈이 오래 묵자 사가 되어 장난을 친 것이었다. 며느
리가 발견한 돈 덕분에 이 집은 큰 부자가 되었고 며느리는 더 이상 구박받
지 않았다.

옛날에 저기, 메느리가 시집살이를 해는데, 저기 성냥이 움써서(없어서)
이렇게, 저 몽댕이를 화로에다 이렇게 파 묻구서 불씨를 묻는데. 하, 글쎄
저기 불씨를 메느리가 아무리 잘 묻어두구, 그냥 그 이튿날이면 꺼지구 꺼
지구. 시어머니한테 그냥 만-날 혼나구 불씨 꺼져, 꺼트렸다구 혼나는데.

아유 그래, 저 그 메누리가 궁리를 해기를,

'아이 그거 아무리 내가 불씨를 잘 묻었는데도 그게 저기 불이 꺼지니
이상하다구.'

인제 옛날에는,

[방문을 가리키며] 저런 문이 아니고, 요롷게 문 창호지를 요롷게 발렀는데. 요롷게 잠을 안 자구서는 그 화로를, 그, 저 봉당에다 놓고서는,

[오른손 검지로 구멍을 뚫는 시늉을 하며] 요롷-게 뚫, 침을 발러 뚫구서 요롷게 내다보니, 밤새두룩 내다보니까. 아유 그 빨-간,

[앉은키 정도 높이로 손을 올리며] 요런 언네가(어린애가) 그렇게,

[오른손을 휘휘 저으며] 호, 화로에 불씨 묻은 걸 자-꾸 이러구 후저저서 끄더래유.

다 꺼놓구서는 돌아서는 거를 문을 살며시 열구서는 거, 빨간 애기, 쪼끄만 애기를 이렇게 따라가니까는 뒤곁으로 가드래유. 거 빨간 애기가.

그래 저기 우리 친정 아부지가 옛날 얘기 클적에 해라구, 그 아부지더러 그래믄 아부지가 그렇게 얘길해시더라구, 친정 아부지가. 아 그래, 따라가니까는 그 집이 큰- 고목낭구가 있는대유, 고 밑으로 쏙, 고 언네가 사라지더래. 그 언네가 읍서지더래. 그 고목낭구밑으루.

아 그래, 그 이틀날 또 불씨를 꺼서 시어머니한테 죽도록 혼났는데, 신랑더러.

"내가 엊저녁에 잠을 안 자구서는, 불씨를 아무리 잘 묻어두고 그렇게 꺼져, 잠을 안자구 이렇게 지키니까는 빨간 언네가 그렇게 수, 막- 그렇게 꺼놓구서는 저기 돌아스길래루, 뒤를 밟으니까는 고목낭구 밑으루, 밑에 가서 이렇게 사라지니 거길 파 보라구."

그러니까 신랑이 각시가 인제 만날 혼나니까는 팠대.

(보조조사자 : 네-.)

파니까는,

[두 손을 한아름 되는 원을 그리며] 아-주 그냥 이런 이런 항아리에다가 그 부자터, 부자사람이 살았던 터더래.

아 그래,

[두 손을 한아름 되는 원을 그리며] 이런 항아리가 나타나더래, 파니까는.

그래 열어보니까는 아주 그 옛날에 왜 저기 저 동전 있잖아여? 큰 동전, 까뜩하드래. 그놈이 그 즈, 그렇게 사가 되가지구, 그렇게 언네가 그렇게 나와가지구 그렇게 끄더래. 아 그래, 그 집이 부자가 됐대유, 메느리 땜에.

(보조조사자 : 아-.)

그래 저기 저, 시어머니한테 안 혼나구, 부자가 됐잖아.

아주-

(청중 : 이건 오래된 얘기다.)

엽전, 들으셨어?

엽전, 옛날에 엽전 돈이 항아리루 하나 까뜩하드래유.

(보조조사자 : 그 나무 밑에요?)

그 고목낭구 밑에 파니깐. 그 언네가 사라진 델 파, 파보라구 인제, 각시가 그래니까는 신랑이 파보니까, 글세 돈항아리가 까뜩하드래. 그래서 그 집은 부자가 됐대유.

첫날밤에 간부를 죽인 신랑동생

자료코드 : 03_08_FOT_20110208_HRS_GGD_0002
조사장소 : 강원도 원주시 관설동 섭재 마을회관
제보일시 : 2011.2.8
조 사 자 : 황루시, 유명희, 유형동, 김명수
제 보 자 : 김귀득, 여, 82세
구연상황 : 앞 이야기(오래 묵어 사가 된 돈)에 이어서 구연했다. 이야기 말미에 허춘남 제보자가 자신도 비슷한 이야기를 아는데 좀 다르다고 했다. 김귀득 본에서는 신랑 동생이 이인이라서 간부를 알아보는 것이지만, 허춘남 본에서는 우연히 신부집에 들어가 신랑 동생이 간부와 신부의 대화를 엿듣는 것으로 되어 있다.
줄 거 리 : 옛날 한 남자가 장가를 들어 신부를 맞으러 갔다. 신랑의 남동생이 후객으로 가겠다고 나섰다. 집안 어른들이 반대하여 몰래 숨어서 갔다. 동생은 신방 마

루 밑에 숨었다가 신랑 신부가 잠자리에 들 무렵 신방으로 들어갔다. 어리둥
절해 하는 신랑(형)에게 방안에 있는 뒤주를 밖으로 끌어내자고 했다. 영문을
모르는 신랑에게 동생은 자신이 시키는 대로 해야 목숨을 부지할 수 있다고
했다. 뒤주를 끌어내자 동생은 형과 칼을 한 자루씩 나눠 가지고는 뒤주의 양
편을 동시에 내려쳤다. 그러자 뒤주에서 피가 솟구쳤다. 신부가 간부를 두어
뒤주에 숨어 있도록 한 것이었다. 신랑 동생은 이인이라서 간부가 숨어 있는
것을 알고 있었다. 신랑은 후객 간 사람들을 깨워 그대로 돌아와 버렸다.

옛날에유.

(보조조사자 : 네-.)

저기 인제, 장가를 들을러 가-는데, 그 신랑 동상 있대유, 남동상.

장가를 들을러 가는데, 남동상이 따라 간다구 형(형) 장개들을러 가는
데 인제 따라간다구 그래니까 못따라가게 으른들이 옛날에는 그 저기 으
른들이 많이 가유. 저기 저, 장개 들러 가는 거.

(청중 : 상객가는 거지.)

네, 그래 인제 따러간다 그래니까 못 따러가게 으른덜이 그래니까는 숨
어서 인제 따러갔대.

[청중 웃음]

그래 그, 웃을게 아니유. 그, 저기 신랑 남동상이, 그 인제 저 신방 채
리는 데를 요렇게 알어 가지구서는 마루 밑에 이렇게 저, 숨어서 갔는데,
마루 밑에 가서,

[몸을 움츠리며] 요래구 인제, 밤이 돼서 숨구서는 인제 신방차릴라구
인제 저기 신랑각시, 옛날에는 신랑각시 신방차린다구 그래잖아?

(보조조사자 : 네-.)

지금은 뭐 신방이 어딨어. 여행가서 즈끼리 재미나게 노는거지.

[청중 웃음]

아, 그래 인제, 으른덜두 저기, 나두 저 새댁적에, 신방 저 집안사람들
신방 채리는거 같이 채리구 우수워 죽을 뻔 했지만.

(청중 : 아 얘기를 해지 뭐.)

아 그래 인제, 그 신랑 동상이 즈 형이 인제, 각시하구 이렇게 신방을
채리구 잘라구, 옷을 베끼구 잘라그래는데, 아 고만 그 남동상이 풀숙 들
어갔대. 즈 형, 거기, 신랑각시 잘라 그러는데 풀숙 들어가니까 즈 형이
깜짝 놀래,

"너 은제, 은제와서 여길 들어오느냐구, 여기가 어디라구 들어오느냐
구."

그래니까.

"아유 글쎄 형님, 저기 내가 있어야 형님이 산다구."

아주 단도직입으루 그렇게 말을 하더래.

"내가 여기 이 방에서, 내가 형님, 저기 내가 있어야지 형님이 살테니
까는 나를 내쫓으믄 형님이 오늘 저녁에 죽는다구." 이래더래.

아유 그래 그 샥시가 옛날에두 샛사낼 됐더래.

(보조조사자 : 음-.)

아 그래 인제, 그, 그 저기 신랑 동상이 이인(異人)이래. 뭐든지 잘 아는
이이이래. 그래 인제, 칼을 저기 둘을 준비해가지구 그렇게 쫓아갔대. 형
살구나구.

아 그래,

"아이구 너 그게 뭔 소리냐구."

인제 신랑이 그래니까루, 그렇게 지 동상이 세상만사를 다- 아는 걸 몰
르구서

"그게 너 뭔 소리냐?"

이래니까는,

"아유 형님 걱징미시라구."

이러며 나 앉더니,

[오른손을 들어 정면을 가리키며] 저기 저, 두, 두지(뒤주)를

[두 손을 위로 올리며] 옛날에 이렇게 두지가, 두지가 있대.

(청중 : 궤짝이지 뭐.)

거기 사람 하나 들어간대유.

(청중 : 들어가지, 그러면. 하나만 들어가? 여러 명 들어가지.)

"아구 형님 저기 저 나하구 저 두지를 이루 끌어내자구."

이러더래. 그 신랑 동상이.

"아니 너 왜 이렇게 그런 소릴 해느냐?" 그래니까.

"형님 내 말을 안 들으면, 형님이 오늘 저녁에 죽을테니."

[몸을 잔뜩 움츠리고] 인제 각시는 이래구 앉았었는데, 쪽두릴 쓰구 앉었는데, 아주 간이 후둑후둑해지 뭐 인제, 뒤주에 든 놈두 그렇구, 각시두 인제 가슴이 뛰지 뭐. 뒤주에 든 놈은 샛사내라서.

(청중 : 어, 거기 들었구나.)

아주 그냥 뭐, 찍소리도 못하고 '내가 오늘 저녁에 죽는구나.' 이래지 뭐. 아 그래, "형님 저걸 끌어내자구." 자꾸 그래더래.

그래서 인제 동생이 저기, 그러니까는 끌어, 바깥에다 끌어다 내다 놓고, "형님을 이거 저, 칼루 내가 시키는 대루 형님이 해이지, 그렇지 않으면 형님이 오늘 저녁에 죽는다구."

이래면서는 후객 간 사람은 사랑에 따루 자구, 인제 기척 없는 데 그제. 아 그래 인제, 그 칼을 인제 형님을 하나 주구, 저 하나 들구, 빼 들구,

그 저기 "형님은 저짝에서 칼루 내려치구, 나는 여기서, 이쪽에서 내리치구 그럴 테니까는 나 시키는대루 해이지 형님이 살지, 형님이 나 시키는대루 안해믄 형님이 오늘 저녁에 죽는다구." 그래더래.

아 그래서 자꾸 그래니까는 인제, 동상이 시키는대루,

[두 손을 모아 위에서 아래로 내려치는 시늉을 하며] 이렇게 내리치니까는 뭐 그 뒤주 안에서 피가 뭐 울컥 쏟어지지 뭐. 죽었지 뭐.

양쪽에서 내리치니까 뭐 어디가 비킬 데가 있어? 그래 그게 샛사내더래.

그래서 그 저기 형수래는 사람 못 데리구 왔대.

"형님 이것 좀 보라구. 저 사람이."

그 인제, 뒤주를 이렇게 내리치구서 그렇게 저기 샛사내를 죽이구 나서,

(청중 : 나도 그런 얘기 좀 아는데 그거 틀리다. 내 하는 얘기.)

동상이 하는 말이,

"형님이 오늘 저녁에 내가 안 쫓아 왔음, 저 사람한테,"

그 뒤주에 죽은 사람을 가리키며,

"저 사람, 저 사, 저 사람한테 형님이 오늘,"

(청중 : 죽지. 죽일라구 거 와 있는 건대.)

"오늘 밤새, 오늘 저녁에 아주 꼭 죽을테니까 내가 쫓아왔으니까 저 사람을 죽였으니까 형님이 살았다구." 그러니까.

"아이구, 너 아니면 내가 참 꼼짝없이 죽었다구."

[웃음]

그래면서는 "아이구 너, 시상에 우째 그렇게 용하게 아느냐구." 이래면서, 그 사랑에 후객 간 사람들 다 깨워가지구 밤에 돌어 섰대, 신랑하고.

쓸 방귀 - 노랑병 든 며느리

자료코드 : 03_08_FOT_20110208_HRS_YOS_0001
조사장소 : 강원도 원주시 관설동 섭재 마을회관
제보일시 : 2011.2.8
조 사 자 : 황루시, 유명희, 유형동, 김명수
제 보 자 : 윤옥순, 여, 70세
구연상황 : 허춘남 제보자가 구연한 '쓸 방귀'의 뒷 부분을 제보자가 보완하였다. 조사자
　　　　　가 처음부터 다시 구연해 줄 것을 부탁하자 이야기를 시작했다.
줄 거 리 : 옛날 어느 집에서 며느리를 새로 들였는데, 며느리의 얼굴이 점점 노랗게 되
　　　　　었다. 시부모가 까닭을 묻자 방귀를 뀌지 못해서 그렇다고 대답했다. 시부모

가 방귀를 마음껏 뀌라고 하자 며느리는 시부모에게 집안의 기둥을 꼭 붙잡고 있으라고 했다. 며느리가 방귀를 뀌자 온 집이 다 들썩 거렸다. 시부모는 며느리를 친정으로 돌려보내기로 하고 함께 길을 나섰다. 이들은 마침 배나무 밑에서 잠시 쉬게 되었는데, 시아버지가 그 배가 하나 먹고 싶다고 했다. 며느리가 나무에 대고 방귀를 뀌니 배가 떨어져 힘들이지 않고 먹을 수 있었다. 시아버지는 그 방귀가 쓸 방귀라며 며느리를 다시 집으로 데려갔다.

메누리가 노랑병이 들어서 자꾸 앓어서,

"그래 너 왜 아느, 아느냐구." 그러니까, 아프냐 그러니간, 아프진 않은데, 방구를 못 껴서 그렇다 그래더래.

"그럼 너 방구를 한 번 껴 봐라."

그래니간,

"그럼 시아부지는 상기둥을 붙들구, 시어머니는 뭐 어떤 기둥을 붙들구. 뭐뭐."

(청중 : 절구통을 붙들구, 그래 그거를 뀌니까느로 뭐뭐 집이 들썩들썩 하더래니까.)

집이 뭐 넘어 갈 것 같이 부숴져.

"아이구 야야, 야 이제 고만 껴라. 집이 넘어 가겠다. 고만 껴라."

야, 이거 이 며느리를, 이걸 데리구 살면 안 되겠다. 데리다 줘야 되겠다. 인제 즤 집으루 데루 가는 거여. 가 인제 메느리, 시아부지하구 시어머이 하구 서이가 인제 가다가, 배가 누-렇게 열렸어. 큰 낭구에.

그러니까,

"야- 저거 하나 시원해게 먹었으면 좋겠다."

시아버지가 그러니까.

"아이고 아버지 그게 먹고, 잡숫고 싶음 내가 따 드리지유."

고만 방구를 끼니 막 떨어지더래는 거여.

그걸 먹구, 까 먹구 생각을 하니.

“야, 니 방구가 그게 쓸 방구구나. 가자.”

데리구 돌아왔대 그래서.

쥐 좆도 모른다

자료코드 : 03_08_FOT_20110208_HRS_HCN_0001

조사장소 : 강원도 원주시 관설동 섭재 마을회관

제보일시 : 2011.2.8

조 사 자 : 황루시, 유명희, 유형동, 김명수

제 보 자 : 허춘남, 여, 83세

구연상황 : 한 차례 민요 조사를 마치고 옛이야기를 구연을 부탁했다. 그러자 제보자가
옛날이야기로 손자들을 달래었다고 말을 이어 갔다. 주로 어떤 이야기를 했었
느냐고 묻자 이 이야기를 구연했다.

줄 거 리 : 옛날 쥐가 어느 집 주인영감의 모습으로 둔갑했다. 그리고 주인영감이 외출한
사이 그 집에 들어가 주인 행세를 했다. 주인영감이 집에 돌아와 보니 자신
과 똑같은 사람이 앉아 있었는데, 가족들은 그를 진짜로 알고 진짜 주인을
집에서 쫓아 버렸다. 집에서 쫓겨난 주인영감은 용한 점쟁이를 만났는데, 점
쟁이는 주인영감에게 오래 묵은 고양이를 구해 집으로 돌아가라고 했다. 주
인영감이 고양이를 구해 집으로 돌아갔다. 고양이는 풀어 놓기가 무섭게 가
짜에게로 달려들어 목덜미를 물었다. 그러자 가짜는 쇠리가 시발이니 되는
쥐로 변했다. 무안해진 아들들은 어머니에게 ‘엄마는 쥐 좆도 모르냐’고 큰소
리를 쳤다.

아, 아주 옛날 옛날에는요, 주, 쥐가 둔갑을 해서 주인 영감이 되더래
요. 그거 알었지요? 알지 않어요?

(보조조사자 : 그런 얘기를 있다는 건 들었어요.)

있다는 건 들었어.

(보조조사자 : 네.)

주인 영감이 되가지고, 집에 영감이 어디를 나가는데, 집에 쥐가 둔갑
을 해가주구 주인 영감이 돼서 아들네들 며늘네들 다 있는데 “내가 느 아

부지다.” 하고 앉아있다.

한 메칠있다니까 영감이 이제, 갔다가 이제 오, 왔어. 집에 오니께, 아 영감이 있는 데, 집에 영감이 하나 또 있더래. 막- 내 쫓더래. 진짜 영감을 내 쫓안기요. 내 쫓응께 아들네들두 다 내쫓지, 아 이거는 집이 쫓겨나 가서 돌아댕기, 어떻게 할 수가 없어 이래이래 하다가 아주 좋-은, 용-한 점쟁이를 만냈대. 아주, 그래서 그 점쟁이가 그러더래.

“당신이 별 수가 없수. 아주 어디든지 가서 고냉이를 아주 오-래오래 된 거, 칠 년 묵은 고냉이를 하나 구해 가지구 끌어 안구 집엘 가시우.”

그래더래.

그래서 인제 걸어 댕기다, 돌아 댕기다 그 고냉이를 구해 가지구 끌어 안구 집엘 갔대. 갔는데 그 영감이 맨 거기 앉았더래.

그래서 그 고냉이를 참 꺼내 논께, 고냉이가 고만 쫓아가드니 그 영감 멕살을 물어서 둘러 메치는데,

[팔을 양쪽으로 벌리며] 쥐가 꼬랭이가 서 발은 되는 게 쑥 빠졌드래요. (보조조사자 : 네-.)

그래가주 영감이 인제, 저, 아, 아들네들이 아, 아바이를 내 쫓았응께. 그러더래 아들이 엄마보고.

“엄마는 쥐 좆도 모르우?”

[일동 웃음]

별과 달이 된 오누이

자료코드 : 03_08_FOT_20110208_HRS_HCN_0002
조사장소 : 강원도 원주시 관설동 섭재 마을회관
제보일시 : 2011.2.8
조 사 자 : 황루시, 유명희, 유형동, 김명수

제 보 자 : 허춘남, 여, 83세
구연상황 : 앞이야기 구연을 마치고 수숫대가 빨갛게 된 사연을 아는지 묻자 구연했다.
줄 거 리 : 옛날 별순이와 달순이가 살고 있었다. 어머니는 고개 넘어 먼 곳에 품을 팔러
         다녔다. 하루는 어머니가 베품을 팔고 팥죽을 한 동이 얻어 돌아오다가 고개
         에서 호랑이를 만났다. 호랑이는 팥죽을 한 그릇, 한 그릇 빼앗아먹고, 이를
         잡아 주겠다며 어머니를 잡아먹었다. 별순이 달순이만 있는 집에 호랑이가 찾
         아 갔다. 호랑이에게 속은 아이들은 문을 열어 주었다. 엄마가 아니라 호랑이
         라는 것을 알게 된 아이들은 똥을 누고 오겠다며 뒤뜰 정자나무로 올라갔다.
         아이들을 찾아 나온 호랑이이가 나무에 올라가려고 하자 동생이 방법을 알려
         주어 잡아먹힐 위기에 처했다. 아이들은 하느님께 동아줄을 내려 달라고 기도
         하고 하늘에서 내려온 동아줄을 붙잡고 하늘로 올라갔다. 호랑이도 아이들을
         흉내 내서 기도했다. 그런데 호랑이가 받은 줄은 썩은 동아줄이어서 호랑이는
         수수밭에 떨어져 죽었다. 수수밑동이 붉은 것은 호랑이 피가 묻어서 그런 것
         이다. 하늘로 올라간 아이들은 별과 달이 되었다.

저기 빌순이 달순이가 있었잖어.

(보조조사자 : 별순이 달순이.)

어.

빌순이 달순이가 있는데, 빌순이 달순이가 엄마두 없구 그런데, 인제
저기, 집에 저끼리 있는데, 엄마가 하도 없어가지고 저 동네 맨- 재 넘어
먼 곳에, 베를 매주러 갔대. 그 집, 지금 베라 함 모를 껄.

[베짜는 시늉을 하며] 삼베 이렇게 뻗치놓고 솔로 이레 매는거. 베 짜
는거.

그 베를 매주러 갔는데 이제, 그 가서 베를 매고 이제 빌순이 달순이
줄라고 팥죽을 한 보재기 얻어 이고, 고개를 넘어 집에를 오는데 호랭이
가 나타나서, 어, 호랭이가 나타 나서,

"할머니 할머니 팥죽 한 그릇 주우."

그래께.

"아이고, 안돼. 빌수이 달수이 줄 라고 얻어 가는데."

그러니까.

"그럼 나 할머니 잡아 먹지."

그래서 또 한 그릇 퍼주고, 또 오다가 또 그래서, 또 한 그릇 퍼 주고. 그래다 보니 팥죽은 다 퍼 줬는데, 오다가 인제 또 호랭이를 만났네.

"할머니 할머니 엎드리우. 이 잡아 줄게." 그러더래.

"안된다."

그래께, 아 엎드리라 그래, 엎드리까 고만 다 잡아 먹은기유, 호랭이가.

그 엄마는 없어진기유 그러니까. 그래구 인제 호랭이가 알어가지구 빌순이 달순이 집에를 왔어.

"빌순아 달순아 문 열어 다고."

그러니까레,

[고개를 앞으로 내밀며] 아들이(아이들이) 요레 내다 보니 엄마가 아니고 호랭이그든. 문을 안 열구 인제 가만히 있지.

그래께,

"문 열어 다고. 팥죽 주께, 문 열어 다고."

그러니께 자꾸만 문을 안 열어 주니께, 이 애들이 뭐 우트게 해.

"엄마 엄마."

애들이 그래두 호랭이를 보고,

"엄마 엄마 우리가 똥 매려워 죽겠으께 똥 누고 와서, 저기 팥죽 먹으께. 어딜루 가서 똥 뉘이 돼?"

그래이까느로, 이게 이게 호랭이가 "그래 가 똥 누고 온나." 그랬어.

그래서 이것들이 뒷문으로 나가서 저- 높은, 뒤안에 정자나무가 있는데 그 나무 꼭대기에 올라 갔네. 올라 가 가지구, 그 둘이 암말두 안 했으면 괜찮은데, 두 형제니께로 "아유 우리 오빠 올라왔냐고 헤헤." 했든가봐.

그래서 호랭이가 듣고,

[고개를 치켜들어 위를 보며] 아 처다본께로 높은 데 있그든. 그래서,

“빌순아 달순아 너는 어트게 올라갔냐, 올라갔냐.”

이랬는데, 그 또 동생이 철부지 해가지고.

“나는 도꾸를 가지와서 낭굴 콕 찍고, 기름을 발르구 올라왔다.” 이랬대.

그래 가지고 이 호랭이가 가서 도꾸를 콕 찍고 기름을 발르구 막 올러오더래.

그래서 빌순이 달순이가 하나님을 처다보고.

“하나님 하나님 나를 살릴라면 어, 뭐 동아줄을 내리주고, 죽을라면 썩은 줄을 내리 주세요. 죽일라면. 내가 죽든지 살든지 해야지. 호랭이 아가리에 들어가겠다고.”

인제 자꾸 그러니께. 하나님이 고마네 동아줄을 내리 줘서, 그래 인제 그거 타구서 고마네 하늘루 올라갔단 말이여 빌순이 달순이는.

[왼손 검지로 하늘을 가리키며] 그래서 빌순이 달순이가 됐잖어. 빌순이 달순이가 됐잖어.

그런데 이제 에, 호랭이두 인제 그랜기요.

“나를 살릴라면 동아줄을 내려주구, 나를 죽일라면 썩은 줄을 내리 달라.” 했는데.

하나님이 썩은 줄을 내리셔서 그래서 고만 뚝 떨어져가지고 수꾸밭에, 수꾸 끝에기에 고마네 궁딩이를 찔려 가지고 그래가 죽었는데, 그 수꾸대가 빨간기 호랭이 피가 묻어 그렇대.

하룻밤 사이에 머리가 센 사람

자료코드 : 03_08_FOT_20110208_IIRS_HCN_0003
조사장소 : 강원도 원주시 관설동 섭재 마을회관
제보일시 : 2011.2.8

조 사 자 : 황루시, 유명희, 유형동, 김명수
제 보 자 : 허춘남, 여, 83세
구연상황 : 앞 이야기를 구연한 후 계속 이야기 구연을 요청했다. 제보자는 종교적인 이
유로 거짓말을 하는 것이 별로 내키지 않는다며 사양했다. 조사자가 조사의
취지를 거듭 설명하고. 이에 주변의 청자들도 한 마디씩 거들어 이야기판이
만들어졌다.
줄 거 리 : 옛날 일도 하지 않고. 게으르게 놀고 먹기만 하는 남자가 있었는데 결국 집에
서 쫓겨났다. 집을 나와 정처 없이 거닐다가 어느 산속에서 날이 저물었다.
멀리 반짝이는 불빛을 쫓아가니 한 여인이 나와서 맞이했다. 차려준 저녁을
먹자, 여인이 자기의 시아버지가 죽어서 남편이 장을 보러 갔는데 함께 마중
을 가자고 했다. 여인과 횃불을 만들어 들고 마중을 갔는데, 한 고개 내려가
니 호랑이가 그 여인의 남편을 잡아먹고 있었다. 여인은 들고 있는 횃불로 호
랑이를 쫓으며 남자에게 집에 가서 지게를 가져다 달라고 했다. 남자가 지게
를 가져오자 시체를 집까지 운반해 달라고 한다. 집에 도착하자 여인은 남자
에게 시체 두 구를 모두 묻어주고 가라고 부탁했다. 다음 날 시체를 묻고 나
니 날이 저물었다. 여인은 남자에게 자신과 살자고 했으나 남자는 집으로 가
겠다고 했다. 그러자 여인은 밤이 늦었으니 자고가라고 했다. 그리고는 명주
한필을 주면서 온몸에 둘둘 감고 자고, 날이 새면 뒤도 돌아보지 말고 뛰어서
집으로 가라고 했다. 여인이 시킨대로 명주를 감고 자고 있자니 밤에 호랑이
가 들어와 남자를 잡아먹으려고 했다. 그러나 명주를 감고 있어 무사했다. 그
러자 호랑이는 여인이 잠든 곳으로 가서 여인을 해쳤다. 날이 새고 남자는 여
인이 잠든 방을 열어 보았다. 그러자 창자가 다 드러난 여인의 시체가 벌떡
일어나며 '네가 나와 산다고 했으면 내가 죽지 않았을 것'이라며 쫓아왔다.
남자는 무서워서 산 아래로 내달렸는데, 동이 터 나무하는 사람들을 만나고
나니 여인의 귀신이 사라졌다. 마을로 내려온 남자를 보고 사람들은 젊은 사
람이 머리가 하얗다며 수근거렸다. 남자가 거울을 보니 정말 자신의 머리가
하얗게 세어 있었다. 너무 무서운 일을 겪었기 때문이다.

저기 옛날에 어떤 사람이 먹고 만날 놀고 일도 안하고 그러니까 집에
서 내 쫓았대.

"나가라구. 그렇게, 그렇게 게이르게 자빠져 잘라면은 나가라구." 내 쫓
았대.

[웃음]

쫓기났대.

그래가지구 어디를 가는데, 가다가 가다가 보니 집이 없더라네. 집이 없는데 자꾸 가다가 가다가 보니, 어디쯤 가니 불이 빤짝빤짝 하더래. 그 래서 그 집을 찾아 들어갔대.

들어갔으께로, 아 여자가 혼자 나와가지고

[두 손을 앞으로 뻗으면서]

"아유 들어오시라구." 그래면서 그러더래.

"우리 남편이 인제 죽었다구." 그러면서, 그러면서 인제 들어오라 그래, 들어 갔는데, 신체도 없는데 아, 여자가 이래더래.

"우리 남편이 장에 장보러 가서, 장거리 해가주 오다가 저기, 죽었는데, 우리 시아버지가 참, 시아버지가 돌아가셨는데 여기 신체가 있는데 아들, 인제 아부지 장사 할라고 장보러 갔는데, 저기 나하구 같이 장마중을 좀 갈라 냐구." 물어보드래.

저녁을 주드래. 그래 먹고 나서, 신첸 내비 두고.

그래서 장마중을 그럼 여자가 간다니께 같이 가 준다고 그러는데,

[팔을 벌려 무언가를 한아름 안는 시늉을 하며]

소가지를 이만침, 옛날이 이 소가지 패잖어.

이 만치 해 가자구 불을 또 이만치 붙여가지고 끌어 안고, 아 그 가다 니께 한 고개를 넘어가서 내리가다니 호랭이가 그 남자를 잡어가지고 피 들어 마시는 소리가 쿠룩쿠룩 하드래.

아, 그래서 얼마나 무서운지, 그런데 이 여자가 참 독하드래.

[두 손을 모아 이리저리 흔들며]

호랭이를 이룧게 이룧게 막 찡구고 막 쫓은께 호랭이가 물러 스드래요.

그래가지고 남자보고 그래더래. "당신이 우리 집에 가서 지게를 좀 가 져 올라우, 여기서 이 호랭이를 쫓을라우."

[웃음]

그래더래.

지게를 가지러 갈라도 무섭지, 호랭이를 쫓을 라도 무섭지.

그런데 이제 할 수 없어서 그래두 지게를 가지러 간다 했대. 그래 지게를 가지러 갔대.

가 가지구 서는 이레 찾으니께로, 어디 지게가 뒤안에 어디에 있다 그래서 찾아가지고 나오는데, 아 그 신체가 막, 막 소리를 지르고 일어서서 막 시아버지 죽은 신체가 막 쫓아오는 거 같드래.

그래 가지고 가니까로, 그래 가주 막 지겔 가지구 줄달음을 하구, 이 여자 있는대로 갔드니, 이 여자가 상구동 호랭이를 쫓구 있드래요.

그래서 인제, 지게에다가 놔 가지고, "당신이 이 시체를 지고 갈라우, 이 호랭이를 쫓을라우." 그래더래.

그래가지고 호랭이는 쫓아 준다니께 무서워두 신체 지구가는게 더 나을거 같애서 신첼 지구 간다 했대. 그래서 인제 지구선 갔대.

가니까느로 신체가 둘 아니요? 방에다 모셔 놓고.

(보조조사자 : 네-.)

아이고 그래서 가, 집에를 가, 이 남자는 얼른 가야 되겠는데, 아 이왕 이렇게 만났으니 이걸 다 좀 파묻어 달라 하더래. 신첼 파 묻어주고 가라고 못 가게 하더래.

그래가주고 할 수 없어가지고 그 이튿날 땅 구뎅이를 파 가지구 신체 둘을 다 파 묻었대요.

파 묻고 집에 들어왔대. 들어왔는데, 그 여자가 그러더래. "저녁을 먹어야 된다구." 밥을 인제 해서 먹구.

여자가 인제 이래더래 "당신이 인제는 해가 다 가서 어두워서 이, 가지를 못한다고. 가다보면 호랭이한테 또 잡아 멕힐틴까(잡아 먹힐 테니까) 여기서 밤을 새우고 낼 아침에는 일어나서 뒤도 돌아보지 말고 이 방에도 뭐고 보지도 말고 아주 문을 열고 냅다 뛰가라.” 하면서 이 명주를 주면서 몸에다가 똘똘 감고 자라 하더래. 명주를.

그래가주 인제 똘똘 감구서 인제 둔눠서 이레 자는데, 여자는 아룻방에서 아무것도 감지도 안하구 기냥 자드래.

자다니깨로 호랭이가 오드니, 덜크덩 문을 열더니 자기 있는 방으로 들어오더래.

[두 손을 앞으로 내밀어 굴리는 시늉을 하며]

이렇게 이렇게 떠 굴리고니께로,

[두 손을 가슴으로 모아 움츠리고]

명주를 감아가지고 속으로 끈을 해서 요렇게 붙들고 있는데, 한 두 너번 떠 넘겨 보더니 송장이군, 뭐, 명주가 원래 이가 안들으 가요. 명주는. 명주는 이가 안들으가.

그, 그릏기땜에 일본시대 때 명주를 할튼 군인들 그- 포탄 막는다고 이 누에꼬치 다 걷어 갔잖어. 뭐 낙하산 만들고 한다고.

그랬는데, 그래가지구 덜크덕 새 문을 열구 내리가더니 아룻방에서 그 여자 집어 먹느라구 피 들으마시는 소리가 쿠룩쿠룩 하드래.

그래 이 여자가 문도 열어 보지 말고, 아주 줄달음을 하고 내빼 가라고 했는데, 이 남자가 어수룩하지.

그 여자 죽었으면, 그, 그 가지않고 또, 어트게 됐나 볼라고 문을 열었대.

아, 문을 열었더니 이 여자가 벨이 다 빠진게 송장이 뻐떡 일어서서 “나는 니 놈땜에 죽었다고. 니놈이 나하고 산다고 했어도 내가 안죽었을 끼라며.” 아 막 쫓아 오더래.(여인이 남자에게 돌아보지 말라고 당부하는 대목 이전에 함께 살기를 권하고, 남자가 거절하는 내용이 있어야 이야기가 매끄럽게 연결된다.) 아무리 쫓기가두 쫓아오더래.

얼-마만큼 쫓기 가다니깨루로 그- 어디서 낭구하러 오는 사람들이, 옛날에 낭구하러 많이 댕기걸랑. 도꾸 가지고 젊은 사람들이 올라오면, 소-

리를 하며 오더래.

그러께 그게 없어지더래. 귀신이.

그래가지구 올, 내리가가지구 어데 시장에가서 댕기다니,

[왼손을 뻗어 삿대질을 하며]

사람들이 "아유 저 놈은 왜 저렇게 머리가 하얗게 됐을까?" 그래더래.

그래서 이래- 자기가 이, 스, 저기 치, 앵경 파는, 저 쉿경파는 점에 이레 가보니께, 자기 머리가 하얗-게 샜더래.

하두 추워서, 무서워서, 하도 고생을 해가지구, 그래가지구 말었대.

(보조조사자 : 밤새 머리가 하얗게 된 거죠?)

어, 밤새.

(보조조사자 : 하룻밤에 머리가 새 버린 얘긴가요?)

어, 하도 혼나가지고. 하도 혼나가지고.

(보조조사자 : 그러니까 할머니, 중간에 그러니까 이 여자가 "너 가지말구 여기서 살자." 그랬는데, 이 남자가 안 산다 그랬구나.)

어, 안살어. 안 산다 그랬어. 가야 된다 그랬잖어.

그러니께 가라구. 가라구 그래두 명주를 주드래. 한 필을 그래서 챈챈 동이구 있다니 호랭이가 덜크덕 하더니 들어오더니 발루 막 떠 굴리는데, 그렇게 명주를 감았으니 대가리서부터 폭 뒤집어 감았으니, 신체겉은께 굴렀다 굴렀다 하다가 샛문을 열구 퍼뜩 내려가더니 여자를 잡어 먹드래 잖어.

(보조조사자 : 그 여자는 이 남자가 안 산다 그래서 자기두 죽을 생각에.)

어 죽을생각에.

(보조조사자 : 호랑이가 올 거라고 생각하구 거기 누워 있었던 거에요?)

그래서 그 여자가.

(보조조사자 : 무섭다, 그 여자두.)

그 남자보고 문도 열어보지 말고 바로 그 명주를 끌러놓고, 바로 집으로 내 뛰라고, 산으로 뛰내리 가라 했는데,

왜 그 여자가 파 먹었음 파 먹었지 뭘 들이다 보냐, 들이다 봐가지고 쫓아왔지.

쓸 방귀 - 노랑병 든 며느리

자료코드 : 03_08_FOT_20110208_HRS_HCN_0004
조사장소 : 강원도 원주시 관설동 섭재 마을회관
제보일시 : 2011.2.8
조 사 자 : 황루시, 유명희, 유형동, 김명수
제 보 자 : 허춘남, 여, 83세
구연상황 : 방귀 잘 뀌는 며느리 이야기를 들어보았는지 묻자 구연하였다.
줄 거 리 : 옛날 어느 집에서 며느리를 새로 들였는데, 며느리의 얼굴이 점점 노랗게 되었다. 시부모가 까닭을 묻자 방귀를 뀌지 못해서 그렇다고 대답한다. 시부모가 방귀를 마음껏 뀌라고 하자 며느리는 시부모에게 문지방 등을 꼭 붙잡고 있으라고 한다. 며느리가 방귀를 뀌자 온 집이 다 들썩 거렸다. 시부모는 며느리를 친정으로 돌려보내기로 하고 함께 길을 나섰다. 이들은 마침 배나무 밑에서 잠시 쉬게 되었는데, 시아버지가 그 배가 하나 먹고 싶다고 했다. 며느리가 나무에 대고 방귀를 뀌니 배가 떨어져 힘들이지 않고 먹을 수 있었다. 시아버지는 그 방귀가 쓸 방귀라며 며느리를 다시 집으로 데려갔다.

뭐 옛날에 뭐 저기 며느리가 뭐 받아 났드니 뭐 그것도 뭐 옛날에 그랜가봐.

어, 얼굴이가 노-랗게 되고 그래서 시아부지가 "쟈는 왜 저렇게 얼굴이가 노-랗게 되는 기, 점점 못씨게 되나. 뭘 못 먹어서 그러나."

자꾸 그래시, 물으니까레, 뭐 빙구를 못 끼시 그렇다 한다고.

그래 방구를 못 끼서 그렇다 해서, 이 시아부지하고 시어머이하고, "아 노래지지 말고 방구 니 멋대로 신컨 뀌어라."

그랬는데, 메누리가 "아버님은 문지방을 꼭 붙들고 계시고, 뭐 어머님을 뭘 꼭 붙들구 계시라구." 그래더니 방구를 냅다 끼는데, 막 집-드라니가 올라갔다 내리갔다 하게 끼드라잖어.

그래가지고 그, 어디를 가다가 시아버지하고 시어머니하고 같이 가다가 배가 뭐 낭게 주렁주렁 달렸는데, 시아부지가 "그게 먹고 싶다."

하니께로 "아유 그럼 따 드리지요." 하더니 궁딩이를 하늘로 치키들구 까꿀루 엎드리더니 방구를 내다 뀐께 배가 뚝뚝뚝 떨어지드라는거.

[웃음]

(보조조사자 : 그래서 어떻게 됐대요?)

그 얘기가….

(보조조사자 : 그래서 어떻게 됐어요, 할머니.)

그게 진실로 그런 게 아니야. 그거 어떤 놈이 지어 낸 거지.

(청중 : 아 그래다가 바, 그걸 따 먹었더니 "아이구 야, 이 방구두 쓸 방구구나. 가자." 하구 도루 데리구 왔대.)

즤 집에 데리다 줄라 하다가.

(청중 : 즤 집에 데려다 줄러 데려 가다가 배가 달리서 "저 배가 먹구싶다." 그러니까 "그럼 하나 따 준다구." 방굴 끼니까 뚝 떨어져서 까 먹구서는 "아이구 이것두, 야, 니 방구두쓸 방구다. 가자" 집으로 도루 데려 왔대 잖아.)

첫날밤 간부를 죽인 신랑 동생

자료코드 : 03_08_FOT_20110208_HRS_HCN_0005
조사장소 : 강원도 원주시 관설동 섭재 마을회관
제보일시 : 2011.2.8
조 사 자 : 황루시, 유명희, 유형동, 김명수

제 보 자 : 허춘남, 여, 83세
구연상황 : 김귀득 제보자의 이야기를 듣던 중 자신이 아는 이야기와는 다르다고 언급을
          했다. 김귀득 제보자가 구연을 마치고 제보자에게 구연을 부탁했다.
줄 거 리 : 옛날 한 남자가 장가를 들어 신부를 맞으러 갔다. 신랑에게는 남동생이 있었
          는데, 연을 날리고 놀았다. 그런데 연이 끊어져 날아가 어느 집 뒤뜰에 떨어
          졌다. 동생은 연을 주으러 그 집 담을 넘었는데, 별채에 사는 그 집 딸이 중
          을 간부로 두고는 결혼할 남자를 죽이려고 하는 것을 듣게 되었다. 사정을 자
          세히 들으니 그 집이 바로 형이 장가갈 집이었다. 내막을 아는 동생이 후객으
          로 가겠다고 나섰으나 집안 어른들이 반대하여 몰래 숨어서 갔다. 동생은 신
          방 마루 밑에 숨었다가 신랑 신부가 잠자리에 들 무렵 신방으로 들어갔다. 어
          리둥절해 하는 신랑(형)에게 연을 주으러 왔던 곳인데 형이 장가갈 집이었다
          고 말했다. 그리고는 자기가 힘이 얼마나 센지 보라며 다짜고짜 큰 칼로 궤짝
          을 내려쳤다. 궤짝에 숨어 있던 신부의 간부는 죽었다.

내가 하는 얘기는, 그 동상이 잔칫날을 받아놨는데, 연을 자꾸 띄우는
데, 저 동상이 연을 인제 띄워 이릏게 겨울에.

연을 띄우는데 연이 왜 줄이 끊어져 자꾸 날라가드래.

그래 이 연이 내리 앉을 때까지 이 동생이 쫒아갔대.

쫒아갔는데, 쫒아가서 그 집, 그- 장개가는 집, 색시 집에, 뒤안에 가
그게 떨어졌는네, ㄱ 동생은 그세 자기 형 장개 길 처깃집인 줄도 모르고,
인제 연을 주, 연을 주으러 거기를 담을 타 넘어서 들어갔는데, 어디, 색
시가 이레 있는데, 별장에 있는데, 중하고 연애를 하드래.

그래, 약속을 하드래.

"내가 저 귀짝안에 들어가 있을 테께, 내가 그 인제, 신랑이 와서 인제
첫날밤에 내가 죽일테께로 나하고 살자고." 약속을 하고, 중이 거기 들어
앉아 있었대.

그런데 이 동생이 다 듣고 보니까느로 자기 형 장개 갈 집이그던.

그래서 인제 "형, 나도 같이 가겠다."한게.

아 어른들도 그래고, 절대 어딜 거기를 어디라고 따라 가느냐고 못 가

게 했대.

그런데 이 동생이 칼을 큰-걸 치어가지고 갔대.

가 가지구서는, 인제 신방 차렸는데 바깥에 가만-이 있다가서는 뭐 가, 갑자기 쫓아 지가지도 않은가 보더라고.

그러니께 있다가서는 아주 고요하고, 이 사둔네 집에, 잔치집에 다- 사람들이 자는 뒤에 가만히 인제 문을 열고 형을 부르면서 들어 갔대.

"니 왜 왔나?"

그러니께 "아유, 나 연이 끈이 떨어져서, 자꾸 쫓아오다 보니까는 여기 뒤안에 떨어져서 주우러 왔는데, 와 보니까로 형이 이 집에 장개가는 것 같애."

이래구서는 그래 들어가서, 큰 칼을 내노면서, 저, 이 형보고, 형은 치라 소리도 안하고, 형보고 "내가 저 귀짝을 이 단칼에 내리 칠테께, 형 내 기운이 얼마나 시나 보래." 하고,

[왼팔을 위에서 아래로 힘껏 내리며]

귀짝을 단칼에 내리 치는데, 그양(그냥) 피가 그 안에서 줄줄줄줄 나오드래.

그 중 죽었지.

도깨비에 홀려 소똥 먹은 사람

자료코드 : 03_08_MPN_20110208_HRS_HCN_0001
조사장소 : 강원도 원주시 관설동 섭재 마을회관
제보일시 : 2011.2.8
조 사 자 : 황루시, 유명희, 유형동, 김명수
제 보 자 : 허춘남, 여, 83세
구연상황 : '첫날밤 간부를 죽인 신랑 동생' 이야기를 마친 제보자에게 도깨비 이야기는
아는 것이 없는지 묻자, 도깨비를 진짜로 만난 사람은 안다며 구연하였다.
줄 거 리 : 제보자의 아버지는 소 장사를 했었는데, 같은 마을에 탁봉주라고 하는 동료
소장수가 있었다. 어느 날 같이 장사를 나갔던 제보자의 아버지는 돌아 왔는
데, 탁봉주는 돌아오지 않았다. 부인이 제보자의 집에 찾아와 사정을 물으니,
제보자 아버지는 '나보다 먼저 집으로 향했다'고 했다. 그래서 탁봉주의 부인
과 동생이 탁봉주를 찾아 나섰는데, 고개 너머에 큰 밭에 있는 돌배나무 밑
에 앉아서 소똥을 집어 먹고 있는 탁봉주를 발견했다. 탁봉주는 옆에 아리따
운 아가씨가 앉아서 자꾸 떡을 권해 먹었다고 했다. 살펴보니 그 아가씨는
낡은 빗자루였다.

우리 친정 아부지하고 같이 소장사를 하는데, 우리가 그 산골에 살았그
든, 그런데 그 친구가 탁봉주라고 같이 인제, 소장사 같이 댕기는 친구가
있어.

그런데 한날 우리 아부지는 일찍 왔는데, 그이가 안오고 있드이. 그 주
인네가 막 에, 저기 자기네 남편 안왔다고 왔다가고 그랬는데.

"아유 나보다 먼저 온다 그랬는데, 온다 그랬는데."

그 고개 너머가서 쪼금 오다가 보믄 큰― 밭이 핀― 한 게 있는데, 돌배
나무가 아수 큰―게 있드라구.

그런데 거기, 그, 그 주인네가 그 동상이 찾아가께 거기 앉아서,

[무언가를 집어 먹는 시늉을 하며]

그 탁봉주라는 사람이 소똥을 자꾸 먹구 앉았더래.

[청중 웃음]

떡덩어리라 하며 먹드래.

그 도깨비한테 홀려 가지고. 술이 췌면 홀린대요. 그래가지고.

뭔 여자가, 예쁜 여자가 곁에서 자꾸 떡을 먹으라구 준다 하더래. 그래 나중에 보니께로, 그 떡을 먹으라고 주는 여자는 빗자루고.

(보조조사자 : 어-.)

빗자루가 도깨비가 된대.

뱃노래

자료코드 : 03_08_FOS_20110208_HRS_HGH_0001
조사장소 : 강원도 원주시 관설동 섭재 마을회관
제보일시 : 2011.2.8
조 사 자 : 황루시, 유명희, 유형동, 김명수
제 보 자 : 황기화, 여, 80세
구연상황 : 할머니들이 창부타령, 노랫가락, 아라리 등을 한두 마디씩 섞어서 부르기 시
작하였다. 조사자가 다른 노래들을 청하자 제보자가 나서서 조용히 소리를 시
작하였다. 처음에는 좌중이 시끄러워 녹음상태가 불량하나 점차로 청중들이
집중하였다. 제보자는 이 노래가 여기서 끝이 아니면 더 있지만 기억이 안난
다고 하였다.

오늘도 심심해 베틀이나 놀까

베틀다리 네다리요 아가씨 다리는 한다리

잉앳대(잉앗대, 잉아를 걸어놓은 막대)는 삼형제요 눌림에대(눌림
대, 잉아 뒤에 양끝을 끈으로 매어 베틀다리에 묶어 베날을 눌러주
는 막대기)는 독순(독신)인데

허나분내 두른양은 명지나 단두필을아

사흘만에 다각짜 앞뒷강에다 빨아다가

앞강에가 헤워서 뒤에다가 걸어가주

머스매 살짝 데려놓고 정심에 바늘 끄내가주

한쪽에 살짝 대려놓고 만질나니 손때묻어

게인라니 주름잡혀 횟대불에 횟대걸고

대문밖에 썩나시니 올라가는 구검소(구간서, 편지를 전하는 비둘
기)야

편지나한장 전해주게 누구한테 편질전해
우리낭군 서울간제 석삼년이 다가와도 편지한장 소식없네
편지간제 사흘만에 어허름차 어허름차 (어름..)
상두꾼아 발맞춰라 초롱꾼아 불밝혀라[머뭇거림]
횟대불에(아이, 뭐야) 살강밑에 삶은팥이 초트거든 오마드나
살강밑에 쇠뼉다구 살붙거든 오실래나(아, 아이 숨차 못해)

2. 귀래면

강원도 원주시 귀래면 귀래1리

조사일시 : 2011.2.19
조 사 자 : 황루시, 유명희, 유형동, 김명수

강원도 원주시 귀래면 귀래1리

　귀한 분이 오셨다는 뜻에서 귀래라고 한다. 신라말 경순왕이 이곳에 와 머물었다는 데서 유래하였다. 이 마을의 이름을 따서 면 이름도 귀래면이 되었다. 1980년대부터 석재산업이 발전하면서 화강암을 채굴, 가공하여 일부는 수출하고 나머지는 국내 내수용으로 판매하고 있으며, 지역주민들이 참여하여 농사외 소득을 올리고 있다. 산송이가 많이 생산되어 귀래면에서 소득이 가장 높은 지역이기도 하다.

　귀래1리의 농업은 벼농사를 중심으로 담배, 고추, 옥수수, 고구마, 깨 등의 밭작물을 생산한다. 예전부터 농사가 잘되어 사정이 다른 마을보다 나았다고 한다. 정선 전씨가 10여 호 집성촌을 이루고 있으며 나머지는 각성받이다. 인구는 총 80여 호 정도 되는데 기독교가 8호, 불교가 15호이다. 마을에서 정월대보름에 각각 음식을 장만하여 마을굿은 하고 있으며 마을 안녕을 기원하는 줄다리기도 큰 규모로 논다.

강원도 원주시 귀래면 귀래2리

조사일시 : 2011.2.19
조 사 자 : 황루시, 유명희, 유형동, 김명수

강원도 원주시 귀래면 귀래2리

　마을인구는 70여 호 정도이고 다양한 성씨들이 공존하는 각성받이 마을이다. 논농사를 중심으로 콩, 옥수수, 잡곡 등을 주로 재배한다. 음력 9월 9일에 서낭제를 지내는데 제주의 몸가짐과 태도에 신경을 많이 쓰는 편이다. 마을의 종교는 기독교 20가구, 불교 6가구, 천주교 2가구지만 종교와 관련하여 서낭당을 터부시하는 사람들은 많지 않다. 80년대 후반 농기계가 도입되었으며 2000년대 초반에 매년 하던 줄다리기와 농악 등의 풍속이 사라졌다.

강원도 원주시 귀래면 용암1리

조사일시 : 2011.2.19
조 사 자 : 황루시, 유명희, 유형동, 김명수

강원도 원주시 귀래면 용암1리

귀래라고 하면 용암리가 연상될 만큼 용바위골의 곡수(曲水)가 유명하다. 능안골 골짜기에서 흐르는 물줄기를 따라 올라가면 30척 되는 용암이 있는데, 형태가 용(龍) 모양과 같다하여 용바위라고 한다. 이 용바위로 인하여 용암리로 불린 것으로 추측된다. 조사 당시는 농한기라 마을 주민들이 모두 점심 식사를 회관에서 같이 했는데 각 가정에서 돌아가며 모든 마을 사람들의 식사를 준비한다고 한다.

마을 인구는 총 70호이다. 김해 김씨 집성촌으로 안경공파의 중시조 김영정을 모시는데 음력 10월 7일에 시제를 지낸다. 이때는 전국에 흩어져 사는 안경공파 후손 300여 명이 모여든다. 주로 논농사를 기본으로 하여 담배, 고추, 고구마, 벼농사 등을 짓고 있고 90년대 초반에 농기계가 도입되기 시작했다. 현재는 담배와 고추보다는 고구마와 옥수수가 늘어나고 있다.

마을에 10여 가구가 기독교, 10여 가구가 불교를 믿고 대부분은 신앙을 가지고 종교활동을 하고 있지 않다. 도시에서 귀농한 이들이 10가구 정도 되는데 귀농 이전의 직업군의 전문성을 활용하여 행정적으로 도움을 주고 있는 마을이었다. 특히 주민들 모두가 하루에 한 번씩 회관에서 얼굴을 보는 사이라 단체 여행이나 행사 등을 수월하게 진행하는 마을이다.

김영일, 남, 1942년생

주 소 지 : 강원도 원주시 귀래면 귀래2리 241-19번지
제보일시 : 2011.2.19
조 사 자 : 황루시, 유명희, 유형동, 김명수

김영일은 귀래2리에서 태어나 지금까지 살고 있는 토박이로 현 거주지는 귀래2리 241-19번지이다. 24세에 당시 22세이던 신동림과 혼인하여 슬하에 2남 2녀를 두었다. 서당을 4년 정도 다니면서 천자문을 배웠고, 중학교까지 마쳤다고 한다. 새마을 지도자직을 맡기도 했고, 두 차례에 걸쳐 11년간 이장직도 했다.

어린 시절부터 노래하는 것을 즐겼는데, 혼인 이후에도 마을 어른들이 흥을 돋우기 위해 종종 불러 놀았다고 한다. 청이 좋고 문서도 또렷이 기억하고 있어서 동네에서는 이름난 가수이며 소리에도 관심이 많았다. 지금도 노래를 좋아하여 운동하거나 일 할 때 항상 부르고, 집에 노래방 기기를 설치해 즐긴다고 한다.

마을 지명에 대한 이야기를 구연하였는데, 이야기의 구조를 지닌 것이라고 보기는 어렵고 단편적인 정보 전달의 측면이 강하다. 제공한 자료들은 동네 어른들과 어울리며 습득한 것들이다. 목소리가 차분한 편인데, 노래를 할 때는 비음을 많이 섞어 부르는 경향이 있다.

제공 자료 목록
03_08_FOT_20110219_HRS_GYI_0001 귀래 지명 유래

03_08_FOT_20110219_HRS_GYI_0002 미륵산, 배재의 지명유래
03_08_FOT_20110219_HRS_GYI_0003 양안치 지명의 뜻
03_08_MPN_20110219_HRS_GYI_0001 귀래2리 산제당
03_08_FOS_20110219_HRS_GYI_0001 아라리1
03_08_FOS_20110219_HRS_GYI_0002 아라리2
03_08_FOS_20110219_HRS_GYI_0003 아라리3

김영호, 남, 1941년생

주 소 지 : 강원도 원주시 귀래면 용암1리 990번지
제보일시 : 2011.2.22
조 사 자 : 황루시, 유명희, 유형동, 김명수

  원주시 귀래면 용암1리 990번지에 거주
하며 현재까지 토박이며 6남매 중 셋째로
29세에 혼인하여 현재 1남 1녀를 두고 있
다. 예전부터 마을 단위로 일을 하는 경우
가 많았는데 마을 단위 행사는 소리가 항상
따라 다녔다. 그러므로 어렸을 적부터 마을
단위 행사를 참가를 하다 보니 소리를 금방
배우게 됐다. 어려운 살림이었으나 초등학
교를 졸업하고 젊었을 때 서울에서 시내버스회사 배차계에서 근무하기도
하였다. 현재는 농사를 짓고 있다.

제공 자료 목록
03_08_FOS_20110222_HRS_YMS_0002 단허리

김한례, 남, 1937년생

주 소 지 : 강원도 원주시 귀래면 귀래2리 241-26번지

제보일시 : 2011.2.19
조 사 자 : 황루시, 유명희, 유형동, 김명수

원주시 귀래면 귀래2리 241-26번지에 거주하고 있으며 바로 옆 동네인 동막골에서 태어났다. 2자매 중 장녀로 23세에 결혼하여 현재의 거주지로 옮겨와 살고 있다. 현재 슬하에 4남매를 두고 있으며 전후 어수선한 상황에 학교는 가지 못하였다. 소리는 주변 동네 어른들이 하는 소리를 자연스럽게 체득한 것이다.

제공 자료 목록

03_08_FOS_20110219_HRS_GYI_0003 아라리3

박영선, 남, 1937년생

주 소 지 : 강원도 원주시 귀래면 귀래1리 1312번지
제보일시 : 2011.2.19
소 사 사 : 황루시, 유녕희, 유형동, 김녕수

박영선은 귀래1리에서 태어나 지금까지 거주하고 있는 토박이로서 현거주지는 귀래1리 1312번지이다. 슬하에 7남매를 두었으며, 모두 혼인해서 원주 시내에 살고 있다. 학교교육은 일제강점기 때 소학교를 다닌 것이 전부이며, 한 평생 농업에 종사하고 있다. 활동적이고 활발한 편이라서 농촌 지도자, 마을 총무, 이장 등의 일을 맡아 했으

며, 현재 귀래 1리 노인회장직을 맡고 있다.

마을에 대한 애정을 지니고 있어 마을의 유래나 전설을 알기 위해 많은 노력을 했으나 뜻대로 되지 않았다고 하며 이를 매우 안타깝게 여기고 있었다. 조사에 매우 협조적으로 임하여 마을 사람들을 독려하기도 하고, 마을의 자연 부락 지명에 대한 이야기는 나서서 구연하였다. 소리는 초등학교 졸업 후 집안일을 적극적으로 도왔는데 그때 아버지가 힘든 일을 할 때마다 가끔씩 소리를 한 것을 듣고 배웠다. 어깨너머로 배운 것이지만 지금까지도 잘 기억하고 있다고 한다.

제공 자료 목록

03_08_FOT_20110219_HRS_BYS_0001 귀래 지명 유래

03_08_FOT_20110219_HRS_BYS_0002 귀래 마고할미 바위

03_08_FOT_20110219_HRS_BYS_0003 사람 다리 떼어 준 도깨비

03_08_FOS_20110219_HRS_GYI_0001 어러리타령

서경란, 여, 1937년생

주 소 지 : 강원도 원주시 귀래면 귀래1리 1267-1번지
제보일시 : 2011.2.19
조 사 자 : 황루시, 유명희, 유형동, 김명수

양평군 양동면 계정리에서 출생했으며 5
남매 중 둘째이다. 집안 사정이 어려워 학
교는 다니지 못하고 일찍부터 집안일을 도
왔으며 18세에 혼인하여 47년 전에 원주시
귀래면 귀래1리 1267-1번지로 이주하였다.
소리는 어렸을 적 주위 어른들에게 배웠다
고 한다.

제공 자료 목록
03_08_FOS_20110219_HRS_SGR GYI_0001 둥게타령

신동림, 여, 1944년생

주 소 지 : 강원도 원주시 귀래면 귀래2리 241-19번지
제보일시 : 2011.2.19
조 사 자 : 황루시, 유명희, 유형동, 김명수

귀래면 운계3리 출생으로 5남매 중 둘째
로 태어났다. 국민학교를 졸업한 뒤에 집안
일을 돕다가 22세에 김영일 씨와 혼인하였
다. 어렸을 적 주변 어른들에게 소리는 조
금씩 얻어 듣다가 알게 되어 최근까지 모임
이 있는 자리에서는 한 번씩 부르며 흥을
돋우는 역할을 했다.

제공 자료 목록
03_08_FOS_20110219_HRS_GYI_0003 아라리3
03_08_FOS_20110219_HRS_SDL_0001 이거리저거리갓거리

이만석, 남, 1924년생

주 소 지 : 강원도 원주시 귀래면 용암1리 752-2번지
제보일시 : 2011.2.22
조 사 자 : 황루시, 유명희, 유형동, 김명수

충북 단양군 대강면 용부리에서 5남매 중 둘째로 태어났다. 48년 전에
원주시 귀래면 용암1리 752-2로 이주하였다 학교는 다니지 못했지만 어
려서부터 총명했고 주위의 칭찬을 많이 받았다고 한다. 21세에 결혼하였

으며 슬하에 5남매를 두었다. 소리는 예전
부터 주위에서 많이 부르던 것을 자연스럽
게 익히게 되었고 16살 이후부터 지금까지
자리가 생기면 나서서 소리를 곧잘 하였다.
청도 좋은 편이고 발음도 정확하였으나 폐
가 좋지 않아서 지금은 수술 후 통원 치료
를 받고 있다.

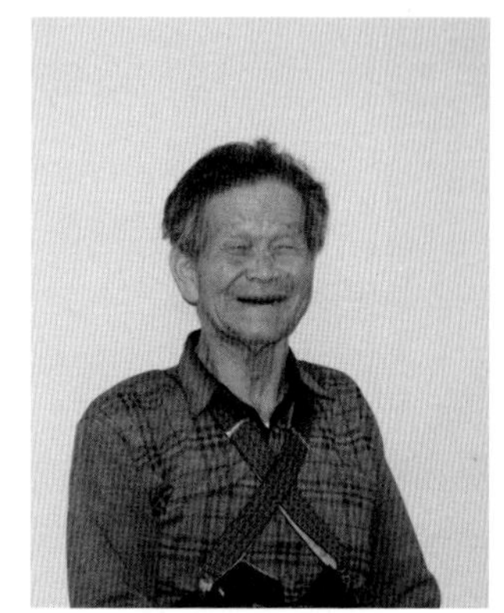

제공 자료 목록

03_08_FOS_20110222_HRS_YMS_0001 아라리1

03_08_FOS_20110222_HRS_YMS_0002 단허리

03_08_FOS_20110222_HRS_YMS_0003 목도소리

03_08_FOS_20110222_HRS_YMS_0004 장타령

03_08_FOS_20110222_HRS_YMS_0005 언문뒷풀이

03_08_FOS_20110222_HRS_YMS_0006 베틀가

03_08_FOS_20110222_HRS_YMS_0007 뒷집최서방(새소리흉내)

03_08_FOS_20110222_HRS_YMS_0008 앞니빠진 갈가지

03_08_FOS_20110222_HRS_YMS_0009 아라리2

이호월, 여, 1937년생

주 소 지 : 강원도 원주시 귀래면 용암1리 407번지
제보일시 : 2011.2.22
조 사 자 : 황루시, 유명희, 유형동, 김명수

　　원주시 판부면 금대1리 출생으로 현재의 거주지는 원주시 귀래면 용암
1리 407번지이다. 22세에 지금의 거주지로 시집왔다. 2남 4녀를 두었으
나 모두 출가하여 현재 큰아들과 함께 살고 있다. 주로 아기어르는소리를
많이 불렀는데 아이 때 남들이 하는 것을 듣고 배웠다. 열 살 정도부터
듣던 소리로 기억에 남아 있지만 직접 아이들을 기를 때 하지는 않았다.

성격은 활발한 편으로 아라리도 잘 했는데 요새는 하지 않아서 문서가 잘 기억나지 않는다며 안타까워했다. 요새는 모여도 유행가만 부르기 때문에 다 잊었다고 하면서 유행가도 잘 부른다고 한다.

제공 자료 목록

03_08_FOS_20110222_HRS_YHW_0001 아라리
03_08_FOS_20110222_HRS_YHW_0002 둥게타령
03_08_FOS_20110222_HRS_YHW_0003 시상달공
03_08_FOS_20110222_HRS_YHW_0004 불아불아
03_08_FOS_20110222_HRS_YHW_0005 자장가

임해문, 여, 1944년생

주 소 지 : 강원도 원주시 귀래면 귀래2리 241-21번지
제보일시 : 2011.2.19
조 사 자 : 황루시, 유명희, 유형동, 김명수

임해문은 강원도 평창 출생으로 안흥을 거쳐 강원도 원주 귀래에 정착하였다. 어린 시절 부모님을 따라 안흥으로 이주했으며, 20세 무렵 10살 연상인 조춘행과 혼인하면서 현 거주지인 원주시 귀래면 귀래2리 241-21번지로 왔다. 슬하에 3남 1녀를 두었는데 모두 혼인해 서울, 원주 시내 등에서 살고 있으며 제보자는 현재 남편과 농사를 지으며 살고 있다. 소학교를 다니다가 한국전쟁으로 인해 학업을 중단한 이후 다시 학교 교육을 받지 못했다.

　　임해문은 얼굴이 둥글넓적한 모양으로 후덕한 인상을 준다. 조사자가
회관을 방문하여 조사의 취지를 설명하자 매우 호의적으로 대했다. 이야
기의 여러 사례를 들며 구연을 유도했는데, 아는 이야기가 나오자 적극적
으로 구연하였다. 목소리가 큰 편이고 발음이 정확했다. 전설 한 편을 구
연했는데, 학교에 들어갈 무렵 동네 어른들에게 들은 이야기라고 했다.
증거물을 제시하며 그 이야기가 실제임을 강조하기도 했다. 소리는 어렸
을 때 배운 것으로 특히 아라리의 경우 시집살이를 심하게 하여 자연스럽
게 한이 배어 나온다고 했다.

제공 자료 목록
03_08_FOT_20110219_HRS_YHM_0001 미탄의 말무덤 - 아기장수
03_08_FOS_20110219_HRS_GYI_0003 아라리3
03_08_FOS_20110219_HRS_IHM_0001 고모네집에 갔더니
03_08_FOS_20110219_HRS_IHM_0002 소금쟁이
03_08_FOS_20110219_HRS_IHM_0003 앞니빠진 갈가지

전순호, 남, 1939년생

주 소 지 : 강원도 원주시 귀래면 귀래1리 67번지
제보일시 : 2011.2.19
조 사 자 : 황루시, 유명희, 유형동, 김명수

　　전순호는 귀래1리에서 태어나 지금까지
거주하고 있는 토박이로서 현거주지는 귀래
1리 67번지이다. 넉넉지 못한 형편이었지만,
독자로 태어난 덕인지 아버지께서 지원해
주어 중학교까지 마쳤다고 한다. 26세 무렵
혼인하여 4남매를 두었는데, 모두 혼인하여
외지에 살고 있다. 79년부터 84년까지 마을

이장 일을 맡아 보았는데, 이때 내무부장관 포상을 받은 경력이 있다.

전순호는 정선 전씨 종손으로 13대째 이 마을에서 살고 있다. 가문에 대한 자부심을 지니고 있으며, 그에 대한 이야기를 나서서 구연하였다. 집안의 내력과 마을의 지명에 대한 이야기를 한 편씩 구연했는데, 어린 시절 어른들께 들은 이야기라고 한다.

전순호는 매서운 인상을 지녔으며, 차분하고 조곤조곤한 말투로 이야기를 했다. 이야기 도중에 몸동작을 취하기는 했으나, 방향을 가리키는 정도의 소극적인 것이 대부분이었다.

제공 자료 목록

03_08_FOT_20110219_HRS_JSH_0001 정선 전씨가 귀래에 터 잡은 이야기
03_08_FOT_20110219_HRS_JSH_0001 양어치(양안치) 지명 유래

한명숙, 여, 1930년생

주 소 지 : 강원도 원주시 귀래면 용암1리 1003번지
제보일시 : 2011.2.22
조 사 자 : 황루시, 유명희, 유형동, 김명수

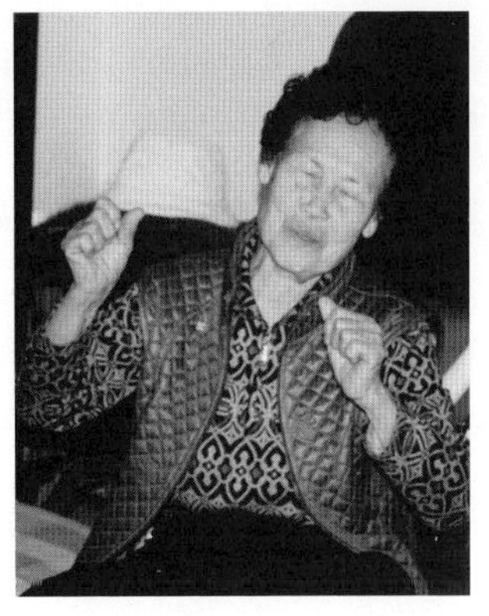

원주시 귀래면 용암1리 1003번지에 거주하며 4남매 중 셋째로 태어났다. 8세에 경기도 안성으로 이주하였다가 15세 때 일제를 피해서 다시 현 거주지로 돌아와 결혼했으나 남편과 일찍 사별하였다. 어릴 때는 활발한 성격이었으나 남편을 일찍 여의고 시집살이를 많이 해서 내성적으로 변했다. 충청북도 양성면 용포리에서 잠깐 지내다 다시 고향인 원주로 돌아왔으며 현재 슬하에 6남매를 두고 있다. 소리는 대

부분 친구들과 놀면서 익히게 된 것이지만 힘든 일을 많이 하다 보니 저절로 익히게 된 소리들도 많다고 한다.

제공 자료 목록
03_08_FOS_20110222_HRS_HMS_0001 한알대두알대
03_08_FOS_20110222_HRS_HMS_0002 아래배야자래배야
03_08_FOS_20110222_HRS_HMS_0003 한나하나고핸나
03_08_FOS_20110222_HRS_HMS_0004 각성이타령
03_08_FOS_20110222_HRS_HMS_0005 숫자풀이
03_08_FOS_20110222_HRS_YHW_0001 아라리

귀래 지명 유래

자료코드 : 03_08_FOT_20110219_HRS_GYI_0001
조사장소 : 강원도 원주시 귀래면 귀래2리 마을회관
제보일시 : 2011.2.19
조 사 자 : 황루시, 유명희, 유형동, 김명수
제 보 자 : 김영일, 남, 70세
구연상황 : '귀래 2리 산제당' 구연을 마친 제보자에게 '귀래'라는 이름은 어디에서 유래
한 것인지 묻자 구연하였다.
줄 거 리 : 귀래는 귀한 사람이 왔다는 뜻이다. 귀래리에 미륵산이라는 산이 있는데, 경
기 김씨 왕(신라왕)이 와서 살았었다. 그런 연유로 귀래라는 이름이 생긴 것
이다.

귀래라고 불리는, 저-, 불르는 건 내가 듣기에는 이, 귀한 사람이 왔다.
귀한, 아주 귀한 사람이 왔다. 그런, 그런 취미루다 귀래라구 이름을 지었
던 거야.

근데 이제, 그건 어떤 사람이 왔는지는 몰러두.

[왼손을 들어 인편을 가리키며]

여기 미륵산이래는 데, 거기 또 산이 있다구, 절.

절두 있구, 미륵산이 아주 멋있게 생겨서, ○○○, 거기에 그전에 경주
김씨 무슨, 무슨 왕이 거기서 살다 갔다 이거여.

그래서 지금두 거기, 그- 그, 그거를 보존을 해구 있어.

거기서 그래서 저- 품값을 주구, 그 저-, 뭐여, 경비해는 사람이 있어.
지금두.

(보조조사자 : 네.)

그러니까 인제, 그런 왕덜이 저-, 되시는 분들이 와서 살었었구 했기땜

에, 유래가 그런 귀한 사람이 와서 살았었대는 그런 뜻으로 해서 귀래라
고 아마 그렇게 명칭을 붙은 걸루 알구 있어 나는.

(보조조사자 : 네-.)

미륵산, 배재의 지명유래

자료코드 : 03_08_FOT_20110219_HRS_GYI_0002
조사장소 : 강원도 원주시 귀래면 귀래2리 마을회관
제보일시 : 2011.2.19
조 사 자 : 황루시, 유명희, 유형동, 김명수
제 보 자 : 김영일, 남, 70세
구연상황 : '귀래 지명 유래'에 이어서 구연하였다.
줄 거 리 : 옛날 천지개벽했을 때 사방이 온통 물로 잠겼다. 그때 미륵산 정상 부근은 잠
　　　　　기지 않았었는데, 어떤 사람이 배를 타고 산 정상에 있는 바위에 미륵의 모습
　　　　　을 새겼다. 그것을 미륵상이라고 하는데, 이로 인해서 그 산을 미륵산이라고
　　　　　부르게 되었다. 배재는 두 산이 맞붙어 계곡을 형성하고 있는 곳인데, 그 골
　　　　　짜기 사이로 배가 왕래했다고 해서 배재라는 이름이 붙게 되었다.

　　(청중 : 그래구 거 미륵산에 왜 산에 바우 있는데 거기다 사람 얼굴이
그린 거 있어요.)
　　바우가 이렇게 있는데, 바우가.
　　(보조조사자 : 바위에요?)
　　[두 팔을 벌리고]
　　어 산덩어리 모냥 바우가 산덩어리 같애. 근데 거기는 올라가지두 못
해. 거, 거기는 올라가지두 못 해는데.
　　옛날에, 애, 얘기듣기는 천지개벽 해, 했대는 소리 들어, 들어봤는지 몰러.
　　(보조조사자 : 예-.)
　　옛날, 아주 옛날에.

(보조조사자 : 예 예.)

천지개벽을 헬 때, 여기는 다 물 있었대. 물.

[왼손을 들어 왼편을 가리키며]

다 물이구 거기는 산이 높거든. 높은데 고기만 쬐끔 남었대는 거야, 우에가. 땅이, 땅이 쪼끔은 이렇게 나와대는 거야. 다 바다, 바다식으루 됐는데 물이 차가지구. 그래 인제 거기, 미륵코를 그, 사람 이, 사람 얼굴형을 그려 논거야. 돌에다가.

(청중 : 팠지, 돌을 팠어 이렇게.)

그때 어트게 했느냐. 이 배를 타구, 배를 타구 거 배에 탄 사람이 가서 그거를.

(보조조사자 : 바위를.)

이거 바위를 사람형을 만들었대는 거야. 그래서 미륵코라 그래는 거야, 미륵코. 그래 미륵상. 거기 이름이 미륵상이라구, 미륵상.

그래구 인제 거기서, 거기서 면사무소 우루 가면 저.

[오른손을 들어 오른편을 가리키며]

배재라구 있어 배재.

(보조조사자 : 네.)

배재라구, 배재라구 있는데, 배재는 왜 배재냐.

거가 산이 큰 산인데.

[두 팔을 양쪽으로 벌리며 올렸다가 가슴 앞쪽 가운데로 모아내려 골짜기 모양을 만들며]

이렇-게 됐어, 이렇게. 이렇게 이렇게 이렇게.

이렇게 됐는데 여기는 인제, 여기는 물으루 산이 있구.

[다시 골짜기 모양을 만들며]

여기는 골짜기 이렇게니까.

[오른손을 가슴쪽에서 앞 뒤로 왔다갔다하며]

배가 일루 다녔대는 거야. 산 골짜구니루. 그러니까 배재라구 불렀어 거기. 배재. 지금두 배재라구 거기 불러.

양안치 지명의 뜻

자료코드 : 03_08_FOT_20110219_HRS_GYI_0003
조사장소 : 강원도 원주시 귀래면 귀래2리 마을회관
제보일시 : 2011.2.19
조 사 자 : 황루시, 유명희, 유형동, 김명수
제 보 자 : 김영일, 남, 70세
구연상황 : '미륵산, 배재의 지명유래' 구연을 마친 제보자에게 양안치란 이름의 유래를
　　　　　묻자 구연하였다.
줄 거 리 : 양안치는 兩阿峙, 兩安峙라고 쓴다. 본래 이름은 양안치인데 빨리 부르다보니
　　　　　양아치로 불리기도 한다.

글자 그대루 응?

(보조조사자 : 네.)

두 양(兩)자를 써.

(보조조사자 : 네.)

두 양자, 두 양자에다 고개 아(阿)자를 써.

(보조조사자 : 고개여?)

고개 아.

(보조조사자 : 네.)

또 편할 안(安)자를 써.

편안할 안, 갓 머리(宀) 안에 계집 녀(女) 쓰는 거.

(보조조사자 : 네.)

편할 안자를 써. 양안치여 원래. 이름이.

(보조조사자 : 네.)

근데 대개 이렇게 빨리 빨리 불르게 하니까 '양아치, 양아치' 이랜다구.

그래서 들어보, 딴 데서 듣기에는 이게 나빠.

양아치해면 그 저 종이때기 줏으러 대니는 사람들, 이런 사람들을 양아치 패라 그러잖아 왜.

(보조조사자 : 네.)

그러, 그렇지 않구. 원 글씨는 양안치야. 그래서 그 이름이 그렇게 나왔어.

귀래 지명 유래

자료코드 : 03_08_FOT_20110219_HRS_BYS_0001

조사장소 : 강원도 원주시 귀래면 귀래1리 마을회관

제보일시 : 2011.2.19

조 사 자 : 황루시, 유명희, 유형동, 김명수

제 보 자 : 박영선, 남, 75세

구연상황 : 서경란 제보자가 민요를 몇 편 구연한 후 잠시 조사가 중단되었다. 이후 박영선 제보자에게 '귀래'라는 지명이 어떤 연유로 생긴 것이지 묻자 구연하였다.

줄 거 리 : 옛날 단종이 한양에서 쫓겨나서 유배갈 때의 일이다. 문막 개나루에서 배를 타고 귀래를 지나갔다. 귀래는 귀한 손님이 왔다는 뜻으로 단종이 이 길을 지났다는 것에서 유래한 이름이다. 귀래에는 단종의 유배와 관련된 지명이 몇 가지 더 있는데, 왕대재, 영천재, 양어치 등이 그것이다. 왕대재는 단종이 쉬어간 곳, 영천재는 왕이 선발대에게 영(令)을 내린 곳이라는 데에서 유래한 이름이다. 양어치는 왕이 말을 타고 지날 때 말에서 어치가 떨어져서 그와 같은 이름이 생기게 되었다.

(보조조사자 : 회장님, 왜, 왜서 귀래면이에요?)

귀래, 여 귀한 손님이 갔다 그래서 귀래, 귀랜데.

(보조조사자 : 네.)

그전에 단종이.

[왼손을 높이 들고서]

문막 개나루에서네 배를 타구, 서울서 배를 타구 와 가지구, 이제 거기
서 인제, 그 가만가 뭐 그걸루 해서 이제 일루 지내 가는데.

(보조조사자 : 아–.)

저기 저 왕대재라구 있어. 왕대재.

[들고 있던 왼손으로 뒤편을 가리키며]

저수지 근너에. 거 왕대재에서 인제 왕이 거이, 거기 와서 쉬구.

[몸을 왼편으로 살짝 돌려 뒤편을 가리키며]

이 영천재라구 또 있어. 영천재 와서 그 영, 먼저 선발대가 와서, 영을
내려서, 인제 쉬었다 갈 적에.

[왼손을 내리고 오른손을 들어 오른편을 가리키며]

이 양아치루 갔단 말야. 그래 인제, 글루 갈 적에.

[다시 오른손을 내리고, 왼손을 들어 뒤편을 가리키며]

이 저– 요기서 부텀은 예전에 그 도로가 돼 있었구.

요까지, 우리동네 요 우로해서 가는 데가 도로가 돼 있어서 일루 가야
되는데.

[왼손을 내리고 오른손을 들어 오른편을 가리키며]

일루는 못가니까 인제 말을 타구 갔단 말여 일루.

말을 타가지구, 가 가지구, 그 양아치가 아니구, 양어치여.

그래 그 말을 타구 가다 양, 그 말에서래 그 어치가 떨어졌다구 해구
거 양, 양어치여.

귀래 마고할미 바위

자료코드 : 03_08_FOT_20110219_HRS_BYS_0002
조사장소 : 강원도 원주시 귀래면 귀래1리 마을회관
제보일시 : 2011.2.19

조 사 자 : 황루시, 유명희, 유형동, 김명수
제 보 자 : 박영선, 남, 75세
구연상황 : 마을에 있는 유명한 산, 바위 등에 대해 이야기를 나누 던 중 '마고할미'라는 이름의 바위가 언급되었다. 그에 얽힌 이야기가 없는지 물었는데, 어떤 내력이나 이야기를 아는 사람이 없다고 했다. 조사자가 아쉬워하며 거듭 묻자, 이야기를 이어갔다.
줄 거 리 : 마을 뒷산에 마고할미라는 이름의 바위가 있다. 이 바위는 사람의 모양을 하고 있다. 옛날 어떤 장군이 그 마고할미의 머리를 마을로 굴려 내렸다. 그러자 바위에서 피가 흐르고, 비가 쏟아지기 시작했다. 장군이 마고할미의 머리를 다시 돌려놓자, 이변이 멎고 평화로워졌다. 지금도 마고할미의 머리는 약간 비뚤게 놓여있다.

돌로 깎어 가지구, 머리, 돌로 깎어 같이.

[옆에 있는 서경란제보자를 가리키며]

이렇게 이 할머니처럼 이렇게 맹글었어. 돌로 깎어 가지구.

[두 팔을 양쪽으로 벌리면서]

그래 무지무지해게 커.

그 전설을 얘기 들어보믄, 예전에 뭐 난, 우린 그때 태어나지두 않게, 않었었지만, 그거를 그 장군이 떠 굴렸다 이거여. 떠 굴렸는데, 별안간 피가 막 흘르구 거기서, 피가 막 흘르구.

[왼손으로 뒤편을 가리키며]

여꺼정 굴러 내려왔는데, 그 길루다 비가 막 쏟아지구 그래 가지구 그 장군이, 그 머리를 다시 들어다가 얹어 논 뒤루는 편안, 평화로웠다 이렇게 얘기, 그런 전설이 있어요.

(보조조사자 : 아ㅡ. 그 장군이 그러니까 마고할멈 바위 머리를 넘겼다는 건가요?)

그렇지, 그렇지. 그래서 시방 삐딱해요, 가보면.

(보조조사자 : 아ㅡ.)

할머니 머리가 좀 삐딱해다구.

(보조조사자 : 그 장군은 누구, 무슨 장군이에요?)

무슨 장군인지 그거는 모르겠어.

(보조조사자 : 그 장군이 왜 머리를 굴린 거래요?)

모르지, 그거 심술이 나서 그랬는지. 여기, 그러니까 저기 저, 서루 그 쌈해다가 그랬는지 모르지.

[오른손으로 뒤편을 가리키며]

백제는 이짝에 있었구.

[오른손으로 정면을 가리키며]

고구련 저짝에 있었으니깐.

(보조조사자 : 바위가 어디루 굴렀다는 얘기는 없어요?)

일루, 우리 동네루.

(보조조사자 : 귀래1리로여?)

네.

사람 다리 떼어 준 도깨비

자료코드 : 03_08_FOT_20110219_HRS_BYS_0003
조사장소 : 강원도 원주시 귀래면 귀래1리 마을회관
제보일시 : 2011.2.19
조 사 자 : 황루시, 유명희, 유형동, 김명수
제 보 자 : 박영선, 남, 75세
구연상황 : 제보자의 이야기에서 몇 차례 단종이 언급되었다. 그래서 그와 관련된 이야기가 없는지 묻자 그것은 잘 모른다고 이야기했다. 그리고는 갑자기 떠오른 듯이 이야기를 구연하였다.
줄 거 리 : 옛날 한 사람이 문막 장에 갔다가 돌아오는 길이었다. 마을 어귀에는 큰 참나무가 한 그루 있었는데, 그 나무에는 도깨비가 나온다는 이야기가 있었다. 이 사람이 마침 그 참나무 앞을 지날 때였다. 누군가 이 사람을 부르는 소리가 나서 대답을 했더니, 사람 다리를 하나 떼어 주면서 먹고 가라고 했다. 이 사

람은 집에 가서 식구들과 나누어 먹겠다고 하고 그것을 받아들었다. 그리고
는 마을 서낭에다가 던져버렸다고 한다. 도깨비의 장난이다.

예전에 여기 그, 그 아주 오-래된 얘긴데, 먹을 것이 읎구 아마 이런
시절인거 같어. 문막 장에를 갔다오는데.

[왼손으로 왼편을 가리키며]

저기 저 시방 그 이 다리 놓구 이래는데.

[두 손으로 커다랗게 원을 만들며]

크-다란 바우가 하나 있구 거기.

[두 팔을 좌우로 넓게 벌리며]

저기 저 참낭구가 이거 만 헌게, 사람이 참 뭐 거기 들어가구 뭐 거기
서 도깨비두 나오구 막 그랜다 그랬었어. 그런데 장에 갔다 오는데 사람
들이 죽- 모여 앉어 있더라 이거여.

나 이거 예전에 들은 얘긴데, 나두.

이, 이 동네 사람이 문막 장에 갔다 오자면, 예전에 다 걸어 왔었어. 원
주 장두 걸어 갔다 오구.

"여보 여보." 불르더래.

그래, "왜 그래느냐." 가니깐.

[왼손으로 자기 다리를 만지면서]

이 사람 다릴 하날 뚝 떼 주면서 "이거 먹구 가라." 그러더래. 거기 고
(구워) 먹는데.

[청중들 웃음]

고 먹는데.

그래, "나는 나 혼자 먹을 수가 없으니까, 내 우리 식구두 많구 그래서
집이 가서 같이 먹을테니깐 나를 그냥, 이걸 주면 안되겠느냐구."

그래니깐 가주가라 그러더려.

[왼손으로 왼편을 가리키며]

그래 가주 오다 요기 시방 이 저수지 바루 요, 집 진데 거기, 예전에 우리 고 서낭이 있었었어요.

거기다 집어 내 던지구 왔대잖아.

그런 전설두 있어.

(청중 : 그거 집어 던져서 어떻게 됐어요?)

그거 집어 던져서 거기다 집어 던지, 새가 물어 갔지. 예전에는 독수리가 많았었으까.

독수리가 사람두 채 가구.

(청중 : 아 거 짐승이 다 뜯어다 먹었지 뭐.)

그럼.

예전에 우리두 저 도깨비 불을 봤어, 여기서. 우리 클 적에두.

미탄의 말무덤 - 아기장수

자료코드 : 03_08_FOT_20110219_HRS_YHM_0001
조사장소 : 강원도 원주시 귀래면 귀래2리 마을회관
제보일시 : 2011.2.19
조 사 자 : 황루시, 유명희, 유형동, 김명수
제 보 자 : 임해문, 남, 68세
구연상황 : 옛이야기 조사를 위해서 조사자가 여러 가지 사례를 제시했다. 그러던 가운데
　　　　　아기장수 이야기가 언급되자 제보자가 나서서 구연하였다.
줄 거 리 : 옛날 강원도 영월 미탄에서 한 아기가 태어났다. 그런데 이 갓난아기가 천장
　　　　　에 붙는 일이 일어났다. 부모는 장수가 될 아기가 태어났음을 알았지만, 반역
　　　　　자로 몰릴 것이 겁이 나서 아기를 죽이기로 했다. 아기에게 맷돌을 하나 올렸
　　　　　는데도 죽지 않아, 두 개를 올려 죽였다. 아기가 죽고 사흘 후 말 한 마리가
　　　　　나와서 사흘 동안 미탄 땅을 오르내리며 울다가 산모퉁이에서 죽었다. 그 말
　　　　　은 아기가 탈 말인데 주인이 죽었으므로 죽은 것이다. 말이 죽은 자리를 말무

덤이라고 하는데 지금도 남아있다.

애기가 천장 가 붙구 이래는 거 진짜루 저기 저기 거-, 미탄, 미탄서 거기 있었는데. 애기를 첨 나니까.

[오른손을 위로 번쩍 올리며]

이 애기가 천장에 가 떨컥 붙드래잖어. 그 저 그짓말인지 참말인진 몰라두.

그래서 이 엄마하구, 막 부모네들이 하두 그만 미서워(무서워) 가지구.

[두 손을 포개어 누르는 시늉을 하며]

이 애를 갖다 확 갖다 멧돌로 지질렀대. 멧돌로 지질르니 하나 지질르니 안 죽더래 잖어. 안죽어가주 두 갤 지질르니 죽더래잖어. 그래니깐 사흘만에 그냥 말이 기양 거 미탄면 그 바닥을 올러 뛰구, 내리 뛰구 사흘을 울더니 죽더래. 그래서 그 말 갖다 죽은 데다 말을 묻어서 말무덤이라 그래더라구.

(보조조사자 : 아-.)

그거는. 그건 그래더라구. 그런 소리 해더라구 옛날에 으른덜이.

(보조조사자 : 미탄면이요?)

미탄.

(보조조사자 : 정선이죠?)

미탄, 저-기.

(보조조사자 : 정선?)

정선이 아니구 거기가-.

(보조조사자 : 평창 미탄이었는데, 정선 미탄….)

영월 땅인가? 뭔 땅인지 모르겠네. 거기 우리 평창서 고기 재 넘어 가면은 거기 미탄이라구 있어.

(보조조사자 : 애기가 뭐 겨드랑이에 날개가 있다던가 그런건.)

그런거는 몰르구, 애기를 첨 났는데, 막 이 구석에두 가 있구, 저 구석에두 가있구 막 이래더래. 그래서 그게 인제 나라에서 붙들어가믄 저거해까봐 무서워가주 직였대 그거를.

멧돌을 하나 갖다 눌르니까 안 죽구, 두 갤 눌르니 죽더래잖어.

근데 말이 기냥 나와서 기냥 어디서 나와서 막 사흘을 올르내리미 울다가 저 산모퉁이 저기 가서 죽더래잖어. 그래서 거기다 파 묻어서 말 무덤이래. 거기가 진짜루 말무덤이라 그래더라구.

거 미탄 학교에서 내가 쬐끔, 일학년 댕기다가 고 왔거든. 그래다 인제, 학골 못 댕겼어.

(보조조사자 : 그럼 그때, 학교 다니실 때 들으신 얘기에요?)

학교 첨 들어갔을 땐데 으른들이 그래더라고. 고걸. 나는 인제 몰르지, 그런데 으른들이 그래.

진짜 그런 일이 있었다 그래더라고. 옛-날, 아주 옛날이지 그래니깐. 옛날.

(보조조사자 : 네-.)

장수덜 날 적에. 그 애가 장순데, 크면 장순데, 고마 죽였으니 그 장수, 가 말인데, 고만 나와 죽은 거여. 사람이 죽으니까. 임자가 죽으니까 말두 나와 죽은 거여.

정선 전씨가 귀래에 터 잡은 이야기

자료코드 : 03_08_FOT_20110219_HRS_JSH_0001
조사장소 : 강원도 원주시 귀래면 귀래1리 마을회관
제보일시 : 2011.2.19
조 사 자 : 황루시, 유명희, 유형동, 김명수
제 보 자 : 전순호, 남, 73세

구연상황 : 마을의 구성에 대한 이야기를 나누던 중 박영선 제보자에게 부론에는 원씨
집안 이야기가 있는데, 귀래에는 어떤 집안과 관련된 이야기가 없느냐고 물었
다. 박영선 제보자가 여기는 전씨가 많다고 답했다. 옆에 앉아있던 제보자가
자신이 이야기해도 되겠느냐며 구연을 시작했다.

줄 거 리 : 여말선초에 이성계를 거부하고 고려를 섬긴 칠현이 강원도 정선 거칠현동에
자리를 잡았다. 그중 전오륜이라는 사람이 바로 정선 전씨의 시조이다. 그의
증손이 귀래로 이주해 칡덩굴이 무성했던 땅에 터를 잡았는데, 그 이후로 정
선 전씨들이 귀래에서 십팔대에 이르도록 살고 있다.

고려 말기 이조 초기에, 어--. 칠, 저 일곱 분이 그-, 이성계 정치가 싫
어가지고 저 정선으로다가 거칠현동이라구 있어요.

(보조조사자 : 네.)

글루다 일곱 분이 가셔가지고, 거기 충신 한 분이, 에-, 우리 십칠대 할
아버진데, 전오륜씨라구 있어요. 에, 그분의 증조가, 아니 증손이 우리 여
기 십삼대조가 이, 계셔요.

그 오륜, 할아버지 증손이 여기 와서 에- 자리를 잡을 적에 그 뭐 여기
가 무슨 뭐, 칡덩굴이 뭐, 엄청 흠한데(험한데) 와서 인제 거 자리를 여기
서 잡으셔가지구, 우리가 지금 십팔대를 살어요.

십팔대를 내려왔어요. 그데 그거 계산을 하면, 일대를 삼십넌을 따져
보세요. 그러면 오백 한 이삼십년 되잖아요? 그렇게 저희가 우리, 여기서
여태 살어왔어요.

그, 그 분의 한 손으로서, 나두 여기서 나구 자라서 우리 어른들 거 내
려온 거를 대충은 알지요. 그래서 우리가 약, 여기서 오백년 넘겨 살었대
는 얘기죠. 우리 저- 전가들이. 그거 뭐 우리 내력 그것 뿐이 몰라요.

(보조조사자 : 정선 전씨 인거죠?)

네-.

양어치(양안치) 지명 유래

자료코드 : 03_08_FOT_20110219_HRS_JSH_0002
조사장소 : 강원도 원주시 귀래면 귀래1리 마을회관
제보일시 : 2011.2.19
조 사 자 : 황루시, 유명희, 유형동, 김명수
제 보 자 : 전순호, 남, 73세
구연상황 : '정선 전씨가 귀래에 터 잡은 이야기'에 이어서 구연하였다.
줄 거 리 : 견훤과 왕건이 후삼국의 패권을 다툴 때의 일이다. 귀래의 한 고개를 중심으
로 운계3리 닥둔에 견훤의 어가가 진을 치고, 매지리에 왕건의 어가가 진을
쳤다. 이 고개의 양쪽에 어가가 자리했다고 해서 양어치라는 이름이 생기게
되었다. 후에 왕건이 문막 건등리로 진을 옮기고 양 군사들이 쏜 화살이 포
진리에서 가끔 발견된다.

그리고 여기 양어치라고 아까도 저 회장님이 말씀하시던 거는, 거-
이거.

[오른손으로 뒤편을 가리키며]

우리가 양안치라구 돼 있어요.

요거는 우리가 으른들한테 이야기를 들어가지구, 그 양어치라구 아까두
회장님이 말씀하시던 거는.

견훤이.

[오른손으로 뒤편을 가리키며]

견훤이 요기 저- 한치 있어요. 요기 저-, 운남, 아니 운계 1리, 2리 가
면은, 아 운계 3리로구만, 한치가. 아 한치라네, 거기 저 닥둔이.

거기에 인제 그 견훤이 진을 치구.

[오른손으로 오른편을 가리키며]

어- 요 매지리에 왕건이 진을 쳤어요.

어가(御駕)가 그래, 어가가 양쪽에 머물러서.

[오른손으로 뒤편과 오른편을 번갈아 가리키며]

머물러 가지구, 양어치라는 것을 그전 노인들한테 얘기 들었는데.

여기 양아치, 양아치라 그래서 '아유 그 이름 나쁘다. 바꾸자.' 해가지구 양안치라구 해는데, 그 양안치두 해당이 되유, 회장님 하시는 말씀으로.

야, 야, 양안치가 아니다. 이 양안치는 인제 우리 주로 우리 역사 아 저, 여, 우리 이 지역을 논하구 이런 양반들은 '양안치다.' 이래는데, 원래 아까두 저 회장님두 말씀하셨지만, 양어치가 맞어유. 어가가 양쪽에 이르렀다 해서 양어치유.

요 우리 유래는 내가 확실히 듣구, 그랬거는 고거는 내가 좀 확실하게 좀 이야기하는 거 같애유.

[오른편을 가리켰다가 정면을 가리키며]

그래서 그 견훤이 저리 못가구 이리 오니까.

[오른손을 오른쪽으로 뻗었다가 멀리 앞쪽을 가리키며]

왕건이 절루 가서 문막 시루봉이라구 있어요. 건등리가면.

[두 손을 어깨 넓이만큼 벌려 높이 들며]

봉이 이렇게 커요.

거기서 이쪽 저- 견훤 군사들 하구, 저 왕건 군사하구 이렇게 싸울 적에 활을 쐈는데, 그 활이 가끔 이 포진리에서 나와요. 화살이.

거 몇 년 전에두 그 화살이 나왔다 그래더라구, 고런건 내가, 요약해서 고거는 좀 알지만, 딴거에 대해선 몰라요.

(보조조사자 : 재밌네요. 양안치 얘기.)

양어치유.

(보조조사자 : 네.)

귀래2리 산제당

자료코드 : 03_08_MPN_20110219_HRS_GYI_0001
조사장소 : 강원도 원주시 귀래면 귀래2리 마을회관
제보일시 : 2011.2.19
조 사 자 : 황루시, 유명희, 유형동, 김명수
제 보 자 : 김영일, 남, 70세
구연상황 : 임해문 제보자가 '미탄의 말무덤'를 구연한 이후 비슷한 옛이야기가 없느냐고
　　　　　 묻자, 김한례 제보자가 산제당이야기는 하면 안되느냐며 물어왔다. 조사자가
　　　　　 이야기를 청하자 김한례 제보자는 김영일 제보자에게 이야기를 해보라고 권
　　　　　 했는데, 이에 구연한 이야기이다.
줄 거 리 : 옛날부터 귀래2리에는 산제당을 두고, 해마다 음력 9월 9일이 되면 마을의
　　　　　 평안을 기원하며 제사를 올린다. 마을 사람들이 모은 회비로 제수용품을 구
　　　　　 입해서 제사를 지내고, 제물을 같이 나눠 먹는다. 이 제사는 언제 시작된 것
　　　　　 인지 알 수 없을 만큼 오래 된 것으로 제사를 주관하는 제관이 따로 있다. 제
　　　　　 사를 중단한 적이 있었는데, 젊은 사람들이 자꾸 사고를 당해 수명이 짧아져
　　　　　 서 다시 지내고 있다.

　옛날서부터 인제 여기 이 당이라고, 당. 당이라구 이 동네서 '우리네 잘
해 주십소사' 해는 그 치성 올리는 데가 있어. 거기를 당이라 그래. 지당
(祭堂)이라구. 그래서 인제, 대마, 여태껏 몇 백년 됐어 이거. 해는 데가,
여태껏 해는 데가.

　우리두 몰러 뭐, 확실히 몇 백년인지. 그 전서부터 있었으니까. 그전 할
아버지 적부터 지내며 내려오는게 현재까지두 해구 있단말이여, 여, 요기.
저 밑에두 있구.

　(청중 : 젊은 사람이 자꾸 저거 되구 그래가지구.)

　그래서.

(청중 : 젊은 사람들이 그냥 수명이 짧어지구 자꾸, 그래니까 여기 읊애지 않구 계속 그냥 정성을 드리지.)

그러니까 인제.

(청중 : 구월 구일 날루. 음력 구월 구일 날루.)

동네에, 아무 재난두 없이, 아무 재난두 없이 잘 해게 보살펴 주십소사 해구 치성을 올리는 거여.

(청중 : 그래서 지금은 그런 일이 좀 들 해구, 연세 잡순이들이 돌아가지, 젊은 사람이 저거 해진 않더라구.)

일 년에 이제 한 번씩, 가을에, 일 년에 한 번씩 돼지를 잡어 가지구 치성을 올려. 이 돈을 거둬가지고, 여 주민들 사는 집에 돈을 거둬 가지고 돼지를 사 가지고, 인제 그전에는 소두 잡구 그랬어.

근데 지금은 이제, 시대가 쪼금 바뀌, 바뀐 게 뭐냐면은 이 사람, 사람이 없어, 사람이. 그전엔 사람이 많었었어, 그런데 지금은 젊은 사람들이 다 나가 있잖어.

(보조조사자 : 네-.)

그래 지금 노인네들 몇 사람 있고, 여 여긴 젊은 사람들 몇 사람 없어. 그래 그런 걸 해디 보니끼 소겉은 걸 잡지두 못 헤.

대벌 사람들 조, 그래 지금 그래 돼지루 계속 잡는데, 우떨 땐 두 마리 잡구, 한 마리 잡구 그래. 그래 그걸 잡어 가지구 제사를 잡숫게 해서 차려 놓구, 이제 차리노믄 거기서 이제 이장, 응.

(보조조사자 : 네.)

이, 이장이 있잖아. 이장, 이장이 있구. 거기 또 지관(제관, 祭官)이 있어, 지관이. 지관, 지사(제사, 祭祀) 거 준비해구, 해는 사람이 지관이라 그래.

(보조조사자 : 네-.)

그래 인제, 거 장을 봐서 보구, 뭐 꽂감겉은 거, 감겉은 거, 인제 그런

거 초, 사구지, 소지 올릴 거, 그거 다 사가지구 준빌핸단 말야.

그래믄 인제, 제삿날이 오믄 인제, 돼지 잡어 가지구 저녁에 치성을 올려.

그래믄 여기서 인제, 각 반장들이래던가 인제, 집이(집에) 있는 분들이 다 가. 거기를. 가서, 같이 인제, 잡는 것두 보구, 거기서 내장겉은 것두 끓여서 지, 지사 올린 담에, 여 끓여 먹구 그래. 그전엔 못 끓여 먹어. 거 제사지내는 데 딴 사람은 들어가지두 못해. 그 지관만 들어가구. 그래서 인제, 겉에서 인제 황단불을 해 놓구 그냥. 거짔는 사람들 황단불을 해 놓구.

[두 팔을 양쪽으로 벌리면서]

솥 이만핸 걸 걸어 놓구.

그 지금두, 지금두 그렇게 해. 우리가 지금 치성이 끝나면은 이제, 그 인제 고기를 그 추럼 낸 사람들 있잖아. 각 호마다 예루다 만원씩 냈으믄, 예를 들어 여기 한 오십호 내지 한 육십호 되거던 여기.

(보조조사자 : 네-.)

그래믄 한 육십만원 정도 해. 걷으믄.

그럼 뭐 돼지 한 마리 잡구 뭐, 돈이 좀 있으면 두 마리두 잡구 그래지 인제. 그거 이제 치성 다 올리면 그거 돼지를 다 분박(분배)을 해. 노놔 인제. 어. 뭐 한 근 반이면, 한 근 반. 근 반이면 근 반. 이래 풀이를 해 가지구 그 계산이 나온단 말여. 돼지는 총 몇 근이니까 추럼 낸 사람은 오십명이다. 그럼 그게 환산해믄 나오잖아. 근 수가. 그래 그렇게 대충 인 제, 뼈는 뼈대루 발라 가지구, 살은 살대루 발러서, 다 이제 뭐 일해는 사 람들이 다 탁탁탁탁 이래 짤러. 그럼 다 봉다리에 싸 가지구 다 보내는 거여. 각 반장들이 다 집집마다 다 갖다주는 거여.

그렇게 치성을 올리구 그래. 지금두 그렇게 올리구 있어.

아라리1

자료코드 : 03_08_FOS_20110219_HRS_GYI_0001

조사장소 : 강원도 원주시 귀래면 귀래2리 마을회관

제보일시 : 2011.2.19

조 사 자 : 황루시, 유명희, 유형동, 김명수

제 보 자 : 김영일, 남, 70세

구연상황 : 마을의 소리꾼으로 소문난 제보자는 다른 제보자들이 일부러 청하여 조사에
임하게 되었다. 제보자가 30-35세 때는 대보름 근처에 마을 사람들이 모두
모여 장구치며 소리를 하며 놀았다. 그 재미있던 시절을 설명하면서 소리를
구연하였다.

일락서산에 지는 저해는 지구싶어 지나~

왔다가 가시는 낭군은 가구싶어 가나~

아리아리랑 쓰리쓰리랑 아라리가 났네

아리랑 고개고개루 나를 넘겨주게

무주공산에 산판허가는 연년이나 나건만

촌색시 잔치허가는 왜아니나나

아라리2

자료코드 : 03_08_FOS_20110219_HRS_GYI_0002

조사장소 : 강원도 원주시 귀래면 귀래2리 마을회관

제보일시 : 2011.2.19

조 사 자 : 황루시, 유명희, 유형동, 김명수

제 보 자 : 김영일, 남, 70세

구연상황 : 제보자 김영일은 장구를 못치게 하자 무릎을 장구치듯 두드리며서 신나게 구
연하였다. 콧소리를 많이 넣어서 부르는 것이 특징이다. 옛날에는 이 소리를
어리랑타령이라고 불렀고 대개는 정선아리랑이라고 하는데 소리는 비슷하다
고 한다.

세월아 봄철아 오구가지를 말아라
알뜰한 요내청춘이 다 늙어가네

아리아리랑 쓰리쓰리랑 아라리가 났구나
아리랑 고개고개루 나를 넘겨주게

정선읍네에 물레방아는 물살을 안구 도는데
우리집 저멍텅구리는 날 안구 돌줄을 모르네

아라리3

자료코드 : 03_08_FOS_20110219_HRS_GYI_0003

조사장소 : 강원도 원주시 귀래면 귀래2리 마을회관

제보일시 : 2011.2.19

조 사 자 : 황루시, 유명희, 유형동, 김명수

제보자 1 : 김영일, 남, 70세

제보자 2 : 임해문, 여, 68세

제보자 3 : 신동림, 여, 68세

제보자 4 : 김한례, 여, 75세

구연상황 : 논매는소리에 대해서 단허리를 했다고 대답한 후 마을에 대한 질문과 소리에
대한 자신의 입장 등을 밝히는 자리가 이어졌다. 조사자가 여러 사람과 함께
소리할 것을 권하자 순서를 정하고 구연하였다. 특히 제보자 김영일은 무릎을
치면서 상체를 흔들며 신나게 구연하였다.

제보자 1 막걸리 한잔에 십이원팔전을 하여두

살림살이를 생각하면 나는 몸먹겠네(못먹겠네)

제보자 1 아리아리랑 쓰리쓰리랑 아라리가 났구나
　　　　아리랑 고개고개루 나를 넘겨주게

제보자 1 무정한 자동차야 소리말구 달려라
　　　　이내 마음이 산란한데야 또 산란하다

제보자 1 시월아 봄철아 오구가지를 말어라
　　　　알뜰한 이내청춘이 다늙어가네

제보자 1 아리아리랑 쓰리쓰리랑 아라리가 났구나
　　　　아리랑 고개고개루 날 넘겨주게

제보자 1 일본에 동경이 얼마나두 좋길래
　　　　꽃같은 나를 두구서 연락선을 타나

제보자 1 어리어리랑 쓰리쓰리랑 아라리가 났구나
　　　　어리랑 고개고개루 나를 넘겨주게

제보자 2 오늘갈런지 내일갈런지 사사망정인데
　　　　맨두라미야 줄봉숭아는 왜심어놓았소

제보자 1 금전유부야 재산이 많아서 내가 니집에 왔나
　　　　거무(갈비씨라는 뜻이라고 함, 정확한 뜻은 모름)걸은에 당신바래
　　　　구 내가 니집이 왔지

제보자 1 아리아리랑 쓰리쓰리랑 아라리가 났구나
　　　　아리랑 고개고개루 날 넘겨주게

제보자 3 비가올라나 눈이올라나 억수장마나 질래나
        양수산(만수산의 잘못인듯)에 먹구름이 막모여든다

제보자 3 아리랑 아리랑 아라리요
        아리랑 고개고개로 나를 넘겨주소

제보자 4 저근네 묵밭은 작년에도 묵었더니
        올해두 날과같이나 또묵었구나

제보자 1 아리아리랑 쓰리쓰리랑 아라리가 났구나

제보자 4 아리랑 고개고개루 나를 넘겨주소

제보자 1 꽃본나부야 물본기력아 부막청정(?)인데
        나비가 꽃을보구선 왜그 그냥가남

제보자 1 어리어리랑 쓰리쓰리랑 어러리가 났구나
        어리랑 고개고개로 나를 넘겨주게

제보자 3 청천하늘에 잔별두 많구
        요내 가슴에는 수심두 많다

제보자 3 아리랑 아리랑 아라리요
        아리랑 고개로 넘어간다

제보자 1 저근너 연당앞에는 백년화초를 심었더니
        백년화초는 어디루가구서 이별화초만 남었네

제보자 1 아리아리랑 쓰리쓰리랑 아라리가 났네
        아리랑 고개고개루 나를 넘겨주게

제보자 3 정선에 물레방아는 물결안고 잘도 도는데
　　　　우리집에 저멍텅구리는 날안고 돌줄 모르네

제보자 1 어리랑 어리랑 아라리요
　　　　아리랑 고개고개로 넘어가네

어러리타령

자료코드 : 03_08_FOS_20110219_HRS_GYI_0001
조사장소 : 강원도 원주시 귀래면 귀래1리 마을회관
제보일시 : 2011.2.19
조 사 자 : 황루시, 유명희, 유형동, 김명수
제 보 자 : 박영선, 남, 75세
구연상황 : 논매는소리와 소모는소리에 대해서 질문하면서 소리를 유도하였다. 호리소
　　　　모는 소리를 구연하였으나 매우 짧아서 소리가 이어지지 못했다. 다른 소리를
　　　　부탁하자 손에 들고 있던 막대로 바닥을 두드리면서 박자를 맞춰 구성지게
　　　　구연하였다. 청중들은 경청하였다. 노래 제목을 묻자 어러리라고도 하고 아리
　　　　랑이라고도 한다고 한다. 같은 아리랑이라도 정선이랑은 다르다고 하면서 지
　　　　게 목발을 두드리면서 많이 하였다고 한다.

아리랑 아리아리랑 아라리요
아리랑 고개고개루 날 넹겨주소

열리는 콩팥은 왜아니나 열리고
아주까리 동백은 왜이리 열리나

놀다가 죽어두 원통타고 하는데
주여장천(晝夜長川)에 일만하구서 나는 못살겠네

아리랑 아리아리랑 아라리요

아리랑 고개고개로 날 넹겨를 주소

둥게타령

자료코드 : 03_08_FOS_20110219_HRS_GYI_0001
조사장소 : 강원도 원주시 귀래면 귀래1리 마을회관
제보일시 : 2011.2.19
조 사 자 : 황루시, 유명희, 유형동, 김명수
제 보 자 : 서경란, 여, 75세
구연상황 : 아기어르는소리에 대해 질문하자 회장님이 제보자에게 아느냐고 묻자 '그걸
　　　　　왜 몰라?' 하면서 자연스럽게 녹음기 앞으로 나왔다. 처음에는 매우 짧게 구
　　　　　연하여 다시 구연하였다. 어릴 때 아이들 키울 때 하던 소리라고 한다.

둥게둥게 둥게야 우리애기 잘도노네

둥둥 둥게야 얼씨구 둥게야

잘도 논다 둥게야

잘커라 둥게야

물에 빠지지말구 잘놀어라 둥게야

얼씨구 둥게야 둥둥 둥게야

우리손주 잘도노네

얼씨구 둥게야

얼씨구 둥게야

우리손주 잘도 노네

잘도 크구 잘도 노네

우리 손주가 최고루구나

우리 손주가 최고루구나

아라리1

자료코드 : 03_08_FOS_20110222_HRS_YMS_0001

조사장소 : 강원도 원주시 귀래면 용암1리 마을회관

제보일시 : 2011.2.22

조 사 자 : 황루시, 유명희, 유형동, 김명수

제 보 자 : 이만석, 남, 88세

구연상황 : 논매는소리 등에 대해서 질문한 후 옛날 소리를 해달라고 했더니 옛날에 나
무할 때 지게목발 두드리면서 하던 소리라면서 구연하였다. 연세가 높으신데
도 청은 좋은 편으로 힘이 넘쳤다.

한치뒷산에 곤드레딱지가 임의맛만 같으면

병자년 흉년에두나 봄살어나지

아리아리랑 아리아리랑 아라리가 났구나

아리아리랑 고개고개로 날만 넘겨주게

단허리

자료코드 : 03_08_FOS_20110222_HRS_YMS_0002

조사장소 : 강원도 원주시 귀래면 용암1리 마을회관

제보일시 : 2011.2.22

조 사 자 : 황루시, 유명희, 유형동, 김명수

제 보 자 : 선소리 - 이만석, 남, 88세

　　　　　　뒷소리 - 김영호, 남, 71세

구연상황 : 제보자 이만석이 선소리를 하고 제보자 김영호가 뒷소리를 하였다. 다 맨 후
에는 '아~ 어~호 이후~'를 붙여야 한다고 설명하였다.

어하얼씬 단허리야	어하얼씬 단허리야
이논배매를 빨리매고	어하얼씬 단허리야
우에 배미로 올러가세	어하얼씬 단허리야
이논배미를 얼른매구서	어하얼씬 난허리야

술참이나 늦어가니	어하얼씬 단허리야
빨리매구 한잔먹세	어하얼씬 단허리야
올해두 풍년들고	어하얼씬 단허리야
내년에도 풍년이들고	어하얼씬 단허리야
동네사람 모두모여	어하얼씬 단허리야
풍년노래를 불러보세	어하얼씬 단허리야
어하얼씬 단허리야	어하얼씬 단허리야
지난해도 풍년들고	어하얼씬 단허리야
금년에도 풍년드네	어하얼씬 단허리야
강태공에 조작방아	어하얼씬 단허리야
지극지성 고량진미	어하얼씬 단허리야
지루복판 막어놓고	어하얼씬 단허리야
용왕님전 비나이다	어하얼씬 단허리야
어하얼씬 단허리야	어하얼씬 단허리야
시상사람 농사짓기	어하얼씬 단허리야
지겹고도 행복하다	어하얼씬 단허리야
어하얼씬 단허리야	어하얼씬 단허리야(박수)

목도소리

자료코드 : 03_08_FOS_20110222_HRS_YMS_0003
조사장소 : 강원도 원주시 귀래면 용암1리 마을회관
제보일시 : 2011.2.22
조 사 자 : 황루시, 유명희, 유형동, 김명수
제 보 자 : 선소리 – 이만석, 남, 88세
　　　　　 뒷소리 – 김영호, 남, 71세
구연상황 : 목도소리를 하실 줄 아느냐고 묻자 기꺼이 일어나서 구연하였다. 김영호 제보

자와 함께 자리에서 일어나 어깨동무를 하고 허리를 굽혀 길지는 않지만 현
장감있게 구연하였다.

히저~ 허 히여~

히여차 히여

흐여차 흐여

흐여차 흐여

흐여차 흐여

이목도를 가지고

얼루갈까 흐여

으여차 흐여

부잣집으로 가자아~~

흐여~~

흐여차 흐여

흐여차 흐여

장타령

자료코드 : 03_08_FOS_20110222_HRS_YMS_0004
조사장소 : 강원도 원주시 귀래면 용암1리 마을회관
제보일시 : 2011.2.22
조 사 자 : 황루시, 유명희, 유형동, 김명수
제 보 자 : 이만석, 남, 88세
구연상황 : 소리를 잘하신다고 하니 마을의 선소리는 현재도 도맡아 하고 있다고 한다.
　　　　　나중에 만나기로 약속한 후 젊었을 때 돌아다니면서 부른 소리를 물었다. 각
　　　　　설이타령 등을 여자들 많은 자리에 나가서 많이 불렀다고 한다. 대보름같은
　　　　　마을 잔치 때 마을을 다니면서 부르기도 하였다. 각설이타령인가 장타령인가
　　　　　물었더니 '장타령'이라고 한다. 숫자풀이를 완성하지 못하고 고리타령으로 넘
　　　　　어갔다.

에~ 오라는데는 없어도 갈 때는 많습니다

일자나 한자나 들구봐 일이야 송송 이송송 밤중 샛빌이 완연하다

그자 한자 거기 두고

두~이자나 들고봐 이관에신령 두신령 외나무다리를 근너다가 처녀나 총각이 만냈네

삼자나 한자 삼관에 신령두 두신령 무명하기도 짝이없다

사, 그자 한자 넉장짓고

넉사자나 한자 들구봐 사시나 장찬 바쁜길에 중간참이나 늦어간다

오자 한자나 들구봐 오관에 오관에 천장 관운장 적토마를 비겨타고 제갈선을 찾어간다

육자나 한자 들구봐 육관에 신령 도신령 [잡음]

에- 오라는데는 없어도 갈 데는 많습니다. 갈데는 많습니다.

이놈이나 이래봐도 정승판서나 자제로다

경상감사를 마다하고 돈사전이나 팔려서 대문대문이 목이쉰다

앉은고리는 도방고리 달린고리는 문고리

뛰는고리는 개고리 품바품바가 잘한다 [웃음]

언문뒷풀이

자료코드 : 03_08_FOS_20110222_HRS_YMS_0005
조사장소 : 강원도 원주시 귀래면 용암1리 마을회관
제보일시 : 2011.2.22
조 사 자 : 황루시, 유명희, 유형동, 김명수
제 보 자 : 이만석, 남, 88세
구연상황 : 장타령에 이어서 언문뒷풀이에 대해서 질문하자 '아, 잘했었지, 색시들이 홀
딱 반했었는데...'하면서 구연하였다. 중간에 잊었다고 하면서 옛날에는 끝까
지 잘했지만 워낙 안하니까 자꾸 잊었다고 한다.

가나다라마바사아 아차 잠깐 잊었구나

기역니은디귿리을 기역자로 집을짓고

지긋지긋 살쟀더니 이별이 중치못하구나

가갸거겨 가이없는 이내몸이 그지없이도 되었구나

고교 고상하던 우리낭군 구간하기가 짝이없네

나냐너녀 날러가는 원앙새야 한양천리 가거들랑 임에소식 전코가소

(노뇨누뉴안하실거예요?)

노뇨누뉴 노세노세 젊어서노세 늙어지면 못노나니(말로)

베틀가

자료코드 : 03_08_FOS_20110222_HRS_YMS_0006
조사장소 : 강원도 원주시 귀래면 용암1리 마을회관
제보일시 : 2011.2.22
조 사 자 : 황루시, 유명희, 유형동, 김명수
제 보 자 : 이만석, 남, 88세
구연상황 : 베틀가도 해달라고 하자 바로 구연하였다.

오늘날 일기가 하도나 심심하니 베틀이나 놓아볼까

에헤효 베짜는 아가씨 사랑노래 베틀에 수심만 지누나

이베를 짜가지고 어느누구를 줄것인가

에헤효 베짜는 아가씨 사랑노래 베틀에 수심만 지누나

일광단 월광단 다짜나놓구서 병든임에나 바라나볼까

에헤효 베짜는 아가씨 사랑노래 베틀에 수심만 지누나

뒷집최서방(새소리흉내)

자료코드 : 03_08_FOS_20110222_HRS_YMS_0007

조사장소 : 강원도 원주시 귀래면 용암1리 마을회관

제보일시 : 2011.2.22.

조 사 자 : 황루시, 유명희, 유형동, 김명수

제 보 자 : 이만석, 남, 88세

구연상황 : 그전에는 못하는 소리가 없었는데 하시면서 계속해야 안 잊어버리는데 안 해
서 다 잊었다면서 아쉬워했다. 여러 가지 소리를 질문하다 새소리 흉내를 내
기에 이에 대해 질문하자 목소리를 매우 가늘고 높게 내면서 '목계최서방 쪽
박 바꿔줘?'하면서 바로 구연하였다. 충주 엄정면에 목계가 있는데 그 동네
전설이라고 한다. 무슨 새냐고 묻자 비둘기 종류로 이렇게 소리하는 새가 따
로 있다고 한다.

목계최서방 쪽박 바꿔줘

목계최서방 쪽박 바꿔줘

목계최서방 쪽박 바꿔줘

앞니빠진 갈가지

자료코드 : 03_08_FOS_20110222_HRS_YMS_0008

조사장소 : 강원도 원주시 귀래면 용암1리 마을회관

제보일시 : 2011.2.22

조 사 자 : 황루시, 유명희, 유형동, 김명수

제 보 자 : 이만석, 남, 88세

구연상황 : 풀써는소리 우러리에 대해 질문한 후 앞니빠진갈가지에 대해서 질문하자 웃
으시면서 구연하였다.

앞니빠진 갈가지

앞도랑에 가지마라

붕어새끼 놀랜다

아라리2

자료코드 : 03_08_FOS_20110222_HRS_YMS_0009
조사장소 : 강원도 원주시 귀래면 용암1리 마을회관
제보일시 : 2011.2.22
조 사 자 : 황루시, 유명희, 유형동, 김명수
제 보 자 : 이만석, 남, 88세
구연상황 : 엮음아라리, 아라리 연속으로 섞어 불렀다.

정섭읍네 물레방아는 잣나무 궁글통에다가 이삼은육 이육십이 사
구삼십육 서른여섯칸에 물에 물살을안구서 비빙빙빙 도는데
우리댁에 서방님은 날안고 돌줄을 모르나

아리아리 아리아리랑 아리리가 났구나
아리아리랑 고개고개루 날만 넘겨주게

정선읍내 일백오십호 다 잠들여 놓고
월선이야 다리구서 새봉난질 가잔다

아리아리 아리아리랑 아리리가 났구나
아리아리랑 고개고개루 날만 넘겨주게

아라리

자료코드 : 03_08_FOS_20110222_HRS_YHW_0001
조사장소 : 강원도 원주시 귀래면 용암1리 마을회관
제보일시 : 2011.2.22
조 사 자 : 황루시, 유명희, 유형동, 김명수
제보자 1 : 이호월, 여, 75세
제보자 2 : 한명숙, 여, 82세
구연상황 : 마을회관이 점심식사 준비로 분주하였다. 할머니들 방에 할머니들이 화투를

치고 계셨는데 다행히 화투판을 치우시고 여러 가지 소리들을 해 주었다. 몇 분이 돌아가면서 소리를 하는데 생각이 잘 안 나는 듯 소리 간의 간격이 넓었다. 이 소리는 몇 번의 연습 끝에 순서를 정하고 소리를 한 것이다.

제보자 1 정선읍네에 물레방아는 물살을 안고 비비뱅글도는데
　　　　 우리집 저명텅구린 뚤버논 구녕도 못뚫네

　　　　 아리아리랑 쓰리쓰리랑 아라리가 났네
　　　　 아리랑 고개고개로 날만 넘겨~주소~

제보자 2 날따러 오세요 날만따러 오세요
　　　　 가시밭이 천리길이라도 날만 따라오소

제보자 1 오늘갈런지 내일갈런지 홍수정망(정수정망의 잘못)인데
　　　　 울밑에 줄봉숭아는 왜심어 놨나

　　　　 아리아리랑 쓰리쓰리랑 아라리가 났네
　　　　 아리랑 고개고개로 날만 넘겨주소~

둥게타령

자료코드 : 03_08_FOS_20110222_HRS_YHW_0002
조사장소 : 강원도 원주시 귀래면 용암1리 마을회관
제보일시 : 2011.2.22
조 사 자 : 황루시, 유명희, 유형동, 김명수
제 보 자 : 이호월, 여, 75세
구연상황 : 아기어르는소리에 대해 질문하자 제보자가 즉각 나서서 구연하였다.

　　　　 둥게 둥게 둥게야 두둥둥게 둥게야
　　　　 나랏님께는 충신동 부모님께 효자동

형제간에는 우애동 일가간에는 화목동
둥기둥기 둥기야 두둥둥둥 둥게야

시상달공

자료코드 : 03_08_FOS_20110222_HRS_YHW_0003
조사장소 : 강원도 원주시 귀래면 용암1리 마을회관
제보일시 : 2011.2.22
조 사 자 : 황루시, 유명희, 유형동, 김명수
제 보 자 : 이호월, 여, 75세
구연상황 : '둥게타령'에 이어서 구연하였다. 옆에 앉아 계신 할머니의 두 손을 잡고 앞
뒤로 흔들면서 실감나게 구연하였다.

시상달공
서울길로 가다가
밤한톨 주서서
고무락에 치뜨렸더니
대가리까만 새앙쥐가
들락날락 다까먹고
한톨은 남은건
이빠진 통노게다 삶어서
이빠진 조리로 건져서
이빠진 대접에다 담어서
껍질은 애비주구
고물은 애미주구
너와나와 알캉먹자
알공달공달공달공

불아불아

자료코드 : 03_08_FOS_20110222_HRS_YHW_0004
조사장소 : 강원도 원주시 귀래면 용암1리 마을회관
제보일시 : 2011.2.22
조 사 자 : 황루시, 유명희, 유형동, 김명수
제 보 자 : 이호월, 여, 75세
구연상황 : '시상달공'에 이어서 질문하자 할 줄 안다고 하였다. 이번에는 다리를 들어야
하는 동작을 해야 하므로 옆에 계신 할머니는 못하겠다고 하였다. 누군가가
베개를 주면서 이걸 들고 하라고 하자 베개를 들고 아이를 어르듯이 양쪽으
로 들어서 모서리를 찧으며 구연하였다.

불아불아 불어라

불불 불어라

쇳물이 녹두록만 불어라

이쇠는 어디쇠냐

경상도 여량쇠다

석수는 얼마냐

갱피석섬 열닷말

불아불아 불어라

불불 잘분다

자장가

자료코드 : 03_08_FOS_20110222_HRS_YHW_0005
조사장소 : 강원도 원주시 귀래면 용암1리 마을회관
제보일시 : 2011.2.22
조 사 자 : 황루시, 유명희, 유형동, 김명수
제 보 자 : 이호월, 여, 75세
구연상황 : 마지막으로 자장가까지 해달라고 부탁드렸다. 점심식사 준비가 끝나 밖에서

빨리 나오기를 재촉하는 상황이었다. 베개를 꼭 끌어안고 두드리면서 실제 아기가 있는 것처럼 매우 침착하게 구연하였다.

자장자장 자장자장 우리아기 잘도잔다
눈에잠도 눈에들고 몸에잠도 눈에들고
손에잠도 눈에들고(뭐라그러지?) 머릿잠도 눈에들고
우리아기 잘도잔다 눈을감고 잘도잔다

고모네집에 갔더니

자료코드 : 03_08_FOS_20110219_HRS_IHM_0001
조사장소 : 강원도 원주시 귀래면 귀래2리 마을회관
제보일시 : 2011.2.19
조 사 자 : 황루시, 유명희, 유형동, 김명수
제 보 자 : 임해문, 여, 68세
구연상황 : 마을 유래 이야기와 귀래면 유래 등의 이야기를 들은 후 조사자의 질문으로
구연하게 되었다. 신동림 제보자와 마주 앉아 다리를 엇갈리고 손으로 짚으면
서 구연하였다.

고모네 집에 갔더니 알럭수탉 잡어서
지름이 동동 뜨는걸
나한숟갈 안주고 느끼리 다먹구
우리집에 와봐라
수수팥떡 해서
너한숟갈 안주구
나혼자 다 먹는다

소금쟁이

자료코드 : 03_08_FOS_20110219_HRS_IHM_0002
조사장소 : 강원도 원주시 귀래면 귀래2리 마을회관
제보일시 : 2011.2.19
조 사 자 : 황루시, 유명희, 유형동, 김명수
제 보 자 : 임해문, 여, 68세
구연상황 : 소금쟁이는 잠자리를 말한다. 이 노래는 잠자리를 잡을 때 부르는 소리이다.

소금쟁이 꽁꽁 앉을자리 좋다

요기요기 앉아라

앞니빠진 갈가지

자료코드 : 03_08_FOS_20110219_HRS_IHM_0003
조사장소 : 강원도 원주시 귀래면 귀래2리 마을회관
제보일시 : 2011.2.19
조 사 자 : 황루시, 유명희, 유형동, 김명수
제 보 자 : 임해문, 여, 68세
구연상황 : '소금쟁이'에 이어서 구연하였다.

앞니빠진 갈가지

뒷도랑에 가지마라

붕어새끼 놀랜다

이거리저거리갓거리

자료코드 : 03_08_FOS_20110219_HRS_SDL_0001
조사장소 : 강원도 원주시 귀래면 귀래2리 마을회관
제보일시 : 2011.2.19

조 사 자 : 황루시, 유명희, 유형동, 김명수
제 보 자 : 신동림, 여, 68세
구연상황 : 임해문 제보자의 '앞니빠진갈가지'에 이어서 구연하였다. 노랫말을 물었으나
뜻은 모른다고 한다.

이거리저거리갓거리
전두만두도만두
육두육두전라두
전라개미소리
증산에목을매고
육판재판

한알대두알대

지료코드 : 03_08_FOS_20110222_HRS_HMS_0001
조사장소 : 강원도 원주시 귀래면 용암1리 마을회관
제보일시 : 2011.2.22
조 사 자 : 황루시, 유명희, 유형동, 김명수
제 보 자 : 한명숙, 여, 82세
구연상황 : '아라리' 구연 후 베틀가 등 다른 소리들을 유도하였지만 이호월 제보자가 밀
양아리랑을 한마디 불렀을 뿐이었다. 이어 조사자가 다리세기소리에 대해 질
문하자 제보자들이 다리를 뻗고 앉아서 구연하였다.

한알대 두알대
용용 거지 장군 노루
금사 보매 약재
고드레 똘 땡

아랫배야가래배야

자료코드 : 03_08_FOS_20110222_HRS_HMS_0002
조사장소 : 강원도 원주시 귀래면 용암1리 마을회관
제보일시 : 2011.2.22
조 사 자 : 황루시, 유명희, 유형동, 김명수
제 보 자 : 한명숙, 여, 82세
구연상황 : '한알대두알대'에 이어 다른 것이 없냐고 질문하자 바로 이어서 구연하였다.

아래배야 자래배야 무렁주렁

무신줄 갑줄 무신천지 고래천지

무신고래 땅고래 무신기리 딸기리

무신꼬추 양꼬추 무신트레 박트레

무신과자 백과자

한나하나고핸나

자료코드 : 03_08_FOS_20110222_HRS_HMS_0003
조사장소 : 강원도 원주시 귀래면 용암1리 마을회관
제보일시 : 2011.2.22
조 사 자 : 황루시, 유명희, 유형동, 김명수
제 보 자 : 한명숙, 여, 82세
구연상황 : 다리세기 소리를 연이어 하신 후 다시 한번 해달라고 청했더니 새로운 것을
　　　　　 해주었다.

한나하나고핸나

방구꼈다구사이나

각설이타령

자료코드 : 03_08_FOS_20110222_HRS_HMS_0004
조사장소 : 강원도 원주시 귀래면 용암1리 마을회관
제보일시 : 2011.2.22
조 사 자 : 황루시, 유명희, 유형동, 김명수
제 보 자 : 한명숙, 여, 82세
구연상황 : 제보자는 장타령이라고 하였다. 다리세기소리를 여러분이 돌아가면서 구연한
후 동요를 중심으로 질문했는데 제보자가 갑자기 '에~씨구씨구 들어간다'하
면서 소리를 시작하였다. 신명이 넘친 듯 자리에 앉아서 양팔을 들고 몸을 좌
우로 흔들며 춤을 추면서 소리했다.

에씨구씨구 들어간다

신통방통에 오방통 대문안에나 절구통

올루가는에 자동차 지난해왔던에 각설이

가지두자꾸나 또왔소

일자 한자 들구나보니 일선에 가신 우리낭군 성공하고 돌아오기
만 기다린다

이자 한자 들고나보니 이승만 대통령이 싸워이기기만 고대한다

삼자 한자 들고나보니 삼천리 강산에 삼팔선이나 가로막혀

사자 한자 들고나보니 사천이백칠십팔년 자유종이나 올렸건만

오자 한자 들고나보니 오만명의 중공군이 남한으로 침략했다

육자 한자 들고나보니 육이오사변에 집태우고 거러지생활이 웬말
이냐[웃음, 잡음]

칠자 한자 들고나보니 해방된지 칠년 낭군소식 돈절없네

팔자 한자 들고나보니 팔년전의 매인정절 어느때 판결나나

구자 한자 들고나보니 구십먹은에 노총각 장개가기나 늦어간다

십자 한자 들고나보니 시집간제 사흘만에 남편에 빨간딱지(일제
시대의 군소집영장)가 웬말이냐

숫자풀이

자료코드 : 03_08_FOS_20110222_HRS_HMS_0005
조사장소 : 강원도 원주시 귀래면 용암1리 마을회관
제보일시 : 2011.2.22
조 사 자 : 황루시, 유명희, 유형동, 김명수
제 보 자 : 한명숙, 여, 82세
구연상황 : ‘각설이타령’의 숫자풀이에 이어서 한글뒷풀이도 아시냐고 질문하자 정신이 없어서 그건 다 잊었다고 하면서 이 노래를 구연하였다. 같은 숫자풀이의 일종인데 창가에 가깝다. 마을에 충주 출신의 중선어미라고 계셨는데 그분이 잘 불렀던 소리라고 한다. 밭맬 때 불렀던 노래라고 하였다.

이런 여자 날버리고 깜깜한 길로 깜깜한길로

둘이로구나 다만 둘이 살다가 이별이 웬말요

이별할 줄 알었으면 믿지말 것을 믿지말 것을

셋이로구나 삼월청풍 모진바람 잎이피었네

잎을 따러 가는 님은 무정도하지 무정도하지

셋이로구나 사월 참 넷이

넷이로구나 사월청풍 모진바람 꽃이피었네

꽃을 따러 가는 임은 어데로가나 어데로가나

다섯이로다 어린양을 쌍을 지어 나는 기러기

우리부모 소식을 전해주련만 전해주련만

여섯이로다 육계같은 처자식을 고이길러서

동경영화 성공시켜 희망을받아 희망을받아 [잡음]

일곱 일곱해먹은 고목낭게 새가모였네

각색짐승 집을짓고 새가모였네

여덟이로다 팔봉산을 넘고보니 청풍이로다 청풍이로다

구자한자

아홉이로다 저물에 뜬 기러기 여기왔구나 여기왔구나

산을 넘어 물을 따라 여기왔구나
열이로구나 열심히 바느질해여 우리처녀들
열번이나 당부하여 김천을 받아 김천을받아

3. 문막읍

강원도 원주시 문막읍 건등1리

조사일시 : 2011.3.5
조 사 자 : 황루시, 유명희, 유형동, 김명수

강원도 원주시 문막읍 건등1리

　건등산의 이름을 따서 건등리라 하였다. 원래 사제면의 지역인데 1914
년 행정구역 통폐합에 따라 분3리, 분4리, 분5리와 미내면의 7개리 각 일
부를 병합하여 건등면이라 하였다. 1937년에 건등면을 문막면으로 개칭
하였으며 1995년 3월, 면이 읍으로 승격되어 현재에 이르고 있다. 문막면
이 읍으로 승격되면서 농공단지조성, 택지개발로 인하여 인구가 많이 증
가하고 대단위 아파트가 건립되고 있는 지역이다. 건등1리는 현재 120세

대, 298명이 살고 있다. 경주 김씨의 집성촌이며 조사를 한 등안마을은 20여 호가 살고 있다.

논농사를 기본으로 하여 옥수수나 감자 등의 밭농사를 같이 짓고 있으며 특히 쌀은 원주 농산물 중 우수농산물 인증인 GAP마크를 획득했을 정도로 품질을 인정받고 있다. 82년도에 최초의 트랙터가 도입되고 콤바인은 90년대에 도입되었다. 서낭제는 지샘물 부락에서만 제를 지내고 4년에 한 번씩 장승을 깎아 마을 입구에 세워 안녕을 비는 전통이 있다. 종교는 가지각색이지만 마을 행사를 종교 때문에 빠지는 분위기는 없다.

강원도 원주시 문막읍 궁촌1리

조사일시 : 2011.3.4
조 사 자 : 황루시, 유명희, 유형동, 김명수

강원도 원주시 문막읍 궁촌1리

고종(高宗)의 순빈(淳嬪) 엄씨의 경우궁(慶佑宮)이 있었으므로 궁말 또는 궁촌으로 부르다가 궁촌리가 되었다고 한다. 또 후백제 견훤이 견훤산성에는 석성을 쌓고 여기에는 토성을 쌓았으며 이곳에 궁실을 지었다고 해서 궁말이라 하였다고도 한다. 1989년 10월 이곳에서 한 농부가 범종(홍법사종)을 발견하여 궁터임을 추측하게 하였다.

인구는 총 145호 정도이다. 집성촌이라 할 만한 성씨는 없는 각성받이 마을이다. 예전에는 담배가 주작물이었으나 현재는 벼농사를 주로 하고 장년층들을 중심으로 비닐하우스를 이용한 특수작물들을 재배한다. 농기계는 80년대 초반쯤 들어왔다. 종교의 경우 제7일 안식교와 침례교인들이 일부 존재하며 나머지는 특별한 종교가 없다. 음력 정월 보름에 마을의 명봉산 염불사에서 산신제를 지낼 때 주민들이 다수 참석한다. 대동계를 제외하면 특별한 마을 행사는 없다.

강원도 원주시 문막읍 궁촌2리

조사일시 : 2011.3.5
조 사 자 : 황루시, 유명희, 유형동, 김명수

고종(高宗)의 순빈(淳嬪) 엄씨의 경우궁(慶佑宮)이 있었으므로 궁말 또는 궁촌으로 부르다가 궁촌리가 되었다고 한다. 또 후백제 견훤이 견훤산성에는 석성을 쌓고 여기에는 토성을 쌓았으며 이곳에 궁실을 지었다고 해서 궁말이라 하였다고도 한다. 1989년 10월 이곳에서 한 농부가 범종(홍법사종)을 발견하여 궁터임을 추측하게 하였다.

궁촌2리는 100호 정도의 인구가 거주하고 있고 벼농사를 짓는 가구가 60호 정도이다. 나머지는 근처 공단의 공장에서 근무한다. 원래 김해김씨의 집성촌이었으나 현재는 각성받이 마을이다. 농기계는 70년대 초반에 도입되었다. 4가구 정도의 기독교도들을 제외하고는 불교 신자들이 많다.

정월대보름에 농악을 치는 전통을 여전히 유지하고 있다. 근처에서 신석기 유물이 나왔던 적이 있었다.

강원도 원주시 문막읍 궁촌2리

강원도 원주시 문막읍 동화2리

조사일시 : 2011.3.6
조 사 자 : 황루시, 유명희, 유형동, 김명수

동화산 밑에 위치한 마을이라서 동화리로 부르게 되었다. 원래 원주군 사제면의 지역으로 1914년 행정구역 폐합에 따라 분6리, 분5리 일부를 병합하여 동화리가 되었다. 20년 전부터 동화 1리와 2리로 행정구역이 나누어졌다. 현재 마을에는 총 80명의 인구가 살고 있다. 조선시대부터 화전민들이 살던 마을로 전주 이씨와 경주 김씨가 집성촌을 이루어 살고 있었으나 지금은 특정성이 집성촌이라고 할 만한 것이 없어졌다.

강원도 원주시 문막읍 동화2리

　예전부터 벼농사 규모가 크지 않고 가난한 마을이었다. 70년대 초반 농기계가 들어왔으나 계단식 논이 많아 성능을 발휘하기 어려워 여전히 소로 짓는 사람들도 있다. 서낭제는 60년 전에 서낭당이 없어지면서 자연스레 중단되었다. 현재 불교가 60%, 천주교, 기독교가 20%정도이고 나머지는 종교활동을 하지 않는다. 마을 행사로는 연말에 마을주민 모두가 참여하는 대동계가 있고 정월에 소소하게 윷놀이를 하는 게 전부다. 마을에 인구가 많을 때는 정월에 마을 사람들끼리 극단을 꾸려 연극공연을 하기도 하였으나 지금은 그럴 형편이 되지 못한다. 주민 대부분이 노인이라 노인회 이외의 단체 활동이 이루어지지 않는다. 예전엔 농악을 하기도 했으나 그만둔 지 60여 년이 다 되어 간다.

강원도 원주시 문막읍 반계2리

조사일시 : 2011.3.4, 2011.3.12
조 사 자 : 황루시, 유명희, 유형동, 김명수

강원도 원주시 문막읍 반계2리

　건등산에 있었던 왕건 태조(太祖)의 건승비(建勝碑)를 서울로 옮겨가던 도중에 이 마을 앞에서 비가 떨어져 반으로 부러졌으므로 '반저리'라고 부르다가 변형되어 반계리가 되었다고 한다. 1914년 행정구역 통폐합에 따라 분1리, 분2리를 병합하여 반계리로 지칭하게 되었다. 현재 인구는 80호 정도이다. 청주 곽씨가 전체 인구의 40%라고 하며 나머지는 각성받이들이다.

　주요 산업은 농업이며 주로 벼농사를 중심으로 하우스 특수작물들을 재배한다. 예전에는 피나 조, 고추 등의 작물들을 재배했으나 요새는 잘 하지 않는다. 농기계는 70년대 초반에 들어왔다. 마을의 20%가 기독교,

30%가 불교를 믿고 있으며 나머지는 특별한 종교가 없다. 서낭당은 30년에 없어졌으며 12월에 치르는 대동계를 제외하면 특별한 마을의 행사는 없다. 농악 등 마을의 민속놀이는 노령화로 인해 없어졌다. 일제강점기부터 소방시설이 되어있어 주변에 불이 나면 주민들이 소방관의 역할을 했다. 과거부터 발전된 지역이었고 한국전쟁 때도 큰 피해가 없었으나 재개발이 늦어져 지금은 가장 부대시설이 낙후된 마을이 되었다. 현재 농공단지가 개발되면서 부녀자들이 그쪽으로 직장을 많이 잡았다.

강원도 원주시 문막읍 반계4리

조사일시 : 2011.3.5, 2011.3.11
조 사 자 : 황루시, 유명희, 유형동, 김명수

강원도 원주시 문막읍 반계4리

반계4리는 1992년 '남서울아파트'가 생기면서 분리된 마을이다. 총 인구는 88세대이며 대부분 노인들이다. 원래 근처에 대학이 하나 생긴다고 하여 건축된 아파트이지만 대학건축이 무산되면서 문막 논공 단지에 직장을 둔 노동자들이 많이 거주한다. 만도기업과 성우기업에 종사하는 노동자들이 많다. 노인회는 25명의 노인으로 구성되며 여자들이 주를 이룬다. 남성들은 반계1리 회관으로 가거나 아예 회관에 가지 않는다. 노인회 운영은 시에서 석 달에 한 번씩 나오는 보조금과 아파트 자체에서 4~5년 전에 분양이 안 된 아파트 한 채를 경로당으로 내주어서 운영하고 있다. 이 경로당이 생기기 전에는 사람들이 반계1리 경로당으로 많이 다녔지만 지금은 거의 4리 경로당을 이용하고 있다.

고순남, 여, 1920년생

주 소 지 : 강원도 원주시 문막읍 궁촌2리 543번지
제보일시 : 2011.3.5
조 사 자 : 황루시, 유명희, 유형동, 김명수

원주시 문막읍 궁촌2리 543번지에 거주
하고 있다. 충청북도 괴산 출생으로 15세에
혼인하면서 궁촌으로 이주하였다. 슬하에 1
남 1녀를 두었지만, 아들이 세상을 떠나 며
느리와 살고 있다. 어린 시절 막내딸로 귀여
움을 받고 자랐다고 한다. 학교를 다니지는
못했지만 어머니, 이웃 아주머니 등에게 일
을 배워 싹싹하다는 이야기를 많이 들었다
고 한다. 예진에는 소리를 많이 알았는데 다 잊었다며 아쉬워했다. 장진
영, 민옥녀 등의 화자가 소리를 할 때 한 마디씩 거들었다.

제공 자료 목록
03_08_FOS_20110305_HRS_JJY_0001 아라리
03_08_FOS_20110305_HRS_MON_0001 뱃노래

권필옥, 여, 1927년생

주 소 지 : 강원도 원주시 문막읍 반계4리 남서울 아파트 405호
제보일시 : 2011.3.6
조 사 자 : 황루시, 유명희, 유형동, 김명수

원주시 문막읍 반계4리 남서울 아파트 405호에 거주하고 있다. 평창

진부 출생으로 18세에 봉평으로 시집갔다가 30년 전 다시 원주로 이주하였다. 5남매 중 맏이로 성격은 어려서부터 약간 무뚝뚝했다. 학교는 다니지 못했으나 집안일을 스스로 도울 만큼 당시에는 철이 일찍 들었으며 소리는 어렸을 적 어른들이 하는 소리를 따라 부르면서 익혔다.

제공 자료 목록
03_08_FOS_20110306_HRS_GPO_0001 아라리
03_08_FOS_20110306_HRS_GPO_0002 다복녀
03_08_FOS_20110306_HRS_SNO_0002 정선아라리

김계순, 여, 1944년생

주 소 지 : 강원도 원주시 문막읍 반계4리 남서울 아파트 401호
제보일시 : 2011.3.6
조 사 자 : 황루시, 유명희, 유형동, 김명수

김계순은 함경남도 이원군 차호읍에서 2남 2녀 중 셋째로 태어났다. 한국전쟁이 일어나 부모님과 함께 주문진으로 피난을 내려왔으며, 그 후 정선, 영월 등지에서 생활하다가 1992년에 현 거주지인 반계 4리 남서울 아파트 401호로 이주하였다. 중학교를 다니다가 집안 사정으로 그만 두었는데, 이후 다시 학교교육을 받지는 못했다고 한다. 현재 반계 4리 노인회회장을 맡고 있다.

반계 4리에 두 차례에 걸쳐 방문했는데, 조사자를 반겨 맞이해 주었다.

간식을 제공해주고, 회관에서 자고 가라며 호의를 베풀어 주기도 했다. 민담과 전설을 각각 2편씩 구연하였는데 전설은 반계리로 이주해 와서 들은 것이라고 하며, 민담은 어린 시절에 들은 이야기라고 한다. 차분한 목소리로 구연하였으며, 상황에 맞는 몸짓을 취하기도 했다.

제공 자료 목록
03_08_FOT_20110311_HRS_GGS_0001 고승이 꽂아 놓은 지팡이
03_08_FOT_20110311_HRS_GGS_0002 귀신도 천리 밖으로는 못 간다
03_08_FOT_20110311_HRS_GGS_0003 구렁이 먹고 문둥병 나은 대감집 딸
03_08_FOT_20110311_HRS_GGS_0004 치악산 지명 유래

김기학, 남, 1944년생

주 소 지 : 강원도 원주시 문막읍 건등1리 968-5번지
제보일시 : 2011.3.5
조 사 자 : 황루시, 유명희, 유형동, 김명수

　원주시 문막읍 건등1리 968-5번지에 거주하며 토박이이다. 3남매 중 장남으로 국민학교 졸업 후 22세에 결혼하였다. 슬하에는 아들만 3명이 있으며 조사하는 동안 아들에 대해서 많이 말했다. 내성적인 성격으로 잘 나서는 편은 아니라고 한다. 소리는 예전 어른들이 마을 행사 때 하는 소리를 듣다 보니 자연스럽게 배운 것이다.

제공 자료 목록
03_08_FOS_20110305_HRS_GGH_0001 단허리
03_08_FOS_20110305_HRS_GGH_0002 긇었네소리
03_08_FOS_20110305_HRS_GGH_0003 지경소리

김기환, 남, 1934년생

주 소 지 : 강원도 원주시 문막읍 건등1리 975번지

제보일시 : 2011.3.5
조 사 자 : 황루시, 유명희, 유형동, 김명수

문막읍 건등리 토박이이며 7남매 중 맏이로 28살 늦은 나이에 결혼하였으며 슬하에 3남매를 두었다. 어려서부터 성격이 불같아서 어른들에게 자주 혼났다고 한다. 소리는 일을 하면서 자연스럽게 익혔으며 동생들이 많아서 집안일을 스스로 나서서 하는 편이었다고 한다.

제공 자료 목록
03_FOS_20110305_HRS_GGH_0001 단허리
03_FOS_20110305_HRS_GGH_0002 긇었네소리
03_FOS_20110305_HRS_GGH_0003 지경소리

김두열, 남, 1936년생

주 소 지 : 강원도 원주시 문막읍 동화2리 234번지
제보일시 : 2011.3.6
조 사 자 : 황루시, 유명희, 유형동, 김명수

김두열은 동화 2리에서 5남매 중 셋째로 태어났다. 전문대학을 졸업하고 교사 생활을 했다. 40여 년 전 부산으로 교사 발령이 난 이후에 줄곧 부산에서 살았으며, 12년 전에 고향 마을인 동화2리 234번지로 이주해 농사를 지으며 살고 있다. 현재 동화 2리 노인회장직을 맡고 있다.

회장직을 새로 넘겨받아 어수선할 때 방

문해 큰 도움을 줄 수 없다며 미안해했다. 어린 시절 마을 어른들에게 들은 이야기를 구연하였다.

제공 자료 목록

03_08_FOT_20110306_HRS_GDY_0001 동화리의 유래
03_08_FOT_20110306_HRS_BYS_0001 건드리면 마을 여자들 바람나는 샘물
03_08_FOS_20110306_HRS_BYS_0001 상여소리
03_08_FOS_20110306_HRS_BYS_0002 회다지소리

김순수, 여, 1935년생

주 소 지 : 강원도 원주시 문막읍 궁촌2리 537번지
제보일시 : 2011.3.5
조 사 자 : 황루시, 유명희, 유형동, 김명수

김순수는 충청북도 제천군 봉양면에서 태어났다. 5세 되던 해에 모친이 별세하고, 계모가 들어와 이복형제가 여럿 있으나, 시집간 이후 왕래가 없다. 18세 무렵 당시 25세 군인이던 김형팔과 혼인해 원주시 단구동으로 오게 되었다. 생활고로 44년 전 궁촌2리로 이주하였다. 슬하에 3남 1녀를 두었다. 지난 2000년 남편과 사별하고 지금은 장남 내외와 함께 살고 있다. 학교교육은 일제강점기 때 소학교 2학년을 다니다 중단했으며, 혼자서 한글을 깨우쳤다고 한다. 학교 다닐 때 배운 일어 노래를 아직까지 외우고 있었다.

제공한 설화는 민담으로 어린 시절 이웃 어른들, 친구 부모님들에게 들은 것이라고 하며, 민요는 친구들과 어울리며 자연스럽게 습득한 것이라고 한다. 어릴 때 친구들과 다리뽑기 놀이를 하면서 불렀던 다리뽑기소리

를 2곡 구연하였다.

제공 자료 목록

03_08_FOT_20110305_HRS_GSS_0001 수숫대가 빨간 이유
03_08_FOT_20110305_HRS_GSS_0002 여우누이
03_08_FOT_20110305_HRS_GSS_0003 우렁각시
03_08_FOT_20110305_HRS_GSS_0004 장화홍련
03_08_FOS_20110305_HRS_GSS_0001 이거리저거리갓거리
03_08_FOS_20110305_HRS_GSS_0002 한알대두알대

김장열, 남, 1934년생

주 소 지 : 강원도 원주시 문막읍 동화2리 573-2번지
제보일시 : 2011.3.6
조 사 자 : 황루시, 유명희, 유형동, 김명수

김장열은 동화리에서 태어나 지금까지 거
주하고 있는 토박이로서 현재 동화2리
573-2번지에 거주하고 있다. 6남 2녀 중 둘
째로 태어났으며, 일제강점기 때 보통학교
3학년까지 다니다가 중퇴한 이후 더 이상
학교교육은 받지 않았다. 20세 무렵 혼인하
여 슬하에 4남 1녀를 두었다. 지금껏 농사
를 짓고 있으며, 2002년부터 2010년1까지
동화 2리 노인회장일을 맡아 보았다.

보통체격에 얼굴형은 갸름한 편이다. 전설을 1편 구연하였다.

제공 자료 목록

03_08_FOT_20110306_HRS_GJY_0001 빈대절터
03_08_FOS_20110306_HRS_BYS_0001 상여소리
03_08_FOS_20110306_HRS_BYS_0002 회다지소리

김창옥, 남, 1938년생

주 소 지 : 강원도 원주시 문막읍 건등1리 952번지
제보일시 : 2011.3.5
조 사 자 : 황루시, 유명희, 유형동, 김명수

부론면에서 태어나 12살에 문막읍 건등1리 952번지로 이주하여 현재까지 살고 있다. 1남 1녀 중 장남이며 21세에 결혼하여 슬하에 5남매를 두었다. 학력은 초등학교를 중퇴이다. 어려서부터 나서기를 좋아하여 마을 단위 행사가 있으면 꼭 참석해서 소리를 하곤 했다. 그 뒤로 자연스럽게 소리를 익히게 되었고 현재 노인회장직을 맡고 있다.

제공 자료 목록

03_08_FOS_20110305_HRS_GGH_0001 단허리
03_08_FOS_20110305_HRS_GGH_0002 긇었네소리
03_08_FOS_20110305_HRS_GGH_0003 지경소리

김홍숙, 여, 1938년생

주 소 지 · 강원두 원주시 문막읍 반계4리 남서울 아파트 106호
제보일시 : 2011.3.11
조 사 자 : 황루시, 유명희, 유형동, 김명수

김홍숙은 충청남도 외산면 만수리에서 1남 3녀 중 셋째로 태어났다. 21세 때 4살 연상인 남편과 혼인하여 2남 3녀를 두었다. 44세 때 사별하고 경북 영주로 이주했다가 약 10년 전에 반계4리 남서울 아파트 106호로 이주하여 작은 아늘 내외와 함께 살고 있다. 학교 교육은 국민학교까지 받았다.

김홍숙은 보통 체격에 둥근 얼굴이다. 조

사자들이 방문한다는 이야기를 전해 듣지 못했는지, 처음에는 조사자들을 경계하였으나 조사의 취지를 설명하자 흔쾌히 이야기판에 참여하였다. 민담을 한 편 구연하였는데, 어린 시절 외할머니에게 들은 것이라고 한다.

제공 자료 목록
03_08_FOT_20110311_HRS_GHS_0001 팔자 도망은 못 한다

민옥녀, 여, 1930년생

주 소 지 : 강원도 원주시 문막읍 궁촌2리 450번지
제보일시 : 2011.3.5
조 사 자 : 황루시, 유명희, 유형동, 김명수

　　선두리에서 출생하였으나 원주시 문막읍 궁촌2리로 이주 후 계속 토박이로 지내고 있다. 8남매 중 넷째로 형제자매가 많아서 우애가 깊었으나 모두 일찍 병사하여 외로움을 많이 탔다. 17세에 결혼하여 여주로 갔지만 36세에 남편과 사별하고 다시 귀향하였다. 학교는 국민학교를 다니다 그만두었으며 소리는 TV에서 보고 배운 것이 많은 편이나 청이 좋다.

제공 자료 목록
03_08_FOS_20110305_HRS_MON_0001 뱃노래
03_08_FOS_20110305_HRS_JJY_0001 아라리

박영석, 남, 1930년생

주 소 지 : 강원도 원주시 문막읍 동화2리 574-14번지

제보일시 : 2011.3.6
조 사 자 : 황루시, 유명희, 유형동, 김명수

박영석은 문막 동화리 출생으로 토박이다. 5남 1녀 중 장남으로 태어난 덕분에 학교를 다닐 수 있었다고 한다. 7세부터 10세까지 3년간 서당을 다니며 천자문을 배웠고, 10세부터 16세까지 소학교를 다닌 후, 육민관을 2년간 다녔다. 슬하에 2남 3녀를 모두 혼인시켰으며, 지금은 후처와 동화2리 574-14번지에 거주하고 있다.

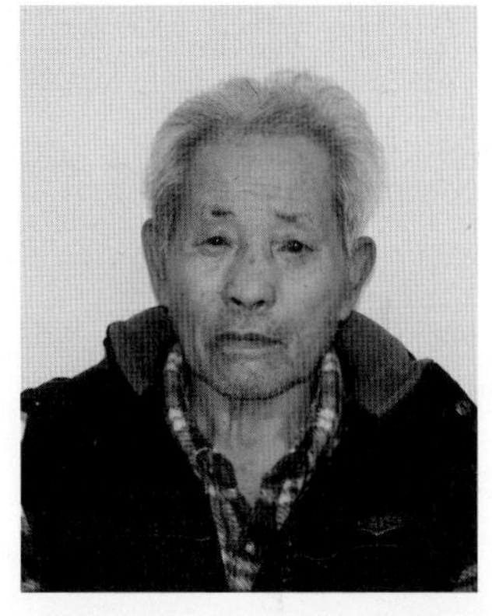

한쪽 눈이 불편해 보이고 입도 약간 비뚤어졌다. 18세 무렵에 농사일을 시작하였는데, 일을 하며 자연스럽게 소리를 하게 되었다고 한다. 회다지소리는 원주와 횡성을 다니면서 회다지소리를 전문으로 하는 노인에게 간접적으로 배웠고, 그 이후 다른 소리에도 관심을 가지게 되었다고 한다.

제공 자료 목록

03_08_FOS_20110306_HRS_BYS_0001 상여수리
03_08_FOS_20110306_HRS_BYS_0002 회다지소리
03_08_FOS_20110306_HRS_BYS_0003 아라리

손난옥, 여, 1940년생

주 소 지 : 강원도 원주시 문막읍 반계4리 남서울 아파트 610호
제보일시 : 2011.3.6, 2011.3.11
조 사 자 : 황루시, 유명희, 유형동, 김명수

손난옥은 횡성군 공근면에서 태어났다. 19세에 세전으로 시집가 살나가 47세에 원주 지정면 간현으로 이주했으며, 다시 57세에 지금 살고 있는 반계4리 남서울 아파트 610호로 옮겼다. 슬하에 2남 3녀를 두었으며,

모두 혼인하여 외지에 살고 있다. 지정면에
거주할 때 부녀회 일을 5년간 맡아본 경험
이 있다.

조사의 취지에 대해 설명하자, 조사자들
을 후대하며 적극적으로 조사에 임하였다.
손난옥은 조사자들과 두 차례에 걸쳐 만나
설화를 구연하였는데, 대체로 민담과 경험
담이었다. 이 이야기들은 어린 시절 아버지
에게 들은 것이 대부분이며, 더러는 사돈집 어른에게 들은 것도 있다고
하였다. 이야기를 구연할 때는 '이렇게 이렇게'라고 말하며, 손동작을 많
이 사용하였다. 또한 청중의 반응을 살피며, 동의를 구하기도 했으며, 이
야기판을 주도해서 이끌어 나갔다. 민요는 정선아라리와 해방가 등을 구
연하였는데 어릴 때부터 어른들에게 듣고 배운 소리를 60세까지 종종 불
러 잊지 않았다고 한다. 해방가는 아파트 경로당에 있는 다른 제보자인
조일섭에게 배웠다고 한다.

제공 자료 목록

03_08_FOT_20110306_HRS_SNO_0001 방귀 잘 뀌는 며느리 – 노랑병 든 며느리
03_08_FOT_20110306_HRS_SNO_0002 해와 달이 된 오누이
03_08_FOT_20110306_HRS_SNO_0003 밥풀꽃의 유래
03_08_FOT_20110306_HRS_SNO_0004 자식으로 태어난 뱀
03_08_FOT_20110306_HRS_SNO_0005 안창의 말무덤 – 아기장수
03_08_FOT_20110306_HRS_SNO_0006 안창의 욕바위
03_08_FOT_20110311_HRS_SNO_0001 두꺼비 신랑
03_08_FOT_20110311_HRS_SNO_0002 꿩이 캐그덩 캐그덩 우는 사연
03_08_FOT_20110311_HRS_SNO_0003 장끼전
03_08_FOT_20110311_HRS_SNO_0004 제천 의림지 유래
03_08_FOT_20110311_HRS_SNO_0005 제삿밥 잘 못 차려 혼난 이야기
03_08_FOT_20110311_HRS_SNO_0006 양반 상놈 없어진 사연

03_08_FOT_20110311_HRS_SNO_0007 바람 소리로 도둑 잡은 이야기
03_08_MPN_20110306_HRS_SNO_0001 도깨비 만난 사람
03_08_MPN_20110311_HRS_SNO_0001 저승에 다녀 온 오빠
03_08_MPN_20110311_HRS_SNO_0002 야학에 찾아 온 귀신 목격담
03_08_FOS_20110306_HRS_SNO_0001 해방가
03_08_FOS_20110306_HRS_SNO_0002 정선아라리
03_08_MFS_20110306_HRS_JIS_0005 청춘가

송연옥, 여, 1933년생

주 소 지 : 강원도 원주시 문막읍 궁촌2리 555번지
제보일시 : 2011.3.5
조 사 자 : 황루시, 유명희, 유형동, 김명수

　원주시 문막읍 출생으로 토박이이다. 4남매 중 맏이로 국민학교 졸업 후 야학을 2년간 다니며 한글을 깨우쳤다. 16세에 결혼하여 현재 4남매를 슬하에 두고 있다. 소리는 예전 마을 어른들이 하는 소리를 듣고 익혔디. 지식욕이 많았지만 여선이 허락되지 않아서 배우질 못해 아쉬웠다고 한다.

제공 자료 목록
03_08_FOS_20110305_HRS_SYO_0001 이거리저거리갓거리

여재봉, 남, 1942년생

주 소 지 : 강원도 원주시 문막읍 반계2리 659-1번지
제보일시 : 2011.3.4, 2011.3.12
조 사 자 : 황루시, 유명희, 유형동, 김명수

여재봉은 원주 지정면 안창리에서 2남 중 막내로 태어났다. 반계2리는 외가 동네라고 하는데, 13세 무렵 부모님과 함께 이주했다. 슬하에 3남매를 두었는데 모두 혼인했고, 지금은 반계2리 659-1번지에서 아내와 둘이 살고 있다. 중학교를 2학년까지 다니다가 그만두고, 서당을 4년가량 다녔다고 한다.

젊은 시절에는 농사도 짓고, 건축일도 했는데 방랑벽이 있어 훌쩍 집을 떠나 떠돌기도 했다고 한다. 8년 전에 당한 교통사고로 거동이 불편한데 불의의 사고를 겪었음에도 밝고 긍정적인 모습을 보였다. 현재는 서예학원을 운영하고 있다.

여재봉은 조사자들과 두 차례에 걸쳐 만나 이야기를 구연하였다. 토박이답게 반계리와 안창에 전해오는 이야기를 알고 있었는데, 이는 대부분 어린 시절 할머니께 들은 이야기라고 한다. 전설 외에 민담도 여러 편 구연했다. 박문수, 김삿갓, 김선달 등 인물과 관련된 이야기와 한자(파자, 한시)와 관련된 이야기들이었다. 대부분의 경우에서 교훈성을 강조하기도 했다.

제공 자료 목록

03_08_FOT_20110304_HRS_YJB_0001 우정
03_08_FOT_20110304_HRS_YJB_0002 반계리 문호리의 지명 유래
03_08_FOT_20110304_HRS_YJB_0003 욕바위의 유래
03_08_FOT_20110304_HRS_YJB_0004 만대재와 임경업
03_08_FOT_20110304_HRS_YJB_0005 알삶골의 유래
03_08_FOT_20110304_HRS_YJB_0006 황효자 이야기
03_08_FOT_20110304_HRS_YJB_0007 숯 빠는 모습을 비웃은 동방삭
03_08_FOT_20110304_HRS_YJB_0008 귀신의 글귀로 급제한 박문수

03_08_FOT_20110312_HRS_YJB_0001 김득신의 건망증

03_08_FOT_20110312_HRS_YJB_0002 김삿갓이 시 지어 중 놀린 이야기

03_08_FOT_20110312_HRS_YJB_0003 김삿갓 이야기

03_08_FOT_20110312_HRS_YJB_0004 문자 쓰다 장인 잃은 사람

03_08_FOT_20110312_HRS_YJB_0005 사기로 남의 돈 빌린 봉이 김선달

03_08_FOT_20110312_HRS_YJB_0006 봉이 김선달의 유래

03_08_FOT_20110312_HRS_YJB_0007 대동강 물과 호수를 팔아먹은 봉이 김선달

03_08_FOT_20110312_HRS_YJB_0008 성질 급한 사위 봉이 김선달

03_08_FOT_20110312_HRS_YJB_0009 남의 집 송아지 잡아먹은 봉이 김선달

03_08_FOT_20110312_HRS_YJB_0010 돌려받지 못한 갓모

03_08_FOT_20110312_HRS_YJB_0011 안창 나룻배가 전복된 이야기

03_08_FOT_20110312_HRS_YJB_0012 봄 보리밥

03_08_FOT_20110312_HRS_YJB_0013 인목대비의 지혜

03_08_FOT_20110312_HRS_YJB_0014 청백리 황희정승 이야기

03_08_FOT_20110312_HRS_YJB_0015 정구죽천(丁口竹天)

03_08_FOT_20110312_HRS_YJB_0016 호적 적(籍)자 파자 이야기

03_08_FOT_20110312_HRS_YJB_0017 황희정승이 돈을 찾은 이유

03_08_FOT_20110312_HRS_YJB_0018 황희정승의 공정한 품삯

03_08_FOT_20110312_HRS_YJB_0019 황희정승의 시시비비

03_08_MPN_20110312_HRS_YJB_0001 한국전쟁 경험담

03_08_MPN_20110312_HRS_YJB_0002 글자 원리 깨우친 얘기

이복순, 여, 1944년생

주 소 지 : 강원도 원주시 문막읍 궁촌2리 450번지
제보일시 : 2011.3.5
조 사 자 : 황루시, 유명희, 유형동, 김명수

　　부론면 노림리에서 출생하였으며 그 뒤에
대둔리로 이주하였다. 현재는 원주시 문막
읍 궁촌2리 450번지에 거주하고 있다. 9남
매 중 7번째로 형제자매가 많았으나 서러움

을 많이 느꼈다. 국민학교를 다니던 중 가정형편이 좋지 않아서 학업을 본의 아니게 그만 두게 되었으며 18세에 결혼하여 6남매를 두고 있다. 소리는 어렸을 적 친구들과 놀 때 부르던 것이다. 오른쪽 눈이 불편하여 나서서 소리를 하지 않으려 하였으나 여러 번 조사자가 요청하여 어렵게 조사에 임하였다.

제공 자료 목록

03_08_FOS_20110305_HRS_YBS_0001 두껍아두껍아

이선옥, 여, 1945년생

주 소 지 : 강원도 원주시 문막읍 반계4리 남서울 아파트 510호
제보일시 : 2011.3.6, 2011.3.11
조 사 자 : 황루시, 유명희, 유형동, 김명수

이선옥은 철원군 동송면에서 7남매 중 장녀로 태어나 5세 무렵 서울로 이주하였다. 동덕여고를 졸업했으며, 23세 때 경기도 광주로 시집을 갔다. 27년 전 남편이 축산 일을 하게 되면서, 축사를 짓고 운영할 수 있는 반계리로 이주하였다. 슬하에 1남 1녀를 두었는데, 반계4리 남서울 아파트 510호에서 아들 내외와 거주하고 있다. 현재 반계4
리 노인회 총무직을 맡고 있으며, 2009년에는 반계리 황효자의 비가 세워져 있는 충효각에서 1년간 희망 근로를 한 경험이 있다.

보통 체격에 둥근 얼굴형이다. 조사자들을 반갑게 맞아 주었으며, 조사 취지에 매우 공감하였다. 주로 다른 제보자들이 이야기를 할 때 그 내용을 정리하거나 부연설명을 많이 하였는데, 황효자 이야기가 나오자 희망

근로 때 설명했던 경험을 바탕으로 나서서 구연하였다. 이선옥은 이후 반
계 4리를 재차 방문했을 때에도 만날 수 있었는데, 전설을 한 편 더 구연
해 주었다. 발음도 정확한 편이고 말도 빠르지 않은 편이다.

제공 자료 목록
03_08_FOT_20110306_HRS_YSO_0001 황효자 이야기
03_08_FOT_20110311_HRS_YSO_0001 떠내려 온 산

임석례, 여, 1924년생

주 소 지 : 강원도 원주시 문막읍 반계4리 남서울 아파트 101호
제보일시 : 2011.3.11
조 사 자 : 황루시, 유명희, 유형동, 김명수

임석례는 강원도 영월군 주천면에서 3남
1녀 중 막내딸로 태어났다. 17세에 혼인해
1남 4녀를 두었다. 정선군 고한, 부산에서
거주하였으며, 지금은 장녀인 장경자와 반
계4리 님시울아파트 101호에서 거주하고
있다. 가끔 부산에 거주하고 있는 아들집에
서 머물기도 한다.

귀가 어두워 소통이 어려웠는데 따님인
장경자 제보자가 중간에서 도움을 주었다. 아들집을 오가는 탓인지 노인
들의 모임에서 다소 소외되고 있는 듯한 눈치였다. 조사자들은 임석례가
거주하고 있는 장경자의 자택을 방문하여 조사를 진행했다. 집중된 분위
기에서 많은 이야기를 제보했다. 민담을 16편 구연하였는데, 주로 부부간
의 정절이나 형제 사이의 문제, 열녀 등 가족 간의 갈등에 대한 이야기가
주를 이루었다. 이 이야기들은 어린 시절 어머니와 동네 어른들에게 들은

것이라고 한다. 예전에는 이야기를 많이 했으나, 구연할 기회가 사라지고 건강이 좋지 않아 많이 잊었다고 한다. 목소리에 떨림이 많았으며, 발음도 부정확한 편이었다.

제공 자료 목록
03_08_FOT_20110311_HRS_YSR_0001 세명당
03_08_FOT_20110311_HRS_YSR_0002 금덩이를 던져버린 형제 이야기
03_08_FOT_20110311_HRS_YSR_0003 논에 말뚝 박아놓은 도깨비
03_08_FOT_20110311_HRS_YSR_0004 소 판 돈 훔친 시아주버니
03_08_FOT_20110311_HRS_YSR_0005 받은 복만큼 산다
03_08_FOT_20110311_HRS_YSR_0006 색시복으로 부자 된 숯구이 총각
03_08_FOT_20110311_HRS_YSR_0007 동자삼
03_08_FOT_20110311_HRS_YSR_0008 떡으로 열녀 가리기
03_08_FOT_20110311_HRS_YSR_0009 난장이에게 속은 열녀
03_08_FOT_20110311_HRS_YSR_0010 열녀시험
03_08_FOT_20110311_HRS_YSR_0011 뒷집영감 좋다고 불공드려 성불한 이야기
03_08_FOT_20110311_HRS_YSR_0012 호랑이 목에 걸린 비녀 빼준 이야기
03_08_FOT_20110311_HRS_YSR_0013 홍수전설
03_08_FOT_20110311_HRS_YSR_0014 흉년에 부모에게 쌀 숨긴 딸
03_08_FOT_20110311_HRS_YSR_0015 기가 쎈 부인 버릇고친 이야기
03_08_FOT_20110311_HRS_YSR_0016 복을 찬 최천석의 아내
03_08_MPN_20110311_HRS_YSR_0001 도깨비에 홀린 남편

장경자, 여, 1948년생
주 소 지 : 강원도 원주시 문막읍 반계4리 남서울 아파트 101호
제보일시 : 2011.3.11
조 사 자 : 황루시, 유명희, 유형동, 김명수

　장경자는 강원도 영월군 주천면에서 1남 4녀 중 장녀로 태어났다. 10세 무렵 정선군 고한읍으로 이주해 성장하였다. 그리고 20년 쯤 전에 문막으로 이주하여 지금까지 살고 있다. 거주지는 반계4리 남서울아파트

101호이다. 학교교육은 국민학교 3학년을 다니다가 중퇴한 것이 전부이다. 임석례 제보자의 딸이다.

　민담을 2편, 전설을 1편 구연하였는데, 이 이야기들은 모두 어머니에게 들은 것이라고 한다. 건강이 좋지 않아, 숨이 가쁘고, 목소리가 떨려 많은 이야기를 해 줄 수 없다고 했다. 또한 이야기를 많이 듣기는 했으나 모두 잊어버렸다며 안타까워했다. 여러 사람이 모여 있는 이야기판에서는 주로 어머니께 이야기를 권했으며, 후에 따로 방문했을 때 천천히 이야기를 구연해 주었다.

제공 자료 목록

03_08_FOT_20110311_HRS_JGJ_0001 똥 안 닦는 며느리 버릇고친 이야기
03_08_FOT_20110311_HRS_JGJ_0002 뱀이 간장독에 들어가 저주받은 이야기
03_08_FOT_20110311_HRS_JGJ_0003 뱀이 은혜 갚은 이야기
03_08_FOT_20110311_HRS_JGJ_0004 황지연못

장진영, 여, 1933년생

주 소 지 : 강원도 원주시 문막읍 궁촌2리 426번지
제보일시 : 2011.3.5
조 사 자 : 황루시, 유명희, 유형동, 김명수

　평창군 진부면에서 태어났다. 무남독녀로 태어났지만 9세 때 어머니께서 돌아가시면서 고생을 많이 했다. 17세 무렵 혼인을 했으며, 약 40년 전인 30대 후반에 궁촌리로 이주하였다. 궁촌리는 작은딸이 거주하고

있는 곳이다. 정식 학교교육을 받지는 못했지만, 야학을 다니면서 한글을 배웠다.

6편의 민요를 구연하였다. 제공한 자료는 대체로 길이가 짧고 불완전한 것들이 많았다. 예전에는 잘했었는데, 소리를 할 기회가 없어 다 잊었다고 한다.

제공 자료 목록

03_08_FOS_20110305_HRS_JJY_0001 아라리

03_08_FOS_20110305_HRS_JJY_0002 다북녀

03_08_FOS_20110305_HRS_JJY_0003 고모네집에 갔더니

03_08_FOS_20110305_HRS_JJY_0004 한알대두알대

03_08_FOS_20110305_HRS_JJY_0005 비야비야

03_08_FOS_20110305_HRS_JJY_0006 세상달강

정옥난, 여, 1944년생

주 소 지 : 강원도 원주시 문막읍 반계4리 남서울 아파트 605호
제보일시 : 2011.3.6
조 사 자 : 황루시, 유명희, 유형동, 김명수

정옥난은 강원도 주문진 교항리에서 2남 3녀 중 셋째로 태어났다. 20세 무렵 8세 연상인 최병호와 혼인하여 1남 2녀를 두었다. 37세 때 남편과 사별한 뒤 부산으로 이주하여, 26년 정도 거주하다가 5년 전 반계리에 정착하였다. 지금은 반계4리 남서울 아파트 605호에서 미혼인 아들과 함께 거주하고 있다. 주문국민학교를 졸업했다.

조사의 취지에 크게 공감하며, 이야기를 할 기회가 마련된 것을 반겼

다. 민담을 두 편 구연하였는데, 학교에 들어갈 무렵 아버지에게 들은 것이라고 한다. 인물에 따라서 목소리 톤을 조절하였으며, 약간 빠른 속도로 이야기를 구연하였다. 효자와 산삼을 구연할 때는 앉은 채로 경중경중 뛰는 시늉을 하는 등 상황에 따라 적절한 행동을 취하기도 했다.

제공 자료 목록

03_08_FOT_20110306_HRS_JON_0001 효자와 산삼

03_08_FOT_20110306_HRS_JON_0002 소 장수가 만난 도깨비

조일섭, 여, 1935년생

주 소 지 : 강원도 원주시 문막읍 반계4리 남서울 아파트 307호
제보일시 : 2011.3.6
조 사 자 : 황루시, 유명희, 유형동, 김명수

충주 노은면 출생으로 22세에 결혼하여 반계리로 이주하였다. 6남매 중 다섯째로 어른들로부터 귀여움을 독차지했으며 국민학교를 다니다 집안 사정 때문에 중퇴히었다. 어려서부터 주위 어른들이 노래를 하면 잘한다고 자주 추켜세워서 그 때문인지 30세가 될 때까지 모임이나 노는 자리면 어김없이 나서서 노래를 불렀다. 그러다 보니 사교성도 늘고 소리도 몸에 익어 이제는 자연스럽게 소리를 구사한다.

제공 자료 목록

03_08_MFS_20110306_HRS_JIS_0001 해방가

03_08_MFS_20110306_HRS_JIS_0002 창부타령

03_08_MFS_20110306_HRS_JIS_0003 화투풀이

03_08_MFS_20110306_HRS_JIS_0004 권주가

03_08_MFS_20110306_HRS_JIS_0005 청춘가
03_08_MFS_20110306_HRS_JIS_0006 행금타령
03_08_MFS_20110306_HRS_JIS_0007 장타령

최진남, 여, 1931년생

주 소 지 : 강원도 원주시 문막읍 궁촌1리 85번지
제보일시 : 2011.3.4
조 사 자 : 황루시, 유명희, 유형동, 김명수

　최진남은 평창군 봉평면에서 10남매 중 셋째로 태어났다. 22세 부렵 진부로 시집갔고, 궁촌리로 이주한 것은 10여 년 전이다. 현 거주지는 문막읍 궁촌1리 85번지이다. 슬하에 외아들을 두었으나, 5년 전에 작고했다.

　회관에 도착해서 조사의 취지를 설명하자 "옛날이야기 해줄까?"라며 적극적으로 나서서 구연하였다. 민담을 두 편 구연하였는데, 어린 시절 할머니 무릎에서 들은 것들이라고 한다. 소리도 2편 제보하였는데 어렸을 때 노인네들이 하는 소리를 듣고 배웠다고 한다.

제공 자료 목록
03_08_FOT_20110304_HRS_CJN_0001 꾀쟁이 하인
03_08_FOT_20110304_HRS_CJN_0002 수숫대가 빨간 이유
03_08_FOS_20110304_HRS_CJN_0001 숫자풀이
03_08_FOS_20110304_HRS_CJN_0002 앞집총각

한갑석, 남, 1934년생

주 소 지 : 강원도 원주시 문막읍 궁촌1리 85번지

제보일시 : 2011.3.4
조 사 자 : 황루시, 유명희, 유형동, 김명수

한갑석은 반계 2리에서 태어나 지금까지 살고 있는 토박이로 반계 2리 658번지에 거주하고 있다. 학교에 들어가기 전에 2년 정도 서당에서 수학하였으며, 문막국민학교를 졸업하였다. 56세 무렵 전부인과 사별하고, 현재는 재혼하여 두 내외가 함께 살고 있다. 학교를 졸업한 후부터 농사를 짓기 시작하여 지금껏 다른 일은 하지 않고, 농업에만 종사하고 있다.

보통체격에 얼굴은 둥근 편이다. 설화 구연을 부탁하였는데, 역사적으로 검증되지 않은 이야기는 허황된 것이라며 말하기를 꺼려했다. 구연한 두 편의 설화는 전설로서 제보자는 그 이야기가 사실이라고 믿고 있었다. 이 이야기들은 모두 할머니께 들은 것이라고 한다.

제공 자료 목록
03_08_FOT_20110304_HRS_HGS_0001 황효자 이야기
03_08_FOT_20110304_HRS_HGS_0002 임경업이 천기를 못보게 된 사연

함영근, 남, 1940년생

주 소 지 : 강원도 원주시 문막읍 건등1리 118번지
제보일시 : 2011.3.5
조 사 자 : 황루시, 유명희, 유형동, 김명수

원주시 문막읍 건등1리 118번지에서 출생한 토박이이다. 5남매 중 맏이로 자존심이 강한 편이였으나 몸에 장애가 있어서 열등감도 많았다고

한다. 중학교를 다니다 그만 두었으며 26살에 중매로 결혼하였다. 소리는
예전에 있던 마을 행사에 어른들의 소리를 듣다 보니 자연스럽게 알게 되
었다.

제공 자료 목록
03_08_FOS_20110305_HRS_GGH_0001 단허리
03_08_FOS_20110305_HRS_GGH_0002 곯었네소리
03_08_FOS_20110305_HRS_GGH_0003 지경소리

고승이 꽂아 놓은 지팡이

자료코드 : 03_08_FOT_20110311_HRS_GGS_0001
조사장소 : 강원도 원주시 문막읍 반계 4리 1141-1번지 남서울아파트 경로당
제보일시 : 2011.3.11
조 사 자 : 황루시, 유명희, 유형동, 김명수
제 보 자 : 김계순, 여, 68세
구연상황 : 장경자 제보자가 마을 앞에 있는 은행나무도 전설이 있다며 이야기를 꺼내
자 모두 한마디씩 거들었다. 조사자가 차근히 이야기해 줄 것을 부탁하자 제
보자가 구연하였다.
줄 거 리 : 옛날 어느 대사가 길을 지나다가 목이 말라 잠깐 쉬면서 짚고 가던 지팡이를
샘물 옆에 꽂아 두었다. 대사는 지팡이를 그냥 두고 길을 떠났는데, 그 지팡
이가 자라서 큰 은행나무가 되었다. 그 은행나무가 한꺼번에 단풍이 들면, 풍
년이 든다. 또한 나무에 백사가 살아서 나무를 함부로 할 수 없다. 어른 세
사람이 안을 정도로 크며, 수령은 800년 정도가 되었다. 지금 원주시에서 보
호수로 지정해 관리하고 있다.

옛날에 어느 대사가 지나가다가 목이 말러서, 그 은행나무, 나, 나무 꽂
은데 샘이 있었대.

그래서 물을 마시느라고 그걸 꽂어 놓고, 그 대사가 그냥 갔는데.

그 지팡이가 자라서 인제, 은행나무가 됐는데.

고목이 됐는데, 그 속에는 백사가 산대.

그래서 그 나무를 건들이믄, 그 백사가 눈에 보인데요. 그래서 함부로
그 나무를 못 빈데.

그리구 그 은행나무가 한꺼번에 노-랗게 인제, 인제 단풍이 들잖아.

그러면 그 해는 풍년이 든대. 그런 전설이 있어, 그 나무에.

(보조조사자 : 그 얼마나 된 거라구요?)

그게 한 팔, 팔백년 넘다 그리구. 약 그리구 둘레가.

(청중1 : 아주 두 사람 어른.)

(청중2 : 으유 두사람 안돼.)

(청중1 : 두 사람 안돼?)

(청중3 : 으이구, 셀 수도 없어. 셀 수도 없어.)

(청중4 : 세 사람도 넘어 다 매봤어 엄청나.)

(보조조사자 : 여기 가까이 있어요?)

(청중3 : 예, 여 바로 요기, 요기 있어.)

(보조조사자 : 요, 바로 앞에 있나요?)

(청중5 : 예 저건너 가면 있어요.)

(청중3 : 여기 막 세멘으로 막 복원을 해고, 시에서.)

(보조조사자 : 예-.)

(청중1 : 저거, 저, 저기, 저, 보호수령이야.)

보조조사자 : 보호수에요?)

(청중1 : 응.)

귀신도 천리 밖으로는 못 간다

자료코드 : 03_08_FOT_20110311_HRS_GGS_0002
조사장소 : 강원도 원주시 문막읍 반계 4리 1141-1번지 남서울아파트 경로당
제보일시 : 2011.3.11
조 사 자 : 황루시, 유명희, 유형동, 김명수
제 보 자 : 김계순, 여, 68세
구연상황 : 손난옥 제보자가 '제삿밥 잘못 차려 혼난 이야기' 구연을 마치자 제보자가
　　　　　'제사 이야기를 하니까 생각이 난다'고 하면서 구연한 이야기다.
줄 거 리 : 옛날 귀신을 볼 수 있는 노인이 있었다. 이 노인이 길을 가다가 날이 저물어
　　　　　길에서 밤을 보내게 되었다. 잠을 청하고 누워있는데, 어디서 한 노인이 헐레

벌떡 뛰어오다가 첫닭이 울자 주저앉으며 올해도 밥을 얻어먹지 못 한다고 한탄했다. 귀신 보는 노인이 사정을 묻자 오늘이 자기의 제삿날인데 아들네 집이 너무 멀어서 밤새와도 지금 있는 여기까지 밖에 올 수 없다고 이야기를 했다. 그리고 지금 있는 그 자리가 저승에서 천리되는 곳인데 여기까지 오면 날이 새니 아들에게 집을 옮겨 달라는 말을 전해달라고 부탁했다. 아침이 되어 그 노인의 아들을 찾아가서는 지난 밤 일을 이야기했다. 이야기를 들은 아들은 집을 옮겨서 지었다. 어느 날 귀신 보는 노인의 꿈에 그 노인이 나타나서는 덕분에 밥을 잘 얻어먹게 되었다고 인사를 하고 사라졌다. 귀신도 천리까지 밖에는 갈 수 없다고 한다.

옛날에 귀신 보는 노인이, 밤중에 길을 가다가 이제 날이 저물어 가지구.

[두 손을 크게 벌리면서]

이래 놀에 반석이, 돌, 거기에 널직한데 있는데.

"에유, 여기서 하룻저녁 자구가야, 날을 세워가주 가야되겠다."

하구, 거 누워 있자니.

왠 노인이 막 허겁지겁 쫒아 오디마는, 오는데 첫닭이 "꼬끼요" 하고 우니깐, 고만 털썩 주저 앉더니.

"아유, 자년에도 밥을 못 얻이먹고 갔는데, 올해노 또 봇 얻어먹고 가겠다구. 아주 부지런히 왔는데 하마 첫닭이 운다." 그래면서 그래더래.

그래 이 귀신보는 노인이.

"아이 노인장 그래 어디를 갈라고 하는데, 그래 밥을 못 얻어먹고 가시나" 그래니까.

"오늘이 내 제삿날인데, [오른손을 들어 앞을 가리키며] 저-기 보이는 집이 우리 아들네 집인데, 여기 까진게 딱 천리."라 하더래.

그니까 귀신도 천리 밖, 밖에는 못 간대. 천리 넘으면 못 간대 귀신도.

그래서, "여기가 딱 천리 길인데, 저기 빤히 보이는 집이 우리 아들네 집인데, 아들네 집에를 가서 밥을 못 얻어, 자기 제사 밥을 못 얻어 먹고 만날 간대여.”

그래 인제 노인장이,

“내는 가서 우리 아들 보구, 제발 여기 쯤 나와 집을 짓게 좀 하라고. 그럼 내가 제사 밥을 을어 먹고 가게 좀 하라고.”

그리고는 홀연히 그만 그 노인, 귀신이 읎어지더래.

그래 그 이튿날, 참 거서 날을 세워가주, 인제 부지런히, 인제 가서, 그 첫 동네 가 가지구.

“어제 제사 집이 어느 집이냐?” 하니깐.

“참 누구 집이라.” 하더래.

그래 찾아 가 가지구,

“엊저녁에 그래, 누구 제사를 지냈느냐-.”

하니깐, 자기 인제, 아부지 제살 지냈다구, 얘기를 하더래.

그래서 인제 그 귀신 보는 노인이, 자기가 날이 저물어서 거기서 역꺼지 못 오고, 거 돌에서 잠을 자, 청해 자는데, 그래 이 집 아버님이 오셔 가지구.

해마다 와서, 제사 밥을 못 얻어먹구 간다 하더라고.

그래 거기가 천리래, 딱 천리가 되고, 그 천리를 못 와가지고 그 천리만 오면 닭이 운대여.

그래서,

“못 얻어먹구 간다구. 집을 이 안에, 이 짝으로 좀 내다 지어 주면 안되겠느냐.” 이래니깐.

아들이 기꺼이 승낙을 하고, 그 다음 날 바로 집을, 그 옮겨서 짓더래.

그래 지었는데, 하루는 참, 그 꿈에 노인이 나타나 가지구, 그러더래.

“내가 으른 덕에, 아주 오늘 아주, 제삿밥을 잘- 을어 먹구 간다구.” 그리구 없어지더래.

그리, 그리니까 귀신도 천리는, 밖에도 못 간대.

(청중1 : 요즘 왜, 뭐 미국두 가구, 뭐 저기 또 어디두 가구, 이래면서 지사 지내는거, 그거 나무래는 소리야.)

(보조조사자 : 네-.)

구렁이 먹고 문둥병 나은 대감집 딸

자료코드 : 03_08_FOT_20110311_HRS_GGS_0003
조사장소 : 강원도 원주시 문막읍 반계 4리 1141-1번지 남서울아파트 경로당
제보일시 : 2011.3.11
조 사 자 : 황루시, 유명희, 유형동, 김명수
제 보 자 : 김계순, 여, 68세
구연상황 : 장경자 제보자가 '뱀이 은혜 갚은 이야기' 구연을 마치고, 이어서 구연하였다.
줄 거 리 : 옛날 어느 대감집에 딸이 있었다. 이 딸이 시집갈 나이가 되었다. 딸의 얼굴은 꽃같이 예뻐졌다. 그런데 그것이 문둥병이 드는 시초였던 것이다. 중매가 많이 들어왔지만 대감은 문둥병에 든 딸을 남몰래 쫓아 버렸다. 쫓겨난 딸은 길을 헤매다가 강릉 바닷가까지 왔다. 그런데 바닷가에 해일이 일고는 큰 구렁이가 죽어 해안가에 쓰러졌다. 한참을 굶었던 딸에게는 그 구렁이가 고기로 보였다. 그래서 그 구렁이를 잡아먹었다. 그리고 모래밭에 누워 잠이 들었나. 딸이 자는 사이 몸에서 벌레가 빠져나와 사라졌다. 그리고 딸은 문둥병이 나았다. 딸은 다시 집으로 돌아가 시집도 가고 잘 살았다.

옛날에는 대감집같은 큰- 부잣집들은, 그거를 얼마나 중하게 여겼어, 그 가풍과 가문을, 그지?

(보조조사자 : 네-.)

근데, 아가씨가 문둥병에 걸린거야. 대감집에 딸이.

아주, 한 때 문둥병이, 그 나환자 병 들기 직전에는, 그렇게 이뻐진대, 사람이. 인물이.

(청중1 : 열이 나니깐, 이런 데가 볼그레 해 지니까 이쁜거야.)

아무 사람, 어, 아무 사람 없이 그게 그렇다네.

그 문두병이 오기 전에는 아주 그렇게 이뻐진대.

그래 아가씨가 한-참 버글버글 이뻐지니, 인제 대감 집에 중매가 자꾸 들어올 거 아냐.

그래는데, 문둥병이 인제 퍼진거야, 그러다보니까.

그러니까 이 대감집에서 딸을 감에, 바, 밤에 가마니 냅부, 쫓아 버린거야,

그래 눈을 가리고 멀리 갔다 냅부려 버린거야 딸을.

그래 인제 딸이 문둥병이 들어가주 혼자 여-기저기 떠 돌, 요새는 뭐 집단 수용소가 있지만, 옛날에는 읎잖아.

그래 어디루- 어디루, 마악- 돌아 댕기다가, 강릉꺼진 와가지구, 바닷가에를 인제, 모랠 파구 거서 이래 잠을 자는데.

바닷물도 이렇게 출렁 거리고, 저기 밀물썰물처럼 확 나올 때가 있대여.

(청중1 : 파도치지, 뭐 파도.)

응, 파도 말구, 그냥 막 해일처럼 오는 거 있지. 어, 바닷물도 하네, 그래 왔었대, 옛날에.

그래는데, 그래는데, 구렁이가, 크-- 다란 구랭이가 앞에 와 콱 자빠졌더래여, 죽어가지구.

그래 이 아가씨가, 거기다가 인제 참, 그 구랭이를 배는 고프구 해서, 그 고기, 눈에 고기로 보였지.

고기라고 토막토막을 해가지구, 삶어서 먹고는 그 모래에서 우주 실-컨 잤대여.

모래, 이불을 해 덮고, 모래이불을 해 덮고.

(청중2 : 그 뜨끈뜨끈 해잖아.)

그랬는데, 뭐가 참 스물스물스물 해구 나오더래. 그것도 벌거지가 나오더라네.

그래가지구 그 모래 찜을 하고 나왔대여, 그 문둥병이.

(청중 : 구레이 잡어 먹구.)

그래 가지구, 응, 구레이 잡어먹고. 그 구레이를 푹 과 먹고.

그래 대감집에 와, 돌아와 시집을 갔대.

그래가주 잘- 살어가주 아들 딸 나가지구 국회의원도 시키구, 대통령
두 시키구, 그랬대.

치악산 지명 유래

자료코드 : 03_08_FOT_20110311_HRS_GGS_0004
조사장소 : 강원도 원주시 문막읍 반계 4리 1141-1번지 남서울아파트 경로당
제보일시 : 2011.3.11
조 사 자 : 황루시, 유명희, 유형동, 김명수
제 보 자 : 김계순, 여, 68세
구연상황 : 치악산이라는 이름이 왜 붙게 되었는지 묻자 구연한 이야기이다.
줄 거 리 : 옛날 한 선비가 과거를 보러 길을 가고 있었다. 어느 산길에 접어들었는데, 까
          치가 짖는 소리가 들렸다. 살펴보니 구렁이가 까치 새끼를 잡아먹으려고 하고
          있었다. 선비는 활로 구렁이를 잡아 까치를 구해줬다. 길을 재촉했지만 산 속
          에서 날이 저물었다. 멀리 집이 한 채보여 가 주인을 찾으니 상복을 입은 여
          자가 나타났다. 여인에게 사정한 선비는 그 집에서 하룻밤 묵게 되었다. 한참
          자다가 갑갑함에 눈을 뜬 선비는 구렁이가 자신의 몸을 감고 있는 것을 보았
          다. 구렁이는 선비가 낮에 자기 남편을 죽였으므로 선비를 잡아먹겠다고 했다.
          선비가 살려달라고 하자 구렁이는 상원사의 종이 세 번 울리면 살려주겠다고
          했다. 종이 세 번 울리고 구렁이는 사라졌다. 선비가 아침에 나와 보니 까치가
          종각 아래 떨어져 있었다. 그래서 '치(雉)'자를 써서 치악산이 되었다.

처음엔 선비가 과거를 보러 가는데.

(청중1 : 과거 보러가는 선비가.)

참, 어딜 가다 이, 까치가 '칵칵-' 짖어서, 쳐다보니 나무 위에 쳐다보
는 기야.

[오른손을 뱀이 나무를 타 듯이 위로 올리며]

구렝이가 나무를 타고 올라가가지구, 그 까치 새끼를 잡아 먹으려구.

그르니까 이 선비가, 활을 쏴서 그 까, 구래를 죽였어.

(보조조사자 : 네.)

죽이곤 이젠, 참 가다니까 밤 중 인데 어디 가다니까는, 참 집이 한 채 나타나서, 거가서 하루밤 묵어가자 하니까, 여자가 혼자 상복을 입고 있 드래.

그래서.

(청중2 : 그게 이제 구렝이 안사람이여.)

그르니까, "남편 상을 입고 있다."이러면서는.

"그래, 못 주무시고 가는데 그래도 좋냐." 그르니까.

"그름 헛간이라도 자고 갈테니 좀 재워달라." 이랬대.

그래 이제 잔다고 잤는데, 참 밤에, 참 구렝이가 참 실, 저기 들어와 가 지고는.

(청중1 : 죽일려구.)

갑갑해서 눈을 떠보니까.

[오른손을 빙빙 돌리며]

구렝이가 자기 몸을 감구, 이제 목만 냄겨 놓구는, 다 감은 상태서.

"낮에 내 남편을 죽였으니, 이제 너도 잡아먹는다."는 식으로, 인제 그, 그렇게 된그야.

그랬는데,

"살려달라고."

인제 자기는 과거를 봐라, 보러가는데.

[두 손을 합장하듯이 모으고]

"살려달라고."

인제 그러니까,

"그러면 상원사의 종이 세 번만 울리면 인제 살려준다." 이릏게 된거야.

그러니까, 그리고 인제 내놨는데, 선비가 인제 아침에 나왔는데, 까치가 그 상원사 절에 가서, 그 저기 머리를 있는 수 대로 받아 가지구, 세 번을 울리고 죽은 거야.

(청중3 : 떨어져 죽었어.)

어, 떨어져 죽은 거야.

그래서 선비는 살고, 구랭이는 자기 대로 가고.

그래서 그게 상원사가 까치, 그리 저기, 저기, 치악산이 그 '까치 치(雉)'자를 써서 치악산이 된 그래.

(보조조사자 : 네.)

(청중1 : 그래 그, 그, 그, 그말이야, 맞어.)

(보조조사자 : 구렁인 그냥 사라졌어요?)

그럼.

(청중1 : 그러니까 살려 준거야 자기가 약속을 했거든. 그러니까 상원사 종이 세번 울리면 당신을 풀어준다. 안 울리면 죽이겠다는 얘기지.)

(청중4 : 그르니까 울릴 수가 없지. 나는 여기 꽁꽁 묶여있는데, 누가 가서 그걸 치느냐구. 그르니까는 은혜 갚은 거지.)

(보조조사자 : 네.)

(청중1 : 그, 그 까치가 그 은혜를 갚은 거야. 인제 자기 머리를, 머리를 들이받고.)

동화리의 유래

자료코드 : 03_08_FOT_20110306_HRS_GDY_0001
조사장소 : 강원도 원주시 문막읍 동화 2리 마을회관
제보일시 : 2011.3.6
조 사 자 : 황루시, 유명희, 유형동, 김명수

제 보 자 : 김두열, 남, 76세
구연상황 : 노인 회장직을 맡고 있는 제보자에게 조사의 취지를 설명하고 이야기를 구연
        할 수 있는 노인들을 소개해 달라고 요청했다. 노인들이 회관으로 오는 동안
        에 마을 지명의 유래에 대해 질문하자 구연한 이야기이다.
줄 거 리 : 동화리는 '오동나무 동(桐)'자에 '빛날 화(華)'자를 쓴다. 오동나무에 학이나
        봉황이 날아와 마을을 부유하게 만들어 주었다.

그거 전설이 뭐 오동나무, 게 '오동나무 동(桐)'자에다 '동(桐)'자거든.
'빛날 화(華)' 빛날 화구.

오동나무가 여기, 여기 많았는데. 거 뭐 무슨 새야. 그 학이 날라와, 학이
오동나무에 날라와서 이 동네 뭐 부자가 됐다. 이런 뜻에서 그 전설을 따가
지고서는 동화리라고 오동나무 동자, 빛날 화자, 뭐 이런 전설도 있고.

확실한건 근거를 자세히

(보조조사자 : 오동, 오동나무면 봉황이 오는 거 아니에요?)

근데 봉황이 왔다. 봉황새가 왔다는 뭐 그런 전설 얘기가 있더라고.

근데 뭐 체계적으로다, 이렇게 뭐 생각나는거 이렇게 떤지면 그이 안
맞거든 목적에.

(보조조사자 : 어르신들 오동나무니까 봉황인줄 알고 계셨죠.)

어 그래.

(보조조사자 : 오동나무면은 봉황이 온다고 그러더라구요. 그거 먹구 산
다구.)

건드리면 마을 여자들 바람나는 샘물

자료코드 : 03_08_FOT_20110306_HRS_BYS_0001
조사장소 : 강원도 원주시 문막읍 동화 2리 마을회관
제보일시 : 2011.3.6
조 사 자 : 황루시, 유명희, 유형동, 김명수

제 보 자 : 김두열, 남, 82세

구연상황 : '빈대절터' 구연이 끝날 무렵 자연스럽게 인근 지역의 골짜기에 대한 이야기
로 이어졌다. 그러던 중 건등산에 있는 바람나는 샘물 이야기가 있다면 구연
을 시작했다.

줄 거 리 : 건등산에 바람이 나는 샘물이 있는데 그 샘물에서 추적거리면 건너편 안천
김씨네 집안에 바람이나고 이상한 일들이 많이 생긴다고 한다.

근둥산(건등산)이란 말이여 근둥산 나왔으니 말이여.

(청중1 : 그 유명한 산이지.)

근둥산 지원나갔으니깐. 건등산에 거기 저기 저 물이 있는데, 그게 이
상한 물이여 또.

(보조조사자 : 물이요?)

응. 물이 이상한 물이여, 거기는.

(보조조사자 : 물이 어떤 물인데요?)

거 물을 말이요. 거기서 자꾸 저거 하다보면. 딱 저 아래서 바람이 난
데요. 바람이[웃음]

(보조조사자 : 아— ㄱ런 물이 있어요?)

그런 그런 얘기 있어요.

(청중2 : 오늘은 대략 그 정도만 하고 저희도 어느 정도 저기 적혀가 있
는 걸로 해야지.)

(보조조사자 : 예 회장님 말씀 다 알았어요.)

거 건등산물이 그거 아주 좋아요.

(보조조사자 : 바람나는, 바람나는 물이 있는 거에요? 바람나는 물?)

그래, 거기서 뭐 그래. 지금도 거기 물이 있는데 그 물을 갔다가 자꾸
추섬거리면은 저기 저쪽 동네 사람들 바람이 난대요.

(보조조사자 : 어느 쪽 동네가 바람나는 거예요?)

저— 그 저, 안천 김씨네들. 안천 김씨네들.

(보조조사자 : 안천 김씨네가.)

안천 김씨네 집안에서 옛날에 처녀가 죽었는데. 거 근사국경이다 뭐 있었대, 거기다 올라가서 쌌는데 바우에서 물이 나오는데 뭐가 장난을 하고, 건드리면은 안천 김씨들이 망한다나 폐허가 된다나 그래서 못하게 됐대요.

수숫대가 빨간 이유

자료코드 : 03_08_FOT_20110305_HRS_GSS_0001
조사장소 : 강원도 원주시 문막읍 궁촌 2리 마을회관
제보일시 : 2011.3.5
조 사 자 : 황루시, 유명희, 유형동, 김명수
제 보 자 : 김순수, 여, 77세

구연상황 : 조사를 하기 며칠 전에 마을 잔치가 있어서인지 마을 분위기가 화기애애하고 좋았다. 다만 이야기를 해본 경험이 많지 않다며 다들 서로 미루었다. 조사자가 '수숫대가 빨간 이유'를 예로 들자 제보자가 이야기를 시작하였다.

줄 거 리 : 논일을 하러 갔다가 팥죽을 얻어 돌아오는 어머니 앞에 호랑이가 나타났다. 호랑이는 처음에는 팥죽을 빼앗아 먹더니 고개를 지날 때 마다 어머니의 몸의 일부분을 요구했고 결국 다 잡아먹고 말았다. 자식들 마저 잡아먹을 요량으로 집으로 온 호랑이는 의심하는 자식들에게 일이 너무 힘들어 목소리가 쉬고, 손이 호랑이처럼 되었다며 속이고 오도독 소리를 내며 막내를 잡아먹었다. 남매는 도끼와 새끼줄을 얻어 나무 위로 도망을 가서 우리를 죽이려면 헌 동아줄을 살리려면 새 동아줄을 내려달라고 이야기했다. 자식들에게는 새 동아줄이 내려와 여동생은 해가 되고 오빠는 달이 되었다. 호랑이는 하늘에서 헌 동아줄을 내려주어 수수밭에 떨어지며 똥구멍이 찔려서 수숫대가 빨개졌다.

저기- 엄마가 애들 둘을 놔두고 어디 베를 매러 갔다- 갔는데.

팥죽을 얻어 가주고 이렇게 한 고개 넘어오면,

"그거 한 그릇 주면 안 잡아먹지."

이래서 또 그거 주고 나니까. 또 한 고개 오니까 또 한 고개 오니까는.

"뭐 팥죽도 다 줬는 데 또 뭘 줘야돼?"

그러니까 인제,

"그 팔 한짝 떼주면 안 잡아 먹지."

이래서 또 떼-주고 나니까,

"난 어떻게 가?"

그러니까 이제 또 한 고개 넘어오니까 또 그래서. 인제 저기 또 한 고개 넘어가니까요, 다리 한 짝 떼어 달라 그래서 다리 한 짝 띠 주고.

또 한 고개 넘어가서 또 있어서, 또 한 짝 띠주고. 난 어떻게 가라 그러니까, 여기를 사랑잎으로 싸매고 굴러가라 그르드래.

그래가지고서는 이제 집에 와서. 인제 호랑이가 다잡아 먹곤 와서 인제.

"아가 아가 문 열어다구(열어다오)."

그러니까요.

"아유 엄마 목소리가 아닌데요." 이리니까.

"아이 지금 베를 메고 와서 그렇다." 이러고.

그러믄 손 내밀어보라고, 문구녕으로 내밀어 보라 그러니까.

손을 내밀어 보니까 호랑이 발이니까는,

"엄마 손 같지 않은데요." 그러니까.

"아유 내가 베를 종일 매서 그렇다."

이러더래. 아 문열어 다구 그래서 문 열어 줬는데.

뭐를 집어 먹더라 잖아요. 하나 그 집 삼남맨가봐. 뭐를 주워 먹어서.

"엄마 엄마 뭘 먹어?" 이러니까.

"어 콩쪼가리 하나 있는 거 먹었다." 이러더래요.

그랬는데 이 애들이 급해 가주고서는 인제 나갈라고 그러는데.

"아이구 엄마 엄마 똥매루어." 그러니까는.

"똥 거기 웃목에서 눠라." 그러는걸 그냥 그러더래.

"아니 저 가서 눈다."고 이랬나봐.

그 옛날에, 그래서 그래 가주고는 오누(오누이)가 그냥 얼른 똥누러 간다고 나가 가주고. 그냥 도끼 얻고 새끼줄 얻고 이래 가주고 나중에 올라가주고서 찍고서 올라갔데요.

올라가 가주고서,

"하나님, 하나님. 저희를 살릴라믄 새 동아줄을 내리고, 죽일라믄 헌 동아줄을 내리라."

그래서, 그래서 살릴라고 새동아줄을 내리고 올라가서 있는데.

호랑이가 나와가주고,

"아이 너희들 어떻게 올라갔니?" 그러니까.

"어 썩은 새끼로다가 동겨매고(동여매고) 질은 발로 올라왔다."이러더래.

그래서 인제 애들은 다 올라가서 딸은 해가 되고, 아들은 달이 되고 그랬대요.

그랬는데 호랑이는 올라가다가 새끼줄이 끊어져 가진, 뚝 떨어지는 바람에 수수깡에 똥꾸멍을 찔려가지고 그게 빨갛다는 얘기에요.

여우누이

자료코드 : 03_08_FOT_20110305_HRS_GSS_0002
조사장소 : 강원도 원주시 문막읍 궁촌 2리 마을회관
제보일시 : 2011.3.5
조 사 자 : 황루시, 유명희, 유형동, 김명수
제 보 자 : 김순수, 여, 77세
구연상황 : 조사 취지에 공감한 제보자가 앞 이야기에 이에 구연하였다.
줄 거 리 : 여우같은 딸을 원하던 부부에게서 진짜 딸이 생겼다. 그 딸은 집안의 말을 손
        가락으로 가슴을 헤집어 잡아먹었는데 그것을 본 오빠들이 부모님에게 말하

자 믿지 않았다. 오빠들은 집을 나가고 여우누이는 식구들과 가축들을 모두 잡아먹었다. 나가 살다가 부모님의 집을 방문한 오빠가 집에 가보니 여우누이가 식구들은 모두 잡아먹고 난 후였다. 여우누이는 오빠마저 잡아먹으려 쫓아 왔는데 오빠는 부인이 챙겨준 불병, 물병, 덤불병을 사용해서 여우의 추적을 물리쳤다.

여우는, 여우는 인제 저기 저 아들만, 자꾸 한집에서 낳고 딸을 못 낳아서요.

'아우 여우같은 딸이래두 하나만 낳았으면 좋겠다' 그러니까 정말로 여우같은 딸 하나 낳았대요.

그랬는데 그 집에서 말을 많이 키우고 그랬는데 저녁마다 말이 하나씩 자꾸 없어지더래잖아요.

그래서,

"왜 그러느냐?" 하고 종들을 보고 시키니까는.

"아유 모르겠다."고.

자꾸 이렇게 말을 했는데, 그 여우같은 딸이 자꾸 손구락 손을 디밀어서 말을 그냥 간을 끄내 먹어가주고 툭 씨러지고 툭 씨러지고 그래더래잖아요.

그래가주고서는 오빠들이 보고서는,

"저 여동생이 그래서 짐승이 없어진다."

그러니까는,

"아-- 이놈의 자식 여동생 하나 있는 거를 그러느냐."고 막 야단을 치더래요.

그래서,

"우리는 그러면 가겠다."고.

이래구서는 가구 난 뒤에 다- 인제 잡아먹었지, 그 여우가. 다 잡아먹고 나서 아들래미들은 도망을 갔는데 얼-마를 있다가 와보니까요 부모들도 다 잡아먹고 없고 그 여우만 하나 남았더래.

남았는데 그 아들이 장가를 들어서내, 마누라가 그러더래. 물병하고 불병하고 뭐 덤불병하고 이렇게 가져가라 그러더래. 그래서 그거를 하나 지켜줘서 가지고 왔는데 집에 가니까 ‘오라버니 한 때, 말 한 때’ 막 그러면서 잡아 먹을라고 쫓아오더래잖아요.

그래서 막 쫓아오면은 그거를 그냥 한번 불병을 냅다 떤지면 불이 확- 타는데도 막, 막 넘어오더래요.

넘어와 가주고는 오라버니한테 말한테 좋다고 쫓아오는데 물병을 던져서 막 물바다가 되 됐대잖아. 그러다 보니깐 거진 다 왔지.

그러니까 그렇게 해서 ‘여우같은 딸을 하나 낳는다’니까 말이 씨가 되가주고, 여우가 그래가주고 짐승이고 아버지 어머니고 다 잡아먹구서. 오빠 하나 남은거 마저 잡아 먹을려고 쫓아오다가서는 아주 그 물병 불병 뭐 덤불병 그런거 떤지는 바람에 살아가주고 집에 왔대.

그러고는 모르겠다.

(보조조사자 : 언제 들었어요?)

옛날에.

(보조조사자 : 누구한테 들었어요?)

옛날에 우리 친정아버지 어르신네들. 저기 저 보름, 보름때잖아-. 그 집이 친구네래서 자꾸 놀러 갔어요. 놀러 가믄 거기서 그렇게 얘기를 해줘요. 그래가주고 그거 듣느라고. 하아주 누가 얘기도 못하게 하고선.

(보조조사자 : 할머니 몇 살 때?)

어려서야. 한 열 세 살.

(보조조사자 : 총기가 좋으시네요. 할머니.)

그때 한 건 안 잊어버리는데요. 지금 한 여기선 노래를 알면서도 핸걸 금방 잊어버려. 오늘 아침에도 ‘아침마당’에 나와서 그거 그게 쉬운 노랜데, 따라하니까 잘하겠는데 돌아서니까 금방 잊어버려.

우렁각시

자료코드 : 03_08_FOT_20110305_HRS_GSS_0003
조사장소 : 강원도 원주시 문막읍 궁촌 2리 마을회관
제보일시 : 2011.3.5
조 사 자 : 황루시, 유명희, 유형동, 김명수
제 보 자 : 김순수, 여, 77세
구연상황 : 조사를 처음 시작할 때 제보자는 '우렁각시', '여우누이', '장화홍련' 등 언급
　　　　　하였다. 이에 '수숫대가 빨간 이유' 구연을 마친 뒤 우렁각시 이야기를 요청
　　　　　했으나 제보자는 그 내용이 정확히 기억이 나지 않는다며 자신 없어했다. 앞
　　　　　이야기를 마친 제보자에게 거듭 요청하자 이야기를 구연하였다.
줄 거 리 : 어느 마을에 나무꾼 총각이 혼자 살았다. 어느 날은 일을 갔다 오니 밥이 한
　　　　　상 차려져 있었다. 이런 일이 반복되자 나무꾼은 누군지 확인하기 위해 숨어
　　　　　서 지켜봤다. 연못에서 나온 우렁각시가 밥을 차리는 것을 보았다. 나무꾼 총
　　　　　각은 그녀를 붙잡고 가지 말고 나와 살자고 이야기하였다.

(보조조사자 : 우렁각시 얘기해주세요.)

이런 것도 뭐 해야 엉터리로 하는 것 같아서.

(보조조사자 : 제가 들어보고 엉터리면 보고 안 할게요.)

처음에는 잘 몰르고 인제 총각 떠끼머리 총각이 혼자 살았나봐. 근데
낭구 같은 걸 만날 한 짐씩 해오는데. 해오면은 이렇게 방에다가 아주 반
찬하고 밥하고 해서 잘- 맛있게 채려 놓고 그래서.

'도대체 뭐가 그러나. 뭐가 이러나'

날마다 낭구를 한 짐씩 해왔는데. 해왔는데 인제, 어느 날은 몇번 인제
저기 하다가 잘 먹고. 인제 저기 하다가서, 나중에는 '지켜 봐야겠다' 해
서 지켰대.

그랬는데 지켰는데, 거기 옆에 연못이 있었나 봐요. 그러니까 거기서
속에서 예쁜 아주 색시가 나오더니 밥을 해서 덮어놓고 나가는 걸 얼른
붙잡았데요.

붙잡아 가주고서는 나하고 살자고 그러더래.

그렇게 대충만 알지 잘 모르겠어요.

(보조조사자 : 그 다음 거는 기억이 안 나세요? 그 다음에 왜 살자 그랬는데, 살자 그러다가 계속 사는 게 아니고, 또 누가오고 그런 얘기들이 있는데.)

그런데도 그런 건 기억이 안 나.

장화홍련

자료코드 : 03_08_FOT_20110305_HRS_GSS_0004
조사장소 : 강원도 원주시 문막읍 궁촌 2리 마을회관
제보일시 : 2011.3.5
조 사 자 : 황루시, 유명희, 유형동, 김명수
제 보 자 : 김순수, 여, 77세
구연상황 : 앞 이야기를 마친 제보자에게 '장화홍련' 이야기를 부탁했다. 구연이 끝난 후에 이 이야기를 책에서 보았느냐고 물었으나 자기는 책볼 여유는 없었고 어머니한테 들은 이야기라고 말하였다.
줄 거 리 : 서모를 들인 집에 본처가 낳은 딸이 둘 있었다. 아들을 낳은 서모가 본처의 딸들을 괴롭혔는데 바깥 일이 바쁜 아버지는 그것을 알 수가 없었다. 하루는 서모가 껍질을 벗겨낸 쥐 시체를 가지고 첫째 딸이 임신하고 유산한 것처럼 꾸며 첫째 딸을 자살하게 만들었다. 그리고 슬퍼하던 둘째 딸도 언니를 따라 자살했다. 그 귀신들이 서모를 덮쳐 서모는 죽고 두 딸은 하늘로 승천했다.

(보조조사자 : 그럼 그 장화홍련 얘기좀 해주세요.)

장화홍련이요? 그건 인제 저기, 저 맨 처음서부터 봐야 하는데 잘 못봐가지고.

인제 이렇게 엄마 아버지 살다가 저런 딸 둘만 낳고서 돌아가셨대, 엄마는.

돌아가셨는데 그 다음에 인제 마누라 얻어 가주고 하나 낳어요.

그 아들을 나서, 아들을 낳는데. 서모가 너무나 그 딸들을 아주 저기

들들 볶고 그러잖아. 절구에다가 먹는걸 해서 찧어서 먹으라고 만날 절구
질을 했어요.

절구질을 해다가 자기 아들만 아주 세상에 없다구 이래는데.

딸네들 둘을 그렇게- 만날 절구질 시키고 앰한 소리를 하더래요. 그래서
네 아버지는 어딜 자꾸 댕기고 그러니깐 집에서 하는 일은 잘 모르잖아요.

그러니깐 인제 나중에는 그 엄마가 저이 서모가 아주 영감 나간 뒤에 딸
한테다가 쥐를 잡아서 홀랑 벳겨 가주고요 여기다가 너놨어요(넣어놨어요).

그러니깐 아버지가 와서 그거를 어서 이렇게 저기 해 갖고 애기를 지
우는 걸로다가 이렇게 해서 아버지한테 일러 가지고. 그 인제 말을 태워
가주고 아주 한없이 가다가 그 아주- 큰- 연못 거기다 갖다가 신은 나란
히 빠쳐 이렇게 벗어놓고 거기다 인제 떠대 밀어서 저기 저 죽어버렸어
요. 인제 물에 빠져서 죽었지.

죽어 가주고 이 동생, 여동생이 얼마나 자기 언니를 정말 생각하겠어요.

나중에 살다 가서 거기를 막- 이래 씨러져(쓰러져) 가면서막 뛰어가서
언니 신을 요렇게 들고서 보면서 막- 울다가서 그 물에 빠졌어요.

빠졌는데 인제 그 엄마가 그냥 귀신이 덮쳐 가주고서는 막- 거기를 술
췐(술취한)거 마냥 이렇게 달려가가주고 그 자기가 물에서 허버덕 거리다
가 빠졌어.

빠진 동시에 인제 딸네들 둘은 하늘로 아주 선녀처럼 나란히 올라갔어요.

올라가고 아들두 좀 병신이야. 병신. 그래서 올라가는 장면만 알고 그
것도 진(긴)- 데, 고렇게만 알고 몰라요.

빈대절터

자료코드 : 03_08_FOT_20110306_HRS_GJY_0001

조사장소 : 강원도 원주시 문막읍 동화 2리 마을회관
제보일시 : 2011.3.6
조 사 자 : 황루시, 유명희, 유형동, 김명수
제 보 자 : 김장열, 남, 78세
구연상황 : 제보자들에게 부자가 망한 이야기를 들을 요량으로 질문을 했더니 마을 뒷산
　　　　　인 동화산에서 절이 망한 이야기를 해주겠다면서 이야기를 시작했다.
줄 거 리 : 동화산에 동화사라는 절이 있었는데, 스님이 시주를 하러 갔다 오니 절에 빈
　　　　　대가 기둥을 세우고 있었다. 결국 스님은 다시 절에 들어가지 못하고 절이 폐
　　　　　허가 되었고 지금은 그 터만 남아있다.

(보조조사자 : 뭐랄까 그렇게 나쁜 마음을 써서 망했다거나 이런 얘기
인심이 나빠서 망했다거나 이런 얘기 있을까요?)

여기 여기 동화산이라고 있는데, 동화-산에 옛날에 절이 있었어요, 절.

절이 있었는데 그 절이 시주를 중이 시주를 했어. 스님이 시주를 해러
나갔다가 오니까는 절안에 방안에 이런 하나를 되게, 뭐야 그저.

(청중1 : 빈대.)

빈대 빈대가 기둥을 세워 가주고 있어. 기둥을 세워 가주고 있어 가주
고서는 가보니까 기둥이 서 가주고서는 스님이 들어갈 수가 없어. 빈대가
그렇게 많으니까. 안방에 다 있다는 거야. 그래서 쬐껴 나갔다는 거지.

그래 가주고서는 완전히 폐허가 되고 말았지. 지금도 가보면은 담이 담
도 큰 바우로 쌓은 게 있고. 에 그 곁에는 편안하게, 그 밭을 내가 부쳐봤
는데, 옛날에 그니깐 엄청 오래된 거지 여기 사람들도 몰라요. 절이 절터
라고만 그랬지. 그래 그게 ‘절골자구’요 절골자구. 골자구 이름이 절골자
구 인데.

(청중1 : 그 저- 백년이 넘었을 거요 백년이.)

폐허가 되고 말았지. 그런데 그게 아직도 유적지가 있어요. 거기 흔적
지가.

(보조조사자 : 이 뒷산이 동화산인데 그 안에 있다는 말씀이시죠?)

(청중1 : 어 그 방우령이잖아.)

절골이지. 방우골 전에.

팔자 도망은 못 한다

자료코드 : 03_08_FOT_20110311_HRS_GHS_0001
조사장소 : 강원도 원주시 문막읍 반계 4리 1141-1번지 남서울아파트 경로당
제보일시 : 2011.3.11
조 사 자 : 황루시, 유명희, 유형동, 김명수
제 보 자 : 김흥숙, 여, 74세
구연상황 : 이선옥 제보자가 '떠내려온 산'의 구연을 마쳤다. 이후 여러 사람들이 '팔자 도망은 못 한다'는 이야기를 한 마디씩 했다. 조사자가 차근히 말해 줄 것을 부탁하자 제보자가 구연하였다.
줄 거 리 : 옛날 가난한 선비와 그 아내가 살았다. 선비는 오로지 공부에만 뜻을 두어 집안의 생계는 전혀 돌보지 않았다. 그래서 그 아내가 피를 훑어다가 끼니를 해결했다. 하루는 부인이 멍석에 피를 널어놓고, 피를 훑으러 나갔다. 그런데 갑자기 비가 쏟아졌다. 집에 돌아와 보니 널어놓은 피는 빗물에 다 씻겨가고 없었다. 부인은 같이 못 살겠다며 집을 나가 다른 남자와 함께 살았는데 가난한 생활은 그대로 이어졌다. 몇 년 뒤 아내는 나팔을 불며 지나가는 한 무리의 사람들을 보았는데, 잘 보니 그것은 전 남편의 행차였다. 부인이 앞에 나서서 잘못을 빌자 남편은 바늘 한 쌈을 풀밭에 뿌리며 그 바늘을 다 찾아오면 용서하겠다고 했다. 부인은 바늘을 찾다가 생애를 마쳤다.

옛날에 한 선비가 있었는데요. 부부가 참 이렇게 사는데, 이 선비는 오로지 사랑에서 공부만 허고, 죽을 먹던 밥을 먹던 상관을 안 해요.

그래가 이 여자가, 뭐 밥거리가 없어 가지구, 피를 이제 훑어다가 쪄서 널었다가, 그거 어터게 쪄서, 죽을, 피죽을 인제 끓여먹고.

그래, 뭐 그렇게 인제 몇 달을, 몇 년을, 몇 년을 살었대요, 그렇게.

그래 하루는 또, 피를 또 훑어서 멍석에다 쫙- 깔어 놓고는, 이제 피를 훑으러 갔는데, 비가 억-수 같이 오더래.

그래가지구,

'아이구, 이거 이거 큰일났다. 이거 다, 그, 그거나 좀 거둬 들이셨나 모르겠다구.' 그러구는 와보니까는.

(청중1 : 떠내려갔지.)

싹– 다 떠내려갔더래, 그게.

[손뼉을 한 번 치며]

얼마나 속상하겠어요.

그래가지구 거기서 ○○○○을 놓구 울다가, 그냥 가버렸대 안 산다고.

그래구 가다 가다 보니, 왠 영감을 하나 만난게, 또 그렇게 가난해.

그래가주 또 피를 훑어가지고, 또 먹고 사는데.

아우 어쩌다 보니.

[입에 주먹손을 대고 나팔부는 시늉을 하며]

막 나팔을 불고, 몇 넌이 지났는데, 그래 오더래.

'아 이상하다, 저런 사람 참 팔자도 좋구나.' 그래서 이래 보니까 자기 남편이더래.

(청중1 : 옛날.)

에, 응.

[바닥을 기는 시늉을 하며]

그래가주 기어가서 조아리고 엎드려서,

"쫌 살려달라구, 잘 못 했다구." 그러니께는.

"고개를 들어라." 하더니마는.

"가만 있어 봐라, 야들아 뭘 좀 가져와롸."

그래, 보니까는, 바늘을, 한 쌈을 가져오라구 허더래, 그 저, 종더러.

그래니까는 그 바늘 한 쌈을, 주며 그 잔디 풀에다 확 떤지면서는,

"그것을 니가 하나 빠짐없, 바늘 한 쌈을 다 주서오믄 너를, 이, 저 내 부인을 맹글겄다." 그래니까는.

"그럼 그러겠다구, 그저 감사하다고."

그러고는, 이걸 줍다보니, 생-전 줏을 수가 있어?

그러니까 줍다-- 줍다, 죽었대요, 거기서.

[일동 웃음]

방귀 잘 뀌는 며느리 - 노랑병 든 며느리

자료코드 : 03_08_FOT_20110306_HRS_SNO_0001

조사장소 : 강원도 원주시 문막읍 반계 4리 1141-1번지 남서울아파트 경로당

제보일시 : 2011.3.6

조 사 자 : 황루시, 유명희, 유형동, 김명수

제 보 자 : 손난옥, 여, 72세

구연상황 : 회관에 모인 어르신들께 '노랑병 든 며느리' 이야기를 아는지 묻자 제보자가
나서서 구연하였다.

줄 거 리 : 옛날 어느 집에 며느리가 새로 들어 왔다. 그런데 며느리의 얼굴이 자꾸 노랗
게 되었다. 시아버지가 까닭을 묻자 방귀를 뀌지 못해서 그렇다고 대답했다.
시아버지기 염려 말고 방귀를 뀌라고 했다. 그러자 며느리는 시아버지에게는
기둥을, 시어머니에게는 솥뚜껑을, 남편에게는 문고리를 잡고 있으라고 했다.
며느리가 방귀를 뀌자 시아버지는 기둥을 붙잡고 뱅글뱅글 돌고, 시어머니는
솥 안으로 들락날락하고, 남편은 문으로 들어갔다 나왔다 하였다. 노랑병이
나은 며느리는 아들, 딸을 낳고 잘 살았다.

방구 못 껴 가지구, 그래, 저기.

(청중1 : 옛날에, 처음부터, 옛날에.)

어, 시아부지가.

(청중2 : 시집을 갔는데, 어려우니까 방구를 못 끼지.)

어, 그래 인제, 시집을 간 게, 자-꾸 노랑병이 들구 그래니까, 시아부
지가.

"아가 아가, 너는 왜 그렇게 어디가 아프냐, 왜 이렇게 얼굴이 그러냐."

그러니까.

"아버님, 그게 아니, 병 안 들었어요." 그러니까는.

"그럼 왜 그러니, 말을 해봐라." 그래니깐.

"방귀를 못 뀌어서 그래요."

"그럼 방구를 뀌구 살어야지, 어트게 핼래, 방구 뀌어라, 걱정 말구."
그러니까.

"그럼 아버님은 기둥을 붙드세요."

[청중 웃음]

그래, 그래 인제 또.

시어, 시어머니는 솥을 이렇게 인제, 솥을 잡구, 솥뚜껑을 잡고.

(청중2 : 솥뚜껑을 잡고.)

신랑은 뭐 뭐 뭐 문, 문고리를 잡구 뭐 그랬는데.

방구를 퍼-억-- 뀌니까는, 마-악 시아버지가 막 돌더래.

[청중 웃음]

바람이.

그래구 시어머니는 솥으로 들어갔다 이랬다, 솥으로 들어갔다 이랬다,
이래구.

신랑은 막 문에 들어갔다 나갔다, 들어갔다 나갔다.

[일동 웃음]

그러니까, 그만치 옛날에.

(청중2 : 어려워서.)

어, 으른이 참 어려운데, 지금은 참 세월이.

(청중2 : 좋아서 진짜.)

그냥 노인네가 누군지.

(청중2 : 얼마나 참었던 방구면 그러겠어. 태풍이 불어.)

어. 뭐, 그런 그런 얘기를 내 그전에 들은 적이 있어.

[웃음]

(보조조사자 : 얘기가 여기서 끝이 아니잖아요?)

아니지, 아주 말도 못하게 많지.

(보조조사자 : 고 뒤에, 그래서 시아버지가 며느리한테, 뭐 어떻게 얘기하고 뭐 그런건 못 들어 보셨어요?)

모르지.

(청중2 : 모르지. 들었는데 다 잊어버렸어.)

(청중1 : 모르지.)

아 인제 그래니까, 인제 노랑병이 다 없어졌을꺼 아녀. 그래니까는 인제 잘 살았겠지. 아들, 딸 낳구.

해와 달이 된 오누이

자료코드 : 03_08_FOT_20110306_HRS_SNO_0002
조사장소 : 강원도 원주시 문막읍 반계 4리 1141-1번지 남서울아파트 경로당
제보일시 : 2011.3.6
조 사 자 : 황루시, 유명희, 유형동, 김명수
제 보 자 : 손난옥, 여, 72세
구연상황 : 수숫대가 왜 빨간지 아느냐고 묻자 제보자가 나서서 구연하였다.
줄 거 리 : 옛날 어머니와 삼남매가 있었다. 어머니는 남의 집에 품을 팔고 돌아오는 길에 호랑이를 만나 잡아먹혔다. 호랑이는 어머니의 옷을 입고 아이들이 있는 집을 찾아갔다. 아이들이 문을 열어주지 않자 손을 아주까리 잎으로 싸 아이들을 속이고 들어와서는 젖을 먹인다며 갓난아기를 잡아먹었다. 다음 날 호랑이가 나간 사이 이불 속을 살핀 오누이는 막내동생이 잡아먹혔음을 알고 우물 옆 감나무 위로 올라가 숨었다. 돌아온 호랑이는 아이들을 잡으려고 집안을 살피다가 우물에 비친 아이들을 건지려고 했다. 이를 본 아이들이 웃음을 터뜨려 숨었던 곳을 들켰다. 호랑이는 아이들을 구슬려 나무에 오르는 방법을 알아냈다. 아이들은 하느님께 살려달라고 기도를 했다. 그리고 하늘에서 내려온 동아줄을 잡고 하늘로 올라갔다. 호랑이도 아이들을 흉내 내서 기도

했는데, 하늘에서 동아줄이 내려왔다. 그런데 그 동아줄은 썩은 것이어서 호랑이는 수수밭에 떨어져서 죽었다. 수숫대가 빨간 것은 호랑이의 피가 묻었기 때문이다. 하늘로 올라간 오누이는 해가 되고 달이 되었다. 누이가 해가 되겠다고 하자 오빠는 누이의 눈을 찔러버렸다. 우리가 해를 바라볼 수 없는 것은 눈을 다친 누이가 자신의 얼굴을 바라보지 못하게 하기 때문이다.

그, 그러니까는 엄마가, 애기를 애, 애기를, 애기를 낳고, 저기 뭐 삼베 삼는 데를 다니구 그랬대잖아.

(청중1 : 뭐 또 방아두, 떡방아 찧는 데두 가구.)

어, 삼베, 삼, 삼베 이렇게 하는데, 그런데 가서 인제 품을 팔어다 그 애들하구 이래 먹는데.

인제 하두 오래되서 잊어버렸다.

그래, 그래가지구 먹넌데, 인제, 애, 애들 남매가 이래 있는데.

그게 진짜 엄마가 아닌거야.

인제 그, 그래 오는데, 호랑이가 나타나가지고.

"나, 그거, 저기 너 이구 가는 거, 나 좀 주면 내가 너를 안 잡어 먹겠다구."

그리, 그래, 그래니까는.

"우리 애들 굶는데, 이걸 갖다가 멕여야 된다."

이래니까는.

"나 반만 달라구."

그래 가지구, 결-국은 그, 그 여자까지 다 잡, 잡어 먹은거야 인제.

그래구 고게 인제, 둔갑을 해가지구, 그래니까 결국은 여우여, 여우.

그래 둔갑을 해가지구, 그, 그 엄마 옷을 다 입구. 저기.

"아가, 아가 안에서 문 열어 다구. 애기 배고프니까 젖 멕여야 된다."

그래니깐,

"우리 엄마 목소리가 아니야."

인제 그래니까는,

"느 엄마가 감기가 걸려 그렇다. 문 열어 다구."

이래는데.

(청중2 : 손 디밀어 보라구 그랬잖아.)

어, 그래 그리구는, 그래니까는 인제, 이 저기, 아주까리 잎 알지요?

아주까리 이파리를.

[오른손으로 주먹을 쥐고, 왼손으로 오른손을 감싸면서]

요렇-게 해가주, 고거 고게 이 힘줄처럼.

[오른손으로 주먹을 쥐고, 왼손으로 오른손을 감싸면서]

요렇-게 싸가주, 요렇게 해니까는, 애가 깜깜하니까.

[왼팔을 앞으로 쭉 내밀면서]

이렇게 만져보니까, 밴들밴들하거든.

"아 우리 엄마네."

이래면서, 문을 열어 준거여.

그런데 이불 속으로 쏙 들어가 가지구, 애 젖 멕인다 그래는데. 뭐이 '오도독 오도독' 그래더래. 그니까 애를 다 잡어먹은 거, 이불 속에서 애 젖 멕인다 그래구.

그래는데, 아유 저기, 엄마가.

"엄마 그 모 먹어?" 그래니까.

"응 땅바닥에 콩 한 쪼가리가 있어, 그 줏어 먹는다."

인제 이래니까는.

"아, 암만 해두 우리 엄마 겉지가 않다."

인제 두 남매가 인제,

[목소리를 낮추면서]

"우리 엄마 겉지가 않아, 좀 이상해, 이상해."

인제 이래구는. 그래구는 인제 또, 일간다구 가구.

그래 가지구는 암만해두 엄마 올 시간은 됐구, 그래 이불 속을 뒤져보니까 애는 없는거여.

애를 잡어 먹은거여.

그래가지구 이, 여.

[두 손으로 우물에서 물 긷는 시늉을 하며]

이릏게 두레 우물 이릏게, 파, 퍼 먹는 두레 우물이 있는데.

거기에 감나무가 크-단게 있는데.

엄마 올 시금되서, 지, 지 동생하구, 인제 끌어 올려 가지구, 그 아, 우에 인제, 서, 기다리구 있는거야 인제.

기다리구 있는데, 엄마가 오더니.

[문 여는 시늉을 하며]

막- 문을 열구, 으

"이, 이것들이 어디 갔느냐구. 내가 잡어 먹어야 되는데, 어디 갔느냐구."

막- 찾어서 헤매더니.

[고개를 숙여 바닥을 보며]

물 있는데 이래 보니까는, 저기, 여 안에 그림자가 보이니까, 뭐.

"바가지루 뜰까, 뭘루 뜨까?"

[양 손을 번갈아서 건지는 시늉을 하며]

막- 그 떠서 얼른 잡아 먹어야 된대.

[웃음]

"뭐 바가지루 뜨까, 뭐 뭘루 뜨까."

막- 인제 이랜거여, 뭐 어.

[양 손을 번갈아서 건지는 시늉을 하며]

"조레이루 뜨까, 바가지루 뜨까. 이거 인제 잡아 먹어야 되는데."

그러니까.

애네들이 내가 잡어 멕힌다는 생각은 않고, 막 웃었어, 하두 우스워 가지구.

[양 손을 번갈아서 건지는 시늉을 하며]

"조레이루 뜨까, 바가지루 뜨까." 막 그래는거 보구.

(청중3 : 그 물을 들여다 보구 해니까.)

응, 그림자다, 물에다.

'깔깔깔깔' 웃으니까는.

[고개를 홱 들어 위를 보며]

아유 이렇게 쳐다보니까는 저 있네.

그래가지구.

(청중4 : 인제 어트게 올러갔느냐구.)

올러 갈, 올러 갈 길이 없는거야 인제.

그래 애네들이 챙기름을 막- 거기다 뿌려났대 나무에다.

그래니까.

(청중3 : 아유, 기름 발르구 올라오라 그랬지. 인제.)

어, 어, 기름 발르, 어, 기름, 기름 발르구 올르.

"느덜 어트게 올라갔어? 나 즘 올라가게 해줘." 그래니까.

"어, 거기다 기름을, 이룧게 발르면은, 저기, 잘 올러와 진다구. 우리 그릏게 해구 왔다."

그래니까는, 기름을 막 발러가지구 올러가니까 전부 미끄러지지 뭐.

"그러면 저기 몰루 올러 왔느냐구." 그래니까는.

"우리 저기 동아줄타구 올라왔다구." 이랜거여.

그러니까, 새꾸를, 새, 새끼를 인제 막 꽈가지구, 거기다 인제 ○○하구 올라올라 그래니까는.

(청중2 : 그 밑은 수수밭이구.)

큰일났거든.

“우리가 진짜 괜히 아르켜줬다구.” 막 이래면서.

[두 손을 기도하듯이 모으고서]

“하느님 하느님, 우리를 저기 살리실려면 새 동아줄을 주시고, 우리를 죽일랴면 흔 동아줄을 주세요.”

막- 그래니까는, 진짜 동아줄이 두 개가 촤-악- 내려오는 거야.

그래가주, 일 보 직전에, 인제 잡을 일 보 직전에, 거 사-악- 올러가니까는.

(청중3 : 그, 그거는 인제, 저 새끼 꼬레기서 떨어져, 이제 떨어져서 수수밭에….)

어, 그래구는.

그래니까, 이, 이 여자두 인제 그랜거야.

“나를 죽이실라면은 흔 동아줄을 주구, 안죽이실라믄 새 동아줄을 주세요”

이래니까는, 동아줄이 하나 또 촥-.

“오냐 넌 잘 걸렸다.”

이래군, 그걸 타구 가다가는 뚝 떨어 졌대잖어, 그 동아줄이 뚝 끊어지면서.

썩은 동아줄을 내려 준거야.

그래가지구 칵- 떨어지면서 수수깡, 수수깡으루 똥구녕을 콱 박었대잖어.

(청중2 : 수수밭이야, 그래서 그게.)

(청중3 : 수수깡 빨건게 그기 여우 피야.)

그게 그거래.

(청중2 : 여우 똥꾸녕 피야.)

여우 똥꾸녕.

(보조조사자 : 여우?)

여우 똥구녕 피래.

(보조조사자 : 그 위로 올라간 애들은 어떻게 됐어요?)

애들은 올라가서 살지.

어, 달이, 달이 되구, 어 그래.

(청중3 : 달이 되구, 하난 해가 되구.)

둘이.

(청중2 : 아니 오빠는, 동생이…)

아니 아니야.

이 두, 둘이서.

"너, 너, 너가 달이 될래?" 그래니까.

"오빠, 나는 무서워서 해가 될래."

(청중2 : 오빠는 달이 되구, 동생은 해가 되구.)

그래가지구.

"야, 야 이년아."

이래면서 젓깔루 콕 찔렀대, 눈을. 그래가주 해가 됐대, 동생이.

어, 여자가, 여자가. 해가 되구, 인제 오빠는 달이 된거야.

그래는데 그 우리가 해를 못 쳐다보잖아.

눈이 찌그러저가지구,

"나 보지말라구."

그릏게 비추는거래, 그게.

(보조조사자 : 네-.)

밥풀꽃의 유래

자료코드 : 03_08_FOT_20110306_HRS_SNO_0003
조사장소 : 강원도 원주시 문막읍 반계 4리 1141-1번지 남서울아파트 경로당
제보일시 : 2011.3.6
조 사 자 : 황루시, 유명희, 유형동, 김명수

제 보 자 : 손난옥, 여, 72세
구연상황 : '해와 달이 된 오누이'를 구연한 제보자에게 청중(이선옥)이 '며느리 밥풀꽃'
이야기를 해 보라고 권했다. 그러자 구연한 이야기이다.
줄 거 리 : 옛날 한 며느리가 막 밥을 지어 밥을 뒤집으며, 잘 되었는지 조금 떼어 먹어
보았다. 마침 그 모습을 본 시어머니가 며느리의 뒤통수를 치며 밥을 먼저 먹
는다고 나무랐다. 며느리가 사정을 말했지만, 시어머니는 어른에게 말대답을
한다며 며느리의 뒤통수를 다시 때렸다. 며느리는 그 자리에서 고꾸라져 죽
어버렸다. 죽은 며느리를 묻은 자리에서 분홍색 꽃이 피어났다. 꽃잎은 분홍
빛으로 입술 같았으며, 수술은 하얀 밥풀 같았다. 사람들은 그 꽃을 밥풀꽃
(금낭화)라고 불렀다.

그, 저기, 뭐야, 그 옛날에 다 가난하게 사니까, 며느리가 밥을 푸는데.

그 저기, 밥이 아주, 밥주걱으로.

[오른손으로 밥을 뒤집는 시늉을 하며]

이러-- 파는데.

밥이 얼마나 꼬슬꼬슬한지 밥주걱에 묻은 걸.

[왼손으로 집는 시늉을 하여 입으로 가져가며]

요렇게 해서 먼저 먹었대.

요렇게 떠서, 요렇게 먹으면서, 밥을 풀라 그래는데, 시어머니가 들어오
면서, 그럴 봔거야 인제.

이 밥을, 하.

[오른손으로 주걱질을 하고 왼손으로 집어 먹는 시늉을 하며]

요렇게 주걱에 요래 떠가지고 요래가지구, 요렇게 하는걸.

그러면서, 저기.

[왼손으로 뒤통수를 만지며]

여기 뒤통수를 탁- 치더라잖아, 시어머니가,

"응, 어디 어른 밥을 푸지도 않고, 니가 먼저 밥을 먹어, 먹, 먹느냐." 그
래서.

"어머니 그게 아니고, 저기 이 밥이 하도 고실고실대서 생쌀인가 어쩐
가 몰라, 몰라서, 이렇게 좀 맛을 본 거라구, 먹은 게 아니라." 그래니깐.

"이게 어디서 으른한테 말대꾸를 하냐."면서, 한 대 또 치더래.

그래 가지구서 푹- 꼬꾸라져 죽었대, 그 며느리가.

(보조조사자 : 네-.)

그래 가지구.

[왼손가락 끝을 모아 주머니 모양을 만들고]

고 이렇게 꽃이 주머니같이 요렇-게 생겼는데, 끝이 하얗다구.

그게 밥풀이래, 밥풀.

그게 밥풀꽃이래. 그래서 밥풀꽃이라 그래더라구.

(청중1 : 그 며느리 죽은 뒤에, 난 게, 거기서 그런 꽃이 났더래. 금낭
화가.)

갔다가 묻었는데, 거기에서.

(청중1 : 금낭화가 핀거지.)

꽃이 하나 핀 것이, 고렇게 밥풀을 물구, 분홍, 그 꽃은 입술이구, 요요.

[왼손으로 입술을 만시내]

분홍은 입술이고, 여기 하얀거, 여기 있는 거는 밥풀이래, 밥풀.

(청중1 : 그래, 밥풀두 못 샘키구 죽은 거야.)

자식으로 태어난 뱀

자료코드 : 03_08_FOT_20110306_HRS_SNO_0004
조사장소 : 강원도 원주시 문막읍 반계 4리 1141-1번지 남서울아파트 경로당
제보일시 : 2011.3.6
조 사 자 : 황루시, 유명희, 유형동, 김명수
제 보 자 : 손난옥, 여, 72세

구연상황: '밥풀꽃의 유래' 구연을 마친 뒤, 조사자는 준비해 간 다과를 모인 노인들께
대접했다. 다과를 나누며 잠시 쉰 후 이야기를 더 들려달라고 부탁하자 제보
자가 구연한 이야기이다.

줄 거 리: 옛날 한 남자가 길을 가는 뱀을 세 토막을 내 죽였다. 한참 뒤 이 남자가 결
혼을 해서 아들 세 쌍둥이를 낳았다. 아들들은 무탈하게 잘 자랐다. 하루는
어떤 스님이 그 집 앞을 지나가다가 집에 좋지 않은 기운이 있다고 이야기를
했다. 까닭을 묻는 남자에게 스님은 아들들의 자는 모습을 확인하라고 했다.
이튿날 그 집을 다시 찾은 스님은 아들의 자는 모습을 보았는지 물었다. 남
자가 아들들이 맏이의 발에 둘째다 머리를 대고, 둘째의 발에 셋째가 머리를
대고 횡으로 자더라고 말했다. 스님은 그것이 예전에 남자가 죽인 뱀이니 아
들들이 잘 때 재를 가져다가 각 신체가 닿는 부분에 두고 문을 밖에서 잠그
라고 했다. 이 남자는 혹시나 하는 마음에 스님이 시키는 대로 했다. 그러자
방 안에서 '복수를 할 수 있었는데 억울하다'는 소리와 함께 한바탕 소동이
벌어졌다. 잠잠해진 뒤 방문을 열어보니, 아들들의 옷가지가 벗겨져 있고 뱀
세 토막이 뒹굴고 있었다.

옛날에 저기, 쌍둥이를, 쌍둥이, 아들만 셋을 쌍둥이를 난거야.

(청중1 : 그 옛날에.)

어, 그랬는데, 그게 그게 저기, 이게 그, 그 안에 무슨 얘기가 또 있어
가지구, 이 이렇게 해가주 난거라구.

[생각이 난 듯]

어, 배, 뱀을 길가다가, 그 할아부지가, 할아부지두 아니지, 청년이지
인제.

뱀을 세 동가리를 내서 죽여 버린거야. 죽여가지구 재에다가 묻어가지
구 갖다 버려 버렸어.

그래구 있다가서는 애기를 못 낳구, 사뭇 그래다가 애기를 가져서 났는
데, 아들만 삼형제를 난거야.

그래니, 그래니 아주 뭐 기가 맥히지 뭐 인제. 그 아들 서이를 놔 났으
니 얼마나 기가 맥히겠어.

그런데 이놈의 애들이 그냥 잔병치레두 안하구, 그냥 무럭무럭 막 자라

는거야 인제.

그래는데 어느 스님이,

"아-."

[고개를 들어 주위를 둘러보며]

이렇게 집을 스윽 이래 보더니, 아, 이 집에 큰일 났대는 거여.

그래,

"아, 이 집에 인제 큰일 났네. 구름이 끼었네."

인제 이래니까.

"왜 그러냐구." 그래니까는.

"우리, 당신 집에 지금 액운이 아주 꽈-악- 그냥 들어와 있으니 어특하면 좋으냐. 당신 죽을 수두 있다." 이래니까는.

"우리 아들 삼형제 무럭무럭 잘 자라지, 돈 잘 벌지, 우린 그런 게 없다." 그래니까는.

아니라 그래면서.

[탄식하는 투로]

"아, 말을 해줘야 되나, 말어야 되나."

이래, 스님이 이래면서.

[몸을 왼편으로 살짝 돌리며]

이렇게 돌아섰어 인제.

돌아스니까는.

"아니라구, 한 마디 해 주구 가야되지 않냐구. 뭐를 방법이 없느냐구." 그래니까는.

"당신네 아들 삼형제가 잘 크구, 밥 잘 먹구, 공부 잘 하구, 그래는데, 애들 자는 모습을 한 번 봤느냐?" 이랜거야.

그니깐,

"즈들을, 뭐 공부하다가 즈덜끼리 그냥 자구, 아침에 또 밥먹구, 뭐 일도와주구, 그래다 또 공부하구 자구 그런다.”

“봤느냐?” 그러니까.

“안 봤다.” 그랜거여.

“그러면은, 당신이 나를, 내가 이 말을 해면, 당신이 나를 때려 죽일 수두 있다.” 이랜거여 인제.

그래니까는,

“안 때려 죽일테니 말을 해다오.” 그래니까는.

“그럼 오늘 저녁에, 오늘 저녁에 문구녕을 뚫구, 자는 모습을 한 번 드리다 봐라.” 이릏게 핸거여.

“그리구 내가 내일 다시 오마. 그래, 어떠 모습인지 좀 보, 보라구.”

이릏게 시켜놓구, 이 스님은 가 버렸어. 가구 있다가, 그 이튿날 인제 또 그 맘 때가 돼서 인제 또 왔는데,

“이래 문구녕을 뚫구 디다 본 적이 있느냐?” 이래니까는.

“엊저녁에 봤다. 스님 말대루 내가 봤다.”

“그래, 자는 모습이 어떻드냐?” 그니까는.

[왼손을 왼편 바닥에 두며]

형이 여기 자고.

[오른손으로 왼손의 오른편을 짚으며]

동생이 여기 자고.

[오른손을 들어 조금 더 오른 편 바닥을 짚으며]

막내가 여기 자고.

[두 손으로 바닥에 한 일(一)자를 그리며]

이릏게 찌다랗게 그냥 자더래는 거야.

(보조조사자 : 아ㅡ.)

그냥 찌다랗게.

[손날을 세워 바닥에 나란히 세 번 그리며]

이렇게 이렇게 나른히 자는 게 아, 아니구, 이렇게 형이 먼저, 고 담에, 고 담에 이릏게. 그.

(청중2 : 발 끝에서 이어서?)

에,에, 이어가주 이렇게 셋이 자더래.

"그래, 봤느냐?" 그러니까.

"봤다구."

"그래, 어트게 자드냐?" 그러니까는.

"형이 우에 자구, 고 담에, 고 담에 자드라."

"그러면 그 뜻이 어, 무슨 뜻인지 모르겠느냐?" 그러니까.

"모른다." 인제 그래.

"당신이 옛날에 뱀 죽인 적 있죠?" 이래더래.

"세 토막 내서 죽였다."

"그 세 토막이 당신 지금 이 자식이다." 이거여.

그런데 믿을 수가 없대는 거지. 아부진 믿을 수가 없지. 공부 잘 하구, 뭐 뭐 차신하구, 믿을 수가 없는 거여.

그러면은 그 저기, 할튼, 재, 재를, 불을 땐 재를, 메물집 헐 때라구 그랬나, 이랬어. 하여튼 메물집 헐 때라구 그랬는지, 할튼 그 재를 한 삼태미 퍼가지구 가서. 자는 그, 자거든 밤중에, 밤중에 이렇게 나른히 자면은.

[왼손을 왼쪽편에서 오른쪽으로 횡으로 옮기는 중 바닥을 네 번 짚으며]

요 머리맡에다가 하나, 한 옴큼 갖다 얹구, 요기다 얹구, 요기 얹구, 요기 얹구, 발 끝까지.

요릏게 얹어 놓구, 얼-른 문을 박차구 나와 가지구, 문을 바깥으루 걸어라. 이렇게 된거야.

그래구,

"그게 그대루 사람이면은 당신이 나를 죽여도 좋다." 그랬는데.

그래구는 인제, 그 인제, 메물집을 한 짐 이제 져다가 뗐대.

때, 때가지구 문구녕으루 드다 보니까 또 그리케 해구는 그릏게 잘 자는거여 인제.

그래니까,

"하이튼, 해보는데 까지 해 보구, 그게 아니면은 무슨 조치를 취핸다."
이래, 이래구는.

그 인제 삼태미에다가 그걸 인제 담어 가주구, 들어가서 멀쩡히 잘 자는 놈들한테다, 그 메물, 재를 갖다 놓는다는 거 아부지로서 할 수가 없는 일이지.

그렇지마는 애네들이 그릏게 해구두, 재는 뭐 크게 피해가 없으니까.

그래구는 가서 이릏게, 이릏게 이릏게 이릏게 이릏게 놓구는 그 스님 시키는 대루 화-닥닥 튀나가가지구 배깥에다 숟갈총을 탁 걸어, 걸은 거야 인제.

걸구 이래더니까는 막 그냥, 요동을 치는거지, 이제 막 요동을 치는 거야 막.

"어, 쪼끔만 더 기다리지, 그새 우리가 억울하게 죽는다구. 쪼끔만 더 기다렸으믄 복수를 할 텐데."
즈끼리 막 떠드는거야 인제.

"쪼끔만, 우리가 쪼끔만 참었, 이, 이 아버지가 쪼끔만 참으믄 우리가 다 복수를 해는데, 우리가 원통하게 또 죽어야 한다구. 또 죽어야 한다."
그래면서.

그랜데, 세상에 옷을 홀-딱 벗어 놓고, 그 옷이 홀-딱 뻘거 놓고, 뱀이 동가리가 동가리가 그냥 있더래잖아.

그 옛날, 그 그 애, 그 애기를 내 옛날에 들은 적이 있어, 아부지 한테 또.

안창의 말무덤 - 아기장수

자료코드 : 03_08_FOT_20110306_HRS_SNO_0005
조사장소 : 강원도 원주시 문막읍 반계 4리 1141-1번지 남서울아파트 경로당
제보일시 : 2011.3.6
조 사 자 : 황루시, 유명희, 유형동, 김명수
제 보 자 : 손난옥, 여, 72세

구연상황 : 앞 이야기를 마친 후 민요조사가 이어졌다. 그 말미에는 어르신들께서 간식을 대접해 주셨다. 간식을 먹으며 이야기를 나누던 중 아기장수 이야기를 꺼냈더니 제보자가 그런 이야기를 알고 있다고 했다. 구연을 부탁했더니 들려 준 이야기다.

줄 거 리 : 일제강점기에 지정면 간현 안창에 있는 김씨 집안에서 아기가 태어났다. 그런데 갓난아기가 천정에 가 붙는 일이 일어났다. 부모가 아기를 살펴보니 겨드랑이에 날개가 돋아 있었다. 그리고 날개 달린 아기가 태어났을 때 집 밖에서 말이 나타나 울고 있었다. 그런데 장수가 날 것을 두려워한 일본사람들이 아기와 말을 죽였다. 그 김씨 집안은 미국으로 도망가서 살고 있으며, 먼 후손들이 남아있는 말무덤을 관리하고 있다.

내가 그 지정면 간현이라 그랬지, 아까.

(보조조사자 : 네.)

거기 개울 근너에 안창이라구 그런 동네가 있어.

(보조조사자 : 안창?)

안창.

(보조조사자 : 네, 네.)

근데, 근데 왜정시대에, 일본놈 와서 장악하던 시절에, 애기를 난거야.

그랜데, 그 장수덜 날까봐서, 이런 좋은, 그 바우겉은 데다가 말뚝을 쳐가지구, 그러면 피가 막 거기서 튀어나오구 막 이랬대잖아.

거 사람, 장수가 날, 고, 장수가 누구 몸으로 의해서 잉태를 해가주 나온단 말이야. 어?

(보조조사자 : 네-.)

근데.

[바닥에 말뚝을 박는 시늉을 하며]

거기다가 이런 대못을 갔다가 혈을 치니까, 여기서 피가 팍- 쏟아지구 이랬대. 우리나라에 그런 산이, 좋은 산이 많았는데.

그래 인제 거기서, 김씨, 김씨네가 인제, 애기를 난거야.

그 왜정시대 때 애기를 낳는데, 아 애가 여기 드러눠서 바들짝 거리구, 으앵거려야 되는데.

[천정을 가리키며]

이게 저가서 털커덕 붙는거여.

그래서 보니까, 여기 홀딱 벗은 애가.

[두 손으로 양 겨드랑이를 가리키며]

여기 날개가 있더래.

(보조조사자 : 아-.)

날개가 있는데, 그 애가 태어나면서 배깥에서 말이 막 '어--' 하구 우는거야 인제.

그래는데, 일본놈이 그 애를 죽였잖아.

일본놈이 그 애를 죽이고, 말을 죽이고, 말을, 비두 거 있다구, 아직.

(보조조사자 : 안창에요.)

어. 말무덤.

(보조조사자 : 말무덤.)

응.

그래구는, 이 이 이 저기, 이 사람덜이 미국으로 도망을 간거야.

애기, 애기, 그러, 그, 씨몰살을 시킨다구 그래니까.

그 미국가서 지금 그냥 거기서 눌러서 생활을 하고, 그- 밑에 밑에, 그 같은 김씨네 자손덜이 그걸 관리를 해구 있다구, 지금.

(보조조사자 : 말무덤하고 거기를.)

(청중1 : 안창 가면은.)

안창 있어. 거기서, 거기서 그런 사연 있었다구.

(보조조사자 : 그 애기를 일본 순사들이 죽인거에요?)

어어, 죽였지.

(청중1 : 일정 때.)

안창의 욕바위

자료코드 : 03_08_FOT_20110306_HRS_SNO_0006
조사장소 : 강원도 원주시 문막읍 반계 4리 1141-1번지 남서울아파트 경로당
제보일시 : 2011.3.6
조 사 자 : 황루시, 유명희, 유형동, 김명수
제 보 자 : 손난옥, 여, 72세
구연상황 : 앞 이야기에 이어서 구연하였다.
줄 거 리 : 안창에서 판대로 가는 오솔길 옆에 산이 있다. 신분이 낮은 서민들이 거드름
　　　　　피우는 양반들과 관리를 보고 있자니 부아가 치밀었다. 이들이 마침 그 산봉
　　　　　우리에 모여 있는데, 그 오솔길로 원이 가마를 타고 지나가고 있었다. 서민들
　　　　　은 그 원을 향해 욕을 퍼부었다. 부하들이 잡으려고 산에 올랐으나 잡을 수가
　　　　　없었다. 서민들은 이쪽, 저쪽 봉우리로 옮겨 다니며 계속 욕을 했다. 이후 그
　　　　　봉우리에 있는 큰 바위를 욕바위라고 부르게 되었다.

그래구 거기, 그, 그래니, 옛날이니까 뭐, 이렇게 갓두 쓰구.

[가슴을 펴고 손을 흔들며]

막- 인제 뭐 도포 자락 휘날리구 이래구 댕기는 사람이 있었을 꺼
아녀.

그래니까, 거 아랫 것들이 또 있을 꺼 아녀.

그래니깐, 분해 죽겠는거야 저 꼴같지 않은 거한테 우리가 만날.

[고개를 숙이며]

“예, 예.” 하고, 거기서 마당 씰어주고, 밥이나 한 숟깔 씩 얻어먹고 그래니까는.

(청중1 : 그렇지.)

거, 거기 인제 저기 저, 판대라고 인제, 이, 판대있지, 판대역, 서울가는.

(보조조사자 : 네.)

거 판대, 거 거기 인제.

[젓가락을 들며]

이렇게 소로길이 요롷게 있어, 인제.

소로길이 있는데, 그 인제, 그 참, 서민덜이 거기서 막 굽신거리구, 그 밸이 꼴려두 그냥 살구, 이랜 사람덜이.

아주 그냥 한- 때거리가 그 바우.

[오른손을 높이 들며]

산꼭대기 바우, 올라가 가지구, 그 인제 뭐, 그 인제.

[수염을 쓸어내리는 시늉을 하며]

아주 ‘에헴’해구, 도, 사또들이 인제 막 이래구 들구 인제 오잖아.

그래믄, 이래 내려다 보면, 그 나만지도 못한 것들을 거기다가, 원에다가 태워가지고 오니, 아주 부애가 나 죽겠는거야.

그래니깐,

“야-, 이 양반놈의 새끼들아, 개새끼들아.” 막 이래미.

“느덜이 우리땜에 그래두 밥 쳐 먹구 살지, 개새끼들.”

이래니까는, 창을 들구는.

[달리는 시늉을 하며]

막- 거기 올라가는 겨, 그놈들 찔러 죽인다구.

올라가니깐 시골놈을 당핼 수가 있나.

(청중2 : 그럼.)

시골놈들 뭐 비호겉이 내 뛰는데.

(청중2 : 쌍놈은 못 당하지.)

그란디, 여기서 욕을 막 하면, 여기 인제 산을 막 겨 올라가는 거여.

그럼.

[오른손으로 왼편을 가리키며]

저 짝, 저 짝 바우에 가서 또 욕을 하는거여. 그라면 또 내려와 가지구,
그리가면.

[오른편을 가리키며]

또 이 쪽 바우에서 그래구.

그 욕바위도 있어, 욕바위.

(청중2 : 욕바위도 있어, 그래, 거기.)

응.

두꺼비 신랑

자료코드 : 03_08_FOT_20110311_HRS_SNO_0001
조사장소 : 강원도 원주시 문막읍 반계 4리 1141-1번지 남서울아파트 경로당
제보일시 : 2011.3.11
조 사 자 : 황루시, 유명희, 유형동, 김명수
제 보 자 : 손난옥, 여, 72세
구연상황 : 김홍숙 제보자가 '팔자도망은 못 한다' 구연을 마치고, 제보자가 나서서 구연
하였다.
줄 거 리 : 옛날 한 노부부가 화전을 일구며 살았다. 부부가 밭을 일굴 때면 두꺼비 한
마리가 와서 밥을 얻어먹곤 했다. 자식이 없던 부부는 두꺼비를 데려가서 키
웠다. 아주 크게 자란 두꺼비는 자기를 건너 마을 김진사 딸과 혼인시켜달라
고 했다. 부부는 김진사를 찾아가 사정을 이야기하고 두꺼비는 막내딸과 혼
인했다. 막내딸의 두 언니는 두꺼비와 혼인한 동생을 놀리며 못 살게 굴었다.
목숨을 끊을 생각을 한 막내딸에게 두꺼비는 자신의 배를 가르도록 시켰다.
그러자 두꺼비는 허물을 벗고 훌륭한 청년이 되었다. 그것을 본 언니들은 동
생을 시기했다. 두꺼비 신랑은 한양으로 공부하러 떠나며 두꺼비 허물을 막

내딸에게 맡기고는 잘 간수하라고 신신당부했다. 언니들은 동생이 자는 사이 그 허물을 불로 태워버렸다. 막내딸은 남복을 하고 남편을 찾아 길을 떠났다. 우여곡절 끝에 남편이 있는 집을 알아내고는 그 집에서 하루를 보냈다. 소피 보러 나온 남편이 우연히 막내딸이 자신을 그리워하는 말을 들었다. 남편이 막내딸을 발견하고 둘은 해후했다. 그러나 남편은 이미 새장가를 간 상태였 다. 그래서 막내딸과 후처는 호랑이 눈썹 뽑아오기 내기를 했다. 막내딸은 늙 은 호랑이의 도움으로 눈썹을 구해왔다. 두꺼비 신랑은 막내딸을 부인으로 받아들였다. 그리고 과거에 급제해서 잘 살았다.

내가 한 열살 돼서 피란가가지구 이제 충청북도 괴산에서 눌러 앉었 거든.

그러다 거기서 인제 학교두 다니구 이랬는데, 그때 우리 사둔, 우리 사 둔한테 들은 얘긴데 지금 알쏭달쏭 하그든.

(청중1 : 한번 해봐.)

(보조조사자 : 하시다 보면 생각이 나실거예요.)

글쎄.

(청중1 : 들은 얘기가 나올 수도 또 있어. 저 할무니 끄내니까 여기 또 들은 얘기가 나오잖아.)

그래 옛날에 자식도 없이 노부부가 사는데, 그냥 저 화전때기를 파먹고 사는 거야.

화전때기를 파먹고 사는데, 그저 아무거나 해서 먹구, 인제 밭에 가서 이래는데.

두꺼비 한 마리가 그 밥 먹는데 거 밥 흘린 거를 떠끔떠끔 주서 먹 더랴.

그래서 "에유, 두껍아 두껍아 너두 와서 밥을 먹니?" 이래구 인제.

그려 이 왔다가는, 또 인제 가면은 그게 와서.

[두 손을 바닥이 짚어 두꺼비가 앉은 모양으로]

이래구 기다리구 있대, 그 두꺼비가.

그러면 인제 밥을 인제 쪼끔씩 주는 거여.

밥을 쪼끔씩 주문은 그 그게, 인제 그렇게 꼭 고 때만 되면 와서 이래 구 앉었구, 그래가지구 인제.

"여보 영감, 우리 저걸 집으루 데리구 갑시다. 파리두 많구 그래니 데 리구 갑시다." 그래니까.

"그래지 뭐" 그래구.

[두 손으로 안는 시늉을 하며]

이렇-게 하니까.

[품에 감싸 안으며]

또 이렇-게 끌어 안키더라네.

그래가지구 그거를 방에 갖다 놓구 그래니깐, 파리가 씨가 마르더래.

셋바닥이 쭉 나와.

[오른손을 가슴에 앞으로 뻗었다 접었다를 반복하며]

쭉 쭉 이래면 다 잡아먹더래는 거야.

그래더니 그게 그만.

[두 손을 머리위에서 모아 반원을 그려 내리면서]

이만해 지더라잖아. 두꺼비가 그렇게 거- 지더래.

(청중2 : 살이 쩌서.)

응.

그래더니만 "어머니" 이래더래.

그 두꺼비가.

"어머니" 그래서.

깜짝 놀랠 거아녀. 자식두 읎이 영감 할무니가 살었는데, "어무니"해니.

(청중2 : 그렇지.)

'나한테두 어머니 소리 하는 자식이 있구나' 하구는.

"아오 말을, 두꺼비가 어트게 말을 하느냐구" 그래니까는.

"나 원래 두꺼비가 아니다. 원래 두꺼비가 아니고, 옥황상제의 자식인데, 내가 부모 말을 어기구, '야 이눔아, 너 두꺼비가 돼서 저, 저 세상에 가서 살다 와라.' 이래가지구. 이렇게 했는데, 참, 두 노인네가 이렇게 나를 밥을 멕이구 또 데리구 와서 이렇게 키워 줘가지구, 이렇게 내가 커서 말을 하게 됐다."

벙어리를 몇년, 뭐 이렇게 살으라 그랬대.

그랬는데, 아 이 녀석이, 고민을 하더래.

"그래, 왜, 뭐가 그렇게 고민을 하느냐?" 그래니까는.

[오른팔을 뻗어 멀리 가리키며]

저 근너에 무슨 김진사 댁에 딸이 셋이 있대.

딸이 셋 있는데, 누누이 봐도 그 집 딸한테 장가를 가야 되겠더라는 거야, 그래가지구.

"나 아무데 그 처자한테."

(청중2 : 그 두꺼비 형상을 벗으야 뭐 장가를 가던지.)

응.

"그래, 나 그리 장가 가구 싶으니까, 다릴 좀 놔주시오." 이래더래.

그래니 그 험악하게 생긴 것이 그래니, 기가 맥히잖어.

(청중2 : 그렇지.)

그래서 인제, 그, 그, 옥황상제 얘기도 안하고, 그 때 당시에는 인제, 내중에 핸 얘기구.

그래 가지구는, 그, 그 집에 가 가지구는, 그 저기 왕골자리, 그것만 자-꾸 쥐 뜯는거야 그냥, 쥐 뜯다 그냥 오는거여.

(청중1 : 말을 못 끄내내구.)

말을 뭐 할 수가 없지. 짐승한테다 시집을 보내라 그러면 되겠어?

(청중3 : 그건 말이 안되지.)

그래 가지구, 그 인제, 그 김대감이 하루는 오라그래더래.

“도대체 우리한테 뭔 할 얘기가 있는 거 겉은데, 왜 말을 못 하구 그렇게 자리만 쥐 뜯다가 가느냐.”

그래서 “사실은요, 인제 이만 저만해서.”

감히 뭐 그 사람들을 쳐다볼 수도 없는 위치인데.

그래서, “아유 왜, 왜 뭔 말을 해러 왔을틴데, 좌우지간 모가지가 짤려 나가더래두 해라. 뭔 말인지.”

그러니까, “사실은”

[방바닥을 뜯으며, 기 죽은 목소리로]

이래 이래 뜯으면서, “사실은 그게 아니구유.” 이래서.

“말하라.” 그래니까는.

“사실은 두꺼비, 밥을 먹으면, 고렇게 꼭 와서 밥을, 땅바닥에 떨어진 것 주서먹구 이래구, 그거를 불쌍해서 집에를 와가지구 데려다 놨더니, ‘어머니’해서 깜짝 놀래구, ‘왜 그래느냐구’그랬더니, 여기 이 집 따님하고 결혼을 하고 싶다는데, 내가 그렇게 험악한 짐승에다가 딸을 달라그래믄, 이 대감에서 천부당만부당 한 말이 아니야. 그래서 말을 못하구 가구, 가구 그랬다구.” 그래니깐은.

“그러냐구.” 이래더니, 딸들 서이를 오라 그러너래.

그래가지구, “너 아무개 두꺼비한테 시집갈래?”

[청중들 웃음]

“아, 내가 왜 그, 그런 짐승한테 가느냐구.” 막 발광을 해구 가더래.

(청중4 : 바보온달 같었구먼.)

응, 그래가지구, 또 하나 불러가지구 또 그러니깐, 그거 역시 마찬가진 서야.

그래 가지구, 막내 딸을 불러가지구 그래니깐은, 고개 푸―욱 숙이고 앉었더니.

“아부지가 가래믄 가야지 어터게 우기느냐구, 어른 말을 어길 수가 없다.” 이래구.

“간다.” 그러더라네.

그래, 그래가지구 인제 쫓아와, 엄마가 막 좋아가지구 쫓아와가지구.

“그집 막내 딸하구 너하구 장개가게 됐다구.”막 그래니깐은.

그 두꺼비가 그렇게 벌럭벌럭해가지구 좋아 죽더래 아주.

[일동 웃음]

그래는데, 옛날에 말을 타구 다녔다더구만, 장가가는 날-.

(청중4) : 그렇지.

그, 우리 그 사둔이 하는 얘기가, 마, 말에다가 두꺼비를 덜렁 얹어 놓으니까.

그 말이 뚜그닥 뚜그닥 뚜그닥 뚜그닥 가니까, 아래턱은 벌럭벌럭, 양쪽 눈은 껌뻑껌뻑.

[일동 웃음]

그 말을 타구 가면 그렇지. 어, 그.

[오른손으로 아래턱을 잡으며]

여, 여기는 뿔룩뿔룩하그던.

그러니까 아래턱은 벌렁벌렁, 양쪽 눈은 꿈쩍꿈쩍, 이래구 말을 타구 그 집엘 가니.

도대체 문 구녕으로 뚫구, 그 딸 년덜 둘은 요래 내다보고.

“하유, 빙신겉은 년, 천치겉은 년, 바보겉은 년, 응, 어디루한텐 시집을 못가서 두꺼비한테 시집 가느냐구.”

그래믄서 마악- 삐쭉거리구 막 그래더래.

그래거나 말거나, 아버지 영을 못 이기구, 인제 대례청에서 잔치를 했어.

그래구는, 그 옛날에 은장도를 가지구 다녔잖아.

그래서 인제, 거 인제, 첫날 저녁을 치루고, 삼 일되는 날, 도저히 언니들한테 들볶여서 못 살겠더래.

 (청중3 : 그렇지.)

 하, 일단 한번 이 사람한, 이 두꺼비한테 시집을 왔는데, 내가 또 안한다고 할 수도 없고.

 내가 죽는 길만이 해, 이 세상에서 해방되는 날이다.

 이래구는.

 [왼쪽으로 돌아앉으며]

 이, 이렇게 돌아 인제, 잠자리를 이렇게 인제, 깔어 구, 두꺼빈 거기 인제, 그러구 드러눠 있는데.

 은장도를.

 [가슴에서 은장도를 빼는 시늉을 하며]

 이렇게 싹 잡으니깐, '사그락' 소리가 난거야. 그러니까 두꺼비가 "뭐하는거냐구." 그랜거여.

 그리구 뻐떡 일어나 보니까는, 아주 서슬이 시퍼런 칼을 요래, 빼들구 있는거여.

 그래, 이거, 두꺼비가 손을 딕 잡으면서.

 "왜 그래느냐구, 말을 하라구, 왜 칼을 뺐느냐." 그러니까는.

 "이렇게 언니들이 나를 괴롭혀서 나는 못 살겠다, 그래니까는 내가 죽는 길 밖에 없지 않느냐, 그래, 죽을라 그랜다."

 이래며 잡어 빼니까, 두꺼비가 그 앞에 가서.

 [두 팔을 벌리고 뒤로 눕는 시늉을 하며]

 벌러덕 까지더래. 벌러덕 까지면서.

 "내 배를 그걸로 이렇게 그으라," 이래더래.

 "어트게 살어있는 거를 내가 긋느냐, 나는 못 그랜다, 내가 목숨을 끊으면 끊었지, 나는 그걸 글 수가 없다." 이래니까는.

 "갠잖다구, 내가 안 죽으니까, 걱정말구 배를, 눈을 딱 감구 팍 그으라.” 이, 이랜거야.

그 시키는 대루 했어 인제.

그래가지구, 눈을 타악 감구는 배를 촤악 그으니깐, 헤-, 명지 바지 조고리 입은 크-으-단 청년이 거기서 소옥-, 호딱 버끄러 지면서.

(청중1 : 어 나오는거야.)

어.

[오른손을 위로 번쩍 올리며]

키가 장대한 청년이, 쑥 빠져 나오더라잖아.

“야, 이럴수도있나.”해구.

“내가 안 죽길 잘했다구.” 막 인제 이래면서, 좋아서 마악- 그래는데.

아 두꺼비는 온데 간데 읎구, 왠 크-으게 허여멀건 게, 기골이 장대한 청년이 있잖아.

그래니까 언니들이 샘이 나 죽는거야 인제 또.

(청중2 : 그렇지.)

언니들이 샘이 나 죽어 인제.

그래 가지구는, 인제 완전히 사람이 됐으니, 마-안-날 남편.

[왼손으로 옆에 앉은 조일섭의 손을 잡으며]

이렇게 손을 잡고는, 그렇게 잔디밭을, 그, 인제, 정원에 잔디밭을 둘이 거니니, 배가 아퍼 죽는거야 그냥, 언니들이.

(청중1 : 그렇지.)

뒤틀려 죽는거야.

그래 인제, 잔디밭에 이렇게 양지 쪽에 앉아 있는데, 그- 남자가 하는 말이.

“내가 이렇게 해구만 놀 수가 없지 않느냐, 그러니까 나는 공부를 좀 인제 해야 되겠다.”

그래믄서, “내가 사실은, 내가 원래 짐승이 아니구, 옥황상제가 우리 아부진데, 아부지한테 지금 거슬리는 일을 해가지구, 내가 벌을 받아가지구 두꺼비가 됐다.”

이런 얘기를 주욱- 색시한테.

그래, 이렇게 이렇게, 앉어가지구 있는데, 남편이 이렇게 인제, 여기 누워가지구, 그렇게 도란도란 얘기를 하는데, 이 언니 두 년덜은 그저 숨어가지구, 왜 샘이 나가지구 죽는거야.

저걸 어떻게 갈라놔야 되는데, 갈라 놀 길은 없구.

그, 두, 두꺼비 껍데기를 바-싹 말린 거를, 여자 치마를 걷더니, 요기, 인제, 옛날에는 속곳 입잖아.

그 속곳 끈에다 요렇게 매주면서, 고기다가 그 두꺼비를, 껍데기를 요렇게 해서, 꼬옥 꼭 쫌매서, 매주면서, 신랑이 하는 말이.

“내가 공부를 해러 한양으로 가야되니까, 이, 이게, 내가 공부 해가지고 올 때까지, 이걸 간직을 해야 된다.”

(청중1 : 두꺼비 껍데기를?)

응.

“이걸 잊어버리면, 당신하고 나하곤 이별이다.” 이래더래.

그래가지구, 그걸 만날 소중히 해가지구, 이렇게 인제, 그래구는 신랑은 떠나구.

아휴, 저, 저기 그놈을 못 오게 해야 되겠는데, 어트게 해면 못 오게 해나 하구, 숨어서 그래다가는.

(청중5 : 언니덜이?)

어, 언니덜이 우트게던지, 그, 못 오게 할라구 그 신랑자리를.

그래구 그, 인제, 자는데, 그걸 치마를 뜨시구는, 고걸 가위로 똑 짤라다가는 불을 놔버린거야.

(청중3 : 언니덜이?)

어, 언니덜이.

불을 노니까, 호로로로록 타버리고 아무것도 없지 뭐.

(청중3 : 그렇지.)

하유-, 인나서 그걸 이렇게 보니까 읐는거야.

그래 어디루 간 줄도 모르구,

"인제 내 남편하구 나하구는 영영 이별이다."

이래구는, 그냥 수심을 하구 있다가서, 그냥 남자 복을 해 입구, 그냥 얼굴에다 마악- 검은 칠을 하구, 이래구는 배낭을 하나 걺어지구, 남편 찾는다구 정처없이 떠나버린 거야 인제.

그래니, 이 집에 가서 한 숟가락 얻어 먹구, 아니면 굶어 자구, 동냥을 하는 거지.

동냥을 하는데, 그 뭐 어떤 사람은 밥두 뭐 그냥 이렇게 휙 던져주는 것두 있구, 쌀두 한 양재기 이래 푹 퍼서, 그냥 이렇게 담어 주면 좋지만, 아무렇게나 막 쥐가지구, 땅바닥에 흘리구, 막 그래며 주더래.

그래는데, 좀 저기, 부엌에서래두 좀, 하룻밤 유해자구 그래니까는,

"아, 우리 개가 잔다."

"그럼 마루 밑에서 잔다." 그래니까는,

"마루 밑에두 우리 개가 있으니까 여기서 잘 수가 없다."

이래서,

"그러면, 저 화장실에든, 하여튼 이 서리만 거느리게, 화장실에두 좀 자게 해달라." 이래니까는,

"아무데나 자라." 이래더래.

그래가주 쌀을 그거를 아주 한 알개씩 줏은거여.

그래니깐 이 집에서 인제, 내 남편이 여기 있다 소리를 듣구, 찾어 오기는 왔지마는, 이 집에서 해를 보내야 되는데, 해 보낼 길이 없는 거여.

근데, 고 쌀을 줍는 미끼루다가 인제, 하나씩- 하나씩- 인제, 인제 줍는데,

[오른손으로 앞쪽을 가리키며]

저 짝 행랑채에서 글 읽는 소리가 좌악- 좍 나더라네.

'저, 저 소리가 내 남편 소린데.'

인제 이래구는.

그 쌀 알개를 인제 줏으니, 이렇게 봐두 모르는 거여.

아주 몽두난발을 해구, 얼굴에 검은 칠을 하고.

그래구는, 그리구 있다가서는, 인제, 화장실 있는데 가서, 이릏-게 인제, 그 주운거를 그느리구 있다가는, 보름이래가지구 휘영청청 달은 밝은데, 거 나와서 이릏-게 돌방구에 앉어가지구, 하늘을 쳐다보며, 달을 쳐다보면서.

"저 달은 우리 남편을 볼 텐데, 나는 왜 우리 남편을 못 보나."

이래면서,

"어디 가 계시는지, 돌아가시지는 않았는지, 내가 이래구 다니는거는 알구나 계시는지."

이래는데, 이 사람이 글을 좍좍 읽다가, 소변이 마려워서 소변을 보는데, 뭐 중얼중얼 한단 말이여.

근데, "저 달은 우리 남편이 우리, 저, 저 달은 보겠지, 나두 저 달을 보는데, 나는 왜 우리 남편을 못보나." 이런 소리를 하거든.

'저 소리를 날 들으라고 하는 소리 겉은데.'이래구는.

"거 뉘시오." 이래니까는.

뭐 사람이구 말구 하지 뭐 아주.

(청중3 : 그렇지.)

그래서,

"거 누군데 거기서 그래구 있느냐?"니까는.

"예, 여기서 하루 저녁 유할라구 왔다구." 그래니까는.

"아, 어디서 온 사람인데 이래구 있냐"니까.

"아무데서 왔다."니까.

아 내가 살던 곳이거든.

"그래 들어오시오."인제 이래더래.

"여기서 어터게 사람이, 있을 수가 없는 곳이니까 들어오시오." 이래가 지구는.

방에를 들어 갔대. 들어가 보니깐 아-주 그렇게 훌륭한 집에서 장가를 가 가지구, ○○해구 살더래.

그래 가지구, 인제, 그, 인제 종, 아랫것들 보구,

"물을 뎁혀 가지구 오라구."

그래가주, 그 남편이 싸-악- 씻기니까는, 그 옛날의 그 얼굴이가 나오 는 거여 인제.

그래니깐 난리가 났잖아 그 마누라가.

"어트게 된 사실이냐?" 이래니깐.

"내가 조강지처는 이 여자가 조강지처다. 근데 내가 이러이러한 사연이 있어가지구 나왔다가 이렇게 됐다." 그래니까는.

그, 지금 사는 그 여자두 난리가 나구.

또 이 여자는 이 여, 이 남편을 찾어서 이렇게 헤매다간 여길 와서 만 났으니 기가 맥히잖어.

그래니까 하는 말이.

"그러면, 같이 살자." 그러니까.

"같이는 안 산다."

"그럼 어트게 하느냐?"

"그러면은 아무데 아무데 가면은 호랑이가 있는데, 눈썹을 여섯 개씩 뽑아와라." 이래는 거여. 호랑이 눈썹을.

그래서,

"호랑이 눈썹 뽑아다 뭐할꺼냐?"니까는.

"붓을 만든다." 하더래.

그래가지구- 그냥 허둥지둥 어딘지두 모르구, 마-악- 이래구 인제 막 가는데, 저기 이렇게 오두막 집이 하나 있는데.

[물레 돌리는 시늉을 하며]

물레를 잣는 할머니가 있더래.

그래 가지구,

"아유 들어오라구, 여기는 저기 사람이 오는 곳이 아닌데, 어떻게 사람이 여길 왔느냐구, 들어오라구."

그래서, 인제 화로에 불을 이레 쬐고 있는데, '쿵 쿵', 이런 소리가 나더래.

그래니까는 그 할머니가,

[나즈막한 목소리로]

"아이구, 우리 아들이 오네."

그래면서,

"우리 아늘이 오먼은 당신을 잡아먹을 텐데, 큰일났네."

이러면서,

"저기, 이 내 치마 속으로 들어가라." 이래더래.

그래구 인제 화롯가에, 인제 이렇게, 쭈그리고 인제, 할머니가 앉었는 거여.

근데 호랑이가 '어홍'이래구, 호랑이가 들어, 그니까 호랑이 엄마여.

자기도 호랑이야. 자기도 호랑이,

(청중3 : 근데 사람으로 보였구나.)

어, 자기도 호랑인데, 이 여자한테는 사람으로 보인거야, 할머니로 보인 거야 인제.

그래가지구, 오더니만, '킁킁 킁킁' 냄새를 맡으면서,

"아유 어디서 인냄새가 나는데, 인냄새가 나는데." 이래서.

“인냄새는 무슨 인냄새야 이눔아. 나한테서 나는 소리지, 나는 냄새지.”
그르니까.

“아 그런가.” 이래면서.

“얼른 가서 저기 밥을 좀 먹구 가서 사냥을 또 해거라.” 그래니깐.

“알었다구.” 그래는데.

“야 호랑이를 좀 잡어와라.” 그래니까.

“아 내가 호랑인데 어떻게 호랑일 잡어오느냐구.”또 이래더래.
그래가지구,

“참 그렇구나.” 인제, 엄마가 그래면서.

고 눈썹을 열두개를 할머니가 뽑아준거야.

“야, 거, 거, 고기, 뭐이 묻었구나, 이거 이거 이거 없애야 된다.” 이래
구, 쏙 쏙 잡어, 잡어가지구, 열 두 개를 뽑은거여 인제, 그래구는.

“얼른 가서 사냥을 해 와라.” 그니까.

“알었다구.”

(청중6 : 정신도 좋으시네.)

열 살 먹어서 들은 소리여, 이 소리가.

(청중6 : 응?)

열 살먹어서.

(청중6 : 그래 그건 안 잊어버려, 어릴 때.)

그래, 그걸 뽑아가지구 인제 감추구 있다가서는 인제.

“갔다올께요.” 이래구 가더라는구만.
그래 가지구 그거를 요래 싸가지구는, 그 새댁을 준거야.

[고개를 숙여 인사를 하며]

“아주─ 고맙다구 고맙다구.” 백배 치사를 하구, 쫓어 가니까는 그 여자
는 그냥 들어 앉어 있더래.

그, 그걸 어디가 뽑어와 호랑이를.

인제 그랬는데, 물을 또, 인제, 인제, 그 여자는 그-냥, 그냥 그래구 앉어서 한탄만 하구 앉었구.

이 여자는 그 남편 찾어서 그 한양을 가 가지구 고생을 했으니깐, 어턱해든지 살을라구, 그랬는데.

"그래면은 또 한 가지 있다."

"뭐냐" 그래니깐.

"물을 한 동이씩 여고, 여가지구, 와가지구, 쏟구 그걸 다시 한 동이를 채워라." 이래더래.

어트게, 어트게 채워.

그래두 또 뭐 한 가지가 또 있어 아주.

아주 그게 있는데 그거는 생각이 지금 한 개두 안 나구, 물동이하구, 호랑이 눈썹하구.

그래 가지구, 고걸 붓을 만들었대.

붓을 만들어 가지구, 공부를 해가지구, 장원 급제를 하구, 그냥- 이 어화를 해 꽂구 그렇게 띵-땅- 띵땅 나팔을 불고 이래 오는데, 그냥 동네에서 잔치를 해느라구, 막 그래는데.

내가 거기를 가 가지구 은어 왔잖아.

은어 오다가는 다 줏어 먹구, 우렁 채루다가 새 나가구 술은, 나는 떡은 은어 먹었지.

그렇게 해구서는, 그, 그런, 그런 얘기를, 그, 우리 사둔한테 그런 얘기를 내가 들었어.

꿩이 캐그덩 캐그덩 우는 사연

자료코드 : 03_08_FOT_20110311_HRS_SNO_0002

조사장소 : 강원도 원주시 문막읍 반계 4리 1141-1번지 남서울아파트 경로당
제보일시 : 2011.3.11
조 사 자 : 황루시, 유명희, 유형동, 김명수
제 보 자 : 손난옥, 여, 72세
구연상황 : 앞 이야기를 마치고 이야기를 나누면서 '두꺼비 신랑'이 옥황상제의 아들이라
는 이야기를 하던 중 자연스럽게 구연했다.
줄 거 리 : 꿩은 옥황상제의 아들이다. 옥황상제가 꿩에게 철남생과 바나라는 약초를 캐
오도록 시켜 땅으로 내려보냈다. 그런데 꿩은 자기가 그것을 다 먹느라고 아
직도 땅에 있는 것이다. 천둥이 치는 것은 옥황상제인 아버지가 꿩에게 빨리
약초를 캐오라고 다그치는 소리다. 그래서 꿩은 천둥이 치면 아직 약초를 캐
고 있다고 '캐그덩 캐그덩'하는 것이다.

그 꿩두 이렇게 막, 우르릉 뚱땅해구, 막 그냥 천둥을 치잖아. 그러면
"캐그덩 캐그덩" 이래지.

그게, 말을 안 들어가지구, 저 가서, 그 철남생이라는 약초있어.

그래구 요기 밭에는 바나라는 게 있어.

[왼손 검지를 손톱만큼 내밀며]

요런 요런거 요런거.

그런데, "너 가서 철남생이 캐고, 바나 캐와라."

그래니까는, 그 인제 그 아부지가 소리지르는 소리래.

"너 이놈 뭐하구 있어. 그거 캐오지 않구 왜 여태 그리구 있어"

그리믄, "캐그덩 캐그덩 캐그덩" 이래, 이런데.

[청중들 웃음]

그거 캐야 가주가지. 근데 지가 그 캐가주 갈 새가 어딨어. 지가 다 줏
어 먹는데.

뇌성벽력을 하면은 아부지가 호령하는 거래거든.

그럼 "캐그덩 캐그덩 캐그덩" 이래구. 그 꿩이 그러는 소리래 그게.

어, 캐야 가주가지, 어트게 캐느냐구.

근데 지가 다 줏어 먹잖아.

장끼전

자료코드 : 03_08_FOT_20110311_HRS_SNO_0003
조사장소 : 강원도 원주시 문막읍 반계 4리 1141-1번지 남서울아파트 경로당
제보일시 : 2011.3.11
조 사 자 : 황루시, 유명희, 유형동, 김명수
제 보 자 : 손난옥, 여, 72세
구연상황 : 앞 이야기에 이어서 구연하였다.
줄 거 리 : 꿩 부부가 있었는데, 하루는 까투리가 남편인 장끼가 죽는 꿈을 꾸었다. 그래
　　　　　서 까투리는 남편에게 가지 말라고 당부했다. 그러나 장끼는 걱정 말라며 집
　　　　　을 나섰다. 결국 장끼는 솥에 삶기는 신세가 되었다.

그, 저기, 그 쟁끼전이라는 책이 있다구. 그거 알지? 그런거는?

(보조조사자 : 예.)

우리 아부지가 그런 얘기두 해줬다구.

그 저기, 암, 암, 암놈 숫놈이, 근데 부인이 꿈을 꿨어.

꿈을 꾸니까 남편이 오늘 죽는 날이야.

그래 가지구,

"여보 여보, 가지 말으라구, 그저 집에 오늘 하루 이러고 삽시다"

그러니까는,

"뭘 그럴 일이 있느냐구."

이래구 가 가지구, 진짜 삶겨갔구 죽었잖아.

(보조조사자 : 어-.)

그, 그런 그런 얘기두 우리 아부지한테 듣구 그랬다니까.

어, 쟁끼전.

그 저기, 가마솥에, 가마솥에 삶, 삶느라고 들어가는 꿈꿨구, 다 그 여
자가 꿔가지구, 남편보구 못 가게 했잖어.

제천 의림지 유래

자료코드 : 03_08_FOT_20110311_HRS_SNO_0004
조사장소 : 강원도 원주시 문막읍 반계 4리 1141-1번지 남서울아파트 경로당
제보일시 : 2011.3.11
조 사 자 : 황루시, 유명희, 유형동, 김명수
제 보 자 : 손난옥, 여, 72세
구연상황 : 앞 이야기를 마친 제보자에게 큰 연못에 얽힌 이야기를 아는 지 물었다. 그러
자 구연한 이야기이다.
줄 거 리 : 옛날 제천에 천석꾼인 부자가 살았다. 하루는 스님이 시주를 얻으러 왔는데,
쌀 대신 소똥을 퍼주었다. 스님은 그 집에서 불길한 기운을 느꼈지만 그냥
돌아섰다. 얼마만큼 갔을 때 한 처녀가 스님을 부르며 따라왔다. 처녀는 아버
지의 잘못을 용서하라며 소똥을 퍼내고 자신이 담아온 쌀을 바랑에 넣어 주
었다. 스님은 처녀에게 자신과 함께 가자고 했다. 처녀가 그러겠다고 하자 스
님은 무슨 일이 있어도 절대 뒤를 돌아보지 말라고 했다. 스님과 처녀가 길
을 떠나는 순간 '쾅' 하는 소리가 들렸다. 처녀는 쾅 소리에 놀라 그만 뒤를
돌아보았다. 처녀의 집이 무너져 내려 물에 잠기고 있었다. 처녀는 뒤를 돌아
본 순간 그대로 돌이 외었다. 그 처녀의 집이 무너져 내린 연못이 의림지이
다. 지금도 그 연못이 있고, 돌이 된 처녀도 남아 있다.

알지요? 의림지는?

(보조조사자 : 아, 그- 있는 거는 아는데, 어떤 얘긴지 해주세요.)

어, 그게, 거기, 가, 가, 가서 안 봤구나.

거 가 보면은.

[두 손으로 크게 원을 그리며]

이렇게 물이, 이렇게 이렇게 하나 있구.

[두 손을 모아 왼편으로 밀며]

요기 이렇게 공간이 이렇게 있어 가지구.

[두 손으로 왼편에 다시 큰 원을 그리며]

거기 또 찌-다랗게 하나 있거든.

[오른손을 가슴 앞에서 앞 뒤로 움직이며]

그래 가지구 요기다 다리를 놓구 이릏게 해가지구 이제 노는덴데.

예, 옛날에 아주 천석꾼이가 거기 그 원래 집턴데.

(보조조사자 : 아-.)

어느 스님이 시주를 하라구, 시주를 하라구 그래니까, 일꾼을 불러 가지구.

[뒷짐을 지며]

뒷짐을 지구, 대청마루에 서가지구.

"저 중한테 저기 그 소 똥이나 좀 퍼서 줘라."

그, 그래니까는, 그 일꾼이 어트게 해, 주인이 그렇게 하라는데.

가슴은 아프지만은.

[왼손을 쫙 펴며]

그 이릏게 이릏게 이릏게 이릏게 된.

(청중1 : 쇠시랑.)

쇠시랑, 그걸루.

[삽질하듯이]

이릏게 한 삽 퍼가지구 와가지구.

[손을 뒤로 돌리며]

그리니까 스님이 이릏-게 들이 댄거야, 거 여기 바낭에다가.

그래 가지구.

[손을 뒤로 돌리며]

이릏게 들이대니깐, 그만 거, 거기가다 늫지.

[고개를 들어 위쪽을 훑어보면서]

그래구 이릏게, 이-릏-게, 집을 이릏게 쳐다 보면서.

"구름이 끼었다구, 구름이 끼었구만." 이, 이래구, 이릏게 인제 그래두 말 한마디 안해구.

"관세음보살"이릏게 해구는 인제 이릏-게 돌아스는데.

그래구 인제, 여기 크-은 대문이 있구, 요렇게 쪼마난 소슬 대문이 있구 이랜데.

[왼손을 뒤로 해 허리를 만지며]

머리를 여까지 딴 처자, 처녀가.

[간절한 목소리로]

"스님-, 스님."해며 막 쫓아 오더래.

(보조조사자 : 네-)

그래가지구는.

[몸을 뒤로 돌리며]

이릏-게 돌아다 보니까, 요런 바가지에, 옛날에 박 바가지잖아. 박 바가지에다 쌀을 요-렇-게 해 들구, 그걸들구 그냥- 쫓아오며 불르더래.

그래, 서, 서서 기다렸대.

그랬더니,

"우리 아부지가 한 죄를 용서를 해달라구."

그래면서 거기서 거름을 지 손으로다가 다- 퍼내구 그거를, 쌀을 붜 주더래.

그래서, 하유-, 저, 저집이 지금 망하는데, 저 처녀를 보내면 안되겠다 싶어갔구.

"나를 따라 올래냐구."

그니까, "스님, 아부지가 무서워서, 못, 그래지 않어두 못 살겠어요." 이래면서.

"그럼 나를 따라 가자구."

그래는데, "처자네 집이, 이 터에서 무슨 소리가 나두 돌아다 보지 말어라."

그래구 인제 스님은 앞에 휘적휘적 가구, 그 처자가 인제 바가지를 들구 쫄랑쫄랑 따라가는데.

돌아다 보지 말라구 분명히 얘기를 해서, 알었다구 이렇게 했는데, 콰－－ 해구 벼락치는 소리를 해니까는.

[갑자기 몸을 뒤로 돌리며]

놀라 이렇게 돌아다 본 거야.

근데 그게, 그냥 팍－ 무너져서 그냥.

(청중2 : 황지 연못.)

그, 저기, 그, 왜, 저기, 아파트 겉은데, 왜 그 허를래면 왜 이렇게 차악－ 무너지는 거 있잖아.

(보조조사자 : 네－.)

내가 그 상상을 해 봤다구.

그래미 그게 이렇－－게 들어가면서, 고만 물이 촤－악－ 올러와.

저 행랑채.

(청중1 : 원채.)

어, 여, 여기는 원채, 그래 가지구는 포－옥－ 들어, 들어가 가지구는, 그 처녀가 스님이 보지 말라 그랬는데, 봐 가지구는.

고, 그 이렇게 저기, 으, 외림초등학교가 있는데, 고기서 쪼－끔 의림지 쪽으로 이동하다보믄, 지금은 있는지 모르겠는데.

[고개를 뒤로 돌리며]

그 처녀가 이렇－게 해구 있는게.

(청중3 : 있지.)

있대, 있다구.

그게 그, 그 처녀래.

그래는데, 우리가, 우리가 가서 이렇게 맑－은 물 있는데.

[아래를 들여다보듯이 고개를 숙이고]

이렇게 보면은, 그 안에 뚜가리가 있어, 뚜가리 같은 것들.

(보조조사자 : 아－ 네.)

거, 거기 가 보면. 그게 어트게 생겼냐면은.

[두 손으로 속이 파인 항아리 모양을 만들며]

이릏-게 생겼다니까, 이릏-게.

여가, 여, 여기는 좀 쫍구, 여, 여기는 넓어.

이릏-게 생겼는데, 아주 이렇-게 해구 들여 보면은, 맑은, 맑은 물에 이래 들다 보면은 뚜가리 같은게 있어.

반쪼가리도 있구, 온쪼가리도 있구.

(청중3 : 그게, 그니까, 저, 저 항아리라구 해지, 항아리 뚜껑, 그런게 있다구.)

어.

(청중4 : 지금은 거기 아주 개발을 해가지구, 거기 아주 없어.)

없어?

(청중4 : 이, 저, 옛날 그거는 있는데, 얼마나 넓은지 몰라. 그리구 거기 빙어가 얼마나 많은 몰라. 빙어가.)

제삿밥 잘 못 차려 혼난 이야기

자료코드 : 03_08_FOT_20110311_HRS_SNO_0005
조사장소 : 강원도 원주시 문막읍 반계 4리 1141-1번지 남서울아파트 경로당
제보일시 : 2011.3.11
조 사 자 : 황루시, 유명희, 유형동, 김명수
제 보 자 : 손난옥, 여, 72세
구연상황 : 2시간 가량 조사가 이어졌다. 회관 어르신들께서 부침개와 다과를 내어 주셔서 먹으며 이런저런 이야기를 나눴다. 그러던 중 제보자가 음식은 정성스럽게 해야 한다면서 이야기를 시작했다.
줄 거 리 : 옛날 어느 나그네가 길을 가다가 산에서 날이 저물었다. 하루 머물 곳을 찾다 보니 나란히 있는 부부의 무덤이 보여 그 사이에서 잠을 청했다. 그런데 갑자기 할머니 목소리가 나더니 할아버지에게 밥 먹는 날이니 가자고 했다. 할아

버지는 손님이 있어 갈 수 없다며 거절하고 할머니 혼자 갔다. 금방 돌아온 할머니는 국에는 구렁이가 들었고, 밥에는 바위가 들었다며, 괘씸한 생각이 들어 손녀를 불에 집어넣고 왔다고 했다. 할아버지는 나그네가 들으라는 식으로 어떤 약이 잘 듣는지 말하였다. 아침이 되자 마을로 내려간 나그네는 어제 제사를 지낸 집을 찾아가서 아이를 치료 해 주었다. 그리고는 지난 밤 있었던 일을 이야기했다. 알고 보니 탕에는 머리카락이 빠졌고, 밥에는 돌이 섞여 있었던 것이다. 제사는 물론이고 모든 일에 정성을 다해야 한다는 이야기이다.

옛날에 어느 나그네가 이렇게 길을 가다가 날이 저물어 가지구, 인가도 없구, 근데 이 산에 이렇게, 부부 무덤이 요렇게 있잖아.

그래서, 그래도 그냥 허공에서 이렇게 자는거 하고, 무덤 옆에서 자는 거 하고, 이렇게 구분이 다르대.

그래도 그 무덤 옆에서 자면 든든하대.

(보조조사자 : 네-.)

그래가지구 나그네가 그 무덤 두에 사이에, 요기 요기서 인제 그냥 이레 꾸부리고, 인제 있는데.

이 저기, 할멈이.

[간드러지는 목소리로]

"여보 영감," 그래더래.

[점잖은 목소리로]

"왜 그래는가." 그래니깐.

[간드러지는 목소리로]

"아유, 우리 저기 오늘 저녁에 밥 읃어 먹으러 가는 날 아니야?" 그래니까는.

[점잖은 목소리로]

"에이, 손님이 오신걸, 손님이 오셔서 나는 못가니, 임자나 갔다 오시게." 그래니까는.

"그럼 알었다구, 있으라구, 나 얼른 갔다온다구."

이래구 가더니, 금-새 왔더래.

"아니, 그, 그 사이에 뭘 그렇게 읃어 먹고 왔는가?" 그래니까는.

"아이, 안먹었다구." 그래더래, 그래서.

"아이 왜-" 그래니까는.

"아이구 망할 것들이 해 줄라면 똑바루 해주지, 어, 국에다가는 구렁이를 그렇게 하나 띄워 놓고, 하나는 또 뭐, 파리를, 밥에는 어, 파리를 그래 놓고, 고놈에 저기, 손녀딸 고년을 불에다 팍 떠다밀었지. 괘씸해서"

안해줄려면 아예 안해주지, 왜 그런걸 그렇게 느가지구 해줬냐구.

그래니까는 할아부지가.

"헤유-, 참, 사람두 여자란."

이래믄서,

"그 이릏게 뭐를 발라주면 그게 금새 낫는데." 이래더래.

그르니까 이이가 이걸 딱 들은거야 인제.

그래니까는 그 영혼두,

"그 손님이 왔서 나는 안가니까 자네나 갔다오게." 했으니까, 이 사람이 있으니까 나는 못간다 이거여.

그니까 "모를 발라주면은 그걸 낫는데." 이래니까 이 사람 들으라구 핸소리잖아.

(보조조사자 : 네-.)

그래가지구 날이 피곤-해며, 사.

[등에 짊어지는 시늉을 하며]

사근걸 얼른 어깨에 둘러 매고는, 인제 보따리를 둘러 매고, 마-악 인제, 환하니까 인제, 그 동네를 찾어서 막 가가지구는.

첫 머리집에 가 가지구,

"엊저녁에 여기 제사 지낸 집이 있느냐구." 그래니깐.

"하이구 말두 마시유." 이래더래.

그래서,

"아이 왜그래느냐." 그래니깐.

"어, 제산지 뭔지 어트게 핸게, 애가 불에 빠져가지군, 애가 다 죽게 생 겼다구."

"그래 어느 집이냐구." 그래니깐.

"날 따러 오라구."

그래서 인제 따라 가니까는, 진짜 이 궁딩이가 다 덨더래 아주, 그 어 린애가, 그리며 죽는다구 박박거리구.

그래가지구, 저기,

"뭐를 이렇게 발러라." 이렇게 인제 무슨, 인제 사약이지 인제 이런데 서 제조핸거.

옛날에 뭐 약이 있어?

"그걸 어트게 해서 요렇게 해서 발라줘 봐라." 그래니까는.

"그래마구."

인제 이래가지구.

"근데 어트게 알구 우리 집을 오셨냐?" 이래더래.

"사실은 내가 오다가, 이 산소가 있어서 내가 거기서 밤을 새는데, 그 렇게 할머니가 혼자 오셨다"

"할머니가 오셔가지구 손녀딸을 떠다밀었다구 와서 그래더라."

그래서,

"아 늙은이가 왜 먹구가기나 하지, 왜 손주새끼를 그렇게 그랬느냐구." 막~ 며느리가 뭐라구 그래더래.

그래서,

"그게 아니구, 후는 이구, 선은 이렇╈, 그래서 그랬다 그래더라."

그런데, 탕국에다 머리 켤이 하나 이렇게.

(청중1 : 머리칼이 커다란 게 이 구랭이가 들어왔대는 거지.)

(보조조사자 : 머리카락요?)

어, 머리카락이 빠진거야.

그래구 밥에는 어특해다 파리가 빠진 걸 퍼 논거지 인제.

그래가지구 인제 괘씸해서,

"안해줄려면 아예 안해주지, 그걸 왜 그렇게 생색을 내면서, 그따구 음식을 드럽게 했느냐."

그래니까, 음식을 정성을 들이라구.

찬물 한 그, 한 그릇을 오장육부에서 우러나가지구 갖다 주는거와, 가 건성건성 하는거와 구분이 있잖아.

그러니까는 이 얘기두 그저 정성을 들여서 깨끗하게 하라는 뜻으루 아마 그런, 얘기인가봐 이게.

(청중1 : 그게 인제 밥에는 저기 바우가 들어 앉었구, 국에는 구레이가 들어 앉었구. 돌을 놌대는 걸 바우가 들어 앉었대, 그래 파리가 아니여.)

(청중2 : 바위가 들어 앉었구.)

(청중1 : 그럼, 돌이 있어가지구 옛날에.)

양반 상놈 없어진 사연

자료코드 : 03_08_FOT_20110311_HRS_SNO_0006
조사장소 : 강원도 원주시 문막읍 반계 4리 1141-1번지 남서울아파트 경로당
제보일시 : 2011.3.11
조 사 자 : 황루시, 유명희, 유형동, 김명수
제 보 자 : 손난옥, 여, 72세
구연상황 : 김계순 제보자가 '치악산 지명 유래'를 구연하고 이야기가 잠시 중단되었는
           데, 제보자가 나서서 구연한 이야기이다.
줄 거 리 : 옛말에 백일동안 매일 같은 시간에 어떤 사물을 취하면서 소원을 빌면 이루
           어진다고 한다. 옛날 어느 고을에 신분은 천하지만 효성이 깊은 사람이 있었

다. 이 사람은 신분이 낮을 뿐 부자로서 잘살고 있었다. 그는 먼저 돌아가신 아버지 얼굴을 한 번 보는 것이 소원이었다. 그래서 들은 대로 백일을 정성껏 공을 들였다. 그런데 이 사실을 안 고을 원이 상민이 효성이 그렇게 극진하겠느냐며 시험을 한답시고 그 집 마루 밑에 숨어 있었다. 정성들인지 백일째 되는 날은 아버지의 기일이었다. 자손들은 마당에 불을 환히 밝히고 아버지를 맞을 채비를 했다. 아버지의 혼령이 대문 앞에 오더니 귀한 손님이 있어 들어갈 수 없다며 사라졌다. 숨어 있던 원이 나와 사죄하고는 임금을 찾아가 이야기를 했다. 그 집 자손들을 한양으로 부른 임금은 신분 고하에 관계없이 효심은 모두 같은 것이라며, 양반과 상놈의 구분을 없애도록 했다. 그래서 지금처럼 신분이 없어지게 된 것이다.

인제, 이, 이 얘기두 내가 우리 친정 아버님한테 들은 얘긴데.

그-, 슥달 백일을, 슥달 백일을, 저기, 하루에 한 번씩, 돌이면 돌, 나무면 나무.

[바닥에서 줍는 시늉을 하며]

요렇게 해믄서, 자기 소원을 하는거야 인제.

나는 오늘 내가 이 돌을 줏을 때.

"나는 도깨비를 보고 싶어서 이 돌을 줍습니다." 요 말을 꼭 하면서.

도깨비를 보고 싶나면, 도깨비를 보고 싶다, 조상 누구를 보고 싶다면, 그릏구.

근데, 중간에 가다가 오늘 까먹었잖어? 그러면 내가 미쳐버린대.

그래니까는 이걸 아무한테나 말을 못해준다 그래더라구, 우리 아부지 얘기가.

그래는데 어떤 사람이, 돈은 많은 부잣집인데 쌍늠이야.

쌍늠인데, 출세를 해, 핼 길이 없는 거야 인제.

그래니까는 아주 부모한테는 효도를 아주 극진하게 하구 이래는데.

인제, "나는 우리 아버님 얼굴을 한 번 보고 싶다. 제삿날 꼭 한 번 보고 싶다." 이래면서 짝대기를 주섰대, 하루에 한 번씩, 그 시간에.

이게, 이게 엄청 어려운 거래, 이건 지금 우리네가 할 수도 있는 거래,
이거는.

그래, 꼭, 딱 두시면 두시, 한시면 한시, 그걸 누가 기억을 하냐구.

“나는 우리 아부지 제사 때 우리 아버님의 얼굴을 보고싶다.” 이래면서
슥달 백일을 해다 보면은, 그릏게 하구.

인제, 인제 그거 하다가 인제 다 했으면은, 저 인제, 제사에 놀 그릇,
고거 인제 하나씩 하나씩, 숟깔에서부터 인제, 간장종지까지 그러면 슥달
백일이 된대.

그런데 어떤 사람이 그렇게 했대.

해구는 불을 그냥 저기, 이릏게 다 켜 놓구, 양탄자를 그르니깐 광목이
지 광목.

광목을 대문까지 촤-악- 이릏게 해 놓고, 불을 밝힌거야 양쪽에다가.

하-얗게 깔어 놓구는 양쪽에다 불을 밝히고, 저기 내가 이릏게.

(청중 : 기다리는 거지.)

어, 공을 들였으니까,

[팔을 양쪽으로 벌리며]

대문을 화-알-짝 열어 놓고.

그래놓고는 인제, 기다리고 있는데

‘그게 사실일까?’ 이래구 어느 고을, 인제 원님이, 그, 저기,

[몸을 웅크리면서]

마루 밑에 숨어서.

‘느 쌍놈들이 뭘 하겠느냐?’ 이래면서, 마루 밑에서 강아지처럼 숨어
가지구 그걸 본거여.

그래는데 진짜 아부지가, 여 대문 턱에까지,

[뒷짐을 지며]

따-악 뒷짐을 지고 이렇게 오더니,

그래는데 그게 그때서 인제, 없어진 거라구 우리 아버지가 그런 얘길 하더라구.

바람 소리로 도둑 잡은 이야기

자료코드 : 03_08_FOT_20110311_HRS_SNO_0007
조사장소 : 강원도 원주시 문막읍 반계 4리 1141-1번지 남서울아파트 경로당
제보일시 : 2011.3.11
조 사 자 : 황루시, 유명희, 유형동, 김명수
제 보 자 : 손난옥, 여, 72세
구연상황 : 앞 이야기 구연을 마친 뒤, 조사가 중단되었다. 조사 장비를 정리하던 조사자들에게 제보자가 이야기를 한 가지 더 해주냐며 구연하였다.
줄 거 리 : 옛날 어떤 나졸 둘이 도둑을 잡으러 다니고 있었다. 그런데 이들은 도둑의 얼굴, 이름 등 아는 것이 하나도 없었다. 한참 돌아다니다가 지친 나졸들은 산 정상에 올라 바람을 쏘이며 누워 있었다. 그런데 바람이 불 때 마다 나뭇가지들이 움직이면서, '삐-', '빼-'하는 소리를 냈다. 나졸 중 한 사람에게는 그 소리가 '피', '배'로 들렸다. 그 사람은 동료에게 의심되는 사람 중에서 '피가'와 '배가'를 잡자고 하였다. 둘은 의심되는 사람을 모조리 잡아서 사또 앞에 대령했다. 사또가 피가와 배가가 있는지를 확인하자 각각 한 사람씩 나타났다. 그 둘을 심문하자 과연 그들이 범인이었다.

옛날에.

(보조조사자 : 네-.)

도둑놈을 잡아야 되는데, 이름도 몰라, 성도 몰라.

그래 가지구는, 그, 패랭이 쓰고.

[창을 드는 시늉을 하며]

창들고 돌아 댕기면서 잡으라 그러니 잡을 수는 없고, 더위는 죽겠고.

[오른손을 위로 높이 들며]

산 꼭대기 올라가 가지구, 하-두 더워가지구.

[뒤로 넘어가는 시늉을 하며]

벌러덩 둘이 드러눕는거야 인제 두 사람이.

드러눠가지구, 도대체 뭐, 근거도 없는데, 도독놈을 얼, 뭐, 얼굴도 모르지, 모, 어트게 잡을 길이 없는거야.

그래 가지구, 어느 둔덕배기 가서, 이렇-게 드러눠가지구.

"바람이나 쐬이자구." 이래, 이래구 있는데.

바람이, 이래, 나무가.

[두 손으로 가위[X자]처럼 포개며]

이렇게 이렇게 걸쳐져 가지구.

바람이 여.

[손을 오른쪽에서 왼쪽으로 옮겨가며]

이 쪽에서 이쪽으로 불면, "삐-" 이, 이런 소리가,

[왼쪽으로 몸을 기울이면서 동시에 가위모양을 어긋나게 하고]

이렇게, 이렇--게 되면서.

(보조조사자 : 네.)

"삐-" 이래는거야.

그래다가 또 바람이,

[손을 왼쪽에서 오른쪽으로 옮겨가며]

이쪽에서 이쪽으로 불면,

[오른쪽으로 몸을 기울이면서 동시에 가위모양을 어긋나게 하고]

"빼-" 이래는 거야 인제.

"야, 저게 뭔소리냐?" 그러니까는.

"뭐 삐, 빽 그랬네."

인제 한 사람이 그랬어, 그러니까.

"삐, 빽? 삐, 빽?"

가만-히 드러눠서 들으니깐,

또 "삐-" 이래구.

"빽-" 이래구, 이래더래 진짜루.

"야, 우리 피가 하구, 배가 하구, 한번 잡어보자." 이렇게 된거야.

이제 피가를 찾어 다니는 거야 이제.

피가를 찾어 다니구 인제, 배가를 찾어 다니구.

그래, 그래는데, 인제 하-- 인제, 뭐 의심가는 데, 다 인제, 사또 앞에 인제, 다 갖다 놓고.

"여기에 배가가 있느냐-." 그래니까.

"제가 배갑니다."

"그럼, 피가도 있느냐-"

"제가 피갑니다."

"두 놈 나와라."

그래가지구,

"느놈이 도독놈이다."

"아니라구." 그러니까.

"야 이놈아, 내가 어서 들으니까, 피가 하구 배가 하구만 잡음된다 그 랬다. 그래서 나는 느놈들을 지목을 하겠다."

그래고는, 그 이릏게 갖나 앉혀놓고 주리를 틀은 거여.

그리니깐, 즈-가 도독놈인게 맞더래.

그래가지군, 하-두 어, 잡을 길도 없어서, 산 속에서 나무가 이렇게, 소 나무가 이레 얽혀져 있는 거를 처다보고, 이렇게 누워있는데, 그래니깐 바람이 부니까.

"삐-" 이래구, "빼-" 이래구.

그래서,

"아, 이거 피가 하구, 배가 하구 구나."

그래가지구 그 도독놈을 잡었대.

그러니깐, 센스지 그게 그지?

(보조조사자 : 네.)

그래가지구 잡었대.

우정

자료코드 : 03_08_FOT_20110304_HRS_YJB_0001
조사장소 : 강원도 원주시 문막읍 반계 2리 마을회관
제보일시 : 2011.3.4
조 사 자 : 황루시, 유명희, 유형동, 김명수
제 보 자 : 여재봉, 남, 70세
구연상황 : 반계 2리 마을회관에 사전에 연락하고 찾아갔으나 제보자들의 구연 의지는
약한 상황이었다. 처음 반계리의 유래부터 다양한 질문을 하여 이야기를 유도
했지만 소략하게 언급하는데 그쳤다. 제보자는 구비문학의 뜻을 물은 뒤 자기
가 들은 이야기를 해주겠다며 이야기를 시작했다.
줄 거 리 : 반계리 삿갓봉과 갈매재에 봉우리를 가운데 두고 두 친구가 살았다. 술을 마
시다 귀가할 시간이 되어 헤어지기로 한 친구는 친구와 헤어지기가 아쉬워
서로의 집까지 서로 바래다주기로 했다. 친구의 집에 도착하여 집에 돌아가
려고 하자 친구가 고개를 혼자 넘어가면 어떡하느냐며 다시 따라나섰다. 이
렇게 반복하다가 보니 그믐밤을 세게 되었다.

연대도 잘 모르고 아주 그냥 옛날입니다. 그냥.

우리 선조들이 여기 계셨었는데, 요기 넘어 가면은 요- 가면은. 요 삿
갓봉이라고 있는데 고개가 하나 있고, 경기도 여주로 갈래믄 고 넘어가
면은.

인제 그 그게 인제 삿갓봉 째고 윗삿갓? 갈매재라 그러나? 거기가 이렇
게 두 개가 있는데.

이 갈매있는 분하고 여기 있는 분하고 친교가 두터웠어. 그래서 섣달
그믐깬데 여기 있는 분이 우리 여 동네 마실에 있는 분이 저짝엘 섣달그

믐께 넘어가서 하루 거진 가는 거야.

고개 한나절을 넘어가서 그쪽 친구를 만내서 술한잔 먹구 오는데.

"그 어뜨케 그 고개를 넘어가나. 내가 좀 바래다줘야 되겠네."

그 이렇게 고개를 하나 넘어서 그래서 여까지 와서 또 헤어질래니, 여긴데 우리 동네인데.

"아이 이 친구가 그 넘어온 고개를 또 어떻게 넘어가나. 내가 또 바래다 줘야 되겠네."

그래서 고개를 하나 넘어서 고 인제 삿갓봉 주막에 가서 술한잔 먹고.

그래서 또 넘어와서 친구를 두고 올래니까 또 걸리는 거여. 또 따라왔어. 섣달 그믐을 요 삿갓봉 주막에서 지냈데. 그 우정이 말이야 그렇게 좋아서.

그러한 얘기가 여기 구전으로 전해오는 얘긴데 이거 아는 사람 별로 없어.

(보조조사자 : 이건 제목을 뭐라 그럴까요? 어르신.)

우정이겠지 뭐. 그 아니믄(아니면) 아쉬움이지 서로 보내기가 아쉬워서. 내가 보기엔 세모(歲暮)의 이별이라 그럴까 뭐 이렇게 해도 괜찮고.

(보조조사자 : 세모의 이별 좋네요.)

반계리 문호리의 지명 유래

자료코드 : 03_08_FOT_20110304_HRS_YJB_0002
조사장소 : 강원도 원주시 문막읍 반계 2리 마을회관
제보일시 : 2011.3.4
조 사 자 : 황루시, 유명희, 유형동, 김명수
제 보 자 : 여재봉, 남, 70세
구연상황 : 제보자가 첫 이야기를 마친 후 반계리의 유래에 관한 이야기를 나누던 가운데 제보자가 구연한 이야기이다.

줄 거 리 : 인목대비의 비석을 마차로 끌고 가던 중 떨어져 반이 뚝 갈라졌다. 그래서 '반 반(半)'자와 '끊을 절(絶)'자를 써서 반저리로 불렸고 그것이 구전해오면서 중 변화하여 반계리가 되었다. 그 후 공부하는 사람이 많아 문호리라고 불렸다. 다른 동네에서 궁금한 것이 생기면 문호리로 물어보라는 말이 있을 정도였다.

(보조조사자 : 왜 반계리인지 그런거 들으신 거 없으세요?)

반계리요?

(보조조사자 : 네, 왜 반계라고-.)

반계리는 건 저거여 저 그게 인목대비라 그러지 인목대비. 그- 뭐 비석을 서울로 옮기 비석 핼(할) 돌을 여기서 여서 가지고 올라가다가 이거, 요 반저리에서 마차로 이렇게 우차로 끌고 가다가 떨어져가지고 반이 뚝 잘라졌데.

(청중1 : 그래 우차가 여기 있어? 저 목동이 해 나가야 되기 때문에.)

아니 마차래. 마차. 그래서 떨어져 가지고 깨져서 그 반이 딱 잘라졌다 그래서 '반 반(半)'자 '끊을 절(絶)'자 이래서 끊어졌다 그래서 반저리 반저리 그러던게

구전으로 내려와서 그렇게 됐다고 그러데.

(보조조사자 : 지금 한자는 그런 한자랑 다르잖아요.)

지금은 다르죠. 지금은 '돌 반(般)자' 반계리지. 반계리. '돌 반(般)'자, '시내 계(溪)'자. 그래 반계 이윤(磻溪伊尹) 이래서 여기 이윤(伊尹)이가 인제 있어서.

옛날에 공부하는 사람이 많았었다는데 여기 동명은 문호리요 문호리.

원호는 마을 이름은 문호동. 저- 짝에서 저런 딴 동네에서 뭐 글 모르는게 있으믄(있으면), 저 문호리가서 물어보면 안다 그랬데.

그래 옛날엔 유식한분이 많았대는데(많았다는데), 지금은 뭐 다 유식해지(유식하지) 뭐.

욕바위의 유래

자료코드 : 03_08_FOT_20110304_HRS_YJB_0003
조사장소 : 강원도 원주시 문막읍 반계 2리 마을회관
제보일시 : 2011.3.4
조 사 자 : 황루시, 유명희, 유형동, 김명수
제 보 자 : 여재봉, 남, 70세
구연상황 : 반계리로 들어오면서 들을 수 있으리라 짐작했던 다양한 이야기를 하던 도중
　　　　　‘욕바위의 유래’에 대한 이야기를 꺼내자 구연해 주었다.
줄 거 리 : 원주의 원이 정치를 잘못하면 사람들이 욕을 하는 바위가 있었다. 그 바위에
　　　　　서 지르는 소리가 원주에서 서울로 가는 길목에서 들렸다. 소리가 들린 후 잡
　　　　　으러 가면 시간이 지체되는 잡기 어려웠다. 결국 그곳에서 한 이야기는 책임
　　　　　을 묻거나 잡아들이지 않는 불문율이 생겼다.

　욕바위는 욕을 해서 욕바위.

　(보조조사자 : 욕바위 얘기도 그 근처 갔더니 안창가서 물어보라고 안가
르쳐 주고.)

　안창가서 물어봐도 거의 다 그래. 그 사람들도.

　그 저 원이 원주 원이 정치를 잘못해 가주고 욕을 하는 거여. 잘못했으
믄(잘못했으면) 그 욕바위에 올라가서 그- 밑에 가는디 욕바위가 그렇게
생겼거든.

　여 바로 내려가 보면 소리가 들려도 쫓아 올라 갈래면 하루 종일 올라
가도 못 올라 간다고. 그래서 거기서 인제 정치를 잘못하고 가는 사람은
욕을 하는거야.

　“야 임마 너 욕 잘못했다고 정치 잘못했다.” 욕을 해고.

　‘잘했으면 잘했다’ 그러고. 인제 관계하지 않고 붙잡지도 않고, 그런 불
문율이 있어가지고 그니까 민, 민원의 소리지. 그렇게 핸게 욕바위여.

　욕바위는 저-깄는게 욕바윈데. 고 밑에도 욕바위가 쪼그만게 하나 있
다고.

(보조조사자 : 원님이 그거 임기를 마치고 갈 때 하는 거예요?)

그렇지 갈 때.

(보조조사자 : 돌아갈 때.)

갈 때 인제 원주에서 안창나루를 건너 가지고 솔치재로 넘어서 서울로 가거든.

그게 아주 큰길이지. 큰길이야. 그래서 거기서 욕을 했다는 거야. 잘못 해면은.

만대재와 임경업

자료코드 : 03_08_FOT_20110304_HRS_YJB_0004
조사장소 : 강원도 원주시 문막읍 반계 2리 마을회관
제보일시 : 2011.3.4
조 사 자 : 황루시, 유명희, 유형동, 김명수
제 보 자 : 여재봉, 남, 70세
구연상황 : 이야기를 구연하던 중에 손곡리에서 임경업 장군의 이야기를 제대로 듣지 못
했다는 이야기가 나왔다. 그러자 임경업 장군의 이야기를 해준다며 제보자가
이야기를 시작했다.
줄 거 리 : 임경업이 어렸을 때 병정놀이를 했다. 아이들의 놀이가 아닌 어른들의 군대처
럼 군율이 엄했다. 하루는 같이 놀던 아이 한 명이 어머니가 머리를 만져주느
라 시간을 지키지 못했는데 임경업은 군율을 지키기 위해 그 아이의 목을 낫
으로 베어냈다. 그 후 도망을 쳤는데 추격하지 못하도록 만대재 가운데에 큰
바위를 옮겨 놓았다.

만대재에서 그 저.

(청중1 : 손곡리 넘어가는 길.)

그니까 그 임경업 장군이 거기서 병정놀이를 해는데 이 대장이야.

근데 과댁 아들이,

"머리를 빗고 가라."구.

나무하러 가는데 머리를 빗고 이러고 가라니까.

"아 이 혼난다."구.

"경업이한테 혼난다."구.

늦게가믄 목잘른다 그랬다구. 그런걸 그 어머니가 머리를 빗겨서 이렇게 내보냈단 말이야. 가라구. 갔는데 늦게 왔어. 제일 늦게 와서 '맨 늦게 온 사람 모가지 짤른다' 그러니까 임경업이가 낫으로 모가지를 짤른거야. 군법으로.

(청중1 : 시간엄수를 못했다고 냅다 목을 쳐서 그래.)

딱 짤르구서는 인제 겁났는지 내뺀다고 만대재를 넘어서 내빼.

논으로 내빼오면서 거 옆에 있는 바우를 들어가지고 길 한복판을 막았대는 거여.

그래서 고개에 그 바우가 있고 옆으로 길이 나가지구 있는게 그 만리재라는 거야.

(청중1 : 만대재 유래라는 거야.)

알삶골의 유래

자료코드 : 03_08_FOT_20110304_HRS_YJB_0005
조사장소 : 강원도 원주시 문막읍 반계 2리 마을회관
제보일시 : 2011.3.4
조 사 자 : 황루시, 유명희, 유형동, 김명수
제 보 자 : 여재봉, 남, 70세
구연상황 : 앞 이야기에 이어서 구연하였다.
줄 거 리 : 손곡리 열두골중에 알삶골이라는 곳이 있다. 예전어 명당이 있어 중이 와서
        그 주인집에 계란을 하나 달라고 했는데, 주인이 덕으려는 줄 알고 알을 삶
        아서 주었다. 중은 그 알을 명당에 묻고 염불을 했는데 아무리 해도 닭이 나
        오지 않았다. 중이 망했다며 명당자리를 떠나고 그 동네는 알을 삶아서 줬다
        해서 알삶골이 되었다.

뭐 손곡리가 거기가 열두 골이 있는데래. 거기가. 손곡리가 뭐 알삶골, 갈현골, 뭔골, 뭐 엄청많아 골이. 열두골이여. 그래서 그 알삶골이란데는 그 명당터가 있는데, 중이 와 가주고 돌아 댕기면서 뭐 이렇게 해가주고 서네.

자다가 주인집한테 와서 그 이튿날 아침에 가믄서 계란을 하나 달라 그러는 거를 그 주인이 '저 뭐할라고 계란을 그러나' 그래서 소주 삶는데 다 삶아 가주고 줬대. 그랬더니 가주가서래 어따 땅에다 갖다 묻더니 그 중이 묻더니 기도를 암만해도 염불을 해도 시간이 지났는데 닭이 안우는 거여.

닭이 울을 때가 됐는데 인제 그게 그 명당터가 그래서 팍 오더니 알을 삶아서 줬으니까 병아리가 나올 까닭이 있어?

그래 아— 이거 다 망했다 이러더니 거기서 뭐 이렇게 혈을 지르는 쇠를 다 빼가주고 그냥 가더래. 그래서 알삶골이 됐다 그러더라구.

(보조조사자 : 아 알삶골.)

알을 삶아서 줬다 그래서 알삶골.

황효자 이야기

자료코드 : 03_08_FOT_20110304_HRS_YJB_0006
조사장소 : 강원도 원주시 문막읍 반계 2리 마을회관
제보일시 : 2011.3.4
조 사 자 : 황루시, 유명희, 유형동, 김명수
제 보 자 : 여재봉, 남, 70세
구연상황 : 반계리의 황효자 이야기를 요청하였더니 구연해주었다. 옆에 있던 한갑석 제
　　　　　보자는 그 이야기가 자기가 들은 것과 다르고 조리 있지 못하고 생각하였는
　　　　　지 이야기 중간에 자주 바로잡으려고 하였다. 조사자들이 여재봉 제보자의 이
　　　　　야기가 끝나고 듣겠다고 말했지만 내용이 제대로 전달되지 않는게 불안한 눈

치였다. 결국 끝나기가 무섭게 자신이 아는 형태로 황효자 이야기를 다시 구
연하였다.

줄 거 리 : 아전인 황효자는 소문난 효자였다. 원주까지 호랑이를 타고 출퇴근을 하는데
품안에 팥죽을 품고 가면 집에 도착할 때까지 식지 않을 정도로 빨랐다. 황
효자는 어머니가 기름을 담아놓은 통을 요강인줄 알고 발에다 뿌려도 어머니
가 마음이 아프실까봐 나머지까지 오줌인척 버리는 효심을 가지고 있었다.
황효자가 호랑이를 타고 다니는 이유는 호랑이 목에 걸린 비녀를 빼주었던
것과 꿈에서 여주에 잡혀있다고 이야기한 호랑이의 말을 듣고 달려가서 마을
사람들의 함정에 걸린 호랑이를 구해준 것 때문이다. 지금도 황효자의 사당
옆에 호랑이의 비석이 있고 제사를 지낼 때 호랑이를 위해 개를 잡아주었다
고도 한다.

난 뭐 연대는 잘 몰라 그냥 구전으로 들은 얘기니까.

그 아전을 댕겼데 아전. 여기서 기동, 여 여기서 원주 아전을 다니는데,
아전이라면 지금 인제 저 세 리정도 되는 거지. 근데.

(청중1 : 시방으로 말하면 도지, 도야. 도의 도가 저기서 어떻게 됐어.)

세금 받으러 댕기는 거여. 근데 요 단구 유문 거리가면, 단구동 거기
지금 먼저 들어가는데, 저- 고속 춘천 가는 길 나오는데, 거기 정도 가므
는 인제 거기서 어떤 인제 호랭이가 나와있는데 퇴근할래믄 호랭이가. 호
랭이가 나와 있다가 인제 타라구 그래서 타고 오고, 또 아침에 타고가고.

(청중1 : 먼저부터 해야지.)

예?

(청중1 : 거기서 부턴. 호랭이 나오는데서 부턴 해야지.)

(보조조사자 : 어르신은 이분 끝나고 어르신 따로 어르신껄 또 할께요.)

(청중1 : 해봐 한번. 말 타고 댕기는 건 중간에 들어오기 때문에.)

그 인제 호랭이를 인제 그 사귀는 얘기부터 해믄. 그 뭐-.

(청중1 : 효자 된 게 그 내력을 또 대야지. [웃음] 인-제- 거기 원주로
노박 출퇴근을 해는데.)

호랑이가 나와서 앞을 자꾸 가로막더래요. 그래 그런데.

(청중1 : 아냐 호랭인 나중 일이야.)

(보조조사자 : 어르신 얘기는 좀 있다 다시 들을게요. 어르신 어르신꺼 대로 따로 들을 꺼니까.)

그래서 뭐 이렇게 입을 자꾸 물리고. 인제 그래서 입에 뭔가 걸린줄 알고 이렇게 해보니깐 비녀가 뭐 걸렸다나. 뭐 '그래서 꺼내줘서 댕겼다' 그렇게 인제 태워가주고 댕겼다는 이야기가 있는데.

팥죽을 사 가주고 어머니 드릴라고. 팥죽을 사서 가주고 오다 보면은. 유문거리 거기 와 있으면은 타면은 여기 나오면은 팥죽이 식지도 않는데. 그게 인제 그래서 호랭이를 타고 출퇴근을 했는데.

효잔데 얼만큼 효자나 하면은 그 인제 그 기름을 세금으로 받아다가 기름을 집에다 놨는데. 그게 오줌이라고 노인네가, 어머니가 망녕이 들어 가지고 보리밭에 갖다가 줬다는 거야. 오줌으로 알고 소변으로 알고. 옛날엔데 농사 질 때 그러면 그거를 그거를.

"아이구 어머니 이게 왜 기름을 갖다 주느냐"고 이러질 않고.

(보조조사자 : 네.)

기름이면,

"이게 기름입니다." 이러믄 어머니가 놀랠까봐서 그 얘길 안하고.

아유 어머니 이리 주시라고 지가 주겠다고.

"제가 마저 줄께요."

그러면서 그 나머지를 마저 요렇게 주-고 동에를 다시 들어 왔다는 거야.

그게 효자지? 근데 그래서 그 병, 병환이 들었을 때 여준(驪州)가 어디 가서 엎드려있으니깐 참 있고 얼음이 깨져서 잉어가 올라왔다고 그런 얘기가 있고.

인제 호랭이를 어떻게 호랭이를 타고 댕겼느냐- 인제 그러믄 충주 어디 인제서 호랭이 함정을 팠는데 꿈에 선몽을 하더래. 그래서 '내가 죽게 됐으니까 빨리 나를 건져달라, 구해달라고’ 어디 어디라고 선봉을 하기를 가서 갔더니 동네사람들이 인제 막 기양 호랭이를 때려 잡을라 그러는 거를, 이걸 왜 왜 잡을려고 하느냐니깐.

“잡어서 이 가죽 해서 팔을라 그런다.”

동네 피해를 보니깐.

“이 호랭이를 나한테 팔어라.” 하니깐.

“사서 뭐할라 그러냐?” 이래.

“내가 이걸 살려줄라 그런다.” 이러니까.

“아이 안된다고. 죽여야 된다고. 이거 내면 클난다고” 그러니깐.

“내가 걱정말라고.”

그래서 그걸 사서 끄내 주니깐 호랭이를 툭툭– 치면서 이렇게, 인새(인사)를 하고 호랭이가 갔다는 거야. 그래서 호랭이를 타고 댕긴다는데.

거 여기 관음사 사당에 가보면 고 옆에 충호비(忠虎碑) 라고 있어 호랭이 비가.

그 인제 황효자 제삿날이면은 호랭이가 왔대요. 왔는데 그래서 개도 잡아주고 그랬대. 근데 뭐 못 본 얘기니까.

숯 빠는 모습을 비웃은 동방삭

자료코드 : 03_08_FOT_20110304_HRS_YJB_0007
조사장소 : 강원도 원주시 문막읍 반계 2리 마을회관
제보일시 : 2011.3.4
조 사 자 : 황루시, 유명희, 유형동, 김명수
제 보 자 : 여재봉, 남, 70세
구연상황 : 반계리와 관련된 지역 전설을 조사한 뒤 동방삭 이야기를 해달라고 하였다.
　　　　　제보자가 이야기를 시작했는데, 한갑석 제보자는 여재봉 제보자의 이야기 가
　　　　　운데에 납득이 안가거나 자신이 알고 있는 이야기와 다를 경우 강하게 개입

하였다.
줄 거 리 : 삼천갑자 동방삭이 오래 살아서 나라에서 잡으러 왔다. 아무개에게 숯을 빨아
서 하얗게 만들라고 시켜서 그렇게 하고 있으니 동방삭이 와서 뭐하냐고 물
어보았다. 숯을 하얗게 빨고 있다고 하니 내가 삼천갑자를 살았지만 그런 바
보같은 짓은 처음 본다며 웃어서 동방삭이 잡혔다. 동방삭이 오래 살게 된 것
은 사연이 있는데 원래는 삼십갑자만 살 수 있었던 동방삭을 뇌물을 받은 저
승사자가 염라대왕이 졸고 있던 틈을 타서 삼십에 점을 하나 찍어 삼천으로
만드는 바람에 그렇게 되었다.

그래 삼천갑자 동방삭이가 그 뭐- 하도 오래 살아서 잡아서 저 죽일라
그랬대. 그 인제 나라에서 관리들이.

그래서 뭐 하루는 어디가서 누가 숯을 자꾸 갈으라 그러더래. 냇가에서
숯을 이렇게 갈믄,

"그 왜 가느냐?" 그러니까.

"이거 하얘지라고 간다." 그러니깐.

한 놈이 지나가면서,

"내 삼천갑자를 살았어도 숯 하얘진다고 가는 놈은 처음 봤다."고.

"아이 요놈. 니가 삼천 갑자."

그래서 잡아서 죽였다 그러대. 그런데 삼천갑자니깐 삼육십팔, 만팔천
년인거야 그게. 갑자가 삼천갑자니깐.

(청중1 : 그게 아니지.)

그 사람이 그랬는데 삼천갑자 사람이 사람이 한 한.

(청중1 : 갑자년 십일월 육십갑자 세면 잘했대잖아.)

한다는게 제일 좋다 그러대-.

(청중1 : 육십갑자는 삼육십팔 백팔십 그거 살았단 얘기는 맞어.)

삼천갑자래요.

(청중1 : 그걸 삼천갑자라고 그랬어. 삼천갑자래.)

제일 좋은 건 이거에요.

(청중1 : 육십갑자를 세번 살았다 해서.)

오래 살어서.

(보조조사자 : 동방삭을 나라에서 잡아 죽인거에요? 동방삭이를.)

오래 살어서-. 그래서 잡을라 그러는데 누군지 모르니깐. 그래서 그 누가 그 한 사람이, 그 인제 그 아무데 강가에 가서 숯을 참 갈어라. 빨어라 이런 얘기지.

그니깐.

(청중1 : 갈어서 하얗게 되도록.)

"그 왜 숯을 자꾸 돌에다 문지르냐."

그러니깐 이 하애지라 그런대니깐.

"아이 내가 삼천갑자를 살아도 숯하애지라고 가는 놈은 첨 봤다구."

(보조조사자 : 어느 동네 가니까요. 그거를 염라대왕이 시키는 거라고.)

아- 몰라요.

(보조조사자 : 그래서 한번 여쭤본 거에요. 그런 얘기들도 있고.)

(청중1 : 거기서 인제 저승사자가 그렇게 해서 내보내도 그걸 못잡아 들이니까 그래서 그게 자기가 그렇게 얘기 했데요. 난 그 소릴들었어 노인네한테. [웃음] 그게 맞는 얘기유.)

(보조조사자 : 삼천갑자 동방삭이 왜 그렇게 오래 살게 됐는지에 대한 얘기는.)

그거는 삼 십년을 타고났는데, 딱 잡아갔거든 사자가 저승사자가.

잡아가니깐 근데 갈 적에, 인제 이 저 돈을 저 노잣돈 놓는 거 있잖아. 그 저 저 사랑방에다가 돈을 저 일궈논 걸. 이걸 먹었으니깐 인제 그 손을 잡아 가주고 가면서.

"날 좀 봐달라." 이러니깐.

"가면서 보자."

(청중1 : 노비(路費)로 주는 거야 노비(路費).)

이 가 가주고 갔는데 그 인제 염라대왕이래나 그 재판관이라나 뭐.

(청중1 : 재판관이라잖아)

그래서 꾸벅꾸벅 졸더래요. 그 장부를 펴놓고.

그래서 삼십년인데, 거 우에다가 '열 자(十)'에다가 그거 하나 딱 삐쳤대는구만. 그, 그래서 삼천년이 됐대.

그래서 삼천갑자가 됐대대. 열십자에다 여 싹 하니깐 삼천. 아이- 이 그 인제 그 와이로(わいろ, 뒷돈) 먹은 놈이.

"어이 잘못 이- 삼 삼천년인데요?" 그러니깐.

"아이 그 잘못 잡아왔다. 도로 내보내라."

그래 도로 나왔대.

(보조조사자 : 와이로를 먹었구나. 재밌어요 어르신.)

어 와이로. 그니깐 뇌물이지 뇌물.

(청중1 : 저승사자 뇌물을 먹었어. [웃음] 그런 얘길 인제 할머니한테 들었어.)

귀신의 글귀로 급제한 박문수

자료코드 : 03_08_FOT_20110304_HRS_YJB_0008
조사장소 : 강원도 원주시 문막읍 반계 2리 마을회관
제보일시 : 2011.3.4
조 사 자 : 황루시, 유명희, 유형동, 김명수
제 보 자 : 여재봉, 남, 70세
구연상황 : 앞 이야기를 마친 제보자에게 암행어사 박문수 이야기를 청했다. 한문에 밝았던 제보자는 박문수의 한시를 바탕으로 하는 이야기를 해주었다. 한시 낙조를 바탕으로 한 부분은 정확성을 지녔지만 그 이외의 부분에는 이야기에 빈틈이 많아 중간 중간 조사자들이 이야기의 빈틈을 채워줄 것을 요구하였다. 제보자는 돈도 안받는 일에 무슨 힘을 쓰냐며 협조하지 않았다.
줄 거 리 : 박문수가 한양에 과거를 보러 가던 길을 가던 중 간부와 짜고 남편을 죽인

과부를 밝혀내고 징벌하여 본 남편의 한을 풀어주었다. 서울로 가던 중 어떤 선비를 만나 과거를 보러 올라간다고 이야기를 했더니 그 선비는 과거는 벌써 다 끝났고 자기가 장원 시도 알고 있다면서 시 내용을 일러 주었다. 하지만 종장을 까먹었다며 알려주지 않았다. 과거가 끝났으니 서울 구경이나 하자며 서울로 올라간 박문수는 아직 과거가 시작도 안했다는 소식을 들었다. 시험장에 들어가니 그 선비가 일러준 대로 낙조(落照)가 시제로 나왔다. 박문수는 종장을 빼고는 선비가 알려준 대로 쓴 후 자신이 종장을 짓고 완성하였는데 부시관이 이것은 신이 지은 시라며 장원을 줄 수 없다고 하였다. 상시관이 답안을 읽어본 후 종장이 인간이 지은 시니까 장원을 주라고 했고 결국 박문수는 장원을 했다. 박문수는 암행을 하며 많은 선행을 했는데 병을 고칠 줄 아는 중과 함께 마을을 돌아다니며 병을 고쳐주고, 삼천 냥의 어음을 얻었다. 중이 잠깐 어디를 다녀오겠다며 다시는 돌아오지 않았고 박문수는 돌아다니다가 미륵 불상에 나라의 돈을 삼천냥 횡령한 아버지의 딸이 불공을 드리는 모습을 보고는 어음을 그녀에게 주었다.

(보조조사자 : 암행어사 박문수 얘기는 안하셨어요? 어렸을 때?)

암행어사 박문수 얘기는 들었쥬. 그거 아주 암행어사 박문수는 내가 좀 많이 알어.

(보조조사자 : 친하세요? 얼른 좀 해주세요.)

암행어사 박문수가 어디, 하튼 그 인제 저 뭐야 과거를 보러 가는데.

과거를 보러 가는데, 한집에 가서 이렇게 자는데. 그 집에 그 인제 젊은 며느리가 과택(寡宅)이 된 거야. 근데 저녁에 자다가 인제 소피를 볼라고 바깥에 나왔는데, 이게 그니깐 간부(奸婦)가 들어가는 거야.

이니깐 간부가 누구냐 하면 그 산 가까운 절에 있는 중이야.

벽을 넘어서 들어 간거야. 후원으로. 가-만히 가서 보니깐 그 인제 과택하고 간부하고 저거야. 그거를 옛날 하튼 저하간 사실을 밝혀 가지고, 죽은 원혼을 달래주는 제사도 지내주고 이래고서래 인제 간거야.

(보조조사자 : 누가 죽었어요? 누가 죽었는데요?)

그 인제 남자가 죽었는데, 여자가 인제 그 간부를 둬 가주고. 인제 그니깐 그 저거허는 거를 사실을 밝혀서 그 여자를 인제 벌을 주고, 그 중두 잡아서 징역을 보내구 인제.

(보조조사자 : 그니깐 중이 그 여자 남편을 죽였단 얘기에요?)

아니 남편을 죽였겠지. 죽였대, 참. 근데 그래서 그 인제 원수를 갚아준 거야.

이 박문수가 그러고 인제 가는거야. 서울로 다 갔는데. 거거기서 어떤 사람이 오더니,

"뭘 하러 가시느냐?"구 묻더래요.

그러니깐,

"아 내 서울로 과거를 보러간다."구 그러니까.

"아이구 여보 과거가 다 지나갔는데 뭔 과거를 보러가느냐."고 인제-. 과거보러.

"과거에서 장원시 까지 내가 다 안다."고.

아 그래가지고,

"장원시가 어떤게 장원시냐?"

그러니깐 장원시를 줄줄줄줄 다 외주더니, 맨 끝트막에 가서 그 사유를 다 해더니. 그 맨 끄트맥의 한 줄을.

"내가 좀 잃어버렸다."고 그러더래.

그건 내 시간관계상 고건 얘기를 안할게.

낙조란, 시제가 낙존데.

"낙조는 타홍궤적산(落照吐紅掛碧山)이요."

이렇게 쭉 해서 이제 있는데. 이왕 여기까지 왔으니 과거 날짜는 지났더래도 옛날엔 이 거리가 멀고 그러니깐 그 매스컴도 없고 그러니깐.

이왕 서울구경이나 하고 가겠다고. 서울에 갔더니 아 이 그냥 주막마다 다-차고 아주 인제 여관마다.

"왜 이렇게 많으냐." 그러니깐.

“내일 모레가 저 과거래서 지금 이렇게…” 그러냐고. 딱 들어 갔는데.

과거, ‘인제 잘못 알았구나’. 그래서 들어가는데.

시제가 내걸렸는데 낙조(落照)야. 그래서 이 사람이 알으켜 준대로 기억을 해내니까. 술술술 써서 맨 끝에 이게 ‘하나는 음 잃어버렸다’ 그러는거 거기서 해서, 단발초동농적환(短髮草童弄笛還)이라 이렇게 그 자기가 지은 거야.

이거는 이게 아주 장원급제를 했지. 장원급제를 했는데, 시관들이 인제 그걸 했는데 그 인제 부시관이 둘이 이거는.

“장원을 못주겠습니다.”

“왜 못주느냐?” 이거야.

“이게 인작(人作)이 아니라 신작(神作)이다.”

그니까 그 상시관이.

“맨 끝에 꺼가 인작이다. 그러니깐 장원을 줘라.”

그 돌아 댕기면서 그 인제 암행(暗行)을 해서 좋은 일을 한 게 많지.

근데 그거 인제 그 얘기를 하잖아. 어디를 가는데 중이 하나 따라 붙더니, 동행을 한 거야. 그 어디가서 뭐 이렇게 한 집에 들어가니까.

“어린애가 죽는다.”

그러니깐 가서 곤쳐(고쳐)가지고 또 어음을 천냥 받고.

음 또 어느 집에 가서 또 좋은 일을 해 가지고 돈을 또 받고. 삼천냥을 받은거야.

근데 딱 가더니 거기가서.

“내 여기 잠깐 갔다 올테니까 여기 있으라.”고.

그, 그, 앉았는데 그 중이 간 사람이 다신 안오거든. 왜 안오나 기다리다 기다리다 거기서 밤이 돼서 여 있는데, 미륵인데 미륵밑에 여자가 그냥 불공을 드리더래.

“아이구 우리 아버님 그저 나랏돈 삼천냥을 썼는데 살려달라.”고. 내일 모레면 죽게 된다고.

그래서 그 돈을 줬대는 거야. 줘서 좋은 일을 많이 하고 그 일화가 많지.

근데 그 박문수 암행어사 박문수. 그, 그, 그거는 급제하는 그 시가 참 아주 명시야.

(보조조사자 : 그것 좀 외워 보세요. 기억 안 나세요?)

그거를 월래믄 그 적어야 되는데. 적을수 있어요?

(보조조사자 : 적어주셔야죠. 어르신.)

아니 적어유 난.

(보조조사자 : 적어주세요. 저희는 한자를 듣고 다 쓸 수 없죠.)

한자 나두 뭐.

(보조조사자 : 그러면은 그 시를 지어준 남자는 과택의 남편인 건가요? 간부에게 죽은?)

그렇주. 그 남자가 초립동이가 거 얘기 해준거지, 그니깐. 어려서 죽은.

(보조조사자 : 우리가 추리를 하네 추리를.)

예. 아 여긴 뭐 공짠데 뭐.

김득신의 건망증

자료코드 : 03_08_FOT_20110312_HRS_YJB_0001
조사장소 : 강원도 원주시 문막읍 반계 2리 여재봉 자택
제보일시 : 2011.3.12
조 사 자 : 황루시, 유명희, 유형동, 김명수
제 보 자 : 여재봉, 남, 70세
구연상황 : 예전에 국민학교 다닐 때 들은 이야기라면서 제보자가 이야기를 시작했다.
줄 거 리 : 백곡 김득신은 건망증이 심했다. 예전에 담뱃대를 앞으로 뒤로 흔들면서 가게 되면 담뱃대가 안보이면 담뱃대가 어디 갔냐고 고민하다가 보이면 아 여기

있구나 할 정도로 심했다. 하루는 백곡선생이 가는 뒤로 스님이 한명 따라붙었는데 백곡 선생은 중에게 어디를 가냐고 묻고 나서 까먹고는 다시 물어보기를 반복하다가 나중에는 절에 제사가 커서 중들이 엄청 몰려간다고 생각했다고 한다. 백곡선생은 한번 글을 읽을 때 만 번씩 읽었는데 매번 외우던 시를 까먹고 하인에게 핀잔을 듣거나 과거를 보러 가서 돌아올 여비를 강변에 묻어놓고 남들이 파가는 바람에 걸식을 하면서 집에 돌아올 정도로 어리숙했지만 끝까지 포기하지 않아 결국 과거에 합격하고 큰 벼슬을 했다.

그 이게 그 사람이 어려서 왜 안창(安昌) 살을 때 국민학교 때야.

내가 그 옛날얘기 나도 좋아하는 사람이유. 우리 할머님이 좋아하서. 우리 할머님이.

김순기씨라고 한문도 많이 알고 아주 그런 분인데 그분만 오면은 얘기를 해라 그래.

인제 저녁에. 그러고 인제 옛날엔 얘기책 보고 지금 저 테레비지만 그런게 없으니깐. 근데 그 양반 얘기가 그 한 사람이 호가 백곡이래.

응, 김백곡이라는 사람이 백곡선생이라 그랬는데, 내가 그거는 그 후에 한번 이렇게 책을 찾아 보니깐 김득신이란걸 알았어요. 그후에.

근데 어렸을 때 들은 얘기로는, 그 백곡 선생이 어디를 가면 걸어가면서도 담뱃대를 이렇게,

[앞으로 뒤로 젖는 시늉을 하며]

이렇게 하면 담뱃대가 뒤로 가면,

"내 담뱃대 어디 있나?"

[앞으로 손을 내밀며]

이렇게 하면,

"여깄군."

이렇게 하면,

[손을 뒤로하는 시늉을 하며]

"내 담뱃대 어디갔나?"

[앞으로 손을 내밀며]

"여깄군."

이렇게 하면서 가는거야. 그러니까 항상 생각하는 사람이야.

음 뭐가 이렇게 그야말로 자꾸 가다가 어떻게 뒤를 돌려다 보면은 중이 하나 따라오거든.

"대사 어디가나?"

"요 절에 아무개 절에 갑니다."

"거 뭐하러 가나?"

"제(祭)를 올린다 해서 거기 제(祭) 인제 참석하러 갑니다."

그게 또 가면서,

"대사 또 어디가나?"

또, 또 하는 거야. 한참가서 또 힐끔 돌아보면서 또 묻고 그렇게 한나 절을 가면서 묻는거야. 아 근데.

"야 그 절에 제 많이 올리나 보다. 내가 오늘 본 사람만 해도 엄청 여럿인데." 그랬는데.

그렇게 해면서 묻는 사람인데, 그 김백곡 선생이란 분이.

난 뭐 들은대로 인제 경상도 어디에서 그 인제 할아버지가 벼슬을 해고 살았대요. 그래 과거를 보구 오는데 그렇게 잃어버리기를 좋아하는 사람이니 그러니 이웃 마을에 놀러를 가도 근데 그 하인이 당나구를 경마를 잡아가주고 가면 이 봄에 이럴때 딱,

"마(馬)상(上)에 봉안식 하니." 아주 짓는거야.

인제 이 그러면 근데 그 다음 줄을 생각을 못해가주고 아주 끙끙 거리면.

그 인제 경마잡은 하인이

"도중에 속모춘입니다." 그러믄.

"아― 참 니가 나보다 선생이다." 내려서 절을 하는 거야.

사람은 나보다 나은 사람한테 스승을 알아봐야 된다고.

"아이 그거 맨날 외시던 건데 뭘 그러냐구."

응 근데. 놀러 갔다가 또 오면은. 와서 자기네 집에 와서

"넌 어떻게 나보다 먼저 왔니?"

자기네 집도 잃어버리는거야 잘못하믄. 하도 건망증이 심해서.

근데, "아 내가 인제 이렇게 잃어버리고 그러니깐 믁든지 만독(萬讀)을 해야 되겠다."

그래 인제 늦게까지 벼슬을 못해고 양반집 인제 저거니깐, 통윤이라고 공문서 갖다주는 이러는 사람이 오면,

"거 뭐냐?"

뭐 어디꺼 어디 가져가는 거라고. 선언문이나 그러면.

"어디 좀 보자."

그 세워놓고 읽는거야. 한 시간이 지나도.

"아유 다보셨냐."고.

"응 인제 한 이천번 읽었다."

그거 해가 질 때까지 세워놓고 만 번씩 읽은거야. 이 사람이. 그렇게 노력파야.

그래 가주고 과거를 보러 세 번 떨어졌대요. 얘기를 근데 첫번에 올쩬 (올적엔),

"야 서울 가면은, 응 눈 없어도 코짤라 간다는 세상이니깐 인제 돈은 갈 때 여비는 여기다 묻자."

한강을 건너가서 백사장 밑에다 묻고.

"야." 하인을 보고.

"표시를 잘해두자. 요 바로 위에 흰구름 새같이 생긴 구름 밑이다."

그렇게 해서내 가서 인제 가져간 여비를 다 쓰고 내려올 적에 그걸 가지고 올라는데, 누가 다 파갔거든.

"아 참 세상인심이 이렇구나."

그래서 파 가주고 도로 내려간거야. 그냥 못 파가지고 그냥 고생, 고생하면서 걸식을 하면서 내려 갔대요. 내려가서 그다음에 올째는,

"야 인제 잘 묻어두자." 또 인제.

"부산에 김백곡 매전처라."

이렇게 써 팻말을 꽂아 놓고 갖다 거기 또 낙방해가지고 와서 보니깐 빼내버리고 또 파갔거든.

"아 이 세상 참 이렇게 험한 세상이구나."

그래도 낙심을 안하고 다시 또 해서 과거가 되가주고 그 사람이 결국 벼슬을 크게 했대요. 그게 그 양반이 그런 얘기를 그렇게 해 주셨다구.

김삿갓이 시 지어 중 놀린 이야기

자료코드 : 03_08_FOT_20110312_HRS_YJB_0002
조사장소 : 강원도 원주시 문막읍 반계 2리 여재봉 자택
제보일시 : 2011.3.12
조 사 자 : 황루시, 유명희, 유형동, 김명수
제 보 자 : 여재봉, 남, 70세
구연상황 : 제보자가 한문에 능하여 김삿갓이나 김선달과 같은 인물들에 대한 이야기를 요청하였더니 김삿갓의 시에 관하여 이야기를 시작하였다.
줄 거 리 : 김삿갓은 아주 뛰어난 시인이었다. 하루는 절에서 중에게 하루저녁 자고가자고 요청을 하니 중이 글을 지어야 재워준다고 하였다. 김삿갓은 재치있는 한시를 읊어 재워주지 않으려는 중을 꾸짖었다.

그 사람도 아들이 있고 다 그래서 여주 영월 거 올라가다가 내 비가 와서 안올라 갔는데.

그게 좋게 미화해서 근데 그 글이 아까워 내가 생각할 때는.

남의 집 아궁이 가서 자면서도,

"구만장천(九萬長天)에 거두난(擧頭難)이요." 구만리 높은 하늘에 이 목머리 들기가 어렵고.

"삼천지왈(三千地濶) 미족선(未足宣)이라." 삼천리 넓은 땅에 발펴기가 힘들다.

근데 그 시를 김삿갓 집을 쓴 사람이 더 유식해.

김삿갓 보더. 김삿갓이는 안 썼을꺼 아니야 그게. 그니깐 그 작가가 더 유명한 사람이야.

그 저 그 뭐여, 이거 이 절에 가서 '하루 저녁 좀 자고가자' 자게 해달라니까.

중이,

"글을 알아야지 글을 지어야지 재워준다." 그러니깐.

"내가 글은 못 배웠지만 언문 풍월이라도 핼터니깐 운을 부르시오." 그러니깐.

타자로 불렀대잖아. 타. 타 그러니깐

[전화통화로 중단]

"서산노을 불긋타." 그랬대나.

그러니깐 또 타 그러더래.

"석양행객 기장타." 그러니까 또 타를 해더래, 그 중이.

"니들 인심 고약타." 그랬대는구만.

그러니깐 재워주겠느냐 그러니깐.

"아이 그까짓게 무어 언문풍월이 대단하냐고, 인제 시를 지어야 된다고."

그래 시를 짓는데 뭐라 어쨋든가. 한문으로 지었는데.

"읍호(邑號)는 개성(開城)인데 합폐문(何閉門)이며, 산명(山名)은 송악(松嶽)인데 개무신(豈無薪)이냐."

읍호는 개성인데 그거 왜 문을 문을 닫았느냐? 사람을 재워주지 않고.

그리고 인제 군불 때는 방이 없다 그러니까 산명은 송악산인데 어떻게 참나무가 없다 그느냐. 어찌 개무신(豈無薪)이냐 그러면서.

"황혼축객(黃昏逐客)은 비인사(非人事)요." 황혼에 손을 쫓는 것은 사람의 일이 아니요.

"예의동방(禮儀東方)에 진독자냐. 독자진이냐? 독자진(子獨秦)이냐" 그래 맞네. 자네 혼자 진나라 사람이냐 오랑캐냐 이렇게 시를 지었대.

김삿갓 시가 재밌어요.

구월산 가고서는

"작년구월과구월 (昨年九月過九月) 터니 금년구월과구월 (今年九月過九月) 이라.

연년구월과구월 (年年九月過九月) 터니 구월산광장구월 (九月山光長九月)이라."

그렇게 지었대네. 구월만 가지고 그게 김삿갓이 시가 참 기기묘묘해.

게 지금은 먹고사는 공부를 해기 때메 그런걸 하면 점수 떨어져가지고 취직을 못하니까 그렇지. 인격을 위주로 마음을 선량스럽게 생활을 풍요롭게 맨들라면은 그러한 그 정서적인 교육도 많이 시켜야 된다구.

김삿갓 이야기

자료코드 : 03_08_FOT_20110312_HRS_YJB_0003
조사장소 : 강원도 원주시 문막읍 반계 2리 여재봉 자택
제보일시 : 2011.3.12
조 사 자 : 황루시, 유명희, 유형동, 김명수
제 보 자 : 여재봉, 남, 70세
구연상황 : 김삿갓의 시이야기를 하고 난후 그 시에 대한 이야기보다 앞서서 김삿갓에 대한 이야기를 들려주셔야 되지 않겠느냐고 유도하였더니 이야기를 시작하였다.

줄 거 리 : 김삿갓의 본명은 김병연이다. 과거에서 장원을 하고 집에 돌아와서 어머니와 함께 기뻐하던 중에 시제를 묻는 어머니에게 김익순을 탄핵하는 글이었다고 얘기를 하자 어머니가 사실 김익순이 병연의 조부임을 밝혔다. 그 후 김삿갓은 세상을 버리고 방랑을 시작했고 많은 시를 남겼다.

김삿갓이가 김삿갓. 뭐 이런건 다 책에 있는 얘기겠지만.

인제 이 구전으로 말로다 이렇게 해는데 이름이 그게 김병연.

김병연 내가 알기론 그렇고 아버진 또 뭐더라 이름이. 할아버지 얘기는 그 시에 나와서 기억을 해는데 아버지는 기억을 내 못해.

김익순. 할아버지는.

그래 그 김삿갓이 고향에서 어머니 슬하에서 이래, 공부를 핼 때 장원 백일장에가서 핸게 그게 그게- 뭐 탄핵 선천부사 김익순.

누구를 탄핵해구 누구를 칭찬해래는 그런 시를 지어서 그게 장원급제를 했는데 거기에 나오는 얘기를 내가 기억해.

'왈어세신 김익순아 일사가경 백만사라' 뭐 이런 얘기가 나와 그 시에.

근데 그래서 인제 장,

"내가 오늘 장원했습니다." 그러니까.

"시제가 뭐더냐?" 그러니까 그 선천부사 김익순을 탄핵해고 누구를 칭찬해래는 글이다.

이러니깐 얘기를 해면서,

"김익순이 너네 할아버지다. 할아버지가 김익순이다."

그러니깐 그때서부터 '나라에 죄를 졌으니깐 내가 세상에 벼슬도 못할 꺼구, 그러니깐 나는 방랑으로 나간다.'

그래가주고 삿갓을 쓰고 김삿갓, 김삿갓 김립 김립 김립 김삿갓 이랬는데.

나 김삿갓 시는 그 제일 나 거 즐겨서 해던게 그 시가 있어. 죽(竹)시.

"차죽피죽화거죽(此竹彼竹化去竹) 풍타지죽낭타죽(風打之竹浪打竹)"

이대로 저대로 되어 가는대로 바람불면 부는대로 물결치면 치는대로.

"반반죽죽생차죽(飯飯粥粥生此竹)이요, 시시비비부피죽(是是非非付彼竹)"

밥이면 밥, 죽이면 죽 생겨지는대로 먹고. 또 시시비비 옳은 건 옳고, 비비 그른 건 그르다는 것은 부쳐지는대로, 부쳐지는대로.

"시정매매세월죽(市井買賣歲月竹)이요", 시장에서 팔고 사는 거는 세월대로 팔구 시세대로 해구.

"빈객접대가세죽(賓客接待家勢竹)." 빈객접대 해는 거는 집안형편대로 해라.

"만사불여오심죽(萬事不如吾心竹)." 만사가 다 내 뜻과 같지 않으니.

근데 대죽자를 대로 이렇게 새긴다고 언문으로- 그래서 죽시야.

"연연연세(然然然世)" 그렇구 그렇구 그런 세상에.

"연연연죽(然然然竹) 과연죽(過然竹)이라" 그런대로 지나가자.

문자 쓰다 장인 잃은 사람

자료코드 : 03_08_FOT_20110312_HRS_YJB_0004

조사장소 : 강원도 원주시 문막읍 반계 2리 여재봉 자택

제보일시 : 2011.3.12

조 사 자 : 황루시, 유명희, 유형동, 김명수

제 보 자 : 여재봉, 남, 70세

구연상황 : 과거 제보자가 서당에 다닌 이력을 알게된 후 조사자들이 서당에서 들은 이 야기를 요청했다. 제보자는 가끔 학생들에게 한자 외우기 좋으라고 해준 이야 기가 있다며 구연을 시작했다.

줄 거 리 : 문자 쓰기 좋아하는 사람이 있었다. 하루는 장인어른이 호랑이에게 잡혀가는 데도 문자로만 이야기를 하여 마을 사람들에게 전달이 되지 않았다. 화가 난 이 사람은 장인이 호랑이에게 잡혀가도록 내버려둔 마을 사람들을 원에 고소 하였고 원이 사정을 들어보니 알아듣지 못하게 이야기한 고소인에게 잘못이 있다고 판단하여 고소인에게 곤장을 쳤다. 이 사람은 곤장을 맞으면서도 둔

(臀)이야 라고 하는 등 버릇을 고치지 못했다.

이거는 얘긴데 이건 원주 살 때 국민학교, 중학교 한 열 대여섯살적에 원주에서 보냈어요.

원주에서 저기 저 빵장사 하는 친구 원형택이라고 있는데, 그 친구 아버지 원용진씨라고 있는 분한테 내가 들은 얘긴데.

옛날에 한 고을에 그 문자를 그렇게 쓰기를 좋아하는 사람이 있었대요.

근데 유식해게 이게 말하면 문자를 쓰는 사람이 있었대.

평상시에도 늘 문자를 쓰는데 처갓집에 갔는데 그 산골이 산골동네니까 인제 호랭이가 인제 사람 물어간거야. 물으러 온거야 호랭이가.

물으러 왔는데 자기 장인이 나갔다가 밤에 나갔다가 호랭이한테 물려간거야.

그래 이 사람이 나가서 소리를 질렀단 말이야. 뭐라고 호랭이가 사람 물어갔으니깐 인제 구해달라는 얘기를 문자를 써서 얘기한거라 이게.

"원산호(遠山虎) 근산래(近山來) 하야." 먼산에 호랭이가 근산에 와서 가까운 뒷동산에 와서.

"오지장인(吾之丈人)을 착거(捉去)하니." 그 착거 하니.

"유궁자(有弓者)거든 지궁출(持弓出)하고 무궁자(無弓者)거든 지봉출(持棒出)하라." 하고 소리를 질렀단 말이에요.

누가 나오는 사람이 아무도 없어.

그래 호랑이가 물어갔지. 자기 장인을 그래서 그 이튿날 억울해가지고. 원에다가 인제 고소를 했거야. 상소를 한거지 원한터.

이런 사람이 이런 일이 어딨느냐. 사람이 급난한 지급한 난을 당해서 이웃에다, 이웃에다가 구조를 요청했는데 내다도 안보니 이 사람들 벌을 주쇼.

그러니깐 어 원도 괘씸하거든 동네사람들이 그래 불러들였어.

그니깐,

"어떻게 얘기했느냐?"

"우리는 알아 들을 수가 없었다."

[웃음]

그래 뭐 우째 이래서 들은 사람들이 원산에 근산래 어째 이랬다.

무슨 뜻인지 몰라서 못나왔다.

"이놈아 니가 고얀놈이지 우째 무슨 동네사람이 고얀냐. 니가 너를 볼 기를 맞아야 되겠다. 이놈."

인제 볼기를 때리니깐. 그래서

"아이고 둔(臀)이야!"

그랬단 말이야 그게 인제 '볼기 둔(臀)'자를 써서 아이구 둔이야 그런 거야.

몇 대 치고서는 근데 뭐 큰 죄는 아니니깐 내보니깐, 내보내면서.

"너 다시도 문자쓰겠느냐."구 그러니깐.

"차후(此後) 갱부(警部)는 문자(文字) 하오리다."

그래구 갔다는 거야. 내 한 열댓살 적에 우리 친구 아버님이 그 얘기를 해주신 걸 유심히 들었어요.

(보조조사자 : 잘난 척하는 사람 얘기잖아요.)

그래 참 미국 가서 몇 달 지내왔다고 막 아주 꼬부랑 소리 내고 그러면 안되지.

사기로 남의 돈 빌린 봉이 김선달

자료코드 : 03_08_FOT_20110312_HRS_YJB_0005
조사장소 : 강원도 원주시 문막읍 반계 2리 여재봉 자택
제보일시 : 2011.3.12

조 사 자 : 황루시, 유명희, 유형동, 김명수
제 보 자 : 여재봉, 남, 70세
구연상황 : 제보자가 한문과 고전 관련한 소화에 강점을 보이는 것 같아 봉이 김선달을
언급하며 구연을 부탁하였다. 이에 제보자가 봉이 김선달에 관련한 이야기를
몇 가지 꺼내었다.
줄 거 리 : 동네 사람들과 금강산 구경을 간 봉이 김선달은 위험한 곳이 있다며 그 앞에
서 잘못한 행동을 모두 고백하고 용서를 구해야 한다고 거짓말을 했다. 때맞
추어 그 길목에 숨어서 사람들의 고백을 들은 김선달은 나중에 돈이 급할때
그 이야기를 꺼내며 돈을 빌려달라고 요구하고 약점을 잡힌 마을 사람들은
군소리 없이 돈을 빌려주었다.

금강산 구경을 가는데, 인제 김선달이 간거야. 동네사람 인제 그 거기
가서 금강산 어디가면 그 그런길이 있대대. 올라가다가 위험한데야.

(보조조사자 : 네.)

거기 가서, 음 자기는 여기 가면은 여 올라가면은 아주 저 위험한 데가
있다.

거기 가서 그 바우에 가서 잘못한 짓은 다 고해바쳐야지 그래 그 용서
를 받고 올라가야지 그렇지 않으면 떨어진다. 인제 실족을 해서 내려 구
른다.

이렇게 미리 다 얘기해 놓구서, 그 이튿날 자기가 먼저 가서 인제 거기
가서 그 안에 쭈그려 앉아서 돌맹이로 가려놓구서래 듣는거야.

그니깐 친구들 그 동네 그 대가집들 부인네들 뭐 해서 전부다 가서 못
된짓 핸걸 죄 얘기하거든.

그 미리 들어놓구 다 기록을 해놨다가. 그 다음에 돈 아쉬우면 가서,

"아 그 돈 좀 얼마 빌려달라구."

친구 부인이지 따지면,

"아 돈이 어디 있느냐고." 그러면.

"아 그럼 그때 금강산 갔을 때 얘기, 핸 얘기 내가 다 얘기 한다구." 그

러믄 그냥 군소리도 없이 빌려주는 거야. 그래서 그 사기꾼이 머리가 좋
아야 되요.

봉이 김선달의 유래

자료코드 : 03_08_FOT_20110312_HRS_YJB_0006
조사장소 : 강원도 원주시 문막읍 반계 2리 여재봉 자택
제보일시 : 2011.3.12
조 사 자 : 황루시, 유명희, 유형동, 김명수
제 보 자 : 여재봉, 남, 70세
구연상황 : 앞 이야기에 이어 구연하였다.
줄 거 리 : 김선달이 시장에 갔다. 그의 행색을 남루하게 본 닭장수는 그에게 수탉을 봉
          이라 속여서 팔았다. 비싸게 닭을 산 김선달은 바로 그 닭을 고을의 원에게
          봉이라며 바쳤다. 이상하게 여긴 원이 그 봉을 어디에서 샀는지를 묻고 닭을
          판 닭장수에게 돈으로 돌려주라고 명령하였다. 주인은 서푼을 주고 팔았다고
          사실대로 이야기했지만 김선달은 봉이라서 한 냥 서푼을 주고 샀다고 하였고
          결국 주인은 김선달에게 더 큰 돈을 돌려줄 수밖에 없었다. 그때부터 사람들
          이 김선달을 봉이 김선달이라 부르기 시작했다.

그게 선달 벼슬을 어떻게 했는가 하믄, 봉이 김, 그래 선달이야.

맨날 인제 그래서 원(垣)이오는데, 서울 원(垣)이 아니고 무슨 높은 벼
슬을 하는 사람이래.

근데 그 닭을 한마리 사가주고 가서 살 제,

"이게 뭐에요?" 인제 물어보니깐.

아 촌놈 같으니깐 골려줄라고.

"봉(鳳)이 참 좋네."

수닭을 보고,

"참 봉이 좋네 봉이 이게 한마리에 얼마나 가요?"

그러니깐,

“아 얼마간다.”

그니깐 한 두푼이면은 한 세푼정도 해서 그 사 갔단 말이야. 더 얻었지.

그 아주 좋다고 그러는 거를 원이 지나가는데 가서.

“내 원한테 바칠게 있다.”고.

“봉을 한마리 바쳐야 됩니다.”

그 앞에 가서 그냥 큰 소리로,

“사또 이 봉을 한마리 바칠라 그럽니다.” 그니깐. 뭐냐 봤더니 수탉하나 사가주고 가서 봉이라고 바친단 말이야.

그 별 우스운놈 다 봤다고.

“이게 뭔 수탉이지 뭔 봉이냐?” 이러니깐.

“아이 난 이거 봉이라고 샀는데 무슨 수탉이냐구.”

그러니까 원이,

“그럼 너 어디서 샀냐?”

“아무데 시장에서 그 장터에서 샀습니다.” 이러니까.

“어 그러냐.”

가서 보니깐.

“너 이걸 팔았냐?” 이러니까 팔긴 팔았거든.

팔았다구 그러니깐.

“그거 얼마에 팔았냐?” 그러니깐 인제.

“서푼에 팔았다.”

그러니깐 김선달이.

“아이 서푼이 뭡니까. 한 냥 서푼입니다.”

“서푼이면 닭을 사지 누가 봉을 사느냐구. 그래서 난 한냥 서푼 줘서 샀습니다.”

그게 원이 보니까 사실 이치가 그렇거든.

그니까 그 닭장사 보구,

"한냥 서푼을 빨리 줘라. 아니면 넌 끌어다가 널 볼기를 치겠다."

그런 거야. 그때서부터 인제 봉이 김선달이 그래서 된 거야.

대동강 물과 호수를 팔아먹은 봉이 김선달

자료코드 : 03_08_FOT_20110312_HRS_YJB_0007
조사장소 : 강원도 원주시 문막읍 반계 2리 여재봉 자택
제보일시 : 2011.3.12
조 사 자 : 황루시, 유명희, 유형동, 김명수
제 보 자 : 여재봉, 남, 70세
구연상황 : 앞 이야기에 이어 구연하였다.
줄 거 리 : 김선달이 대동강을 평양 물장수들과 짜고 부자에게 팔아먹었다. 나중에 부자
           가 와서 대동강물을 퍼가는 물장수들에게 돈을 요구하자 자기들은 그 사람이
           준 돈을 다시 돌려줬을 뿐이라고 대답하였다. 봉이 김선달이 커다란 호수를
           논으로 속여 팔아먹은 적도 있는데 호수가 언 겨울에 집과 흙더미를 쌓아 논
           처럼 만들어 놓고 겨울에 논을 보여줘 팔아먹었다. 나중에 주인이 그 논을 주
           소에 올리려고 했으나 호수로 기록되어 있었다.

김선달이 그 대동강을 팔아 먹을라고. 그래 그 물장사들하고, 평양 물
장사들이랑 짠거야.

내가 돈을 노나(나눠) 주는거야. 계속 하루에 서푼씩.

내가 언제부터 물값을 받을 테니깐 그니깐 며칠 넣어준거지. 아주 빠짐
없이 다.

"물값 내라그러면 한 냥씩만 내라. 한 푼씩만. 한 지게에."

메칠을 노나 주고서래 인제 좀 밑천을 들이고.

그래 인제 부자를 하나 데려다가,

"이걸 사라."

"뭘 사느냐?"

“대동강 이 물을 사란 말이야. 이 걸 사면 부자가 된다. 내가 지금 돈이 아쉬워서 팔라 그러니깐 싸게 팔겠다.”

근데 그 해 놓고 ‘물값내쇼’ 하고 이렇게 써붙여 놓고서래 앉았는데, 물 지고 가면서 한 푼씩 던지거든. 물장수가 죄(전부).

“오늘은? 내일도 그런가?” 내일도 그러고 내일도 그러거든.

“아 이건 뭐 정말 땅짚고 헤엄치기로구나?”

그게 산거야. 몇 천냥에 샀겠지. 근데 ‘물값내쇼’ 써 붙이고 와 있으니깐 그냥 가거든.

물 값내라 그러니깐,

“물 값은 뭔 물 값이요 그 사람이 나 준돈 그냥 준건데.”

그래서 인제 대동강물 인제 팔아먹었다는 거지.

그, 그게 아주 모사를 한 거지. 그래 그 대동강 어디 뭐 강변도 팔아먹었어.

웅뎅이도. 논으로. 그거를 논으로 팔아먹을라고 인제 웅뎅이 그 호수가 엄청 큰 호순데 가을에 짚을 갔다가 썰어서 얼은 대다가 폈대. 거기다 물에다가.

그게 싹- 얼었단 말이야. 그 사람이 이 논둑만 맨들어 논거라. 흙을 쭉 이렇게 메워지고 얼고 조금 구루터만 이렇게 넓게 했겠지. 아주.

그래서네 서울 인제 그 부잣집 그 인제 마름 보는 사람 청지기를 데려다가 날이 추운날 데려다가 보여 준거여. 눈보라가 치고 이런 날.

이게 다 논이니까 인제 사라고. 인제 그래 산거야. 보니깐 참 논은 좋거든.

사 가주고 마름을 날 달라고 내가 인제 농사지어 올려 보내겠다고. 돈은 받아 먹구. 근데 그게 인제 안 올라가니 주소가. 주소 올릴까 보니까 허허 호수거든.

호수 호수를 팔아먹었다는 거야.

성질 급한 사위 봉이 김선달

자료코드 : 03_08_FOT_20110312_HRS_YJB_0008
조사장소 : 강원도 원주시 문막읍 반계 2리 여재봉 자택
제보일시 : 2011.3.12
조 사 자 : 황루시, 유명희, 유형동, 김명수
제 보 자 : 여재봉, 남, 70세
구연상황 : 앞 이야기에 이어 구연하였다.
줄 거 리 : 김선달이 길을 가다보니 성질 급한 사람을 사위로 구한다는 소문을 듣게 되
　　　　　 었다. 몰래 그 장인이 가는 길을 뒤쫓아서 다리가 젖는게 싫어 불어난 강물을
　　　　　 돌을 놓아가며 조심조심 걷는 장인에게 뭘 그렇게 건느냐며 성큼성큼 물을
　　　　　 헤쳐 갔고 장인은 그게 마음에 들어 김선달을 집으로 데려왔다. 집에 와서 잔
　　　　　 치 날짜를 잡으려하자 날짜 잡을 것 없이 내일 바로 하자고 하여 결혼식을
　　　　　 섣달 그믐께에 치렀다. 김선달은 정월 초하루가 되자 일 년이 지났는데 어린
　　　　　 애도 못 낳는다며 부인과 헤어졌다. 성질 급한 사위를 원했던 장인은 내가 원
　　　　　 인을 제공했으니 어쩔 수 없다며 자책했다.

　　김선달이가 이렇게 가는데, 어디 가면은 '성질 급한 사람을 사위로 삼는다' 그러더라.

　　이 소리를 들었어. 그 분이 어딜가나. 인제 그분 뒤에를 아주 모르는체. 그런 소리를 못들은 척하고 뒤를 따라가 봤단 말이야.

　　그러니깐 이제 봄인데. 이 얼었던 게 녹아가주고 먼저 있던 그 징검다리가 이렇게 발이 잠길랑말랑 물이 더 늘었어.

　　그러니깐 돌맹이를 줏어다가 여기다 이렇게 하나 놓고. 이렇게 건너갈라고 인제 하나 놓고 또 하나 놓고 이렇게 놓으면서 나가. 건너갈라고 인제.

　　물이 늘어서 고만큼. 인제 눈이 녹아가주고.

　　"아유 그걸 언제 그 짓을 하고 있느냐고. 저리 비키라고."

　　그러게 홱 집어 밀치더니 그냥 덤벙 덤벙 물로 건너가거든.

　　"아 그놈 성질 꽤 급하다."

그래 가주고 불러 가주고 인제 자기네 집에 데려가서 인제 그때 인제 봄이 아니고 인제 겨울이었던지 하여튼 가서 인제 섣달 그믐 깨여 그때가 그러니깐 잔치를 한거야.

며칠 있다 잔치를 하자고 그러니깐.

"아유 그걸 뭘 며칠씩 하느냐고 내일이나 날받아 하자."구.

"아유 그놈 참 성질 급하다. 마음에 든다."

그래 가주고. 잔치를 해서 첫날밤을 섣달 그믐께쯤 치렀겠지.

그래 정월 초하루날 싸움을 하는 거야. 하이 두 내우. 뭐라고 싸우냐면.

"아 일년이 됐는데도 어린애도 못낳는다."구. 아 그러면서,

"에이 난 이혼이라고 간다."구. 그러니깐.

아 장인이 들으니깐 아 말은 되거든. 아 작년에 잔치를 했는데 일 년이 되도 그게 아들도 못 낳는다.

"난 갑니다."

인사를 해구 갔다는 거야, 김선달이.

그래서 그 장인이,

"내가 성질급한 사위 볼러 그런게 내 잘못이지 내가 누굴 탓하겠느냐. 내 잘못이지."

원인을 제공하면 결과가 온다는 거지 그게.

남의 집 송아지 잡아먹은 봉이 김선달

자료코드 : 03_08_FOT_20110312_HRS_YJB_0009
조사장소 : 강원도 원주시 문막읍 반계 2리 여재봉 자택
제보일시 : 2011.3.12
조 사 자 : 황루시, 유명희, 유형동, 김명수
제 보 자 : 여재봉, 남, 70세

구연상황 : 앞 이야기에 이어 구연하였다.
줄 거 리 : 김선달이 친구들과 함께 과거를 보러 갔다. 여비도 없이 친구들에게 빈대붙어
        시험을 보러가던 김선달은 눈치밥을 먹지 않기 위해 꾀를 낸다. 묵는 주막집
        에 송아지를 낳은 것을 본 김선달은 송아지가 지붕에 오르면 집안이 망한다
        는 이야기를 주인이 들리게 한 후 밤에 송아지를 지붕에 올려 놓는다. 그것을
        본 주인이 걱정을 하자 송아지를 시루에 삶아서 제를 드려야 한다고 제를 드
        리는 시늉을 한다. 그리고 그 고기는 주인이 아니라 남이 먹어야 한다고 말하
        며 고기를 달라고 하여 받아 온다. 그 고기로 간식과 안주를 한 친구들은 더
        이상 김선달을 괄시하지 못했다.

김선달이 인제 친구들하고, 아 친구들하고 늘 어울려서 친구들 골탕만
먹이니깐.

친구들이 인제 서울로 과거보러 간다고, 대가집 자제들이니까. 그래 과
거를 보러 나도 따라간다고, 따라간거야. 따라가니깐 여비도 없고 지금으
로 말하면 빈대 붙어서 가는거지.

그래 내 한 주막집에 가서 자면서 얘기를 한거야.

인제 주인 듣는데 옛날 얘기를

"야, 그 그전 우리 장에 어디 누구네 집에는 송아지가 지붕 꼭대기에
올라가서 그거를, 음 잘 처리를 못하고 비방(比倣)을 못해가주고, 송아지
가 지붕꼭대기에 올라가믄 그 집안이 망한다더라. 근데 그 예방(豫防)을
비방(比倣)을 잘해야지."

그런 얘기를 해믄서 주인이 있는데. 주막집 주인이 있는데 그런 얘기를
했단 말이야.

자기네들끼리 하는 척해구. 그 바로 그 집이 송아지 새끼를 하나 낳았
더래요.

밤에 나와 보니깐. 그래서 김선달이 나와서 지붕 꼭대기에다 얹어 놓은
거야. 송아지를. 그래서 나가보니 지붕 꼭대기에 송아지가 맴맴 거리네.
그러니깐 그 주인이 클났거든.

그 망한단 소릴 듣고 그러면서.

"아이구 어떻게 해야 되는지. 비방(比倣) 해실줄 아시냐?"구.

"아이 안다구."

"그 어뚫게 하느냐구?" 그러니까.

그 송아지를 갖다가 이 베 보자기로 싸가주고 시루에다 넣고 푹 쪄라.

그 그래서 인제 해란대로 하니깐. 또 시루를 갖다놓구 대청에다 갖다놓구 내가 인제 고사를 드려야 된다 말이야. 이거야 빌어야 된다..

"그러면서 주인은 이거 보면 안되는 거다. 나가라."

아 근데 거기와서 그냥 뭘해나 하면은 중얼거리는데 뭘 중얼 거리냐하면, 평양 수심가를, 엮음 수심가를 막 하는거야. 그러니 딱 먼데서 보니까 잘하거든.

"빌긴 잘 비나보다."

그래 다 빌었다고 들어오라 그래서 들어가니깐,

"이거는 주인은 입에도 넣는게 아니고 남들 다 노나 줘야 되는 거니깐 우리도 남이니깐 이 사람들을 줘라."

아니 근데 그 사람들을 주니깐 같이 간 사람들이 싸서 짊어지고 인제 가다가 인제 참으로 먹는 거야. 간식으로 먹고 술안주도 하구. 그러니깐 그 친구들이 인제 괄세를 못 해는 거야.

그래 서울가서 시험을 보믄 떨어지지 뭐 맨날.

돌려받지 못한 갓모

자료코드 : 03_08_FOT_20110312_HRS_YJB_0010
조사장소 : 강원도 원주시 문막읍 반계 2리 여재봉 자택
제보일시 : 2011.3.12
조 사 자 : 황루시, 유명희, 유형동, 김명수

제 보 자 : 여재봉, 남, 70세
구연상황 : 제보자의 자택에서 이야기가 이루어져서 주로 질문하고 대화하다가 이야기가
        떠오르면 이야기를 채록하는 형식으로 조사가 이루어졌다. 제보자는 서예선
        생님을 했을 정도로 한문에 대한 지식이 있었고 사전에 구비문학이 어떤 것
        인가를 조사해 보는 등 조사에 적극적이었다. 특히 한문이나 한시가 결부되어
        있는 이야기들에 자신감을 보였다.
줄 거 리 : 어느 양반이 항상 비가 오면 갓에 덮어 쓰는 갓모를 곤란 겪은 사람 빌려줄
        요량으로 두 개씩 가지고 다녔다. 어느 날 임금의 행차를 구경하던 그는 갑작
        스런 소낙비에 비를 피해 남의 집 처마로 숨었고 비가 쉽게 그칠 것 같지 않
        자 갓모를 쓰고 나가려고 마음 먹었다. 나가려는 찰나 옆에서 안절부절 못하
        고 있는 선비를 보고 갓모를 빌려 줄테니 언제까지 어디로 가져다 달라고 이
        야기했으나 그 약속일이 한참 지나도 갓모를 돌려주지 않았다. 나중에 그 사
        람이 큰 벼슬을 했는데 새로 뽑힌 관원 중에 예전에 갓모를 빌려준 이가 있
        어 꾸짖었다. 결국 갓모를 빌려간 사람은 용서를 구했다.

그 난 그 양반은 뭐 어느 분, 어느 분이라고 얘길 하는데 그건 잊어버
렸고. 어디 뭐 나왔는지는 모르지 어느 책에.

한 사람이 이렇게 그 인제 양반집 인제 과거 해기 전에 양반집 서방님
이겠지 인제 한 사십 삼십 된 분이 가며는.

지금으로 말하면 우산. 갓모라고 아시려나 아시죠?

갓에다 이렇게,

[머리를 빙 두르는 시늉을 하며]

해는 거. 비오면 갓에다 이렇게 해는거 이렇게 우산 붙여가주고 접는거
그거를 꼭 두 개를 가지고 나간대. 지팽이에다가 한 개 하고, 두 개 하고
매서 지팽이를 집고 이렇게 나간다.

지팽이가 옛날엔 의관이니깐.

하인이,

"왜 갓모를 두개씩 가지고 댕기느냐?"

"내 급하니깐 내 하나 쓸려고 그런다."

"그럼 또 하나는 왜 가져가시느냐?"

"그건 내가 급한 사람 하나 동정해 줄라고 가져간다."

응, 이렇게 빌려 줄라고. 그랬는데 서울 장안에서 그때 어느 임금 땐지 그 임금이 행차를 한다 그러니깐 사람들이 모여들어서 구경을 해구 그러다가 소낙비가 쏟아졌다는 거야.

임금 행차는 가고 나머지 사람들은 갓모가 있는 사람은 갓모를 쓰고 가구 갓모가 없는 사람은 갓을 쓰고 어느 남의 집 처마 밑에 가서 인제 기다리는거야. 갓을 비가 맞으면 버리는 거야. 그 갓이 보통 비싼게 아니니깐.

그러구 옛날에는 이 양반이 비를 맞구 갓을 비를 맞추면 못 사는 거니깐. 그 근데 비가 조금 그치면 갈라구 처마 밑에 들어와 있다가 '에이, 비가 쉽게 안그치겠군.' 그분은 그 이름까지 얘기 하더구만서는. 그 갓모를 쓰고 가는데 옆에 한사람이 있단 말이야.

그러믄서,

"내 이 갓모가 하나 남으니 있으니 예비로 있으니 이걸 내가 빌려 줄테니 우리 집이 어디어디니깐 글로다 쓰고 돌려다구."

그러구 인제,

"그러겠노라고."

옛날 서울이 좁으니까 어느 데 누구네 집이라고 하면 다 알정도니깐. 그래 갔는데.

사흘이 되도 안 가져와. 나흘이 되도 한 달이 되도 안 가져와.

달포가 지나도 안 가져와. 다시 안 가져 오는 거야.

그런데 인제 이 갓모를 빌려준 사람은 벼슬을 과거를 해서 벼슬이 좀 올라 갔겠지. 조정에 인자 높은 벼슬을 했고 지금으로 하면 서울 시장쯤 했던지 뭐 이렇게 했는데 높은 벼슬을 했는데.

그 과거를 새로 봐 가주고 했겠지. 거 들어왔다 이런 얘기야. 그때 보니깐 그 사람이야.

갓모 빌려간사람. 거 들어왔다 이런 얘기야.

그래서,

"나를 본적이 없느냐?"

인제 처음에 와서 인제 신고를 하니깐. 못봤다 그랬겠지.

"모르겠다고 어디서 뵌적이 있는지 모르겠다고."

"나는 기억을 한다. 아무날 언제 그 임금 행차때 그 비가 와가주고 소낙비가 급작스레 와가주고 내가 갓모 빌려준 사람이 아니냐? 너 빌려달라 그래서 줬는데 인제 갖다 달라고 돌려 달라고 그러는데 왜 안가져 왔느냐?"

그러면서,

"당신 같은 사람을 내 당신 같은 사람을 부하직원으로 쓸 수가 없다."

딱 얘기하니깐 아 잘못했노라고. 그냥 빌면서 다시는 안 그러겠다고, 그래 가주고 썼대요.

쓰기는 썼는데, 그 약속 핸 거를 지키지 않으면은 언젠가는 걸리지.

그래 그 분이 그 얘기를 해주시더라구.

안창 나룻배가 전복된 이야기

자료코드 : 03_08_FOT_20110312_HRS_YJB_0011
조사장소 : 강원도 원주시 문막읍 반계 2리 여재봉 자택
제보일시 : 2011.3.12
조 사 자 : 황루시, 유명희, 유형동, 김명수
제 보 자 : 여재봉, 남, 70세
구연상황 : 이야기를 시작하며 어디에서도 들을 수 없을 것이라고 말했다. 구비문학이라는 정의를 찾아보고 스스로 이런 이야기가 진정한 구비문학이라며 이야기를 시작했다.

줄 거 리 : 예전 문막에 장이 크게 섰을 때 추석 대목을 맞아 안창에서 문막으로 많은
사람들이 장을 보러왔다. 때마침 비가 심하게 내려 배를 타고 가기가 힘든
상황이었다. 문막에서 안창으로 가는 마지막 배에서 사람이 너무 많아 위험
하니 문막에서 자고 가라는 권고가 왔지만 대부분 배에서 내리지 않았다. 출
발하기 직전에 젊은이 하나가 문막에서 자고 간다며 내렸고 배는 출발했다.
배가 날씨가 나빠 뒤집어졌고 워낙에 많은 인원이 타고 있어 안창에 집집마
다 초상이 났다. 한 노인에게 마을 청년들이 노인의 집에는 초상이 안 났느
냐 묻자 아들이 그때 장에 갔지만 내가 그렇게 가르치지 않았으므로 배를 타
지 않았을 거라 말했다. 결국 알아보니 마지막에 내린 그 청년이 그 노인의
아들이었다.

(보조조사자 : 할머니한테 들으신 얘기 중에서 한마디 들어볼까요?)

그래, 연도도 모르고 할머니가 어려서 들은 얘기래니깐 아시겠지만.

이렇게,

[손을 빙 둘러 저으며]

섬강물이,

이렇게

[손을 빙 둘러 저으며]

흘러가주고 인제 돌아간댄 말이야. 문막으로 이렇게 해서 그래서 생 필
수품을 옛날에 구입해는 거는 장-을 보는데 문막장을 보는데 문막에 옛
날에 장이 섰었어요.

(보조조사자 : 예.)

에, 그래서 인제 팔월 그니깐 추석 대목장쯤 되는데, 그 뭐 십이일인지
일일인지 그건 몰라도 추석에서 제일 가까운 대목장이라고 그러잖아요?

(보조조사자 : 네.)

대목장을 보러 가는데, 그때 인제 그 늦장마가 져 가주고 장마가 조금
졌대요.

물이 좀 많은 편이야. 그래 안창에서 배를 건너서 문막장을 오는데. 그

안창리 일리 이리 삼리 이래서 월운동이라는데 하고 이운동 송내동 흠복 동 능천동 안창 그렇게 그 마을 사람들이 대다수 거의다 갔단 말이야.

장에를, 근데 비가 와서 자꾸만 비가 오는데 처음에 갈 적엔 여러 배로 건너갔어요. 올 때도 일찍 온 사람은 오구 인제 한 배, 두어 배 건너오고. 나중에 또 인제 물이 늘어서 오후에 인제 장꾼들이 다 왔는데, 기달렸다 가 한배에 싣고 올라구 맨 마지막배를 싣고 올라구 지키고 있는데 전부다 와서 확인을 해가지고 실었단 말이야.

근데 사공이 요 이것만 건너가면은 다시는 못온단 말이야. 물이 많아서 근데 너무 사람이 많아, 배에-.

그래서 배가 위험하니깐 이짝 문막쪽으로 있는 동네에 잘 사람이 있으 면, 자구 내일 와라 이거야.

응, 좀 내리라고. 추석은 내일 모레 글피쯤 되겠지.

내리라구 그러니깐 아무도 안 내려 남에 집에 자느니 그냥 건너갈라구.

"아 그러면 떠나가 떠나는데, 건너가는데 위험해다."

이런 애길 해니깐 막 떠날라 그러는데 한 사람이 냅다 뛰어 내리더래.

"아 그럼 난 저기 가서 친구네 집에서 자구 내일 가겠다."구.

그 배가, 하 물이 홍수가 나서 뱃전이 찰랑 찰랑하니깐 그냥 물이 들어 와가주고 가라 앉는거야. 전복이 된거야. 확 흔들리니깐. 그 싹 죽었어.

그 세 동네서 한 사람씩 그래서 저 외출을 한 사람은 다 죽었단 말이 야. 물론 헤엄쳐 나온 사람도 있겠지 혹은.

사고가 났는데 저녁, 저녁땐데. 그 동네가 그냥 그걸 보구 동네가 다 그냥 초상집이 된거지. 전부다. 근데 그 노인네 한분이 천하태평이야.

그래서 그 지나가는 동네 젊은 사람들이,

"아이 어르신은 그래 장에 누가 안갔느냐?"

"아 우리 아들이 갔다."구.

"근데 그 배가 마지막배가 건너오다가 뒤집혀 가주고 다 죽었다는데 걱정도 안되시느냐구.”

“걱정 되지만 나는 우리 아들은 그런 배를 탈 사람이 아니네.”

그래 아주 자신있게 얘기를 하시더래요. 노인네가. 근데.

나중에 알고 보니깐 맨 마지막에 뛰어내린 사람이, 그러면서 그 노인네 얘기가 인제 그 사람이 그 아들이야.

그래 그 노인네가,

“나는 우리 아들을 그렇게 가르치지 않았어. 그렇게 우험한 배를 타라고 가르치지 않았으니깐 나는 믿지.”

인제 그래. 그래 부자의 믿는 마음이, 아버지의 믿는 마음이 얼마나 그 참 대단하냐 이런 얘기지. 내 그 얘기를 안창서 내 어렸을 때 들은 얘기야. 우리 할머니한테.

요거는 요러한 얘기는 별로 많지 않을꺼유. 안창 사람들도 모르는 사람들도 많어. 이 얘기는.

봄 보리밥

자료코드 : 03_08_FOT_20110312_HRS_YJB_0012
조사장소 : 강원도 원주시 문막읍 반계 2리 여재봉 자택
제보일시 : 2011.3.12
조 사 자 : 황루시, 유명희, 유형동, 김명수
제 보 자 : 여재봉, 남, 70세
구연상황 : 앞 이야기에 이어 구연하였다.
줄 거 리 : 양반이 넉넉할 때는 머슴들의 새참 권유를 들은 척도 않다가 생활이 궁핍해
　　　　　 져 가니 머슴들이 먹는 밥을 같이 먹고 싶어졌다. 하지만 자기가 예전에 같이
　　　　　 밥 먹자 하는 머슴들을 혼낸 적이 있어 쉽게 말을 못하다가 봄 보리밥이 궁
　　　　　 금한 척하면서 먹어 보자고 했다는 이야기다.

양반이니깐.

(보조조사자 : 골탕먹거나 뭐.)

예, 아니 그 배고파서 배에선 쪼로록 소리가 나는데, 인제 그 잘살을 때 양반이 하나.

넉넉하게 잘 살을 때 그 머슴들이 농사를 지면서,

"아이 그 샌님 여기와서 들에서 잡수면 맛있으니깐 밥좀 잡숴보세요." 그러니깐.

아이 이놈 양반보고 들에서 이런데서 밥 먹으란다구 야단을 쳤거든.

근데 이 생활이 인제 자꾸만 궁핍해 져가주고 때꺼리가 없는데 배는 고픈데, 아이 밥을 먹으라 소리를 해야지, 지나가두.

지나갔다 지나갔다 먹으라 소릴 안하니깐.

"너 뭐하냐." 그러니깐.

"아유 저희 밥먹습니다." 그러니깐.

"어 그, 뭔 밥이냐?" 그러니깐.

"봄 보리밥입니다."

"그래 봄 보리밥 좀 먹어볼까?" 그랬다는거야 양반이.

그래 봄 보리밥이니까 좀 먹어볼까 그랬대잖아.

인목대비의 지혜

자료코드 : 03_08_FOT_20110312_HRS_YJB_0013
조사장소 : 강원도 원주시 문막읍 반계 2리 여재봉 자택
제보일시 : 2011.3.12
조 사 자 : 황루시, 유명희, 유형동, 김명수
제 보 자 : 여재봉, 남, 70세
구연상황 : 봉이 김선달과 김삿갓등 역사적 인물들에 대한 이야기를 하다가 이번엔 인목
         대비 이야기를 하겠다며 이야기를 시작했다.
줄 거 리 : 인목대비가 선을 볼 때 시험을 보게 되었다. 꽃 중에는 어떤 꽃이 좋냐는 질

문에는 옷을 해 입을 수 있는 목화 꽃이, 새 중에는 어느 새가 제일 크냐고 했더니 먹는 문제가 제일 큰 문제라는 뜻으로 먹새가 제일 크다고 대답하여 합격하고 대비가 되었다고 한다.

인목대비. 안창 그 연안김씨. 그저 선조대왕 부원군.

인제 그 선조대왕 그러니깐 폐비이지만, 대, 인목대비가 됐지.

그때 그 선볼때 그런 얘기를 했대대. 그런데 뭐, ㄴ 사실인지 들은 얘긴데.

"그 뭔 꽃중에 무슨 꽃이 제일 좋냐."고 그러니깐,

"목화꽃이 제일 좋다."고 그랬대.

그 목화가 달려서 옷을 해 입는 거니깐.

그리고,

"뭔 새가 제일 크냐?"고 그러니깐.

"먹새가 제일 크다." 그랬대. 먹새. 먹는 거 먹는 문제가 제일 큰 문제라.

그래서 뭐 그 시험에 합격이 됐대대. 쉰 몇 살짜린테, 선조대왕. 쉰 몇 살짜린데, 열일곱 살인가 몇 살짜리가 갔다는데 뭐.

그래 그러니깐 그 연안김씨네들이 그래서 부원군 하는 거지.

청백리 황희정승 이야기

자료코드 : 03_08_FOT_20110312_HRS_YJB_0014
조사장소 : 강원도 원주시 문막읍 반계 2리 여재봉 자택
제보일시 : 2011.3.12
조 사 자 : 황루시, 유명희, 유형동, 김명수
제 보 자 : 여재봉, 남, 70세
구연상황 : 인물 이야기들이 계속 이어지자 정치 현실을 한탄하며 황희정승의 이야기를
　　　　　시작했다.

줄 거 리 : 청백리로 이름난 황희정승의 가난을 염려한 임금이 하루 동안 서울로 팔러오
는 물건들을 모두 황희정승 집으로 보내라는 명령을 내렸다. 하지만 들어오는
물건이 없어 계란 세 꾸러미만 들어갔는데 그 계란마저 뼈가 생기기 시작해
계란에도 유골이라는 말이 생겼다. 황희정승은 초라한 집에 살며 개인의 부를
축적하지 않았는데 하루는 비가 새서 부인이 역정을 냈다. 황희정승은 우리는
그래도 이렇게 우산을 써서 비를 피하지 않느냐며 이야기했다. 하루는 부인이
매일 된장찌개만 차려주다가 호박찌개를 차려주었다. 황희정승은 출처를 묻
고 마당에 부인이 심은 호박이 밥상에 나온 것을 알고 그 호박을 뽑아버렸다.
농사는 농사꾼이 지어야 한다는 것 그게 올바른 경제라는 의미였다.

이 이건 황정승 얘긴데, 청백리. 이건 할머니한테 들은 얘기야.

계란(鷄卵)에도 유골(有骨)이라고, 인제 그 문자(文字)지. 그렇다고 그런
얘길 하면서 '계란에도 유골이랜 말이 너 뭔줄 아냐?' 우리 할머님이 아
주 유식하셨어요.

오라버니가 아홉이래.

(보조조사자 : 할머니에?)

어, 맨 끝에 딸인데. 그 오라버니들 아홉이 철들면서 글 배우는 거를
죄 배울 때까지 서당을 앉히고 배웠다는 거야. 그래서 글씨는 못써도 귀
로는 환해.

그래서, "그 뭔 얘깁니까?" 그러니깐.

옛날에 황정승이 하도 검소하고 청백리라서, 오늘 도와 줄라고, 도와
줄라고.

"오늘 서울 장안에 들어오는 물건은 팔러 들어오는 물건은 다 황정승
네로 보내라."

그러니깐 계란 세 꾸러미가 들어오더래. 딴 건 아무것도 안들어 오고.
근데 그것도 골았더래요. 그니깐 앵기다가 저 골은거. 그니깐 뼈가 생기
다가 말은거. 그래서 계란에도 유골. 뼈가 있다 이거야. 골은게 곤달걀이
들어왔다. 이제 이런 얘기야.

그래서 인제 황정승이 얼마나 청백리냐 하면은 우리 할머니 얘기가.

집이다 새서 우산을 쓰고 있으면 그 부인이,

"아 딴사람은 판서 정승을 지내면 집도 큰 집을, 고래등 같은 기와집을 짓고 이런대는데 이게 뭐냐고." 그러면.

"아, 그래도 우리는 이 우산이래도 있으니까 우산이라도 쓰고 있지 않느냐." 그러면서 그렇게 허허 하고 그랬다는 거에요.

근데 그래서 만날 녹봉 나오는건 불쌍한 사람 도와주고, 겨우 그저 밥에 된장찌개 먹는데 그 부인이 맨날 된장찌개만 해주는 거야.

근데 하루는 호박을 넣어 가주고 호박 찌개를 해주는거든.

"아 부인 만날 된장만 해주더니 어째 오늘은 호박찌개를 지어주느냐?" 그러니깐.

"하도 내가 저거해서 여 울타리 밑에다 호박을 몇 폭 심었다구. 호박이 달렸다구. 첨 오늘 딴거라고." 그러니까.

그러더니 아침에 인제 등청을 하믄서 그걸 보더니 호박 폭을 뽑아 내버리더래.

썩썩 세 개를 심은걸 뽑더니,

"에이 농사는 농사꾼이 지어야지." 그러면서 뽑아내고 갔다는 거야.

그니까 경제 흐름이 잘못됐다 그런 얘기지. 공무원은 공무원 녹으로 살,고 농사는 농사지어서 파는게 살아야지.

"농사는 농사꾼이 지어야지." 하고 뽑아 내버리고 갔다는 거야.

그래서 내가 이 얘기를 농사는 농사꾼이 지어야지 하는 얘기를 내가 잘 써먹어요. 지금도.

그전에 이 새마을 사업하고 이럴 적에 공사 같은 거 돈 나오는 공사 있으면, 이장이나 뭐 이런 사람들이 인제 따가지고 자기가 해가지고 돈 먹고 그랬다고.

여기 오기 전에 내 이름은 안 밝히지만, 누가 이렇게 해면은 거 이장이 공사를 하는 거야.

난 이제 이 집 지으러 댕기고, 그런 공사하러 댕기는 사람이니깐 그래 내가 만나면 술 한잔 먹으면서,

"이장님, 농사는 농사꾼이 지어야지 이거 알우?"

그럼 이장은 이장일을 해야지 이장이 왜 그런 공사 나오는 걸 맞춰서 하느냐.

정구죽천(丁口竹天)

자료코드 : 03_08_FOT_20110312_HRS_YJB_0015
조사장소 : 강원도 원주시 문막읍 반계 2리 여재봉 자택
제보일시 : 2011.3.12
조 사 자 : 황루시, 유명희, 유형동, 김명수
제 보 자 : 여재봉, 남, 70세
구연상황 : 제보가가 구연한 이야기는 할머니께 들은 이야기를 제외하면 대부분 서당에
　　　　　서 들은 것이라고 했다. 서당에서 들은 이야기 가운데 파자 관련 이야기를 들
　　　　　려달라고 요청하니 이야기를 시작했다.
줄 거 리 : 구두쇠 부부가 식사할 때가 되어서도 친구가 집을 뜨지 않자 암호처럼 한자
　　　　　로 대화를 했다. 인양복일(人良卜一) 하냐고 묻자 월월산산(月月山山)하거든
　　　　　하자고 했는데 밥 식자 벗 붕자 나갈 출자의 모양을 이용한 말장난이었다. 이
　　　　　에 이 친구는 가면서 정구죽천(丁口竹天) 이라고 하며 그들을 한심해 했는데
　　　　　이는 합치면 가할 가(可)자와 웃을 소(笑)자가 된다.

그 저 김삿갓이 아니라.

어느 한 사람이 구두쇤데, 친구가 왔는데 저녁을 먹어야 되는데 가질 않거든 친구가.

먹을건 두 사람 뿐이 없는데 자기 부인하고. 그래서 부인이 와서 남자한테 그랬다는 거야.

"인양복일(人良卜一) 하오리까?" 그러니깐.

"월월산산(月月山山)커든."

인양복일. 사람 인(人)자 밑에 어질 량(良)자 해믄 밥 식(食)자거든.

"밥을 올리리까?" 그러니깐.

그 주인은 월 월(月) 벗 붕(朋)자, 산 산(山) 벗이 나가거든.

그러니깐 그 벗이 가면서.

"정구죽천(丁口竹天) 이라" 그랬다는 거야.

그래 정, '고무레 정(丁)자'에 '입 구(口)'자 하믄. 죽천(竹天) '가할 가(可)자' 가히

'대 죽(竹)' 밑에 '하늘 천(天)'이면 가히 우습다.

가소롭다. 그러고 가더라는 거야.

호적 적(籍)자 파자 이야기

자료코드 : 03_08_FOT_20110312_HRS_YJB_0016
조사장소 : 강원도 원주시 문막읍 반계 2리 여재봉 자택
제보일시 : 2011.3.12
조 사 자 : 황루시, 유명희, 유형동, 김명수
제 보 자 : 여재봉, 남, 70세
구연상황 : 한자파자 이야기가 쭉 이어지자 얘기를 하면서 계속 떠오르는 듯 이야기를
　　　　　　이어져 나갔다.
줄 거 리 : 옛날에 어떤 사람이 연애편지를 보냈는데 답장으로 호적 적(籍)이 왔다. 대 죽
　　　　　　(竹)자 밑에 여 저 석 자 스물(二十) 밑에 한 일(一) 일(日) 올 래(來) 가 조합되
　　　　　　는 글자로 스물 하룻날 대밭으로 나오라는 편지였다.

근데, 옛날에 아 저 뭐여 연애편지를 썼는데. 뭐라고 썼든가, 썼는데 답장이 왔더래.

근데 이 '호적 적(籍)'자를 하나 써 보냈더구만. 호적 적자.

그래서 그거를 가주고 이게 뭐냐고 자꾸 그러니깐, 그 사람 친구가 그

랬던가 누가.

"일루 보자구." 보여주니깐.

"이게 스무 하룻날 대밭으로 오라는 얘기라구." 그랬다구.

그 얘기를 그 내 구전으로 들은 얘기야. 그 피난 내려와서 살던 이, 그 이가 그러더라구.

스무 하룻날 대밭으로 오라구.

그니깐 이게 '대 죽(竹)'자 밑에, 여 저 석 자가 스물(二十) 밑에 '한 일(一)' '일(日)'

스물 하룻날에 대밭으로 와라. 이짝에는 올 래(來)자 이렇게 세개 이렇게 된게 올 래(來)자 답장을 했다 그러더라구.

그, 이 파자가 또 재밌지. 김삿갓인가 어디 그 나오는데 파자가.

황희정승이 돈을 찾은 이유

자료코드 : 03_08_FOT_20110312_HRS_YJB_0017
조사장소 : 강원도 원주시 문막읍 반계 2리 여재봉 자택
제보일시 : 2011.3.12
조 사 자 : 황루시, 유명희, 유형동, 김명수
제 보 자 : 여재봉, 남, 70세
구연상황 : 앞 이야기에 이어 구연하였다.
줄 거 리 : 황정승이 지나가다 돈을 물에 빠뜨렸다. 그걸 찾으려고 고생을 하자 하인이
          그걸 그냥 잃어버리지 찾느냐고 핀잔을 주자 길에 떨어졌으면 누가 줍기나
          하지 물에 떨어졌으니 찾아야 된다고 하였다.

그 인제 황정승이 이렇게 지나가다가 돈을 하나 빠쳤거든.

이 강물에다가, 개울물에다가 건너다가, 엽전을.

그래 그거를 발을 벗고 들어가서 찾는 거여.

그니깐 그 하인이,

"아이 그걸 뭘 잃어버리면 되지 찾느냐구." 그러니깐.

"야 이 길에다 떨어졌으면 누가 줏어서나 쓰지. 물에 덜어졌으니까 찾아야 될 거 아니냐."

황희정승의 공정한 품삯

자료코드 : 03_08_FOT_20110312_HRS_YJB_0018
조사장소 : 강원도 원주시 문막읍 반계 2리 여재봉 자택
제보일시 : 2011.3.12
조 사 자 : 황루시, 유명희, 유형동, 김명수
제 보 자 : 여재봉, 남, 70세
구연상황 : 앞 이야기에 이어 구연하였다.
줄 거 리 : 황희정승이 집을 수리하기 위해 목수를 불렀다. 목수는 자신의 품삯보다 조금
　　　　　더 돈을 요구했고 황희정승은 제대로 된 품삯만 주겠다며 웃돈을 주지 않았
　　　　　다. 하인이 지켜보며 얼마 되지도 않는 돈을 왜 그렇게 하느냐고 물어보자 돈
　　　　　이 아까운 것보다 웃돈을 주게 되면 품삯이 전체적으로 오를 수 있다는 이야
　　　　　기를 해 주었다.

얘기가 많아 황정승에 대한 얘기가.

그 목수를 인제 불러서 하루 품삯을 줘 가주고서 하루 인제 집을 수리를 했단 말이야.

그니깐,

"품삯이 얼마냐?" 그러니깐.

"한 냥 닷 푼입니다."

"딴데서 들으니깐 한 냥 두 푼 이라는 데 넌 서푼을 더 받느냐? 내 알아보고 준다." 이러니깐.

"아니 그럼 한냥 두푼만 주세요." 그 두푼만 줬단 말이야. 한 냥 두푼만.

그러면서 하인이, 저 청지기가.

"아니 그거를 왜 그냥 주지 뭘 그렇게 그걸 따지시느냐?"고 그러니깐.

"아이 이 사람이 내가 서푼 주는 건 아깝지 않으나, 내가 한 냥 닷 푼을 주면 지금 한 냥 두푼하던 목수 품값이 인상이 된다. 한 냥 닷 푼으로 는다."

암 그러고 딴 데 가서는 난 한 냥 닷 푼씩 정승댁에서 받았다. 그러니까 못주는 거다 말이야.

그래서 그, 그렇게 철저하게 했다는 얘기야.

그 뭐 그 황정승 얘기가 꿈에서 자다가 파랑새 한 마리 입에서 나갔다 얘기를 했더니 그 얘기가 얼마 안에 파랑새가 천마리가 나갔다고 그런 얘기가 임금님 귀에 들어갔다는 얘기. 그런 얘기도 있잖우. 그 말이라는 게 하나의 행동이 참 어려워요.

황희정승의 시시비비

자료코드 : 03_08_FOT_20110312_HRS_YJB_0019
조사장소 : 강원도 원주시 문막읍 반계 2리 여재봉 자택
제보일시 : 2011.3.12
조 사 자 : 황루시, 유명희, 유형동, 김명수
제 보 자 : 여재봉, 남, 70세
구연상황 : 앞 이야기에 이어 구연하였다.
줄 거 리 : 황희정승의 두 머슴이 시비가 붙어 싸웠다. 황희정승은 어느 한쪽이 틀렸다고
　　　　　하지 않고 둘 다 옳다고 하였다. 지켜보고 있던 사위가 시비를 가려주어야지
　　　　　왜 둘 다 옳다고 말하느냐고 하였더니 사위도 옳다고 하였다.

황정승이 여하간 아주 저기한 분인가봐.

자꾸 싸우니깐 하인들이, 둘이서 '니말이 옳으냐, 내말이 옳으냐' 싸우니깐.

“왜 이렇게 시끄럽게 떠드냐?” 이러니깐.

“아 이래저래 이래저래 합니다.”

“음 그래 니말이 옳다.”

그래 이쪽 얘기 들으면,

“응 니 말도 옳다.” 그러니깐 뭐 판가름이 안되거든.

그러니깐 그 인제 사우가 “아이 빙장어른 그거를 좀 이렇게 해서 잘잘 못을 가려줘야지 그냥 니 말도 옳다 니 말도 옳다 그러고 나면 어떡하십니까?”

“어 참 니말도 옳다.”

근데 지금 거의 그렇게 사는 사람이 많아. 난 그걸 싫어해는 사람이야.

옳고 그른 건 딱 갈라서 시시비비를 가려야지. 난 남하고 싸움을 엄청 하는 사람이야.

나는 옛날에 이 저 건강할때는 서로 우리 중에서 주먹다짐하는 것도 제일 많이 했고, 말로 싸우는 것도 제일 많이 싸운 사람이야. 이 시시비비를 가려야지. 시시비비를 가리지 않으면은 새로운 문화가 새로운 생활이 안돼. 새로운 시절이.

그래서 이게 인의예지(仁義禮智) 맨 끝으매기에 해당하는 거지. 사람이 인의예지(仁義禮智) 맨 끝으매기에 인제 ‘시비지심(是非之心)은 지지단야(智之端也)’지. 시비를 가리는 게 지혜로운 얘기야. 지혜로운 사람이야.

지금은 시비를 가릴려고 안 그래. 남의 시비를 그냥 보고도 못 본척 그러지. 그래 이 세상이 교육이 좀 잘못된 거야.

황효자 이야기

자료코드 : 03_08_FOT_20110306_HRS_YSO_0001

조사장소 : 강원도 원주시 문막읍 반계 4리 1141-1번지 남서울아파트 경로당
제보일시 : 2011.3.6
조 사 자 : 황루시, 유명희, 유형동, 김명수
제 보 자 : 이선옥, 여, 67세
구연상황 : 황효자 이야기를 묻자 모인 사람들이 모두 한 마디씩 했다. 그 중 황효자 효
　　　　　자각에서 봉사를 한 경험이 있다는 제보자가 나서서 구연하였다.
줄 거 리 : 옛날 임진왜란 무렵 원주에 황씨 성을 가진 효자가 있었다. 황효자는 어머니
　　　　　를 극진히 봉양해서 어머니가 드시고 싶은 것은 언제나 구해다 드렸다. 황효
　　　　　자가 그럴 수 있던 것은 그가 호랑이를 타고 다녔기 때문이다. 황효자는 구덩
　　　　　이에 빠진 호랑이를 구해 준 일이 있는데 그 후로 호랑이가 황효자의 곁을
　　　　　떠나지 않고 태워 다녔다. 황효자는 무과에 급제해 원주 감영에 있었는데 임
　　　　　진왜란이 일어나자 전공을 세웠다. 그로 인해 벼슬을 받게 되었는데 그 과정
　　　　　에서 효자라는 사실이 임금에게 알려져 상을 받게 되었다. 이를 기리기 위한
　　　　　효자비가 세워지고, 효자각으로 전해지고 있다. 또한 황효자의 비 옆에 호랑
　　　　　이의 비도 전해오고 있다.

(청중1 : 황효자, 황효자.)

어, 효자, 지금 그-, 저 모시구 있는, 모셔있는 그 효자분이 호랑이를
타구 댕기는데, 동네사람은 그 사람이 축지법을 쓰는 줄 알았대. 그 정도
루, 그래.

근데 그 호랑이가, 그건 또 유래가 있어. 그 호랑이를 구해 줬어. 구해
줬어. 이 효자가.

그-, 저기 죽을 거를 구해줬기 때문에, 그 효, 호랑이가 이 사람이 나타
나며, 나서, 이제, 어딜 원주를 가서 뭘 가야되면, 그 호랑이가 나타나 가
주구 태워다 주는거야. 태워다 주구, 태워 오구.

(청중2 : 은혜를 갚느라.)

은혜를 갚느라구. 그래가주 거기 효자, 효자비두 있지만, 호랑이를 모신
비두 있어요.

호랑이, 어, 그 호랑이.

(보조조사자 : 무슨 은혜를 갚았어요?)

근데, 동네사람들은. 아니지, 그러니까 이제.

(청중3 : 황장군을 죽일라구 그랬는데.)

호랑이를 죽일려구, 인제 호랑이가 나타나니까 호랑이를 죽일려구 했는데, 이 사람이 이제, 강을, 이제 가다가 이제, 그 호랑이를 구해준거야. 호랑이를 죽이지를 못하게 했거야 이제.

못 죽이게. 이제, 동네 이제 뭐 그 위기에서 인제 호랑이를 구해줬어. 좌우간 어트게.

(청중4 : 옛날에 이렇게 구데이 파 놓구, 그 밑에 빠지잖아.)

어, 그 그거, 으, 그걸 아르켜줬는지 하여튼 좌우간 그래가지구 살려줬어. 살려 줬는데, 그 호랑이가, 이 사람이 축지법을 쓰는 줄 알았더니, 그게 아니고, 호랑이가 항상 이 사람 옆에 있는 거야. 그래 가지구.

(청중1 : 효자여, 효자, 황효자.)

호랑이가 데려가구, 데려오구. 그러구 이 사람이 인제, 그 아주 장수야.

이 기골이 아주 건장하구 이랬는데. 인제 이, 옛날에 인제 군인이었어. 이를테믄, 지금 응— 문과에 급제한 사람이 아니구 무과에 급제한 사람이야. 그래 가지구 원주 가서 살었어 인제.

인제 일단 무과에 급제를 했으니까 원주엘 가서 인제 진영에 있는데, 그래서 그 사람이 임진왜란 때 아주 대승을 거뒀어요.

그 이제, 그 일본놈 그— 저— 잡는 거를 해가주구 거기서 인제 자기가 승, 저기를 해가지구 서는, 임금이 이제 저거를 하사를 했어, 인제 벼슬을.

벼슬을 하사를 해는 중에 이 사람이 효자라는 거를 이제 알구, 그래서 인제 그 다음부터 인제 여기 이 사람을.

[오른손 엄지를 치켜 세우며]

원주에서 하나밖에 없는 효자야.

그러니까 아주 내리, 임금님이 효자로서 상을 내린 사람은 이 사람밖에 없어.

전국을, 최초, 전국을 다 저기해두, 임금한테 효자라구해서 상을 받은 사람은 이 사람밖에 없기 때문에, 이게 지금 효자각으루 이렇게 지금 내려오구 있어요.

지금 그런데 전국에 인제.

그 사람이 그렇게 인제, 어무니가 '모가 먹구 싶다' 하면은 원주에서 와 가지구 사다 디리구 가구.

그래 가지구 지금도 아직 그 양반이, 여, 저기 무덤두 있어, 저기. 요 무덤두 있구, 그 양반 모신 데가 여 충효각이라구, 조-, 여 사당을. 사당이 충효각이라구.

(청중5 : 골무내기 사당.)

(청중2 : 골무내기에. 반계, 2리지. 반계 3리야 거기가? 어 3리다. 반계 3리 골무내기. 거기가 골무내기야. 골무내기.)

떠내려 온 산

자료코드 : 03_08_FOT_20110311_HRS_YSO_0001
조사장소 : 강원도 원주시 문막읍 반계 4리 1141-1번지 남서울아파트 경로당
제보일시 : 2011.3.11
조 사 자 : 황루시, 유명희, 유형동, 김명수
제 보 자 : 이선옥, 여, 67세
구연상황 : 지난 조사(2011.3.6.)에 이어서 재차 조사를 나왔다. 조사의 취지를 다시 한 번 설명하고 이야기 구연을 부탁했다. 혹 산이 떠내려 온 이야기를 아는지 묻자 여러 사람이 나서서 이 마을 근처에 그런 산이 있다고 말했는데, 제보자가 정리해서 구연하였다.
줄 거 리 : 옛날 횡성에 똑같이 생긴 쌍둥이 산이 있었다. 그런데 그 중 하나가 홍수에 쓸려 반계리에 와서 자리를 잡았다. 산 임자가 산을 찾아와서는 산을 내놓으라고 했다. 그러자 땅임자는 그 산 때문에 자기 땅이 못 쓰게 됐으니 산을 도로 가져가라고 했다. 산을 옮길 방도가 없는 산 임자는 그냥 돌아갔다. 떠내

려온 산에 산 임자네 조상 묘가 있었는데, 산이 떠내려 와서인지 산 임자의 자식 오형제가 모두 바람이 나고 집안이 망하다시피 했다. 그 후 산에 있는 묘를 다시 이장했다.

횡성에 쌍둥이 산이 있었어.

[왼손을 들어 창 밖 산을 가리키며]

여기 이렇게 똑같은.

(청중1 : 쌍둥이 산은 모르구.)

아니, 쌍둥이 산이 있었는데, 그 쌍둥이 산이 하나가 떠내려 내와, 내려 왔다구.

내려왔는데, 그 횡성에두 이런, 요런 동근 산이 또 거기두 있대.

그르니까 인제, 그 산 하나가 홍수에 떠내려 왔을 거 아냐.

떠내려 왔는데, 그놈의 산이 여그와서 앉었단 말야.

[왼손을 들어 창 밖을 가리키며]

여, 여, 여, 반계리, 여 여, 저기 반계리 요 밑에, 거기가 3리야?

(청중1 : 논이야, 논.)

거기가 반계 3린가, 2린가. 반계리로 떠내려 와서 거 앉었거든.

근데, 그 산이, 그 동그란 산이 쌍둥이 산이었대.

근데, 아 산 임자가 보니까, 즈이 산소도 거깄는데, 거기 그 그 산이 여기와, 떠내려 왔단 말야. 그르니까 인제, 뭐 인제 와서 인제, 뭐 산이 어쩌구 저쩌구 떠드니깐.

"아 여기, 당신 산 땜에 내 땅이 이마큼이 잠식이 됐으니 땅값 내놔라."

이래니까, 가주갈 수두, 그 산을 치울 수두 없어서, 그냥 그대루 여기 있다는 그런 전설이 있다구.

그런데 나는 그거는 모르겠어. 뭐 산소를 떠갔는데, 뭐 바람이 났는지 어쨌는지, 그거는 난 못 들었는데.

(청중2 : 어 바람났다 소리 난 들었어.)

그 산이 한 쪽 떠내려 오면서 뭐 풍지박산이 됐는지, 어쨌는지 그거는 잘 몰라.

근데 그 전에 쌍둥이 산이 하나 떠내려 왔는데, 거 횡성에두 그런 산이 하나 있대, 똑같은 산이.

(보조조사자 : 네-.)

그래, 그런 얘기여.

(청중2 : 그래 그 산이 떠내려 오니까, 그러니까 하는 말이, 달라하니까 그거 어트게. 그거 뭐 파고는 식구가 뭐뭐뭐뭐, 아들이 뭐 다섯이래. 아들이 다섯이 다 바람, 장가는 다 갔는데, 바람이 나가주구 다.

아주 집안이 말두 못해. 그러면, 그래니까 이 산소를 파 가지구 간거지. 어 산소만 파다가 어디 갔다 잘 썼다구, 그 말만.)

(보조조사자 : 누구네 집안이구 이런 얘기는 못 들어 보셨어요?)

(청중 : 어, 집안은 잘 모르겠어. 오래 됐어요, 아주.)

세 명당

자료코드 : 03_08_FOT_20110311_HRS_YSR_0001
조사장소 : 강원도 원주시 문막읍 반계 4리 1141-1번지 남서울아파트 장경자 자택
제보일시 : 2011.3.11
조 사 자 : 황루시, 유명희, 유형동, 김명수
제 보 자 : 임석례, 여, 84세
구연상황 : 제보자가 겨울에 요양차 딸의 집을 방문하기 때문에 커뮤니티에서 소외되어 있는 분위기가 강했다. 그래서 노인정에서 1차 조사를 마친 후 자택에 방문하여 한 번씩 이야기들을 다시 들었다.
줄 거 리 : 처녀가 시집을 갔는데 첫날밤을 지나보니 남편의 목이 잘려있었다. 시아버지와 의붓 시어머니는 며느리를 의심하였고 며느리는 집에서 쫓겨났다. 정처 없이 헤매던 며느리는 마침 자식이 없는 노인 부부의 집에 기거하게 되었고 수양딸 노릇을 하며 살고 있었다. 어느 날 양아버지의 잠꼬대를 듣고 이상하

게 생각한 며느리는 잠꼬대의 내용에 대해서 양아버지한테 물었고 양아버지는 결국 자신이 의붓 시어머니의 사주를 받고 남편을 죽였음을 밝혀낸다. 며느리는 다시 시아버지를 찾아가 자초지종을 밝히고 부엌 찬장에 보관되어있던 남편의 머리를 발견한다. 시아버지는 의붓어머니를 죽여 복수를 하고 며느리와 함께 집에 불을 질러 자살한다. 이후로 이곳을 세 명이 죽은 곳이라고 해서 세 명당이라고 불렀다.

첫날 지녁에 시집을 갔잖어. 그 각시가 첫날 저녁에 시집 갔는데, 자구 자다가 일어나 이렇게 볼일 보러 이래 일어나 보니까루, 목아질 끊어 갔더라 이거여.

목아질 끊어 갔으니 시아버이가 시어머니도 가짓달을 할뿐더라. 그 의붓 시에미 시애비가 시아버이가,

"니가 내 아들 모가질 끊어다 으떻게 했느냐 니가 안살라면 그냥 안 살지."

안 그러겠어 그게.

"그냥 안살지 으째 내 아들 모가질 끊어갔느냐. 너는 이대로 가거라. 나는 내대로 고만 간다."

갔다 땅에 갖다 묻어놓고 시아버이가. 땅에 갔다 묻어 농코는 올라가서, 마냥 울고 댕긴다.

안그렇겠어요. 만날 울고 댕길라니까. 이 각시도 그만 머리를 깍아버리고 괴나리 봇다리를 해지고 이래 간다.

어드로 절엘 가든지 어디로 가든 갈라고 시집도 안가.

지금 꺼는 삐긋 하면 시집을 가잖어. 그래 이러 해 그런 것도 없고.

○○을 뒤집어 쓰고는 이래간다. 이래가다가 비가 저전히 오는기라.

그런데 이래 들어가니까 들어가니까루 뭐신가 영감 할마이 살더라 이거여.

"할머니, 할아버지, 나 내가 수양딸 노릇을 할꺼요."

우레니까.

"아유 우리 영감 할마이 뿐인데 수양딸 노릇을 한다믄 너무 고맙다."고

고맙지 그리 영감 할마이 사는디 그런데 비가 이렇게 ○○○ 자주 이렇게 비가 오는데.

"어휴 나는 안 그랬어요. 나는 안 그랬어요. 내가 돈 때문에 그랬지. 내가 하고 싶은 노릇은 안했다."고.

그러니까 그러케 고만 잠꼬대를 그렇게 하는기라. 잠꼬대를 그렇게 하니까, 이 각시가 정신이 번쩍 나는기야.

"그래 아버지 그게 뭔소리래요." 그러니까.

"내가 뭐라 그랬드냐?"

아니지 "아버지 인제 뭐뭐 내가 돈 때문에 그랬지 그냥은 내가 그런 일이 없다고 그 노무 돈이 뭐하는 건지. 그냥 그런 일이 없다고. 이래더라고 나는 죽겠어요. 나는 할아버지 앞에 나는 죽겠어요."

칼을 끄내 가지고 목에다 대이까루. 그적서는 바른 얘기 하더니라는 기야.

아무 정자 아무데에서 내가 종노릇을 했다. 종노릇을 했는데 그거를 저기 뭐여. 주인네 아줌마가 하기를 그 모가지를 끊어다가 그 단지에다 요런 단지를 놓고, 그 단지에다 담아서 촌에 농촌에 가면 저런 다락이 ○○○니다.

저 농촌 다락에다 넣고서는,

"당신은 고만 내가 돈을 줄테니 돈을 가지구 가라." 그러더랍니다.

그래고는 지가 친정엘 갔다가 친정엘 갔다가서는 오는데 인제 그 각시가 다 알았을꺼 아니여. 다 알았으니까루 온다.

시집엘 오니까는 시아버이(시아버지)가 하얀 흰 소복을 해 입고는 내려오드래.

아들 묘에 갔다가 내려오면서,

"니가 뭘하러 왔니? 내 아들을 죽이고 니가 어데 여길 들겠니?"

"아버님 저는 안 죽였습니다. 저를 죽여주십시오. 죽인 사람이 따로 있습니다."

"누구드냐? 아버님 남으 종, 종노릇을 한 사람이 있습니다. 그리니까 여기 종노릇 한 사람을 내가 부를 테이까 거기서 물어보시오."

이래더라, 그래 부르니까 그 종노릇을 하던 사람을 불렀어요. 불러가지고 물으니까.

그 인자 힌소복 차림 시아버지가 물으니까,

"사실로 내가 돈 때문에 주인아주머니가 돈을 준다고 해기 때문에 모가지를 짤라다가 거기다 여서 새 자릴 놓고 올려다 놨습니다."

"고 있는지는 모르지 그래."

"그래 올려다 놨습니다." 하니까 그게는데. 마침 예편네가 아를 해 앞서오고 하나 업고 들어 오더라거든. 들어오는데 시아버이가 한다는 소리가,

"니가 뭘하러 여기를 여길 들어오느냐 나하고 우찌 되느냐. 내 새끼를 니가 죽였지." 이러니까.

"아히고 그럴 일이 있겠느냐고 안 죽였다"고.

뭐 백배로 발딱 자빠지거든 뺄닥 자빠지니까 그 종이 있잖어.

그 종이 아 이거 어떻게 내 돈을 얼매를 받아 가지고 가고 칼끝이 여기 있는데, 칼이, 칼이거 땅에 묻어 놨더라네 그래 칼을 끄내 가지고서 보니까 칼에 피가 묻었더라 이거여.

그러니 지가 멍석을 뒤집어쓰지 그 년이 고마 저짝에서 하나 잡아 땡기고 이짝서 하나 잽아댕기고 양쪽서 잡아댕기지. 지까짓게 죽을 내기지 죽으니까.

"오냐 메느리 널 보고 내가 잘못했다. 내가 잘못했으니까루 내가 장작까리를 채상 넓게 쪼인건 장작가리밖에 없어. 올라 있을 테이까 사람들

데리고 날 불을 질러다구.”

이래고 당신이 종 종노릇한 종문서를 내 뻐리라 이거여.

“종문서를 내 뻐리고 내 땅을 다 가주 가거라. 그 종을 보고 내 땅을 다 가주가서 문서를 다 내뻐리고서는 이따 농사를 가주와 잘 살으라.” 그러더래.

죽을 판이니까 그 사람. 그래 여기다 불을 해 놓으로 어째 꺼든 종노릇하든 사람보게 시리 ○○○○○○ 거기서 장작가리가 태산 같은데 영감하구 메느리까정 거기사 구멍을 놓고 불을 해 놓으요. 다 타죽지 뭐. 다.

그래서 그분이 이름이 세 명당이라 이거여. 세 명당. 메느리도 죽고 시아버지도 죽고 세명까지. 그래고 그 연도 죽고 그게 그렇게 된거지. 그래 그게 전설의 고향.

(보조조사자 : 네.)

실지 그게 그랬으니까 전설의 고향이지. 그래서 의붓에미라는 건 아무 소냥이 없는거야.

지금이나 옛날이나.

(청중1 : 항아리를 끄내다가 놓고로 하니까 항아리 속에 눈을 화이 뜨고 있었다. 그 엄마가 거거 한 가지, 그거 한 가지 빼먹었어.)

색도 하나도 안 달라졌더랍니다.

(청중1 : 항아리에 있는 거를 이루 갔다 노니까는 그래서 눈을 요래 뜨고 있드래.)

앉아가지고 눈을 깜게 하드라고 다 같이 놓고 장작불 위에 불을 냈거든. 어떻게 들었나 그거 참 총기가 없어서 못 외운거지. 그게 말은 그게 전설의 고향이여.

금덩이를 던져버린 형제 이야기

자료코드 : 03_08_FOT_20110311_HRS_YSR_0002
조사장소 : 강원도 원주시 문막읍 반계 4리 1141-1번지 남서울아파트 장경자 자택
제보일시 : 2011.3.11
조 사 자 : 황루시, 유명희, 유형동, 김명수
제 보 자 : 임석례, 여, 84세
구연상황 : 경로당에서 구연하지 못한 이야기의 구연을 부탁하자 이야기를 시작했다.
줄 거 리 : 형제가 도랑을 건너다가 금 두 덩이를 발견했다 한 덩이씩 나누어 가졌는데
들고가다가 갑자기 형이 서서 동생의 마음을 알고 싶다고 하였다. 동생은 형
을 물에 빠뜨리고 금을 다 차지하고 싶다고 말했고 형도 그런 생각을 하고
있었다고 고백했다. 두 사람은 결국 금덩이 보다 우애가 소중하다며 금덩이
를 물에다 버리고 집으로 돌아왔다.

가다가 이 뭐신가 도랑에, 도랑에 가다 보이 벌건 이렇게 금이 두덩어
리가 떨어졌었는데, 그리 두 덩어리니 형도 한 덩어티 갖고 동생도 한 덩
어리 갖고 같이 지 혼자 다 가줄 순 없거든 욕심이 그러니까.

"하난 성님 가지쇼. 하난 내가 갖게."

에 뭐여 가다가는 성이 싣고 설서러미

"아이고 야야, 니 마음은 어떻게 들어가느냐."

이러니까 글쎄 뭐, 어물어물 하면서 글쎄.

[웃으며]

그러구서 "니 동상 니도 좀 말해봐라."

"나도 형님을 죽이고 금덩어리 두덩어리 내가 다 끌어안고 싶다."

그러니까 성도 역시나 똑같다거든. 형도 역시나 쪽같으니 안되겠다.

우리 둘이 우리 둘 성제만 사는게 그래 가지고 되겠느냐. 그래 가지고
는 우리 벌어갖고 먹고 살자. 그렇게 된 거지 그게.

(보조조사자 : 네.)

그래서 성이 잘 살아도 동상을 돌아다보지 못하는 거고, 또 이 예편네

가 발광을 하믄 못 돌다본다 이거여. 그 예편네 ○○ 예편네 ○○ 동상이
잘살아도, 성이 못살아서 그럼 못 돌아다봐. 거 돌아다 볼 수가 없어.

　내중에 장가가서 봐요. 아이 아무저게 그 할마이 말이 옳구나, 그리 할
테니까.

논에 말뚝 박아놓은 도깨비

자료코드 : 03_08_FOT_20110311_HRS_YSR_0003
조사장소 : 강원도 원주시 문막읍 반계 4리 1141-1번지 남서울아파트 장경자 자택
제보일시 : 2011.3.11
조 사 자 : 황루시, 유명희, 유형동, 김명수
제 보 자 : 임석례, 여, 84세
구연상황 : 조사자들이 도깨비 관련 일화를 질문하니 예전에 부모님들에게 들은 이야기
　　　　　라며 구연해주었다.
줄 거 리 : 도깨비가 논에 말뚝을 쳐놓는데 그 말 뚝위로는 농사가 잘되지 않는다. 나중
　　　　　에 가보면 신발 한 짝이 변한 것이었다.

　(보조조사자 : 도깨비 얘기 같은 거 못 들어보셨어요? 도깨비여?)

　도깨비?

　(보조조사자 : 예.)

　도깨비가 뭐여. 논에다가 말뚝을 갖다 잔뜩 쳐놉니다.

　(보조조사자 : 도깨비가요?)

　도깨비가 논에다가 갖다 말뚝을 잔뜩 쳐놔. 그, 그 말뚝 쳐논데는 곡식
이 잘 되지도 않애요. 되지도 않았는데. 말뚝을 쳐놓고 사람을 따라서 댕
기믄 밤으로 댕기믄 불이 반딱 반딱 그래면 댕깁니다. 댕기믄 밤으로 댕
기믄.

　거로 뭐 어떻게 알 수 있어요? 아침에 가보믄 신짝이래요, 신짝. 신짝인
데 그게 온 사방 땅에 댕기면서 말뚝을 쳐놔. 아침에 가보믄 왜 그걸 알

까며는 이래 돌버리 해눌리나 가보믄, 돌 올려논게 그냥 있다 이거여. 그
게 그게 도깨비라구 이거 이 도깨비.

소 판 돈 훔친 시아주버니

자료코드 : 03_08_FOT_20110311_HRS_YSR_0004
조사장소 : 강원도 원주시 문막읍 반계 4리 1141-1번지 남서울아파트 장경자 자택
제보일시 : 2011.3.11
조 사 자 : 황루시, 유명희, 유형동, 김명수
제 보 자 : 임석례, 여, 84세
구연상황 : 돈에 관련한 형제의 다툼에 대한 이야기가 진행되다가 식구들도 가난과 돈
　　　　　 앞에선 남과 다를바 없다며 이야기를 들려주었다.
줄 거 리 : 과부가 생활비를 마련할 요량으로 소를 팔았다. 밤에 도둑이 들어 낫으로 도
　　　　　 둑의 손가락을 잘랐다. 무서워서 맏동서 집에 가서 신세타령을 하는데 시아
　　　　　 주버님의 손가락이 잘려있었다.

뭔 얘기를 또 하던가.

　(청중1 : 시아주버이가 어 제수가 소를 팔아다 넘드니 소를 그런 얘기도
있고.)

　소를 팔아가서 소를 예비를 할라고, 소를 팔아다가 집에다 갖다 갈물에
놨는데.

　그래이 뭐 아무래도 뭐 남자는 없고, 남자는 가 부랬고. 그 저 낫을 낫
을 해들고, 똑 이래 문앞에 있다 보니까 손님이 문에 들어오는거여.

　탁 쳐버리고 손구락이, 뭐여 푹 짤짤리고 뚝 떨어지니.

　어데 갈 데가 있나, 맏동서네 집엘 갔지.

　시아버지가 그래 다 성제간이니까 그래가서,

　"아이고 형님 밤에 도둑놈이 와 그런걸 내가 낫을 가지고 이 쳐 버랬더
니 손구랙이 뚝 떨어져 방바닥에 아죽 있다."고 이러니까.

그러나 아이구 세상 큰일날 법 봤네. 이래더라잖아. 그랬는데 내중에서 보니까.

[웃음]

손구락을 시아주버이 잘려가주 뎅기더라 이거야. 내중와서 보니까.

그러니 이노무 돈이 저거 나문 혼자 사는 제수를 좀 봐주지만 소 한 마리가 그기 뭐하는기냐,

이거여. 그렇다고 그랬지.

받은 복만큼 산다

자료코드 : 03_08_FOT_20110311_HRS_YSR_0005
조사장소 : 강원도 원주시 문막읍 반계 4리 1141-1번지 남서울아파트 장경자 자택
제보일시 : 2011.3.11
조 사 자 : 황루시, 유명희, 유형동, 김명수
제 보 자 : 임석례, 여, 84세
구연상황 : 앞 이야기에 이어 구연하였다.
줄 거 리 : 항상 나무 두 짐을 해놓으면 한 짐이 없어지는 사람이 있었다. 하루는 답답하
여 나무 짐 속에 몸을 묶고 있었더니 깨어나 보니 하늘나라였다. 왜 나무 짐
이 하나씩 없어지냐고 물어보니 너의 복이 나무 한 짐밖에 안돼서 그렇다는
것이었다. 하늘나라에서는 부적 방망이를 하나 주면서 두드려서 돈이 나오면
식량을 사다 먹으라고 이야기했다. 그 사람은 평생 자기 복대로 방망이를 두
드려 가며 살았다.

낭구를 낭굴 두 짐을 해다 놓으면 한짐은 맨날 없어져.

이 사램이 한짐은 만날 없어지니, 이게 이상할꺼 아니야? 해 괴어놓고는 여기다가 이르케 들어가서.

"여기다가는 나를 영감 할마이를 보고 나를 좀 묶어주오."

묶어서 덩굴로 묶어서 낭구 하구래 덩굴로 묶거든. 눈을 떠보이 하늘에

올라가는데, 그래 하늘을 올라가.

"니가 무슨 짐승이냐?" 그러니까.

"아닙니다. 낭굴(나무) 두짐을 해다 노믄(놓으면) 한 짐은 없어지니 이게 왠일인가 수퍼, 내가 낭구 속에 들어앉아 올라 왔습니다." 이러니까.

"니가 복에 낭구 두짐이 안돼 있다." 이거여.

그러니 요런 부적방맹이를 하나 주면서

"많이도 두드리지 마라. 때매등(때 마다) 두드리 가지구 돈이 나오거든, 식량을 사다가 먹어라. 식량을 사다 먹어라."

그래두 마이 뚜드류(두드려) 우수수 어러지믄.

"그럼 너 뭘 먹고 살래?"

그래가 한 평상(평생) 그 사램(사람)이 고걸 두드려 가지구 먹구 살구 복이 그렇게 하늘에 안 올라가 봤으므는 살기가 고상스럽다 이거여.

(보조조사자 : 요 얘기, 이거 뒤에는.)

그러믄 얘길 다했겠지 뭐 이제는.

(보조조사자 : 그니까. 어떤 거는 인제 올라가 가주고 따른 사람 복을 빌려 가주고 사는 얘기도 있는데, 그런 얘기는 못들어 보셨어요? 누구 태어날 때까지만 애 복을 빌려 써라. 그런 얘기도 있는 것 같은데.)

모르겠는데 그거는 이제 정신이 없어 가지구 잘 안나네.

색시복으로 부자 된 숯구이 총각

자료코드 : 03_08_FOT_20110311_HRS_YSR_0006
조사장소 : 강원도 원주시 문막읍 반계 4리 1141-1번지 남서울아파트 장경자 자택
제보일시 : 2011.3.11
조 사 자 : 황루시, 유명희, 유형동, 김명수
제 보 자 : 임석례, 여, 84세

구연상황 : 앞 이야기에 이어 구연하였다.
줄 거 리 : 어느 여인이 길을 헤매다가 불빛을 보고 집에 들어왔다. 그 집에는 숯구이 총
각과 어머니가 살고 있었는데 여인이 숯구이 총각에게 밥을 지고 가다가 숯
구이 총각이 숯을 굽는 머릿돌이 황금인 것을 알았다. 당장 숯구이 총각을 설
득해 머릿돌을 팔러 나간 여인은 아주 후한 값을 받고 부자가 되었다. 둘이
혼인하고 부모님을 모시고 아주 행복하게 살았다.

어 저시 뭐신가. 가다가 이까능, 이 색시가 갔더니, 불이 빤 한 게 있다
이거여. 불이 빤 한 게 있으니 갈 데는 없구.

옛날에 뭔 돈이 있어요. 돈두 없고. 이런데 불이 빤한데를 들어가니까
루. 할마이, 나같은 할마이가 있더라는게, 그래 밥을 좀 주더라누.

밥을 먹고 "그래 할머니는 누구하고 사세요?" 하니까.

"난 아들하고 두 모재(모자) 살아요." 이러는데.

내 밥을 갖다 아들을 주고 온다고 인제 새벽에 그래더라거든,

그래 "아들이 뭘하고 있는데요." 하니까.

"우리아들이 숯을 꿔요." 이래더라 거든.

옛날에 숯 꿔가주고 먹고 산다고. 그럼 수. 숯을 굽는다.

그래서 그럼 저기 뭐야 어.

"할머니 그럼 내가 이고 가볼께요. 내가 이고가 어디 어딥니까." 그러
니까.

이만저만 하자고 그러니까. 그런데 밥을 해 이고 가는데 고만.

금이 환이 보티(보이) 드랍니다. 금이 화야케 보여도 이 사람은 그걸 모
르고, 숯만 구는 거여 숯만. 그래 바보 같애루(같이) 숯만 굽고 앉았으니,
서찌니 돌아댕기면서 그런데 가보니 이맛돌이 이맛돌이 이런걸.

[손으로 큰돌을 그리며]

이맛돌을 놔야 불을 떼거든 그게 그저 아주 속이가 빈칠이더랍니다.

그래서 "밥을 잡수십시요. 아저씨 밥을 잡수시고 이이 이맛돌을 지고

갑시다.”

그러니까 “어히구 고걸 꺼내믄 내 밥그릇이 떨어지는데 그걸 띠내면 안되는데. 그걸 띠내자믄. 아이구, 아 아가씨하구 못살았음 못살았지 그걸 띠내믄 안된다.” 그러더래.

“아니 그런 것도 아니고 내가 이맛돌을 대신 갖다놔 줄터이까. 그걸 짊어지고 저기 뭐여 소바리에다 디지 가지구 갑시다.”

소발에다 갖다가 뭐신가 시자 갖다 노이까.

“하아 이게 아주 참금이 들어왔구나. 이걸 얼매나 주까요?”

우르매(얼마) 돈을 아나 순백이(쑥맥이) 숯 놈이 돈도 모르고 여자도 아니고 그 색신데.

“아이구 아저씨 생각해주시우.” 색시말이,

“아저씨 생각해 주시우.”

“삼천냥을 줄까?” 그래서.

“아저씨 알아서 주세요. 알아서 알이 알아서.”

“한 사천냥 주믄 어떨까요?” 이러니까.

“아이고 그것도 아주 큰데.” 그래믄서 대번 오천냥을 주더라는 얘기야.

그 오천냥을 받아가주고, 자리에다 여어 가주고 큰대자리에다 여서 말에대 말 꿰갔구서, 느, 느 가주고 와가주구는 그 무엇인가 좋은집, 집을 사가주고, 그 총각하고 백년언약을 하고 시어머니도 데려다가 여기에 같이 살자.

그래고 같이 살았는기야. 같이 살다가 나이 많은 이 죽어버리고 그래.

[웃음]

그게 얘기가 그게 있어요. 고게 복에 읎으니까루, 그 금을 모르고 자꾸 숯만 굽는기라.

그게. 그른데 하마 이 이 색시를 조만치 멀리서 보니까 ○○가 비치더라 이거야.

그래 댕기다가 그런 색시를 만나가지구서 살아야지.

(보조조사자 : [웃으며] 그러면은 그거는 그 색시 복이네요.)

그럼 색시복이지, 그게

(청중1 : 한 사람 복으로 산단 말은 있어.)

그 색시가 안들어 갔으면 지끔도 품팔이 그거 밲에 숯을 궈야지, 숯을 과야지.

동자삼

자료코드 : 03_08_FOT_20110311_HRS_YSR_0007
조사장소 : 강원도 원주시 문막읍 반계 4리 1141-1번지 남서울아파트 장경자 자택
제보일시 : 2011.3.11
조 사 자 : 황루시, 유명희, 유형동, 김명수
제 보 자 : 임석례, 여, 84세
구연상황 : 앞 이야기를 마친 제보자가 효에 관한 이야기를 해보겠다며 구연을 시작했다.
줄 거 리 : 시아버지가 심하게 아파 의원에게 갔더니 병이 나으려면 손자를 고아 먹여야
한다는 것이었다. 고민하던 아버지가 어머니에게 말했더니 그렇게 하자고 동
의하여 집에 들어오는 아들을 삶아서 시아버지를 드렸더니 시아버지 병이 나
았다. 그 순간 아들이 다시 집으로 들어왔다. 솥을 살펴보니 그것은 아들이
아니라 아들로 변한 동자삼이었다.

시아버지가 아프니까, 시아버지가 아프니까루, 그니까 결국은 저 아버지가 아프니까.

아버지가 저렇게 어어어 저렇게 많이 아퍼서 저래시는데 의수쟁이한테.

"뭐가 약이 좋습니까." 하니까.

"허 다른게 약이 읎는데. 그 저기 핵교갔다 오거든 느 아들을 가매 데워 가주고, 삶아가주고 아부질 주면 퍼득 일어난다."

아는 사램이 그러거든. 안에서 며느리가 안하지.

그런데,

"아휴 우리 아부지가 사시자믄 저 아무개가 핵교 갔다 오거든 솥에 삶아, 그 물을 주면 아부지가 일어나신다는데." 이러니까.

"안에 서서 있다. 아이구 그러지요. 뭐 아부지가 일어나셔야지, 아버님 일어나셔야지."

책보를 들고 들어오거든. 들어오니까루,

"니가 인제 오느냐."

"엄마." 이래 들어오니까루 거다가 팍 집어 넣으니까. 삶길래지지. 삶긴 물을 갖다 시아버지를 주니까 시아버지가 먹구 일어나거든.

일어나는데. 쪼끔 있다 보니까루, 또 들어오는거여. 또 들어오매.

"엄마." 이래므 또 들어와.

"그래."

그거 참 동삼이 들어왔는기라. 메느리가 뜻을 볼라구 동삼이 들어 와가지구는, 그런 말을 해. 그래 시아버이 살리구 그 들어왔는기라. 아가 실제 아가 들어왔는기라.

근데 지끔 여자들은 그런거 없어요. 자식 살릴라구 하지 거 죽으면 그만이지. 그 니른거.

(보조조사자 : 앞에 들어온 게 동삼인거죠?)

네, 동삼이 들어왔습니다.

떡으로 열녀 가리기

자료코드 : 03_08_FOT_20110311_HRS_YSR_0008
조사장소 : 강원도 원주시 문막읍 반계 4리 1141-1번지 남서울아파트 장경자 자택
제보일시 : 2011.3.11
조 사 자 : 황루시, 유명희, 유형동, 김명수

제 보 자 : 임석례, 여, 84세
구연상황 : 부부관계의 믿음에 대한 이야기가 나오자 정절이라는 것이 별것 없다면서 정
　　　　　절에 관련된 이야기를 구연하였다.
줄 거 리 : 한 사람이 마을 여자들이 열녀인지 아닌지 가려볼 요량으로 목욕하는 개울에
　　　　　다 옷을 숨기고 나무 위에 올라가서 말했다. 몇 남편을 봤는지 밑에 있는 떡
　　　　　을 쪼개서 표시를 하라고 하였더니 다들 열 개, 아홉 개씩 나왔다. 그 사람의
　　　　　아내는 떡 반쪽을 표시를 했는데 이유를 물어보니 강제로 끌려 갔었다는 것
　　　　　이었다. 그래서 그 사람은 자기 부인이 가장 열녀라고 생각이 들어 부인에게
　　　　　다시는 싫은 소리를 하지 않고 살았다.

이 뭐신가. 한 사램이 여자를, 마음을 알라구. 모욕(목욕)을 하러.

왜 그전에는 모를 개울에 나가는 기라. 개울에 갔는데 옷을 막 가 끌어
안고, 높은 저기 모이 낭구에 올라 앉아서.

"어허어어 저기 뭣인가 너 몇 남편을 봤는지 본대로 얘길해라. 안그래
믄 너는 죽는다." 이래니까.

대감이 그런 말을 하니까 꼭 죽을 챔이거든(참이거든), 그러니까 뭐 열
본거, 아홉 본거, 일곱 본거, 예드룩(여덟) 다들 ○○○○.

[웃음]

그래지 안 그러겠어. 그 따구들이. 다 가리(가려) 주는데 자개(자기) 마
누래는, 반을 떠서 갖다가서는 뭐여 내루커(내밀어) 주더라 거든. 가다가
붙들렀다구, 집에 가다 붙들리서 그래 반을 떠서.

"아이고 참, 내 아내서지만 열녀로구나."

그래 내려와서 옷을 막 꺼그쳐서 주고 전부 그것이 불쌍년들이라 이거
여, 여편네들이.

[웃음]

그래 자개 각시만 열녀더라 이거여. 남편을 ○○○ 강제로 달겨들어,
이 어뜩할수가 없어. 그래 반을 떠서 내리드리 세라거든. 얘기가 그게 다
끝났지요.

뭐 얘기는.

[청중 웃음]

(보조조사자 : 그 반을 띄어서 한다는게 무슨 뜻이예요.)

뭔 얘길 했나 모르겠는데 또.

(청중1 : 그 반을 반을 띠서.)

(보조조사자 : 그 대감님이 반을 이렇게 어떻게 했다고.)

(청중1 : 반을 띠주면 뭐 옷을 반을 내리켜 줬거나 이랬겠지 뭐.)

(보조조사자 : 자기 마누라만 열녀인걸 어떻게 확인했다구요?)

(청중1 : 반을 띠 줬다는거는 뭘 띠 줬어? 뭘 띠 줬어 요만큼을.)

떡을 떡을 이렇 이렇게 갈가지(갈갈이) 를 이래 이래 이래 해가주고서, 그래 요만치 뚝 떨어다 놓니까. 평상을 데리고 살아도 내 아내는 깨끗한 여자로구나.

저런 것들은 막 그 돌막대기 같은기, 여자를 그놈들이 데리고 산다고 고마이래.

돌막대기 같이 그 놈 여편네들이.

(청중1 : 떡을 인제해 만들어 가주고 올라 앉아서 밭을 떡을 뚝 떨궈 노니까.)

(보조조사자 : 이해가 잘 안되는데. 그게요 처음에.)

(청중1 : 떡을 인제 만들어 가가주고 요런걸 가주 떨궈서 인제 땅에다 눌지니까. 나 고거뿐이 그러니까 거기가 그렇게 주셨겠지. 다른 여자들은 다 가니까 돌을 떤져 줬다는 거지. 돌을 떤져 주고 인제 그 자기 마누라가 진짜 깨끗한 여자라니까 또 떡을 요만큼 반을 띠그러 노니까. 그걸 인제 그걸 됐다는 뜻이잖아.)

(보조조사자 : 그니까 대감님이 옷을 다 숨겼잖아요. 그래서 나무 위에 올라갔잖아요. 그래서 너는 뭐 서방 몇 명 봤는지 대기해라. 그래서 누군 열 명 봤다 누군 아홉 명 봤다고 그랬는데 거기서 돌을 왜 던져요.)

(청중1 : 돌을 인제.)

뜻을 볼라구, 뜻을 볼라구, 옷을 해가가서 후끈 안고 올라가서 높은디 낭구 올라가서, 느가 바른대로 말을 해야지.

"몇 남편을 봤나 말을 해라." 이러니까.

그, 그, ○을 올려 준거래요. 이래 이래 맨들어가주고.

"몇개를 떨어 트리 봐라." 하니까.

(청중1 : 아.)

그래서 내리가 보니까루 수없이 떨어졌더라는 기여.

(청중1 : 아 인제. 마이 그런 사람은 많이 떨어지구 쪼끔 그거 한사람은 인제 딱 한 개가 떡이 하나 떨어졌다 그거야 인제.)

그런데 자기 아내서는 반개가 또로로록 굴러들어.

"아이구 열녀로구나. 나 하나만 봤구만."

(청중1 : 아 떡을 가루를 해가주고. 인제 그걸 그래 떨쿼보라 그러니까 몇 개씩 떨어 졌나 그런데 아주 많이 그런 사람 아홉개 열개씩 떨어지고 자기 마누래 딱 요 떡 한개가 떨어졌다. 반개가. 아 근데 그런 그 뜻이네 인제보니. 가루를 올려줬더니)

(보조조사자 : 가루를 올려줬다구요?)

(청중1 : 어.)

(보조조사자 : 어디에다가요?)

(청중1 : 그 여 여자 마이 그런 사람은 여자들 앞에 가루를 주니까 인제 마이 한 사람은 마이 떨쿼라 그랬는데 뭐 인제 그거 한 사람슥 가라니까 열개 아홉개 막 떨쿼는 거야. 떨쿠고 자기 마누래는 반개를 한개를 떨쿼다. 그거지.)

반개가 떨어 졌드레 반개가. 가다 붙들려 가다가 도루 왔다는 거야.

(보조조사자 : 네. 아.)

(청중1 : 반개가 떨어졌다. 떡 반개지 반개. 그 사람은 아홉 개고 열개

고. 인제 그 떡. 그래 옷을 이만큼 내리쿠 놔줘서 옷을 입구 들어가지 옷을 빨개 벗고 들어가믄 사내들한테 맞어 죽겠거든 그년이.)

(보조조사자 : 으응.)

(청중1 : 인제 이해가요?)

(보조조사자 : 옷을 감춘다음에 떡을 갖다 놓고, 니네 그 본 서방만큼 그걸 땅위에 떨어트려라 라고해서 열 본 사람은 열개 떨어뜨리고 이렇게 했는데 자기 부인은 하나를 떨어뜨렸다.)

(청중1 : 하나도 아이고 반개를 떨궜다.)

(보조조사자 : 반개.)

(청중1 : 오다가 붙들려 가주고 그래가지고.)

그래 나하고 살 망정 니가 열녀다. 각시를 항상 싫은 소릴 안하고 살었답니다.

(보조조사자 : 아.)

난장이에게 속은 열녀

자료코드 : 03_08_FOT_20110311_HRS_YSR_0009
조사장소 : 강원도 원주시 문막읍 반계 4리 1141-1번지 남서울아파트 장경자 자택
제보일시 : 2011.3.11
조 사 자 : 황루시, 유명희, 유형동, 김명수
제 보 자 : 임석례, 여, 84세
구연상황 : 열녀에 대한 부정적인 시선의 열녀이야기를 많이 구연한 제보자에게 억울하게 열녀가 깨진 사연이 없냐고 물어보니 이 이야기를 구연하였다.
줄 거 리 : 눈이 하얗게 오는 밤에 열녀가 사는 집에 어린아이가 자고 가게 해달라며 들어왔다. 들여보내 주었더니 아이가 아니라 어른인 난쟁이였다. 그날 열녀는 깨지고 열녀는 칼로 자결을 했다.

눈이 하-얗게 오는데, 요만한 아가 '타불 타불' 들어오는기라. 들어오

면서,

"아히고 아줌마 눈이 이렇게 오니 눈 뭐신가 어디로 갈데는 없고. 아줌마 여기 좀 자고 갈수가 없습니까?" 하니까.

아 그런 애들이 들어온 걸 자구 가래지 그걸 내쫓을 수는 없거든 그걸.

"그래 그럼 자구 가거라." 이래니까.

들어가니까루. 들어가니까루 그게 아니더라 이거여.

그게 난쟁이더라 이거여. 나이는 많고 왜 정 말하자며는 이게 손자 같은 거를 좀 그렇게, 조금 애기 내린걸 그래두 저기 뭐신가.

열녀라 그만 깨졌지. 열녀 그만큼 해다. 내가 열녀가, 내가 깨졌는데. 그냥 살라 그랬는데 그냥 남편으로 살라 그러는데.

열녀가 깨졌으니 그놈은 가지 그놈은 난쟁이는 가버리고 칼로 가 목을 치고 죽어 버린기라. 열녀가 깨졌는데.

(청중1 : 열녀가 깨졌다네. 열녀문을 못 세우는거야.)

열녀시험

자료코드 : 03_08_FOT_20110311_HRS_YSR_0010
조사장소 : 강원도 원주시 문막읍 반계 4리 1141-1번지 남서울아파트 장경자 자택
제보일시 : 2011.3.11
조 사 자 : 황루시, 유명희, 유형동, 김명수
제 보 자 : 임석례, 여, 84세
구연상황 : 열녀라는 사람들이 위선이 많았다며 열녀행세 하는 여자들의 이야기를 구연
하는 중에 조사자들이 열녀는 어떻게 되는 것이냐고 물었다. 그러자 열녀가
되는 재미있는 이야기가 있다며 구연하였다.
줄 거 리 : 열녀가 있었다. 장안에 열녀만 뽑을 수 있다는 땅에 박힌 화살이 있다고 하여
열녀의 동생이 누나에게 뽑아보라 할 요량으로 소식을 알렸다. 그 동생은 자
기 부인에게도 이 사실을 알렸는데 누나에게 말한 것과는 반대로 사내 열을
봐야 뽑을수 있다고 했다. 동생의 부인은 하나가 모자라서 못 뽑는다며 꽁지

　　를 내렸다. 누나가 장안에 가서 화살을 뽑는데 거의 다 나왔는데 끝이 나오질
　　않는 것이었다. 열녀가 얘기하길 너무 잘생기고 키 크고 멋진 사람이 있어서
　　잠깐 쳐다본 것뿐이라고 얘기하니 뽑혀 나왔다.

열녀가 하나 있었어요. 열녀가 문이 있었는데, 이게 동상이, 동상(동생)이 와 가지곤, 집에 와가지곤 한다는 소리가 누님 백에는 그 화살을 뺄 사램이 읎다. 이거야.

열녀가 빼지 열녀 아닌 건 못뺀다 이거야.

그러고는 저 마누라 한테는 이게 뭐라 그런고하니.

"남의 남자를 열을 본 사람을 가면 그게 화살이 빠-진다."고 했어요.

그거 인공으로 여편네 속을 떠 볼라고 물어본 기여. 그랬기 때문에 냉중에 인제 그기 서방을 남의 서방을 몇을 봤나. 남자 그걸 알라구, 그게 남자가 아닌가.

그러니까루 그놈이 해 ○○○○ ○○○○ 요래디 요래디만.

"아이구 열이 안되네 하나가 빠지네요." 요러고 앉았더라 잖아. 얌체 같이.

그래

[웃음]

그래 뭐여. "누님 밖엔 뺄 사람이 없으니까 누님이 장안을 가십시오."

그래 장안을 누님이 갔네. 누님이 가서 쑥- 뽑아 올리니까 벌벌벌뺄 떨고 고만, 탁 모이는기라.

그래 이 화살은 왜 안 빠지느냐.

'내가 하도 옷도 잘입고 키도 크고 인물도 좋은 사람이 가게 저런 사램은 얼마나 저렇게 옷도 잘입고 키도 크고 인물도 좋으냐. 이런 생각을 하구서 내가 한번 쳐다본 일이 있다고.'

그러니까 잡아 뽑으니까 쑥 빠지더라 잖아.

(보조조사자 : 열녀얘기네요. 열녀얘기.)

상은 많이 탔죠. 예편넬 골을 볼라고 그런거래요. 그래도 그걸 살아야지 자식이 있는데 어떡해.

뒷집영감 좋다고 불공드려 성불한 이야기

자료코드 : 03_08_FOT_20110311_HRS_YSR_0011
조사장소 : 강원도 원주시 문막읍 반계 4리 1141-1번지 남서울아파트 장경자 자택
제보일시 : 2011.3.11
조 사 자 : 황루시, 유명희, 유형동, 김명수
제 보 자 : 임석례, 여, 84세
구연상황 : 요새 시집살이를 하는 며느리들이 옛날과는 달리 시어머니를 가지고 놀려한다는 취지의 대화가 오갔고 제보자는 옛날에도 그런 경우가 있었다며 이야기를 꺼냈다.
줄 거 리 : 할머니가 저승에 갈 준비를 하기 위해 '관세음보살'을 외우다가 잊어 버렸다. 며느리에게 자기가 중얼대던 말이 무어냐 물었더니 귀찮은 며느리가 뒷집영감 좋다고 그랬다고 대충 얼버무렸다. 그때부터 할머니는 '뒷집영감 좋다고'를 계속 되뇌었다. 그것을 본 아들이 뒷집영감님을 업어서 합방도 해드렸지만 할머니의 본뜻이 그게 아니어서 외면만 하고 말았다. 그렇게 백일을 외우자 할머니는 학이 되어 하늘로 날아갔다. 할머니에게 못되게 군 며느리는 뱀이 되어 기어다니게 되었다.

그것이 그거는 할마이가 저승을 갈라구요. 저승을 갈라구, 날(나)같은 할마이가, 저승을 갈라구 앉어서. 그저 관세음보살 관세음보살 이러다가. 볼일이 있는기라.

볼일이 바뻐요. 화장실에 갔다 와가주고..

"아이구 야야. 며늘아 내가 뭐이라 그러드냐?" 하니까.

"뭘 할마이 뭐라 그래. 뭐 뭐신가 뒷집영감 좋다고 뒷집영감 좋다. 그러지 이래더구만. 뭘 뭐라 그래." 이래거든.

"그래드나."

"뒷집영감 좋다고 뒷집영감 좋다고."

이러고 앉았으니까. 아들이 들어오는거여.

"어머니 뭔소릴 그런거 소릴 하십니까?" 이러니까. 그렇게 그것도 대답도 안하고 하고 앉았는거여. 그래 하고 앉았으니. 뒷집영감을 보고 수어 우리 어머니가 저래나 하구.

낼름 업어다 그 집에 갖다 놔두 거따도 안보는 거야.

거따도 안보곤 그저 뒷집영감 좋다고만 디리 찾어. 그래 밤에 그 숫영감이 잡아땡겨 볼꺼아니야.

잡아땡겨. 다 치워뻐리고 저승가라. 뒷집영감 좋다고를 찾어.

그래 아침에 가 "어머니 잘 주무셨어요." 이러니까.

왔던 것도 안보고는 그래두 그것뿐이거든.

그러이까 "아이구 빨리 자네 어머이 빨리 업어가게."

한잠도 못 잤으니 빨리 업어 가라구 그래.

[웃음]

그래 갔다 노니까루(놓으니까) 뭐 다른 소리두 안해구, 그저 뒷집영감 좋다구만 석달 열흘, 백일을 드리는 거야.

고마 이기 학이 되는 거야. 학이 되서 그만 공중으로 그만 하늘에 뚜르르르 날아가 자치없이가루 자치거든 그래구요.

여편네는 시어머이를 그렇게 해롭게 한 거는 고마 짐승이 됐어. 진 진지리(진저리) 해가주 짐승인제 사르르르 나가 버리구.

그래 제대로 왜 총기가 있는게, 제대로 말해 주믄 얼마나 좋겠어.

그래서 메느릴, 열 메느릴 봐도 조매 그게 부모한테 잘하는 게, 별로 없다 이거여. 그렇게 말을 했겠지.

(보조조사자 : 그렇게 말 안했어요. 뒤에 가 좀 다른 얘기였어요. 며느리가 어떻게 됐다구요? 긴 벌레가 됐다구요?)

(청중1 : 긴 뱀이 되서 가 왔다갔다. 죄를 받았으늬 뱀이 되서 나갔다구

하잖아.)

호랑이 목에 걸린 비녀 빼준 이야기

자료코드 : 03_08_FOT_20110311_HRS_YSR_0012
조사장소 : 강원도 원주시 문막읍 반계 4리 1141-1번지 남서울아파트 장경자 자택
제보일시 : 2011.3.11
조 사 자 : 황루시, 유명희, 유형동, 김명수
제 보 자 : 임석례, 여, 84세
구연상황 : 원주에 유명한 황효자 얘기를 요청하며 대략의 줄거리를 이야기하자 호랑이
          의 입에서 비녀 꺼낸 이야기는 들었다며 구연하기 시작했다.
줄 거 리 : 호랑이가 입을 벌리고 울고 있었다. 지나가던 사람에게 손을 자기 입에 넣어
          보라는 시늉을 했다. 손을 넣었더니 호랑이 목에 걸린 비녀가 쑥 빠졌다. 호
          랑이는 자기를 도와준 사람이기 때문에 아무 해를 끼치지 않고 지나갔다.

예 호랭이가 그렇더래요. 호랭이가 입을 딱 벌리구 있어 가지구. 눈물을 뚝뚝 흘리고 있어.

"니가 그래 왜 그래 눈물을 흘리고 입을 딱 벌리고 있느냐." 그러니까루.

손을 좀 여어(넣어) 보라 그러더래.

"니가 날 잡아 먹을라고 그럼 손을 넣어보라 그러느냐."

그건 아니라 그러더래.

그래서 손을 여니까 비녀가 쑥 빠지는 기라. 사람을 하나 잡아먹고.

"이걸 끄내 놨으니 나를 잡아먹을래." 그러니까.

고만 가더랍니다. 그걸 말하자믄 끄내 안 놨으면 죽는기라. 가로에 찔려서 죽을텐데.

(보조조사자 : 그 호랑이가 다르게 도와주고 그러진 않았구요? 사람을.)

해롭게 하질 않고 고만 떠나더랍니다.

(보조조사자 : 아 뽑아주니까.)

지를 고쳐 줬기 때문에.

홍수전설

자료코드 : 03_08_FOT_20110311_HRS_YSR_0013
조사장소 : 강원도 원주시 문막읍 반계 4리 1141-1번지 남서울다파트 장경자 자택
제보일시 : 2011.3.11
조 사 자 : 황루시, 유명희, 유형동, 김명수
제 보 자 : 임석례, 여, 84세
구연상황 : 비가 엄청 많이 온 홍수 이야기를 해달라고 하였다. 제보자가 홍수가 나서 인
간 두 명만 살아남은 이야기를 알고 있다고 하여 구연을 요청하였다.
줄 거 리 : 물을 길어오던 부인에게 갑자기 어떤 노인이 난리가 난다고 피난을 가자고
했다. 그 말을 들은 부인은 자식도 있고 시부모도 있고 남편도 있는데 혼자
못간다고 하여 그럼 그들을 설득해서 데리고 나오라는 말에 집에 갔다. 피난
얘기를 하니 다들 미친 여자로만 봤다. 그 둘은 그 후로도 높은 곳으로 올라
가면서 홍수가 난다고 외쳤지만 아무도 믿지 않았다. 결국 둘이 산에 올라오
니 큰 폭풍이 몰아쳐 산 밑의 사람들은 모두 죽고 달았다. 세상에 사람이 다
없어져 살아남은 두 사람이 연을 맺어 다시 사람의 씨가 퍼지게 되었다.

물동이를 나가니까루.

"아줌마 피란 갑시다." 이러니까.

"아니구 내가 시집살이 하는데 어뜨케 피난을 가느냐."구.

그 물통 빨리 갔다 여다 놓구서 나오라 이거여. 다 죽는다 이거여.

그러니, 그 주 그 물통을 갖다 내려 부뚜막에 나려놓구, 시아버님이나
시어머님이나 보구,

신랑이나 피난가자고 해야지. 피난 가자 그러니까.

"니가 미쳤어? 뭘 보구서는 니가 막 니가 미쳤구나." 아 그러거든.

그래 나가니까.

"빨리갑시다."

가다 가이까 모 숭그느라구(모심느라고) 아주 뭐뭐뭐뭐 잔뜩 논에서도 모 숭그느라 그러는데.

"아이고 아저씨들 모고 뭐고 다 치워 뿌리고. 우리 피란갑시다." 다죽는다 그러이까.

"저 노무 새끼가 저거 미쳤다고 저 노무새끼가." 고마 모춤을 가지고 훔칫 때리니.

온 사방 뭐뭐뭐 고마 흙이 고마 흙을 어뜨고.

"그러거나 말거나 갑시다. 우리 둘이 갑시다."

가 높은 재로 인제 가서 으 그 뭐여 거지게 지 올라가서 깊은 산중에 가 가만히- 이래 들어앉아다 보니까. 왈쿠닥 갈쿠닥 왈쿠닥. 집에는 그걸 몰라 그렇지, 이제는 그렇게 왈쿠닥 달쿠닥 그랜다구.

"그래 아줌마요. 저 저 아까 모 숭그던 그들을 내다보라." 그러더라 잖아.

내다 보니까루 그 저 높이 나게 다 쓰러져 보더라고 다쓰러져 죽었으니.

"아줌마 어떡해. 이런 사람은 없어. 사람은 없으니까. 아주머니 거는 영감은 나이가 조금 먹었고. 이건 각신데 사램이 가봐야. 당신도 죽을 끼구 나두 죽을끼구 개 바닥에 들어가면 아무것도 없어 그러니까. 우리 둘이 짝을 지어서 열매를 퍼줍시다."

그 해 살아서 저기 뭐여 식량을 그래두 밑에 내리 가서 먹을 라이 뭐 뭐 식량이 되냐 식량을 다 죽었으니까 빈집이니까 거 가서 식량을 먹구 이래구 많은 열매를 퍼줘서 그 열매가 이렇게 퍼졌다 이거여.

이렇게 퍼졌는데 거기서 인제 성을 뭐 김가다, 임가다, 박가다. 그걸 따로 맨들었다는기야. 그래 그래서 이만큼 인촌이 ○○○ 다 죽고 없었답니다.

(보조조사자 : 왜 죽은거에요? 왜 죽은거에요? 사람들이?)

난리가 오니까 그렇지 난리가 오니까. 우리도 저기 난리에 야가 어렸었어요.

그런데 우리가 좀 좀 외딴데 가 살았어요. 그런데 글루 가자 그래 산에 가서, 바우 밑에가 가만히 이래 들어앉으니까 신작로를 '덜크덕 툭딱 덜크덕 툭딱', 신작로로 큰길로 내려가는 거여. 내려가는데 가만 요래 들어앉았으니까.

내려간 다음에 집에 들어와서 밥을 해 먹고 또 올까봐 또 무서워갖고, 반굴 속으로 들어갑니다. 그래서 결국은 그거 저 무엇인가 그 난리에 그게 죽은거래요.

그래 하루 죽을지를 모르고 열흘 살지로 안다고 모 숭고 다 죽을지를 모르는기라.

(청중1 : 다 죽었지 뭐 하얗게 다 죽었더래 난리 때.)

그래 노니까 모 숭그는데 와서 얘기를 하거든 폭풀(폭격)을 떨기는기라.

폭푸을 떤지.

(보조조사자 : 예.)

우리두 우리 조카딸도 하나 있거든 죽일 걸 살았어요. 지집아가 울기는 왜 그렇게 우는지, 난리에 가서 지집아가 울었는디, 저 아버지가 저놈의 지집아 지주구 폭풀 내려온다고. 못 울게 하고 울지 못하게.

그러이 이 놈의 지집아가 울기는 자꾸 울지 고만 걸레질 갖다 꼭 틀어 막아 가지구 저이 아버이가 그랬는데 우예까. 저 늠의 지집아 어든 죽여불가 먼지가루 속에 들어 앉아서.

울면 폭풀 내려온다 이거여 그래서 뭐신가 폭풀이 내주 때리니까 고만 복가굴에 속으로 막 거 뛰들어가 복가굴에 들어가 돌아댕겨서 가만 이래 가주고 있다 나오니 사램 인지 만지 뭐뭐뭐 그렇지 뭐. 우리도 저 피란

갔다 왔어요. 그럴 때는 집에는 생겨나지도 않았어요.

흉년에 부모에게 쌀 숨긴 딸

자료코드 : 03_08_FOT_20110311_HRS_YSR_0014
조사장소 : 강원도 원주시 문막읍 반계 4리 1141-1번지 남서울아파트 장경자 자택
제보일시 : 2011.3.11
조 사 자 : 황루시, 유명희, 유형동, 김명수
제 보 자 : 임석례, 여, 84세
구연상황 : 경로당에서 조사를 할 때 며느리에 대한 성초가 이어졌다. 이때 제보자는 딸
　　　　　이라고 다르냐며 자기가 그런 이야기를 알고 있다고 했다. 이와 관련된 이야
　　　　　기를 요청하자 구연하였다.
줄 거 리 : 임진년 흉년에 어머니가 하도 배가 고파서 딸네 집에 쌀을 얻으러 갔는데 마
　　　　　침 딸이 빨래를 하러가고 집에 없었다. 광에서 쌀을 서너 말 퍼낸 다음에 찬
　　　　　장에 가보니 쌀밥이 있어 쌀밥을 먹었다. 빈속에 밥이 들어가니 졸음이 와서
　　　　　한숨 자게 되었는데 그 사이 딸이 들어와 포대에다 쌀을 다 퍼내고 모래를
　　　　　채워 넣었다. 어머니가 포대를 이고 가는 길에 벼락이 자꾸 어머니를 쫓아왔
　　　　　다. 어머니는 하늘에다 딸네 집에서 쌀 서너 포대 얻어 온 것이 죄냐고 소리
　　　　　를 지르니 벼락이 멈추었다.

　뭐 뭐신가 사는 게, 그게 임진년 숭년(흉년)을 집에는 다 몰라요.

　임진년 숭년에 디게 못살았다 이거여. 이런데 딸네 집에가 밥이래도 얻
어 먹을라구, 딸네 집엘 갔다 이거여.

　가니 집에 사람은 다 굶어서 들어 앉았는데 그래 들어가니까, 딸은 빨
래하러 가구 없드라 이거여.

　그런데 들어가니까 광에 들어가니까, 쌀이 소복 소복 떠서 적어놨더라
는기 그래서 쌀을 한 서너말 해서 묶어서 마룽에다, 이고 갈라고 이구 집
에가 먹을 거를 줘야 될꺼 아니여.

　이고 갈라구 거기다 놓구는, 집에 가 찬장을 디비니 밥이 있드라 이거

야. 밥을 굶든 챙기에 시컨먹고 나니까, 고만쓰러지는 거여.

쓰러져 신컨 자고 일어나니까 잘걸리구 들어와 간다. 달을 이구서 이렇게 가니까. 벼락이 노상 벼락이 디리 때리는 거여 노상벼락이.

노상벼락이 디리 떨이지니까 이 그니까 이 할마이가 한다는 소리가,

"나는 사람이 아무것도 죄를 진 게 없고 딸의 집에가 다수에 저기 딸에 집에가 쌀을 서너말 받아 여은거(넣은게) 그게 죄고. 찬장 안에가 뭐고 집으로 갑니다." 이러니까.

그러는데 노상벼락이 때리더니 고만 덜컥 그치더타잖아. 비가 좀 떨어지면 애들이. 딸을 말하자면 벼락을 때렸지 제 딸은 그걸 쌀을 어마이가 퍼 담아 놌으면 그냥 두지 그 쌀을 갖다 단지에 붓고는 모래를 퍼 담아 놌으니, 지가 죽지 그게 살 자격이 없는 기라.

그게 그렇게 됐지 시국이. 그렇게 됐지. 그 숭년, 아무리 숭년 이더래두 먹음만 하니께루 쌀을 퍼담았는데, 집에 두 누님이 있던지 도생(동생)이 있든지 있겠구만으. 그런데 잘하는 건 잘하지만 별로.

기가 쎈 부인 버릇고친 이야기

자료코드 : 03_08_FOT_20110311_HRS_YSR_0015
조사장소 : 강원도 원주시 문막읍 반계 4리 1141-1번지 남서울아파트 장경자 자택
제보일시 : 2011.3.11
조 사 자 : 황루시, 유명희, 유형동, 김명수
제 보 자 : 임석례, 여, 84세
구연상황 : 앞 이야기에 이어 구연하였다.
줄 거 리 : 사십이 넘도록 장가를 못간 총각이 있었다. 때마침 아무도 데려가지 않는 성
         질이 무서운 처녀가 있었는데 그 총각이 그 처녀와 결혼을 했다. 첫날밤에 둘
         이 자다 보니 여자 속곳에 똥이 한 무더기가 있었다. 남자는 여자를 원망하고
         여자는 자기가 싸지 않았다고 잡아 뗐다. 남자가 어쩔수 없이 이 똥을 내가
         다 먹어야 되겠다면서 그 똥을 다 먹었다. 그 이후로 여자는 결혼 생활동안

남자에게 성질을 부릴 수가 없었다. 하지만 그것은 남자가 여자의 기를 잡기 위한 꾀였다. 사실 속곳에 묻어있던 똥은 메주였던 것이다.

총각이 사십이 넘도록 장개를 못가니 이게 참 뭐여. 색시가 하나 있다 이거여.

색시가 하나 있는데 어트게 해서 누가 갱가는(데려가는) 놈이 없다 이거여.

어트게 데리 가는 놈이 없으니, '아이고 내가 가야지 안 되겠구나. 내가 가야 그 버르장머리를 뜯어고치고 가야지.'

장개는 가야지. 총각도 혼자 못 살거든. 데리왔다.

데리 왔는데. 첫날 저녁에 자다가서는 똥을 이만치 눠났는기라. 속곳 가래이다.

(청중1 : 누가 여자가?)

(보조조사자 : 남자가요? 여자가요?)

덜렁 드르고 (얼른 뒤집고) 보니까 색시를 맞을라고 덜렁 드르고 보니까, 똥이 이만치 있는거야.

(청중1 : 아 여자가 쌌어. 여자가 쌌네 그래.)

그래 그놈을.

"아이고 이 사람아 똥을 오늘 지녁엔 좀 참지 어트께 오늘 지녁 똥을, 이렇게 눗는가?" 이러니까.

색수도 얼굴 싸고 뭐고 딴데 껀데 불메이(분명히), 안 눴는데 그래.

"내가 주거거게(죽어) 가주 나갈수는 읎고 이 똥을 첫날 즈녁, 어찌 똥을 천에 갖구 가나. 내가 주어 먹기." 먹거든 총각이.

억지스레 막상 주어 먹으니, 뭔가 더 할 말이 없지 읎(넋)이 빠져도. 늘 좋을 수는 없지 그르니까.

아이고 뭐 사나흘 보고 뭐라고 발광을 해?

"이 사람아 아무리 온 자네가 억시빠져도(억세도) 첫날 저녁 어뜨게 똥을 그 만침 눗는가 이 사람아."

(청중1 : 여자 기를 꺽는거야. 인제.)

"그르니 좀 참아야지. 행상(항상) 참고 살지. 그 똥을 그만치 눈걸 내주 먹느라고 혼났네.) 이러니까 그저 참고 살지. 그래 아들 딸을 낳고서 살았다 이거여.

그런데 실제론 그게 똥이 아니고, 그 놈을 버르장머리를 뜯어 고칠라고 메주를 이렇게 주개 들어다 놓고, 여 놓고는 버르장머리를 뜯어고쳐 아들 딸을 놓고 살았다는 기라.

그런 예가 있다고 그래.

복을 찬 최천석의 아내

자료코드 : 03_08_FOT_20110311_HRS_YSR_0016
조사장소 : 강원도 원주시 문막읍 반계 4리 1141-1번지 남서울아파트 장경자 자택
제보일시 : 2011.3.11
조 사 자 : 황루시, 유명희, 유형동, 김명수
제 보 자 : 임석례, 여, 84세
구연상황 : 앞 이야기에 이어 구연하였다.
줄 거 리 : 옛날 최천석이란 사람이 있었는데 살림은 안중에 없고 공부만 했다. 먹고살
         것이 없어서 논에 나는 피를 말려서 먹었는데 하루는 비가 오는데도 최천석
         이 피를 걷을 생각은 안하고 글만 읽고 있자 여자는 최천석을 떠나 버렸다.
         시간이 지나 최천석이 과거에 붙어 금의환향 할 때 길가다가 피를 흘고 있는
         여자를 만났다. 여자는 최천석에게 매달리지만 최천석은 과거를 보고 돌아오
         면서 남은 여비 닷 냥만 남기고 사라졌다.

저기 인연도 아니고. 남자를 만났는데. 남자를 만났는데, 남자를 만나노니 공부만 해요.

공부만 엎드리 자꾸 마루에 앉아 공부만 하니, 아 그 아무래도 미울꺼 아니여.

이런데 그 집에 못산다 이거여. 못사는데 가서 잰피(피), 잰피리 먹었어요. 벤 잰피가 그 저기 뭐여 베하고 야하고 인제 섞였는데, 잰피만 흘터야지 베를 흘트믄 혼난다 이거여.

잰피만 흘터다가서는 갓다 말룰라고 오니까 아 이게 공부만 하고 엎드려 있으니 괘씸할 꺼 아니여. 비에 맞고 다 떠느리 갔는데.

그래서,

"니하고 내가 살아봐야 평상 고 따위다. 나는 간다." 고만 간다 이거여.

고만 가서, 가니 또 어디 갈데 가 있나. 그래 가다가 서는 또 만났다는 게 또 그치 같이 없는 사람한테 또 만냈다.

또 가서 잰피를 훑는다. 또 가서 잰피만. 그게 팔자라 이거여.

또 가서 잰피를 흘타니까. 이 사람은 공부를 다 해가지고, 최천석이란 사람은 공부를 다해가지고 가게(과거)하러 사령을 붙들고 간다.

가게 하러 말을 타구선 가 공부를 해가지고 내려 오다니까 이래 거 내다 보니까 그 사램이 그 뭐여 가게 한 사람이 데리고 살던 여자가 또 잰피를 훑는거여.

또 잰피를 훑으니. 아이고 저 아주머니는 오나가나 잰피 짝을 면칠 못하는구나.

"너 가서 저 아주머니 좀 데리고 오너라." 이랬거든.

사령을 보고, 그 사램을 보니까. 와가지고 아무래도 그 남편을 보니 고개를 푹 수그릴꺼 아니여. 고개를 수그리고.

"고개를 드시오. 나는 과게를 해가지고 내려오는 사람이요."

"당신이 쪼금만 더 참었으믄 나하고 백년언약을 할 꺼 아니요."

최천석이라는 사람하고 백년 언약을 할건데 그렇게 됐으니까 그래 뭐 저기 이 돈이 닷냥이 남았다 이거여. 과게하고

"닷냥이 남았으니 이걸 가져 가서 필요헐때 쓰시오."

"안됩니다." 고마 따라간다고 매달리는거여.

"안됩니다. 안되니까루 딴 데 가서 좋은데가 살고 요거 먹을 동안은 잰 피를 훑지 마시오."

이렇게 하구서 고만 말을 타구서 혼거만이 온다.

말을 타고 최천석이란 사람의 집 와가지고 참 어 과게를 했으니까 잘 살꺼 아니야. 잘 무엇인가 이거에 빈정 달고 사니.

오는 사람도 예쁘고 가는 사람도 보고 과게(과거)를 했으니 좋은 일을 했으니까 그렇게 풀렸다 이거여. 그리 그 사람이 지금도 잘살고 있어요. 최천석이라는 사람이.

(보조조사자 : 최천석이요?)

어 그래 최천석이. 사람은 참고 살아야지 자꾸 그래 쫓아 댕기면 안된 다 이거여.

똥 안 닦는 며느리 버릇고친 이야기

자료코드 : 03_08_FOT_20110311_HRS_JGJ_0001
조사장소 : 강원도 원주시 문막읍 반계 4리 1141-1번지 남서울아파트 경로당
제보일시 : 2011.3.11
조 사 자 : 황루시, 유명희, 유형동, 김명수
제 보 자 : 장경자, 여, 64세
구연상황 : 임석례의 딸인 장경자 제보자는 어머니가 하는 이야기들을 듣다가 어머니가
　　　　　 빠뜨린 내용을 보충하는 형태로 이야기판에 계속 참여허 오다가 가끔 생각나
　　　　　 는 것들이 있으면 이야기판을 주도하기도 하는 다양한 모습을 보였다.
줄 거 리 : 며느리가 변을 보고 밑을 안 닦는 바람에 버릇을 고치려는 시아버지가 서울
　　　　　 에서 늘어 붙은 똥가루를 긁어오면 상을 준다고 거짓말을 했다. 며느리는 똥
　　　　　 가루를 벅벅 긁어서 광목자루에다 담고 서울로 올라가는데 비가 내려서 온몸
　　　　　 에 똥물이 흘러내렸다. 그 후로 며느리가 그 버릇을 고쳤다고 한다.

엄마 봐, 그전에 그래 서울 장안에서 뭐 빤스 밑구녕 끌거(긁어) 가주 오라는거 그거, 그거 얘기해봐.

[웃음]

빤스 밑을 하도 밑으를 안 닦으니까, 빤스 밑을 하도 밑에를 안 닦으니까.

옛날에는 뭐 있어 닦을 게 없으니까 그냥 똥누고 그냥 올리고 그냥 올리고 그러니까. 하도 그렇게 해서 버릇을 가르킬라고.

시아버지가 허허 뭐여 야야 저 뭐여, 서울 장안에서 아주 그 똥가루 늘어 붙은거 그거 긁어 가지구 오므는 뭐 상을 준다 하니까.

빤스를 뭐 홀랑 뒤집어 놓고 며느리 벅벅 긁더라잖아. 그거를 벅벅 긁어가지고 그러니까, 이런 그전에 광목자루 같은 거 있잖아. 그런 자루로 한 자루가 되더래.

그런 자루로 한 자루가 되는데 그걸 이제 머리에다 해 이고 가는 거야 그런데 가는데 비가 얼매나, 쏟아지던지 비가 쏟아지니까 그기 뭐가 되나 똥물이 흘러가주고 매런도 없더란다. 그래 며느리 버릇을 가르켰다는 거야.

(청중1 : 총기는 좋네- 또.)

(보조조사자 : 어머니 말씀 재밌게 잘 하시네요. 기억하셔가지고.)

아이구, 어머니한테 들었지. 근데 더 얘기했는데 뭘 하지 내가.

뱀이 간장독에 들어가 저주받은 이야기

자료코드 : 03_08_FOT_20110311_HRS_JGJ_0002
조사장소 : 강원도 원주시 문막읍 반계 4리 1141-1번지 남서울아파트 경로당
제보일시 : 2011.3.11
조 사 자 : 황루시, 유명희, 유형동, 김명수

제 보 자 : 장경자, 여, 64세

구연상황 : 어머니인 임석례 제보자가 자신에게 해준 이야기라며 구연하였다. 처음에는
어머니가 구연하기를 바라며 일부를 알려주었지만 어머니가 모르겠다고 하니
직접 구연하였다.

줄 거 리 : 모심기가 한창인 농번기에 구렁이 한 마리가 간장독에 빠져서 죽었다. 주인은
구렁이를 건져내 버리고 논 일을 한사람들에게 선심 쓰듯이 간장을 나누어
주었다. 주인은 점점 구렁이로 변하였고 아들들에게 마을에 있는 소(沼)로 옮
겨달라고 말했다. 그러자 소(沼)에서 엄청 큰 구렁이가 나와 주인을 채갔다.

옛날에 뭐 이렇게 인제 모를 심굴라고(심으려고) 인제 뭐 그러니까.

구랭이가 인제. 옛날에 뒤뜰에 처막 밑이 있어요. 처막 밑에, 바깥에 안
있고. 그 처막 밑에 이 구지 구렁이 그 집 짠지도 다─ 그래 옛날엔 단지
도 커요.

이런 다리토막 같은 단지에다 간장을 하네(하나) 담아놓으니까.

큰 구랭이가 와서 그 푹 빠져 죽으니까 간장독에 가고는 구랭이 빠진
걸 껀져서 내비리고서.

그러니까 일을 인제 뭐 막 논에 모를 좀 모도 심고 그러니까 그거 일
을 시켜가, 기냥 줘도 되는데. 일을 하튼 그렇게 시켜가 주고.

일을 몇 며칠을 시켜가주 간장을 한 동구씩 퍼서 주드래.

그러니까 그 죄가 됐는거지. 죄가 되니까. 구랭이가 차 차 되가주고, 되
니까. 고만 살 수가 없잖아. 구랭이가 되가 동네 살 수가 없으니까.

"나를 큰 소(沼) 앞에다 갖다 놔다오."

그니까 아들이 업어다 지게에다 업어다가 갖다 노니까.

이렇하고, 그기 탁 갈라지면서, 소가 갈라지면서 큰 뭐 구랭이 같은게
이렇게 나와서, 숫님(수놈) 인지 뭔지 와서 턱 채가주고 나가 드래. 툭 채
가주고 거 물로 들어가드래.

그러니까 아들 둘은 멍하니 처다보고 말도 한마디 못했대.

뱀이 은혜 갚은 이야기

자료코드 : 03_08_FOT_20110311_HRS_JGJ_0003
조사장소 : 강원도 원주시 문막읍 반계 4리 1141-1번지 남서울아파트 경로당
제보일시 : 2011.3.11
조 사 자 : 황루시, 유명희, 유형동, 김명수
제 보 자 : 장경자, 여, 64세
구연상황 : 이전에 조사를 왔을 때(2011.3.6.)에 제대로 조사하지 못한 내용들을 질문하
　　　　　　는 가운데 구연한 이야기이다.
줄 거 리 : 과거를 보러가던 선비가 산에서 뱀이 갇힌 상자를 발견하였다. 선비는 뱀이
　　　　　　갇혀 있는 것이 불쌍하여 그 상자를 열어 뱀들을 풀어 주었다. 과거를 보러
　　　　　　가던 중 선비가 병이 들어서 굴속에 들어가 꼼짝 못하고 있었다. 입에 풀을
　　　　　　문 뱀이 굴 안으로 들어오더니 그 앞에다 놓고 갔다. 그것을 먹고서 병이 나
　　　　　　아 과거를 보러갔다.

　(보조조사자 : 네 그 얘기랑 아까 또 뱀이 풀잎 물어다 준 얘기 있잖아
요. 그것도 좀 다시 한번 해주세요.)

　응 그거. 인제 가 옛날에 과거보러 많이 가잖아.

　과거를 보러 가다 보니까 산에 뱀상자가 이렇게 있더래요. 뱀상자가 이
래 있어서 뱀이 그 안에 뭐 말도 못하더래요.

　울긋불긋 한 게 아주 구랭이도 들어 앉었고 뭐 별게 다 들어 앉았더래.

　그래 가주 먼 만큼 가다가 돌아와서,

　"저 뱀을 살려줘야 문을 열어주고 가야 저게 살겠다." 싶어서.

　다시 도로 와서 그걸 열어주고 갔대요. 열어주고 가다가 가다가 어떻게
병이 들었대.

　이 선비가 선비가 과거를 보러가려다 병이 들으니 어디 갈수가 있어?

　뭔 굴이 이렇게 있드래. 거기 들어가서 그저 몇몇일을 앓고 드러눴는
데. 구랭이가 뭔 풀잎을 하나 시- 퍼런걸 물고선 저렇게 인제 들어 오
더래.

　들어오더니 그 앞에 뚝 인케(이렇게) 놓고 가더래.

"

그래 먹구 발르고 뭐 이랬다더라 그래. 그걸 먹구선 나아 가지구 과거 보러 갔대.

과거 보러가서 그래 가주고 뱀이 은혜를 갚았다는 거지.

황지연못

자료코드 : 03_08_FOT_20110311_HRS_JGJ_0004
조사장소 : 강원도 원주시 문막읍 반계 4리 1141-1번지 남서울아파트 경로당
제보일시 : 2011.3.11
조 사 자 : 황루시, 유명희, 유형동, 김명수
제 보 자 : 장경자, 여, 64세
구연상황 : 예전에 살던 마을에 얽힌 전설을 물었더니 살았던 마을은 아니지만 들은 이
　　　　　야기가 있다고 하며 황지연못에 대한 이야기를 꺼냈다.
줄 거 리 : 중이 어느 집으로 시주를 왔다. 성질이 고약한 시아버지는 소똥을 퍼다 주었
　　　　　다. 중이 돌아가려는데, 마음 착한 며느리가 쌀을 퍼서 주었다. 중은 먹구름
　　　　　이 몰려 온다며 산으로 올라가라고 충고를 했다. 중은 절대 뒤돌아보지 말라
　　　　　는 이야기를 했는데 아이를 업고 나오던 며느리는 결국 뒤를 돌아보았고 어
　　　　　머니와 아들이 모두 돌이 되고 비가 많이 와서 집은 물속으로 잠겼다. 그 흔
　　　　　적이 태백의 황지연못에 있다.

중이 염불을 왔는데. 뭐야. 아 그거 얘기해봐.

(청중1 : 모르겠네 그건 저때야.)

아 중이- 중이 인제 놀부(못된사람을 지칭하는 대명사와 같이 쓰였다)
네 집에, 그 집에 인제 뭐 염, 뭐여 시주를 왔는데.

시주를 왔는데 시주를 못 주고서 아주 얼마나 지독한지 주질 않고, 고
만 뭐야 저 밑에 중을 보고선 마당쇨 보고선 그거 뭐야.

"소똥을 퍼줘라."

그래 가주고 중을 안 주고, 바랑 주머니에다 소똥을 퍼줬잖아.

소똥을 퍼주니까는 이게 하나 다라가면서 두말없이 중이 받아가주고,

마당에 나가서 나가는데, 돌아서는데 그 집 메느리가 메느리가 하는 말이.

아주 "스님 스님 날좀 보고가요."

쌀을 퍼가 아끼는 그 사람이 잘못한거야.

(청중1 : 난 그건 모르겠는데.)

"아 스님 스님 뭐여 아주 날 좀 보고 색시가 왔다구" 그게 아니야.

황지 연못은 저 지금 가면 있어요. 저 황지에 가면 연못 알죠? 그 뭐여.
그러니까.

"아이구 스님 스님 날좀 보고 가라고."

막 그드래 그래 가주고 그래 쌀을 퍼다가, 또 스님을 주고 소똥 참
그거 해가지고, 쌀을 퍼서 주고서 하도 고마워서 그러믄 에 또 뭐야 당신
은 보니까 참 먹구름 이 뭐, 이렇게 됐다 그러잖아요. 비가 올 거 갔더래.

"아주 큰일이 날거 같으니, 어디로 당신은 어디로 산으로 올라가라. 올
라가라 그러고 얼마 안 있으면 그 집이 무너진다."

그러니까는 참말로 애를 들춰 업고선 산으로 올라가고 그 집이 무너
앉어 가주고 황지 연못에 그이 물이 다 다댔더라고. 그 전날 황지 가니
까 그.

(청중1 : 그거는 그거는. 자네들이 해지 나는 그건 모르겠는데.)

어 나는 황지에 연못에 그 구경을 가봤어.

(청중1 : 어 그런가.)

안 가봤어요?

(보조조사자 : 저는 아직 못 가봤어요.)

황지연못 저 태백에.

(보조조사자 : 태백이요 어.)

가믄 있어요.

(보조조사자 : 예 한번 가봐야겠어요.)

그 아가 둘 다 뒤를 이렇게 돌아다 봐가주고, 뒤를 돌아다 보지 마라

했는데.

뒤를 돌아다 봐 가지구 애도 돌이 되고 산에 올라가서 중이 돌아다 보지 마랬는데.

애도 돌이 되고 그 엄마도 돌이 되고 그 가족은 무너 앉았어.

(청중1 : 아 그런 얘기 있어요.)

집이 무너 앉었어 털썩.

(청중1 : 그게 이야기 있어요. 그런 얘기.)

(보조조사자 : 네.)

황지가면 있어요.

효자와 산삼

자료코드 : 03_08_FOT_20110306_HRS_JON_0001
조사장소 : 강원도 원주시 문막읍 반계 4리 1141-1번지 남서울아파트 경로당
제보일시 : 2011.3.6
조 사 자 : 황루시, 유명희, 유형동, 김명수
제 보 자 : 정옥난, 여, 68세
구연상황 : 여러 이야기가 오가는 중 제보자가 나서 옛날이야기를 하나 하겠다며 구연하였다.
줄 거 리 : 옛날 어느 모자가 살고 있었다. 그런데 어머니가 병이 나서 아들은 약을 구하러 다녔다. 하루는 아들이 약초를 캐기 위해서 산을 헤매다가 공동묘지에 오게 되었다. 그때 산신령이 나타나 어머니의 병은 산삼을 달여 먹여야(시체를 달여먹여야) 낫는다고 말을 해 주었다. 아들은 무덤을 파고 시체의 다리 한쪽을 잘랐다. 그러자 시체가 벌떡 일어나며 '내 다리 내 놔'라며 아들의 뒤를 따라 왔다. 아들은 바구니에 넣고 집을 향해 달려가서는 물이 끓는 가마솥에 시체다리를 넣고는 뚜껑을 덮었다. 그러자 아들을 쫓아오던 시체는 사라졌다. 한참 뒤 솥뚜껑을 열어보니 아들이 잘라온 시체는 산삼이었다. 산신령이 아들의 효심을 시험해 본 것이다. 그 약을 먹고 병이 나은 어머니는 아들과 잘 살았다.

내가 옛날 얘기 하나 할께요.

옛날에 인제 엄마하구, 아들하구 살었는데. 엄, 엄마가 너무 아파 가지구, 옛날에는 약이 없잖아.

그래 산에 가 가지구, 뭐 약 뿌리 캐다가 때 됨(때가 되면) 멕이구 멕이는데. 이제 산에, 이제 바구니 들구, 이제 산에 약 뿌리를 캐러 갔는데.

[두 손으로 반원을 그려 무덤 모양을 네 번 만들며]

이렇게 이런 공둥메지-가(공동묘지가), 공둥메진데, 그기 사람,

[두 손으로 땅 파는 시늉을 하며]

파문 사람인데.

인제, 그, 그기 인제 그, 그, 저, 저, 뭐라하나, 그 하, 할아버지, 왜 저, 인제 이렇게 뭐 신, 아르켜주는, 그런 노인네가.

(청중 : 신선.)

응, 산신령님이 그리더래.

"저 니네 엄마는 심을 캐다가 폭- 대려 가지구(달여 가지고), 믹여야 인제 그게 낫는다."(이야기의 맥락상 산신령은 총각에서 시체다리를 먹여야 병이 나을 수 있다고 말을 해야 한다.)

인제 그렇게 된 거야.

근데 이, 초, 이 총각이 인제, 산에 심을 파러 갔는데, 심이, 심이 보이는 기, 사람, 이 송장이 심으로 보이는 거야.

[두 손으로 땅 파는 시늉을 하며]

그래 가지구 묏궁지를 막- 파가지고, 다리 하나를,

[오른손 날을 왼손바닥에 내려치며]

뚝 짤커 가지고, 바구미에다 착 해가지고,

[두 손을 달리듯이 앞뒤로 흔들며]

막- 들구 떠오는데.

그 송장이 다리를 찔룩찔룩 하면서,

[앉은 채로 몸을 위 아래로 움직여 껑충껑충 뛰는 시늉을 하며]

"내 다리 내놔라, 내 다리 내놔라, 내 다리 내놔라."

이래드래, 따러오면서.

그래가지구 이 사, 이 총각이,

[두 손을 달리듯이 앞뒤로 흔들며]

막- 뛰어 들어가 가지구, 펄- 펄- 가마솥에 끓는 거기다,

[두 손으로 재빨리 무엇을 집어넣듯이]

다리 한 짝을 푹 집어 넌거야.

푹 집어 너가지고, 그 솥 안에 들어갔는데도, 이 사, 송장이,

"내 다리 내놔라, 내 다리 내놔라, 내 다리 내놔라."

이래가지고, 솥단지 딱 넣고, 돌아다 보니까 갔드래 송장이,

[두 손으로 손사래를 치며]

없드래.

그래가지구 '신기하다.'이래가지구, 푹-- 삶아가지구, 소두비를 딱 열고, 그거를 풀, 바가지로 그 약을 풀라 하는데.

송장이 아니고, 심이드래.

심 다리를 하나 딱 짤커 넌거야. 그러니까 그 산신령님이 그리케 해 준거야.

(청중 : 그걸 보이게 한거야. 그렇게 인제, 시험을 한 거지.)

어, 송장으로 보이게 핸거야.

그래가주 뚝 짤커 가지구 인제 그, 삶어가, 삶어가주 갔다 드렸는데, 났대요, 사람이, 엄마가.

엄마가 나가지구 아들하구 잘 살았대.

(청중 : 효자얘기야, 효자얘기.)

소 장수가 만난 도깨비

자료코드 : 03_08_FOT_20110306_HRS_JON_0002
조사장소 : 강원도 원주시 문막읍 반계 4리 1141-1번지 남서울아파트 경로당
제보일시 : 2011.3.6
조 사 자 : 황루시, 유명희, 유형동, 김명수
제 보 자 : 정옥난, 여, 68세
구연상황 : 도깨비 이야기를 아는지 묻자 제보자가 나서서 이야기를 했다.
줄 거 리 : 옛날 한 사람이 소를 팔러 장에 갔다가 허탕을 치고 집으로 돌아가고 있었다. 십리 정도 되는 거리를 소를 몰고 돌아가는 데 뒤에서 자기를 부르는 소리가 들렸다. 돌아보니 한 처녀가 서 있었는데, 처녀는 다리가 아파 그러니 소 등에 태워달라고 하였다. 이 사람은 처녀를 소 등에 태우고 떨어질지 모른다며 줄로 처녀를 소에 단단히 묶어 두었다. 집으로 돌아온 이 사람은 기운이 없어 소를 외양간에 두지도 못하고 방으로 들어가 부인에게 사정을 말하고는 처녀에게도 밥을 좀 차려주라고 하였다. 부인이 나와 보았는데, 사람의 모습이 보이지 않아 집으로 돌아갔다고 생각했다. 다음 날 아침 밖에 나가보니 소 등에 짧은 몽당 빗자루가 묶여 있었다. 그 처녀는 빗자루 도깨비였던 것이다. 여자가 월경을 할 때 빗자루를 잘못 깔고 앉아 피가 묻으면 빗자루가 도깨비가 된다고 한다.

인제, 어뜬 하, 하, 하, 하르버지도 아니구, 아저씨도 아닌, 그런 사람이.

인제 소, 소 팔러 갔다가, 소 장에 소 팔러 갔다가.

이제 소가 안 팔리니까, 내- 기다리구 있다가 이제 소를 안 사가니까 인제 집으루 와야되잖아.

그르면 옛날에는,

[두 팔을 양쪽으로 벌리면서]

거리가 얼매나 멀어.

뭐 요 고개,

[오른손으로 고개를 넘는 시늉을 하며]

요 고개가 하몬, 뭐 한 오리 십리 되잖아.

그래 오는데, 어수어수- 한데, 뭐 이 뒤에서,

“오빠- 오빠-”

하구 쫓아오더래.

그래서 그 소장사가,

[뒤를 돌아다보며]

이렇게 딱 돌아다 보니, 아-주 아리따운 여자가, 처녀가,

“오빠 나 좀, 요 소 등 우에 좀 앉히게 해 달라.” 하드래.

그래서,

[두 다리를 두드리며]

“다리가 아퍼 못 간다구.”

“집이 어디냐?” 하니까.

뭐 옛날에,

“오빠 가는 두루만 가믄 된다구.”

그래가주, 인제 그, 그 인제, 애, 그 처녀를 소 등에다 딱 얹구.

인제 “어둡다구, 떨어진다구.”

[오른팔을 빙빙 돌려 묶는 시늉을 하며]

인제 밧줄, 밧줄루 인제, 소 배, 배루 해서, 인저 그, 그 처녀루 해서 이렇게 이렇게 묶었대.

이래- 이래 묶어 가지구,

“단단히 잡어라. 여기는 어두와서 떨어지면 못 찾는대니까.”

[간드러지는 목소리로]

“네-.” 그리드래.

그래가지구 인제 태껴 가지구.

인제, 집에 인제, 소, 마구간에는 인제 어두워서 못 데려놓고.

또 저-, 이렇게 시골에 보면은 거름통같은 데 말짱 박아가지구, 소를 거다 매 놓찮. 그래 인제 소를 거다 매 놓고.

그 소 할아배가 땀을 얼마나 흘렸는지 모른대. 그-, 그 딸아가 귀신인

지, 사람인지, 또깨빈지 몰르니까, 혼이 나갔지, 오긴 와도.

소를 얼른 매놓고, 집에 들어 가 가지구, 이제 부인보고,

"내가 소 팔러 갔다가 이렇게 오는데, 그 처녀 하나가 따러 와가지구 저 소 등에 앉어 있으니까 뭐 밥을 좀 주야 안 되나." 이래니까.

어두우니까 인제, 사람이 소 뜽에 앉, 앉, 앉은기 안 보이니까 인제 갔다 했겠지.

뭔, 뭔 소 뜽에 사람이 있느냐구.

이렇게,

[고개를 앞으로 빼며]

이릏게 올려다 보니 사람이 없드래.

"어, 사람이 없다구." 그래니까.

"아―, 그럼 그게 또깨비냐, 귀신이냐."

그래구 인제, 밥 먹고 인제, 자고 아침에 소 여물 주러 가니.

빗자루, 방 빗자루, 다 **떓안거**(닳은 거), 조막만한기,

[오른팔을 빙빙 돌려 묶는 시늉을 하며]

소에다 딩―딩― 매놨드래 이렇게. 이렇게 딩―딩― 매놓고.

그게 또깨비란 말이야.

어, 그래가지구.

[손뼉을 치며]

"아 그래, 그 딸아가 이기, 이 빗자리 이게 또깨비나"

그래믄서 이, 인제 아부지가 그래.

"여자는 [오른손으로 비질 하는 시늉을 하며] 빗자리를 [오른쪽 다리를 들어 오른손을 깔고 앉으며] 이렇게 깔구 앉지 말라구."

왜냐하믄, 왜 여자들은 한 달에 한 분씩 하는 게 있으니까.

그 빗자리 모퉁이에다 그런 걸 묻혀 노면은, 그게 귀신이 된다구, 또깨비가 된다구, 항상 아부지가 주의를 했거든.

그래 그기, 그기 빗자루래요, 빗자루.

꾀쟁이 하인

자료코드 : 03_08_FOT_20110304_HRS_CJN_0001
조사장소 : 강원도 원주시 문막읍 궁촌 1리 마을회관
제보일시 : 2011.3.4
조 사 자 : 황루시, 유명희, 유형동, 김명수
제 보 자 : 최진남, 여, 81세
구연상황 : 경로당이 상당히 넓어서 40명에 가까운 인원의 할머니들이 방에 모여 있었다. 다들 카메라를 무서워하는 눈치였는데 최진남 제보자가 흥미롭게 이야기를 하였다.
줄 거 리 : 옛날에 양반은 뒷집에 살고 쌍놈은 앞집에 살았다. 양반집에 심어놓은 감나무 가지가 쌍놈집으로 넘어오자 쌍놈집 아들이 그것을 따먹었는데 양반 댁의 호통이 내렸다. 양반집에선 황소새끼 한 마리를 가져오라고 하니 쌍놈집 아들이 우리 아버지가 몸에서 딸을 낳았는데 약 좀 달라고 해서 난관을 헤쳐 나갔다. 다음에 양반집에서 심술을 부려 동지섣달 딸기를 가져오라 하니 아버지가 동지섣달 딸기따러가다가 뱀에 물렸다며 약을 달라고 하자 양반집에서 할말이 없었다. 양반집에서는 이 아이의 버릇을 고치려고 대감이 서울 갈 때 심부름 꾼으로 데리고 갔다. 식당에서 밥을 먹으려는데 아이가 주인 수저를 불에 달 궈달라고 하여서 주인이 뜨겁다며 숫가락을 놓자 그럼 자기가 먹겠다며 밥을 먹었다. 주인이 같이 밥을 먹었다간 또 당할 것 같아 다음에는 서울이 눈감으면 코 베어 가는 곳이라며 말고삐를 잘 잡고 있으라 하고 밥을 먹으러 들어가자 아이는 말을 팔고 고삐만 쥐고 엎드려 있었다. 주인이 와서 말의 행방을 물으니 코 베일까봐 무서워 고삐를 쥐고 엎드려 있었는데 없어졌다며 시치미를 뗐다. 하인이 괘씸했던 대감은 하인의 등에다가 이 아이가 가는 즉시 죽이라고 등에 글을 쓰고 집으로 내려보냈다. 내려가는 길에 애를 안고 떡방아를 찧던 여인에게 떡을 이기는 것을 도와주겠다면서 접근하여 떡을 이는 척 하다가 방아에 아이를 넣고 떡을 훔쳐 달아났다. 가는 도중 스님을 만나 등에 써진 문구를 확인하고 그 문구를 집 셋째 딸과 결혼 시키라는 말로 바꾸었다. 집에 가서 등에 쓰여진 대로 셋째 딸과 결혼한 아이는 주인이 돌아와서 노발대발 하자 용궁 구경을 시켜주겠다며 처가 식구들을 다 물로 끌고 간다. 가마

솥을 쥐고 뛰어내리라고 해서 다 뛰어드는데 부인이 뛰어들려고 하자 뛰어들
면 죽는다며 부인을 말렸다. 그후 부인을 데리고 잘살았다.

옛날에 옛날에 인제 양반은 저기 뒷집에 살고 쌍놈은 앞집에 살았데.

그래 살아가주구 있는데 양반의 집에 앞집 아저씨가 뒷집에 인제

머슴살이를 댕기는거야. 이제 쌍놈의 집에가 일해주고 돈 받아다 먹는

거야.

그랬는데 감낭구(감나무)를 하나 양반의 집에 심거(심어)논게 쌍놈의

집에

울타리로 넘어왔데. 가지가. 그래 가지가 하나 넘어왔는데

감이 달린건 그 집 아들이 따먹었데. 그니까

"아 우리 감 따 먹었다."

고 막 야단을 하니까. 얘가 있다가

"낭구(나무)는 할아버이(할아버지)네 집에 있어도 가지는 우리집에 있으

니까 우리가 따먹은거 아니냐."

그니까 아버지를 오래(오라) 해가지고 아버지를 벌을 준거야. 인제.

뭐라고 줬나 하면은,

"느 아들이 그렇게 나를 말대꾸를 했으니 너 어데(어디)가서 저게(저기)

황소 새끼 난거를(낳은 것을) 얻어와라." 이랬거든.

그러니까 황소새끼난거를 어디가 얻어와. 그러니까 와서 앓아. 끙끙 앓

으니까 그 아들이 있다가.

"왜 아버지 그래요?"

"니 이놈아 감따먹고 말을 해서 황소새끼 난걸(낳은걸) 얻어오란다."

그러니까 황소가 새끼를 어떻게 나요(낳아요)?

어이구 그래 쫓아가가주고. 어허, 쫓아가가주고 뭐라했나 하믄(하면).

"할아버지요. 황소도 새끼낳는거 봤소? 우리 아버지가 어드서 딸을 하

나 난는데(낳았는데). 딸나은데(낳은데) 뭐가 약이요?”

이래거든. 그래 요놈의 새끼한테 또 졌거든. 그래 가만이 생각하니깐, 요거한테 또 당했거여(당한거야). 그래서 인제 또 저기 또 인제 아버지를 불러서 또 인제 그걸 했거여(한거야).

“너 저기 개울개 동지섣달 있는데 가서 딸기를 따오라.”

그랬거든 동지섣달에 딸기가 어딨어? 지금은 있지만은. 그러니깐 또 아버지가 와서 야단을 하니깐.

“아이 아버지 걱정을 말아요.”

내가 간다고. 또 그 집에 쫓아 가가주고.

“아 우리 아버지는 딸기 따러갔다가 뱀한테 까물렸으니(깨물렸으니) 뭐가 약이냐?”고 이랬거든. 동지섣달에 뭔 뱀이 있어? 생각해 보믄(보면).

아 그래 요놈한테 또 당했거든. 에이 안되겠어.

(청중1 : 솜달린 양말 하나 드려.(마을 행사 관련하여 절음 사람이 한명 밖에서 기다리고 있었고 양말을 주는 중이었음.))

그 놈을 인제 그 집 셋째딸이 이쁜게 있데. 그런데 그 할아버리(할아버지)가 딱 에이 요놈을 버르쟁이(버르장머리)를 가르킬라고 서울로 데리고 인제 갈라구 그랬거든.

귀경(구경) 간다고 갸를 이제 말고삐를 잽혀가주고 갈라 그랬거든.

그래노니까 애가 인제 말고삐를 잡고 간 거야. 쪼그마한(조그만)게 가 가주고는.

인제 식당에 인제 가가주고는 저기 밥을 시켜 놓은 거야. 그니까 부엌에 가서는 우리 저기 대감님은 밥을 채려 놓고 그 어 이름이 애떠기래.

그래 밥을 채려 놓고 저게,

“수저를 바짝 달궈서 놔야지 우리 대감님은 잡순다.” 이거야.

요놈이 인제 고 시키는대로 했거야 걔가 인제 하면서 몰고 갔은게 종이니까.

그래 밥을 채려서 인제 수저를 바짝 달궈서 소반에다 놓고는 인제 갖다 놓으니까 애는 거서 가 지키고 슨거야. 그러니깐 수저가 따끈하거든.

그러니까 수저를 쥐니 뜨거우니까.

"앗 뜨거!" 이랬거든.

"예?"

이러면서

"절 먹으라구요?"

고만 수저를 하나 들고서 핥다가 그 놈의 밥을 다 퍼먹은거여.

[청중 웃음]

그러니깐 아 요거한테 또 당했거여. 그래 가주구는 어딘지 어딘 가다가는 한― 뭣에 가가주고는 인제 가는데. 가다가 내 우리집에다가 인제 돈이 떨어졌으니까. 그걸 해서 시적에 뭐해라 이랬거든 그러니까.

이놈이 인제 해서 짊어지고 인제 간다 가다가니깐 어디가다 한 여자가 하나 방앗간을 요롱게 여길 찍더래.

그래 이놈은 그러면 그놈한테 당하고 그래 가주고는 가다가 있다 보니깐 서울로 이 영감이 혼자서가 밥을 먹어야 하겠더래. 요놈 데리고 댕기다보면 안되겠으니까. 그래노니,

"말고삐 가만히 잡고 저 있어라 여기는 서울이라는 데는 눈 없으면 코 베먹는 세상이다."

이랬거든 그래고는 혼자 밥먹으러 간거여. 밥먹으러 가 노니까 요놈이 있다가 말고삐 다―해서 저 짠 것은 손에 쥐고 말은 팔아 먹은거여 팔아 먹곤 이래― 가주, 말을 해가주고 업드려 있는거여. 그래서 이 첨지가 와 가지고는,

"애뜩아 애뜩아!"

이제 그런거야 그러니까.

"예?"

"너 말 어떻게 했니?"

"여 손에 쥐었잖아요."

"말 어쨌나?"

"여 손에 쥐었잖아요?"

인제 그러는거여.

"아 이놈아 인나봐(일어나봐)."

이러니까 인나(일어나) 가주고는,

"너 왜 저 말은 어떻게 했냐."구.

"몰라요 나 여 쥐고 있는데요."

"아이 뭐야 대감님이 여기는 눈없으면 코베먹는 세상이라 코 베킬까봐 (베일까봐) 업드려있었소."

이러는거라. [웃음] 그래 말이 없으니 다 당해놓고 있으니까.

요놈을 인제 주소를 적어주면서 집에 가서 뭐해오라고 인제 그래갖구 보낸거야.

등어리에다 써서 보낸거야. 지가 못보게 등어리이다 써서 보낸거야.

그래노니까 이놈이. 가다보니까 집으로 내려올라고 오다보니 뭔 아주머니가 하나 떡방아를 내 놓고 뜩뜩 떡찌더래. 찰떡방아를 찧더래. 그래서 찰떡방아를 찧는데.

"내가 이겨줄테니까 아주머니 찧으라."

그러니까. 이놈이 찰떡을 이거 애를 해 끌어안고 앉아 이기는척 하고 이러다가 찰떡이 덜렁 덜렁 올라가니깐 애를 거기다 콱 놓고 떡은 뺃들고 고마 내빼버린거야.

그러니 방아도 못놓고 떡도 못뺄으러가고 이렇게 된거야.

그러다가 인제 해 짊어지고 가면서 가자하니까 왠 스님이 하나오더래 그래서.

"아 스님 내가 먹을꺼를 많이 줄테니까 내 이 등어리에 뭐라고 썼는지 좀 봐달라.”고. 그니까 스님이 보니 이놈이 이기 시골에 와가주고 이렇게 못된 행세를 하고 그랬으니 이놈을 가거든 죽이라고 인제 그런거야. 집에 내려가거든 죽이라고. 그랬으니까. 스님이 그렇게 썼다하니까.

“아 스님.”

그러거든.

‘애가 올라와가주고 아주 착하게 잘했으니까 그 셋째딸을 줘서 장개(장가)를 잘 치뤄주면서 해줘라.’

요렇게만 써달라고 그러더래 그래써 주니까 떡 뭉텡이를 콱 준거야.

죽으러 인제 집에 내려온거야. 내려와가주고는 오니까 아들들이 뭐해서 어떻게 왔냐 하니까

“아이 나를 서울에 갔는데 저 대감님이 집에 내려가 보래 해서 내려왔다.”고 그랬지.

“나 등어리에다 뭘 써붙였는데 난 뭔지 보질 못한다.”

그러니까 보니깐,

‘애가 서울와서 참 착하게 잘했는데 어 셋째딸을 줘서 장개(장가)를 들여서. 어디 집을 줘서 살림을 내놔라.“이랬거든.

(보조조사자 : 네.)

그러니까 이 영감은 돌아서 오다 오다 인제 오는데. 아 집에서 그랬으니까 인제 참, 셋째 딸을 줘서 장개(장가)를 들여서 잘해서 살림을 내놔주니. 인제 아버지가 와보니, 아 죽이란 놈이 저렇게 잘해가주고 살으니 그게 왠일인지 모르거든.

“아 저놈 죽이라.”고 그런거여.

그러니까 이놈이 있다가,

“아이 그런소리 하지 마세요. 나주 여기로 왜왔는지 알아요? 처가집 식구 나 아주 좋은데 데리구 갈라구 내가 여와서 이렇게 산다구.나 용왕국에 갔다왔는데 너무 좋은데더라.”

그러니까.

"어데 어떻드냐."

하니까.

"하-- 저 물속에 들어가니 용왕국인데 아주 너무 좋고 뭐이 하니까 장모님은 가매솥(가마솥) 쥐고 장인은 가매솥(가마솥) 처남들은 뭐 다가 리치고."

이러매 데루 간거여. 데루가니 인제 각시도 거가가주고 그 물로 들어갈라하니까 이 사내가 있다가.

"너 거들어가면 죽는 줄을 몰라?"

장인 장모 다 죽고 물속에다 저 쳐넣어 죽이고 예편네 데리고 잘 살았데.

[박수]

(보조조사자 : 할머니 이얘기 어디서 들으셨어요?)

몰라 옛날 옛--날-에 어디 할머니한테서 들었어.

수숫대가 빨간 이유

자료코드 : 03_08_FOT_20110304_HRS_CJN_0002
조사장소 : 강원도 원주시 귀래면 귀래2리 마을회관
제보일시 : 2011.3.4
조 사 자 : 황루시, 유명희, 유형동, 김명수
제 보 자 : 최진남, 여, 81세
구연상황 : 최진남 제보자를 제외하면 이야기를 하러 나서는 청중이 없었다. 청중이 너무 많아 꺼리는 듯 했다. 조사자들이 이야기를 유도하던서 수숫대가 빨간 이유 이야기에 대해 말하자 최진남 제보자가 이야기를 시작했다.
줄 거 리 : 호랑이가 한 여인을 잡아먹으려 하자 하늘에 기도를 했다. 자신을 살리려면 새 박이 달린 새 줄을 내려주시고 죽이려면 헌 박이 달린 헌 줄을 내려달라는 것이다. 여인에게는 새 박을 내려주었고 그것을 따라한 호랑이에게는 헌

박을 내려 주었다. 결국 헌 박을 타고 올라가던 호랑이는 수수밭에 떨어지고
그 피가 묻어 수숫대가 빨갛게 되었다.

(보조조사자 : 아니 이렇게 많이 계시는데 수숫대가 왜 빨간지 알고 계
시는 분이 안 계시단 말이에요?)

(청중 : 모르겠네.)

(보조조사자 : 할머니가 해주세요. 하신 김에.)

아니 수숫대가 빨개 진기. 그게 옛날에 저기 뭐여 호랭이 한테 뭐 해가
주고 호랭이란 놈이 너를 잡아먹자 하니까 하늘에다 대고 설라무네.

"신령님 저를 살려주실 라면은 새 박, 새 줄을 내려주시고 저를 죽이실
라면 헌 박, 헌 줄을 내려주세요." 이랬거든.

그러니까 참 이 호랭이가 잡아 먹을라 하니까 하늘에서 신령님이 진짜
새 바, 새 바구니에다가 내려보낸거여. 그러니 요 처녀가 타고 소로로(스
르르) 올라간 거여.

그러니까 호랭이란 놈이 하는 소리가 뭔가 하니까 여자가 하는 소릴
들으니까 저도 인제 그렇게 한거여.

"아 저를 살려주실 라면은 어, 새 박, 새 줄을 내려주고 저를 죽일 라면
헌 박, 헌 줄을 내려주시오."이러니깐.

요놈이 헌 박 헌 줄을 내려주지 새 박을 내려주겠어?

내려주니까 올라가 설레무네 밧줄이 톡 떨어지니까 떨어져 가지구 수
수꼭대기 꼭 찔려 가주고 그래서 수수대가 피가 묻어가지고 빨갛다는
거여.

황효자 이야기

자료코드 : 03_08_FOT_20110304_HRS_HGS_0001

조사장소 : 강원도 원주시 문막읍 반계 2리 마을회관
제보일시 : 2011.3.4
조 사 자 : 황루시, 유명희, 유형동, 김명수
제 보 자 : 한갑석, 남, 78세
구연상황 : 여재봉 제보자가 하는 말 중에 자신이 알고 있는 것과 다른 것이 많다는 점
을 굉장히 불편하게 여기는 제보자였다. 그래서 항상 여재봉 제보자가 이야기
를 하면 그것을 수정하는 형태로 이야기를 했는데 황효자에 관련한 이야기를
물었을 때는 남의 집안 이야기라 조심스러운 듯 제보를 거부했었다. 하지만
여재봉 제보자가 제보한 이야기에 잘못된 점이 있다고 생각했는지 유난히 장
황하게 이야기를 하기 시작했다.
줄 거 리 : 황효자는 추천지효 라고 하여 하늘이 낸 효자라고 이름이 높았다. 하루는 어
머니의 병환이 깊어 고민을 하던차에 지나가던 스님이 잉어를 드리면 나을
것이라 이야기 했다. 한겨울에 소에다가 구멍을 뚫고 지키고 있었는데 잉어
가 얼음을 뚫고 튀어 올라 그것을 다려 어머니에게 드렸더니 병이 씻은 듯
나았다. 황효자는 호랑이를 타고 다니는 것으로 유명했는데 황효자가 호랑이
를 두 번이나 구해주었기 때문이다. 하루는 호랑이의 목에 걸린 비녀를 빼주
었다. 또한 그 호랑이가 꿈에 나타나 충주에서 즉음에 이를 것 같다며 빨리
와달라고 하기에 그쪽으로 갔더니 마을 사람들이 구덩이에다가 호랑이를 몰
아 놓고 창으로 죽이려고 하는 찰라였다. 황효자는 돈을 주고 호랑이를 사서
그 등에 타고 원주까지 왔다. 그 후로 호랑이가 항상 원주까지 출퇴근을 시켜
주었다. 나중에 황효자가 왕에게 효자로서 추천을 받았는데 그 이후 황효자
가 죽었을 때 후손들이 가문을 빛낸 사람으로서 황효자의 할아버지보다 위로
모시려고 상여를 몰고 갔는데 천둥이 치면서 가지 못하게 막았다고 한다.

　황효자네 집이 바로 저기 위짝(쪽)에 요기 조(저) 산 끝에 저기 집이 있
었어 그 전에. 근데 거기 있었는데 거기서 인제 효자가 인제 원주로 인제
만날 출퇴근을 해고 그러는데. 어머니가 인제 병이 나셨는데 아주 인제
죽을라고 인제. 다 됐는데 어느 스님이 한 분 이렇게 지내(지나) 가시다
가 인제 그 아마 얘기를 했, 효자 인거를 얘기를 했던 모양이야.

　어, 어머니는 잉어를 잡숴야 낫는다고. 우리 요쪽 끝을 요래 깊은 소
(沼)가 있었어 소(沼).

　그래 가주구, 이 효자가 밤이면 원주 갔다 나와 가주서는 기양 거기 갔

다 거치를 하나 해놓구는 그걸 잡을 라구. 그냥 구녕 하나 뚫어놓고 이렇게 지키구. 어느 날은 '꽝' 하더니만 어름이 떡 벌어지면서 잉어가 하나 꿈꿈 그걸 갖다가 어머니를 과서 드리니까 대번 병이 나섰데.

근데 얼-마-를 있고 댕기고. 그러는데 원주를 인제 어뜨케 되며는 이제 해냐면 인제 당나구(당나귀) 타고 댕겼데거든 옛날에.

(보조조사자 : 아.)

그래 인제 그 당나구를 인제 그 타구 댕기는데, 인제 그전엔 이 변소 간이 겉으로만 이렇게 해 놓구 그렇게 해서 그래 그걸 그런데 거기다가 해논게(해놓은게)그런 얘긴 하나도 없고.

거기선 뭐 지사(제사) 지내고 그럴제는(그럴적에는) 범이 이렇게 받는건 왔다가구 ○○(노박) 그랬다구. 그 할머니가 막.

"아이구 호랭이(호랑이)가 꼭 지사(제사)때만 왔다간다."구.

거기 그래구(그리고) 이 저수지 할 적에 호랭이(호랑이) 그저, 저, 저, 저수지 핸다구 산, 산에 저게 났다구. 그냥 막 호랭인(호랑이) 뭐 호랭이(호랑이)가 막 내려 온다구 한참 또 떠들었어. 이게 저 육이오 후에 이 저수지 맨들적에(만들적에).

그래서 그만 여자들이 지금 미쳤나니, 금방 이래 떠들고 이렇게까지 된게 그 지네들 즈 조상들 효자 난 자리지. 여태 거길 뭐 그런대로 복원하고 저이가 알아 해야되는데 시방도 그걸 못하고 있잖아.

더. 딴것도 있는데 뭐 얘기를 제대로 알아야지. 으? 변소 간이면 시방 변소간 같어? 그냥 나무지를 캐는 변소 간인데. 하루는 저 거 겉을 열며는 호랑이가 딱 이러게 해와서 목을 입을 딱 벌리구 설래(서는). 효자가 인제 변소 간에 가서 인지 대변을 가서, 인제 대변을 볼라 그러는데 입을 쫙 벌리구서는. 그래 그 효자가 별안간,

"나를 잡아먹으러 왔느냐? 왜 나를 입을 벌리구 있느냐?" 이러니까.

잡아먹으러 오지 않았다구 아가리를 짝 벌리면서 대가리를 이렇게 이

러더래.

"그럼 니가 목에 뭐가 걸려서 그러냐?" 이러니까.

고개를 끄떡끄떡 해더래. 그래서 팔을 이렇게 걷구선 손을 쑥 디밀어서 그니까 목에- 비녀가 하나 이렇게 걸렸어 비녀. 그래 그거 쑥 빼내니까 그냥 호랭이(호랑이)가 저 가더래나 그래. 살아나가라. 그래서 인제 원주 갔다 오고 사흘만에. 쫌 원주에 인제 말을 타고 간다 이랬는데 난데없이 호랭이(호랑이)가 그냥 와가서래(와서는) 막비비대고 그러면서 당나구로 갈라 그러는데.

'그 왜 이렇게 비비대고 그러는가?' 이러니까. 타라 이기. 타라 이거여.

그래 그 날 부터 호랭이(호랑이)를 타구서는 원주를 노상 출퇴근을 했데요.

그러니까 인제 인제 그게 이게 ○○○ 거시기ᄒ구 있는데.

어느 날 자다 보니까 꿈에 현몽을 해드라는(하더라는) 거야.

"나는 아침에 몇시면 내가 죽는다구." 호랭이(호랑이)가. 충주 뭣게 어디-. 시방 나를, 내가 못에 저 거시기 파는데 함정에 파 놓은데 내가 빠졌으니까. 내가 인제 그전에 자시니 뭐, 뭐 신(시, 時)데. 할머니가 인제 난 어려서 그런 얘기를 대구 인제 해구.

여기 어디려니 그런 얘길 해서 내가 시방 그걸 여태 잊어버리지 않고 들은 얘긴데.

그래서 인제 바야흐로 인제 당나구를 타구 냅다 거기를 자구. 또 그래 당나구 자면, 타면 잘라 그러면 또 꿈에 또 나오고 세 번 또 꿈에 나오고 그래서 달밤에 충주 쪽으로 그전에 어디라고 할머니는 무슨 동네라고 얘기하고 그랬는데.

아주 강제로 아주 아까 전에 그냥 덮어놓고 냅다 하면(이야기를 안 하려고 하다 여재봉 제보자가 한 말이 틀리다고 생각되었는지 이야기를 이어갔다.) 안돼서 그래서 못하겠다. 그 충주를 인제 막 해가 이렇게 뜨는데 도달을 해니까 충주사람들이 그냥 파 논데서 죽- 창 같은 걸 가지고 여기 범이 빠져서 잡을려고 그런다구.

냅다 거기를,

"날 보라고 날 보라고!" 냅다 그러면서 당나구 탄 사람이 쫓아가니 왠 사람이 잡을라 그러다가 죄다 서서.

"왜 호랭이를 나한테 팔으라고."

그러니깐 왠- 난데없이 분이 와서 그렇게 하니깐 어이 없잖겠어.

그래 있다 호랭이를 들여다 보고선 껑충 들어가서, 들어가서 이렇게 안고서 옆구리를 대고 나왔단 말이야. 아 비벼대고 좋다고. 인제 그래서아 호랑이가 자기 등허리를 들이대구서, 냅다 타구, 도로 인제 집으로 와가지고 얘기를 했다고. 그래서 여기선 호랭이를 막 타구서니 출퇴근을 햇적에 인제.

또 인제 아- 그게 아니라, 참 중간에 충주원(阮)이 또 호랭이 타고 그러니까 대번 꺼내놓고 그걸 비비니깐 송아지 하나 인제 잡아서 인제 주니까. 냅다 호랭이가 잡아서 먹구서는 등짝에 태워 가주고 왔다고 그랬는데. 나 중간에 대부분 인제 생각 나는대로 해는 거야 난(기억이 부실해 이야기의 구성이 촘촘하지 못함을 이야기함).

나 어려서 할머니가 일찍 돌아가셨어도 그렇게 다 어렸을 때 국민학교 댕길적 이-렇게, 얘길해서 시방까지도 안 잊어버리고. 그래서 그 효자네 집이 거기다 ○○ 되면서 그게, 연못까지 앞에 몇 번진(번지)지 알려주고 그래서 집 자리까지 아르켜 줘서 안다고 집 자리.

그랬는데 인제 나중에 인제 그게 소문이 나고 그러니깐.

"누가 호랭이를 타고 댕기느냐."

인제 저 그랬는데 원주 원(阮)이 인제 또 알고 인제 그래서 이걸 내가 그때 어느 왕인지 그것도 대고(어느 왕인지 예전에는 알고 있었는데 까먹었다는 뜻.).

그걸 그 소리를 인제 상소를 내서 올렸을 거 아니야. 그래서 그 추천지효(출천지효出天之孝)라는 그 그때 직함을 왕이 직접 내린 효자상이래요.

그게 할머닌지 누가 그랬는데 할머니가.

우리- 할아버지가 저, 그- 사당을 다 지었다고 사당 처음 그래서 지었다고. 얼마 안 되거든,

그분이 효자된지. 그래 효자가 인제 근데 중간 중간 제대로 한 건 잘 인제(기억이 안 난다는 뜻. 이야기를 장사지내는 부분으로 넘기겠다는 이야기다.).

그거서부터 빨리 장사지낼 적에. 인제 저 그 의에는 효자 할아버진가 누구지 산중에. 저기 저 참나무 있는 데. 그 할머니가 ○○.

"저기 저 참나무 있는 데가 황효자 할아버진가 그기 산소가 거기 어디 있데요."

그래서 죽어서 장사, 인제 저 지냈는데. 인제 저 그 인제 효자라고 해서 자기네 할아버지 산소 묘 위에다 묻을라 그랬데요.

우(위)에다 쓸라고. 그랬는데 인제 골말서들. 골말 화가들은 저희 욕먹을까봐 그런 얘기 절대 안하지.

좌우간 냅다 별안간 벌건 대낮, 밝은 대낮에 그냥 '와지근 퉁탕'하더니 냅다 그냥 쿵 굴지고 막 그랬나봐.

그래서 효자 모시고 상여 끌고 올라가던 사람들이 발이 딱 굳고 서는 꼼짝 에 거기 시방 가능한데가 뭔가.

"이 아래 거기 그냥 썼다." 할머니가 그러데.

그래 시방 거기 그 효자 정문 있는데 쪼끔 올라가다가 거기다 쓰고 할아버지 있는 데는 못 올라 갔다 이거여.

거기까진 알고 아 그게 인제 추천지효(출천지효)라는 건 그렇게 되는 바람에 하늘이 낸 효자다.

이래가주 그 저 황(黃)가댁 청원 해가. 그 황가댁이래 효자. 그 할머니.

그런데 제가 못나서 ○○도 없이 거시기 해서 남한테 하죠.

그래 그런 얘긴 내가.

[여재봉 : 고만해요 이제 그 얘기는.]

그만 이제 그만해요. 고만둬.

임경업이 천기를 못보게 된 사연

자료코드 : 03_08_FOT_20110304_HRS_HGS_0002
조사장소 : 강원도 원주시 문막읍 반계 2리 마을회관
제보일시 : 2011.3.4
조 사 자 : 황루시, 유명희, 유형동, 김명수
제 보 자 : 한갑석, 남, 78세
구연상황 : 임경업 장군의 이야기를 요청하니 여재봉 제보자가 그 이야기를 해주었다. 그
　　　　　것이 부족하다고 생각한 한갑석 제보자가 다시 이야기를 시작했다. 특히 한갑
　　　　　석 제보자는 임경업이 어린 시절 갈등을 겪었다는 노림 한씨 일가였기에 그
　　　　　상황이 왜곡되어 전달되는 것을 불편해 했다.
줄 거 리 : 임경업이 손곡리에서 태어났다. 임경업은 마을 아이들을 상대로 군사훈련을
　　　　　심하게 했는데 하루는 군사훈련에 오기로 했던 아이가 늦었다. 어머니가 머
　　　　　리를 빗겨주느라 늦게 왔던 이 아이는 군율에 따라 목이 잘렸다. 과부댁 외
　　　　　동아들의 목을 친 임경업은 그 집의 한으로 인해 천기를 보지 못하게 되었다.

그 임경업이가 저 이 손곡리서 출생했대거든. 그래 가주고 서네. 그 아
마 훈련을 무척 해는데.

"거, 몇 시까지 너 오너라."

인제 아침에 그랬는데 고만 어머니가 애 머리 빗기다가 그랬다는 거야.
머리를.

머릴 좀 잘 좀 해 보낼라고 했는데. 그 시간 잠깐 새에 뭐 훈련받으러
못가는 바람에 대번에 다 목을 쳤대. 임경업이가.

그래 가주서네 하도 원한이 되니깐 그냥 애를 죽인 걸 갔다가 어떤 일

을 했었는지 몰라.

천기를, 옛날엔 천기 못 보면은 장군들 힘을 못 쓰거든 암만 천하장사도.

그래서 삼국통일을 못 시켰대는 거야.

(보조조사자 : 그니까 그 죽은 병사의 엄마가 어떤 예방을 해서.)

(청중1 : 저주를 해서.)

(보조조사자 : 저주를 해서. 음.)

외아들을 그래 낳대지, 그래.

(청중1 : 과부댁의 외아들이면 대가 끊기는 건터 뭐.)

도깨비 만난 사람

자료코드 : 03_08_MPN_20110306_HRS_SNO_0001
조사장소 : 강원도 원주시 문막읍 반계 4리 1141-1번지 남서울아파트 경로당
제보일시 : 2011.3.6
조 사 자 : 황루시, 유명희, 유형동, 김명수
제 보 자 : 손난옥, 여, 72세
구연상황 : 정옥난 제보자가 '도깨비를 만난 소 장수'이야기를 마치고 도깨비에 대한 이
　　　　　야기가 여기저기서 나왔다. 조사자가 그 이야기들을 차근차근 해달라고 부탁
　　　　　하자 제보자가 먼저 이야기하겠다며 구연했다.
줄 거 리 : 제보자의 친구 아버지가 겪은 일이다. 친구 아버지가 어디 다녀오는 길이었
　　　　　다. 집으로 가는 길을 두 갈래였는데 한쪽은 가깝지만 험한 길이고, 다른 쪽
　　　　　은 돌아가지만 평탄한 길이었다. 평탄하게 가기로 마음먹은 친구 아버지는
　　　　　마을에서 술을 마시고 길을 나섰다. 얼마만큼 갔을 때 장구 소리가 들려 주
　　　　　위를 둘러보니 기와집에 청사초롱을 밝히고 여러 사람들이 술을 마시고 있었
　　　　　다. 친구 아버지도 여자 손에 이끌려 들어가서는 한참 술을 마시고 곁에 있
　　　　　던 여자와 함께 잠이 들었다. 여자 엉덩이에 다리를 올리고 자다가 한기가
　　　　　들어 정신을 차려보니 개울에 반쯤 몸을 담그고는 바위에 한쪽 다리를 올려
　　　　　놓고 자고 있었다. 이때는 겨울이라 몸이 잠긴 냇물이 얼어 친구 아버지는
　　　　　꼼짝할 수 없었다. 친구 아버지는 날이 새도록 '사람 살려'를 외친 끝에 겨우
　　　　　구출되었다.

내, 내가 먼저 얘기할께.

내가 초등학교 4학년 때, 우리 한 반 애가, 여자애가 있는데.

[오른손을 높이 들어 앞쪽을 가리키며]

걔는 이렇게 좀, 좀 거리가 멀어, 산 밑에 살어.

나는 학교 바루 옆에 이래 살구 이래는데.

그 옛날에는 저기, 묵 내기들을 한다구. 저기 지금은 도토리 묵이 많지만, 옛날엔 메밀루다 묵 쑤잖아. 그래 인제 그거를, 그, 저, 옛날에는 그냥 남의 사랑에서.

[두 손을 마주 비벼 새끼 꼬는 시늉을 하며]

새끼 꼬꾸, 신발 삼구, 이래구.

그냥 거기서 쓰러져 자기두 하구 이래는데, 그 묵 내기하구, 막 인제 노는데.

"사람살려, 사람살려." 그래더라네.

그런 소리가 멀-리서 들리더래.

그래 가지구, 모가, 모 강도가 나타났나, 뭐 이래 몽댕일 들구 쫓아갔더니, 아무것도 없더래.

그래 인제 쏙았어.

인제 "사람 살리라 소리니깐 도깨비가 한 소리다." 이래구, 쏙구 안 갔는데.

우리 친구 아부지가.

'[오른손으로 왼쪽 바로 앞을 가리키며] 야, [오른손을 오른쪽으로 뻗었다가 앞쪽을 거쳐 왼쪽으로 빙 돌리면서] 이 길루 가믄 험하구, 이 길루 가면 길은 좋은데 더- 돌아서 가야되구, 그래 험한길루 가느니 좋은 길루 가자, 쪼끔 더 가더래도.'

이래구는.

[두 손으로 무언가를 잡고 내용물을 들이키는 시늉을 하며]

그냥 그 마을에서 대포를 많이 먹었어 인제.

막걸리를 잔-뜩 먹구는, 그 인제 쭉 돌아서 인제, 가는 길루 가는데.

'뚜당땅- 뚱땅'하구, 그- 아주 그냥 청사초롱을 해 놓구 그냥, 기와집에서.

[장구치는 시늉을 하며]

그냥 장구를 '뚜당땅 뚜당땅' 여자들이 막 치구 놀구, 남자들이 막 갓을 쓰구, 막 거 가서 술들 먹구 이래더래.

'내가 아침에 올 적엔 저런 집이 없었는데, 어트게 된건가.'

그래군 그 술 좋아하는 이니깐, 술이 또 얼간하니깐, 간 거여 걸루, 이렇게 찾어가니깐.

아주, "어서 오시라구."

뭐 아주 그냥, 그래 가지구 인제, 한-상 받어 놓구 먹었대는구만.

먹구는 거기 이렇게 자리를, 이부자리를 좌-악 깔어논데서 이 이가 잔거야, 우리 친구 아버지가.

그래, 그 여자가 같이 잤대거던.

[앉은 채로 왼쪽으로 기울여 오른쪽 다리를 들면서]

그래 가지구 이 다리를 그 여자 응댕이에다 이렇게 얹구 잔거야 인제.

실컨 자구 났는데, 아 춥드래.

[청중 웃음]

추워가지구 눈을 딱 뜨니까, 이, 여자 응댕인 어디루 가구, 개울에, 바우.

[앉은 채로 왼쪽으로 기울여 오른쪽 다리를 들면서]

바우에다 여기다 이렇게 얹어 놓구 이렇하구 잤는데.

이거는 인제, 반은 물루 들어가구, 반은 여, 배깥으루 나온거야, 그 추운데.

(청중1 : 얼어 죽지 않게.)

아오, 그렇게해두 안 죽었어.

그래는데.

[다급한 목소리로]

"사람살려, 사람살려."

자꾸 인제 이런거야, 인제 추워가지구 인제 깨가지구.

일어나니까 이게 다 얼, 반은 얼었으니 일어날 길두 없는거야.

옷이구, 뭐구.

(청중1 : 다 붙어서.)

어.

그래 인제,

"사람살려, 사람살려." 또 그래니까.

"아 그때두 왜 저기, 도깨비가 그랬는지, 그 사람 살리라 그래는데, 갔다가 우리 허탕지구 왔잖아. 아 이게 또 그게 그 눔이 또 그래나봐. 가지 말자구."

이래구는 그냥 묵덜을 해가지구, 김치를 쓸어 가지구, 먹구, 고만 거기서 놀구 이랬대는구만.

아 근데 날이 훤-해게 샜는데도 자꾸 그래더래.

[청중 웃음]

"아 이 도깨비는 밤중만 되면 그래는데, 이거 날이 허옇게 새니까, 이거는 아니다. 가보자."

그래 가지구 거깄는 사람이 다 가니까.

어머 이, 이 다리두 얼어 가지구, 여기에, 바우에 붙어 가지구 꼼짝두 안하지.

그래가지구 그 몽둥이루 얼음을 깨꾸는 끄집어 냈잖아.

그래서 내가 그 집에 가봤거든.

"우리 아부지가 다 죽게 생겼다." 이래가지구 인제 갔는데.

이 물 속에 들어간 발은 안 얼었어. 거 희안하대. 근데 그냥 퉁-퉁 뿔키만 하구, 이건 안 얼었는데.

[오른쪽 다리를 잡으며]

여기 여자 엉댕이에 얹어 놓은 거.

이게 얼었는데,

[두 손을 머리 위로 쭉 펴고 고리를 만드는 시늉을 하며]

야- 여기다가 끈을 매가지구, 기저귀로 끈을 매가지구.

[오른쪽 다리를 앞으로 쭉 펴 들고]

이 다리를 여기다 이렇게 얹어놨는데.

(청중1 : 그래두 물이 줄줄 나와?)

야 이게, 이 발바닥이 이릏게, 이릏게, 요, 요렇게 그냥 이릏게 생겼지?

그 얼은 발바닥은 모라 그래야되나.

떡 왜 빠싹 마른거, 막 떡 떡 벌어지면서, 막 그러는거 있지?

야-

(청중1 : 살이 다 갈라진 거야.)

그래, 세상에 이게, 이게 그렇게, 이거 다 짤러야 된다구 그랬는데, 그리구 우린 이미 나왔기 때문에 모르지.

저승에 다녀 온 오빠

자료코드 : 03_08_MPN_20110311_HRS_SNO_0001
조사장소 : 강원도 원주시 문막읍 반계 4리 1141-1번지 남서울아파트 경로당
제보일시 : 2011.3.11
조 사 자 : 황루시, 유명희, 유형동, 김명수
제 보 자 : 손난옥, 여, 72세
구연상황 : 저승에 다녀온 사람이야기를 아는 지 묻자, 제보자가 오빠가 저승에 갔다 왔
다며 이야기를 시작했다.
줄 거 리 : 제보자의 오빠가 청년 때 경찰에 지원했으나 아버지의 반대로 군에 입대를
하게 되었다. 그는 운동을 매우 잘했는데, 그를 시기하는 사람에 의해 눈에
큰 부상을 당하고 정신을 잃었다. 그때 검은 옷을 입은 사람을 따라 어딘지
모르는 곳으로 가게 되었다. 그곳에는 이름 모를 예쁜 꽃이 피어 있었다. 그
리고 한편으로는 여러 사람들이 고통을 받고 있었다. 어떤 사람들은 뱀이 가
득한 구덩이에 들어가 있기도 했고, 성기에 돌을 매달아 놓은 사람도 있었으
며, 혀를 길게 빼고는 거기에 돌을 달아 놓은 사람들도 있었다. 한편 아주 즐
겁게 지내는 사람들도 있었는데 그들은 아무 죄도 짓지 않은 사람들이라고

했다. 그때 갑자기 한 사람이 빨라 돌아가야 한다며 검은 강아지를 안겨주었
다. 그리고 강아지를 따라가라고 했다. 그 강아지를 따라가는데, 물가에 놓인
통나무 다리를 건너가게 되었다. 강아지가 다리를 절반쯤 건넜을 때 통나무
가 빙글 돌며 강아지가 물에 빠졌다. 오빠는 강아지를 잃어버린 것을 한탄하
다가 깨어, 살아났다.

우리, 우리 친정 오라버니가, 열 여덟, 열 여덟 먹어가지구, 경찰 시험
을 봤는데, 합격을 한거야.

합격을 했는데, 우리 아부지가 얼-마나 엄한지,

"평-생에 순사 안보구 뱀 안봐두 못산다 소리 해는 사람은 없다. 그니
까 내 눈에 흙 들어 가기 전에는 경찰생활을 하면 안된다."

(청중1 : 순사하지 말라구.)

어, 우리 아부지가, 아주- 지게 뱀하구 순사하구는.

(청중1 : 안봐두 된다 그러지.)

평생 안 봐두 보고싶은 거 없대.

그래는데, 아이구 뭐 경찰두 못들어가게 하구, 이래니깐 열 여덟 먹어
가지구 군인을 지원을 해 가버렸어.

열 여덟 먹어가지구, 서른 한 살에 제대를 했더.

제대를 하구 싶어 한 게 아니구, 거기서 뼈를 묻을라구 했건데.

이, 저기, 전라도 사람이, 전라도 사람이 인제, 이렇게 새북에 인제 네
시, 다섯 시 되면은, 이렇게 백사장에서 인제, 운동을 한다는구만.

그런데 꼭 우리 오빠가 아주, 공교롭게도 일등을 한대는 거여.

근데 전라도 사람이 하나 저 짝에서 뛰는데, 그건 꼬-옥- 이등을 한대.

그러더니 그 사람이 옆으로 오더라네, 하루는.

그래 오는데,

"아유 왜 여, 저 짝에 하더니, 또 이 쪽으로와?"

그래니까는,

“아유, 저기 여기서 내가 한 번 해가지구 일등을 하구 싶다구.”

“그래 일등 해, 그러면”

인제 이렇게 해구는, 호루라기를 확– 부니깐, 타–악– 일어 스는데, 모래를 갖다가 우리 오빠, 그래니까

[얼굴을 앞으로 내밀며]

요래 처다보고 있으니 얼마나 직방으로 들어가겠어?

모래를 파악– 뿌리니깐 우리 오빠는 거기서 그냥 쓰러져 버린거여.

(청중2 : 눈으로 싹 들어갔지.)

응.

그래구 그 사람, 참 일등 했어 인제.

그리니깐, 이승만 박사가 사형시킨다 그랬대, 그 사람을.

어떻게 저렇게, 저렇게 악랄한 놈이 있느냐구. 그 죽인다구 막 이래구, 사형시키래냐는 걸, 무슨 사형을 시키느냐구 그래가지구.

이, 저기 그 간호원이 하는 말이,

“한 쪽 눈에서 한 줌씩, 한 종재기씩 모래가 나왔다. 거짓말 보태서.” 이렇게 말을 하드래.

그래는데, 그 때만 되면 막 눈이 막 충혈이 되고 그래, 그랬어, 제대해고 와서는.

고 때만 되면은, 이렇게 충혈이 오고 인제 이래는데.

저기, 그 때 인제, 까무라 천건지, 우트게 됐는지, 그 때 꿈을 꿨대.

그때 꿈을 꾸는데.

아주–– 그냥 어딘지도 모르게, 뭐 그렇게, 시커멓게 입은 사람이 가자 그래서, 그냥 어딘지도 모르구, 그냥 아주 험난한 길을, 까시밭 길을 막 이렇게 따러서 갔는데.

그렇게 저기, 아주 여기에선 그런 꽃을 볼 수가 없대.

그런 꽃이 없대 여기는.

거기는 아주 꽃두 꽃두 그런 꽃이 없구, 새두 그런 새두 없구, 아주 거기두 사람사는 게 똑 같더래.

사람 사는 거하구 똑- 같은데, 그 이릏게 막, 이 구렁이 막, 이런게 막 그냥,

[두 손으로 크게 원을 그리며]

이런 이런 이런데서, 막 발버둥 치구 그래는데, 막 사람들이 거기서 홀딱 벗구 있는데,

[입을 가리키며]

이리 들어가서,

[왼쪽 귀를 가리키며]

이리 나오고,

[왼쪽 귀를 가리키며]

이리 들어가서,

[눈을 가리키며]

눈으로 나오고 막 이래는 게 있드래.

그래구 막 기름, 기름 이릏게 시커-먼 솥에 뭐가 막 이래 끓는데, 사람이 거기서 막, 홀떡홀떡 껍데기 뺏거지구.

그래구 여기는 막 장작을 이런 걸 막 불을 때구.

그래구, 하이튼 막, 꼬추에다가 이, 이런 쎄멘도 달아 놓구, 돌맹일 달어 놓구 그래.

"왜 그러냐?" 그래니까.

남의 저기 유부녀 겁탈한 죄루다가, 꼬추에다가 그릏게 그릏게 그런걸 달어놓구.

(청중2 : 아니, 꿈도 어떻게 그렇게 길게 꿨어?)

아우- 우리 오빠 저승에, 그래서 갔다왔다 그래잖아.

그래구, 이 저기, 제일 아주 보기 답답핸거는 여기여기 햇바닥 빼가지

구, 햇바닥 빼가지구 막 이런 돌덩어릴 달어 놓구.

쐬, 쇠, 쇠를 뚱그런 이런 이런 다마같은 쇠를 달어 놓구.

아주 말질을 하더래, 응.

그래구는 이제 또 어디 한군데를 이릏게 가니까는, 물두 깊지두 않은 데, 연못이 요롷-게 있는데.

연꽃 두 송이가 있는데, 처녀 하나, 총각 하나 요렇게, 뭐- 그렇게 무슨 얘긴지 알어 듣지도 못하는 얘기를, 그렇게 주거니 받거니 주거니 받거니, 마-악--

[입을 가리고 웃는 시늉을 하며]

이래구 막 이래더래.

근데 개네들은 세상에서 죄도 하나도 안 짓구 그렇게 죽은 사람들이래.

둘이 고렇게 연꽃에 앉아 가지구, 서-로 입을 이래구, 웃구 그롷게 그래, 그래.

"저, 아주 때 한 개-두 안 묻은 사람들이라구".이래구는.

[문 여는 시늉을 하며]

또 이릏게 문을 탁- 열구 나가니까는,

[머리에 손을 대고 갓 모양을 그리며]

아-주 이런거를 해 쓰구서는, 나비처럼 춤을 추구 다니는데, 꽃두 그런 꽃이 여긴 암만 봐두 없다 그래더라구.

그런데서 막, 나비는 그, 사람 따라서 같이 너울거리구 다니구.

그래더니 한 사람이,

"아유 안되겠네, 얼른 가야되겠네." 이래더래.

그래민서 새-카만 강아지, 새-카만 강아지를 요기다 탁 안겨 주더래.

그래구,

"요기서 조기쯤 가 가지구 강아지를 놔줘라." 이래더래.

"놓구, 그 강아지 가는 데로만 따라 가라." 그래더래.

“알았다구.”

“그래, 빨리 가라구, 빨리 가라구, 늦었다구, 빨리가라구.”

그래가지고 여기, 거기 갈 때는, 그 물을 못 봤대.

못 봤는데, 세-상에 물이, 막 여 속에서 막 두집히면서 끓는 거겉이 막 이래는데.

소나문지 뭔지 이, 이 이런거 딱 한 개가 똥그랗게 생긴 나무 하나 똑 짤라다 이렇게 건네 주는 것처럼 이렇게 해구 있는데.

아 요놈의 강아지가 요래 살랑살랑 오더래잖아.

그래서 저걸 따, 놓치면 안된다구 막 그래가지구, 그걸 안놓칠라구 마―악―― 이래구 쫓아가는데, 요, 요 중간쯤 오더니 그 나무가 이렇게 팽그르르 돌더라네.

팽그르르 퐁당 빠지더라잖아.

“아이구 이거 우특하느냐구, 막, 나는 이제 못가구 어특하느냐구. 나는 이제 이, 강아지, 강아질 따러서 빠질 수두 없구, 이거 어특하느냐구.”

막 인제 거기서 소리 지르는데, 눈을 번쩍 뜨니까 우리 오빠가 우리 오빠 소리를 들었대.

어특하느냐구 막 이래며 떠드는…. 그래가지구 깨 났대잖어.

우리 오빠가 그 얘기를 하더라구,

“난 그래서 눈 다쳐 가지구 병원에 있을 적에, 그 죽었어야 되는데 살았다.” 이래더라니까.

그래서 갔다왔다는 얘기를 하더라니까.

야학에 찾아 온 귀신 목격담

자료코드 : 03_08_MPN_20110311_HRS_SNO_0002

조사장소 : 강원도 원주시 문막읍 반계 4리 1141-1번지 남서울아파트 경로당
제보일시 : 2011.3.11
조 사 자 : 황루시, 유명희, 유형동, 김명수
제 보 자 : 손난옥, 여, 72세
구연상황 : 조사를 정리하던 중에 제보자가 실제 있었던 일이라며 이야기를 하나 더 해
　　　　　주겠다며 구연한 이야기이다.
줄 거 리 : 옛날 제보자의 이웃 아주머니가 야학을 다닐 때 겪은 이야기이다. 교실에 책
　　　　　상을 한켠으로 쌓아 놓고 바닥에 앉아서 한글 공부를 하고 있는데, 갑자기 교
　　　　　실창문이 열리기 시작했다. 처녀들이 공부하는 곳이라 청년들이 장난치는 거
　　　　　라 여긴 선생님이 문을 닫고 창밖으로 걸어 다니는 사람을 찾으려고 했다. 그
　　　　　런데 교실 미닫이 문틈으로 갑자기 털북숭이 손이 쭉 들어왔다. 그리고 그 손
　　　　　을 털 때마다 창문이 열리는 것이었다. 선생님은 처녀들을 짝을 지어 주고는
　　　　　가까운 친구의 집으로 가도록 한 다음 동시에 교실에서 뛰어 나왔다. 그날 본
　　　　　것이 무엇인지 정확하게 말할 수도 없지만, 헛것을 본 것도 아니라고 한다.

옛날에는, 저기, 이렇게 학교가 없구, 야학을 배우잖아, 야학.

야학을, 야학을 배우는데, 내가 스무살 때, 이 얘기를 핸 아줌마가 내
또래라구.

나 한 이 십 살 때. 근데 자기가 야학을 배웠대.

그래 인제, 책상을 전-부,

[방 한쪽 구석을 가리키며]

여기다 인제 쌓아 놓구 가면은, 그 인제, 처녀들이 이 땅바닥에서, 교실
땅바닥에서, 인제 가이 가, 거이 겨를 배우는 거여, 선생을 저기다 놓고.

그래 배우는데, 이렇게 인제, 자욱 눈이 왔대.

[바닥에 걷듯이 손을 디디며]

이렇게 디디믄, 이리게 발자우가 올 정도로 눈이 요렇게 왔는데.

이 창문이 착착착착 열리더라네, 교실 창문이.

그러니까 처녀들이 배우니까, 저기 총각들이 그럴 수도 있잖아 인제.

그래니까는, "아유, 이거 저기, 처녀들이 와서 야학을 배우니까는, 이놈

의 총각들이 와서 짓궂게 인제, 창문을 열어 놓는그나.”

이래구는 그 남자 선생인데, 가서 이렇게 문을 이렇게 또 닫었대는 구만.

그래군 인제, 그 창문을 열 제는 머리래두 보일 거 아녀.

그래서 인제, 선생이 인제, 이렇게 주시를 자—꾸 해면서 인제 가리켰데.

근데, 그런 일이 없는데, 이릏게 하는데, 이 교실 문 요 밑에 네루가 있 잖어.

네루가 있으니까, 이 문이 드르륵 열리잖아.

그래는데,

[두 손을 쫙 펴서 앞으로 내밀며]

이 손가락 열 개가 쑥 들어오드라는 거여, 그 네루루.

그러니까 거기 공간이 없잖어, 그지?

이, 딱 부착이 돼 있는데, 손가락 열 개가 이렇게 쑥 들어오는데, 손톱 이 이만큼씩 긴 게, 이 털이.

(보조조사자 : 네—.)

털이 그냥, 다— 이렇게 이렇게 있는 게, 열 개가 쑥 들어와가지구,

[쫙 핀 손가락을 털며]

이거를 이렇게 이렇게 이렇게 하더래는 거야.

(청중1 : 문이 열려? 그렇게 하니까.)

어, 이 손가락, 소, 손이 쑥 들어오는데 털이 달렸는데, 이, 이렇게 이렇 게 하니까는 착착착착 열리더라는 거야.

그래니 이걸 직접 목격을 했잖아 인제.

큰—일 났더래. 이건 사람이 아니구나. 그래군, 이렇게 문을 열구 내다 봐도 발자국도 없구.

그래두 사람이 왔다갔다 해문 자욱눈이니깐 이렇게 발자국이 있어야 되는데 없구.

그래서 인제, 주시를 하다가 인제, 손구락 열 개가 쑥 들어오더니 이-
래- 하니까 착착착착 열려.

그래구는, 인제 저기 가까운, 쪼금 산등갱이 넘어가는 애는 누구네 집
이 가 자라. 이릏게 해구.

한 앞에 하나씩 손목을 요렇게 잡으라 그래더래, 선생이.

그래구, "내가 하나 둘 셋 하면 들구 뛰어라."

그래가지구 들구 뛰어가지구, 모두 가서 인제, 가까운데 있는 사람덜은
데루가 자구, 이랬다 그래면서.

근데 지금까지두, 그걸 뭔지 모르겠다구 그 얘길 하더라니까.

(보조조사자 : 네-.)

근데 그게, 그게 무슨 뭐 헛걸 본 것도 아니고, 확실하게 봤대거든.

한국전쟁 경험담

자료코드 : 03_08_MPN_20110312_HRS_YJB_0001
조사장소 : 강원도 원주시 문막읍 반계 2리 여재봉 자택
제보일시 : 2011.3.12
조 사 자 : 황루시, 유명희, 유형동, 김명수
제 보 자 : 여재봉, 남, 70세
구연상황 : 제보자가 자신의 경험담을 이야기하고 싶어하는 마음이 느껴져서 자연스럽게
　　　　　경험담을 털어놓기 시작했다. 시작하기 전에 자기 경험담을 이야기해도 되는
　　　　　지 물은 후 스스로 겪은 전쟁 이야기를 시작하였다.
줄 거 리 : 한국전쟁이 났을 때 남쪽으로 내려온 인민군들은 연합군 비행기가 뜨기만 하
　　　　　면 밖으로 나가지도 못했다. 보급 나온 밀을 맷돌에 갈아 먹고 일체 마을 사
　　　　　람들의 재산에 손을 대지 않았다. 하지만 다시 북쪽으로 후퇴할 때가 되자 마
　　　　　을 사람들 재산을 다 빼앗아 먹고 갔는데 아마 남쪽을 정복 후 자기네 나라
　　　　　로 만들려면 민심을 사야했기 때문이 아닐까 싶다. 피난 오다 충주 강을 건널
　　　　　때 얼음이 깨져 소가 옴싹달싹 못하게 되어 소를 버리고 달아났다. 피난을 내
　　　　　려가서 처음 흑인을 보았는데 입술이 두꺼워서 공포스러웠다. 나중에 미군이

처녀들을 수집하러 다닐 때에 어머니가 걱정이 되어 치마저고리를 뒤집어 입
으라 했으나 어머니는 당시 장티푸스를 앓고 계셔 그런 일까지 걱정을 할 일
이 없었다. 외할아버지와 제보자를 빼고는 모든 가족이 돌아가며 앓았는데 그
약을 지어주던 의원이 장티푸스로 죽는 황당한 일도 겪었다.

거 육이오 났을 때 거 인민군들 내려온 사람들 비행기만 뜨면 나가지
도 못했다구.

그, 그 맷돌에다가 밀을 갈아가주고, 응 그 보급 나온게 밀을 갈아서
죽을 써서 그걸 먹었다구.

그래두 이천으로 내려올때는 절대루 민폐를 안끼쳤다고. 그래두. 대추
나무 하나, 대추열매 따먹을려고 따먹는다고 따먹지 그냥은 안따먹었다
구. 못따먹게 하면 안따먹었다구. 왜냐 그때 내가 지금 생각을 하는데 커
가지고 그때는 자기네 나라로 맨들라 그러기 때문에 민심을 얻을라구 절
대로 뭐 민폐를 안끼쳤다고. 들어 갈때는 막 잡아먹고 들어갔지.

들어갈 때는 우리 추석 쉴라고 쌀 해논 거, 뭐 이런거 닭 일곱 마리 맥
이던거, 죄 잡아먹고 갔어.

우린 우리집에 들어온 걸 내뺐으니까. 야- 이 전쟁이라는게 참 무서
워요.

그래서 거 육이오때 그렇고 거 피난 댕길때 야-이-- 해필 또 날 데리
고 다 갔어.

(보조조사자 : 어디까지 가셨어요?)

저- 청주에서 좀 더 나갔었어요.

거, 여 일루 걸어 내려가는데, 하루 와서 여기서 자고 저기에서 자고
충주 거기가 자는데, 자구서네 그집 거 참 인심좋아. 밥도 다해주고 충주
강을 건너가는데 얼음이 쫙 얼었는데 소를 어떻게 끌고 가다가 소가 물에
빠졌어. 짐실은 채로 근데 빠졌는데 쑥 빠지지도 않고 빠지다가 다리만
빠지고 몸은 건쳐있어 얼음에 그냥 내버리고 가는 거야.

(보조조사자 : 어떻게-.)

우리집 터는 우리 바로 앞 거 안창 바로 앞 거기서 내버리고.

거 난리라는게 그렇게 무서워. 그리구 갔다가 음성인가 어디 가서 인제 그 지금으로 말하면 인제 흑인 그 깜둥이를 봤는데 아이- 내 여덟살 적인데 그렇게 무섭더라구.

입이 이렇게 이러고 이런게,

[입술을 오물랏 조물락 만지며]

얼굴이 새카매.

지금 사람은 깜둥이도 아니여. 그때 사람에 비하면.

아- 이 큰 인제 거기서 더 나가서 청주까지 나갔다가 들어오는데 고생 많이 했지.

미군들, 여기 여기 우리동네 와있을 때도 여기도 미군들이- 여자들 붙잡으러 댕기느라고 처녀들 젊은 여자들 막돌아당겨.

우리 어머니는 글쎄 장질부사(腸窒扶斯, 장티푸스)가 걸려가지구 인제 연두색 저고리를 입었었는데 아주 머리 풀으면 앓는 환자니까. 그런데도 내가 그때, 그땐 아홉 들어왔으니까 아홉 살인가 그때 그 옷 연두색 입지 말고, 뒤집어 입으라고 내가 그랬다구. 미군들 겁나니깐.

우리 어머니는 생사고락(生死苦樂)에 생사의 기로에서 헤매니깐 그런거 저런거 걱정 안하는거야. 그래 인제 우리 외할머니, 우리 어머니, 또 우리 형님 순서적으로 앓아.

그게 뭐 그 뭐 여짝집,

[뒤를 가리키며]

사는 분이 약국장인데 그분이 약을 죄다 동네사람을 다 해주고, 내 우리집에선 우리 외할아버지 하고 나하고만 안 앓았어.

그게 그 양반은 동네사람 다 해고. 거진 다- 앓고 인제 지나갔는데 맨 끝에 맹기로 그 장질부사 걸려서 돌아가셨어.

근데 개똥도 약핼라면 없다고. 그땐 개똥도 읎어. 개똥도. 개똥 찾을러 댕겨도 없다고. 그 약을 뜨러가도 약을 지면 약 짓는 물뜨러 가면 우리 외할머니가 또랑물이 인제 개울물이 이렇게 내려가잖아 내려가면 이렇게 (물이 내려오는 방향과 반대로) 푸지 말라는 거야.

저짝 건너가서 이렇게 (물이 흐르는 방향과 맞춰서) 푸는 거야 내려서.

"거슬려 푸지 말고 내려퍼라."

내가 그 생각을 해면은 참 전쟁이 이렇게 무섭구나.

글자 원리 깨우친 얘기

자료코드 : 03_08_MPN_20110312_HRS_YJB_0002
조사장소 : 강원도 원주시 문막읍 반계 2리 여재봉 자택
제보일시 : 2011.3.12
조 사 자 : 황루시, 유명희, 유형동, 김명수
제 보 자 : 여재봉, 남, 70세
구연상황 : 제보자가 서예교습소를 했던 경험을 이야기하면서 글자 원리를 깨우친 이야
기를 해주겠다며 이야기를 시작했다. 제보자는 꾸준하게 서예 작품들을 만들
고 있는 상황이었으며 조사자들을 위해서 족자를 준비해 선물하기도 했다.
줄 거 리 : 다리를 다친 제보자는 어렸을 적 서당을 다녔던 기억을 살려 서예를 배우고
서예교습소를 열었다. 그 와중에 원인철이라는 동학과 함께 글자의 원리에
대해서 얘기하던 중 '날 생(生)' 자가 소가 외나무 다리를 건너는 모양이라는
이야기를 듣고 그럴듯하게 느껴졌다. 그렇다면 '살 활(活)'자는 어떤 모양일까
고민하다가 꿈에서 혀에 물기가 없으면 죽은 것이라는 이야기를 들었다. 꿈
속에서 중학생이었던 제보자는 문막 중학교 밑의 논에서 거지가 죽었다는 얘
기를 듣고 그 혀를 확인해보니 물기가 없었다. 그래서 원인철과 다시 살 활자
에 대해서 자기가 알아낸 점에 대해 이야기 했다.

이게 내가 이 배운다는 거에 대해서 굉장히 목마른 사람이라고.

그래서 내가 겨우 뭐 서당 몇년 다니고 중학교 2학년 정도-에 인제, 그

저 관두고 그래가주고 먹고 사느냐고 평생 목수 일만 했거든.

그래서 목수일 하다가 인제 다쳤어. 이 저 교통사고로. 몇 년 됐어요 그건 한 젊어서니까. 그래 가주고 인제 이 원주가서 인제 좀 살다가 먹고 어디 갈 때가 없어.

이 뭐 여기를

[다리를 가리키며, 제보자는 다리를 다쳐 한쪽을 절단한 상태였다.]

다쳐가주고 무슨 일을 못하니까.

그래서 인제 그 원주문화원 서예실에를 몇 번 나가다가 거기 가서 좀 다니게 됐어요. 그래서 내가 해다가 내가 인제 일을 못하니깐 글씨래도 좀 해서 어떻게 서당이라도 하나 맨들어 봐야 되겠다. 생각을 해서 저 횡성으로 갈라 그랬더니 횡성은 거 '허산'이라 그러는 사람이 먼저 갔어.

그 문막으로 와서 인제 서예학원이라고 해서 지금 서예교습소야. 학원도 아니고 인제 이 쪼 쪼그맣게 이렇게 해서 문막에서 18년을 했는데. 그 처음에 헬 때 내가 열시 안에는 집에 안왔다구. 거 모르는게 많으니.

공부 좀 해느라고. 근데 그 인제 글-씨에 그 인제 어떻게 생긴 거 내력.

인제 만약에 '날 생(生)'자가 이렇게 해면은 '풀이 올라온다. 자원이지 응 풀이 올라오는 거를 표시해서 날 생자를 했다' 이런 얘기를 하면서.

우리 그 후밴데 원인철이라 그러는 사람이 학원을 잠깐 놀러와서, 인제 서실에 놀러와 가지고생활이라는게 사람이 인제 이 날 생자가,

"사람이 소가, 소가 외나무다리 건너가는 것 같은 게 우리의 삶이다." 그런단 말이야.

그래서 생(生)은 그런데 그렇게 인제 그 유모어(humor)로 "사는게 외나무다리 소가 외나무다리 건너가는 것처럼 그렇게 위험한 게 우리 삶입니다."

'활(活)'은 왜냐? 이렇게 '삼 수(氵)변'에 '혀 설(舌)'자로 핸건 '활(活)'자

는 왜 활(活)자라 그러겠느냐?

이거를 내가 자꾸 생각을 했더니 며칠, 거 한 이주일을 생각을 했어. 어서 책도 사볼 때가 없고 책도 서울 가서 어디가서 사는지도 모르고 뭐 여의치가 않으니까.

누구한테 물어볼 사람도 없고. 그게 이 뭐든지 물어서 배울 데만 있으면 행복한 사람이야. 멘토(mentor) 가 스승이 없으면 불행해.

난 지금 솔직히 얘기해서 누구한테 물어볼 사람이 없어요. 내가 알고 싶은 거를. 한 사람 있는데 거리가 멀구 그래서 한 이 주일을 그렇게 생각을 했더니 밤에 이 꿈을 꾸는데, 딱 생각이 나는 거야. 꿈속에 인제 의사한테 갔다가 집에 가는데. 고때 생각을 하는데, 아 그렇지 사는게 살 활자가, 혀에 물기가 있어야지 살은 거지.

혀에 물기가 말르면 죽은 거로구나 야 이 이렇구나. 그 인제 꿈에 내가, 내 누구한테도 듣지도 않고 내가 터득한 얘기야. 그렇지 이 어디 송장이 있으면 가 봤으면 좋겠는데. 근데 지금 문막 중학교 고등학교 진 밑으로 옛날엔 논이 였었어.

처음엔 내가 안창을 가는 과정인데 그 논에 “아 여기 송장있다고. 그 전에 죽었다고.” 그랬는데.

아이 그럼 가 봐야지 한번 내가 그 인제 그 중학교 2학년 때 뭐 곧 중학교 때니깐 애들 적에지 아유 내가 괴짜는 괴짜지 꿈속에서도 이거 무서, 무서운 것도 모르고 그걸 보러 간다고. 그게 가보니깐 그지가 죽었는데, 얼굴이 새카맣게 머리도 이렇게 산발을 하고 이가 누–런게 뻐드렁니가 된게 아주 입에 이– 개미가 아주 기어들어가서 버글버글해.

근데 하나도 안 무서워요.

어이 혀가 어떤가 하고 혀를 보니까 혀가 까만게 빼짝 말랐더라고. “그렇지.” 그게 내가 그 꿈을 꾼–후로는 이 글자에 대한 모든 게 스스로 파악이 되는 것 같더라고.

(보조조사자 : 문리(文理)가 트이셨구나.)

문리(文理)가 튼 것 같더라고. 나 그 그래. 난 문리(文理)라는 게 참 그렇더라고. 그래서 내가 그 인제 그 애기를 그 소가 외나무 다리 건너가는 것 같으다고 애기한 사람, 그 사람도 괴짜야. 그 사람도 여태 한 오십 넘었나. 지금 독신으로 있는데 그 사람은 이 불교 계통으로 아, 원선생(위에서 언급한 원인철) 아주 많이 알아요.

그 사람이 또 왔길래.

"아 원선생 이게 내가 이래서 활(活)자를 터득을 했는데 인제 이게 삼수(氵)변에 물 수(水) 혀에 물이 말르면 죽은거데. 그니깐 혀에 물이 있어야 산거여." 그러니깐.

"아 그렇네요." 아니 그러면서.

"그런 일도 있어요?" 그러면서.

"외국에 무슨 물리학자가 뭐 뱀이 뭐 육각형으로 물린걸 봐 가주고 터득한 사람도 있어요."

그런 애길 해더라구,

그래서, "몰라 난 그런 애기는 못 들었으니깐."

그래서 내가 그거는 이 공부하는 사람들한테는 이런 애기가 도움이 될런진 모르겠지만

항상 생각을 하면은 도움이 되요.

도깨비에 홀린 남편

자료코드 : 03_08_MPN_20110311_HRS_YSR_0001
조사장소 : 강원도 원주시 문막읍 반계 4리 1141-1번지 남서울아파트 경로당
제보일시 : 2011.3.11
조 사 자 : 황루시, 유명희, 유형동, 김명수

제 보 자 : 임석례, 여, 84세
구연상황 : 도깨비에 대한 이야기들이 구연되자 조사자들이 다양한 도깨비 이야기를 듣
기 위해 도깨비와 씨름 한 이야기를 예로 들었다. 그러자 남편이 겪은 이야기
라며 들려주었다.
줄 거 리 : 제보자의 남편이 시장에서 술을 먹고 오다가 도깨비 불에 놀라서 많이 쇠약
해졌다가 세상을 떠났다. 도깨비는 여성의 월결혈 때문에 생기는데 그래서
젊은 처녀에게 빗자루나 서답, 신발을 깔고 앉지 못하게 했다.

(보조조사자 : 도깨비랑 씨름하는 얘기 그런 건 못 들어 보셨어요?)

그런데 우리 집에 예전 어른이 시장에 갔다가 술을 잔뜩 잡숫고 오시
라니까. 그저 앞에 와 번뜩 결국은 그래 놀래가지고 떠나신거래요.

앞에 와 불이 반뜩 반뜩하면 앞을 막더래잖아.

오다보니 신이 뭐신가 이웃이 있는데 이웃에 가서 짚을 한단 달라 그
래 가지고 짚에다 불을 좀 태워 달라니까 짚을 주더랍니다. 그래 가지군
이러면 담뱃불을 이래면선 집에를 왔는데 그게 도깨비라.

그래 가 오래 못살았어요 그분이 그때 고만 놀래가지고 오래 못살았
어요.

근데 지끔이야, 차가 저렇게 댕기고 불이 환한데 지가 어디 도깨비가
있어요. 아침에 가보면

신짝이 랄 거야.

(보조조사자 : 신발.)

예, 근데 그것이 왜서 그렇게 되느냐. 여자 여자가 치는 서답이 있잖
아요.

그 서답일 깔고 앉는다. 깔고 앉고 지금 내가 이거 깔고 앉는 거 매로
깔고 앉으면.

(청중1 : 옛날에 신발짝 많이 깔고 앉았어요. 빗자루 깔구 앉으면.)

그게 묻는다 이거여. 그게 묻으면 도깨비, 도깨비 되는 거여. 그래서 조
심해서 이거 깔고 앉은건 보가불(아궁이불)에 쳐 내버려라. 젊은 사램엔

그래지요. 우리 같은 거는 다 늙었더니 그런 거도 없지.

　(청중1 : 빗자루도 깔고 앉고 뭐도 앉고 빗자루도 도깨비가 되고 그랬다대.)

　그랬다구요.

단허리

자료코드 : 03_08_FOS_20110305_HRS_GGH_0001
조사장소 : 강원도 원주시 문막읍 건등1리 등안마을 마을회관 앞 공터
제보일시 : 2011.3.5
조 사 자 : 황루시, 유명희, 유형동, 김명수
제 보 자 : 선소리 - 김기환, 남, 67세
　　　　　뒷소리 - 김기학, 남, 68세
　　　　　뒷소리 - 김창옥, 남, 74세
　　　　　뒷소리 - 함영근, 남, 72세
구연상황 : 며칠 전부터 이장님과 시간 조율에 신경을 썼다. 마침 방문한 다음 날이 마을
　　　　　잔치가 있는 날이라 마을 사람들이 많이 모여 있었고 덕분에 조사자들도 음
　　　　　식 대접을 받았다. 회관 안에서 녹음하려 했으나 이장님의 권유로 모두 회관
　　　　　앞 마을 입구 삼거리 공터로 나와 녹음하였다. 녹음하기 전에 논매는 소리로
　　　　　단허리와 곯었네 소리를 어떻게 할 것인지 의논하고 북을 치면서 소리를 맞
　　　　　춰보았다. 북을 치면서 선소리를 매기고 있었는데 중간에 녹음기에서 멀어진
　　　　　다고 이장님이 중간에 끼어들어 조사를 독려하여서 다시 녹음하였다. 이장님
　　　　　이 술을 좋아하셔서 술상을 길로 나오게 한 후 술을 한잔씩 드시고 풍물도
　　　　　중간에 한번씩 치면서 쉬어가면서 녹음을 하였다. 다시 재녹음을 하는데 뒷소
　　　　　리꾼들이 5분을 하라느니 5분이 길다느니 하면서 또 시간을 한참 보냈다. 3
　　　　　월 초라 밖에서 녹음하기에 쌀쌀한 날씨였으나 다들 열심히 소리를 하였다.
　　　　　처음 세 번의 단호리는 선소리를 매우 길게 늘어지게 매겼다.

오호얼싸 단호리야	고시레~
오호얼싸 단호리야	고시레~
오호얼싸 단호리야	오호얼싸 단호리야
여보시오야 농부님네	오호얼싸 단호리야
니경내경에 시각을말고	오흐얼싸 단호리야
일시한번에 받어를주소	오흐얼싸 단호리야

하나둘이에 하는에소리　　　　　오호얼싸 단호리야

열스물이 하는에듯이　　　　　오호얼싸 단호리야

사람은많아도 소리는적소　　　　　오호얼싸 단호리야

그거는그렇다하거니와　　　　　오호얼싸 단호리야

또한노래를 불러나볼까　　　　　오호얼싸 단호리야

인간세상 나온사람　　　　　오호얼싸 단호리야

뉘덕으로야 나왔을까　　　　　오호얼싸 단호리야

석가여래 공덕으로　　　　　오호얼싸 단호리야

아버님전에 뼈를빌고　　　　　오호얼싸 단호리야

어머님전에 살을받고　　　　　오호얼싸 단호리야

제석님전엔 복을받고　　　　　오호얼싸 단호리야

칠성님전엔 명을받고　　　　　오호얼싸 단호리야

이내육신이 생겨날제　　　　　오호얼싸 단호리야

한두달에야 피를모으고　　　　　오호얼싸 단호리야

일고여덟달 뼈를모아　　　　　오호얼싸 단호리야

십삭만에도 탄생할제　　　　　오호얼싸 단호리야

이내육신이 생겨날제　　　　　오호얼싸 단호리야

모지게도야 다리를놓고　　　　　오호얼싸 단호리야

상에촛대를 밝혀놓고　　　　　오호얼싸 단호리야

이내일생이 탄생하니　　　　　오호얼싸 단호리야

이런에경사가 또있을까　　　　　오호얼싸 단호리야

우리부모들 날기를제　　　　　오호얼싸 단호리야

여름이면은 녹을세라　　　　　오호얼싸 단호리야

다떨어진에 부채살로　　　　　오호얼싸 단호리야

모기 세라　　　　　오호얼싸 단호리야

오~호호~

곯었네소리

자료코드 : 03_08_FOS_20110305_HRS_GGH_0002
조사장소 : 강원도 원주시 문막읍 건등1리 등안마을 마을회관 앞 공터
제보일시 : 2011.3.5
조 사 자 : 황루시, 유명희, 유형동, 김명수
제 보 자 : 선소리 - 김기환, 남, 67세
　　　　　　뒷소리 - 김기학, 남, 68세
　　　　　　뒷소리 - 김창옥, 남, 74세
　　　　　　뒷소리 - 함영근, 남, 72세

구연상황 : 논매는소리 단허리에 이어서 곯었네소리를 녹음하기로 했다. 단허리가 끝나
　　　　　자 다들 모여서 술을 한 잔씩 드시고 풍물을 치면서 한참을 놀고 다시 녹음
　　　　　을 시작하였다. 분위기가 흥겨워 구경을 하는 다른 마을 사람들까지 덩실덩실
　　　　　춤을 추었다. 곯었네소리는 아이 매고 15일만에 손으로 맬 때 덩어리가 흐물
　　　　　흐물해서 곯았다고 해서 곯었네소리라고 한다. 제보자들은 허리를 굽혀 실제
　　　　　로 흙을 부수는 것처럼 흉내 내며 구연하였다.

에허 곯었네 뎅이나 슬슬 굴려라　　　　고시레~

에허 곯었네 뎅이나 슬슬 굴려라　　　　고시레~

에허 곯었네 뎅이나 슬슬 굴려라

　　　에헤 곯었네 뎅이나 슬슬 굴려라

여보시오네 농부님네

　　　에헤 곯었네 뎅이나 슬슬 굴려라

논맬시에나 힘쓰지말고

　　　에헤 곯었네 뎅이나 슬슬 굴려라

곯었네소리에 힘을 써서 봅시다

　　　에헤 곯었네 뎅이나 슬슬 굴려라

사람은 많어도 소리는 적소

　　　곯었네 곯었네 뎅이나 슬슬 굴려라

이논자리를 얼른매고 웃논자리로 갈거나

에헤 곯었네 뎅이나 슬슬 굴려라
그거는 그렇다고 또한노래를 불러볼까
곯었네 곯었네 뎅이나 슬슬 굴려라
세살먹어서 어머니잃고
에헤 곯었네 뎅이나 슬슬 굴려라
다섯살을 먹어서 아버지를 여의고
곯었네 곯었네 뎅이나 슬슬 굴려라
시집이라고 가였더니
곯었네 곯었네 뎅이나 슬슬 굴려라
시집간지도 삼일만에
에헤 곯었네 뎅이나 슬슬 굴려라
고추당초가 맵다더니 시집살이가 더맵더라
에헤 곯었네 뎅이나 슬슬 굴려라
곯었네 곯었네 뎅이나 슬슬 굴려라
곯었네 곯었네 뎅이나 슬슬 굴려라
어~호호호호

지경소리

자료코드 : 03_08_FOS_20110305_HRS_GGH_0003
조사장소 : 강원도 원주시 문막읍 건등1리 등안마을 마을회관 앞 공터
제보일시 : 2011.3.5
조 사 자 : 황루시, 유명희, 유형동, 김명수
제 보 자 : 선소리 - 김기환, 남, 67세
　　　　　 뒷소리 - 김기학, 남, 68세
　　　　　 뒷소리 - 김창옥, 남, 74세
　　　　　 뒷소리 - 함영근, 남, 72세

구연상황 : 일반적인 지경다지는소리가 끝나고 여기 문막읍 건등1리 등안마을에 해당하는 지경다지기소리를 다시 하였다. 등안 마을 근처에 있는 산들이 모두 나오는 노랫말로 지역 특성을 잘 보여준다. 앞의 소리가 끝나자 모두 모여서 술을 마시고 풍물을 치며 길놀이를 친 연후에 원을 그리고 서서 지경다지는 모습을 구연하였다. 소리가 다 끝난후 마을회관까지 모두 모여서 길놀이를 치면서 퇴장하였다.

에야호리 지경이요	에야호리 지경이요
이집터를 잡을적에	에야호리 지경이요
어느지관이 잡었던고	에야호리 지경이요
명지관이 잡었는데	에야호리 지경이요
설악산 낭막이 뚝떨어져서	에야호리 지경이요
치악산이두 생겼구나	에야호리 지경이요
치악산 낭막이 뚝떨어져서	에야호리 지경이요
매화산이 생겼구나	에야호리 지경이요
매화산 낭막이 뚝떨어져서	에야호리 지경이요
봉화산이두 생겼구나	에야호리 지경이요
봉화산 낭막이 뚝떨어져서	에야호리 지경이요
건등산이 생겼구나	에야호리 지경이요
건등산 낭막이 뚝떨어져서	에야호리 지경이요
취병산이두 생겼구나	에야호리 지경이요
취병산 낭막이 뚝떨어져서	에야호리 지경이요
매봉산하구두 이산자리	에야호리 지경이요
매봉산 낭막이 뚝떨어져서	에야호리 지경이요
안산 봉우리 생겼구나	에야호리 지경이요
안산 낭막이 뚝떨어져서	에야호리 지경이요
이집터가 생겼구나	에야호리 지경이요
이집짓구서 아들을 나면	에야호리 지경이요

아들을 나면은 효자를 낳고	에야호리 지경이요
딸을 나면 열녀를 낳고	에야호리 지경이요
우리부모들 날기를제	에야호리 지경이요
금자동아 은자동아	에야호리 지경이요
이리고이도 길러낼제	에야호리 지경이요
부모나은공을 알을손가	에야호리 지경이요
부모은공을 갚자하믄	에야호리 지경이요
머리를 깎아 신을 삼은들	에야호리 지경이요
부모야 은공을 알을손가	에야호리 지경이요
에야호리 지경이요	에야호리 지경이요
이~히~	

이거리저거리갓거리

자료코드 : 03_08_FOS_20110305_HRS_GSS_0001
조사장소 : 강원도 원주시 문막읍 궁촌 2리 마을회관
제보일시 : 2011.3.5
조 사 자 : 황루시, 유명희, 유형동, 김명수
제 보 자 : 김순수, 여, 77세
구연상황 : 서사민요 쪽으로 질문을 많이 했으나 점심시간도 다가오고 다들 할 수 없다
고 하여 다리세기하는 소리로 유도하였다. 제보자가 가장 먼저 구연하였다.

이거리저거리갓거리

인사만사주머니끈

똘똘말어장두깨

제비뚝딱머리

허리간사허리빵

한알대두알대

자료코드 : 03_08_FOS_20110305_HRS_GSS_0002
조사장소 : 강원도 원주시 문막읍 궁촌 2리 마을회관
제보일시 : 2011.3.5
조 사 자 : 황루시, 유명희, 유형동, 김명수
제 보 자 : 김순수, 여, 77세
구연상황 : 다리세기하는소리를 계속 하는 중에 한알대두알대를 질문하자 구연하였다.

한알대 두알대
영랑 거지 팔대 장군
노름아 사슴아 고드래 빵!

아라리

자료코드 : 03_08_FOS_20110306_HRS_GPO_0001
조사장소 : 강원도 원주시 문막읍 반계 4리 1141-1번지 남서을아파트 경로당
제보일시 : 2011.3.6
조 사 자 : 황루시, 유명희, 유형동, 김명수
제 보 자 : 권필옥, 여, 85세
구연상황 : 여러 소리에 대해 질문하는 중에 제보자가 아라리를 불렀다.

정선읍내야 일백오십호 몽땅 잠들어라
처녀총각 단둘이 만나서 성마령 넘자

[잡음]

아우라지 뱃사공아 배좀 건너주게
싸리골 검은동박이 다떨어진다

[잡음]

명사십육(명사십리의 잘못)이 아니라면은 해당화는 왜피나

모춘삼월이 아니라면은 두견새는 왜울어

다복녀

자료코드 : 03_08_FOS_20110306_HRS_GPO_0002

조사장소 : 강원도 원주시 문막읍 반계 4리 1141-1번지 남서울아파트 경로당

제보일시 : 2011.3.6

조 사 자 : 황루시, 유명희, 유형동, 김명수

제 보 자 : 권필옥, 여, 85세

구연상황 : 정선아라리 후 다른 소리들을 질문하다 다복다복 다복네야 이런 거 아시느냐고 묻자 구연하였다. 처음에 중간 중간 노랫말을 잊어서 다시 구연하였다.

다복다복 다복네야 너어드로 울고가나

우리엄마 몸진골로 젖줄바래 울고가요

아가아가 울지마라 니어머니 오길바러

부뚜막에 엎은박이 줄이벋음 온다더라

(뭐더라)

삶은팥이 싹이나면 온다드라

뱃노래

자료코드 : 03_08_FOS_20110305_HRS_MON_0001

조사장소 : 강원도 원주시 문막읍 궁촌 2리 마을회관

제보일시 : 2011.3.5

조 사 자 : 황루시, 유명희, 유형동, 김명수

제보자 1 : 민옥녀, 여, 82세

제보자 2 : 고순남, 여, 91세

구연상황 : 조사자가 아라리 외에 함께 할 수 있는 소리가 있는지 묻자 구연하였다.

제보자 1 일본동경이 얼마나 좋아서

　　　　　꽃같은 나를 버리고 연락선을 타느냐

　　　　　어야노야노야 어야노야노 어기여차 뱃놀이 가잔다

제보자 2 저고리 벗어서 뱃머리 걸구요

　　　　　파도치는 물결따라 임마중 가잔다

　　　　　어야노야루야 어야루야노 어기여차 뱃놀이 가잔다

상여소리

자료코드 : 03_08_FOS_20110306_HRS_BYS_0001

조사장소 : 강원도 원주시 문막읍 동화 2리 경로당

제보일시 : 2011.3.6

조 사 자 : 황루시, 유명희, 유형동, 김명수

제 보 자 : 선소리 - 박영석, 남, 82세

　　　　　뒷소리 - 김두열, 남, 76세

　　　　　뒷소리 - 김장열, 남, 78세

구연상황 : 시작은 이야기판으로 벌어졌다. 다음에 다시 방문하여 상여소리를 녹음하려
했으나 노인회장님이 오늘 하는 게 좋겠다고 하여 바로 시작하였다. 뒷소리하
는 분 중 횡성 출신이 있어 뒷소리가 약간 맞지 않는다.

오름차 어호	어화넘차 어호
나는가오 나는가오	어화넘차 어호
이제가면 언제오나	어화넘차 어호
다시못올 이길인데	어화넘차 어호
저승길이나 멀다더니	어화넘차 어호

대문밖이 저승일세   어화넘차 어호
부모처자 손을잡고   어화넘차 어호
만단설화를 다못하고   어화넘차 어호
이길한번 떠나가면   어화넘차 어호
다시못올 이내인생   어화넘차 어호
슬프고도 가소롭다   어화넘차 어호
북망산천 멀다더니   어화넘차 어호
이길한번 떠나가면   어화넘차 어호
고향산천 다시올까   어화넘차 어호
오호넘차 어화   어화넘차 어호
산천초목 변화한데   어화넘차 어호
이삼사월 돌아가면   어화넘차 어호
꽃은다시 피거니와   어화넘차 어호
우리인생 한번가면   어화넘차 어호
다시는다 못오나니   어화넘차 어호
오호넘차 어화   어화넘차 어호
명사십리 해당화야   어화넘차 어호
꽃이진다 설워마라   어화넘차 어호
내년춘삼 돌아가면   어화넘차 어호
그꽃다시 피려니와   어화넘차 어호
우리나인생 인제가면   어화넘차 어호
다시오긴 어려워라   어화넘차 어호
어허넘차 오호   어화넘차 어호

(이걸루 마치지 뭐)

자진소리

오호 오화	오호 오화
어이나가리 에헤	오호 오화
오호 오화	오호 오화
어이나가리 오호	오호 오화
어이나가리 에호	오호 오화
건는안산 돌아갈제	오호 오화
앵무새두 울건마는	오호 오화
이내인생 한번오니	오호 오화
산천은두 험악하고	오호 오화
후황하기두 한이없네	오호 오화
오호 오호	오호 오화
어이나가리 에호	오호 오화
쉼도차고 목마른	오호 오화
이에가서 쉬어가세	오호 오화
오호 오호	오호 오화
오호 오화	오호 오화
어이나가리 에호	오호 오화

회다지소리

자료코드 : 03_08_FOS_20110306_HRS_BYS_0002
조사장소 : 강원도 원주시 문막읍 동화 2리 경로당
제보일시 : 2011.3.6
조 사 자 : 황루시, 유명희, 유형동, 김명수
제 보 자 : 선소리 - 박영석, 남, 82세

뒷소리 - 김두열, 남, 76세

뒷소리 - 김장열, 남, 78세

구연상황 : 원래는 처음부분에 고시레를 세 번 외치고 시작한다고 한다. 처음 시작부분은 매우 늘어지게 시작하여 석가여래 공덕으로 부분부터 잦아지기 시작한다.

에야호리 달헤야~	고시레~
이내소리를 주는대로	에야호리 달헤야~
하나둘이 할지라도	에야호리 달헤야~
열스물이 하는 듯이	에야호리 달헤야~
일심합력이 받어를주면	에야호리 달헤야~
안나든소리두 절루나고	에야호리 달헤야~
이세상에도 나온사람	에야호리 달헤야~
누에덕으로 나왔으며	에야호리 달헤야~
석가여래나 공덕으로	에야호리 달헤야~
제석님전에 복을빌고	에야호리 달헤야~
칠성님전에 명을빌어	에야호리 달헤야~
삼십전에나 명을받고	에야호리 달헤야~
아버님전에 뼈를빌고	에야호리 달헤야~
어머님전 살을빌어	에야호리 달헤야~
넉달안에 피를모어	에야호리 달헤야~
아홉달만에 구비하여	에야호리 달헤야~
이목구비 전부되야	에야호리 달헤야~
십삭만에 탄생하니	에야호리 달헤야~
부모은공 갚을손가	에야호리 달헤야~
부모은공 갚자허고	에야호리 달헤야~
채미쌀을 쓸구쓸어	에야호리 달헤야~
명산대천 찾어가서	에야호리 달헤야~

상탕에 메를짓고	에야호리 달혜야~
중탕에 수족씻고	에야호리 달혜야~
하탕에 목욕하고	에야호리 달혜야~
성명삼자 불러주어	에야호리 달혜야~
소지삼장 올린후에	에야호리 달혜야~
비나이다 비난이다	에야호리 달혜야~
제불님전에 빌어본들	에야호리 달혜야~
어느부처 감응할까	에야호리 듣혜야~
에야호리 달혜야	에야호리 듣혜야~

아라리

자료코드 : 03_08_FOS_20110306_HRS_BYS_0003
조사장소 : 강원도 원주시 문막읍 동화 2리 경로당
제보일시 : 2011.3.6
조 사 자 : 황루시, 유명희, 유형동, 김명수
제 보 자 : 박영석, 남, 82세
구연상황 : 회다지소리가 끝난 후 다른 소리를 해달라고 부탁하였다. 제보자가 수심가,
　　　　　　정선아리랑 등을 거론하자 다른 분들이 어러리타령을 하라고 했다. 마지막에
　　　　　　엮음아라리 후에 중간 잡음이 심해서 그 뒤의 소리 3곡은 싣지 않는다.

아리랑 아리랑 아라리로구나

어리랑 고개고개루 날만넘겨주소

꽃본나부야 물본기러기 탐화봉접인데

나부가 꽃을보구서 그냥지나갈쏘냐

저근네 묵밭은 제작년에두 묵더니

올해도 날과같이두 또한해 묵나

정선읍내야 물레방아는 사시장철 도는데
우리집이 저명텅구리는 날안고 돌줄 몰라

아리아리랑 아리아리랑 아라리로구나
아리랑 고개고개로 날만 넹겨주소

산천초목과 물과유지도 임자가 있는데
우리나 인생은 뭘로나생겨서 임자가 읎나(그게 그거지)

금강산 일만이천봉이 팔만사 유점사 법당뒤에 칠성당을 모두모여
모여놓구선에는 아들 딸 낳달라고 팔, 일일기도를 들이말구 타관객
지에 외로이 오신 저 손님 괄세를 마소(잘넘어간다)

해방가

자료코드 : 03_08_FOS_20110306_HRS_SNO_0001
조사장소 : 강원도 원주시 문막읍 반계 4리 1141-1번지 남서울아파트 경로당
제보일시 : 2011.3.6
조 사 자 : 황루시, 유명희, 유형동, 김명수
제 보 자 : 손난옥, 여, 72세
구연상황 : 이 노래는 두 번째 녹음한 것으로 제보자 조일섭에게 배운 것이라 한다. 제보
        자가 구연을 마치니 청중이 빼먹었다고 지적을 하여 노랫말을 가다듬고 생각
        을 한 후 다시 구연하였다. 두 번째 구연을 한 후 청중들이 잘했다고 했다.

얼씨구 절씨구 태평성대가 여기구나
징용보국대 끌려갈적에 다시는 못살줄 알었더니
일천구백 사십오년에 팔월십오일 해방됐네

연락선에다 몸을 싣고 부산항구를 당도하니
문전문전에다 태극기를 달고 방방곡곡 만세소리가 삼천만 동포가
춤을춘다
축령장 꼭대기 태극기는 바람에 펄펄 휘날리는데
남의집 서방님은 다돌아왔는데
우리집의 똘이아빠 왜못오나
원자폭탄에 상처를 당했나 무정하게도 소식없어
해방은 됐다고 좋댔더니만 지긋지긋한 육이오가 웬말이냐
어린자식 등에 업고 다른 자식은 손목잡고
머리에다간 보따리를 이고 늙은 부모 앞에다 모시고
한강철교를 당도하니 공중에서 폭격을 하니 대동강물이 다풀린다

정선아라리

자료코드 : 03_08_FOS_20110306_HRS_SNO_0002
조사장소 : 강원도 원주시 문막읍 반계 4리 1141-1번지 남서울아파트 경로당
제보일시 : 2011.3.6
조 사 자 : 황루시, 유명희, 유형동, 김명수
제 보 자 : 손난옥, 여, 72세
구연상황 : 제보자 임석례가 아라리를 시작하였는데 끝맺지를 못하자 제보자 손난옥이
　　　　　나서서 아라리를 구연하고 이어서 제보자 권필옥어 권했다. 제보자 손난옥은
　　　　　어릴 때부터 하던 소리는 아니어서 청이 다르다.

아리랑 아리랑 아라리요
아리랑 고개고개로 나를 넘겨주게

정선읍내 물레방아는 낮이나 밤이나 도는데
우리집의 저멍텅구리는 나를 안고 왜안도나

아리랑 아리랑 아라리요
아리랑 고개고개로 나를 넘겨주게

비가올라나 눈이올라나 억수장마 질라나
만수산 검은구름이 막모여든다

청천하늘에 잔별많은건 구름없는 탓이오
이내가슴 수심많은건 임없는 탓이~

저해보세요 저달보세요 해와달을 보세요
우리님과 함께갈라구 뒤돌아본다

도랑가에 참나물이 무슨죄가 졌다고
이십안짝 청년손 끝에 칼침을 맞나

이거리저거리갓거리

자료코드 : 03_08_FOS_20110305_HRS_SYO_0001
조사장소 : 강원도 원주시 문막읍 궁촌 2리 마을회관
제보일시 : 2011.3.5
조 사 자 : 황루시, 유명희, 유형동, 김명수
제 보 자 : 송연옥, 여, 79세
구연상황 : 각자가 아는 다리세기하는 소리 경연대회가 열렸다. 옆에 앉은 할머니의 다리
를 함께 세면서 구연하였다.

이거리저거리갓거리
전두만두두만두
육두육두전라두
전라감사소개

아령따령

오얏똥 땡!

두껍아두껍아

자료코드 : 03_08_FOS_20110305_HRS_YBS_0001
조사장소 : 강원도 원주시 문막읍 궁촌 2리 마을회관
제보일시 : 2011.3.5
조 사 자 : 황루시, 유명희, 유형동, 김명수
제 보 자 : 이복순, 여, 68세
구연상황 : 옆에 앉은 할머니의 다리를 함께 세면서 구연하였다.

두껍아 두껍아
헌집줄게 새집다오

아라리

자료코드 : 03_08_FOS_20110305_HRS_JJY_0001
조사장소 : 강원도 원주시 문막읍 궁촌 2리 마을회관
제보일시 : 2011.3.5
조 사 자 : 황루시, 유명희, 유형동, 김명수
제보자 1 : 장진영, 여, 78세
제보자 2 : 민옥녀, 여, 82세
제보자 3 : 황순녀, 여, 81세
제보자 4 : 고순남, 여, 91세
구연상황 : 제보자들이 여러번 연습하고 몇몇이서 순서를 정하여 구연하였다. 중간에 제
       보자 고순남이 본조아리랑으로 넘어갔으나 뒤이은 제보자가 다시 아라리곡조
       로 받았다. 전체적으로 현장감이 살아있어 시끄러운 편이다.

제보자 1 아들딸 못낳는다고 산지불공을 말고

아닌 밤중에 오신에 손님을 괄세를 마라

제보자 2 태산 준령을 평지를 삼구서 넘나드는 원인은
도화같은에 너하나보려구 태산준령을 넘는다

제보자 3 아리랑 아라리 고개가 몇몇이나 되는지
아리랑 고개에 기수나무 한나 심거든
은도끼로 찍 금도끼로 다음어서 요리(아유)
삼칸 집을 짓고 열두고개 기다리고 기다려도 임이 아니나 오시네

제보자 4 저근네 묵밭은두나 작년에두 묵더니
올해도 날과같이는 또 묵는구나

아리랑 아리랑 아라리요
아리랑 고개로 넘어간다

아리랑고개로 넘어가서 [잡음]
아리랑아리랑 아라리요

아리랑 고개로 넘어가네
살구나무 정자로 만나잤더니
일낙서산 해가다져도 아니오네

아리랑 아리랑 아라리요
아리랑 고개로 넘어간다

제보자 2 정선읍내 물레방아는 물살을 안구서 시싱글배뱅글 도는데
우리집의 저멍텅구리는 날안구 돌줄을 왜몰르나

제보자 1 봄철인지야 갈철인지야 나는 몰랐더니

뒷동산에 행화야춘절이 날 알궈준다

제보자 3 멀구야 다래 떨어진것은 꼭지나 있지만

부모형제 떨어진건 꼭지두나 없나

다북녀

자료코드 : 03_08_FOS_20110305_HRS_JJY_0002
조사장소 : 강원도 원주시 문막읍 궁촌 2리 마을회관
제보일시 : 2011.3.5
조 사 자 : 황루시, 유명희, 유형동, 김명수
제 보 자 : 장진영, 여, 78세
구연상황 : 노랫가락, 아라리 등을 적극적으로 구연한 제보자는 조사자가 긴노래 아는 것
이 있느냐는 질문에 나서서 구연하였다. 노랫말은 매우 짧은 편이다.

다북다북 다북네야

너어드루 울민가나

우지마라 우지마라

우리엄마 몸진골로

젖먹으러 울민간다

고모네집에 갔더니

자료코드 : 03_08_FOS_20110305_HRS_JJY_0003
조사장소 : 강원도 원주시 문막읍 궁촌 2리 마을회관
제보일시 : 2011.3.5
조 사 자 : 황루시, 유명희, 유형동, 김명수
제 보 자 : 장진영, 여, 78세
구연상황 : 다리세기하는소리 다른 것을 질문하자 나서서 구연하였다. 이 노래의 일반적

인 유형은 마지막에 '우리집에 와봐라 수수팥떡 안준다'로 끝난다.

고모네집에 갔더니

암탉수탉 잡아서 기름에 동동 뜨는걸

니한숟갈 안준다

우리집에 와봐라

암탉수탉 잡어서

니한숟갈 안준다!

한알대두알대

자료코드 : 03_08_FOS_20110305_HRS_JJY_0004

조사장소 : 강원도 원주시 문막읍 궁촌 2리 마을회관

제보일시 : 2011.3.5

조 사 자 : 황루시, 유명희, 유형동, 김명수

제 보 자 : 장진영, 여, 78세

구연상황 : 앞니빠진 갈가지 등 동요에 대한 질문을 하였는데 다들 완성하지 못하고 있
자 이제 생각난 듯이 갑자기 구연하였다.

한나니 두하니 삼사 너구리

꾀꾸니 처니 마루 장승

영랑 거지 팔대 장군 고드래 뽕!

비야비야

자료코드 : 03_08_FOS_20110305_HRS_JJY_0005

조사장소 : 강원도 원주시 문막읍 궁촌 2리 마을회관

제보일시 : 2011.3.5

조 사 자 : 황루시, 유명희, 유형동, 김명수
제 보 자 : 장진영, 여, 78세
구연상황 : 조사자가 유도하자 바로 구연하였다.

비야비야 오지마라
비야비야 오지마라
우리엄마 친정갈적
단초마(비단치마) 얼룩진다

세상달강

자료코드 : 03_08_FOS_20110305_HRS_JJY_0006
조사장소 : 강원도 원주시 문막읍 궁촌 2리 마을회관
제보일시 : 2011.3.5
조 사 자 : 황루시, 유명희, 유형동, 김명수
제 보 자 : 장진영, 여, 78세
구연상황 : 조사자가 질문하자 여러 제보자들이 나서서 흥얼거렸으나 완성을 못하자 제
보자가 아는 척을 하면서 손을 모양내서 마치 아기가 있는 것처럼 구연하였
다. 완성된 형태는 아니다.

세상달강
세상달강
서울로 가다가
밤한톨 주워다
머리깎은 새앙쥐가 다파먹고
달강달강달강달강

해방가

자료코드 : 03_08_FOS_20110306_HRS_JIS_0001
조사장소 : 강원도 원주시 문막읍 반계 4리 1141-1번지 남서울아파트 경로당
제보일시 : 2011.3.6
조 사 자 : 황루시, 유명희, 유형동, 김명수
제 보 자 : 조일섭, 여, 78세
구연상황 : 제보자는 이 아파트에서 유명한 가수이다. 교회 간 제보자를 다른 제보자들
이 계속 기다렸다. 제보자 손난옥이 부른 해방가도 제보자 조일섭에게 배운
것이라 한다. 청이 우렁차고 좌중을 압도했다.

얼씨구나 절씨구 태평성대가 여기구나

청년보국대 끌려갈적에 다시는 못불줄 알았더니

일천구백 사십오년 팔월십오일 해방되서

연락선에다가 몸을싣고 부산항구에야 당도하니

문전문전에다 태극기가 걸리구

방방곡곡 만세소리가 삼천만동포가 춤을춘다

조양강 꼭대기 태극기는 바람에 펄펄 휘날리는데

남의집에 서방님은 다돌아왔는데

우리집의 똘이아빠는 왜못오나

원자폭탄에 상철당했나 무정하게도 소식없어

해방은 됐다고 좋댔더니만 지긋지긋한 육이오가 웬말이냐

어린자식을 등에다업구 다큰자식은 손목잡고

머리다가는 보따리를 이구 늙은 부모를 앞에 모시구

한강철교를 건너갈 때 공중에서 폭격을 하니 모든 강물이 다풀리네

얼씨구씨구씨구 지화자 좋네 아니나 노지는 못하리다

창부타령

자료코드 : 03_08_FOS_20110306_HRS_JIS_0002
조사장소 : 강원도 원주시 문막읍 반계 4리 1141-1번지 남서울아파트 경로당
제보일시 : 2011.3.6
조 사 자 : 황루시, 유명희, 유형동, 김명수
제 보 자 : 조일섭, 여, 78세
구연상황 : 해방가를 부른 후 호응이 매우 좋아 다른 소리도 좀 하시라고 하였다. 다른
제보자가 조사의 취지를 설명하고 소리를 하기를 종용했다. 어디서 배웠냐고
질문하니 4,50대에 동네 사람들이 부르는 것을 듣고 배웠다고 한다.

어지러운 사바세계 의지할 곳이 바이 없어

모든시름 다떨치고 산간벽처를 찾아드니

성조바람은 쓸쓸한데 두견조차 슬피우니

귀촉도 부르기야 너도울고 나도울어

심야삼경 깊은밤에 같이나 울어서 새워볼까

얼씨구 좋구나 정말로 좋아 요렇게 좋기는 난몰랐네

화투풀이

자료코드 : 03_08_FOS_20110306_HRS_JIS_0003
조사장소 : 강원도 원주시 문막읍 반계 4리 1141-1번지 남서울아파트 경로당
제보일시 : 2011.3.6
조 사 자 : 황루시, 유명희, 유형동, 김명수
제 보 자 : 조일섭, 여, 78세
구연상황 : 머리가 좋아서 무슨 노래든 한 번만 들으면 잊지 않았다고 한다.

정월 속속 드는 정은

이월 매조 맺어놓고

삼월 사구라 산란한 마음

사월 흑싸리 엎쳐놓고

오월 난초에 놀든 나비가

유월 목단에도 숨어드네

칠월 홍돼지 홀로누워서

팔월 공산에 다시 뜨고

구월 국화 만발하여

시월 시단풍에 뚝떨어지니

동지 슫달 설한풍에 백설만 날려두 님의 생각

앉어 생각 누워서 생각 님의 생각이 간절하다

권주가

자료코드 : 03_08_FOS_20110306_HRS_JIS_0004
조사장소 : 강원도 원주시 문막읍 반계 4리 1141-1번지 남서울아파트 경로당
제보일시 : 2011.3.6
조 사 자 : 황루시, 유명희, 유형동, 김명수
제 보 자 : 조일섭, 여, 78세
구연상황 : 제보자가 소리를 마치자 손난옥 제보자가 술을 한잔 따라주면서 부른 것이다.
　　　　　 시작은 제보자 손난옥이 마무리는 제보자 조일섭이 했다.

잡으시오 잡으시오

이술 한잔을 잡으시오

이술은 술이 아니고

먹고 노자는 경배주라

이술한잔을 먹구보면 만수무강을 하옵나니

좋다~

청춘가

자료코드 : 03_08_FOS_20110306_HRS_JIS_0005
조사장소 : 강원도 원주시 문막읍 반계 4리 1141-1번지 남서울아파트 경로당
제보일시 : 2011.3.6
조 사 자 : 황루시, 유명희, 유형동, 김명수
제보자 1 : 조일섭, 여, 78세
제보자 2 : 손난옥, 여, 72세
구연상황 : 권주가를 부르며 술을 한 잔 씩 한 후 아라리를 돌아가면서 하였는데 잡음도
　　　　　심하고 청도 다 각각이었다. 이어서 조사자가 청춘가를 청했다. 분위기가 고
　　　　　조되어 중간에 합창을 하기도 했다.

제보자 1　돌려라 돌려라 비비뱅글 돌려라

　　　　　노랫가락을 집어치고 좋다~

　　　　　청춘가로 돌려라

　　　　　산이높어야 골두나 깊지요

　　　　　조그만한 여자속이 좋구나~

　　　　　얼마나 깊을쏘냐

　　　　　간다 못간다 얼마나 울었던지

　　　　　정거장 마당이 좋다~

　　　　　한강수가 되었나 [잡음]

제보자 2　옘병 삼년에 호두땀만 낼놈아

　　　　　내가슴에 멍들여 놓고 좋다~

　　　　　너 잘 될 줄 알았드냐

　　　　　우연히 든정이 골수에 사무쳐

　　　　　일시라도 못보면 좋다

　　　　　그리워 못살겠네

행금타령

자료코드 : 03_08_FOS_20110306_HRS_JIS_0006
조사장소 : 강원도 원주시 문막읍 반계 4리 1141-1번지 남서울아파트 경로당
제보일시 : 2011.3.6
조 사 자 : 황루시, 유명희, 유형동, 김명수
제 보 자 : 조일섭, 여, 78세
구연상황 : 청춘가를 부른 후 흥이 오른 제보자가 행금타령이나 할까 하면서 시작하였다.
둘이서 해야하는 것이라고 하면서 구연하였다. 앵~앵 하면서 해금소리를 흉
내를 내는 소리이다. 예전에 마을에 같이 잘하던 사람이 있어서 둘이 하면 매
우 재미있었다고 한다. 나머지 청중들이 앵앵을 합창하기도 했다.

앵앵 앵앵 앵앵 앵앵
저녁거리가 없어두 맘만맞으면 사느니라

[잡음]

덜커덩덩덩 찧는방아 언제나 다찧고 잠을자나
앵앵 앵앵 앵앵 앵앵

장타령

자료코드 : 03_08_FOS_20110306_HRS_JIS_0007
조사장소 : 강원도 원주시 문막읍 반계 4리 1141-1번지 남서울아파트 경로당
제보일시 : 2011.3.6
조 사 자 : 황루시, 유명희, 유형동, 김명수
제 보 자 : 조일섭, 여, 78세
구연상황 : 조사자가 혹시 장타령은 안하시냐고 하자 제보자 손난옥이 먼저 나서서 했다
면서 부추기면서 함께 시작하였다. 길지는 않지만 모두 신이 나서 함께 했다.

작년에 왔던 각설이가 죽지도 않고도 또왔네
품바하고도 잘이 한다

느어머니가 널 날 때 뜨물동이나 먹었는지 걸직걸직 잘이 한다
느어머니가 널 날 때 냉수댕이나 먹었는지 시원하게도 잘이 한다
품바하고도 잘이 한다 [웃음]

숫자풀이

자료코드 : 03_08_FOS_20110304_HRS_CJN_0001
조사장소 : 강원도 원주시 문막읍 궁촌1리 마을회관
제보일시 : 2011.3.4
조 사 자 : 황루시, 유명희, 유형동, 김명수
제 보 자 : 최진남, 여, 81세
구연상황 : 이야기를 길게 구연한 후 이런 노래를 아느냐고 예를 들었더니 제보자가 나
서서 구연하였다.

일 일본을 갔더니
이 이서방을 만나서
삼 삼각산을 올라가서
사 사방을 내려다 봤더니
오 오소리 한 마리 있어
육 육철포로 탁쏘니
칠 칠십먹은 노인이
팔 팔자 없는 말을 타고
구 구두발을 탁차니
십 십리밖에 똑떨어졌다

앞집총각

자료코드 : 03_08_FOS_20110304_HRS_CJN_0002
조사장소 : 강원도 원주시 문막읍 궁촌1리 마을회관
제보일시 : 2011.3.4
조 사 자 : 황루시, 유명희, 유형동, 김명수
제 보 자 : 최진남, 여, 81세
구연상황 : 이야기를 길게 구연한 후 이런 노래를 아느냐고 예를 들었더니 제보자가 나
서서 구연하였다.

앞집총각 나무하러 가세

배가아퍼 못가겠네

뭔배 자래배

뭔자래 애미자래

뭔애미 솔애비

뭔솔 탑솔

뭔탑 진주탑

뭔진주 코리진주

뭔코리 버들코리

뭔버들 수영버들

뭔수영 하늘수영

뭔하늘 청하늘

뭔청 대청

뭔대 왕대

뭔왕 임금왕

뭔임금 나라임금

뭔나라 되나라

뭔되 쌀되

뭔쌀 보리쌀
뭔보리 갈보리
뭔갈 떡갈
뭔떡 개떡
뭔개 사냥개
뭔 사냥 꽁사냥
뭔꽁 장꽁
뭔장 강릉읍내장

4. 부론면

강원도 원주시 부론면 손곡2리

조사일시 : 2011.2.23
조 사 자 : 황루시, 유명희, 유형동, 김명수

강원도 원주시 부론면 손곡2리

　고려의 마지막 왕인 공양왕이 유배를 당하여 이곳에 머물게 되었는데 공양왕이 이성계에게 왕위를 손위(遜位)하고 와 있었던 곳이라 하여 마을 이름을 손위실(遜位室)로 불렀고 이를 한자로 적으면서 '위'가 탈락되고 손곡이라고 적었다고 한다. 또는 한시로 유명한 손곡 이달(蓀谷 李達)선생이 살았다고 해서 손곡리라고 부르게 되었다고도 한다. 이달의 호 손곡은 손위실의 마을 이름을 따서 지어졌을 것으로 생각된다.

　　원래 손곡2리는 돌아갈 귀(歸) 늦을 만(晩) 자를 쓰는 귀만 마을이라고 불렸다. 손곡리가 일제강점기에는 1리와 2리로만 나누어져 있었는데 2리가 3리로 분할되었다. 현재 인구는 100호정도 되며 과거에는 성산 김씨 집성촌이었는데 지금은 각성받이 마을에 가깝다. 처음 이 마을에 들어온 사람은 파평 윤씨로 알려져 있다.

　　논농사를 기본으로 콩, 고추, 담배 등의 밭작물을 재배하며 한우를 100여두 정도 키우는 등 축산업도 산업의 한 축을 차지하고 있다. 기계화 농업은 80년대 초반에 이루어졌다. 서낭당은 20년 전에 사라졌으며 12월에 대동계를 하는 것 말고는 따로 마을의 행사는 없다. 농악 등의 민속놀이는 3년 전부터 중단되었다. 마을의 종교 분포는 기독교 30가구, 불교 30가구 천주교 4가구 등으로 다양한 편이다. 조사 당시인 2011년 초 발생한 구제역으로 인하여 외부인에 대한 경계가 심했으며, 이러한 이유로 조사가 원만히 이뤄지지 못하였다.

강원도 원주시 부론면 손곡3리

조사일시 : 2011.2.23
조 사 자 : 황루시, 유명희, 유형동, 김명수

　　손곡3리는 알산골과 새마리가 합쳐진 마을이다. 총 인구는 56호정도 되고 새마리에는 강릉 최씨 알산골에는 전주 이씨 담양군파가 집성촌을 이루고 있다. 알산골이 양반들이 사는 마을이었고 새마리는 평민촌이었다고 한다. 10~20년 전에는 담배를 많이 재배했지만 현재는 옥수수, 고구마를 주로 키운다. 음력 1월 3일에 서낭제를 지내고 정월 보름 행사를 매년 지키고 있다. 여전히 농악을 유지하고 있으며 기독교 10호, 천주교 6호를 제외하면 특별히 종교를 가진 가정은 없다.

강원도 원주시 부론면 손곡3리

강원도 원주시 부론면 정산1리

조사일시 : 2011.2.22, 2011.3.11
조 사 자 : 황루시, 유명희, 유형동, 김명수

정산리라는 행정구역 명칭은 주변 산 모양이 가마솥 모양으로 생겼다고 하여 붙인 이름이다. 현재 인구는 70가구 정도이다. 대부분 논농사를 지으며 고추 농사를 짓는 집이 일부 있다. 마을에서 전략적으로 우렁이 농법을 사용한 쌀과 태양초 고추를 생산하고 있다. 특히 고추의 경우 건조장을 동시에 사용하는 방법으로 활성화를 꾀하고 있다.

예전 샘개나루라는 곳은 전략적 요충지로 인식되어 한국전쟁 당시 인민군과 미군이 서로 다투어 차지하는 곳이었다. 전쟁 후 마을이 반 정도 불타 많은 이들이 이주하여 인구가 줄어드는 계기가 되었고 72년도 홍수로 인하여 마을의 반이 물에 잠긴 적이 있어 인구가 줄었다고 한다. 85년 충주댐이 완공된 이후로는 수해가 난 적이 없다. 마을의 낚시터로 사용되고 있는 솔미 저수지는 그 물을 억지로 빼려다가 비가 많이 오는 등의 변고가 있어 신성하게 여겨 물을 빼지 않는다. 자연스럽게 두꺼비가 산란하기 좋은 환경이 조성되어 여름에 두꺼비가 많다. 마을회관은 일제강점기에 생긴 건물이라 낡고 오래되었다. 경로당은 신축한 건물로 사용하는데 건강관리실이 있고 사우나 등 다양한 기기들이 비치되어 있다.

강원도 원주시 부론면 정산1리

강원도 원주시 부론면 정산4리

조사일시 : 2011.2.22
조 사 자 : 황루시, 유명희, 유형동, 김명수

정산리는 면소재지의 남동쪽에 위치하고 있다. 동쪽은 단강리, 서쪽은 남한강변과 충청북도 앙성면, 남쪽은 충북 앙성면 목미리, 북쪽은 법천리,

손곡리와 접하고 있다. 솔미 남동쪽 강어귀에 앙성면 강천리로 가는 나루터를 배경으로 솔미산 밑에 발달된 마을을 지칭한다.

강원도 원주시 부론면 정산4리

솔미산 밑에 있으므로 솔미라고 하였는데 이곳 부근의 산 모양이 가마솥 모양으로 생겼다고 하여 정산리라 하였다 한다.

정산1리에서 4리로 분리된 지는 20년이 되었다. 인구는 총 28호이며 예전엔 밀양 박씨, 충주 지씨, 파평 윤씨의 집성촌이었으나 현재는 각성받이 마을이라고 해도 될만큼 특정 성씨가 많이 살지 않는다. 비탈이 많아 논농사는 짓지 않는다. 예전엔 담배 농사를 많이 지었으나 고령화가 진행되면서 옥수수, 고추, 고구마 등의 밭작물을 주로 재배한다. 축산업에 종사하는 가구는 3가구 정도 있으나 규모는 크지 않다. 농업 기계화는 80년대 후반에 이루어졌다. 서낭당은 아예 없었다고 한다. 불교를 믿는 가구가 5가구 정도 되고 나머지는 특별히 종교를 믿지 않는다. 5~60년 전에 농악이 사라졌고 현재 인원이 너무 부족하여 노인회나 부녀회 등의 단체도 없다.

강원도 원주시 부론면 흥호2리

조사일시 : 2011.2.23
조 사 자 : 황루시, 유명희, 유형동, 김명수

강원도 원주시 부론면 흥호2리

남한강과 섬강이 합수되는 지점으로 은섬포라고도 했다. 원래 조선시대 원주목 부론면 지역으로 흥원창 또는 흥원장(興原場)이라 하였는데, 1914년 행정구역 폐합에 따라 검단, 신촌, 성등, 월봉, 양호, 창촌을 병합하여 흥원창과 양호의 이름을 따서 흥호리라 하였다 한다. 흥원창은 조세미(租

稅米)의 수송을 위하여 수로 연변에 설치하였던 창고로 강상 수송을 맡았던 수운창이고 이 조창제도가 완비된 것은 992년(고려 성종 11년)경이다. 이 흥원창에는 원주, 평창, 영월, 정선, 강릉, 삼척, 울진, 평해군 등에서 가져오는 세미는 모두 육로를 거쳐 이곳까지 와서 수운을 이용하여 한양까지 보내졌다. 이런 특성이 있어 과거에는 뱃사공들이 많았으나 철도가 생기고 운송수단이 바뀌면서 쇠락하기 시작했다. 또한 사람이 많이 모여 장이 섰는데 장마에 시장터가 떠내려가서 그 흔적을 찾을 수 없게 되었다.

1920년대 쯤부터 다른 먹고살 거리가 없어지면서 농사를 시작했다. 청주 한씨가 집성촌을 이루고 살았으며 현재에는 부동산만 있고 사람들은 노림리나 서울로 모두 옮겨 갔다고 한다. 현재도 한씨네 은혜를 입은 사람들이 한씨네 조상의 제를 지낸다고 한다. 현재 마을은 37가구가 남아있다. 논농사를 중심으로 수박과 호박을 많이 생산한다. 과거에는 담배 농사를 많이 지었으나 고령화가 진행되면서 서서히 사라져 지금은 짓는 사람이 없다. 80년대 후반에 농기계가 들어왔고 한강수계 관련한 참여정부의 지원금을 받아 농기계들과 마을 물품들을 구매했다. 흥호2리 노인회 총무가 부론면 농악보존회 총무를 겸하고 있어 부론면에서 배운 농악을 간간이 치고 있다. 농악이 예전부터 전해 내려왔는지는 마을 사람들도 확실하게 알고 있지 못한 듯하다. 보름에 윷놀이를 하거나 음력 10월 그믐에 대동계를 하는 것 말고는 특별히 마을의 행사는 없다. 노인회에서는 의욕적으로 움직이려 하나 회원들의 참여가 저조한 듯 보인다.

김소란, 여, 1934년생

주 소 지 : 강원도 원주시 부론면 정산1리 1577번지
제보일시 : 2011.2.22, 2011.3.11
조 사 자 : 황루시, 유명희, 유형동, 김명수

김소란은 충청북도 소태면 덕은리에서 2
남 5녀 중 넷째로 태어났다. 위로 오빠가 2
명, 언니가 1명 있고, 아래로 동생들을 두었
다. 19세 무렵 정산1리로 시집을 왔으며, 현
재 정산1리 1577번지에 거주하고 있다. 슬
하에 2남 1녀를 두었다. 교육은 일제강점기
때 소학교 3학년까지 다닌 것이 전부이지
만, 오빠의 친구들이 집에 놀러 오면 심부
름을 하며, 글도 배우고, 이야기도 들었다고 한다. 어린 시절 총기가 좋아
한번 들은 것을 잊지 않았는데, 시집와서 고생하고, 괄시를 받아 기억력
이 나빠졌다며 아쉬워했다. 30대 중반 무렵 부녀회 일을 잠시 맡아보았
고, 그 외의 다른 활동은 한 적이 없다.

치아가 부실한 편이어서 발음이 부정확하고, 숨이 차서 오래 구연하지
못했다. 제보자는 조사자와 두 차례 만나 이야기를 구연하였다. 구연한
이야기는 어린 시절 오빠와 그 친구들에게 들은 것이며, 더러는 이야기책
에서 본 것도 있다고 했다. <태조대왕실기>, <장화홍련>, <콩쥐팥쥐>,
<유문성전> 등의 책을 읽었다고 하며, 지금은 일부가 기억나지만 기력이
없고 총기가 떨어져 구연할 수 없다며 매우 안타까워했다. 민요의 경우
노들강변과 숫자풀이 등을 구연하였다. 그중 숫자풀이는 중국 역사 인물

을 풀이한 것으로 어릴 때 오빠와 그 친구들이 하던 소리를 듣고 외운 것
이라 한다.

제공 자료 목록

03_08_FOT_20110222_HRS_GSR_0001 수숫대가 빨간 이유
03_08_FOT_20110222_HRS_GSR_0002 오래 묵은 수탉
03_08_FOT_20110222_HRS_GSR_0003 이성계를 도운 여우
03_08_FOT_20110222_HRS_GSR_0004 방귀 잘 뀌는 며느리
03_08_FOT_20110222_HRS_GSR_0005 금은화의 유래
03_08_FOS_20110222_HRS_GSR_0001 노들강변
03_08_FOS_20110222_HRS_GSR_0001 숫자풀이

윤금분, 여, 1936년생

주 소 지 : 강원도 원주시 부론면 정산4리 1847번지
제보일시 : 2011.2.22
조 사 자 : 황루시, 유명희, 유형동, 김명수

부론면 법천1리 출생으로 6남매 중 셋째
로 부론면에서 초등학교를 졸업했다. 집에
서 학교를 보내 주지 않자 스스로 입학하여
다닐 정도로 당찬 성격이었으나 지병 때문
에 초등학교 2년만 마쳤다. 22세에 결혼하
여 원주시 부론면 정산 4리 1847번지로 이
주하였다. 소리는 10살 이전에 친구들과 놀
면서 자연스럽게 익혔다. 5남 1녀를 두었고
현재는 장남 내외와 거주하고 있다.

제공 자료 목록

03_08_FOS_20110222_HRS_YGB_0001 숫자풀이
03_08_FOS_20110222_HRS_YGB_0002 이거리저거리갓거리

이돈영, 남, 1936년생

주 소 지 : 강원도 원주시 부론면 손곡3리 650번지
제보일시 : 2011.2.23
조 사 자 : 황루시, 유명희, 유형동, 김명수

이돈영은 손곡리에서 태어나 지금까지 살고 있는 토박이로서 현 거주지는 손곡3리 650번지이다. 위로 형님이 한 분 계신다. 부론중학교를 졸업하고 지금까지 농사를 짓고 있다.

임경업장군과 관련된 전설을 한편 구연하였는데, 최원집이 임경업이 잉태된 사연에 대한 이야기를 구연하자, 노숙고개에도 임경업과 관련된 이야기가 있다며 구연한 것이다. 동네 어른들에게 들은 것이라고 한다. 낮고 차분한 목소리로 구연하였다.

제공 자료 목록
03_08_FOT_20110223_HRS_YDY_0001 임경업장군이 노림고개 돌로 막은 이야기

이동교, 남, 1938년생

주 소 지 : 강원도 원주시 부론면 손곡3리 642번지
제보일시 : 2011.2.23
조 사 자 : 황루시, 유명희, 유형동, 김명수

이동교는 손곡리에서 태어나 지금까지 살고 있는 토박이로서 현 거주지는 손곡3리 642번지이다. 2남 2녀 중 막내로 태어났는데, 다른 형제들은 작고하고 혼자 남았다고

한다. 국민학교를 다녔으며, 그 외에 다른 교육은 받지 않았다. 연초조합 총대직을 역임했으며, 현재 손곡 3리 노인회장직을 맡고 있다.

눈이 옆으로 길고 콧대가 높아 날카로운 인상을 준다. 임경업 장군과 관련된 이야기를 한편 구연하였는데, 앞서 이돈영이 구연한 이야기를 듣고는 구연한 것이다. 이 이야기는 마을에서 계속 전해오는 이야기로 동네 어른들에게 들은 것이라고 한다. 조사자의 표정을 유심히 살피며 구연하였다.

제공 자료 목록
03_08_FOT_20110223_HRS_YDG_0001 임경업장군이 노숙고개 돌로 막은 이야기

이병춘, 여, 1933년생

주 소 지 : 강원도 원주시 부론면 정산1리
제보일시 : 2011.2.22
조 사 자 : 황루시, 유명희, 유형동, 김명수

이병춘은 부론면 흥호리에서 5남 1녀 중 넷째로 태어났다. 22세 때 부론면 정산1리로 시집와 지금까지 살고 있으며 슬하에 2남 3녀를 두었다. 교육은 받지 못했고, 평생 농사일만 해왔다.

사전 연락 없이 찾아간 조사자를 반갑게 맞아 주었으며, 이야기 구연에도 적극적으로 참여하였다. 민담을 두 편 구연하였는데, 어린 시절 동네 어른들에게 들은 것이라고 한다.

제공 자료 목록
03_08_FOT_20110222_HRS_YBC_0001 수숫대가 빨간 이유

이원표, 남, 1932년생

주 소 지 : 강원도 원주시 부론면 손곡2리 373번지
제보일시 : 2011.2.23
조 사 자 : 황루시, 유명희, 유형동, 김명수

할아버지 때부터 이주한 토박이이며 광평 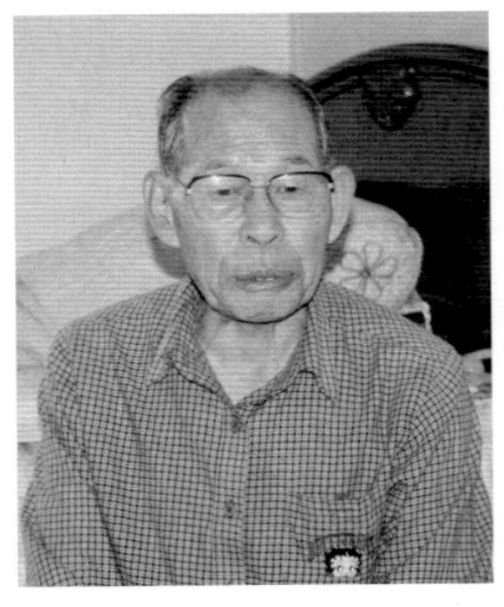
대군의 자손으로 손곡2리 373번지에 거주
하고 있다. 3형제 중 맏이로 21살에 결혼하
여 4남 1녀를 두었다. 그 후 군대에 입대해
한국전쟁을 겪고 현재는 국가유공자이다.
국민학교 졸업 후 서울 용산에서 중학교를
다니다 중퇴하여 공장에서 일했고, 광업소
에서 5년, 보험회사에서 1년을 근무하였다.
현재 손곡2리 노인회장직을 맡고 있다. 소리는 어렸을 적 어른들이 하는
소리를 주의 깊게 듣고 따라 부르면서 익혔다고 한다.

제공 자료 목록
03_08_FOS_20110223_HRS_YWP_0001 옥설가
03_08_FOS_20110223_HRS_YWP_0002 고사반

임명수, 남, 1933년생

주 소 지 : 강원도 원주시 부론면 흥호2리 847번지
제보일시 : 2011.2.23
조 사 자 : 황루시, 유명희, 유형동, 김명수

임명수는 충청북도 앙성면 영죽리에서 2남 3녀 중 막내로 태어났다. 흥

호리는 임명수의 외가 동네라고 하는데, 24
세 무렵 시집와서 정착했다고 한다. 현재
거주지는 흥호2리 847번지이다.

　왜소한 체구로 눈이 작은 편이다. 녹음기
와 카메라를 의식하며, 이야기하기를 꺼려
했으나, 조사자의 거듭된 요청에 이야기를
들려주었다. 흥호리에 있는 동메산, 임경업
과 관련된 전설을 각각 두 편씩 구연하였고,
민담도 한 편 구연하였다. 임명수는 임경업의 후예라고 하는데, 임경업과
관련된 이야기는 아버지로부터 전해 들은 것이라고 하며, 동메산과 관련
된 이야기는 어린 시절 외가를 방문하면 외할머니께서 해 준 것이라고 한
다.

제공 자료 목록

03_08_FOT_20110223_HRS_YMS_0001 떠내려온 자산과 동메산
03_08_FOT_20110223_HRS_YMS_0002 수숫대가 빨간 이유
03_08_FOT_20110223_HRS_YMS_0003 임경업장군이 노림고개 막은 이야기
03_08_FOT_20110223_HRS_YMS_0004 임경업과 김자점
03_08_FOT_20110223_HRS_YMS_0005 자산에서 나온 동자삼

최원집, 남, 1936년생

주 소 지 : 강원도 원주시 부론면 손곡3리 734번지
제보일시 : 2011.2.23
조 사 자 : 황루시, 유명희, 유형동, 김명수

　최원집은 손곡리에서 태어나 지금까지 살고 있는 토박이로서 현 거주
지는 손곡3리 734번지이다. 3남매 중 장남으로 태어났고, 23살에 결혼하
여 슬하에 4남 1녀를 두었다. 학교교육은 중학교를 다니다가 그만두었다

고 한다.

　제공한 자료들은 어린 시절 동네 어른들에게 들은 것이라고 한다. 같은 마을의 다른 제보자에 비해 구연에 적극적으로 임했으나, 망각으로 인한 중단이 잦았다. 특히 회심곡을 구연할 때 자주 끊겼는데 책에서 회심곡에 대한 글을 보고 독학한 뒤 회심곡에 대한 곡 이해도가 깊어서 조사하는 동안 곡에 대한 뜻이나 법칙을 상세하게 서술하였다.

제공 자료 목록
03_08_FOT_20110223_HRS_CWJ_0001 이달선생 비 세운 이야기
03_08_FOT_20110223_HRS_CWJ_0002 임경업장군을 잉태시킨 맷돌과 우물
03_08_FOS_20110221_HRS_GCD_0001 아라리

수숫대가 빨간 이유

자료코드 : 03_08_FOT_20110222_HRS_GSR_0001

조사장소 : 강원도 원주시 부론면 정산1리 마을회관

제보일시 : 2011.2.22

조 사 자 : 황루시, 유명희, 유형동, 김명수

제 보 자 : 김소란, 여, 78세

구연상황 : 마을회관에 들어갔을 때 전날 잔치에서 남은 음식들을 드시고 계시는 상황이
었다. 조사자들이 이야기를 유도하기 위해 잘 알려진 이야기인 '해와 달이 된
오누이' 이야기를 아시는지 묻자 바로 구연해 주셨다. 제보자는 하체가 불편
한 상태로 자동 안마의자에 앉아 안마를 받으면서 이야기를 해주셨다.

줄 거 리 : 한 여인이 수수 팥 단지를 해서 넘어가고 있었다. 고개를 넘어가다 호랑이를
만났는데 호랑이가 여인에게 수수 팥 단지를 요구하며 그것을 주지 않으면
잡아먹겠다고 협박을 했다. 수수 팥 단지를 다 먹은 호랑이는 다음에는 팔을
다음에는 다리를 요구했다. 팔다리를 모두 잃은 여인은 자신은 집에 어떻게
가느냐고 묻자 호랑이는 데굴데굴 굴러서 가면 된다고 대답하였다. 마지막으
로 호랑이는 여인의 집을 물어 보았다. 집을 알게 된 호랑이는 여인의 아이들
을 잡아먹을 요량으로 문을 열어달라고 소리쳤다. 처음에는 호랑이의 목소리
가 어머니의 목소리가 다르다고 하였다. 호랑이는 목이 쉬어서 목소리가 안
나온다고 이야기했다. 두 번째는 문구멍으로 손을 내밀어 보라고 하여 호랑
이가 손을 내밀었다. 호랑이의 발톱을 본 아이들은 이건 우리 엄마의 손이 아
니라고 말했다. 그러자 호랑이는 오느라고 허부적 거려서 그렇다고 대답하며
아주까리 잎으로 손을 감아서 손을 씻었다며 거짓말을 한다. 아이들은 결국
문을 열어주었다. 호랑이는 간난 아기부터 잡아먹기 시작했다. 그것을 본 두
남매는 방으로부터 도망쳐 나왔다. 나무 위로 올라간 두 아이를 찾은 호랑이
는 나무에 올라간 방법을 물어보았다. 아이들은 뒷집에서 참기름을 얻어 바
르고 왔다고 대답했다. 참기름을 바르고 올라가던 호랑이는 미끄러져 수숫대
끝에 엉덩이를 찔렸다. 그래서 호랑이의 피 때문에 수숫대의 끝이 빨개졌다
고 한다.

딸네 집이 수수 팥 단지를 해서 고개를 넘어가는데 고개를 넘어가는데.

"그-거 뭐니." 그래더래. 호랭이가 그래서.

"수수 팥 단지다." 그러니까.

"그거 나주면 안 잡아먹지." 그래더래. 그래서 그거를 줬데는 구만.

그러구 설라 무네 나니깐 또

"휘휘 짓고 가는 게 뭐-니." 그래더래.

"팔-이다-." 그러니까.

그거 나 띠어주면 안잡아먹지 그래.

[웃음]

그래서 또 팔 하나 띠어줬대노. 그리고 설라 무네 인제 집에로 올라 그러니까.

"어청어청 걸어가는 게 뭐-니." 그래더래.

"다-리다-." 그러니까.

"그거 나 짬 짤라주면 안 잡아먹지-."

그래서 또 그걸 또 다 줬 대는데 다릴.

"난 으떻게 가느냐?" 그러니까.

"떼-굴 떼-굴 굴러가지." 그래더래.

굴러서 갈 수가 있어? 굴러가는 것도 팔이 있어야 굴러가지. 그래서 그이는 지낭(그냥) 그 자리에서 말았는데. 이 호랭이가 인저.

"어디가 느- 집이냐 그러더래."

그래서 바로 저기 저 바로 여기서 내려다보이는 저 앞집이 우리집이라 그래서.

가서 딸보고.

"문 좀 열어다우-."

그러니까 아유 우리 어머니 목소리 아니라고.

"아유 왜 그런지 이렇게 내가 목이 지끔(지금) 쉬었다." 그러면서.

"그럼 우리 어머니다 소리가 틀리며는 목소린 그렇다 치구 문구녕으로 다 손을 내밀어 보라" 그러더래.

그러니까는 그래서 손을 내 밀으니까 호랭이 발톱이니까.

"우리엄마 손 아니다."

"아유 지끔 내가 오늘 오느라고 아주 하도 허부적 거려서 그런데 내가 손 좀 씻고 오마." 그러더래.

그래서 아주까리 이파리를 요렇게.

[손가락에 무언가를 빙빙 돌리며 감는 시늉을 하며]

호랭이 발톱에다 감어, 감아 가주고 요렇게 내미니까 옛날에.

"아직 이건 우리엄마 손꾸락이네."

그리고 설라무네 문을 열어줬데. 참 뭐 불은 그렇게 얼른 쳤겠어.

그러니까는 우리엄마 손이라고 문을 열어주니까, 아 옆에서 그러니까 제 동생들을 죄 잡아먹는 거여 호랭이가. 그러니까 가만히 생각을 해니까 안 되겠어. 그래서 냅다 쬐껴 나와 가지고 호랭이는 동생들을 잡아먹는데 쬐겨 나와 가지고 설라무네 옆에 큰 낭구가 있어 낭구 우로다가 올라왔더니 나와서는 두―러번 하고 죄 찾더니마는 쳐다보더니 우에 있는 밤에도 보이믄 쳐다보니까 보구 있단 말이야.

"너 거기 우떻게 올라 갔―니." 그래더래.

"뒷집에 가서 챔기름 얻어다가 발르고 올라왔다."

그래 아 그래서 기름을 참 얻어다 밟고 올라가보니까

점점 미끄러워서 못 올라가겠지. 그러니까는 얼로 중앙― 쯤 그래도 올라가다가 뚝 떨어진다는 게 수수 끄트럼에 가서 뚝 떨어져 가지고 지끔의 수수대 봉이 울긋 불긋 핸게 호랭이 피랍니다.

(청중 : 전설이 그렇지.)

(보조조사자 : 와~~. 할머니 그, 그 위에 그래서. 나무 위에 올라간 애는 어떻게 됐어요?)

잘 살고.

(보조조사자 : 잘 살고요. 동생들 다 죽고?)

응.

(보조조사자 : 어--. 거기 얘기에서 뭐 이렇게 '동아줄을 내려주세요'. 뭐 이런 거는 못 들어 보셨어요?)

그런 건 못 들어 봤어.

(보조조사자 : 아 그런 건 못 들어 보셨고.)

오래 묵은 수탉

자료코드 : 03_08_FOT_20110222_HRS_GSR_0002
조사장소 : 강원도 원주시 부론면 정산1리 마을회관
제보일시 : 2011.2.22
조 사 자 : 황루시, 유명희, 유형동, 김명수
제 보 자 : 김소란, 여, 78세
구연상황 : 청중들이 '수숫대가 빨간 이유'에 대해서 자신이 알고 있는 내용을 두서없이
　　　　　 이야기하던 도중 갑자기 제보자가 구연을 시작했다. 안마의자에 앉아서 바로
　　　　　 앞의 청중들과 조사자들을 번갈아 보며 이야기를 시작했다.
줄 거 리 : 괴물이 산속 열두 식구가 사는 집에 식구들을 잡아먹고 딸만 혼자 남아있었
　　　　　 다. 두려움에 떨던 중에 어떤 사냥꾼이 묵고 가기를 청해 들였는데 괴물이
　　　　　 나타났다. 방 안에 있던 놋 뭉치로 사냥꾼이 괴물을 물리쳤다. 알고 보니 그
　　　　　 괴물은 오래 묵은 수탉이었고 두 남녀는 결혼해서 잘 살았다.

옛날에 열두 식구가 살았는데, 하유 그냥 밤이믄 하얀 기구한 놈이 밤 중이면 나타나가지고 설라무네 식구를 하나씩 죄 잡아가더래.

그런데 어-뜨케 할 수가 없어서 어쨌듯 내가 잡혀먹을 차례다 기다리고 있는데, 나이든 사냥꾼이 와가지고 설라무네.

"여기서 한번 자고가자." 그러더래.

“아이, 자고 가라.”고. 우리 집이 이만저만한 집이라고 인제, 그-렇게- 얘기하니까. 그러냐고. 그러면 더욱 좋다고. 아주 그러고 설라무네 서로 인제 자고 갈라고 했는데.

참 열두시- 쯤 되니까는 하아-- 주 울긋 불긋한게 아주 부연 게 기냥 쌍바가지 눈으로 하나가 되고 눈 밑으로 와가지고 설라무네.

둘이 있으니까 저 어떤걸 잡아먹을까 해고서 보는거지. 그랬는데 그거 표수(포수)쟁이가 보니까는 방에 붕운에 꿔둔 놋뭉치가 있더래. 그래서 놋뭉치로 다 가 화--아게 후려치니까는 죽어 나자빠지는데, 커-- 다란 수닭이더래 수닭.

그 표수(포수)꾼하고, 그 색시하고 부부가 돼가지 구선 잘 살았대는 전설이야.

(보조조사자 : 수닭이 오래 묵으면 그렇게 되는 거에요?)

옛날에 닭 오래 키워 오래 멕이면 귀신이 된다 그러더래.

(보조조사자 : 다른 짐승들도 그렇게 되요? 오래 묵으면?)

딴 건 모르지.

이성계를 도운 여우

자료코드 : 03_08_FOT_20110222_HRS_GSR_0003
조사장소 : 강원도 원주시 부론면 정산1리 마을회관
제보일시 : 2011.2.22
조 사 자 : 황루시, 유명희, 유형동, 김명수
제 보 자 : 김소란, 여, 78세
구연상황 : ‘오래 묵은 수닭’ 구연을 마친 후 조사자들이 다른 청중에게 이야기를 요청했다. 그러자 자신들이 예전에는 이야기를 많이 했었다면서 서로 잡담하며 기억을 더듬다가 기억이 난 듯 이성계와 관련된 이야기를 안다며 구연을 시작하였다.

줄 거 리 : 이성계가 나라를 건국할 때 자금이 없어 힘이 들었다. 여우 두 마리가 둔갑을
하여 한 마리는 부자집에 병을 옮기고 한 마리는 무당으로 변하여 그 병을
치료하는 방법으로 돈을 많이 모았다. 개국공신 하륜이 수상하여 여우의 뒤
를 쫓으니 그 여우가 그동안 모아놓은 돈을 보여주며 새 임금님이 나라 세우
는데 쓸 돈이라고 말해주었다. 그 돈 덕분에 이성계는 새로운 나라를 세울
때도 세금을 많이 걷지 않아도 되었다.

이성계 장군이 그렇게 이 나라 저 나라하고 전장(전쟁)을 하고 다 이겼
잖어.

(보조조사자 : 네.)

이겼는데 이제 다 전장 때문에 인제 아주 폐허가 된 나라에서, 어떻게
돈이 있어야지. 응 백성들한테 어떻게 정리를 해지.

이거 아주 그냥 자기가 왕이 되서 아주– 참 좋은데 어떻게 할수가 없
더려(없더래). 그런데 천련(천년) 묵은 암여우 두 마리가 송악산 밑에서 도
습(도술)을 해가지고, 부자집 재상집 그런데로만 돌아댕기면서, 한나(하나)
는 사람을 아프게 해고(하고).

(보조조사자 : 아 네.)

한나는 무당질을 해고. 그래가지고 하튼(하여튼) 무당질만 해므는(하며
는), 병이 떨어지고 아주 씻은 듯이 낫고 낫구 그랬드래.

그거 개국공신 하륜이래는 사람이.

(보조조사자 : 네.)

그 여우한테 살–금 밟아 갖구 쫓아가 보니까는 저기 석굴 속으로 들어
가더랴. 그래 거기 따라 들어가 보니까는 뭐 돈을 산떼미(산더미) 같이 쌓
아 놓구 있더려.

“그래 이건 뭐핼라 그러냐.”니까.

그 새나라 그러니까 인제 임금님이 쓰시라고 이렇게 신령님이 이렇게
해라 그래서 명을 받아가주고 이렇게 모은 돈이라고. 그래서 저거 핼쩍에

(할 적에) 백성들한테 세금 같은 거 많이 안 뜯구. 이렇게 잘-해내려갔다
는 전설이야.

(보조조사자 : 우와 할머니는 진짜 보물 같으신 븐이네요. 이성계가 그
여우가 이성계를 도와준 거네요.)

그런데 그 개국공신 하륜이라는 사람이 용무를 잘보고 그랬는데, 그 사
람이 아주 일등공신이 됐잖아.

(보조조사자 : 네-.)

방귀 잘 뀌는 며느리

자료코드 : 03_08_FOT_20110222_HRS_GSR_0004
조사장소 : 강원도 원주시 부론면 정산1리 마을회관
제보일시 : 2011.2.22
조 사 자 : 황루시, 유명희, 유형동, 김명수
제 보 자 : 김소란, 여, 78세
구연상황 : 조사자가 '노랑 병든 며느리' 이야기를 구연해달라고 요청하자 그대로 해주
        었다.
줄 거 리 : 며느리가 얼굴이 노래져서 물었더니 방귀를 못 뀌는 것 때문이었다. 식구들에
        게 집안 곳곳을 붙잡으라 하고 방귀를 뀌니 사람이 날아갈 정도로 센 방귀였
        다. 방귀를 본 시아버지는 엄청나게 큰 배나무 밑에 며느리를 데려가 방귀를
        뀌게 하여 배를 따서 부자가 되었다.

(보조조사자 : 할머니 그럼 그 며느리가 노랑병든 며느리 얘기도 좀 해
주시지.)

옛날에 며느리가, 그렇게 아주 얼굴이 노--란게 참 점점 병이 들어서.
그래서 하-- 도 안타까워서 물어봤데. 그랬더니 아이구 참 방구를 뀌어
야지 사는데, 방구를 못 꿔(뀌어) 가지고.

(청중 : 그래서 노랑병이 걸렸어.)

[웃음]

그래서 노랑-병이 들렸다 그래더래. 야-- 참-- 아주 처음에 참 저기 했어.

뭐 시어머닌 뭐를 붙잡어라. 누구는 문고리를 붙잡아라. 누구는 소주방을 붙잡어라. 그렇게 시켰어. 그래서 소주방을.

(청중 : 며느린 딸은 솥우 아래 가서 붙잡고.)

응. 그렇게 붙잡었더니, 아-- 주 뭐 집안이 들썩들썩 해는데, 선반 붙들은 사람이 이쪽으로 갔다 저쪽으로 갔다 그러더래.

[일동 웃음]

(청중 : 시누가 붙잡았지.)

(청중 : 산지동 붙들린건 누구여 또? 산지동 붙들린 인 누구야?)

니가 방구를 이렇게 긴장해 뀔라믄 날따러 오라고.

그래서 따라 갔데요. 따라갔더니 아주 배나무 밭에 배가 야단 시럽게 달렸는데. 옛날엔 지끔 같이 과수원이고 큰- 고목이지 뭐.

(청중 : 그렇지.)

밑으로 데리 가서 거기를 따라가 보니까는 방구를 뽕.

[일동 웃음]

그래서 방구를 꿨더니 배가 우르르르 다 떨어지니까는 그 배를 털어가지구.

(청중 : 그거는 천하장사지.)

○○ 부자가 됐다는 구만 아주.

[일동 웃음]

(보조조사자 : 재밌어요 할머니. 배나무 밑을 누가 데리구 간거에요?)

응?

(보조조사자 : 배나무 밑을 누가 데리구 간거에요?)

시아버지가 데려갔데요.

(보조조사자 : 시아버지가.)

금은화의 유래

자료코드 : 03_08_FOT_20110222_HRS_GSR_0005
조사장소 : 강원도 원주시 부론면 정산1리 마을회관
제보일시 : 2011.2.22
조 사 자 : 황루시, 유명희, 유형동, 김명수
제 보 자 : 김소란, 여, 78세
구연상황 : '치악산' 전설에 대하여 묻자 이야기를 파편적으로 구연하였다. 여러 청중과
　　　　　어울려서 이야기를 완성했으나 다시 이야기를 하겠다고 나서는 사람은 없었
　　　　　다. 그러던 가운데 제보자가 동의보감에 대한 이야기를 하겠다며 이야기를 꺼
　　　　　냈는데, 인동덩굴의 유래에 대한 이야기였다.
줄 거 리 : 두 자매가 아버지의 병을 고칠 약초를 찾아 떠나던 중 강도를 만나 죽임을
　　　　　당했다. 그 자리에 꽃이 피어났는데 자매의 이름을 따 금은화라고 불린다.

　옛날 동의보감 같은 거 볼라치면. 딸, 딸이 형제가 있었는데, 아버지가
병이 들었는데, 무슨 약을 구해오라 그래서 두 형제가 나섰는데.

　못된 강도를 만나가주고 설라무네, 딸 둘을 다 죽였어 파묻었는데. 그
랬더니 그 자리에서 지금 막 말하자면 인동떵굴(인동덩굴).

　(청중 : 인동덩굴?)

　(청중 : 인동덩굴 많잖아. 왜.)

　한방에선 그 하얗고 노랗고 해서 금은화라 그러거든. 거 금은화 인동덩
굴을 꽃을 가지고 금화하고 은화하고 둘이 죽었다 해서. 지끔 까지 금은
화라고 불리는 거야.

　(청중 : 예전, 예전에 인동덩굴 따다. 해, 해다 고아서 먹었지 감기에 딴
거 먹었어?)

임경업장군이 노림고개 돌로 막은 이야기

자료코드 : 03_08_FOT_20110223_HRS_YDY_0001
조사장소 : 강원도 원주시 부론면 손곡3리 마을회관
제보일시 : 2011.2.23
조 사 자 : 황루시, 유명희, 유형동, 김명수
제 보 자 : 이돈영, 남, 76세
구연상황 : 최원집의 이야기가 끝나고 조사자들이 임경업 장군의 이야기 중에 이 마을의
　　　　　고개와 관련된 이야기를 해달라고 유도하니 이야기를 해주었다. 청중들이 이
　　　　　야기의 빈자리를 채워가면서 완성하는 형식으로 구연하였다.
줄 거 리 : 손곡리에서 권력자이던 한씨네 일가들은 동네 사람들에게 횡포를 부렸다. 임
　　　　　경업 장군은 그들의 통행을 막으려고 고개에다 돌을 놓았다. 그곳에서 맷돌
　　　　　모양으로 돌이 떨어져 나갔고 그것을 후대 사람들은 맷돌 바위라고 부른다.

시방 여 노림리 고개 넘어가는데 저 밖 그거 말이야. 거 무슨 고개야 거기?

(청중 : 여기 뭐 노숙고개지. 여기서 노숙고개라 그러고 거기서는 손곡리 고개라 그러고 양쪽께 노림리 고개.)

(청중 : 서로 불르는 게 달러.)

(보조조사자 : 노숙고개요?)

그걸 왜 노림리, 노림리 손곡하고 노림리 경계여.

(청중 : 여기서 노림리 간다고 해서. 노림 고개라고 하고 거기서 일로 넘어 올 적에는 손곡리로 온다고 해서 손곡 고개라 그러고 그랬어.)

그거를 나도 옛날 어른들한테 얘기 듣고 얘긴데.

(보조조사자 : 네, 네 그런 얘기.)

거 장군 있을 쩍에 장군 임경업 장군 있을 쩍 노림리 한서방이라고 아마 그게 의견충돌이 있던 모양이야. 그래가지고서 노림리 한서방네를 못 넘어 댕기게스리(다니게) 해 놀라고(해 놓으려고) 임경업 장군이 그 돌을 갖다가 거기다 쌓았대는 거야.

(청중 : 고, 고 내용을 아르켜줘.)

돌을 쌓는데 그게 맷돌 쪼그만큼 요만큼 떨어졌어. 그걸. 한군데를 띠어갔다고 맷돌짝으로(맷돌 모양으로)

(보조조사자 : 한씨네하고는 왜 사이가 안 좋았다고요?)

그거야 난 모르지.

임경업장군이 노숙고개 돌로 막은 이야기

자료코드 : 03_08_FOT_20110223_HRS_YDG_0001
조사장소 : 강원도 원주시 부론면 손곡3리 마을회관
제보일시 : 2011.2.23
조 사 자 : 황루시, 유명희, 유형동, 김명수
제 보 자 : 이동교, 남, 74세
구연상황 : 이돈영 제보자의 이야기가 끝나자 왜 한씨와 임경업 장군의 사이가 안 좋은
          지를 물었더니 보충해 준 것이다.
줄 거 리 : 노림리의 세도가인 한씨 가문에서 여러 횡포를 부렸다고 한다. 임경업은 양반
          가문 출신이 아니었는데, 이를 바로 잡고자 한씨가문의 산에 있는 큰 바위를
          가져다가 마을로 통하는 노림고개를 막았다. 그 바위가 맷돌만큼 부서졌는데,
          이를 보고 맷돌바위라고 부른다.

아 옛날엔 양반하고 이게 중인(中人)하고 이게 차별이 있기 때문에 아 임경업도 양반의 자손으로 태어나지는 않았거든. 이게. 양반의 자손으로 태어났으면 이게 이름이 나지도 않지. 양반으로 태어났으면 절대 이름 안 난다고.

태어났으니까 거기에서 힘은 좋고 어 머리도 좋고 해니깐.

그게 그래서 인제 이- 여그 근방에는 한씨네가 그때 제일 성했었는데 한판서 무리가 여기도 많아요. 여 정승 판서한 사람들도 한씨네고. 여기는 전, 그전에는 천석. 한씨네 뭐이 산이었는데, 그 근데 그게 지금 다 팔

아서 없어졌지 인제.

그래고는(그리고는) 한판서는 여기 뭐이(뭐)가 또 아직도 남아있어 여기 그네 자손들이.

(청중 : 한판서라는 애들이 그전에 그 권력을 많이 차지했지.)

여기 이 근방은 다 차지했지 뭐.

(보조조사자 : 거기 바위가 아직 있어요?)

(청중 : 바위 있어요.)

(보조조사자 : 근데 맷돌만큼 떨어져 나갔다는 얘기죠?)

(청중 : 어 맷돌만큼 떨어져 나갔어요. 그거 맷돌에 깨 갖고 가서.)

(보조조사자 : 누가 누가 떼갔대요?)

(청중 : 그건 모르지 뭐.)

[웃음]

(보조조사자 : 큰 바위에서 맷돌만큼 떼는 게 쉽지 않았을 텐데.)

(청중 : 거기 가면은 그 바위대(바위) 있는데 맷돌만큼 띠어 간 자리가 있어요.)

(청중 : 어 이 어르신은.)

(청중 : 아 그 고개 넘어가는데 길막느라고 했댜.)

[웃음]

노림리 한서방네 못 된 일을 해서 길 막느라고 그랬대.

(청중 : 그러니까 그만큼 힘이 씬(센) 거지 그게)

아니 권력이 아니라 사실이 옛날에는 그랬지. 이 고을에 지금 저기 여기 한씨네가 사는게 여기 일루 이만큼해서. 한판서래믄(한판서 라면) 서울서 해서 이만큼 되 그냥 떼줬거든. 너 여기 가서 먹고 살어라.

(청중 : 한판서네 관리가 얼마나 많은데 여기.)

그전에 여그 다 한씨네 꺼거든 이게. 그래서 그게 차츰차츰 팔아 먹었으니깐.

(청중 : 거거 권력으로 다 뺃은건데.)

뭐 뭐 저기 처음엔 권력이나 마나 이만큼 그냥 줬어, 정부서.

수숫대가 빨간 이유

자료코드 : 03_08_FOT_20110222_HRS_YBC_0001
조사장소 : 강원도 원주시 부론면 부론면 정산1리 마을회관
제보일시 : 2011.2.22
조 사 자 : 황루시, 유명희, 유형동, 김명수
제 보 자 : 이병춘, 여, 79세
구연상황 : 김소란 제보자가 구연한 '수숫대가 빨간 이유'에 빠진 부분이 있다고 하면서
　　　　　　 구연하였다.
줄 거 리 : 호랑이가 수수팥떡을 이고 가던 할머니의 수수팥뜨을 모두 빼앗아 먹고 팔다
　　　　　　 리를 뜯어 먹었다. 그 후 할머니의 집에 들어가 아이들을 꼬여내는데 아이들
　　　　　　 은 마당에 있는 나무에 올라갔다. 호랑이는 올라갈 방법을 아이들에게 묻고
　　　　　　 아이들은 참기름, 들기름을 바르고 올라오라고 이야기했다. 미끄러워 올라오
　　　　　　 기가 힘들었던 호랑이는 다시 아이들에게 진짜 방법이 무엇이냐 묻고 아이들
　　　　　　 은 도끼로 콕콕 찍어서 올라오라고 말한다. 호랑이가 올라오자 아이들은 하늘
　　　　　　 에 자기들을 살리려면 새 동아줄 죽이려면 헌 동아줄을 내려달라고 이야기했
　　　　　　 다. 아이들은 새로운 동아줄을 타고 하늘로 가서 해와 달이 되고 호랑이는 헌
　　　　　　 동아줄을 타고 가다가 떨어져 수숫대에 엉덩이를 찔려 그때부터 수숫대가 빨
　　　　　　 개진 것이다.

　　옛날에 할머니가 나 저이 하던거 다시 해야지. 수수팥떡을 해 이고, 고
개를 넘어가니까 호랭이가 와서.

　　"그 하나 주면 안잡아먹-지." 그래서 줬데여.

　　주고 또 넘어가니까 또 쫓아와서.

　　"그 하나 주면 안 잡아먹-지." 그러드랴. 그 몇 고개 다 주고선 넘어가
니까

　　"혜집고 가는게 뭐-니?"

"팔이다." 그러더랴. 그래서.

"팔떼주면 안잡아먹지."

그래 다 떼 줬데요. 그래고 인제 이 호랭이가 집엘 왔는데. 문을.

"아가 아가 문열어." 이러니까는.

"우리 엄마 목소리 아닌데." 그드랴.

그러니까는 뭐 감기가 들었다 그랬데나 어쨋댜. 그리니까는.

"그럼 손을 디밀어봐."

문쪽에 흔드비니까.

"우리 어머니 손 아닌데." 이러니까. 그래서.

"미역 매다 풀딱지가 앉아 그렇다." 그래더래요.

(청중 : 벼매다가.)

응. 호랭이가 뛰어 나가서 낭귀에 올라 앉아 있으니까.

"너 거기 왜 올라 갔니?" 그러니까. 그래서.

"너 어떻게 올라갔니?" 그러니까.

"뒷 집에 챔기름 얻어다 바르고 올라왔-지." 그랬데요.

그런데 뒷집에 챔기름 얻어다 바르니까 안내 안올라가거든.

(청중 : 더 못 올라가지.)

"너 어떻게 올라갔니?" 그러니까, 그랬더니.

"뒷집에다 들기름을 얻어다 바르고 올라왔지." 그러더래.

얻어다 발라도 안되거든.

"너 어떻게 올라왔니." 이러니까.

"뒷집에다 되끼(도끼) 얻어다 콕콕 찍고 올라왔지." 이래.

되끼에다가 콕콕 찍어 올라가니까 잘 올라가거든.

그니깐 그 저기 애가.

"하느님 하느님. 나를 살리믄(살리려면), 나를 죽일래믄 헌동앗줄을 내리." 그러더랴.

하늘에서 새 동앗줄을 내려 애는 올라갔는데. 호랭이가.

"나를 살리래믄 새 동아줄을 내리고 죽일래믄 헌동앗줄을 내리." 래니까. 헌 동앗줄을 내려, 올라갔다 뚝 떨어져서 수수 끝으로 떨어졌데. 그런 전설이유.

[웃음]

(보조조사자 : 그 올라간 애는 어떻게 됐어요?)

(청중 : 올라갔다 뚝 떨어졌다가 수수깡에 피가 묻었어.)

(청중 : 하늘로 갔대잖아 하늘로.)

아니 새 동아줄을 타고 올라가면 올라가고 호랭이는, 헌 동아줄을 내려 올라가다 뚝 떨어졌어.

(청중 : 그래서 수수깡에 물이 들었어.)

그래서 수수깡이 뻘겋대요.

(보조조사자 : 그 하늘로 올라간 애는 어떻게 됐는지 모르세요?)

그게 잘 살았겠지 뭐 어떻게.

[웃음]

우리 옛날얘기가 그거 밖에 안했어.

(청중 : 그 저기 저 하늘에 올라가서 달이 되고 밤이면 해가 되고 그랬데요.)

(청중 : 낮에 해가 돼야지.)

(청중 : 밤에만 달이 되고..)

내 복에 산다

자료코드 : 03_08_FOT_20110222_HRS_YBC_0002
조사장소 : 강원도 원주시 부론면 부론면 정산1리 마을회관
제보일시 : 2011.2.22

조 사 자 : 황루시, 유명희, 유형동, 김명수
제 보 자 : 이병춘, 여, 79세
구연상황 : 한 차례 설화 구연을 마치고 마을회관에 모인 노인들과 여러 이야기를 나누
          었다. 이야기 끝에 '자기 복으로 사는 사람'에 대한 이야기를 들어보지 못했
          냐고 묻자 제보자가 구연한 이야기이다.
줄 거 리 : 세 자매의 아버지가 딸들에게 누구 덕에 먹고사는지를 물어보았다. 첫째와 둘
          째는 아버지 덕에 먹고산다고 말했지만 막내만이 아버지가 아닌 자기 복으로
          먹고산다고 말했다. 아버지는 셋째 딸을 쫓아냈다. 쫓겨난 셋째는 숯구이 총
          각과 결혼하고 식사를 작업장에 가져가다가 중 이맛돌이 금인 것을 알고 그
          것을 팔아 부자가 되었다.

숯장사.

(보조조사자 : 네.)

예전에 딸이 서(셋) 있는데. 해다 못 다혀(이야기를 끝까지 다 알지 못
한다는 의미임). 딸이 서 있는데 아버지가.

"너 뉘(누구) 덕에 먹고사니?"

큰딸한테 물어보니까.

"아버지 덕에 먹고살지 누구 덕에 먹고 살어요." 이래 더래.

둘째딸 보고 또 그러니까. 둘째딸도.

"아버지 때문에 먹고살지 누구 때문에 먹고살아요."

셋째 딸은 물으니까.

"내덕에 먹고살지 누구 덕에 먹고 사느냐." 그러더려.

그래서 내 쫓았대잖어.

(청중 : 어 맞아.)

그래 어디 가다가 누 숯장사네 집에 가서 어떻게 사는데 밥을 해서 점
심을 해서 숯 굽는 대로 갔더니 이마돌이 금덩어리 더래. 요만한.

[크게 원을 그리며]

금덩어리. 그래 그걸 갖다 부자가 됐데요.

[웃음]

떠내려온 자산과 동메산

자료코드 : 03_08_FOT_20110223_HRS_YMS_0001
조사장소 : 강원도 원주시 부론면 부론면 홍호2리 마을회관
제보일시 : 2011.2.23
조 사 자 : 황루시, 유명희, 유형동, 김명수
제 보 자 : 임명수, 여, 79세
구연상황 : 미리 연락하고 방문한 홍호2리 마을회관에서 조사의 취지를 설명하고 조사를
시작했으나 선뜻 나서는 사람이 없었다. 이장님이 얼른 얘기 안하면 빨리 안
끝난다며 이야기를 종용하자 제보자가 이야기를 꺼냈다.
줄 거 리 : 옛날에 두 개의 산이 떠내려 오고 있었다. 그러다가 한 산이 난 이만 자고 가
겠다고 말했다. 그러자 함께 내려오던 산은 나도 동무가 되어 함께 자겠다고
했다. 먼저 가겠다고 한 산은 지금 자산이 되었고, 동무가 되어 함께 자겠다
고 한 산은 동메산이 되었다.

여기 동메산이라고 있어요. 여 쪼그만한 산이. 근데 예전에 자산이라고,
저 강원도 큰산이 있잖아요?

(보조조사자 : 네.)

그 자산이 떠내려 가다가 자구 간다 그랬더니. 동메산이 가다가.

"나도 동메(동무)해서 잔다고."

그래 거기 동메산이 있고 자산이 있어요 여기.

(보조조사자 : 어-- 재밌는 얘긴데. 어디에요 할머니 남한강이에요?)

여 남한강 바로 여기 동메산은 여기 여기 우리 집 앞에 있고.

자산은 저기 이렇게 기다랗게 제일 커다란 자산이.

(보조조사자 : 애들이 어디서 왔다구요?)

으이?

(보조조사자 : 어디서 떠내려왔어요?)

그건 모르지.

[웃음]

(보조조사자 : 할머니 이런 얘기 되게 중요한 얘기에요.)

(청중 : 어디서 떠내려 왔는진 모르고.)

예전 노인네들이 그렇게 말씀 하시더라구. 자산이 이렇게 내려오는데, 요 동메산이 쪼그만 산이 우리 동네 있어요. 조기(저기) 앞에.

같이 이렇게 오다가 자산이 자고 간다 이러니까는 우리도 동무해서 여기서 자고 간다고 동메산이래요.

(보조조사자 : 저긴 자고 가서 자산. 동무해 동메산.)

수숫대가 빨간 이유

자료코드 : 03_08_FOT_20110223_HRS_YMS_0002
조사장소 : 강원도 원주시 부론면 부론면 흥호2리 마을회관
제보일시 : 2011.2.23
조 사 자 : 황루시, 유명희, 유형동, 김명수
제 보 자 : 임명수, 여, 79세
구연상황 : 수숫대가 빨간 이유에 대하여 물어보며 이야기를 유도하니 많은 제보자들이
한번에 이야기를 엮지 못하고 단편적으로만 이야기를 하였다. 제보자는 그 중
에 엉덩이가 찔린게 호랑이가 아닌 것을 들었다며 이야기를 시작했다.
줄 거 리 : 후처에게 구박받던 정실자식과 소실자식이 있었다. 계모의 학대를 견디지 못
한 정실자식이 소실자식에게 하늘한테 무엇이 옳은지 물어보자고 했다. 정실
자식이 나를 살리려면 새 동아줄을 내려달라고 하니 새 동아줄이 내려와 정
실자식을 하늘로 올라갔고 소실자식이 하늘에 동아줄을 요구하자 반이 썩은
동아줄이 내려와 바닥에 떨어졌다. 그 밑에 수수밭이 있어 그 핏자국으로 수
숫대가 붉어졌다.

나는, 나는 듣기에 호랭이라고도 듣고, 사람이라고도 듣고 그랬는데.

인제 그전에 우리 부모가 그런 얘길 해주더라구. 정실아들 자기아들 이렇게 살면 아무케도 내가 난 자식을 더 이기구(아끼고). 정실은 (정실부인이 낳은 자식들은) 막해잖아(막하잖아).

그러니까는 이 저기들이 이렇게 해가지고 되겠느냐고 그러니까.

그럼 어떻해믄(어떻게 하면) 좋으냐고. 우리 심판을 보자 그러더래.

"그럼 어떻게 심판을 보느냐." 하니까는. 저 하늘에다 대고.

"나를 살릴래면 저기 동아줄 새거를 내려주고 죽일래면은 헌 동아줄, 썩은 동아줄을 내려달라."구 그래니까는.

"그럼 그렇게 하자." 그러더래.

그래서 인제. 그 저기가. 정실의 아들이 가서.

"나는 하느님께 저기 해겠으니까. 살려 주실래면 살려주고. 죽여주실래면 죽여달라구."

그러니까는 동아줄이 내려오더래요. 그래서 이렇게 붙드니까 기냥 삭 올라갔는데.

저기 그다음 그 본처 아들은 그렇게 잘 올라가는데 나중 못되게 한 사람 아들이 인제 그렇게 얘길 했데요.

"나도 죽여줄램 살려줄렘 살려주슈." 이러니까.

반은 새거가 내려오더래요. 그래서.

'나도 살려주는가 보다.' 하고 이렇게 보니까.

반쯤 올라가더니 썩은 동아줄이라 뚝 끊어져. 냅다 내려 찌니까(찧으니까). 수수깡 이렇게 뒤에 풀 있잖아요. 거기에 그냥 확 그냥 찔려가주고. 피가 그래 묻었다 그러더라구. 그 얘기 뱎에 몰라요 나.

(보조조사자 : 그걸 누구한테 들으셨어요. 할머니.)

어른들이 그러시지 뭐.

임경업장군이 노림고개 막은 이야기

자료코드 : 03_08_FOT_20110223_HRS_YMS_0003
조사장소 : 강원도 원주시 부론면 부론면 홍호2리 마을회관
제보일시 : 2011.2.23
조 사 자 : 황루시, 유명희, 유형동, 김명수
제 보 자 : 임명수, 여, 79세

구연상황 : 조사자들이 직전에 다녀온 손곡리에서 임경업 장군에 대하여 제대로 듣지 못
했다고 이야기를 하자 제보자가 손곡리에서 들은 이야기가 제대로 된 것이
아니라며 이야기를 꺼냈다. 제보자는 임경업 장군의 후손이라고 말했다.

줄 거 리 : 임경업 장군의 부모는 손곡리에서 떡을 팔았다. 하루는 노림 한씨들이 돈을
내놓으라며 임경업의 아버지와 어머니를 매질을 하고 보내주지 않았다. 당시
열한 살이었던 임경업이 노림 한씨의 집에 가서 기둥을 흔들자 부모님을 내
주었다. 부모님과 돌아오던 임경업은 한씨들이 넘어오지 못하게 한다면서 노
림고개를 큰 바위로 막아버렸다.

(청중 : 손곡리가면 왜 유래가 많은데 거기. 뭐 이달 선생님이나 뭐 임
경업장군님이나 뭐.)

(보조조사자 : 그래서 임경업장군이 있었다. 이게 끝이에요. 그 사람이
살았어 그러고 끝이니까.)

임경업 장군은 아니고 임경업 장군 그 어머니 아버지 묘야.

내가 임씨 걸랑.

(보조조사자 : 아-.)

그래가지고 들었는데. 처음에는 그 임경업 장군 어머니 아버지가 떡 장
살 했었데요. 떡. 떡 장사를. 저 우 같은 줄기에서 떡 장사를 하고 있는데
그 갑산 그 산줄기가 그 임경업 어머니 한테루 내려와 가주고 임경업이를
가졌데요.

임장군을 가져가주고 낳았는데. 일곱 살 먹던 해에 거기 살고 손곡리
살고 노림 사는데.

이 노림 한씨들이 임경업 장군 어머니 아버지를 붙들어 가가주고 토굴

질을 했데요. 돈 내노라고. 노림 한씨들이.

그래 가지고 토굴질을 하는데 가보니까는 이게 엄나무 발을 엮어가지고, 임경업 장군 그 어머니 아버지를 발에다 이렇기 말아서 놔뒀더래요.

그래 개가 열한살 적에 거기를 갔더니. 그래더래 그래서 그냥.

그 한씨네 문앞에 아람들이 이렇게 대추낭구가 있는데.

그걸 이고 이렇게 이렇게 해니까 대추나무가 흔동-흔동-(흔들흔들) 해더래요.

그래도 그 한씨네가 내다 보질 않아서 거길 들어가가주고, 대청마루에 이 지둥(기둥)있는데 그거를 가서 이렇게 흔드니까 집이 흔둥흔둥 하니까 얼릉 와서 내려놔 줌선(주면서).

"야 느 부모 빨리 모시고 가라."고.

그래서 저 손곡리로 인제 즈 어머니 즈 아버지 모시고 가다가.

"이놈들 다신 못오게 한다."고. 큰 바우(바위)를 길가를 막아놓고 갔데요. 임경업 장군이.

(보조조사자 : 아―.)

그랬다 그러더라우. 그래 거기는 어머니 아버지 있지. 임경업 장군은 저, 충주 단월 거기에 있어요.

(보조조사자 : 단월면.)

네.

(보조조사자 : 그 그게 무슨 고개에요? 거기 바위 막아 놓는 곳이?)

노림고개. 그러니까 노리터가 아니고 손곡리 고개지.

(보조조사자 : 어디 저쪽 동네 요쪽에?)

저쪽으로 가다가. 손곡리로 못 들어오게. 한씨네가 또 붙들러 오면 못오게 한다고 그걸 갖다가 길을 막았데요.

임경업과 김자점

자료코드 : 03_08_FOT_20110223_HRS_YMS_0004
조사장소 : 강원도 원주시 부론면 부론면 홍호2리 마을회관
제보일시 : 2011.2.23
조 사 자 : 황루시, 유명희, 유형동, 김명수
제 보 자 : 임명수, 여, 79세
구연상황 : '임경업장군이 노림고개 막은 이야기'에 이어서 구연하였다.
줄 거 리 : 임경업과 김자점 두 장사가 있었다. 임경업이 천기를 보려고 주막집에 계란을
가져다 달라고 하였다. 주인이 먹으려 하는 줄 알고 삶아서 갖다 주었다. 임
경업이 산에다 계란을 묻고 아무리 울기를 기다려도 울지를 않았다. 임경업
장군이 왕궁에 입궐하고 나오는 길에 김자점이 쇠도리깨로 임경업 장군을 죽
였다. 임금은 나중에 그 사실을 알고 김자점을 매달아 가고 오는 사람이 한
점씩 살을 떼어내서 죽게 하였다.

(보조조사자 : 어디서는 무슨 우물 물같은 거 먹고 임신했다는 얘기도
있던데.)

아니야 그래구 임경업 장군이 천기를 못 보는 이유가 있었대요.

댕기면 나라 충신은 임경업 장군이래요. 그랬는데. 이렇게 저기를 하고
들어가니까는 아주 임금이 그냥 버선발로 막 쫓아 나왔데요.

근데 김씨도 장사가 있고 임경업도 장사가 있었데요. 김자점이라는 장
사가.

그랬는데 인제 가다 그 그렇게 하고 나서 천기를 볼라고 주막집이서
겨란(계란)을 좀 달라 그랬데요. 그랬더니 겨란을 준대는게 먹을라 그러는
줄 알고 삶아서 갔다 줬대요.

그래 이놈의 겨란을 묻어놓고 아−무리 홰를 치고 울 때를 봐도 안 울
더래요. 그래서 가보니까는 나래(날개), 목까지 다 생겼는데 울지를 못하
더래요.

삶은 겨란이라 그래서 그길로 천기를 못봤다는 거여. 그래서 임금님 가
보고 나오다가 김자점이라는 장군이 대문뒤에 숨어있다가 쇠도리깨로 때

려 죽였대잖아요. 그래 가주고 난리 법석이 나니까.

임금이 그 김자점이는 갖다 매달아 가주고 가는 사람 오는 사람 점점 이 쪼금씩 다 잘라 죽이라고. 그렇게 했데요.

(보조조사자 : 어이구.)

[웃음]

계란은 삶아줬기 때문에 천기를 못 봤다구.

자산에서 나온 동자삼

자료코드 : 03_08_FOT_20110223_HRS_YMS_0005
조사장소 : 강원도 원주시 부론면 부론면 홍호2리 마을회관
제보일시 : 2011.2.23
조 사 자 : 황루시, 유명희, 유형동, 김명수
제 보 자 : 임명수, 여, 79세
구연상황 : '임경업과 김자점'에 이어서 구연하였다.
줄 거 리 : 자산에 동자삼이 있었다. 사람들이 배를 타고 그곳을 지날 때 꽃을 보지만 막
        상 가서 직접 보면 없었다. 그러던 와중에 뱃사공이 한 남자 아이를 태웠다.
        어디서 온 아이냐고 묻자 아이는 자신이 자산의 동자삼이며 자산에 물이 너
        무 넘쳐서 대우산으로 가려고 한다고 했다. 그 말이 끝나기가 무섭게 그 아이
        는 사라졌고 그래서 자산의 동자삼이 대우산으로 옮겨 갔다고 한다.

예전에 그 자산 비알에(벼랑에) 배들을 끌고 가다 보면은 인삼꽃이 이 렇게 철벽에 피어있데요. 근데 그 자리를 이렇게 가코면은 음떼(없대) 안 보인대. 배를 타고 이렇게 보면 보여도 올라가보면 안 보인데 그 인삼이.

(청중 : 그 사람 올라 갈 수도 없는 자리고 가보면은.)

그러더니마는 그래더니 얼마 있더니. 동자삼이 걸어서 내려 와가주고. 저기 배를 배를 여와서 저 저 고양소 나루에서 배를 타고 가서 이렇게 내 리니까는.

뱃사공이.

"어서 오는 총각이냐?" 이러니까.

이러더려.

"나는 자산의 동자삼이라."고.

"근데 거기 하도 강물이 저기되고 그래서 인제 대우산으로 갈라고 왔다."

그러더래요. 그래서, 그 그러고 보니까 없어졌다 이래요.

그래서 그 뱃사공 묻는 말이 대답도 끝 안나서 간곳없이 갔더래요.

인삼 그 동자삼이.

(보조조사자 : 동자삼이요?)

그 자산의 삼이 대우로 건너 갔대는 거에요.

(보조조사자 : 대우산은 어디 있어요?)

저 강건너산.

(청중 : 거 경기도지.)

배를 타고 건너 갔대잖아.

(청중 : 여기가 강원도 경기도 충청북도 뭐 담배 한대 물고 돌아 댕긴다는 데가 여기요.)

맞어, 여기 삼도접경이요. 여기가.

이달선생 비 세운 이야기

자료코드 : 03_08_FOT_20110223_HRS_CWJ_0001
조사장소 : 강원도 원주시 부론면 손곡3리 마을회관
제보일시 : 2011.2.23
조 사 자 : 황루시, 유명희, 유형동, 김명수
제 보 자 : 최원집, 남, 76세

구연상황 : 당시 할머니들은 모두 밭일을 가시고 할아버지들만 계시는 상태였다. 제보자
를 비롯한 노인들에게 조사의 취지를 설명하고 손곡리의 유래를 물어봤더니
비에 그 이야기가 잘 설명이 되어 있다면서 비가 세워진 유래에 대하여 이야
기 해주었다. 손곡 이달의 다른 일화들을 물어 보았으나 비에 가 보면 안내판
에 다 나와 있다며 이야기해주지 않았다.

줄 거 리 : 손곡 이달이 손곡리에 와서 가난과 싸우며 불구하고 후학양성에 힘썼다. 손
곡 선생은 가정을 제대로 돌보지 않았는데 선생의 부인은 마른 나무가 없어
생소나무를 잘라 불을 땔 정도로 선생의 뒷바라지를 하느라 고생을 했다. 나
중에 후학들이 많이 퍼졌고 서울에서 박사들이 그의 업적을 기리는 비를 세
웠다.

손곡리가 손곡리-가 우리 그 아주 그 학자 되시는 분 명함이야. 명함.
손곡리가-.

근데 그, 그 양반이 참 그 유식해 가지고서 저기 저 양짓말이라고 있어.
양짓말 거 앞에서 그 남에 방을 빌려 가지고 거기서 인제 옛날에 서당을
하셨어, 서당.

서당을 하시믄서 기양 인제 자, 자기는 먹고살기 어렵고 기양 곤란해서
지경에도 해도 우리나라의 학, 그, 저 이 저 학자들을 많이 맨들라고.

그 인제 해서 기양 요롱게 하면서 공부를 인제 시켰는데.

시키면서 고- 손곡 선생님은 기양 애들 가르키는(가르치는) 것만 기양
신경 썼지. 가정에 대해서 신경 안썼어요. 그래 가주 그 안 사모님이 저녁
에, 그저 나무 땠잖아 나무. 인제 때가 되며는 또 때- 불을 살려서 밥을
지어야 할 텐데.

그래가서(그래가지고) 인제, 산에 가서 기양 그 뭐 좀 마른나무도 없구
소나무 기양 그 싱싱핸 걸 짤라다 가서 불을 질, 삶아서 밥을 질래니(지으
려니).

이게 세상 불이 일어나 불이 붙어야지. 그렇게 해믄서 안식구를 고
생-- 을 해구.

그 손곡 선생님은 자-- 공부 그 박사들 이렇게 만들라고 이렇게.

박사들이 마, 그 여기 저 여 비를 세웠어. 여기 저기 여 비를 세웠는데 저 서울서 그 박사들이, 그 손곡 그 비가 있는데.

그래 가지구 뜻을 알아 가지고 비를 해 세운거 그 비가 있는데, 그래 가지구, 그 제일이 뭐냐 며는 아주 아 그 사모님 까지 고생을 시켜 가믄 서 어트케든지 그냥 훌륭한 사램 맨들라고 공부를 시켜. 그건 바로 그 부 분이 이게 손곡 선생님인데, 그 선생님한테 바로 그 흐름에 바로 흘러가 지고 지금 서울서 박사들이 그걸 알아 가지고 비를 해 세운 것이 바로 그 겁니다.

임경업장군을 잉태시킨 맷돌과 우물

자료코드 : 03_08_FOT_20110223_HRS_CWJ_0002
조사장소 : 강원도 원주시 부론면 손곡3리 마을회관
제보일시 : 2011.2.23
조 사 자 : 황루시, 유명희, 유형동, 김명수
제 보 자 : 최원집, 남, 76세
구연상황 : '이달 선생 비 세운 이야기'를 구연한 이후 이어서 구연하였다.
줄 거 리 : 임경업 장군의 아버지가 맷둔재 우물에서 목이 말라 물을 마시고 부인과 합
　　　　　궁을 하여 임경업 장군을 낳았다.

임경업 장군님-이 그 할아버지가 여기 저 여 맷골 선산에 계시는데, 그 - 양-반--이- 그 아버지가 여기 저 맷둔재라고 있어요.

(보조조사자 : 맷둔재요?)

맷둔재 여기 인제 지금 저 기덕이네 집 밑에 거기 우물이 있었는데, 그 우물이- 아 좋은지 어떤지 그- 가서 거기서 이렇게.

그 양반이 전에 이래 어렵게 지내면서 그 날로 낮에는 일을 하고, 또

때론 들어가서 점심을 먹어야 될 꺼 아니에요? 그래 점심 먹으러 들어오던 도중 목이 말라서 그 아주 거기서 아시고 거기서서 그 물을 떠오라 그랬데요. 그 물을 떠오니까 거기서 이제 그 지하에서 인제 자연수로 나오는 그 물을 떠다 가서. 인제 그 이 일 일구 선생이 거 그걸 잡숫고 그날 저녁에 그날 그걸 잡숫고 낮에 바로 음양을 했대요.

그래 가지고, 거거서 임경업이 거거서 이 태에 성긴 분이 바로 임경업이라구요. 물을 물을 떠오라 인저 마누라보고 시켜서 물을 떠다 잡숫고서는 거그서 바로 막 하는데 거그서 태에 생긴 자손이 바로 임경업 장군이시다. 그런 고런 얘기에요.

(보조조사자 : 멧둔재에 그 우물이 그 있었던 거에요?)

전에 이 물이야.

(보조조사자 : 우물이요. 그 물 떠온 그 장소가.)

그니까 저기 저 멧둔재가 사 사이 넓지도 않아요. 넓지도 않고 얕을만한데.

거기 인제 우물이 있었는데.

(청중 : 거기 지금 우물이 없어.)

지금은 거기서.

(청중 : 전설뿐이지 그건.)

그 양반이 인제 바로 그 낮에 그 일하고 와서 목마른 판에 물을 아씨보고 떠오라 그래서 그걸 잡숫고 난 다음에 별안간 생각이 있어 가지고 한 것이 임경업을 낳았다. 인제 그런 전설이 있지.

(보조조사자 : 임경업 장군이 잉태된 장소라는 얘기군요.)

예 어 그거 두 가지만 해요. 아는 거 다 얘길 했어.

노들강변

자료코드 : 03_08_FOS_20110222_HRS_GSR_0001
조사장소 : 강원도 원주시 부론면 정산1리 마을회관
제보일시 : 2011.2.22
조 사 자 : 황루시, 유명희, 유형동, 김명수
제 보 자 : 김소란, 여, 78세
구연상황 : 제보자는 이야기 몇 마디를 한 후 소리를 하라고 하자 사양했다. 주위의 사람
들이 노들강변을 하라고 하자 한참을 사양하다 의자에 앉은 채로 구연하였다.

노들강변 봄버들 휘휘늘어진 가지에다가

무정세월 한허리를 칭칭동여 매어나볼까

에헤여 봄버들도 못잊을리로다

흐르는 저기저물만 흘러흘러서 가노라

노들강변 백사장 모래마다 밟은자죽

(그러고 또 뭐지?)

만고풍상 비바람에 몇몇해 흘러갔나

에헤여 봄버들도 못잊을리로다

숫자풀이

자료코드 : 03_08_FOS_20110222_HRS_GSR_0002
조사장소 : 강원도 원주시 부론면 정산1리 마을회관
제보일시 : 2011.2.22

조 사 자 : 황루시, 유명희, 유형동, 김명수
제 보 자 : 김소란, 여, 78세
구연상황 : 어릴 때 오빠 친구들이 하던 소리를 듣고 외운 것이다. 중국 역사라고 한다.

일금창사 한태조

이군불사 제왕초

삼군명장 조자룡

사천칠십 흑광묵

오관참상 관훈장

육군명망 진시황

칠정칠금 제갈량

팔년풍규 초패왕

구년칠생 하우씨

십년지수 한성호

백자천만 갑자희

천일지수 김돌랑

만배유진 공부자

억조유한 박효시

숫자풀이

자료코드 : 03_08_FOS_20110222_HRS_YGB_0001
조사장소 : 강원도 원주시 부론면 정산4리 마을회관
제보일시 : 2011.2.22
조 사 자 : 황루시, 유명희, 유형동, 김명수
제 보 자 : 윤금분, 여, 76세
구연상황 : 옛날 소리를 청하자 제보자가 갑자기 구연을 시작하였다. 박수를 치면서 흥겹
　　　　　게 소리했다.

한나로구나 이런여자 날버리고 깜깜한길로 캄캄한길로

둘이로구나 다만 둘이 살다가 이별이 웬말이요

이별할줄 알았다면 믿지나않았지 믿지나않았지

셋이로구나 삼월초파일 모진바람에 꽃이 피었네

꽃을따라 가시는님은 무정도하지 무정도하지

넷이로구나 사월초파일 모진바람에 잎이피었네

잎을따라 가시는님은 무정도하지 무정도하지

다섯이로구나 오륙삼십 떼를지어 가는 기러기

우리부모 소식을 전해주련만 전해주련만

여섯이로구나 육계같은 저자식을 길이길러서

동방서에 입학하니 전해주련만 전해주련만

일곱이로구나 일곱해묵은 고목나무에 새가앉었네 새가앉었네

여덟이로구나 팔공산을 넘고보니 청풍이로다 청풍이로다

아홉이로구나 구십먹은 노인이 팔짱을 끼고 팔짱을 끼고선

열심 열이로구나 열심으로 배우고 열심히 사시다

이거리저거리갓거리

자료코드 : 03_08_FOS_20110222_HRS_YGB_0002
조사장소 : 강원도 원주시 부론면 정산4리 마을회관
제보일시 : 2011.2.22
조 사 자 : 황루시, 유명희, 유형동, 김명수
제 보 자 : 윤금분, 여, 76세
구연상황 : 마을 앞 강으로 떼가 많이 내려가서 뗏사공을 놀리는 소리를 많이 했다는
　　　　　 노인회장님의 이야기에 이어서 조사자가 요청하였다. 다리를 뻗고 앉아서 구
　　　　　 연하였다.

이거리저거리갓거리

전두만두두만두

육두육두전라두

까뱅에 저뱅이

증산에 목을내니

육판 대판

옥설가

자료코드 : 03_08_FOS_20110223_HRS_YWP_0001
조사장소 : 강원도 원주시 부론면 손곡2리 이원표 자택
제보일시 : 2011.2.23
조 사 자 : 황루시, 유명희, 유형동, 김명수
제 보 자 : 이원표, 남, 80세
구연상황 : 회다지소리의 일종이다. 노인회장으로 몸이 좋지 않았으나 조사에 적극적으
로 임해주었다. 혼자 구연하였으므로 후렴이 없다. 원래 후렴은 '에야호리 달
궁'이라 한다.

순천지 후천지는 덕만세계 부흥이라

산지조종은 고륜산 수지조정은 황허수

구룡소 일지맥이 조선이 생겼었네

백두산은 주산되고 한라산은 안산되구

두만강은 청룡되고 압록강은 백호로다

건군이 태극후에 별세를 이뤘으니

지세도 좋거니와풍경이 더욱좋다

예문물 밝았으니 소중화가 되었세라

팔도강산 좋은경치 역력히 돌어보니

경기도라 삼각산은 임진강이 둘러있고
충청도 계룡산은 백마강이 둘러있고
함경도 백두산은 두만강이 둘러있고
황해도 구월산은 세류강이 둘러있고
평안도 묘향산은 대동강이 둘러있고
전라도라 지리산은 공주금강 둘러있고
경상도 태백산은 낙동강이 둘러있고
강원도라 금광산은 천하명산이 되었구나
팔도금강 좋은경기 역력히 읃어다가
이광중에 모셨으니 천하대지 이아니냐
이산소터 잡을적에 어느누가 잡았든고
도선이 박상이가 무학선생이 잡을자루
팔도강산 편답할제 이산맥랙 밟아보니
천하의 제일이요 일광지지 여기로다
지남철을 손에들고 연도판을 앞에놓고
자향놓고 안배할제 임자계축 간인간묘
을진손사 병오현미 근신현휴 신술근해
득수득판 어떻든고 사대국법 법을보니
대괄수득이오 옥수포택 역수허니
부귀공명 수득이라 이런영광에 모셨으니
발복인들 없을쏘냐 사시입관 오시발복
좌청룡 되었으니 자손번성 할것이며
우백호 되었으니 외손번승 헐것이며
앞에주춤 노적봉은 부귀장사 날것이며
뒤에주춤 문필봉은 문장재상 날것이며
일월봉이 비쳤으니 수령방백 날것이며

투구봉이 비쳤으니 대대장군 나리로다
천지현황 생긴후에 일월영책 되었세로
만물이 변성하여 산천이 괴록지애
고령산 제일봉은 산악지 조중이요
삼지룡 흘러내려 사해구주 되었세라
옥초는 동조하여 동해지 조종이요
천봉이 뱡입야 북국을 고여있네
남경은 오천부여 북경은 수만부라
진시황의 만리성은 별개로 삼아두고
노국이 적단말은 공부자의 재간이요
천하가 적단말은 우리들은 몰랐세라
태상에 올라서서 상고를 생각하니
상조선 시국시에 임금님이 내시던곳
도당시 시절에는 단군의 조선이요
문황의 이별주시엔 위만의 조선이요
고구려 백제국은 사직만 남아있고
일천년전 신라국은 사람만 왜구하다
오백년 고려국은 성간만 비어있네

(목이 아파 안되겠네 쉬어 가요, 좀)

고사반

자료코드 : 03_08_FOS_20110223_HRS_YWP_0002
조사장소 : 강원도 원주시 부론면 손곡2리 이원표 자택
제보일시 : 2011.2.23

조 사 자 : 황루시, 유명희, 유형동, 김명수
제 보 자 : 이원표, 남, 80세
구연상황 : 옥설가에 이어서 고사반을 길게 구연하였다. 마지막 액막이 부분에서 유월 다음에 시월로 바로 가서 넉달의 액막이가 빠졌다. 매우 길게 구연하였고 중간에 2번 목이 아파서 쉬었다.

국태민안 시화연풍 돌아든다
금일금일금일이요 사바하고도 나오신다
서천에 서역국에 삼불보살이 나오실때
어느손님에 어느 손 말잘하는 귀경손님
글잘하는에 문잔손님 활잘쏘는 활량손님
삼세분이 올실제
압록강도 십이강 두만강도 십이강
이십사강을 건너실제 배가없어 어이하나
나무배를 잡어타니 썩어져서나 못쓰겠고
돌배를 잡어타니 돌배 풍덩에 도로앉고
흙토선을 잡어타니 모진광풍에 못이기어
어리설설에 부러지고
동으로 벋은 능수버들 거꾸로 잡어라
세벗죽죽 골라다가 옆옆선 모아타고
이물에 이사공아 고물에 고사공아
효자충신에 노를젓고 명지바람에 기선풍에
디각디각에 건너가니 이씨한양에 등극시에
한양등극이 어디매냐 여기한양을 마련할제
왕십리가 청룡하야 두대만리나 백호로다
오이혼몽에 갑사를 경기경상도 십리내에
삼십육관을 마련하고 해동을 잡어라 조선국

조선국이면 대한땅 대한국으로 접어들어
강원도하고도 원주시 원주시하고도 부론면
부론면하고도 손곡리 이가중에 들어와서
안장의 위치를 비옵니다~

(설명하면서 쉬고)

이댁가중에 들렀으니 자손점지를 허구보세
앉을동자 설동자 무릎밑에 길동자
어깨너머나 실동자
아들을 나면 효자충신
딸을 나면은 열녀가 되니나
근들아니나 용하니라
아헤~ 선선에야~
자손점지 허였으니
오공을 점지할제
구렁복은 기어들고 족제복은 뛰어들고
인복은 기어들제 시시개반 만복래라
이소리 활금출 동네방네
남에눈에나 꽃이되고 이내몸에나 꽃이되어
사람만마다 향기가 나게 점지점지를 하옵소서
아에~ 삼산에야~
수복점지 하였으니 나라에겐 충신이요
부모에겐 효자로다 일가친척 화목동
친구간에는 유신동 세상천지에 으뜸동아
동방삭에나 명을빌고 강태공에나 나이빌어

선팔십후팔십에 일백육십을 점지점지를 하옵소서

그건그리도 하려니와 신농씨가 허신말쌈

농사를 천하지대본이라구 하였으니

농사한철을 지어보세

물이출렁해 수답이며 물이말러 건답이며

건답수답을 마련할제 무신에 벼를 심었드냐

지금에시체 금낭도 유구푸르는 남사표를

산으로 올라 산나락이 들러나려 들베

해가떴다 일출배 일간칠십에 노인베를 이논저논에 심었고나

그는그리도 하려니와 가진철를 심어보세

안성유기나 양푼철 올거덕부드덕 냉기철

호드둑파드둑 까투리철을 이논에 저논에 심었구나

그는그리도 하려니와 가진콩들을 심고가세

천리만리나 강낭콩 동남저수나 검정콩

이팔청춘에 두배콩 혼자먹으나 돼지콩

이밭저밭에 숨었구나 근들아니나 용아니냐

가진콩을 숨었으니 화춘줄이나 심어보자

올각달이나 늦각달이나 춘향울이나 은방조

노국대지 베록차조 뭉게뭉게 개똥차조를

이곳에저곳에 숨었구나

그는그리도 하려니와 갖은양념을 숨고가세

참깨들깨두들깨 고초당초당파실파생강마늘을 숨어노니

사해용왕이 물을주고 토주지신이 북들주어

방년여름에 봄기여름에 우두리죽죽 달렸구나

황국단풍이 다린하여 이곡식 추수할제

앵무같은 종년들은 두타리밭으로 여들고

믈매같은 종놈들은 지게밭으로 처들이니
어허 이거 안되겠네
우각뿔이야 자각뿔 비어백이나 노구백이
궁지없는 동경암 앞못보는 장님소
질마중에나 져들이니 나갈제는 빈바리요 들어올적에 전바리라
앞에는 앞노적에 뒤에는 뒷노적에 멍에노적을 싸옵서서
아헤~ 산산에야~

(아이고 목이 아파가지고 인제 액풀이하면 돼요)

이가중에 방문오니 일년하고도 열두달
과연하구두 열순갈 삼백하구두 육십일에
만사태평을 하시려면은 액풀이나 하구가세
정월이라고 드는액은 이월한식에 막아내구
이월이라구 드는액은 삼월삼질로 막아내구
삼월이라구 드는액은 사월파일로 막아내구
사월이라구 드는액은 오월단오로 막아내구
오월이라구 드는액은 유월유두로 막아내구
유월이라구 드는액은 시월상달 모많은날 모시루떡으로 막아내구
시월이라구 드는액은 동지팥죽에 막아내구
동짓달에 드는액은 섣달 모정많은날
오곡잡곡밥을 지어내어 웃짐치 한그릇에
우주월광 소명하니 근들아니나 용아니야
아에~ 산산에야~

5. 소초면

강원도 원주시 소초면 둔둔2리

조사일시 : 2010.12.16
조 사 자 : 황루시, 유명희, 유형동, 김명수

강원도 원주시 소초면 둔둔2리

　주민들은 둔둔리의 역사를 850여 년이라고 알고 있다. 인구는 84호까지 늘었었지만 현재는 총 75호가 모여 살고 있다. 마을 주민들의 주요 산업은 농업이고 젊은이들은 원주시까지 출퇴근하는 경우가 많다. 주요 작물은 벼, 옥수수, 참깨, 들깨, 배추 등이며 최근엔 비닐하우스에서 곰취를 재배하는 사람들이 늘었다. 비닐하우스는 총 23동이다. 마을 조직은 노인회 부인회 청년회로 이루어져 있고 노인회의 회원 수는 48명이다.

현재 산촌체험관이 허가가 났지만 운영방안이 정해지지 않아 운영은 못 하고 있다. 실제로 운영에 나설 수 있는 젊은 인력이 태부족인 듯하다.

마을 행사로는 청년회에서 주최하는 보름 윷놀이와 1년에 한번 지내는 천제사가 있다. 덕구산에서 왕건이 국태민안을 빌었던 것으로 시작되었다고 전해지는 이 제사는 4년을 주기로 지낸다. 마을 전체가 참여하는 큰 행사로서 마을에서 음식치배와 축관, 제관을 선정하여 몸가짐을 정갈하게 하고 마을 주민들은 모두 동네에 금줄을 맨다. 단순히 마을의 안위를 걱정하는 제사가 아니라 나라 전체의 안녕을 비는 의미를 담은 제사로 400년이 된 소나무에 대추와 밤, 떡, 소머리를 제물로 삼고 천지인을 상징하는 고깔 3개를 산신각에 설치한다. 현재는 경제적 이유와 마을 인원의 부족으로 지내지 못한지 5~6년 정도 되었다. 마을 자체에서 힘들면 지자체나 대학의 후원을 받아서라도 다시 진행하는 방향으로 이야기를 하고 있다.

마을의 전통문화는 현재 서서히 끊기고 있다. 예전 노인들 중에는 민요 등으로 '6시 내 고향'과 같은 TV 프로그램에 출연한 사람들도 있지만 의지를 가지고 계승하려는 사람이 없다.

강원도 원주시 소초면 장양9리

조사일시 : 2010.12.17
조 사 자 : 황루시, 유명희, 유형동, 김명수

장양9리는 1924년에 소초면에 편입된 장양리 중 가장 늦게 행정구역으로 분리되었다. 현재 60호 정도가 살고 있다. 원래 장양3리에서 갈라져 마을은 마을을 가로지르는 국도를 기준으로 34가구와 26가구로 나뉘어 있다. 26가구가 있는 지역은 마을회관이 신축되고 새로 편입된 지역으로 이전에는 다른 마을이었던 탓도 있고 거리도 멀어 왕래가 활발하지는 않다.

강원도 원주시 소초면 장양9리

주민 90% 이상 농업에 종사하며 대부분 독거노인이다. 10여 가구 정도는 축산업을 병행하고 있는데 조사 당시 구제역 관련한 통제 때문에 원활한 조사를 진행하기 어려웠다. 젊은이들은 주로 원주 시내로 출퇴근하는데 그 인원이 열 명도 채 되지 않는다. 이런 탓에 부녀회나 청년회의 활동이 미미하고 인원도 얼마 되지 않아 자연스럽게 마을 행사가 진행되지 않고 있다.

집성촌의 수준은 아니지만 청송 심씨와 남양 홍씨가 많은 마을이다. 종교의 경우 기독교와 불교를 믿는 가구가 각 3가구씩 있고, 특별히 주목되는 종교는 없다.

한국전쟁 당시에 전투비행장이 생겼는데 소음 때문에 여성이 임신이 되지 않는 등 주거환경에 문제가 있었다. 현재 주민들이 국가를 상대로 소송 중이다.

강원도 원주시 소초면 흥양2리

조사일시 : 2010.12.17, 2010.12.19
조 사 자 : 황루시, 유명희, 유형동, 김명수

강원도 원주시 소초면 흥양2리

　마을의 총 가구 수는 40호 정도 된다. 원래 원주군 본부면의 지역으로
서 흥양, 또는 이리(二里)라 하였다. 1914년 행정구역 폐합에 따라, 시탄,
황곡, 상초구, 송문, 직산을 병합하여 흥양리라 하여 원주면에 편입되었다
가, 1938년에 소초면에 편입되었다. 원래 존재하던 흥양 마을의 이름을
따서 흥양리라고 하였다. 원주시와 접경하고 있어 도시근교 농업이 발달
되어 있다. 입석대와 입석사, 범문사가 있고 황골엿과 엿술이 특산물로
유명하다. 원주시와 접경을 이룬 관계로 급격하게 도시화되고 있으며 황
골은 특히 근래에 숙박업소와 식당이 많아져서 원주시민들이 많이 찾고
있다. 각성받이 마을이지만 여양 진씨가 토박이로 많은 편이다. 주요 산

업은 농업이며 대부분 벼농사를 짓는다. 간간이 밭작물을 재배하지만 소
출이 있을 정도의 규모는 아니다. 마을에 흥양 초등학교가 있지만 초등학
생은 많지 않으며 새마을 운동 때 서낭당을 모두 없앴다.

고선길, 남, 1940년생

주 소 지 : 강원도 원주시 소초면 둔둔2리 452번지
제보일시 : 2010.12.16
조 사 자 : 황루시, 유명희, 유형동, 김명수

고선길은 원주시 소초면 둔둔2리에서 태어났다. 그의 집안은 이곳에서 18대 째 살고 있는데, 29세에서 50세까지 사업 때문에 원주 시내에서 거주하다가 지금은 고향에 돌아와 농사를 지으며 살고 있다. 어린 시절 서당에서 천자문을 배웠고, 고등학교까지 다녔다.

2005년부터 이장 일을 본 경험이 있으며, 이때 왕건에서 유래된 둔둔리 천제사를 주관했다고 한다. 이런 경험 때문인지 허구적인 이야기보다는 역사적인 이야기에 큰 가치를 두는 경향을 보인다. 제공한 자료는 두 편인데, 차분한 목소리로 구연하였다. 한편 춘향전, 심청전 등의 고소설을 어머니께 이야기로 듣기는 했으나 크게 관심을 두지는 않았다고 한다.

제공 자료 목록
03_08_FOT_20101216_HRS_GSG_0001 둔둔리 천제사의 유래
03_08_FOT_20101216_HRS_GSG_0002 효자 권남홍 이야기

신재헌, 남, 1931년생

주 소 지 : 강원도 원주시 소초면 둔둔2리 410번지

제보일시 : 2010.12.16
조 사 자 : 황루시, 유명희, 유형동, 김명수

신재헌은 원주시 소초면 둔둔2리에서 태어나 군대를 다녀온 것은 제외하면 고향을 떠나본 적이 없는 토박이다. 2남 2녀를 두었는데 지금은 장남 내외와 함께 살고 있다. 농사 이외에 다른 일을 한 적은 없다.

옛이야기를 4편 구연했는데, 이 이야기들은 주로 어린 시절 제보자의 집 사랑방에서 동네 어른들이 모여 나누던 이야기라고 한다. 이러한 이야기들을 잘 기억했다가 구연했다. '6시 내 고향' 등의 텔레비전 프로그램을 촬영할 때 협조한 이력이 있고,『강원의 설화』등의 자료집 발행 과정에서 이야기를 제보하기도 했다. 적극적으로 이야기판을 주도하지는 않았지만, 부탁을 하면 차분하게 구연하였다. 구연한 이야기들은 대체로 길이가 짧다.

제공 자료 목록

03_08_FOT_20101216_HRS_SJH_0001 둔둔리에 인재가 없는 이유
03_08_FOT_20101216_HRS_SJH_0002 권포천 보다 뛰어난 일꾼
03_08_FOT_20101216_HRS_SJH_0003 돌다리 놓아 효도한 형제
03_08_FOT_20101216_HRS_SJH_0004 삼형제가 잘 살게 된 이야기

원청의, 남, 1931년생

주 소 지 : 강원도 원주시 소초면 흥양2리 905-4번지
제보일시 : 2010.12.17
조 사 자 : 황루시, 유명희, 유형동, 김명수

원청의는 소초면 흥양2리 905-4번지에 거주하고 있다. 서울에서 보낸

중학교 시절과 군대를 다녀온 시기를 제외하면, 흥양 2리에서 태어나 지금까지 거주하고 있는 토박이다. 5남매 중 셋째로 태어났고, 19세에 혼인해 슬하에 8남매를 두었다. 9~10세 무렵 서당에서 천자와 동문선습 등을 배웠으며, 소초국민학교를 졸업하였다.

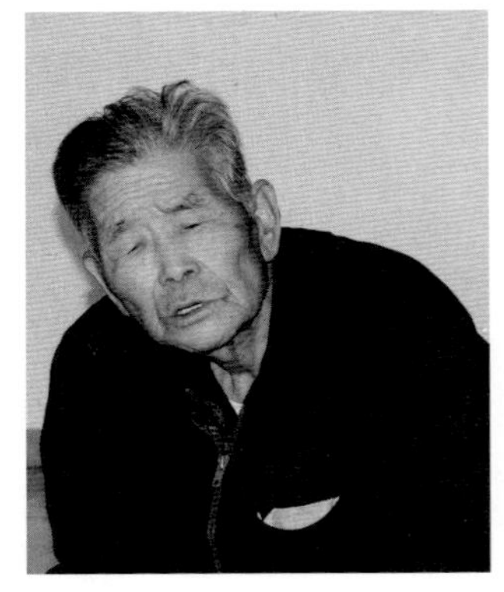

원청의는 원주 원씨 종손으로 원천석의 후예라고 한다. 역사적 사실을 중요하게 여기는 경향을 보였으며, 확인되지 않은 이야기를 하는 것을 꺼려했다. 구연한 자료는 단편적인 것들이었는데, 원천석과 관련된 이야기도 1편 구연했다.

제공 자료 목록
03_08_FOT_20101217_HRS_WCU_0001 구룡사의 유래
03_08_FOT_20101217_HRS_WCU_0002 치악산 가마봉의 유래
03_08_FOT_20101217_HRS_WCU_0003 노귀소의 유래 – 원천석

정무웅, 남, 1941년생

주 소 지 : 강원도 원주시 소초면 장양9리 1159-1번지
제보일시 : 2010.12.17
조 사 자 : 황루시, 유명희, 유형동, 김명수

정무웅은 원주시 소초면 장양9리에서 태어난 토박이로 현재 장양9리 1159-1번지에 거주하고 있다. 2남 1녀 중 장남으로 태어나 장양국민학교, 원주중학교, 원주농업고등학교를 졸업해 농촌지도소에서 농촌지도사로 공무원 생활을 하다가 98년에 퇴직했다.

퇴직한 이후에는 농사를 짓고 있으며, 현재 장양 9리 노인회 총무일을 맡아보고 있다.

건장한 체격에 눈이 부리부리하다. 약간 높은 톤의 목소리로 이야기를 구연하였다. 설화 2편과 경험담 1편을 구연했는데, 설화는 어린 시절 마을 어른들과 친우들에게 들은 것이라고 한다.

제공 자료 목록

03_08_FOT_20101217_HRS_JMW_0001 일본말을 몰라 위기를 모면한 부자(父子)

03_08_FOT_20101217_HRS_JMW_0002 호랑이 타고 제사 지내러 다닌 황효자

03_08_MPN_20101217_HRS_JMW_0001 대추 훔치는 방법

진병호, 남, 1938년생

주 소 지 : 강원도 원주시 소초면 흥양2리 565번지

제보일시 : 2010.12.17

조 사 자 : 황루시, 유명희, 유형동, 김명수

진병호는 소초면 흥양2리 565번지에 거주하고 있다. 한국전쟁 때 청주로 잠시 피난 갔던 것을 제외하면 지금껏 한 마을에 거주하고 있는 토박이이다. 5남매 중 넷째로 태어났으며, 20세에 당시 18세였던 김귀녀와 혼인해 슬하에 3형제를 두었다. 흥양국민학교 4학년에 다니던 중 한국전쟁이 일어나 학업을 중단하게 되었으며, 그 이후로 학교 교육은 받지 않았다.

사람 사귀는 것을 좋아하여 많은 사람들을 만나고, 또 동네 어른들을 따라 다니며 많은 이야기를 들었으며, 이를 바탕으로 풍수, 유교 사상에 대한 나름의 가치관을 갖게 되었다고 한다. 이런 이유 때문인지 음양의

이치, 사람의 도리, 풍수 등과 관련지어서 이야기를 구연하였다. 40대부터 지금까지 마을 상두계의 계장직을 30년 정도 맡고 있다. 특히 회심곡의 주제와 내용을 잘 알고 있다. 소리는 책을 보고 독학할 정도로 애정이 있는 편이다.

제공 자료 목록
03_08_FOT_20101217_HRS_JBH_0001 치악산 삼봉
03_08_FOT_20101217_HRS_JBH_0002 바위를 파헤쳐 망한 부자(富者) - 파명당
03_08_FOT_20101217_HRS_JBH_0003 효자가 생긴 이유 - 고려장
03_08_FOS_20101217_HRS_JBH_0001 해방가

한두용, 남, 1924년생

주 소 지 : 강원도 원주시 소초면 장양9리 1151번지
제보일시 : 2010.12.17
조 사 자 : 황루시, 유명희, 유형동, 김명수

한두용은 원주시 소초면 장양9리에서 태어났고, 장양9리 1151번지에 거주하고 있다. 일제강점기 때라 제대로 된 학교 교육은 받지 못다. 군에 가서 중국에 3년 정도 있었는데, 북경 남경, 광동, 상해 등지를 돌아다니며 다양한 경험을 했다. 젊은 시절 소초, 호저면사무소에 근무했으며, 소초 조합장을 지내는 등 공무원 생활을 30여 년간 했다. 정년퇴직 후에 고향마을에서 소일거리 삼아 농사를 짓고 있다.

민담을 4편 구연하였는데, 이 이야기들은 면장을 할 때 여러 사람들에게 들은 이야기라고 한다. 입담이 좋아 이야기를 주도하였으나, 치아가 부실해 발음이 부정확했다. 이야기를 할 때 조사를 생략하거나 말끝을 흐

리는 버릇이 있다.

제공 자료 목록

03_08_FOT_20101217_HRS_HDY_0001 장양리 지명 유래

03_08_FOT_20101217_HRS_HDY_0002 며느리의 지혜로 스님 돈 안 갚은 양반

03_08_FOT_20101217_HRS_HDY_0003 후객 가서 양반 사돈 골려준 이야기

03_08_FOT_20101217_HRS_HDY_0004 처녀 뱃사공의 기지

03_08_FOT_20101217_HRS_HDY_0005 조치원의 지명유래

홍용표, 남, 1940년생

주 소 지 : 강원도 원주시 소초면 흥양2리 947번지

제보일시 : 2010.12.17, 2010.12.19

조 사 자 : 황루시, 유명희, 유형동, 김명수

　　홍용표는 원주시 소초면 흥양2리에서 태어나 지금까지 거주하고 있는 토박이다. 현재 흥양2리 947번지에 거주하고 있다. 남동생이 한 명 있었으나 한국전쟁 당시 잃었다. 20세에 한 살 연상인 부인과 혼인하여 슬하에 2남 2녀를 두었다. 자녀들은 모두 혼인하여 지금은 부부만 함께 살고 있다. 원주대성고등학교를 졸업했으며, 국민학교 1학년에서 5학년까지 한자를 배울 요량으로 방학을 이용하여 서당을 다녔다고 한다. 젊은 시절에는 원주 시내에서 사업을 조그맣게 했으나, 뜻대로 풀리지 않아서 고향 마을로 돌아와 농사를 짓고 있다. 고향에 돌아와서는 50대 무렵에 이장직을 맡기도 했고, 노인회 총무직을 맡아 보기도 했다.

　　홍용표는 눈썹이 짙고 코가 뾰족하여 날카로운 인상을 준다. 그러나 첫인상과는 다르게 서글서글한 말투와 웃는 얼굴로 조사에 협조해 주었다.

조사자와 두 차례 만나 이야기를 제보하였는데 첫 번째 방문 시에 사전 연락을 취하지 못했음에도 불구하고, 조사자를 반갑게 맞고 이야기를 구연해 주었다. 집에 일이 있어 일찍 자리를 뜨게 되는 것을 안타까워했다. 두 번째 조사에서 선행 조사 때 들은 이야기를 다시 청했는데, 한층 조리 있게 이야기를 구연했다. 구연한 이야기들은 대개 전설로 마을 어른들에게 들은 것들이라고 한다. 청중의 반응을 살피며 중저음의 차분한 목소리로 구연하였으며, 발음도 정확하였다. 이야기의 진행에 따라 몸동작을 곁들이기도 했으나, 행동이 크지 않은 편이다.

제공 자료 목록
03_08_FOT_20101217_HRS_HYP_0001 치악산 가마봉, 도끼봉의 유래
03_08_FOT_20101217_HRS_HYP_0002 치악산 지명 유래
03_08_FOT_20101217_HRS_HYP_0003 원주 갓바위의 유래 - 원천석
03_08_FOT_20101217_HRS_HYP_0004 단종대의 유래 - 원천석
03_08_FOT_20101219_HRS_HYP_0001 구룡사의 유래
03_08_FOT_20101219_HRS_HYP_0002 치악산과 상원사의 유래
03_08_FOT_20101219_HRS_HYP_0003 태종대의 유래 - 원천석
03_08_FOT_20101219_HRS_HYP_0004 원통재의 유래 - 원천석
03_08_FOT_20101219_HRS_HYP_0005 원주 갓바위의 유래 - 원천석
03_08_FOT_20101219_HRS_HYP_0006 한음과 오성
03_08_FOT_20101219_HRS_HYP_0007 소혀바위를 깨뜨려 망한 부자 - 파명당

둔둔리 천제사의 유래

자료코드 : 03_08_FOT_20101216_HRS_GSG_0001
조사장소 : 강원도 원주시 소초면 둔둔2리 404-2번지 마을회관
제보일시 : 2010.12.16
조 사 자 : 황루시, 유명희, 유형동, 김명수
제 보 자 : 고선길, 남, 71세
구연상황 : 조사의 취지를 설명하자 제보자는 이곳(둔둔리)을 잘못 선택했다고 이야기했
　　　　　 다. 조사자가 둔둔리는 이미 조사한 사례에서 빠지지 않는 곳이라고 거듭 설
　　　　　 명하자 옛날이야기가 있기는 하다며 이야기를 시작했다.
줄 거 리 : 왕건이 궁예와 후삼국의 패권을 다툴 때 둔둔리 지역을 지나게 되었다. 왕건
　　　　　 은 마을 뒷산에 우뚝 선 바위를 보고 범상치 않게 여겨 그곳에 자신이 통일
　　　　　 을 하도록 도와달라고 빌었다. 이로부터 둔둔리의 천제사가 유래되었는데, 마
　　　　　 을뿐만 아니라 국가 전체의 안녕을 기원하는 것이다.

　옛날 얘기는, 여기가 인제 왜-, 어떤- 경우냐면은.

　지금, 그거 아시는 분들은 지금.

　[옆 자리에 있는 청중을 가리키며]

　여기 이 어른이 참, 아실런지 모르겠지마는.

　여기가 저- 왕건이 하구 궁예 하구, 거 싸움해겨 지내간 그런 자리기
때문에, 그 여기 천제사 지내는 게 있어요.

　그건, 천제사(天祭祀)라구해서 우리 동네만 위한게 아니구, 국태민안을
비는, 인제 그런 행사거든요. 근데 뭐 뚜렷하게 자리는 없는데, 마을 뒷산
에 가면은, 산 정상에, 이 고, 고인돌, 고인돌 형태로 해서, 이 바위가.

　[팔을 좌우로 벌리면서]

　둘레가 한 팔 메다(8meter), 그 정도되는 바위가 아주.

[오른 손을 위로 치켜들며]

우뚝 늘어슨게, 한- 아마, 바위 높이가 한 칠 메다(7meter) 정돈 되요. 칠 메다 정돈 되는데, 그런 바위가 있는데, 그 왕건이가 궁예를 쫓다가, 이리 쫓다가, 지나, 그걸 보니까.

거기에 그, 큰 바위가, 그 범상치 않으니까, 고 밑에, 그, 좀 이렇게, 절벽같은 그 바위가 있는데, 거기 가가지구, 어.

"내가 천하통일을 좀 할 수 있게, 거, 좀 도와달라구."

그래 빌구 갔대는데, 그게 유래에 따라 가지구, 여기, 그, 인제, 그, 천제사 지냈대는 그런 인제 전설을, 지금 인제, 그 분이 이 세상엔 안 계시는데.

[손으로 반대편 끝에 앉은 여성 청중을 가리키며]

저기 맨 뒤에 문 옆에 앉으신 시아버님께서, 옛날 그 얘기를 한 번 말씀하시는 걸 들었어요.

효자 권남홍 이야기

자료코드 : 03_08_FOT_20101216_HRS_GSG_0002
조사장소 : 강원도 원주시 소초면 둔둔2리 404-2번지 마을회관
제보일시 : 2010.12.16
조 사 자 : 황루시, 유명희, 유형동, 김명수
제 보 자 : 고선길, 남, 71세
구연상황 : 신재헌이 둔둔리에 인재가 나지 않는 이유에 대한 풍수 설화를 구연한 뒤, 조사자가 효자 이야기는 없느냐고 묻자 구연한 이야기다.
줄 거 리 : 권남홍이라는 이름의 효자가 둔둔리에 살았다. 병이 든 권남홍의 어머니가 잉어가 먹고 싶다고 했지만 잉어를 구할 길이 없었다. 그런데 매가 잉어를 권남홍 앞에 떨어트려 주었다. 이를 어머니께 드리자 어머니의 병이 나았다.

(보조조사자 : 효자들 얘기는 없어요? 효자가 나서….)

여기는 효자들 얘기는 없고, 요 밑에 동네에, 고기가 일단, 이, 법정리
는 하난데, 행정리는 갈려가지고, 저 밑에 부락에 그런 분이 있었어요.

그, 저, 어머니가 아퍼 가지고, 거 약을 구해드림 좋은데, 약을 못 구했
는데. 어머니가 뭐, 꿩고기가 먹고 싶다고, 아, 저 잉어, 잉어 고기가 먹고
싶다고 했는데. 어디가 구핼 방법이 없더래요.

근데, 그, 매가.

[오른 손을 가로 지르며]

날아가다가 그걸 갖다 떨궈 줘서, 그걸 가서 구워드리니까 낫더라 뭐
이런 애긴데, 그건 또 유명해신 모양이야.

(보조조사자 : 어느 동네에요, 거기는?)

[왼손으로 뒤편을 가리키며]

바로 여기 밑에 동네야.

(청중 : 일구, 여기는 이군데 거긴 일구.)

여기는 이구구, 거긴 일린데.

근데 그 분은 지금 여기, 어-, 사셨으면 한 백세 되셨을 걸요 여기가.
근데 그 가족들이 없어요. 아들이 없어 가지구, 딸들만 나서, 딸들은 아
마….

(보조조사자 : 성함이 있어요 그 분은?)

네, 권, 그 양반이 권 뭐죠 이름이? 권선생님이.

(청중 : 음, 남영씨. 권남영씨.)

권남홍씨, 참, 남홍이. 권남홍.

둔둔리에 인재가 없는 이유

자료코드 : 03_08_FOT_20101216_HRS_SJH_0001

조사장소 : 강원도 원주시 소초면 둔둔2리 404-2번지 마을회관
제보일시 : 2010.12.16
조 사 자 : 황루시, 유명희, 유형동, 김명수
제 보 자 : 신재헌, 남, 80세
구연상황 : 마을에 날개 달린 아이가 났다는 이야기가 없는지 묻자 구연한 이야기이다.
줄 거 리 : 마을에 과거에 급제한 인재가 없어 풍수에게 물어보니 마을 뒷산의 독바위를
　　　　　파내고 그곳에 묘를 쓰면 마을에도 인재가 날 수 있다고 했다. 그래서 독바위
　　　　　를 파내기로 했다. 바위를 파내려고 하자 갑자기 비가 오고 뱀이 나오는 등
　　　　　이변이 있어 실행하지 못했다. 바위를 파내지 못해서 인지 이 마을에는 인재
　　　　　가 나지 않는다. 또한 덕고산 정상에 일본인들이 말뚝을 박아서 인재가 나지
　　　　　않는 것이다.

　근데 아까 인제 저 분네가 말하듯이, 여기 이, 건바우래는 게 있는
데, 그 안대는(잘 안다는) 풍수가 가만히 인제, 땅-. 본연에(본 연후에)
이렇게.

　과거를 할 즉에, 여기서 인제 그런 분네가 있었어.

　글을 지어 주믄, 그 분네는 과거가 됐는데, 직접 해 준이는 과거를 보
면 안된다 이거여.

　(보조조사자 : 어-.)

　그래서 인제, 그 안대는 그 풍수, 그 양반더러 물어보니까는 동네 이렇
게 쭉 돌려더 보더니.

　[왼 손을 들어 뒷 산 쪽을 가리키며]

　저기 저 저 건바우라 아까 그랬지, 독바우, 그 바우를 파제치고 묻으면
은 여기서두 인재가 날 수 있다해서, 동네 으른덜이 가서 막 파 제쳤단
말야. 아 그러니까 별안간 비가 오구, 뭐 거기서 뭐 얘기 듣기로는 뭐 뱀
이 나오구 이래서, 시방두 가보지만 이 파낸 자리가 있어요.

　[오른 손으로 크게 원을 그리며]

　이게 다. 넘기진 못했지 그러니까.

　(청중 : 여하간 그 바위가, 이 저, 딴 데는 왜 바위로 이렇게 비쭉비쭉

올라와서 그게 이렇게 거 붙었을 수 있는데. 이거는 밑에 바위, 큰 거 두 개가 그냥 능선 쪽으로 해서 딱 두 개가 뻗치고 있어요. 그리니까 흙, 여 흙인데, 전체가. 흙이고 밑에 바위 두 개 뿐인데, 그거 하나가 이렇게 서 있다구.)

그걸 못 넘겨트리구, 결과적으론 그냥 그랬어.

(보조조사자 : 그러면 계속 마을에 인재가 안 나왔겠네요? 못 넘겨트 려서.)

못나왔지 그래니까.

(청중 : 그뿐만이 아니구, 그 저, [오른 손으로 덕고산 쪽을 가리키며] 덕고산이라는 정상에, 이 일본놈들이 와 가지고 거기다 말뚝을 박아 놨대 는 인제, 인재 날까봐. 그런것두 인제 이래저래 피해를 보는가 봐요. 그래 구 인제, 확실한, 우리가 근거는 없는 얘기지만, 그래두 풍수지리는 무시 못해잖아요.)

권포천 보다 뛰어난 일꾼

자료코드 : 03_08_FOT_20101216_HRS_SJH_0002
조사장소 : 강원도 원주시 소초면 둔둔2리 404-2번지 마을회관
제보일시 : 2010.12.16
조 사 자 : 황루시, 유명희, 유형동, 김명수
제 보 자 : 신재헌, 남, 80세
구연상황 : 고선길 제보자가 '효자 권남홍 이야기'를 마치자 이어서 구연했다.
줄 거 리 : 둔둔1리에 권포천이라는 사람이 있었는데 일꾼을 두고 농사를 짓고 있었다. 권포천은 앞날을 볼 줄 아는 인물로 어느 해에 오월에 눈이 오고 얼음이 얼 것을 예견했다. 그리고 이에 대비해 논의 물꼬를 막아 놓았다. 그런데 그 집 의 일꾼이 그 물꼬를 터놓았다. 권포천이 일꾼에게 까닭을 묻자 일꾼은 걱정 하지 말라는 말만 남긴다. 그러던 어느 날 일꾼이 자신이 터놓은 물꼬를 막았 는데, 바로 그날 밤에 눈이 내리고 얼음이 어는 일이 일어났다. 이를 보고 일

꾼이 권포천 보다 더 뛰어나다는 이야기가 전해 내려오게 되었다.

게 인제, 여기-, 이게 뭐 우리는 나이가 인제 뭐, 한 팔십(80) 밖에 안 되니까 잘 모르는데, 내려오는 얘기는 한 가지 있어요.

그전에 여, 일구에 권씨가 많이 살었는데, 그 권포천이래는 분, 저- 할아버지가 계셨대요. 근데 이제 일꾼을 두고 농사를 짓는데, 그 해 분명히 인제, 오월비상을 헬 줄 알었다구, 인제. 알기를, 오월 달에 눈이 오구, 얼음이 얼을 줄 알었다구.

인제 그래가지구, 인제 그 일꾼, 일꾼을 뒀는데, 그 주인 양반이, 탁 오월 달이 되니까 물꼬를, 비상헬줄 알고 물꼬를 막더라 이거여. 그런데 일꾼은 그걸 구지게 탁 해놨어(물꼬를 터 놓았다는 의미인 듯, 정확한 뜻은 알 수 없음), 인제 물꼬를.

아 그래, 그 권포천씨가.

"야 인마, 이 달에 꼭 오월 비상을 헬 텐데, 너 왜 그거 자꾸 남 막는데, 너 탁해놓니?"해니까.

"걱정을 마시라구." 그래더래.

그런데 하루는 물꼬를.

[오른 손으로 가로막는 시늉을 하며]

이렇게 그 일꾼이 막어 놓더래.

그래 그날 저녁에 오월 비상을 해서 권포천씨보다 왜레 일꾼이 더 낫더라 이러는 얘기가 내려오고.

[웃음]

(보조조사자 : 아, 권포천보다 뛰어난 일꾼이군요.)

예-, 권포천.

돌다리 놓아 효도한 형제

자료코드 : 03_08_FOT_20101216_HRS_SJH_0003
조사장소 : 강원도 원주시 소초면 둔둔2리 404-2번지 마을회관
제보일시 : 2010.12.16
조 사 자 : 황루시, 유명희, 유형동, 김명수
제 보 자 : 신재헌, 남, 80세
구연상황 : 제보자에게 소리를 한자리 부탁하자 소리는 못한다며 거절하고, 얘기를 하나
　　　　　해 주겠다며 구연했다.
줄 거 리 : 옛날 홀어머니와 사는 형제가 있었는데, 어머니가 밤마다 외출했다가 신발과
　　　　　버선이 젖은 채로 돌아오는 것을 알게 되었다. 이를 이상하게 여긴 형제는
　　　　　몰래 지켜보았다. 그 결과 형제는 어머니가 밤마다 강을 건너 마실을 다니는
　　　　　것을 알게 되었다. 형제는 어머니가 발이 젖어 돌아오는 것을 안타깝게 여겨
　　　　　강에 징검다리를 놓아 어머니가 편히 다니도록 했다.

　옛날에 두 형제가 살았는데, 아버지가 일찍 돌아가시고, 어머니 혼자 계셨어. 어머니 혼자 계시는데, 그래 인제, 늘 이렇게 참, 지내다 보니까는, 하루 저녁에는 자다 보니까는 어머니가 안 계시거던.

　(보조조사자 : 네.)

　그래 이, 참, 한 두어 시간 있다가, 인제 말하자면 깨서 보니까는, 어머니가 신발이, 이 버선이 젖구, 이랜 양반이 들어와 자더라 이거여.

　그래, '그게 이상하다'해구선, 참 메칠을 인제 그렇게 지냈는데. 그래 하루 저녁에는 지켰대, 두 형제가. 아 지키니까는 자다말구 슬그머니 나가 가지구선, 큰 강 있는데, 강을 건너가더라 이거여. 인제 어지간한 강이 있는데, 신발을 그렇게 신고 근너가니 다 젖을 거 아녀?

　그래 인제, 좀 몇 시간 있으니, 참 어머니가 또 돌아, 인제 자기네 집으로 와 주무시고 이래. 그래 메칠을 그렇게 하는 걸, 인제 그 두 형제가 봤어 그걸. 아 이래, 가만히 두 형제가 생각해니깐, 암만해두 어머니가 인제 말하자면, 그 친지를 하나 사귀 가지고 이렇게 댕기는데, 그냥 있어서, 안 되겠어서.

그 자기 동생을 보구.

"얘, 오늘 저녁서부터 우리 저, 어머니 댕기는 다리를 놔주자."

(보조조사자 : 아-.)

응, 그래가지구 두 형제가 다리를 인제 그, 말하자면 돌맹이루 놨으니 징검다리지 그게. 징검다리를 놔서 참, 놔드리니까 그제서는 인제 저, 어머니가 신발두 안 적시구 인제, 자꾸 댕기시더라는. 인제 그러니까는 두 형제가 큰 효도했거 아녀, 어머니한테. 그래 그런 얘기가 있어요 그래.

삼형제가 잘 살게 된 이야기

자료코드 : 03_08_FOT_20101216_HRS_SJH_0004
조사장소 : 강원도 원주시 소초면 둔둔2리 404-2번지 마을회관
제보일시 : 2010.12.16
조 사 자 : 황루시, 유명희, 유형동, 김명수
제 보 자 : 신재헌, 남, 80세
구연상황 : 앞 이야기를 마친 제보자에게 이야기를 길게 해달라고 부탁하자 "그럼 또 한
　　　　　가지 할까?"라며 구연했다.
줄 거 리 : 삼형제가 살았는데 맏이와 막내는 잘 살았는데 둘째는 못 살았다. 둘째가 어
　　　　　머니 산소를 이장하려고 하자 형과 동생이 반대했다. 둘째가 곰곰이 생각한
　　　　　후에 형과 동생을 찾아가 '어머니 묘가 장구 모양의 혈이라서 가운데 끼인
　　　　　나만 못 산다.'고 하며 어머니 묘의 이장을 요구했다. 그러자 형과 동생은 각
　　　　　각 자신의 재산을 절반씩 나누어 둘째에게 주었다. 삼형제는 모두 잘살게 되
　　　　　었다.

그전에 삼형제가 살었는데, 아, 살다보니까는 아, 성은(형은) 잘 살구, 동생두 잘 사는데, 내가 못 살더라 이거여.

(보조조사자 : 막내가요?)

아니 가운테가.

거 큰 탈 났거든. 가만-히 생각해니깐, 아 형님도 잘 살구 동생도 잘

사는데, 아 도대체 가운테.

[자기를 가리키며]

인제 내가 못 살거든.

그래서.

"에이, 한 번 꾀를 써야 된다구."

아 그래, 즈이 어머니, 참, 즈이 아버지, 즈의 어머니 산소를 인제, 파낸다구 말이야.

(보조조사자 : 아ㅡ.)

그래 보니까, 아 이 맏성두 잘 살구, 막내두 잘 사니까 못 파내게 해잖어.

그래 못 파내게 해니까는.

'에이 그래 내뺀다구.'

내뺐어 인제.

내빼가지구 어디만큼 가다가 고개가 있는데, 거기가서 벌렁 인제 드러눠서, 생각을 해니까, '에이 안되겠어.' 생각이 있어.

그래 이 사람이 우트게 생각을 가지구 있느냘ᄀ 같으면은.

삼형제니까는 우리 동상하구 형, 저ㅡ, 형님한테 가 우트게 말했느냘거 같으면은,

"우리 어머니 산소가 장구혈이니까는, 응, 아 양쪽이 인제 툭 들어가니까는 잘 산다." 이거지.

맏성두 잘 살구, 동상도 잘 사니까는.

"내가 장구혈에 가운데 있으니까 못산다." 이거야.

아 이렇게 하믄서, 아 이 산소를 파 제쳐야 한다구.

"나두 잘 살어야 된다구."

그러니까는 맏성하구, 그 동상하구, 해는 얘기야.

"그럴거 없이 나두 반 재산 딱 동상 주구."

또, 응, 막내동상은.

“반 딱해서 성님 드릴 테니까 우리 같이 잘 삽시다.” 해가지구, 의견을
그렇게 잘 내가지구 삼형제가 잘 살더래.

[웃음]

구룡사의 유래

자료코드 : 03_08_FOT_20101217_HRS_WCU_0001
조사장소 : 강원도 원주시 소초면 흥양2리 892-1번지 마을회관
제보일시 : 2010.12.17
조 사 자 : 황루시, 유명희, 유형동, 김명수
제 보 자 : 원청의, 남, 80세
구연상황 : 마을회관에 도착해서 치악산에 유명한 사찰이 없느냐고 묻자 구룡사가 있다
          고 답하였다. 이에 구룡사에 얽힌 이야기를 부탁하자 정확한 것은 잘 모른다
          며 구연하였다.
줄 거 리 : 구룡사 자리에는 소(沼)가 있었다. 한 스님이 그 자리를 찾아가자 소에서 용
          아홉 마리가 나와 달아났다. 그래서 구룡사라는 이름이 유래하였다.

우리는, 우리는, 내가 알기에는, 에- 내가 알기에는, 어느 스님이, 어느
스님이 거기를 갔는데.

그, 구룡사 절엘 갔는데, 소(沼)에서 용이, 용이 말하자면 뱀이지. 뱀,
큰 뱀을 용이라 그래거든.

[오른손으로 귀를 만지며]

귀두 있구, 머리두 이렇게 있어가지구 나간단 말이야.

[오른손을 가슴에 댔다가 밖으로 뻗으며]

날라가.

날라가는게 아니라 내빼는 거야.

근데 그게 아홉 마리가 나왔대는 전설은 분명해 그건.

에, 그래서 구룡사. 구룡사어 그래서 구룡사, 에.

치악산 가마봉의 유래

자료코드 : 03_08_FOT_20101217_HRS_WCU_0002
조사장소 : 강원도 원주시 소초면 흥양2리 892-1번지 마을회관
제보일시 : 2010.12.17
조 사 자 : 황루시, 유명희, 유형동, 김명수
제 보 자 : 원청의, 남, 80세
구연상황 : 앞서 구룡사 이야기를 구연한 제보자에게 그 위치가 어디냐고 묻자 가마봉 너머에 있다고 답했다. 이에 가마봉의 유래를 묻자 들려준 이야기이다.
줄 거 리 : 옛날 흥양리 1번지에 절이 있었다. 그 절의 주지가 치악산의 봉우리에 가마솥을 얹고 굴뚝을 내 불을 땠다. 그런 이유로 가마봉이라고 부른다.

(보조조사자 : 왜 가마봉이에요? 어르신.)

가마봉은 또 인제 그게 전설이 있는데, 가마봉 밑에, 가마봉 밑에 거가 아마 1번지지. 여기에, 흥양리의 1번지야, 옛날 1번지. 1번지에 거기 저게 있었어, 절이. 절 이름은 몰라.

이름이 있었는데, 그 절, 절 주지가 이 가마봉을, 가마봉을, 가마봉을 상대를 해가지구서 가마봉 밑에다가 가마를 얹어 가지구 불을 때 가지구 그게 가마봉이다. 이렇게 돼있어.

거기 웃판 바우도 있는데, 그 바루 거 뒤에가 가마봉 밑이거던. 에.

근데 옛날 절터가 거기 지금 있어요. 에. 지금 현재 있는데, 그래서 가마봉이래는게,

[왼손을 아래서 위로 뻗으며]

그리 굴뚝을 내 가지구선 불을 땠다 이런 얘기야, 절에서.

옛-날 얘기지, 몇 천년전 얘기야 그게. 뭐 이-, 에, 에, 이제 그런-, 전, 전설이 있고.

시루봉은, 시루봉은 인제.

[오른손을 위로 들며]

여기 제일 높은 게, 여기 치악산에서 제일 높은 게 시루봉. 에.

노귀소의 유래 - 원천석

자료코드 : 03_08_FOT_20101217_HRS_WCU_0003
조사장소 : 강원도 원주시 소초면 홍양2리 892-1번지 마을회관
제보일시 : 2010.12.17
조 사 자 : 황루시, 유명희, 유형동, 김명수
제 보 자 : 원청의, 남, 80세
구연상황 : 홍용표 제보자가 '치악산의 지명 유래'를 구연한 후, 조사자가 치악산에 얽힌
　　　　　다른 이야기를 아느냐고 물었다. 그러자 원천석에 대한 이야기를 해주겠다며
　　　　　이야기를 이어갔다. 이야기에서 원천석을 쫓는 인물을 세종이라고 했는데, 태
　　　　　종으로 보아야 한다.
줄 거 리 : 원천석이 세종을 피해 영월로 향했다. 세종이 그 뒤를 쫓아 치악산 고둔치를
　　　　　넘어 한 소에 이르렀다. 그곳에는 빨래하는 아낙(老嫗)이 있었는데, 세종이
　　　　　원천석의 행방을 묻자 아낙은 원천석이 간 방향과 다른 방향을 알려 주어 원
　　　　　천석을 도왔다. 후에 아낙은 거짓말을 했다는 것 때문에 그 소에 빠져 죽었
　　　　　는데, 그로 인하여 그 소를 노귀소라고 부른다.

　노귀소도 왜 노귀소라고 했는고 해면은.

　어느 그, 빨래해는 부인들이, 그 빨래를 했는데, 그 노귀소에서. 빨래를
해는데, 이 원천석 선생이 세종대왕을(원천석을 쫓은 것은 세종이 아니라
태종이다.) 피해서 인제 온 거여. 에.

　이 치악산을 넘어 고둔치를 넘어서 올라 그래는데, 노귀소의 여자가 그
짓말을 했어. 이, 원천석 선생한테.

　[옆방의 소란으로 6초간 이야기 중지]

　그래 그 양반이 그짓말을 했는데, 그짓말 한 죄루다가 그 빨래하던 아
줌마가 거기서 죽었어, 빠져 죽었어.

　(보조제보자 : 아, 그 거짓말한 내용이 어떻게 되요? 어르신.)

　그 내용이, 어-, 왕이 찾어서, 당신을 (찾아서) 댕기는데, 어. 댕기는데,
그리 넴, 올, 넘어, 넴, 이리 넘어와서 피핼라구 해는데, 에. 넘어 올라, 피
핼라구 해는데, 저 밑으루 내려가라구 그랬단 말이야.

그래 그짓말을 핸거야, 그 아줌마가, 어.

(보조제보자 : 그러니까 원천석이 이 아줌마한테 거짓말을 하라구 시킨 건가요?)

[고개를 가로 저으며]

아니지!

(보조제보자 : 그건 아니구.)

아니지. 그 아줌마가 시, 그짓말을 핸거지. 그러니까 역순으로, 역순으로 가리킨거여.

[오른손을 들어 오른편을 가리키며]

행방은 이 치악산을 넘어서 여기 행구동으로 왔는데.

[오른손을 자신의 앞쪽으로 쭉 뻗으며]

왔는데 그 여자는 저리 내려갔다구 인제 쇡였어.

(보조제보자 : 반대로 가르쳐 준 ….)

그렇지 반대루. 그래서 거기가 노귀소여.

일본말을 몰라 위기를 모면한 부자(父子)

자료코드 : 03_08_FOT_20101217_HRS_JMW_0001
조사장소 : 강원도 원주시 소초면 장양9리 1002-1번지 마을회관
제보일시 : 2010.12.17
조 사 자 : 황루시, 유명희, 유형동, 김명수
제 보 자 : 정무웅, 남, 70세
구연상황 : 한두용이 '처녀 뱃사공의 기지' 구연을 마친 뒤 회관에 전화가 걸려 왔다. 통화를 마친 정무웅이 망신스러운 이야기를 해도 되느냐며 구연한 이야기이다.
줄 거 리 : 일제강점기 때, 숯을 구워 팔아 생계를 유지하는 부자(父子)가 있었다. 이들이 산에서 나무를 하고 있는데, 순사가 단속을 나왔다. 부자는 순사를 피해 달아나고, 순사는 조또마떼(ちょっとまって)를 외치며 부자를 쫓았다. 아들이 순사가 외치는 소리를 듣고는 아버지에게 '순사가 시키는 대로 하는 수밖에 없

다'고 말했다. 그리고 부자는 바지를 내리고 서로의 성기를 맞대고 있었다. 이 모양을 본 순사는 빠가야로(ばかやろう)라는 말을 남기고 그냥 돌아갔다.

일정(日政)땐데, 옛날에 일정땐데. 여기두 옛날엔 우리집 뒤에두 숯을 고구 이랬었으니까, 숯가마가 있어요, 우리집 뒤에두. 복숭아나무 심은 자리두 숯가마가 있었는데.

예, 보통 옛날에 참, 숯을 과서 파는 사람 많구 그래니까. 아부지구 아들이구 다 같이 숯을 굴래면 나무를 짤러다가 그 숯가마를 해구 이래야 되니까.

일정 때니까 산에 가서 나무를 막 벌채 해다가 숯을 구니까 일본사람들이 인제, 순사라 그래는거야 옛날에는. 순사가 이거 벌채를 단, 나무 비는 걸 단속을 해러 간거야. 아부지하구 아들이 지게를 지구 산에 올라가 나무를 한 지게씩 해 비어 지구 내려오는데, 인제 순사가 올라 간거야.

그래니까 아들이 떡- 보니까 순사가 올라오거든. 저 붙잡히면 또 주재소에 가서 아주, 아주 경을 칠 테니까.

"아부지 저 순사가 오니까 도망갑시다."

지게를 다 내려, 지고 오던 나무를 내려 놓고, 냅다 뛰니까 이, 일본 순사가 보구.

[손으로 부르는 시늉을 하며]

"아, 조또마떼(ちょっとまって), 조또마떼." 이래거든.

[청중 웃음]

아 이래니까 일본은.

[손으로 부르는 시늉을 하며]

"잠깐만, 잠깐만." 이래는거여.

잠깐만이 조또마떼 잖어.

"조또마떼, 조또마떼." 그래니까.

잠깐-인데.

아부지는 몰르구 인제, 내뛰는데. 아, 아들이 듣구.

"아부지 아부지 저기, 우리 더 뛰믄 총으루 쏠 꺼 같으니 천상 조또마떼를 해볼 수 없소.(해볼 수밖에 없소.)"

아우, 미쳐, 이거, 되겠느냐.

"아부지 이렇게 바지 내리세요."

[청중 웃음]

저도 바지를 내리구서.

[옆 사람을 안는 시늉을 하며]

이래-구 서니깐. 아, 일본놈이 보구.

"에-, 빠가야로(ばかやろう)." 이래구는 가더래는 거야,

[손벽을 치며]

안 붙잡고. 그래서 모면을 당했대요(모면했대요).

호랑이 타고 제사 지내러 다닌 황효자

자료코드 : 03_08_FOT_20101217_HRS_JMW_0002
조사장소 : 강원도 원주시 소초면 장양9리 1002-1번지 마을회관
제보일시 : 2010.12.17
조 사 자 : 황루시, 유명희, 유형동, 김명수
제 보 자 : 정무웅, 남, 70세
구연상황 : 조사자가 '원주에 유명한 효자가 있다고 들었는데 어떤 이야기인지 아느냐'고
          묻자 이 이야기를 구연하였다.
줄 거 리 : 원주 반계리에 황씨 성을 가진 효자가 있었다. 황효자가 부모 제사를 지내러
          다니는 50리 길을 호랑이가 태워 주어서 다닐 수 있었다고 한다.

반계리 그 황효자가 즈, 즈 부모네가 반곡동인가 여기, 어디 사는데.

저녁에 제사지내러, 낮에 일해구, 제사 지내러 거기 가는데. 거 멫 키로

야, 한 이십 키로(20km)도 더 되는 거를, 저녁 먹구 제사 지내러 갔대는 거여.

호랑이를, 호랑이가 어머니 제사 지내러 가는데 반계리, 그 집 앞에 호랑이가 나와 서 있어서 호랑이 타구 와 제살 지내구 또 밤에 또 반계리루 갔다 그랬다구.

(청중 : 아 그눔의 호랑이가 제기 뭐.)

아, 거 황효자 거, 저, 비가 있어. 거기가면 요렇게 해서.

반계, 반계 3리 있다구, 거기 황효자네가.

(보조조사자 : 그 얘기 좀 자세하게 이렇게 좀 해주시지요.)

아이, 그렇대는 얘기만 들었지, 뭐를, 그거를, 어떻게 체계적으로….

아, 그, 그 동네가 그전에 거 몇째 할아버지가 여기서 제사 지내러 호랑이 타구 가 제사 지내고 와서 주무시고 그랬다구. 그 사람들이 그렇게만 얘기해니, 그거만 들었지 뭐.

치악산 삼봉

자료코드 : 03_08_FOT_20101217_HRS_JBH_0001
조사장소 : 강원도 원주시 소초면 흥양2리 565번지 진병호 자택
제보일시 : 2010.12.17
조 사 자 : 황루시, 유명희, 유형동, 김명수
제 보 자 : 진병호, 남, 73세

구연상황 : 치악산의 유래에 대해 이야기를 부탁하자 그것은 책에 다 있다고 하며, 치악산에 있는 유명한 봉우리에 대해 이야기 해 주겠다며 구연했다.

줄 거 리 : 치악산에는 삼봉, 가마봉, 시루봉, 낙수봉 등의 봉우리가 있다. 삼봉은 치악산에 우뚝 솟은 세 개의 봉을 가리키는데 천지가 개벽했을 때 세 사람이 앉았던 곳이다. 그 옆으로 가마봉이 있는데, 가마봉은 그 사람들이 가마솥을 걸었던 곳이라는 것에서 유래한 이름이다. 시루봉은 비루봉이라고도 하는데, 그곳에 시루를 앉혀놓고 기도를 했던 곳이다. 그리고 낙수봉은 천지개벽 후 세상

이 물바다였을 때 삼봉에 앉았던 세 사람이 낚시를 했던 곳이다.

그래서 노인네들이 주로 앉으면, 삼봉, 저, 봉 서 개가 있단말여. 봉 세 개, 그 있구.

[왼손을 들어 왼편을 가리키며]

조짝에 가면 가매봉.

[계속해서 왼편을 가리키며]

고짝에 가면 낙수봉.

[왼손으로 오른편을 가리키며]

조짝에 가면 저, 요기 요 낙수봉 있고, 그래 여기 여 혈이 되 여기 덜어졌는데.

옛날 노인네 말씀하신게 뭐냐하면.

[두 손을 들어 솥 모양을 그리며]

요짝에 가마봉에다 거기다 꼭 솥을 걸었었대는 얘기야.

(청중 : 가마솥을.)

가마솥을 걸었대는 얘기야. 그래 고짝에 내려가 봉있는데 거기서 낭굴해다가 옛날에 천지개벽이 일어날 적에 거기다가 밥을 했다는 게야.

(보조조사자 : 음―.)

그래구 올러와 가지구 저기 저 비루봉이라구두 해구, 시루봉이래는 사람두 있지 않소.

(보조조사자 : 네, 네.)

그 큰봉이.

(보조조사자 : 네.)

그게 옛날에 그래서 거 시루를 갖다 앉혀놓고 하두 옛날에 노인네들이 참, 자기 주관을 우트게 해볼 수가 없으니깐 갖다가 거기다가, 참 입, 옛날에 거, 거 우리 법도에.

[손을 합장하듯 모으며]

옛날에 법도를 알기 위해선 우선 거기서 기도를 핸거지.

그래서 그게 시루봉이다. 그래구 내려와서 삼봉, 응, 그래 삼봉은 세 사람이 앉아가주 그랬다.

그래가주, 그래 가지구서 해볼 수가 없으니까, 사방이 물이니까 거가서 낚수질을 했대는 얘기야. 그래서 여기가 낚수혈이 생겼다. 그래, 그렇게 돼. 그렇게 전설루 돼.

바위를 파헤쳐 망한 부자(富者) - 파명당

자료코드 : 03_08_FOT_20101217_HRS_JBH_0002
조사장소 : 강원도 원주시 소초면 흥양2리 565번지 진병호 자택
제보일시 : 2010.12.17
조 사 자 : 황루시, 유명희, 유형동, 김명수
제 보 자 : 진병호, 남, 73세
구연상황 : 조사자가 풍수 이야기를 꺼내며, 손님 안들게 해달라고 해서 망한 부자 이야기를 아느냐고 묻자 그런 전설을 이야기해주겠다며 구연하였다.
줄 거 리 : 풍수에서 소의 형국으로 터를 잡는 것을 우마형국이라고 하는데, 우마형국에 집을 쓰면 큰 인물이 나고, 재산이 불어난다. 한 사람이 우마형국에 집을 짓고 살았다. 그 덕에 재산도 많이 늘고 권력도 누리게 되었다. 그러자 자연히 그 집을 찾는 식객들이 많게 되었다. 집에 손님이 많이 들자 집안일을 하는 며느리들이 괴롭게 되었다. 그러던 어느 날 한 스님이 시주를 얻으러 왔다. 며느리는 '시주는 얼마든지 할 테니 손님이 안 들게 해 달라'고 했다. 스님은 집 앞 봉우리에 있는 바위를 파헤치라고 했다. 며느리가 바위를 파헤친 후 집안이 서서히 망했다. 며느리가 파헤친 바위가 우마형국에서 소 뿔에 해당하는 것인데, 이를 손상시켰기 때문이다.

뭐냐면, 풍수지리설에, 이-, 거 형국을 잡을 적에.

(보조조사자 : 예, 예.)

형국을 잡을 적에, 뭐냐면, 소 형국으루 잡는 수가 있다구, 소 형국, 응?
소. 응. 그래서 우마형국으루 잡는대는 거지. 우마형국에서 소가 섰던가
드러눴던가 해는 걸 보는 걸 그래 우마형국이라구 해요.

그래서, 우마형국에다가 잘- 집을 짓구, 거기다가 해게 되면은, 전설
에 보면은, 거기서 큰 인물이 많이 나와요. 또 그래구, 사람이 또 잘 살
게 되구, 어, 돈두 마이(많이) 생기구 지손두(자손도) 잘나오게 된단말예
요. 네, 그래가지구, 우마형국을 옛날 노인네들이 많-이 잡구 썼다구. 집
두 짓구, 응.

현재 나도 보고 느낀 감이 있거든. 그래서 우마형국에다가 해구보믄,
꼭 큰 인물이 나구, 큰 사람이 난대는 건 분명해단 말이여.

그랜데, 옛날에 그 전설에 보면 말이여, 그래다 보면 인맥이 바루 자기
돈과 맞춰서 인맥이 들어오기 때문에 사람이 수시로 들어온단 말야, 에.
그래, 여기는 뭐 내가 어디라구 지명을 안해두요, 그걸 내가 꼭 찍어 얘길
해 줄테니까 잘 들으시오.

그 우마형국에다 집을 짓고 사는데, 돈이 마-이 불리구, 또 돈이 마-이
생기구. 이래다 보니까 거기서 자기가 권력두 누리구. 그래다 보니까 사
람들이 수 없이 많이 들어오니까, 가만히 보니까 부인네들은 괴롭거든.
메누리들이 엄-청 괴롭단 말이야. 괴로워서 이거 해 볼 수가 없단 말이
야. 그래니까 그 아버지는 그저 인맥을 형성해기 위해서 자꾸 손님을 끌
어 들이구 해다 보니까 메누리가 엄청 괴로운데.

하루는 대사님이 와서 목탁을 치민서,

[손뼉을 치며]

와서 시주를 해.

"이 집이 시주를 해시오."

그래니까, 해는 소리가 뭐냐면.

"대사님, 내가 시주는 아-주 고, 후히 해 드릴테니 우리 집이 가운을

이걸 좀 해결을 해주시오.”

그래니까,

[차분한 목소리로]

“뭐요.”

그래니까.

[고개를 들어 오른편 먼 산을 바라보며]

“저-기 저 바우를 가서 떠 넘기던가, 그걸 파 헤치시오.”

그래서, “그게 뭐요?”

그래니까, 그래서 “그걸 그렇게 하면 알끼요.”

그래구 시주를 마-이 받아가지구 대사는 갔어요. 갔는데, 시간이 흘르고, 한 해가 가고, 이태가고 해다 보니깐 자기네 집안은 저절로 풍파가 이뤄지더라.

(보조조사자 : 바위를 떠넘기고서.)

어, 그거 앞에 그 봉을 잡어 헤치고 버텀은. 뭔가 봤더니 그게 바로 소 뿔이더라 어거야, 머리고, 어. 그래니까 소 뿔과 머리를 잡어 뜯었으니 그 혈맥이 다 죽었대는 얘기야.

(보조조사자 : 네-.)

그래서 우마형국을, 에는 큰 사람이 나고, 큰 인물이 난다.

그래서 그 대사가 그런 천운의 이치를 맞춰서 그 메누리한테다 애기를 해줬더니 그 집안이 그렇게 되드래는 그 전설이 있어요 여기도.

효자가 생긴 이유 - 고려장

자료코드 : 03_08_FOT_20101217_HRS_JBH_0003
조사장소 : 강원도 원주시 소초면 홍양2리 565번지 진병호 자택
제보일시 : 2010.12.17

조 사 자 : 황루시, 유명희, 유형동, 김명수
제 보 자 : 진병호, 남, 73세
구연상황 : 제보자와 상례법에 대한 이야기를 나누다가 고려장이 왜 없어졌는지 아느냐
고 묻자 구연하였다.
줄 거 리 : 고려 때에 사람이 많아져서, 70세가 되면 100일 먹을 양식과 함께 구덩이에
넣어 죽으면 장사 지내는 고려장이 제도로서 시행되었다. 그런데 부모 자식
간의 정을 끊을 수가 없어서, 국법을 어기고 밤이면 몰래 부모를 찾는 사람
이 생겨나기도 했다. 그런 상황에서 효자가 생겨나게 되었고, 무지막지한 제
도로 인해서 사람들이 노년에 대한 기대가 사라지자 손이 짧아져 고려장은
폐지되었다.

지금 시대 모낭 인, 인명이 하두 고려적에 일어 나니까 우트게 해 볼
수가 없지 않소. 어따 우트게 핼 수도 읍구, 외국으루 보낼 수두 없구. 그
래니까 사람이 살상 비스름히 법을 정해가주 바루 구뎅이를 파 놓구서 나
이가 칠십(70)만 넘음 고려장 법으로 들어 간거지. 그래서 효자두 그때서
난거요. 효자가 바루 그때서 난거요.

어, 옛날에 고려적에 그렇게 핼 적에, 고려장을 해구서는, 한 번 고려장
을 해믄 다신, 몇 월 몇 일, 을마까정 먹으믄, 고, 한계에 도달하믄 다 먹
구 끝나게 매 달 해갔구 갖다 음석을(음식을) 갖다 바쳐놨걸랑요, 그 구데
이 안에다가. 응. 슥달을(석 달을) 먹던가 백일을 뜨구 살게. 백일만 먹구
끝나면 먹을 게 없어 죽어요, 옛날에.

그래가지구 그 고려장두 우리가 어려서 같이 다 봤지만서두, 거기 사
발, 숟갈 뭐 이런게 다~ 있는게, 고거 먹구 우트게 핼 수가 없어서 죽은
거요 거기서, 어, 옛날에. 그래서 옛날에두 효자가 우트게 그것만 보구 있
어요. 나라를 쇡여가며(속여가며) 밤에래두 가 가지군.

"아버님 추우세유?"

"어머님 추우세유?"

응, 그저 부모 자식 간에 애정을 끊, 끊지 못 해가지구 주로 쫓어 올라

가면, 나라를 숨겨가면서 쫓어 올, 내려가며 시작한게, 바ㅡ로 그게 효자전에 나오는 이, 그거라구 바루.

(보조조사자 : 근데 왜 없어졌어요? 그게. 어떻게 하다가 없어졌어요?)

그게 인제 시대가 발달되구 인제, 이렇게 해다 보니까 그릏게 무지막지하게 해다 보니까 손(孫)이 짧어 진거지. 그래다 보니까 사람이 즉어(적어) 진거여, 인제.

지금으로 말해다시피 왜냐해면은, 이, 저ㅡ, 뭐야, 저 젊은이들 잘 알잖아.

결혼해서 왜 자기네 왜 그 자손들 왜 해서 왜 거 법칙에 따라서 움직이는게 다 있잖아 응? 그걸 국가에서 거, 그걸 해 놓구, 법칙을 그렇게 맨들어 놓으니까 해 볼 수 없이 부모를 자꾸 갖다가 해다 보니까, 사람이 낙심을 본거여. 어, 살민서(살면서).

'내가 을마 못살구 죽거든 자식놈두 저렇게 해는데, 내가 ○○○○핼게 뭐있어.'

다 단심을 산거여.

그래가지구 보니까 자손이 끊어지는거 아냐. 그지?

(보조조사자 : 네.)

그렇지?

(보조조사자 : 네.)

허무해잖아 살어보니까. 이것두 아니요, 저것두 아니구.

그래서 보니까 인명이 줄게 되니까 이 법칙이 없어 진거야 이제. 그래다가 스스로 슬슬 우트게 해다가 인제 역사가 흘러오다 보니까 지금 역사까지 흘러 온거 아녀?

그래서 옛날에 고려장법을 그렇게 해 놓구서, 부모가 그렇게 있으니까 자식이 그저 주야 국가을 속여가면서 갖다가 음석을 딜이 밀어 줬구, 그저 따듯해게 말 한 마디 해다가 보니까 거기서 효자래는게, 감상이 아들에게 느껴가지구 효자전을 꾸몄대는 거야.

(보조조사자 : 네-.)

(보조조사자 : 효자가 생긴 이유네요, 그죠? 고려장이 없어진 이유가 아
니라.)

그럼, 바로 그거라구, 그거라니까.

장양리 지명 유래

자료코드 : 03_08_FOT_20101217_HRS_HDY_0001
조사장소 : 강원도 원주시 소초면 장양9리 1002-1번지 마을회관
제보일시 : 2010.12.17
조 사 자 : 황루시, 유명희, 유형동, 김명수
제 보 자 : 한두용, 남, 87세
구연상황 : 장양리라는 지명이 어떻게 유래 된 것인지 묻자, 자연 마을 이름에 대해서 이
　　　　　 야기 했다.
줄 거 리 : 장양9리에는 원터골, 거멍터라는 이름의 마을이 있다. 원터골은 한 원이 쉬었
　　　　　 다 간 자리라서 원터골이라는 이름이 생겼다. 거멍터는 본래 거북터이다. 옛
　　　　　 날 초당이 있던 곳에 거북 형상의 바위가 있어 거북터라고 불리던 것이 와전
　　　　　 돼 거멍더라고 불리게 되었다. 그런데 일제강점기에 일본사람들이 거멍터라
　　　　　 는 말을 '검은 터'라고 알아듣고는 한자로 묵대로 표기했다.

(청중 : 근데 여기가 마을은 원, 이 너머에는 원대부라는 데는 원터골이
거든, 원터고, 원터골.)

(보조조사자 : 네.)

원원(元) 터대(垈)자.

예전에 원이 와 앉았다 갔다 그래서 그게 원터골이야. 그게.

(청중 : 원님이 그 마을 앞에 와서 앉어 쉬시다 가셨다 그래. 이 원터골
이고. 여기는 인제, 거멍터길이라고 ○○에서도 그러는데, 검엉터래는데,

사실은 거북터래는거야, 거북터.)

거멍터가 아니구, 유래가 우트게 돼냐믄. 그게 구호동이야 구호동. 거북 구(龜)자 구호동인데, 왜정(倭政) 때 일본사람들이 와가지구서 거멍터 거멍터 하니까는 묵대라 그랬어.

묵, 거, 그래, 거, 거멍터라 그랬는데, 원래는 그게 구호동이래는 동네야. 구호동. 거북구자 구호동. 구호동이 거멍, 그래, 거북, 거북터 거북터 하니까 일본놈들이 와서 거멍터 거멍터 해서 인제 이게 그래 거멍터가 되니까는 묵대라 그래지.

(청중 : 근데 옛날에는 초당있던데-래는 한 분들은, 초당있던 자리 앞에 그 바위가 뭐 거북겉이 생겨서거북터다. 뭐 그런 얘기들두….)

일본놈들이 와서 이렇게 해놨어요. 일본놈들이 와서. 거북터, 거북. 거북터 거북터 해니깐 거멍터 거멍터 해서, 그래 그게 거멍터니까 시방 한문으루다 묵대, 묵대.

(청중 : 먹묵(墨)자, 터댄(垈)데.)

며느리의 지혜로 스님 돈 안 갚은 양반

자료코드 : 03_08_FOT_20101217_HRS_HDY_0002
조사장소 : 강원도 원주시 소초면 장양9리 1002-1번지 마을회관
제보일시 : 2010.12.17
조 사 자 : 황루시, 유명희, 유형동, 김명수
제 보 자 : 한두용, 남, 87세
구연상황 : 조사의 취지를 밝히고, 조사에 응해줄 것을 부탁했다. 제보자는 아는 이야기
         가 없다며 거절하였는데, 거듭 요청하자 들려준 이야기이다.
줄 거 리 : 옛날 한 양반이 어떤 스님의 돈을 빌려 쓰고는 갚지 않았다. 하루는 스님이
         양반을 찾아와 글로 내기를 해서 양반이 이기면 돈을 갚지 않아도 좋다고 했
         다. 스님이 양반에게 장을 지나다 보니 죽은 꿩을 팔면서 생치라고 하니 무슨
         이치인지 답해달라고 하였다. 양반은 사흘간의 말미를 얻었으나 답을 구하지

못해 식음을 전폐하였다. 며느리가 이유를 묻자 사실을 털어 놓았다. 며느리는 걱정 말라며, 시아버지가 식사를 하도록 했다. 며느리는 스님이 나이가 많은 지, 적은 지를 물었다. 나이가 많다고 답하자, 그런데 노승이 왜 소승 문안 드리겠다고 하느냐고 이야기하였다. 사흘 뒤 스님이 찾아오자 양반은 며느리가 알려준 대로 답하였다. 이에 스님은 양반에게는 별 수 없다며 물러났다.

내가 옛날 얘기 한 마디 하죠. 자꾸 해래니.

예전엔 그-, 못사는 사람이 많았어요. 시방은 그래두 밥을 굶지 않구 그냥 그러지만.

예전에 양반이래는 사람들은 농사일두 헬 줄 몰르구, 글이나 배우구 그랬거든, 그냥.

그런데 인제, 한, 그 이 동네하면은, 이 동네같이 거 저, 양반이래는 사람이 인제 그 사는데.

그 아까 절에 갔더니, 절에 중이 시주받는 거 가지구 잘 살구 있었다 이거여. 도, 절에 돈을 갖다 쓰구는 그 양반이 양반위세만 해구 갚질 않었어.

그래니까 그 중이 돈을 받으러 노와야.

"아유, 곧 해주마, 곧 해주마." 이래구, 먹, 안 갚었다 이거여.

그래 하루는 그 중이 꾀를 쓴거야.

'이놈의 영감을 양반이니깐 을마나 글을 잘 해는지 내가 오늘 글루다가 서, 얘기해서 지면은 그- 돈을 내라 그래야지.'

그래, 중이 이제 예전에는 늙은 중이나 젊은 중이나 문턱에 와서, 찾을 적에.

"소승 문안드리옵니다." 그랬어. "소승 문안…."

"소승 문안드리옵니다." 그래구선 들어가니.

그래, "왜 우째 또 왔냐." 그래.

“거, 뭐, 딴게 아니구, 즈-, 절의 돈을 안 주시구 그래니까, 저하구 그, 생님 글루 내기해서 지가 지믄 안 받겠습니다.”

“그래 뭔 내기냐?” 그랬더니.

“오늘 저-, 횡성 쯤, 장을 지나 오더라니 까는 죽은 꽁(꿩)을 가지구서 ‘생치 사시오, 생치 사시오.’그래더라” 이거야.

그 죽, 꽁은 죽었어두 생치라 그래.

그러니까 그 중이 하는 소리가 그래.

“거 사치(死雉)가 왜 생치(生雉)요?”

그랬단 말여. 죽은 꽁을 가지구 산 꽁 사라구 했다구.

어 이거, 배째가 애길 해줘야 되는데, 답변 해줘야 된단 말야. 그러니까 말하길.

“한 사나흘 후에 오너라.”

그래 갔어.

그래 고얀히 생각을 해는데, ‘사치가 왜 생치’ 했는데 뭐라구 답변 핼 게 없거든. 거 밥두 안 먹구, 늙은이가 중얼중얼해는, 저러구 있으니까 그 며누리가, 그 며누리가 그, 그 머리가 좋은 거야 아주.

“거 왜 그러십니까?”

그랬더니, “거, 아 몸이 시원찮구, 그저 밥 맛이 없다.”

“아 왜 자꾸 그래냐구.” 거 물으니깐.

“거 우리집이 댕기는 중이 있지 않냐?”

“예.”

“그 중의 돈을 좀 썼더니, 그걸 내 노라 그런다. 그 돈을.”

“아, 그 돈을 없어, 우트게요.”

“아, 돈은 읎지마는 나하구 내기해자 그래더니.”

“그래, 뭔 내기를 했다 그랬습니까?”

“아, 그 오늘 어디 장엘, 터엘 지나다 보니깐 죽은 꽁을 가지구서 ‘생치 사시오, 생치 사시오.'해는데, 사치가 왜 생치냐?”

그러니, “아유, 아 그까짓 걸 가지구 뭘 진지를 안 잡숫느냐구, 어여 잡수라구.”

“아, 그, 뭐 우트게 해면 좋으냐?”

“아, 어여 잡숴유, 잡수면 제가 말씀드릴께요.”

그, 간신히 밥 읃어 먹구 난 뒤에.

“그 뭐라구 해니?”

“거 중이, 오는 중이 젊은 중입니까, 늙은 중입니까?”

“그래, 젊은 중이지.”(이야기의 맥락상 늙은 중이라고 대답해야한다. 이후 발화에서 제보자는 늙은 중이라고 수정한다.)

“그래, 젊은 중이 와서 뭐라구 인사했어요?”

그래니, “어, 소승 문안인사, 드리옵니다.”

그래, 늙은 중이라 그랬더니.

늙은 중이 와서 “소승 문안드리옵니다.” 그래니까 그 “노승가 와 소승가면 됩니다.”

늙은 중이 젊은, 소승은 젊은, 소승 문안 드리옵니다해믄 됩니다.

“그래, 그 됐다.”

그래 사흘만에 그 중이 왔어. 중이 와서,

“소승 문안드리옵니다.” 해니까,

“아, 들어오라구.”

“그래, 우트게 연구 해셨습니까?”

“아, 자네 시방 뭐라구 그랬는가?”

“소승 문안드리옵니다.”

그래니까, “노승가 와 소승가다. 아, 자네 늙은 중이 ‘소승 문안 드리옵니다.’ 해니까는 그 노승배가 소승배다.”

그래, 이 노승이 그래지, “아우, 양반한테는 별 도리 없군, 그래 잘 잡수시라구.”

　[일동 웃음]

후객 가서 양반 사돈 골려준 이야기

자료코드 : 03_08_FOT_20101217_HRS_HDY_0003
조사장소 : 강원도 원주시 소초면 장양9리 1002-1번지 마을회관
제보일시 : 2010.12.17
조 사 자 : 황루시, 유명희, 유형동, 김명수
제 보 자 : 한두용, 남, 87세
구연상황 : ‘며느리의 지혜로 스님 돈 안 갚은 양반’ 이야기에 이어 구연하였다.
줄 거 리 : 옛날 어느 집에서 딸을 시집보내게 되었다. 그런데 사돈 집안은 글공부를 많
　　　　　이 한 세도 있는 양반 가문이라 후객 갈 사람이 마땅치 않아 걱정하고 있었
　　　　　다. 시집가는 딸에게는 삼촌 삼형제가 있었는데 막내가 자신이 후객으로 가
　　　　　겠다고 나섰다. 막내는 사돈집에 후객으로 가서 주안상을 받고 사돈들에게
　　　　　대접을 받았다. 그러던 중 논 물대는 사람들이 싸운 이야기를 하며 사돈들에
　　　　　게 ‘나무에 물 내려가는 자’가 무슨 자인지 물었다. 사돈들은 아무 대답을 하
　　　　　지 못하고, 막내는 ‘수통 수자’라고 답했다. 막내가 다시 비오는 날 ‘논두렁에
　　　　　왔다 갔다 하는 게 무슨 자’인줄 아느냐고 물었다. 사돈들은 역시 대답하지
　　　　　못하고, 막내는 ‘논임자’라고 답했다. 사돈들은 막내에게 두 손 들고 잘 대접
　　　　　해서 보냈다. 형들이 돌아온 막내에게 잘 하고 왔느냐고 묻자, 막내는 사돈들
　　　　　이 아주 무식하다고 말했다.

　예전에는, 이, 저 큰일을 치르고, 잔치할 적에 상각(上客)이라 그래서 후
각(後客) 가는 사람이 있어야 돼요. 거, 여기서, 아들이면 아들, 딸이면 딸,
이렇게 데리구 가는 사람이 있어야 되는데. 그 양반이 돼서, 혼인을 양반
하구 했는데, 그 후각 갈 사람이 마땅치 않어.

　그 집이 그, 신랑집이, 아주 그 양반이구, 또 베슬(벼슬)두 좋구, 한문두
많이 읽구 그러는데.

　그 딸을 데리구 갈 사람이 없어. 그런데, 그 삼형제가 살었는데, 두째하

구 그 의논을 했거여.

"야 이거 누가가면 되겠냐-." 그랬더니.

아유, 둘째동생이.

"아유, 형님이 가시오. 그래두 형님이 가야지, 제가 거 잘 알지도 못해…."

그래 도, 형은 "그래도 니가 낫다. 널로 가라."

그, 막내가 가만- 보니깐, 저는 불르지두 않구, 자기 두 형제만.

아 그래, "뭐하구 계시유?"

"아, 넌 알게 아니다."

"아, 뭐 알게 아니냐구. 뭔지 얘길 해라구."

그래, "낼 그 후각 갈 사람을, 상각 갈 사람을 얘기 해는데, 그거 시방 마땅치 않다."

"아유, 별걸 다 그랜다구. 아 내가 갔다온다구, 내가. 아 뭐 그걸 가지구 시방."

"그래, 니가 가라. 너 가서 우트게 해."

"아, 뭐 우트게 해긴 우트게, 양반이래니까 가서 양반 대우 해주면 되는 거지 뭐 거 겁나냐구.

그래, 그 조카딸을 데리구 간거여, 조카딸을 데리구서 갔는데, 아 이레, 예전에 도포입구, 그 도포라구 ○○라구.

(보조조사자 : 예, 도포요. 예.)

도포입구, 뭐, 갓 씨구(쓰고) 이래구는, 나와서 ○.

그래 인제 그 신발버지(후객들에게 대접하는 주안상)라구해서 상각 간 사람들, 여, 상을 차려, 여 상을 갖다 주구서 먹으라 그래서 여 인저.

그 이제, "그 오느라구 수고 했다구." 인사를 해구, 사둔들이 와서.

아 가만히 보니까는 아는 건 아무것두 없는데, 큰일 났거든. 그 후각간 사람이.

"아 사둔들 이리 오시오."

그래, 그 쭉 들어가서,

"내, 거 오다가다 희안한 얘길 들었소."

"그 뭔 얘기야."

그랬더니, "아 사람들이 논 물을 대면서 싸웁디다."

"아, 왜 논 물을 대며 싸워."

그러니까, "아 모르겠어요, 왜 싸우는지. 그래 물어보니까는, 아유 한 사람이 나무에 물 내려가는 자도 모르면서 왜 나무 거(남의 것) 물 끌어서 수통을 해서 물을 대냐 그래서 소리소리 질러서, 그래서 그 나무에서 물이 내려가는 자가 뭔 잔줄 아시우?"

그래, 나무에서 물 내려가니, 그게 물 대는 건데, 논 물대는 것 땜에 싸웠대는데, 그거 암만 옥편을 찾어 봐두 나무에 물내려가는 자가 읎구, 그, 그런 잔 없다. 그 그런 자는 없다. 그 그.

"아유, 참, 사둔두 참 무식해유. 그게 수통 수자래는 거여."

아유, 수통 나무, 그래 수통 수자다 이거여. 나무에 물이 내려… 수통에 뚫버(뚫어) 가지구 나무, 시방은 이런 거 뭐 세면(시멘트) 공구리(콘크리트)루다 해서 터 감겼지, 예전에는 나무루다 저 파 가지구서 이러…. 거 수통 수자요.

거, 맞거든.

"아 그러냐구."

그래 수통 수자를 우트게 썼냐 그래니까.

"아 나무 목 변에 쓰냐, 나무에다 물내려간다니 뭐 그것두 모르냐."

"그래 한 가지 더 내가 얘기 한다구."

"거 뭐냐." 그랬더니.

"올 여름에 장마가 졌는데, 참- 논 물대러 혼났지. 그래, 비 오는 날 도레 삿갓해구(도롱이 입고, 삿갓 쓰고) 논두렁에서 왔다갔다 하는 자가 뭔

잔 줄 아시우?"

"원 들, 무식한 인간들."

[웃음]

"비 오는 날 도레 삿갓을 해구서 논두렁에서 왔다갔다 해는자 가 뭔자냐니, 그래 뭐 한문 자, 비오는 날, 비 우자 써 가지구, 아유 잘 모르겠다. 에이."

"참, 꽤 무식두 해유. 아 그 뭔 자여 논임자지. 논임자."

[청중들 웃음]

도레이 삿갓하구 왔다갔다해는 거 논임자. 아 그래, 맞거든.

아유, 그래서.

[손을 저으며]

"여보 그만 둡시다. 거 뭐 한문 글 얘기해야, 그게 그것만 해야, 술들이나 먹읍소."

그래니까, 그놈한테 못 당하니까.

"아 좋다구."

그래 술을 먹구서 그 잘가라구 보내니.

"그 우트게 해구 왔니?"

"아유 그거 별거 없든데, 무식하기 짝이 없다구. 내가 물은 거 하나두 대답 못 해더라구."

"아이 너 뭐라구 그랬어?"

"아 뭐라구 그러거나 무식해요."

그거 아주 무식해더라 그거요. 그래 즈 형한테 그냥 그 잘갔다 왔다구.

처녀 뱃사공의 기지

자료코드 : 03_08_FOT_20101217_HRS_HDY_0004
조사장소 : 강원도 원주시 소초면 장양9리 1002-1번지 마을회관
제보일시 : 2010.12.17
조 사 자 : 황루시, 유명희, 유형동, 김명수
제 보 자 : 한두용, 남, 87세
구연상황 : '후객 가서 양반 사돈 골려준 이야기'에 이어 구연하였다.
줄 거 리 : 한 총각이(앞 이야기에 나왔던 막내 동생) 서울을 가는데, 한강을 건너야 했
다. 배를 띄워 놓은 처녀 뱃사공에게 가서 배로 강을 건너 달라고 했다. 배를
타고 강의 중간쯤 건넜을 때 총각이 처녀 뱃사공에게 "마누라"라고 부르며
희롱을 했다. 처녀 뱃사공은 속으로 부아가 치밀었지만 참고 건너 주었다. 총
각이 배에서 내리자 처녀 뱃사공은 "아들아 잘가라"라고 인사했다. 자기 배
에서 나왔으니 자기 아들이라는 것이다. 총각이 이를 듣고 '나보다 한 수 위'
라고 생각했다.

그런데 이눔이 서울을 또 간다 그랬어, 서울을.

(보조조사자 : 네.)

아, 얘기를 한 마디 더 하구 끝을 내야지.

[청중 웃음]

서울을 보내, 요즈, 요즘엔 다리가 서울, 엄청나게 많지마는 예전엔 다
리 하나도 없었거든.

(보조조사자 : 네.)

다리 없구 배루 건너다녔어요. 한강을 배루 왔다갔다구.

처녀가 뱃사공 노릇을 해서, 배를 띄우구 그 한강을 근너는데, 그 떡거
머리 총각 놈이, 그 자기에게 와서 "배 좀 태워, 그, 근네라구."

아 복판쯤에 갔는데, 이놈의 자식이, 그 처녀보구서 떡거머리 총각이.

"여보 마누라."

그래, '아 드런 놈, 기껏 배 근너주니까 또 왜 마누라야! 에이 나쁜 놈!
이거 저 상, 상종을, 상종을 못 핼놈.'

그래 다 건네 놓구서. 다 건네.

"그래, 잘가라. 아들아 잘 가거라."

왜 아들 잘 가랬는지 아시오?

(보조조사자 : 음-, 배-.)

(청중 : 아 지 밸 탔으니까.)

[청중 웃음]

(보조조사자 : 맨 첨에 배를 탔으니까.)

(청중 : 그래, 그.)

그 배, 내 배에서, 내 배에서 나왔으니까 내 아들이다 이거야. 내 배에서 나왔으니까 내 아들이다.

(청중 : 뱃속에서 나왔으니까는.)

그래구서 저 그눔이 당해구서, '아유-, 이거 나보다 더 한 술 뜨는구나.'

그래구는 즈 형들보구 가서 "오늘 아주 별일을 당했다구."

"이눔아 너 돌아댕기다 보면 별일을 당해지."

그, 그 자 얘기가 맞는 얘기여. 그 배를 탔으니까 내 아들이라 그랜 거여.

(보조조사자 : 어-. 배에서 나갔으니까.)

(청중 : 배에서 나왔으니까.)

[청중 웃음]

(보조조사자 : 야-, 그 여자가 훨씬 똑똑한 거네요?)

어?

(보조조사자 : 여자가 더 똑똑한 거네요?)

그런 얘기지. 내가 전에 막 돌아 댕기면서 그-, 면장핼 때 막 돌아 댕기면서 그런 얘기 많이 들었어. 근데 그, 그거 내가 해면 사흘을 해야 되는데, 고만 햅시다.

[일동 웃음]

조치원의 지명유래

자료코드 : 03_08_FOT_20101217_HRS_HDY_0005
조사장소 : 강원도 원주시 소초면 장양9리 1002-1번지 마을회관
제보일시 : 2010.12.17
조 사 자 : 황루시, 유명희, 유형동, 김명수
제 보 자 : 한두용, 남, 87세
구연상황 : 정무웅 제보자가 '일본말을 못 알아들어 위기를 모면한 부자' 구연을 마친
          뒤, 한두용 제보자가 '조치원이 왜 생겼는지 아느냐'며 이야기를 시작했다.
줄 거 리 : 옛날 한 사람이 성기가 매우 길어 목에 감고 다닐 지경이었다. 어떤 사람이
          이를 보고 기차가 지나가는 시간에 맞춰 선로 위에 성기를 올려놓으면 잘릴
          테니 그때 자신이 치료를 해주겠다고 말했다. 이 사람이 성기를 선로 위에
          올리고 있으니 기관사가 이를 보고 '좆치우라'고 했다. 여기에서 조치원이라
          는 이름이 유래했다.

선생님 말이요, 조치원역이 왜 생겼는지 알어?

(보조조사자 : 네?)

조치원.

(보조조사자 : 조치원이요?)

어.

(보조조사자 : 아니요. 얘기 해 주세요.)

그 유래, 모르지?

(보조조사자 : 조치원이면, 저기 저 쪽에.)

아유―, 충청도.

(청중 : 충남.)

(보조조사자 : 그죠, 충청도에 있는 거.)

예전에 그 놈이 그 신(伸)이 하두 길어서 스무 발인데, 목에다 이걸 감
구 댕겼다구 그거를. 신을.

[목에 두르는 모양을 하며]

(보조조사자 : 수염, 수염이 길어서요?)

아유, 수염이 아니구 신을.

(청중 : 페니스, 페니스.)

아, 이거를 감구 댕기니,

[웃음 소리 때문에 2초간 청취불가]

(청중 : 아유, 망신스러워.)

그래서, 누가 그래더래.

“야, 거 그래지 말구, 그 역에 가서 그냥, 금방 여기다, 레일 위에다 그 걸 올려놔라. 그래 짤러 지면은 거기 거기서다 베삼베로(의미불명) 고쳐 줄테니까.”

그래구서는 갖다 해 넴기니.

아 그래, 그 조치원역에 인제 가서.

[오른 팔을 앞으로 뻗으며]

이렇게 놓고 있는데.

아 기차가 뼁뼁 거리더니만 말이야.

아유ㅡ.

[오른 손을 밖으로 저으며]

“좆 치우라구. 좆 치워….”

[일동 웃음]

아유ㅡ.

[웃음]

[오른 손을 단번에 내려 자르는 시늉을 하며]

신장 끝이 뚝 짤러 졌어. 그래서는 조치원역이 된거야. 조치원.

“좆 치워라, 좆 치워라.” 그래서. 그래, 조치원역이 된거야, 그게.

[일동 웃음]

치악산 가마봉, 도끼봉의 유래

자료코드 : 03_08_FOT_20101217_HRS_HYP_0001
조사장소 : 강원도 원주시 소초면 흥양2리 892-1번지 마을회관
제보일시 : 2010.12.17
조 사 자 : 황루시, 유명희, 유형동, 김명수
제 보 자 : 홍용표, 남, 71세
구연상황 : 원청의 제보자가 '치악산 가마봉의 유래'를 구연했는데, 이야기 말미에 시루
봉이 언급되었다. 조사자가 시루봉은 왜 시루봉으로 부르는지 묻자 옆에 있던
제보자가 나서서 구연하였다. 그런데 그 내용은 가마봉과 도끼봉에 대한 것이
었다.
줄 거 리 : 옛날 홍수가 나서 온 세상이 모두 물에 잠겼다. 그때 원주지역에서 가장 높은
봉우리만 잠기지 않고 남게 되었는데, 그 모양이 가마솥을 엎어놓은 것 같았
다. 그래서 가마봉이라는 이름이 유래되었다. 그 옆에 도끼봉이라는 봉우리가
있는데, 도끼날을 세워 놓은 것처럼 생겼기 때문에 도끼봉이라고 부른다.

시루봉에 대한 건요, 저, 우리들이 뭐 아직, 저, 옛날에 전설로 내려오
는 얘기가.

지금 우리 있는 이 전- 지역이요.

[오른손을 가슴 높이로 올려 좌우로 저으며]

우리 원주 지역이 아니라, 우리 한국 전체가 물루 묻혔었댑니다. 홍수
루 영해가지구. 에, 홍수루 영해가지구 전부 침수가 됐을 때, 최고 높은
봉이 남는 거 아닙니까? 거기서.

그래가주 그게 딱- 사람들 육안으로 봤을 때, 그냥 옛날, 그- 우리는
뭐, 뭐, 모르구 얘기하지만은 옛날 분들이 볼 때는 가마솥 있잖습니까?

[양 팔을 벌려 둥그런 모양을 만들며]

가마솥, 둥그런.

[팔을 벌려 만든 둥그런 고리를 뒤집으며]

그걸 엎어 논거하고 똑같이 동, 봉우리가 남았다 그래서 가마봉이라 그
래고.

고밑에 내려오면 도끼봉이라고 있어요.

이, 이러, 우리 앉았을 때는 좌측, 그런, 인제 내려다 보면 가마봉이라는 데가 있는데, 도끼봉.

도끼봉 자체는 봉이 희안하게 생겼어. 여기서 볼 때는 여느 봉인데, 저 너메(너머에) 구룡, 아까 구룡사 얘기 나왔잖습니까.

그쪽에서 쳐다보면은.

[도끼질 하는 시늉을 하며]

우리가 낭구 패는 도끼 있잖아요? 도끼날 딱 세워 논거하구 똑같애요. 그래서 도끼봉이라구 이름이 나왔다구 그런 전설을 지금 듣고 있는데. 현재도, 그래서 우리가 한 번, 그 도끼봉이라는 건 이상하다 보고 한 번 가 봤어요.

[왼팔을 왼편으로 쭉 뻗으며]

저-기 가서. 보니까 도낀, 도끼를 이렇게 옆으로 찧은거 아니구 발랑 세워 논거 같애요.

바우 자체가 이렇게 선 게. 저작에서 깎어 지른 것처럼. 그래서 도끼봉이라구 이름을 지은 게 있습니다. 예.

치악산 지명 유래

자료코드 : 03_08_FOT_20101217_HRS_HYP_0002
조사장소 : 강원도 원주시 소초면 흥양2리 892-1번지 마을회관
제보일시 : 2010.12.17
조 사 자 : 황루시, 유명희, 유형동, 김명수
제 보 자 : 홍용표, 남, 71세
구연상황 : 제보자가 치악산에 있는 여러 봉우리에 대해서 이야기를 하던 중 상원사가
　　　　　 언급되었다. 그래서 자세하게 이야기해 달라고 부탁했다. 그러자 자신이 이야
　　　　　 기하면 책을 보고 이야기하는 것처럼 된다면 주저하였다. 조사의 취지를 다시

설명하고 이야기로 들려주는 것이 더 좋다고 하자 구연하였다.

줄 거 리 : 옛날 한 선비가 과거를 보기 위해서 한양으로 향했다. 선비가 산길에 접어들었을 때, 까치가 소란스럽게 우짖는 것을 보았다. 자세히 보니 까치가 둥지에서 어린 새끼들을 품고 있었는데 구렁이가 이를 잡아먹으려고 하는 것이었다. 선비는 메고 있던 활로 구렁이를 쏘아 잡았다. 계속 산길을 가다가 길을 잃었는데, 멀리서 불빛이 보였다. 선비가 그리로 가 주인을 찾자 젊은 여자가 나와 맞았다. 여자는 선비에게 식사도 대접하고 잠자리를 마련해 주었다. 잠들었던 선비가 숨이 막혀 눈을 뜨자 구렁이가 자신의 몸을 감고 있었다. 구렁이는 낮에 선비가 죽인 구렁이의 아내라고 하며, 살려거든 종각의 종을 세 번 울리라고 말했다. 선비가 자포자기하고 있던 차에 종소리가 세 번 울렸다. 그러자 구렁이는 선비의 몸을 풀고 사라졌다. 새벽에 종각을 찾아가니 까치 세 마리가 머리가 깨진 채 죽어 있었다. 선비는 한양에 가 벼슬하고 돌아오던 길에 그 산을 지나게 되었다. 그리고는 지난 날 있었던 일을 떠올리며 산 이름을 지었다. 그래서 까치 치(雉)자가 들어간 치악산이라는 산 이름이 생기게 되었다.

옛날에 우리가, 어, 지금- 현재까지두 그렇구, 과거서부터 들어온 얘기가.

그-, 거, 시골 계시는 분이 하나, 공부를 해서가지고, 지금-으로 말해면 서울이고, 옛날에 한양이래는델, 인제 과거를 보러 가실라구 준비를 해군 출발해셨던 모냥이에요. 그래가지구 넘어오는 데가 바루, 거- 치악산이래는 고개를, 어, 산을 넘어 오시게 됐어요.

[오른손으로 고개를 넘는 시늉을 하며]

그래 넘어오시는 찰나에, 거 참, 도보로 걸어오니까 험한 산중에 돌다 보니까는 길을 잃으신거여 이 양반이. 그래구, 딱 길을 잃어가지구 한참 허둥거리고 있는데 보니깐, 산 골짜구니에 불이 있드라 이거여, 집에. 육안으로 보니까, 희안하게 밤 중에 보니까.

[오른손 검지로 정면을 가리키며]

하-, 불이 있어가지구, 야, 그걸 찾어 들어 가셨답니다, 그분이. 찾어 들어가서 보니까는, 참, 집이 있는 거여.

아, 그래 '과연 이런 덴, 날 살릴라 그래는가.' 하구선 집이 들어가서 주인을 찾으니깐 아주 점잖히, 거- 이쁜 아가씨가 맞이해는 거여.

그래가주 참, 여장을 풀구, 아주 그래 잘 대접해서 인제, 그 양반이 '저 이만해면 내가 참, 저거 했구나.'

그래구 맘을 놓구 고기서 저거, 아, 아 참, 고거 한 가지 내가 빠 먹은 게(빼 먹은게) 있어요.

고거 좀 너무 지나쳤고, 고 전에 그 양반이 고개를 딱 넘어 오시는데.

[두 손을 머리 위로 흔들며]

딱 보니까 까치가 막 난리를 치는 거야, 하늘에서.

막 내려가구 올라가구, 그냥 난릴 칠 때 보니까는, 까치가 집을 나무에 다 지었는데, 거기다 알을 낳구선 인제 품는 그, 그걸 먹을라 그래는 거여, 구렁이가, 뱀이. 그걸 먹을라 그래니까는 이 선비가 가다 가만히 보니까는 거, 새끼가 어, 어린 걸 너무 저거 할라그래는 걸 먹을라 그래니까 안되겠으니깐.

하늘에다 하만 '이거 하나, 고거 하나 잡으믄 되겠다.'해구선 구렁이를, 옛날에, 지금은 총이 있지만 그땐, 활로 쏴 잡았어요. 옛날 선비들은 몸을 보신해기 위해서 항상 거- 활을 가지구 댕기 셨던 모냥이죠?

그래가지구 활루다가 구렁일 잡았어요, 쏴서. 그래니깐 까치들은 좋다 구 그냥, 날, 살어난거 아닙니까. 그래, 살어난 담에, 그 길루다 인제 오시 다 보니깐 진짜 밤이 됐어요. 그래 밤에 딱 보니까 불이 있어 가지구 거 기를 들어가신 거여. 들어가 가지구 보니까 아주 참, 맞이하는 분이 있어 가지구 딱 들어가니깐 식사 대접두 잘해시구 혼동이 된거지. 이래가주 먹 구, 자, 잠자리까지 딱 펴줘서 잠, 잘라그래는데, 어느 땐가 이 양반이 피 곤하니까 잠이 들었던 거여.

잠이 들어 가지구 보니깐 나중은 이 호흡을 못 해겠더라 이거여. 갑자 기 숨이 콱 맥히는게. 이상해다구 눈을 딱 떠보니까는 구렁이가 자기 몸을 다 감어 논거여. 그러구 딱 입을 벌리구 뭐라 그래냐면, 말을 해는 거여.

"너는 나의 남편을 죽였으니까 나도 널 죽이겠다."

그러면서, 그러니까 당황한거 아녀, 나 부텀두.

다 구렁이가 감어 놓고 딱- 응, 응, 너를 잡어 먹겠다구 그래니까.

그래, 뭐, 할 말이 없어 가지구 이제, 그러면, 언, 뭐 사람이래는 게 다 급하면 잘못했다구 비는 거 아닙니까?

[일동 웃음]

그래요.

그래, 잘 못 했다구 아마 빌, 빌었겠지요. 그래 사과를 하니까.

"그럼 내 요청을 들어다고."

"니가 살어 나갈래믄 이, 여긴 절인데 옛날, 거, 절이 있는데 종각이 높다. 내가 원해는 건 그 종소리 세 번만 들려다고. 너 여기 내가 감고 있을 테니까. 그래믄 널 살려주마."

아 그래니 참, 이 선비 역시 꼼짝을 못하잖아요. 사방을 뱀으로다 똘똘 감어놓고, 막, 금방 죽일라고 댐벼드는데. 할 도리가 없잖습니까.

그래가주 아 인젠 뭐 아주 포기해다시피 했거여.

그까지꺼 뭐 내가 육신도 뭐 높은 종각에 그 종을, 소리를 우트게 내여? 자기가 걸어 올라가 뚜들겨두 못 헐 판인데. 그럼.

[일동 웃음]

아 그런데, 그래가지구 밤새 실갱이를 치구 있다가 보니까 새벽녘에 갑자기 종소리가 나더라는 거여.

첫 번째 '땅' 소리가 나니간 이 뱀이 당황하더래요.

두 번째 또 '땅' 하니간 서서히 풀, 몸이 약간씩 풀리 더래여. 뱀이 풀어주더래여.

세 번째 치니간 말없이 스르르 풀어주구 자기는 가 버리더래요. 나, 응.

그래가주 그 사람이, 이제 그 선비가 살았어요.

그래가주, 딱 이제 새벽녘에 됐으니까는 '아차 야- 희안하다' 이거여. 우트게 된건가 하구 나와 가지구 종각, 종 세우는 종각 밑에 딱 가보니까는 까치가 세 마리가 떨어져 있던 거여. 까치 세 마리가 떨어졌는데 가 자세히 보니까.

[오른손을 위로 뻗으며]

종을 까마득히 높은 데다 메달아 났는데, 그 밑엔 까치 세 마리가 떨어졌을 때, 확인을 해보니까. 까치가, 참 거, 미, 미물, 저- 미물이라는, 짐승인데도 자기네한테 거 고마운 걸 갚기 위해서 까.

[오른손으로 무언가를 치는 시늉을 하며]

머리로 들이 받아가지고 머리가 깨져가주 죽, 죽어서 떨어진거여. 세 개가 다. 세 마리가.

그랜 다음에, 그 선비는 살고. 동, 그 뱀두 참, 자기 남편의 원수를 갚을라구 인제 그런 계획을 했던것두 그 사람두 살어, 풀어나구. 까치 세 마리가 거, 선비의 은공두 갚어주구 그래가지구 그 담서 부터는 뭐라 그래냐면은 그 선비가 가서 벼슬을 했습니다. 그래, 한양가서 벼슬을 해가지구, 출세를 해가지구 딱-, 참 오다 보니까 자기가 고생한 생각이 나서 와 보니까는 산이 엄청 악쎄요. 좋은, 좋은 산이 아닙니다.

그러니까, '야- 내가 이런 데를, 험핸 길을 참, 와서 벼슬을 했는데, 이 산 이름을 지어 주기 위해서 그때, 지금 음- 까치가 나한테 은혜를 베풀어 줘서 나두 같이 거 이름을 짓자.' 해가지구 '까치 치(雉)'자를 넣가지구 '묏부리 악(嶽)'자에다가 '묏 산(山)'자를 넣은 겁니다.

그래 치악산이래는 뜻이 그래서 나왔다고 그러는 얘기가 있습니다. 지금.

원주 갓바위의 유래 - 원천석

자료코드 : 03_08_FOT_20101217_HRS_HYP_0003
조사장소 : 강원도 원주시 소초면 흥양2리 892-1번지 마을회관
제보일시 : 2010.12.17
조 사 자 : 황루시, 유명희, 유형동, 김명수
제 보 자 : 홍용표, 남, 71세
구연상황 : 원청의 제보자가 노귀소에 얽힌 원천석 이야기를 구연하고 나서, 제보자가 나서서 이 지역에 그(원천석)와 관련된 이야기가 있다며 구연하였다.
줄 거 리 : 원천석은 단종(태종)이 왕위에 오르기 전에 그의 스승이었다. 단종은 매우 명석하였는데, 원천석이 그의 관상을 보니 왕이 되면 큰 살인을 할 관상이었다. 원천석은 단종이 왕위에 오르자 그를 피해 달아났다. 원천석이 강원도 원주를 지날 무렵 용변이 급하게 되었다. 그래서 근처 바위에다 갓을 벗어 놓고 그 틈에 들어가서 용변을 보았다. 그런데 단종이 보낸 사람들이 원천석을 찾으러 오는 것이 보였다. 맘이 급해진 원천석은 갓도 버려둔 채 그냥 달아났다. 이런 사연에서 원천석이 갓을 벗어 놓은 바위를 갓바위라고 부른다.

[왼손으로 뒤편을 가리키며]

요 밑에 내려가면 갓바우라고 있습니다. 갓바우. 갓바우라는 동네가 있어요. 거기가면, 좀 내가 좀 추접한 얘기를 하더래도 이해들 해고 들으세요.

네, 지금 나오신 원천석 선생님이 한양에서 누구의 그 선, 아깐 세종이라 그러셨는데, 그 분이 아니시고 단종입니다. 다, 단, 에 저-, 응, 단종대왕 있잖아요. 이씨 조선 때, 그 셋째 왕, 저 임금님 되셨던 분이요. 이성계 씨의 바루 셋, 저-, 바루 둘째, 둘째 아드님입니다.(이성계의 아들이며, 조선의 삼대 왕은 단종이 아니고 태종이다.)

그러셨는데, 에 여기 지금 그 양반의 그 스승님이셨어요. 왕자님의-. 여, 저 원천석씨가, 응 저 선생님이. 어, 저거 했었는데, 거기도 재미난 얘기가 뭐냐 하면은, 제자들을 앉혀놓고 공부 가르치고, 가만히 보니까는 같은 그- 왕, 왕족들만 공부 가르친거여. 왕족들하고 벼슬자리들, 거 저

정승, 판서 이런 자, 장관들 고르, 공부 가르칠 때 보니까, 그 때 단종이
임금이 안됐었어요.

거 아버님이 거- 저 이성계씨 아닙니까. 그래 가지구, 이래구 공부가르
쳐 보니까 아주 뭐 머리가 뛰어나구 명석하다 이거여. 그래 나중에 그 사
람, 옛날엔 이 인물만 봤다하면 사주팔잘 본다 그러잖아여. 그 도사 양반
덜은. 사주팔자를 보니깐 앞으로도 임, 임금의 아들이지만은 그니까, 아
임금이 욕심이 있으니까 아들 딸을 많이 나요. 보-통 아홉, 열씩은 낳아
놔요. 네-, 옛날에.

그래 가지구 보는데, 저놈이 임금을 되면 큰 살인자, 살인자가 나온다
이거여. 실제 그랬잖습니까. 단종이 많이 죽였잖아요. 그래 '저거, 저 놈이
내가 가르친 제잔데, 응, 여기 나중에 저거 인젠 큰 범죄를 저지른다. 나
는 가르친건 사람 좋게 가르쳐 논거지, 이거 아무래도 큰일 나겠다.'

그래서 단종, 그 양, 선생님이, 그 사람이 인제 임, 정치해다가 이제 왕
의 자리에 오를 정도됐을 때 고만 도망을 치셨어요. 그래가주 그만, 앉혀
놓구 스승님이라 그래서 높은 자리에 좀 앉힐라 그러니까, 에 '내가 니놈,
너한테 내가 그런 저걸 받느냐구.' 도망을 오셨어요.

그래 오신데가 얼루냐면, 참, 저, 저 좋은데두 다 내버리구 강원도로 오
셨어요. 에, 강원도래는 게 또 원주까지 오셨어요. 원주까지 오셔가지고
이 양반이 그냥, 참 뭐 말을 타고 왔는지, 걸어 오셨는지 와서두 뒤에서
가만히 보니까 임금님, 에 내 스승님이 없다 이거여 임금이 되가지구 앉
어 보니까,

카- 이 양반 수색을, 저- 벼슬살이 한 번 ○○, 갑자기 없으니깐 찾,
찾으러 다니신거여. 그래, 전부 하니까 원주로 들어왔다 이거여. 이 양반
이 원주 쪽으로 가셨다 그래서, 군사를 몰아가지구서 찾어 오신거여. 그
래, 손수 오신거여 임금님이.

오다보니까는 욜루갔다 졸루하니까는 갓바우라는 동네, 그 동네가 바우

도 있지만여, 이 지금 하두 개발 돼서 그렇지만, 임금, 저 저- 원천석 선생님이 다니시다가 아주 젤- 급핸 게 하나 있었어요.

[웃음]

그래가지구 바우 틈에 숨어 앉어 가지구, 하, 마침 그, 그걸 보셨단 말이야.

(보조제보자 : 네-.)

그럴 때도, 옛날에 또 예의가 있었는지 갓을 쓰고 댕기셨.

[머리위로 갓을 쓰는 시늉을 하며]

옛날엔 다 보시면은 갓을 쓰고 댕기시잖아요.

그거 뭐 벗을 새가 어딨어.

[머리에서 갓을 벗어 내려 놓는 시늉을 하며]

거기다 바우에다 벗어 놓고, 신나게 뒤를 보다 보니까 하마.

[왼손으로 뒤편을 가리키며]

찾어오는 거여 인제. 저놈들한테 ○○○○ 그걸 내버리고 도망.

[손을 앞뒤로 흔들어 달리는 시늉을 하며]

그냥 뛰 가 오신거여.

그래서 갓바우래는 데가 있습니다, 여기. 네-.

[웃음]

단종대의 유래 - 원천석

자료코드 : 03_08_FOT_20101217_HRS_HYP_0004
조사장소 : 강원도 원주시 소초면 흥양2리 892-1번지 마을회관
제보일시 : 2010.12.17
조 사 자 : 황루시, 유명희, 유형동, 김명수
제 보 자 : 홍용표, 남, 71세

구연상황 : '원주 갓바위의 유래' 구연을 마친 제보자에게 원천석을 쫓은 임금이 단종이
아니라 태종이 아니냐고 물었다. 그러자 단종이 맞다고 하며 이야기를 구연하
였다.

줄 거 리 : 원천석이 단종을 피해 도망쳤다. 단종은 수소문 끝에 원천석이 숨어 있다는
동굴을 알아내어 찾아갔다. 그런데 원천석은 이를 미리 알고 또 다른 곳으로
몸을 피했다. 스승이 머물던 동굴 앞 바위에 도착한 단종은 원천석이 떠났음
을 알고, 스승이 머물던 자리에 절을 올렸다. 이때 단종이 절을 한 바위를 지
금 단종대라고 부른다.

단종대라고 있지 않습니까. 단종대.(제보자는 단종이라고 하였으나, 태
종으로 보는 것이 옳다.)

단종대왕님이 일루 해가지구 도망가신덴, 거 가 계셨어요.

거기 아주 참 거 바우 있지 않습니까, 지금두 가 보면은 옆에 물이 흐
르구. 거기서 피난하셨어요. 숨어서 거기 계시는데.

(청중 : 지금 능이 거기 있는데 뭘.)

네, 단종이 이 야, 또 얼마나 하구 찾어, 헤메, 보니까 거기 숨어, 동굴
에 계신다는 걸 알구 찾아 갔어요.

그래가지구 바우를 갖다가 참, 점령핼라구, 인제 거기 계신다는 걸 알
구 잡으러 가, 참 모시러 가니까 이 양반(앞 이야기와의 연결 맥락상 원천
석을 의미한다.)이 먼저 가, 또 도망하셨어요. 에, 또 도망을 가니까, 거기
앉어 가지구 단종이, 단종대래는게 바루 그겁니다.

그 바우에 앉아 "아 스승님이 밑에 계셨구나."

그래구선 거기다 절을 해구 갔답니다.

(보조조사자 : 아, 그 밑에 다가요?)

네, 내가 인제 귀양길에 올라가, 또 정치해러 가야되니까 단종님이 여
기 계셨대는 거, 우리 선생님이 여기 계셨대는 거, 응, 그러니까 고기서
절을 해가지구 단종대라 그래는 거여.

그 양반이 앉어서 뭐 쉰게 아니구, 우리 스승닏이 여기 계셨다가 가셨

으니까 내가 앞으로래도 좀, 어 정치해러, 저저저, 그거 땜에 가, 가니까 참, 편히 계시라고 또 절을 해고 가셨어요.

갔다가 또 고 다음에 또 "야 내가 한 번 또 찾어야 된다구." 오신거요.

그- 오, 임금님이. 와가지구 지금 말씀하신 데.

[오른편에 앉아 있는 원청의를 가리키며]

그런 데 찾아가신거여.

구룡사의 유래

자료코드 : 03_08_FOT_20101219_HRS_HYP_0001

조사장소 : 강원도 원주시 소초면 흥양2리 892-1번지 마을회관

제보일시 : 2010.12.19

조 사 자 : 황루시, 유명희, 유형동, 김명수

제 보 자 : 홍용표, 남, 71세

구연상황 : 흥양2리 홍용표 제보자를 다시 찾았다. 녹음기를 설치하며 이야기를 해 달라고 부탁하자 구연한 이야기이다. 이야기를 마친 후 하늘과 땅에서 각각 용과 거북이 가장 수명이 긴데, 그 기운으로 거북이 용을 누를 수 있는 것이라는 설명을 덧붙였다.

줄 거 리 : 옛날 선덕여왕, 진성여왕 시절에 불교를 숭상하고 크게 지원해 주었다. 그때 자혜스님이란 분이 절을 지을 명당을 찾다가 치악산 구룡소라는 곳에 도착했다. 구룡소에는 아홉 마리 용이 있었는데, 절 짓는 것을 방해하였다. 자혜스님이 법력을 사용해 소의 물이 끓도록 하자 여덟 마리는 하늘로 올랐는데, 한 마리는 눈만 멀고 연못 속에 그대로 남아있게 되었다. 용들을 제압한 뒤 절을 지어 구룡사(九龍寺)라고 이름을 지었는데 융성했다. 한참 세월이 지나 연못에 남아 있던 한 마리 용이 다시 작란을 부리기 시작했다. 사명당과 서산대사가 젊은 시절 머물렀던 구룡사에 들러 용의 작란이 있음을 알고 절 앞에 큰 거북을 만들어 세우도록 했다. 거북이가 용의 기운을 눌러 절은 다시 크게 융성했다. 구룡사가 이름을 떨치자 주위의 다른 절에 있는 스님이 이를 시기해서 거북과 용이 함께 작란을 부릴지 모르니 거북을 깨라고 이야기 했다. 구룡사의 스님이 이 말을 따르자 절이 쇠퇴하게 되고 큰 화재까지 일어나게 되었

다. 그 후에 거북을 다시 세우는 방법도 별 효과가 없다고 하여 '거북 구(龜)'
자를 사용하여 구룡사(龜龍寺)라고 이름을 고쳤는데, 지금에 이르고 있다.

유명한 구룡사래는 절 아시죠?

(보조조사자 : 네.)

그거는 내가 지금-, 여기, 얘기만 들었는 얘긴게. 치악산에 그 구룡사
래는 절이 천년이 넘었어요. 어, 처음 사찰핸게-.

(보조조사자 : 네.)

그랬는데, 이 강원도에 들아와 가지구는, 설악산에 가면은 거 낙산사가
있잖아요.

(보조조사자 : 네.)

또, 오대산에 가, 저, 저-, 오대산에 가믄, 월정사가 있고요. 치악산에는
대신 구룡사가 있어요.

(보조조사자 : 네-.)

천년이 넘은 절들이, 사찰이. 강원도에는 그런게 있는데, 그 중에 하나
가 우리 원주지역 내에는 치악산에 구룡사래는 절이 하나 있습니다. 잘
들 아시겠지요.

그거, 그 절은, 어트게 중축이, 처음에 됐느냐면은.

우리나라에 임금, 저 여자, 에-, 지금은 대통령이지, 옛날 임금님이 두
분이 있었잖아요.

선덕여왕하구, 진성여, 그-, 여왕님하구 두분이 계신 중에서, 한 분이
절을 숭상해신 분이 있었어요. 그래서 궁궐에까지 사, 저- 법당을 만들어
놓구 스님들을 뫄 가지구, 저거 하신, 그-, 옛날 역사가 있드라구요. 그래,
그, 그 시대에 에, 저 스님들을, 주, 절을 많이 숭상하니까 거기서 그-, 저
거하신 분들이 이렇게 보니까.

'야 나는, 어느 사람은 궁궐에 까지 들어가서 임금하구 같이 이렇게 저

거 하는데, 그- 우린 또 우리대로 하믄, 저- 펼쳐보야 되겠다구.'

스님들이 다니면서, 명산, 좋은 산자릴 찾아 내신거여, 절을 위축할라고.

그래가주 절을 짓는다 해면은 뭐 참 많은 정부서 호응을 받아가지고 그러다 보니까는, 에- 자혜스님이란 분이 치악산을 돌아 다니다 보니까 구룡소래는, 지금 구룡사지요.

거 골짜기로, 치악산 골짜기로, 들어오니깐, 거 지금 연못이 있어요 아직두. 그- 태백산서부터 내려오구 치악산 준령에서 내려가는 물이 한 군데 뫄 가지구 와서 폭포를 이루고 있어요, 지금.

폭포가 있었는데, 폭포 밑에는.

[팔을 양쪽으로 벌리며]

이런 웅뎅이가 있구, 양쪽 바우가 있는데, 이렇게 가서 인제, 도, 그 옛날엔 도사지요. 보니깐 거 안에 용이 아홉 마리가 있더래요. 어, 그- 연못에.

그래가지구 아홉 마리가 있는데, 야 그걸 보니깐, 고 옆에다가 절을 짓게 되면은, 앞으로 이 산이 명산, 가잖아(그러지 않아도) 명산인데다가, 참 저거해겠다 해가지구, 거 절을 지셨어요. 자혜스님이. 지셨가지구 있는데, 이 용들이 장난을 치는 거여.

어, 거기다 집을 짓구, 자꾸 종을 울리구 이래니까는 자꾸 방해를 해가지구 몇 년만큼씩 절이 망거져, 자꾸 무서졌어요(부숴졌어요). 그래가지구, 그러니까 이 스님이 '야 안되겠다, 이 용의 장난이다.'

에 그래, 아 이놈들을 어떻게 쫓어야겠는데, 쫓을 길이 없만 말예요, 용이니까.

용이 아홉 마리가 있는데. 그래서 그 양반이 생각다 못 해가지구, 부적을 써 가지고 연못에다 던져버렸어요. 연못에 던지니까, 연못이 어트게 됐냐면, 디리 끓었어요. 뜨거운 물이 돼 버렸어요. 그 만큼 도사분들 아닙니까.

그래가지구 그러니까 용이 뜨거우니까, 어, 급해니까 하늘로 등천했어요. 그전에 여덟 마리가 등, 하늘로 올라가구, 한 마리가 미처 못 올라가지구 눈이 멀었답니다.

(보조조사다 : 아-.)

어, 한 마리가. 그래, 거, 지금 자리가 있다구 해요. 우린 가서 찾어봐두 안 보이는데.

[일동 웃음]

우리 하여튼 찾아가도 안 보여요.

근데 한 마리 있대는데, 그래서 용이 올라 간 담에, 그 스님이 거기다 절을 지어가지구, 이름을 '아홉 구(九)'자, '용 용(龍)'자 해서, '절 사(寺)'자 해가지구 절을 만들었답니다. 그래 잘 유지가 됐어요.

몇 백년 내려가다 보니까, 고, 수, 이, 숨어 있는 용이 혼자 있다가 가만히 생각하니까 화가 나잖아요. 딴 사, 딴 용들은 다 올라갔는데, 자기는 눈만 멀어서 못 올라갔으니까. 또 심사를 놓기 시작했어요.

(보조조사다 : 아-.)

그래, 야- 이, 사람 힘으로단 당해지 못해겠구, 절은 자꾸망거지구, 폐쇄되, 손님들이 오믄 불란이 나구그래서. 그래 나중에 그 스님이 풀어 보다 못 해가지구 있었는데, 에- 그 절에 사명당이라는 유명한 스님이 있었잖습니까. 서산대사 사명당. 그 분네들이 거기서 공부를 하셨답니다. 젊었을 때요, 아 저- 좀, 어렸을 때요.

그- 구룡사에 오셔 가지구, 두 분이 인제 공부를 하구, 가시구 가시구 하셨는데, 이 양반들이 이제 공부를 해구, 스님이 돼 가지구, 참 뭐 하느님의 은혜를 받었는지 우, 도사가 되지 않았습니까.

그래가주, 또 '아 내가 옛날, 옛날에 있던, 공부핸 그 구룡사를 한 번 찾어가 보자.'

와 보니까 그런 일이 있다구 스님이 얘기를 하셨어요.

“아, 이 절이 자꿈, 몇 해마다 이게 되니까 어트게 된거냐.”

그래니까, 그 양반들이, 서산대사가 가만히 앉아 풀어 보니까, 고 나머지 용이 장난을 하는거여, 자꾸만. 그걸 인제, ‘인간의 힘으로 못 막겠다.’ 그래 가지구, 그 분이 뭐냐면, 구룡사 들어가는 입구가 상당히 깊, 높, 깊어요. 이, 여, 입구에서부터.

근데, 거 입구에다가 용을 말릴 짐, 그-, 대상자는 거북이 밖에 없다. 그래가주 거북일 그 전에, 우리도 봤지만, 들어가는 입구에 거북이 돌루 깎아가주 크게 해놨었잖아요, 입구에. 그래가주 그걸 눌러 논거여.

그니까 아홉, 진짜 구룡사가 엄청 이름 났었어요. 뭐 하루에도 수 백명씩 들어와서 기도하고, 뭐 그냥 뭐 참, 이렇게 번창했었어요. 그렇게 잘 번창해구두, 구룡사래면, 이 저-, 외국에서두 알, 알다시피 했어요. 유명핸 절이에요, 그 절이.

그렇게 한 참 나가다가, 아 어느 인제, 거, 딴 데 스님들이 또 하나, 도사 양반이 오셔가지고, 구룡사가 너무 발전되고, 자기 절이 잘 안되잖아요. 그러니까 심사가 났어요.

그래 그 양반이 오셔갔, 그래다 보니까 지혜스님은 돌아가셨고, 딴 스님들이 왔걸랑요. 딴 스님들이 연신 이제, 바뀌고 이제 들어와 보니까, 아, 저, 딴 그- 있는, 그 유명핸 그 도사 스님이 오셔가지구 딱 보니까, ‘야 구룡사가 이름난 게 왜냐면 그렇게 돼서 이름, 거북이 때문에 이름난다.’ 이거여.

그르니깐 뭐라 그르냐면, “아 저 앞에 거북이를 치워라. 아 이렇게 되면은 거북이는 천년을 사는데, 또 용과 같이 또 어떤 작전을 부릴지 모르니까 거북이를 깨 치워라.” 그랬어요.

아 그래니까 이 스님이 진짜 또 그게 겁이 난거여.

알기는 몇 년 만큼씩 망거진대는 건 알거든, 용이 장난을 쳐 가지구.

"아 그러냐구."

그래가주 그걸 깼어요, 거.

석공을 들여 가지구, 지금 그 자리, 자리만 있지, 없, 거북인 없어요. 다 깨부셔가지고. 그래고 나가지구, 음— 몇 십년 안 되가지고, 이게 화재를 봤어요. 구룡사 절이. 그래가주 인제, 증축한지 한 사, 오년 밖에 안됐어요, 지금. 에, 새로 지었어요, 그게.

(보조조사자 : 큰 불 난 적 있었죠.)

에, 그래, 고 다음에 또 이렇게 인제, 그— 스, 스님이 또 알어 보니까, 거북일 깨 가지구, 그래서 그 벌을 받아가주 그렇다. 어, 그래가주, 다, 그래면 어특 했으면 좋겠느냐. 이거 크, 참 앞으로 구룡사래는 절은 없어진다 이거여.

"그래, 우트게 했음 좋겠냐?"

그래니깐 "옛날엔 아홉 구자, 용 용자 썼는데, 거북일 새루 해놔두 소용이 없으니까, 거 절에다가 '거북 구(龜)'자를 넣어라."

그래 지금, 옛날엔 구룡사, 아홉 구자를 썼는데, 지금 거북 구자, 용 용자를 넣습니다, 지금.

에, 그래구 왜 용 용자를 못 빼느냐면, 아직 용이 한 마리 있기 때문에 그 신을 달래기 위해서, 지금 가보면 기둥마다 용의 그름을 그려가주 다 붙여 놨어요. 에, 구룡사래는 게.

그래 옛날에는 그 용을 위해, 아홉 용을 위해서 아홉 구자, 용 용자 썼는데, 그 다음에, 그 용이 자꿈 장난해니까 그걸 눌르기 위해서 거북일 만들어서 그 승상으로 인해서 눌렀었는데, 거북이 마져, 마져 치워 버리니까 불난이 났잖아여.

손님들두 안오구, 구룡사래는 절두 자꾸 쇠퇴되다가, 요번에 불이 났어요. 몇 년 전에. 그래구 인제 증축한게 사 오년 밖에 안됐어요. 그렇게 되구 나니까는, 고 담에 아, 아홉 구룡이라 그럴래다 보니까 안 되겠으니깐 거북 구자를 넣었어요.

거북이가 있음으로서 용을 말린다 이거지요, 에.

그래가주 지금 거북 구자 써요. 거북 구자에다, 용 용자에다가, 절 사자를 쓰고 있는데, 이건 지금 그런 유래가 있습니다, 지금.

치악산과 상원사의 유래

자료코드 : 03_08_FOT_20101219_HRS_HYP_0002
조사장소 : 강원도 원주시 소초면 홍양2리 892-1번지 마을회관
제보일시 : 2010.12.19
조 사 자 : 황루시, 유명희, 유형동, 김명수
제 보 자 : 홍용표, 남, 71세
구연상황 : 앞 이야기를 마친 후 앞선 조사(이틀 전인 12월 17일) 때 이야기했던 치악산
　　　　　의 유래에 대해서 찬찬히 이야기해 줄 것을 부탁하자 구연했다.
줄 거 리 : 옛날 산골에 사는 한 선비가 과거를 보기 위해서 한양으로 향했다. 선비가 산
　　　　　길에 접어들었을 때, 까치가 소란스럽게 우짖는 것을 보았다. 자세히 보니 까
　　　　　치가 둥지에서 어린 새끼들을 품고 있었는데 구렁이가 이를 잡아먹으려고 하
　　　　　는 것이었다. 선비는 메고 있던 활로 구렁이를 죽었다. 계속 산길을 가다가
　　　　　길을 잃었는데, 멀리서 불빛이 보였다. 선비가 그리로 가 주인을 찾자 젊고
　　　　　예쁜 여자가 나와 맞았다. 여자는 선비에게 식사도 대접하고 잠자리를 마련해
　　　　　주었다. 잠들었던 선비가 숨이 막혀 눈을 뜨자 구렁이가 자신의 몸을 감고 있
　　　　　었다. 구렁이는 낮에 선비가 죽인 구렁이의 아내라고 하며, 살려거든 종각의
　　　　　종을 세 번 울리라고 말했다. 선비가 자포자기하고 있던 차에 종소리가 세 번
　　　　　울렸다. 그러자 구렁이는 선비의 몸을 풀고 사라졌다. 새벽에 종각을 찾아가
　　　　　니 까치 세 마리가 머리가 깨친 채 죽어있었다. 선비는 한양에 가 벼슬하고
　　　　　돌아오던 길에 그 산을 지나게 되었다. 선비는 지난날 있었던 일을 떠올리며
　　　　　작은 암자가 있던 곳에 절을 짓고 상원사라고 했다. 그리고 산 이름도 까치
　　　　　치(雉)자를 넣어 치악산이라고 했다.

옛날에는 이 산이, 저, 옛날에 지금도 마찬가지죠. 태백산 준령에 거 한 가닥 뻗은 이 산이에요, 지금. 에. 그런데 이 치악산이 어트게 유래가 됐

느냐면은.

옛날에 이, 시골이 아니구 산골에 살, 산골에서요. 선비 한 분이 계셨어요. 아, 참 나라에서 저 벼슬하구 싶은 생각이 들어 가지구, 일두 안 해구, 공부만 햇 거여.

'공부를 해가주 내가 출세를 한 번 해봐야 되겠다.'

이런 기대를 가지구선, 참, 오다 보니까, 지금 현재 치악산 그-, 들어와 가지구, 이, 지금처럼 차나 뭐 이런게 없구, 도보루다 걸어서 나오다 보니깐. 아, 이 갑자기 까치가 그냥 난리 치는거야. 앞을 막구 막, 그냥 난리 쳐.

'아, 이상해다.'

해구 딱 나무를, 큰 고목이 있어서 쳐다 보니까, 구렁이 한 마리가, 거 까치가 알을 나가지구 품고 앉었는 그걸 먹을라구 그러는, 잡어 먹을라구 그러는 거여. 그래 이제 선비가 보니까, '야- 아무리 저거해도 저 어린 새끼를 둔 거를 저, 저거 먹을라 그래는구나.' 해구서.

그 옛날에는, 지금은 총이나 뭐 칼 같, 저, 저런거 가지구 댕기지마는, 그냥 호신술루 활을 미구 댕겼어요, 활. 그랬는데 가만히보니까 안되겠으니까 활을 빼가 서는, 그 구렁일 쏴서 잡어 버렸어요.

(보조조사자 : 네-.)

어, 그래구서는 까치는 인제, 살어 가는 걸 보구, 이 양반은 이 양반대로 기분이 좋아서 온거여. 오, 오, 오다보니깐 하두 깊은 산 이래서, 하루에 못 가고, 날이 저물었어요. 날이 갑자기 저물어가지고, '야- 얼루 갈까.'하고 허대는데, 한 군데 불이 보이더라 이거여. 아유 반가워서 찾어 간거여, 거기를. 가니깐 아, 때가 잘 됐지요. 아-주 이쁜, 가 주인을 찾으니까, 이쁜 여자가 나와 가지고, "아- 어서 오시라구." 반겨 주는 거여.

하, 이 선비가, '야- 내가 참 출세할 길이 생겼구나.'하구.

[조사자들 웃음]

어, 이쁜 아줌마가 들어, 자 아가씨가 찾으니까. 아 들어갔더니 대접을 융숭히 해는 거야. 식사 대접을요.

"하 잘 오셨다." 그래믄서.

아 그래, 거 해주는 걸 잘 먹구 나니까, 이 피곤했거여. 이 서, 저- 선비가. 하루 종일 걸었지, 아 배불리 먹으니 야간(여간) 좋아요?

떨어져서 이제, 어느 만큼 자다 보니까는 갑자기 숨이 막히는 거야. 아주 몸이 이상하고. 놀래서 눈을 떠 보니깐 구렁이가 자기 몸을 창창 감고서는.

"내 말 들으라."

대가릴 딱 들구 들여다 보는 거야.

아 기함을 해가지구.

"아 이게 우짼 일이냐구." 그러니까.

"아, 너는 아까 죽인 뱀이, 구렁이가 우리 남편이다. 그래서 너를 대신 내 잡을라구 끌어왔다. 그래니깐 너 어트게 핼 거냐구."

그래니까 아 물론 빌었지. 하- 좀 봐달라고, 사정을 했겠지요.

아 사정을 하니까 이.

"그러면 내가 원이 있다. 여기는 사찰인데, 주, 절인데, 여기 종각이 하나 있다. 그 종을 너, 여기서 날 새기 전에, 아침에 동 트기 전에, 종을 세 번만 울려다고. 나 종소리만 들으므는 다시 딴 데로 갈 수 있다. 그럼 널 풀어주마."

이렇게 약속을 했는데, 아 묶어 놨는데 어디루 가여?

[조사자들 웃음]

어 그래가주, 참 절절 매구 있는 판인데, 거나거나 날이 새 가여, 통이 터 가여. 그런 찰나에 종이 울린 거야. 댕 하구 종이 울리니까 구렁이가 깜짝 놀래더래. 그, 그래더니 조금 뒤에, 또, 또 치는 거야, 또 종소리가, 또 두 번째 들리는 거야. 세 번 들려 달라 그랬는데. 두 번째 '땅' 또 치니까 스르르 몸은 풀, 이제 구렁이가 몸을 풀어 주드래여. 그래더니 세 번째 딱 나니깐, 뭐 군말 없이 싹 풀어주구, 그냥 자취를 감춰 버리더래요, 구렁이가.

어 그래, 그때 정신을 채려 보니깐 날이 샌거야, 동이 터 가지구. 그래 거 선비가 '아- 이거 도대체 어떻게 된 건가.' 하고, 의아심에 나가서, 그- 종각 있는 델 찾어가 보니까 까치 세 마리가 떨어져 죽었더래요. 그래 떨어진 것, 참 유심히 보니깐 전부 머리가 깨졌어요. 얼마나 그 종을 치느라구, 주둥아리로다 쪼느라고 세게 쳤는지, 저 까치들 머리가 다 깨졌던 거요.

그래가주 선비가.

'아 자기 으, 은혜를, 어 아무리 짐, 짐승이래도, 이 은혜만큼은 참, 대단하다.'

이런 느낌을 갖구선, 그 까치를 대충 이제 묻어 놓고, 뭐 그때 뭐 스, 저거 할 시기랑, 과거보는 시기랑 빠르구 그래서 그 대충 종각 밑에다 묻어 놓군, 서울 한양을 갔어요.

가 가지고 거 섬을 봤는데, 장원 급제를 하셨답니다. 그분이. 참, 거 다 운이 좋았지요. 장원 급제 해가지고 벼슬해 가지고 딱 내려오다 보니까는, 내가 거기서 신세진 생각이 나잖어여. 까치들이 이릏게, 미물이 이릏게 해가지구 했대는거.

그래 지금, 그 자리다가, 옛날에는 조그만 암자 밖에 안 됐었는데, 고기다 벼슬해가지구 내려와 가지구, 아 나라에 큰 충신이 됐으니까, 거기다가 상원사래는 절을 지었어요. 에. 지금 있습니다, 상원사가.

상원사래는 절을 지어가지고, 야-, 이름을 뭐, 이 산 이름을 뭐라구 지었나믄, 까치가 나한테 은혜를 줘서 이 산은 '까치 치(雉)'자를 써요 지금도. 까치 치자에다가 '묏부리 악(嶽)'자, 산이 좀 억, 아주 악산이에요. 여러 산 중에서 제일 악산이 치악산입니다.

그래 산 시, 을 보니까 너무 악산이겠다, 또 까치가 이렇게 나한테 신세를 졌다 그래서, 까치 치자에다 묏부리 악자에다가 '뫼 산(山)'자를 넣어가지구, 치악산의 유래가 그렇게해서 나왔답니다. 지금도 으-, 상원사래는 절이 있어요, 네.

태종대의 유래 - 원천석

자료코드 : 03_08_FOT_20101219_HRS_HYP_0003
조사장소 : 강원도 원주시 소초면 흥양2리 892-1번지 마을회관
제보일시 : 2010.12.19
조 사 자 : 황루시, 유명희, 유형동, 김명수
제 보 자 : 홍용표, 남, 71세
구연상황 : 이야기를 더 청하자 원주 원씨에 대한 이야기를 하겠다며 이야기를 시작했다. 이 이야기는 지난번 조사(이틀 전인 12월 17일) 때 구연한 이야기다. 제보자는 당시 태종을 단종이라고 하였는데, 이번 조사에는 태종이라고 바로 잡아 구연하였다.
줄 거 리 : 이성계는 고려의 마지막 왕을 몰아내고 조선을 세웠다. 큰아들에게 왕위를 물려주었는데, 둘째인 방원이 왕위를 탐냈다. 이성계는 방원을 죽이려고 했으나, 실패하고 방원이 왕위를 이어받는 것을 허락했다. 한편 원천석은 방원(태종)이 왕위에 오르기 전에 그의 스승이었다. 방원은 매우 명석하여 매우 아끼는 제자였다. 그런데 왕위에 오르는 과정에서 수많은 살상을 해서 원천석은 그에 실망하고 은거하였다. 왕위에 오른 태종이 스승을 모시려고 했으나 찾을 길이 없었다. 태종은 사람이 풀어 수소문한 끝에 횡성 강림에 있는 어느 동굴에 원천석이 기거하고 있음을 알아내고 몸소 찾아 왔다. 그러나 원천석은 이를 미리 알고 다른 곳으로 몸을 피했다. 태종은 그 자리에서 스승이 돌아오기를 기다렸으나 돌아오지 않았다. 태종은 정사를 보기 위해서 발걸음을 돌리면서 스승이 계셨다는 동굴 쪽에 있는 바위에 절을 했다. 지금 그 바위가 남아있는데 태종대라고 불리고 있다.

원주 원씨가 천씨여. 왜 천씬줄 알어여? 거 원주 원씨 시조가 원천석 선생님이거든요. 이거, 시조가 천씨니까, 이 밑에 사람들도 다 천출이라고

봐요. 난 자꾸 그렇게 놀린다고요. 왜 그러냐, 왜 천씨냐 하면, 거 원천석 선생님이, 근데 고려 시대 때, 명장으로 있던 이성계는 얘기 다 아실 겁니다. 대학교까지 나오셨으니까 역사에 대해서. 이성계의 둘째 아드님입니다.

(보조조사자 : 네.)

에, 이성계씨가 태조 아닙니까, 이씨의 태조, 제일 원체. 그래, 저기 저 만주 벌판을 가서, 어 징벌하라구 임금이 내보내니까 가서 승리 했잖아요.

이성계가 가서 싸워 이기구 돌아와 가지구, 가만 있으면 괜찮은데, '야 내가 이 정도로 자, 국가에 공을 세웠으니까 안되겠다구.' 궁전, 궁궐을 들이 쳤잖아요. 궁궐을 들이 쳐가지고, 고려 막 막, 제일 막, 끝에 왕을 죽여 버리구, 자기가 이씨 조선의 왕이라구, 이씨 조선을 만들은 거 아닙니까.

그래 이태조 아녀. 고 아드님이 정종, 두 번째, 큰아드님은 정종, 그래구 두째 아들이 태종인데 그 사람이 방원이여, 이름이. 이방원이 아닙니까. 방원인데, 아 그래 인제 거- 태조가 큰아드님을 인제 왕에 앉혀놓고, 또 그 담에 인제 이렇게 보니까는 작은 아들이 자꿈 까부는거야. 즈 형을 질투해는 거야.

그러니깐 그- 이성계씨가 아들 죽이라 그래잖아요. 역사에 나왔지만요. 저기 큰 아들보구 "너 왕의 노릇해라."

왕 앉혀놓고 가만 보니까 둘째 아들이 자꾸만 집적거리는 걸 알구, 암만 해두 시원찮다는 걸 알구, 저 태조대왕이, 저 만주루 가셨잖아여. 에 거 가서 숨어 있다가 태조보고, 너 오라고, 작은 아들보고 오라 그랬어여. 오라 그랬는데 거 아들이 아부지가 부르니깐 간 거야. 왕위 계승 받으러. 간 놈을 아부지가 미리 활을 메워 가주 있었어요. 들어오면 죽일 라구.

아 ○○○은 괜찮아요.

아부지가 딱 요 골목에다 놓고, 신하보고 ○○○○○○와라 해구.

[활 시위를 당기는 시늉을 하며]

활을 메워 가주 있는데, 들어오는거 보구 쏴 버렸잖아요.

그게 맞질 않구, 옆에 가서 기둥을 가 때렸어요.

이성계가 뭐라 그랬는지 알어요?

"야- 내가 이, 활, 전 세계에서 활과 칼 쓰기는 최고 왕인데, 요거 하나 못 죽었으니까 나도 인제 끝났다."

거기서 아들한테 그만 맥을 못 추, 옛, 허락을 해줬잖아요, 왕 해라구.

[웃음]

그랬는데, 거기에 원천, 그- 방원이가 어렸을 때요, 선생이 원천석 선생님이셨어요.

(보조조사자 : 네-.)

근데 그 양반이 이렇게 앉어가주 보니까, 그때는 뭐 아주 뭐, 참 사, 정승들 아들, 판서급들 아들들만 데려서 인제 공부를 가르친거지요. 왕자하구 같이 가르치니까. 근데 이렇게 보니까는 원천석 선생님이 어릴 때 보니까, 너무나 지능이 좋고, 뭐 공부하는데 뭐, 태어나 거여, 천재가 태어난거여. 그래가주 그, 그 선생님이 아주 제일 애끼던 제자였었어요.

그래다 보니까는 참 형을 밀어치고, 형의 신하들을 다 잡어다, 다 죽었잖아여. 내 말들을 안 듣는다고. 무지하게 많이, 참, 살상했어요. 좀 좀, 첨엔 악, 악질 노릇을 해니깐. 그래고 나서 이제 더 자기가 임금이 되니까, '야- 그래도 이렇게 내가 임금된 건 우리 스승님 덕분이다.'

그래가주 스승님을 찾은 거여.

그 뭐 하다 못해 정승자리라도 하나 줄라고. 찾으니깐 이 양반은 아마 도사가 된 거여.

'야- 내가 저 놈이 불러가지고 그 놈 밑에서 내가 또 앉어가주 뭘하냐. 저런 역적같은 놈하고 내가 상대 안한다.'

그래가지구 낙향해 버린거여. 서울서 시골로 나오신거야. 나오시는데,

방원이가 찾아가 보니까는 선생님이 안 계신다 이거죠.

그래가지구, 참, 또 또 한 마디 거짓말 해야지.

옛날 사람들은 축지를 했어요, 도사들은. 축지래는 건 뭐냐하면, 내가 육안으로 딱 봐가지고 어느 곳을 잡으믄 한 발짝에 간대는 거여. 그렇게 빠른 그 축지법을 해, 해신 분들 이래서, 서울서 낙행해서 나와서 돌아 댕기다 보니까는 원주 치악산 있는데 까지 오시게 된거여.

원주까지 오신거여, 치악산으로 온게 아니구, 원주까지 와 가지구, 저번 날두 애기 했지만, 갓바우라는 데 그런 ○○을 내가 붙여 드렸지만은. 그래 거기서두, 그래 가지구 여기 지금 동네가 하나 있는데, 그 동네가 갓바우래는 동네가 지금, 마침 유래가 있고.

이 양반이 여기서부터 가신게, 신림 강림이라는 데를 가셨어요. 신림 강림에 가니까는, 지금도 가보면 물이 깨끗해구 하천이 좀 넓은, 산골짝에 넓은 도랑이 있는데, 거 바우가 하나 묘한게 있는데, 거 밑에 굴이 있어요. 거기 가서 기거하신 거여.

아주 첩첩 산중에 들어가서, 이 방원, 저 저- 태조대왕이, 태종대왕이 가만히 보니까, 또 ○○○하면 저거 해니까, 신하들을 불러가지고 해니까, 아 은곡, 저- '원천석 선생님이 어디쯤 계신다.' 그걸 찾어 간거여. 그래 이, 그 양반두 앉어 보니까 왕이 또 날 찾어 오겠그름, ○○ 그 찰나에 또 자리를 뜨셨어요.

그래 가 보니까, 그 양반이 기거 하던 자리가 있는 거여. 뭐 좀, 침구- 는 없구, 지필, 저 저 풀을 벼다가 깔구, 덮구 인제 이래던 자리가 있으니까, '야- 여기까지 계셨구나.' 이런 외로운 산골짜기 였다는 걸.

근데 태종대왕이 너무나 감격을 해 가지고, 그래도 이 양반이 오실 거 같애서 삼일을 기다렸댑니다. 거기서. 스승이 이제 찾어 오시면, 모시고 갈라고. 삼일을 해도 안되고, 그래다 보니깐 국사를 또 봐야 될 거 야녀, 임금이니까.

그래가주 '국사를 또 갔다 나중에 찾어 오겠습니다.' 그래구서는 그 선생님을 내가 못 보구 간다구 그 바위에 대구 절을 해구 갔답니다.

옛날 임금이 절을 핻 정도면 보통 바우가 아니지요. 그래서 그 바울 갖다가 이, 지금 현재까지 태종대라고, 태종대 바, 라구 그랜다고요, 지금.

(보조조사자 : 바위가 어딨어요? 어르신. 태종대가.)

태종대래는 데가요, 어- 횡성군 안흥면 강림리, 예.

원통재의 유래 - 원천석

자료코드 : 03_08_FOT_20101219_HRS_HYP_0004

조사장소 : 강원도 원주시 소초면 흥양2리 892-1번지 마을회관

제보일시 : 2010.12.19

조 사 자 : 황루시, 유명희, 유형동, 김명수

제 보 자 : 홍용표, 남, 71세

구연상황 : '태종대의 유래'에 이어서 구연하였다.

줄 거 리 : 원천석은 태종을 피해 은거를 계속했다. 태종의 신하들이 원천석이 시루봉 부근에 있음을 알아내어 태종이 다시 찾아 왔으나 원천석은 미리 알고 또 달아났다. 제천 방향으로 달아나던 원천석이 노귀소에서 빨래하는 할머니를 만났는데, 사람들이 자신을 쫓아 올테니 자신이 간 방향과 다른 방향을 알려 주라고 부탁했다. 원천석의 뒤를 따라온 태종과 그 신하들은 빨래하는 할머니에게 원천석의 행방을 물었다. 할머니는 원천석이 부탁한대로 엉뚱한 방향을 알려 주었다. 할머니가 가르쳐준 방향으로 향하던 태종이 한 고개에서 잠시 쉬어가면서 생각을 하니 할머니에게 속은 것이 분명했다. 태종은 스승의 행방을 겨우 찾았는데 할머니에게 속은 것이 너무도 원통하게 여겨져 그 자리에서 통곡을 했다. 이러한 연유로 태종이 울었다는 그 곳을 원통재라고 부르고 그 동네를 원통이라고 부르게 되었다.

거깄는데, 그 양반이 거기 안 오시고, 또 대번 얼루 가셨느냐면, 시루봉, 먼저번에 말씀드린 데 있잖아요. 시루봉 옆에 가면은 고, 지금두 있는데, 참샘물이라 그래요. 이제 약수, 약수터지요, 약수터.

약수물이 거기 있는데, 그- 거기 가서 그 물을 잡수시고, 또 거기 가서 숨어 가 계셨었어요. 젤- 높은 봉에 가서, 치악산에서. 거 숨어가지구 계시는데, 야- 또 이렇게 천기를 보니까 그 양반이 거기 와 있다 이거여. 신하가 보니까.

그래 거길 쫓아 들어 간거여. 저기 짰, 이제 저 서울가서, 이제 한양가서, 이제 임금이 정사해다가 또 찾으러 가자 그래서 내려 오신거여. 와 가지고 돌아 댕기구, 아 쫓아가니까 이 양반이 먼저 알구 또 도망을 갔어요.

거기서, 거기서 얼루 갔냐면.

[오른손을 들며]

제천으로 갔어요. 제천 노귀소라는 데요.

노귀소라는 데가 제천에 있습니다. 제천에서 ○○ 있는데, 아 거기 가서, 가시면서 원체 급하니까, 신하들이 빨, 빨리 따라 오니까. 뭐라 그러셨느냐면, 노귀소에서 마침 빨래하는 할머니가 한 분 계셨었어요. 그 양반 보고.

"아 나, 날 지금 잡으러 뒤에, 어, 저거한 사람들이 오니까"

[오른손으로 방바닥 앞쪽을 가리키며]

"내가 이 짝길로 갈 테니까, 그 사람들이 오면."

[오른 손으로 아까 가리킨 방향과 다른 곳을 가리키며]

"이 짝길로 갔다구 얘기해 다고."

그래니까는, 그래 인제 그렇게 부탁을 하고 도망을 가신 거여, 원천석 선생님이. 그래 쫌 있다 인제, 사람들이 와 가지고.

"여기 사람가는 거 봤느냐." 그래니까.

"아유 봤다구."

[오른손으로 방바닥 왼쪽 앞을 가리키며]

일루, 원천석 선생님이 일루 갔는데.

[오른손으로 방바닥 오른쪽 앞을 가리키며]

일루 갔다구 얘길 해줬어요.

그래가주 거기서 인제, 또 또 군사들하구 인제, 여- 태종대왕이 내려와, 찾어 온 거, 그 길만 따라만. 오는 게 어디까지냐면, 요기 저- 요기서 멀지 않아요. 이 치악산 바로 위엔데, 원통이래는 거 산골짜기로 들어 왔었어여.

원통이 왜 원통이라구 됐냐면, 거까지만 와 봐도, 제천서, 거 노구소에서 거까지 와 봐도, 와가주 가만히 이제 쉬노라며 생각해보니깐 속았다 이거여. 노구 할멈한테. 원천석 선생님은 저쪽 방향으로 가셨는데, 내가 헛 방향을 디뎠다 이거야.

그래가주 "이렇게 내가 그 여, 할멈한테 속아야 되느냐고." 원, 임금이.

그래 거 등에 앉어 가지고, 원통해다고 앉어서 통곡을 해더래서 원통이래는 동네가, 저 원통재라고 하나 있어요, 지금. 지금까지도 원통이라 그래요. 에.

원주 갓바위의 유래 - 원천석

자료코드 : 03_08_FOT_20101219_HRS_HYP_0005
조사장소 : 강원도 원주시 소초면 흥양2리 892-1번지 마을회관
제보일시 : 2010.12.19
조 사 자 : 황루시, 유명희, 유형동, 김명수
제 보 자 : 홍용표, 남, 71세

구연상황 : 제보자에게 갓바위 이야기도 다시 들려달라고 요청하자 구연하였다.

줄 거 리 : 원천석이 처음에 양평에서 은거하다가 태종이 찾아오자 그를 피해 원주로 오게 되었다. 그런데 도망가는 길에 용변이 급하게 되었다. 그래서 근처 바위에다 갓을 벗어 놓고 그 틈에 들어가서 용변을 보았다. 그런데 태종과 군사가 원천석을 찾으러 오는 것이 보였다. 맘이 급해진 원천석은 갓을 바위에 벗어둔 채 그냥 달아났다. 태종이 도착해 보니 바위에 놓인 것이 스승의 갓이었다. 원천석이 갓을 벗어 놓은 바위를 갓바위라고 불렀는데, 지금은 개발되어

바위는 없어졌다.

에, 갓바위는 참, 첨에도 말씀드렸지만은, 에- 은곡선생님이 낙향하셔 가지고, 참 저기-에 얘기는 야, 양평, 거기 와서 기거하시다가 양, 경기도 양평에서 기거하시다가 거기서 인제 태종대왕이 찾어 오니까 거기서 일루 오신 게 갓바우라는데.

[왼손을 앞으로 뻗어 가로 지르며]

그- 바우가 지금은 아주 개발돼 가지구 없어졌어요.

에, 거기다 고아원두 짓구, 뭐 뭐 이렇게 해가지구 도로두 나구 그래느라구 그 바우가 없어졌는데.

에-, 그 바우, 그 인제, 은곡선생, 저 원, 원천석 선생님이 은곡이라구두 그래요. 호는 은곡입니다. 호는 은곡이고 원 이름은 천석, 원천석씨, 이- 선생님이라 그러죠. 그래가지고 거 가, 거기 오셔가, 오니까 마침 뒤가 보고 싶어서 근데, 지금이나 에, 저거하나 옛날이나 화장실에 모자 쓰구 가는, 대변보는 사람 없잖아여.

[일동 웃음]

네, 에 그 양반두 거기가서 아무리 바뻐서 갓을 벗어서.

[두 손을로 물건을 올려 놓는 시늉을 하며]

그래두 그 바우에다 얹어 놓으시구, 고 틈에 가서 아, 뒤를 보시다보니까 하마 또 거나 찾어 오게 돼 있걸랑여.

"에라 모르겠다."

거기서 도망간 대는 게 갓을 거기다 벗어 놓고 가셨어요. 그래가지구 뒤에 오는 군사들 하구 태종이 와 보니깐 이, 저 스승님 갓이다 이거야. 에, 그래가지구 이 갓을 벗어 났다구 그래서 갓바우라구 그 이름을 전설이 내려오고 있습니다. 지금.

한음과 오성

자료코드 : 03_08_FOT_20101219_HRS_HYP_0006
조사장소 : 강원도 원주시 소초면 흥양2리 892-1번지 마을회관
제보일시 : 2010.12.19
조 사 자 : 황루시, 유명희, 유형동, 김명수
제 보 자 : 홍용표, 남, 71세
구연상황 : 옛이야기를 더 청하자 지역에 얽힌 이야기는 더 모른다며 난감해 했다. 조사
자가 옛날 우스개 소리도 괜찮다고 하자 한음과 오성이야기를 해주겠다며 구
연하였다.
줄 거 리 : 한음과 오성은 높은 지위에 있었지만 서로 장난도 치고 대화도 나누는 막역
한 사이였다. 하루는 오성이 한음을 청해 사랑에 앉아 주안상을 받았다. 병풍
을 쳐 두고 오성부인이 바깥쪽에 앉아 있었는데, 한음은 오성부인의 얼굴을
봐야겠다는 생각을 가지고 있었다. 한음은 오성부인이 대답해야 하는 질문을
오성에게 했다. 결국 한음은 오성부인의 목소리를 듣고 돌아갔다. 하루는 궐
에서 오성과 한음이 만났는데 오성의 안색이 좋지 않았다. 까닭을 묻자 오성
은 부인이 병이 나서 그렇다고 했다. 그날 한음은 오성보다 먼저 퇴궐해서 오
성의 집으로 갔다. 그때는 겨울이었는데, 문창호를 뚫어 오성부인의 코를 밖
으로 내고 물을 바르는 것이 치료법이라고 가르쳐 주었다. 그 방법을 따르자
오성부인은 코에 동상이 걸려 얼어 고생하게 되었다. 오성은 한음의 장난임
을 알았지만 모르는 척 했다. 며칠 뒤 한음은 다시 오성의 집을 찾아 하인들
이 알려준 방법을 제대로 따르지 않았다며 자신이 오성부인의 상태를 보고
진단을 내려주겠다고 했다. 결국 한음은 오성부인의 얼굴을 보겠다는 목적을
달성했다. 그러던 어느 날 오성이 한음보다 먼저 퇴궐해 한음의 집으로 가서
한음부인에게 지금 나쁜 병이 돌고 있으니 운동을 해서 대비하라는 말을 전
하고 돌아갔다. 오성이 다녀갔다는 말에 한음은 걱정이 되었지만 별일 없었
다는 말에 안심했다. 며칠 후 한음보다 먼저 퇴궐해 한음의 집으로 간 오성은
하인들에게 한음부인을 모셔 오도록 하는데, 하인들은 마님이 몸이 좋지 않
아 나올 수 없다고 했다. 그러자 오성은 한음의 오래 된 미투리를 고아 먹으
라는 것을 처방으로 내려 주었다. 한음부인은 그 처방을 따랐다. 한음이 집에
돌아와 보니 집안이 온통 고약한 냄새로 꽉 차 있었다. 오성의 장남임을 안
한음은 화가 났지만 어쩔 수 없었다. 오성이 생각하니 서로 부인의 얼굴을 보
기 위해서 이런 장난을 지속하면, 국가의 정사를 논하는데 문제가 생길 것 같
아 한음과 서로의 집에 방문하면 서로의 부인까지 다 동석하기로 했다.

한음과 오성이래는 그 대감님들이, 상당히 그- 직위도 높으셨, 좋았지, 학술도 좋구 저거 하셨는데. 두 분이 만나면 서로 농담두 잘 하, 저 대화도 하시고, 짓궂은 짓을 많이 하셨답니다. 네, 심심하면요.

그 얼마나 그 저- 저거하냐 하면, 오성대감이 하루는 이 정사(政事)를 보시다가 심심하드래요.

그래서 '야 누굴 불를까' 하다가 하, 한음대감을 불렀답니다. 오성대감이. 불러가지구.

"아 우트게 왜 불렀느냐구. 대감 왜 이렇게 불렀느냐구."

저 인제 친구지간이니깐요.

"아 심심해서 그냥 대화 좀 핼라구 저거했다." 니까.

아 그래 만나, "좋다구."

옛날에나 지금이나 서로 친한 분들 만나면 이게, 대작하잖습니까? 술 한 잔씩 먹잖아요. 그래가지고 뭐 부인보고 오성대감이.

"하, 저 저 한 대감(한음대감)이 왔으니, 주안상 좀 채려 오라구."

그러면 옛날에는 그- 집집마담 그 종을 두지 않았습니까. 남자 종, 여자 종. 그래 됬는데. 거 저 부인이, 인제 오성대감 부인이 사, 상을 봐, 저 종이 해가주 주면은 그걸 옛날에는 남자들 앞에 지금처럼 나타나질 않았어요.

대화 할래면 가운테다가, 방 가운테다가 저- 평풍을(병풍을) 처 놓구, 여자는 고 바깥에서 듣구 남자분들 여기서 대화하구 그랬, 인제 그, 이렇게들 했답니다.

그러는 세상인데, 아 저 오성대감이 저 저, 하 가자마, 그 사람을 불러, 저 오, 한음대감을 불러 가지구, 거 저- 술 한 잔 주구, 인제 농담 좀 할라구 모셔왔는데, 한음대감은 무슨 생각을 했냐면, 남의 부인 얼굴을 못 보잖아, 못 봤어요, 옛날에는요, 감히 아무리 친한 친구래두 부인 얼굴을 못 봤걸랑요. 거 한음, 거 대감님은 '야 저 저 그래지않아 집에까지 불렀

는데, 여- 잘 됐다. 내가 오성대감 마, 부인 좀 한 번 보겠다구.'

[일동 웃음]

요런 또 야심을 가진 거여.

[일동 웃음]

그래가지구 "아, 그 저 술상 놓으라구."

그러니까는 잘 됐, 아 이제 한음대감이 인제 그 생각을 했어요.

야 평풍을 가려 놓고 인제, 상을 옆으로 싹 디밀어 놓테니, 얼굴을 볼 수가 없잖아여. 그래 인제 오성대감은 아주 마, 맘 놓고, 인제 그저 대 대화나 좀 하고 그랠 욕심으로다가, 인제 이렇게 했는데. 한음대감이 인제 가만히 보니까 문 여는 소리가 나, 나더니 거 평풍 한 쪽 귀탱이가 살짝 열리면서 술상이 싹 나온거야.

[일동 웃음]

얼굴은 안 보이구. 하 그래, 야-. 어 그렇다구 해서 일어서서 볼 수두 없구. 대감 체면에.

[일동 웃음]

그래 오성이 가서 상을 갖다 놓고, "자 이거 먹자구." 인제 몇 잔 먹는 데, 그때는 또, 거 남자들이 거 질문해는 게 있답니다, 또.

거 여자, 어 부인한테다 뭐 하고 싶은 애기 있으면 평풍을 가려 놓고 서로 대화를 했답니다.

그래 저, 한음대감이 몇 가지 질문을 했어요. 오성대감한테다가. 그러니깐 그거를 오성대감이 답변핼 게 아니구, 부인이 핼 대, 고런걸 인제 골라서 했거여.

[일동 웃음]

그러니깐 참, 그 그때만해두 그런 대감부인 같았으면 공부 좀, 저 옛날 구학문을 좀 핸단말야, 양반의 집안이 돼서. 그래 이제 가만히 보니깐 남편이 절절 맨다 이거여, 어.

‘이건 내가 분명히 할 얘긴데.’

그래서 인제, 아니 저- 오성대감 그- 부인이.

“아 죄송한 말씀 같지만, 제가 답변해 올리겠습니다.”

인제 목소릴 들려 준거야.

아 그래니깐 한음대감이 가만히 들으니깐 얼굴은 못 봐두, 목소린 한 번 들어봤다 이거지. 인제 그 고런 욕심을 가진거여.

[일동 웃음]

아, 햐- 이 목소리만 들어봐두 야-, 이 부인이 얼만큼 미인이랜 걸 인제 추상을 핸 거여. 그래 인제 술 좀 그날은 먹구, 참 몇 마디 건네면서 얘기를 해니깐 ‘야- 과연 대감의 부인이구나.’ 해구서는 인제, 오성대감한테는 칭찬을 많이 했어요.

“야-, 참 보통 저 현처 아니시다구.”

그래 퇴궐해가지구 이제 가면서 생각하니까 ‘야 목소린 이제 들었다.’ 이거여. ‘이제 얼굴이나 한 번 봐야되겠다.’ 이 생각을 핸거야.

그래 작전을 꾸며가지구 가만-히 생각을 하는데, 별 궁리가 안 난거야, 한음대감이.

‘야- 저 여자 얼굴을 좀 보기 봐야 되겠는데.’

[웃음]

아주 궁릴 많이 한 거야. 그래 이 집에 가서 있는데.

또 오성대감이 보내놓고 나니까, ‘저게 보통 놈이 아니다’ 이거여. ‘내 마누라 목소릴 한 번 줬으니, 저 놈이 또 무슨 장난을 해러 올꺼다.’ 인제 이렇게 생, 이런 생각을 핸거야.

‘그래, 나도 이제 방편을 하나 해야 되겠다.’하고 있었는데.

한음대감이 먼저 작전을 썼어요. 그 여, 저 부인 얼굴을 볼라고. 그래구 있는 찰나, 마침 그래구 참 있었는데, 오성대감 부인이 참, 이제 세월이 흐르다보니까 오성대감 부, 오성이가, 그 대감님이 왔는데, 얼굴이가 좋지 않어요. 정사해러 나왔는데 보니까.

그래니까 한음대감이.

"아유 왜 그 안면, 저거 하지 않냐구, 무슨 근심이 있느냐구." 그래
니까.

"아 별게 아니구, 우리 안식구가 병이 났다고. 병이 났는데,"

야-, 이게 뭐 의사덜, 저 지금은 의사고 옛날에는.

"저- 한 사람들을 인제 불러다 아무리 대봐두 안되더라." 그래, 그래니
까는.

"아유 알었다구. 어유 그래 참 근심이 많겠다구."

아 그래면서 인제 한음대감이 '인제 얼굴을 볼 기회가 왔구나.'해구 작
전을 생각하는 거야.

[웃음]

아 그래, 그래두 오성대감은 그냥 그 저 그렇게 그러려니 하구서 인제
그날 정사를 끝나고 왔는데. 이 양반은 앉어 궁리하는거여, 어터게 하믄
저, 그- 여자가 아프다는데 구경을 볼까 하구.

그래, 에이, 그래가주 하, 한음대감이 먼저 왔어요. 이제 거 거, 정사해
다가 "내가, 나 집이 좀 볼일 봤다." 그래구 먼저 이제 어, 오는 게, 집으
로 안 가구, 오성대감네 집이루 가신거여 인제.

가가지구, 아 부르니까는 그 집 종이 나와, 나왔어요. 나와가지고 이제,
아우.

"여봐라." 그래니까는.

"아, 예." 하구 나와보니까는 아, 한음대감이 와니깐.

"아 대감님 우쩐 일이십니까?" 그래니깐.

"아 내가 지금 애길 들으니까, 너 안 마, 저 저 마님이 병환이 나셨대는
데." 그래니.

"아 그렇습니다."

그래니까, 이거 그래 대감이 왔으니까 또 대감방 거, 저, 옛날 행, 사랑방을 많이들 상대하잖아여. 글루 모신거여.

그래가주 인제, 뭐 내, 술 한 잔해서 갖다, 인제 종들이 갖다 대접을 핸거여. 그래니 그 양반이 혼자 잡숫고 나서는 종을 또 불러, 몸종. 그래니까 말해자면 마님의 바로 몸종, 여종을 불러가지고.

"야 너 마님이 저거 하시대니까, 거기대는 어트게 아프냐구." 인제 물으니까.

인제 어트게 아프다구 얘길 핸거야.

"그러냐구."

"그럼 한 가지 좋은 게 있다. 그 약이. 그건 의사들이, 저 저, 그 의원들이 못 곤치는 병인데, 거 내가 한 가지 연구했으니 너 그대루 해라." 그래니까.

"아, 예 알었습니다. 어트게, 말씀하세요."

그래니까, 그때 날이 한참 추웠어요, 아주 아주 빠짝 추웠는데.

"딴 게 아니구 내 하래는 데루 꼭 시켜라. 창문을 뚫버(뚫어) 놓고, 마님을 바, 저 바깥에 여자들은 못 나오니까. 바깥에다가 고 바작, 고 창문을 뚫, 저 종이로 바른 구녕을 이 코 나올만큼만 뚫버 놓고, 거기다 내밀어라. 나, 내 놓고 앉었어, 앉었으라 그래구 너들은 우물에다 찬물을 피다가 거다 발러주라."

[일동 웃음]

코에다 대구 발러줘. 그래 바깥에 날씨가 추우니까, 코에다 물 칠해니까, 얼꺼아녀.

[오른손을 코에 대고 앞으로 길게 빼며]

코가 이만큼되게 얼어 나오잖어. 죽을 지경이지 옆에 인제 거. 그래니까.

"예 알었습니다."

"꼭 그렇게 해라구." 그렇게 야단을 쳐 놓고, 해나 안해나 인제 인제, 이 영감이.

[32초 간 전화통화로 인해 중단]

아 그래가지고, 아 종이, 아 참, 감히 거 안 핼 수가 있어? 그래 그 낫는 대니까. 그래도 주인 마님 빨리 나라고. 그래 인제 그, 가 부인한테 가서 그런 얘길 해니까.

"아 그렇게도 날 수 있느냐구."

그렇게 어리석었지요.

문을, 종이 뚫버 주니까 거 콧구녕을.

[몸을 앞으로 숙이고 고개를 내밀며]

저 코를 내놓고 이래구 앉았으니까 물을 자꾸 찍어 바르는 거야. 죽을 지경이지 아퍼서 그냥, 그게 얼어붙으니까.

아 그래구 인제, 가만 보니까, 그 저 저-, 한음대감도 보니깐 아 종놈들이 인제, 일을 해걸랑.

그러니까 '예, 나도 인제 도망을 가야 된다구.'

슬그머니 "나 간다." 그래구선, 이제 집이 와 기신거야(계신거야).

저녁에 오성대감이 딱- 인제 정사를 마치구 가보니까는.

[두 손으로 코를 감싸며]

마나님 코가 이렇게 돼 가지구.

"아 갑자기 우인 일이냐구." 부인보구 얘기했을 거 아녀.

"아 그 모르겠다구 나두. 아 오늘 한음대감이 오셨다 그러더니, 뭐 치료해준다 그래가지구."

[웃음]

그런 얘길한거야.

"종들이, 종넘들이 여기다 막 뭘 해다 바르는데, 자꾸 아퍼서 참었다 이거여. 근데 이렇게 됐다구."

아 오성대감이 가만-히 생각하니까 '아 요게 장난을 했구나. 내가 또 속구, 저 친구한테 그 아프다 소리헌게 잘 못됐구나.' 해구서 인제.

그 양반두 또 '에유, 나두 또 이늠한테 복수를 좀 해이되겠다구.'

아 그래구 있는데, 그 저- 미처 생각이 안 나가지구 있는데, 아 한음대 감은 또 참, 이제 한 며칠 지나다가 눈치를 살 보니깐, 오성대감이 시치미 뚝 떼고 있걸랑.

'나한테 모라구 한 마디 할 텐데.'

눈치만 살 보니까 아주 그런 내색도 안하구 있는거여.

'아- 그래? 그래두 니가 나한테 속긴 속는 구나.' 인제 한음대감이, 이 래구 인제 가만-히 있다가.

그 담에 인제 메칠 있다가 먼저 갔어요, 또 한음대감이 그 오성대감네 집이를.

가 가주 종을 불러 가지구,

"야, 느 저-, 마님이 으떠시냐?"

그러니까는

"아, 으떠나 마나, 해래는 대루 했더니, 지금 우리 죽을 매를 맞았다." 이거여. 오성대감님한테.

[웃음]

"아, 이것들아 느가 잘 못 해서 그렇지. 아 그러지 말고 사모님을 내 방, 사랑으로 모시라." 그랬어요.

그러니까 인제 평풍을 가려 놓고, 인제, 쪼끔 있더니 이제 뭐 종이 나 가서.

"한음대감이 오셔가지구, 그 저- 그 몸 아픈걸 한 번 저거해 보신댄다 구 나오시랜다구."

그러니까는.

그래 종이 그러니까는, 아 하두 아픈데 이제 이제 낫게 해주려니 해구,

이 저- 이러니 속게 돼.

저, 인제 그전엔 이 종놈들이 잘 못 해가지구 그랜 줄루만 취급했고, 그래 이 번엔 진짜 좀 낫게 좀 해주시는가보다 해구 인제 나오니깐.

한음대감이 있으니깐 방문 여는 소리가 난다 어거야.

'아 인제 이 오성대감 부인이 들어오긴 들어 왔구나.'

그래가주 인제, 큰 기침을 앓어 해구 앉어서 있으니까, 아- 부인이 먼저 애, 인사를 핸거여.

"아 인제 이렇게 귀하신 몸이 이렇게 오시느라구 혼나셨다구."

아마 이런 정도 아마 얘기를 핸 모양이죠.

"아 별게 아닙니다. 아 뭐 거- 오성대감, 대감이 지금 얘기 해는데, 아 유 저 몸이 많이 그렇게 불편하시대는데, 그래 어트게 치료를 잘 못 해서 가지구."

또 종들만 욕을 핸거지.

"아 망할 놈들이 말야. [웃음] 아 이놈들이 이래 어트게 해서 그랬는, 잘 못해 가지구 그래셨는데. 아 지금은 우리가, 내가 보질 못했으니까 한번 보구서 정확한 진단을 내려야 되겠습니다." 그랬어.

그래니까는, 아 몸이 아픈데 빨리 낫, 가 곤쳐준대는 사람이 좋을 거 아닙니까?

그러니까 "네, 알었습니다." 그래구선, 여자가 그 평풍을 다 걷어낸 게, 한 쪽을 썩 걷었어요.

제일 내가 여기 아프다 그리구, 자 얘기해 줄라구, 좋은 진단 내려 줄 줄 알구.

그래 이 평풍을 자기 손으로 걷어가지구 고갤 싹 내밀어 준거야, 한음대감한테.

한음이 딱 보니까 참 괴고망측하지 코가 이만하게 하구 앉었으니.

[웃음]

미인인 줄 알은 게, 그래 상대 안한거야. 내가 저렇게 해가주. 어 보니까 자태가 너머 잘 생, 부인이 참 저거하신거야. 귀부인 타입이야. 그래야-. 그래가주 그 덕에 또, 뭐냐믄 그래두 가르쳐 줘야 될 거 아냐. 얼굴을 자세히 봤으면, 그래 이, 한음이 또 그짓말을 했거야. 한방 약책이 그 많지. 근데 이 동상이 걸렸단 말야, 코가. 동상 걸린 코에다가 그걸 빨리 낫는 약을 안 해주구, 또 엉뚱한거 또 치료를 해 줬어요. 얘기 해 줬어, 화재를.

그러니 이 사모님이 가만히, 종들두 없으니 가만히 듣구선 아, 인제 문 닫구 인제, 부인은 들어가구, 오성두 인제, 저 한음두 잘 을어 먹구 인제 갔어 집이. 오성대감이 와 보니까 아 오늘 한음대감이 와, 와서 또 치료 방식을 이, 몇가지 주구 가, 가잖어. 이 미워 죽겠는데, 내가 또 와서. 아, 야- 분명히 이제 자기 부인 얼굴을 보여 준거여. 한음한테 속은 거여.

그래 오성대감이 가만-히 생각하니까 '야-, 저 친구한테 내가 두 번을 속았는데,'

한 번은 자기 부인 코를 동상이 걸렸지, 한 번은 또 저기 얼굴까지 보여줬지.

[37초 간 전화 통화로 인해 중단]

아 그래 오싱대감이 가만-히 저거 해니깐, 복수를 해야 될 거 아냐. 나만 속, 받을 게 아니구.

그래서 궁리하신 게, 그래 이 양반이 이제, 정사 이제, 임금이 불러 가지구 인제 논의 해다가, 아주 그냥 한음이 미워 죽겠는데, 또 한 좌석에서 앉아 해게 되잖아요.

그래, "아유 내가 지금 모 볼 일 있다구."

오성대감이 또 그날은 또 먼저 가셨어.

간 게 한음대감네 집이 가, 찾어 가신거여.

[웃음]

찾어 가 가지구, 종을 불러 가지구.

"너 마님 계시냐?" 그래니까.

"아 그럼 마님 ○○ 집에 계신다." 그래니까.

(보조조사자 : 어디, 니 마님계시냐 그래니까 뭐라 그랬다고요? 니 마님 계시냐 그랬더니 뭐라 그랬다고요?)

집에 계신다고. 어, 집에 계신다, 아 저 옛날 분들이 어디 가셔. 그 분들 그냥 밥 먹고 그냥 여자들은 집이들 앉었었지.

"그러믄 너 들어가서 너 마님보고, 에- 저- 을마 안 있으므는, 며칠 안 있으면, 이 저-"

그때 또 해필 나쁜 병이 돌았답니다. 이 평민들한테.

에 저- 장, 지금은 장질부사라 그랬지, 옛날에는 저거 무식한 말로는 엠병이라 그랬다고요, 예. 그 병이 이제 이-, 막 돌고 그래니까는 가서 그래, 그리 그리 얘길 했대요.

"너 마님보고 방안에만 가만- 들어 앉었으면은, 그- 체력이 약해 지면은 그- 장질부, 저기 엠병이란 병이 많이 댕기니까 건강한 종들 보다도 그런 사람들이 먼저 찾어 들어 가니까, 우린 중이라 그래지만, 그땐 병이 찾어 들어가니까 나와 활동을 해야 된다구. 그 얘기 전해라."

그럼, 가 간거여, 이제 오성이가.

이제 그래구서 이제, 자기네 집이 이제 가 있다니까, 한음대감이 와 가지고 저녁에 쓱 들어가서 오, 왔는데, 아 또 부인이 뭣도 모르고 "아유 우리 한음대감이(오성대감이) 오늘 오셨다 갔다." 그래니까 '아 요놈이'.

인제 저 저, 오성대감이 왔다 갔다 그래니까, '아 이거 큰일 났구나. 저 놈 나한테 또 복수 해러 왔구나.' 해구 인제, 찾어 들어 간거여. 마, 마님보고.

"오늘 오성대감 왔었냐." 그래니까.

"아 오늘 낮에 오셨다 가셨다구." 그래.

“뭐라 그러더냐” 그러니까.

“별 말도 아니더라. 어 뭐 지금 성 바깥에서는 뭐 저기 못된 병이 댕긴대는데, 확실해냐?”니까.

오성이(한음이) 가만히 들어보니까 마, 맞걸랑요, 전부들 염병이 나서 가지고.

그래 가지고 “뭐 별 다른 얘기 하더냐”니까.

아 뭐 부인이 그래서 솔직해 얘기해 줬으면 얼마나 좋아.

“아 그냥 별다른 얘기 안 하구 그래구 가셨다.” 그래니깐 오성대감이 (한음대감이) 가만-히 생각하니깐 뭐 별 다른 게 아니걸랑.

“어 그래?”

그러구 인제 좀 있다가 또, 또 궁궐에서 또, 메칠 인제 있다가 궁궐에서 또 오라 그래서 가, 갔는데.

으 저기, 오성감이 한음대감네 집에 갈라니 집에 있으면은, 얘기, 대화가 안 된잖아. 고런 작전을 못 꾸미잖아요.

그래 꼭 정사해는 날만 저 저, 생각하고 있자니까 마침 임금이 부른 거야.

아, 오성대감이 좋아서, ‘하, 인제 한음한테 저 또 하나 이제 좋은 거 또 하겠다구.’

가 가주 정사해다 말구, ‘아, 나 바쁘다.’ 그래구 먼저 나와가주 한음대감네 집이 찾어 간거여.

가 가지구, 종을 불러 가지고 뭐라냐면, “사모님 요새 나가 운동 해느냐?”

“아니요, 안 해요. 뭐 아직 안 해시고 계세요.”

그러면 내, 그전처럼 평풍 가려 놓고, “너 저 사모님 나오시라 그래라.”

아 그래구 인제, 종들이 주안상을 채려다 주니까 주안상 먹고 나니까 술 한 잔 먹구 뭐 아주 배짱이 좋아 졌지요 인제.

[일동 웃음]

배짱이 좋아졌지. 하 그래가지구 딱 들어 갔는데, 아 금방 종이 그래는 거여.

"어우 사모님이 지금 못 나오신 답니다." 그래.

"왜?" 그러니까,

"몸이 갑자기 춥구 떨려 가지구 지금 기거를 못 하신다구."

아 그러니까는, 아 오성이가 생각하니까 참 좋은 기회가 왔다 이거야 인제.

'야- 나두 이때가 됐구나.' 해구서, 자연-스럽게 앉어가주 인제, 술을 몇잔 먹구 앉어가-, 서 궁리핸게, 종을 또 불렀어요.

"야 너 마님한테 가서 지금 많이 아프냐구, 많이 떨구 아프시냐구." 그래

"아 그렇다구."

"아 지금 뭐 기거를 못 하신다구." 그래.

"아 그럼 그 약이 있다. 느덜은 몰라두 되니까, 업고 오던지 들고 오던 지 여기, 사랑에 까지만 모셔라." 그랬어요.

그래니깐 참, 대감이 가서 참, 하, 자기 남편하고 그 대감하고 참- 친하 고, 뭐 참 저거 한데, '뭐 별다르랴' 해구 몸을 아픈 거를 종들에 의질해 가지구 그 방에 들어 갔어요. 평풍을 가려 놓고.

아 이-, 오성이 한음대감 부인보고.

"아, 몸이 상당히 아프시냐구." 그래니까.

"아 그렇다구." 죽어가는 목소리로 해니까.

"아, 참 큰일 났습니다. 그 병은 걸리면 금방, 메칠 안에 어, 저, 저거 할 수가 있으니까 내가 약 화제를 하나 내 드릴 테니깐, 제일 친핸 몸종 한테다가만 부탁해서 그거 해 잡수세요." 그랬어요.

아 그러니깐, 어 좋은 얘기 아녜요. 약, 약 화제 내준대는데.

"아 그러면 좀 말씀하세요."

그래니까 인저 오성이는 그- 한음 부인 목소리를 그 때서 들은 거여 인제.

아 고것도 하나 작전인데 목소릴 잘 듣고.

"지가 시키는대로 하세요." 그래곤.

그 저- 그 병에는 딴 게 약이 아니라, 옛날엔 짚신을 신었어요. 미투리라고.

짚으로 삼은 거 아니면은, 삼으로 해가지고 미투리래는 건 삼으로 삼어 가지고, 거 신고다니는 그런 신발 있었는데.

"이거는 참, 부인께서만 아시는 얘기지, 남편의 짚신, 그것도 오래 신은 거, 아주 발에 때가 묻구, 그게 아주 최고 대약이니까, 내가, 댁에서 가장 가차운(가까운) 몸종만 시켜가지고 그걸 끓여가지고 그걸 잡숴야 낫지, 또 딴 사람 것도 안 된다. 남편 거래야 꼭 된다. 새루 핸 그 짚신을 해믄 아무 것두 저거 해기 땜에 아주 몇해 신어가주 때가 묻구 막 그런 걸, 그걸 삶어서 그 물을 잡수시면 괜찮다고."

그리곤 바로 갔어요. 아 그래고 인제, 지 메칠 지났는데, 아 인제 가 보니까, 아 오성이 집이 와 보니까는, 다 정사해구 갔다 오니까, 집이 이렇게 이상한 냄새가 나는 거여. 방에 들어 가니까.

아 이거 짚신짝을 삶어 놨으니 오죽해. 그 때묻은 놈의 거 짚신짝이. 집안에서 이상한 냄새가 나는 거여.

"여보 이거 뭔 냄새가 이렇게 고약해?" 그러니까.

부인이 얼굴이 뻘게지면서 얘길 핸거야.

"아 이거 약 좀 내가 먹구 나머지 요기 있다."

그래는데, 물, 그 물 끓인 물. 그걸 보여주니까, 이렇게 보니까 시커멓기만 ○○도 아니지 뭐.

"아 도대체 이게 뭔 물이냐?" 그래니까.

"아 오늘 오성대감이 오셨다, 저- 오셨다 가셨는데, 아 내가 지금 그 나쁜 병이 아마 온거 같다구, 몸이 아프구 그래서." 그러니까.

"글세 말이요" 그랬는데.

"그래 뭐라고 화제를 내 줬어." 그러니까.

"당신 미투리 오래 묵은 거, 한 삼 년 신은 거, 그걸 삶어 가지구 먹어야 된다 그래가지구 이거 삶어가지구 먹고 또 아주, 쪼끔 남었다구."

오성이 여간 부아가 나? 그거?

[웃음]

그래 마나님 한테두 얘기도 못 하구, 종들 들을 까봐 왜래 쉬쉬해구 인제, 빨리 치우라구 그래, 다 갖다 치워 놓고.

그, 그 담에 인제 오, 한음대감하고 또 만나게 됐는데, 서루 인제 아주 모른 체하구 아주 점잖게 아주, "아- 대감왔어?" 어째구 인제 그래가주 대화를 해구 가만-히 생각해 보니깐.

아 상당히 분해걸랑 또, 한음이.

'야 오성이한테 이 나는 가서 얼굴이만 보고 점잖게 하구, 코만 하나 좀 동상 걸린 것 밖에 없는데 이건 아주 짚신을 삶어가주 멕여 놨으니.'

아 그래, 아 좀, 그래, 제, 오성이는 자기 부인 얼굴이 보인거는 그건 아무 것도 아니다 이거여.

아무것도 아닌데, 아 이건 제 짚신짝을 삶아 가지구 먹, 부인을 멕여 놓고, 아주 복수를 단단히 했다 이거지요.

그래 그 오성이, 그, 그, 그래가주 있다가 가만-히 생각해 보니깐 둘이 자꾸 그래다 보면은 어느 땐 간 이 트러, 트래블이 생길 것 같더래요. 오성 생, 오성이,그 대감이 생각하니까.

'아 내가 또 복수를 해게 되면은 대감이래는 그 중책, 정승이래는 벼슬까지 가진 사람들이 국사를 논해야 되는데, 이래다보면은 이 서민들이 알게 되면은 큰 망신거리다.'

그래가주 서루 타 났대는 거여.

"한음대감, 내가 이런 장난을 해 가지구 그렇게 했는데, 아 또 그렇게 서루 이래다 보면, 국가 정사가 아니라 둘의 불찰이 생기니까 우리 인제 앞으로, 인제 그 때부터 여자 남자가 서루 면담하게 된 거는 우리가 서로 고려한 약점 때문에 그랬으니까, 오, 저- 한음대감이 우리 집에 오면은 우리 안식구가 술상 들여와서 같이 앉어 술 먹고, 내가 한음대감네 집이 가면 한음 부인까지 같이 나와서 동석하자."

아, 그래가주 그때서부터 남녀가 같이 앉어, 저, 대화하게 얼굴 보게끔, 그걸 풀어 놓자 인제. 우리 궁궐서두 그래구, 서민덜두 인제 전부 다 인제 풀어 놓자. 그래가주 그때부터 여자 남자가 대화두 할 수 있구, 그렇게 됐다는 그런 전설이 있더라구요.

소혀바위를 깨뜨려 망한 부자 - 파명당

자료코드 : 03_08_FOT_20101219_HRS_HYP_0007
조사장소 : 강원도 원주시 소초면 흥양2리 892-1번지 마을회관
제보일시 : 2010.12.19
조 사 자 : 황루시, 유명희, 유형동, 김명수
제 보 자 : 홍용표, 남, 71세
구연상황 : 조사자가 다른 이야기는 더 없는 지 묻자 원청의 등의 청중이 정확한 유래를
　　　　　몰라 이야기 할 수 없다고 했다. 그러자 제보자가 다시 나서며 한 가지만 더
　　　　　이야기하겠다며 구연했다.
줄 거 리 : 옛날 실장동이라는 동네에 큰 부자가 살았다. 큰 부잣집이다 보니 식객들이
　　　　　항상 많아 안주인은 일하기가 힘들었다. 그러던 어느 날 한 스님이 시주를
　　　　　얻으러 왔다. 안주인은 스님에게 시주를 하면서 집에 손님이 적게 오는 방법
　　　　　이 없는지 물었다. 스님은 마을 앞을 흐르는 개울 앞에 있는 바위를 깨라고
　　　　　방도를 알려 주었다. 사람을 시켜 그 바위를 깨버렸다. 그러자 그 부잣집이
　　　　　망해버렸다. 그 부잣집의 뒷산이 소가 누워있는 형상이고 냇가로 뻗은 바위
　　　　　가 그 소의 혀에 해당하는 것이었다. 소가 누워 물을 마시는 형상인데 그 혀

를 끊어버린 것이다. 그래서 그 부잣집이 망하게 되었다.

옛날에, 지금 그 동네에 큰- 부자가 있었어요, 있었답니다. 아주, 그런데, 옛날엔 부자가 있으면요, 지금 부자들은 그냥 앉어 저거하지만, 옛날 부잣집이는 읃어 먹으러 댕기는 사람이 많었어요. 네, 아주 손님덜이, 그- 사, 행랑, 행랑채가 있고, 안채가 있고 그래 가지구.

행랑채에 거 사랑방이라 그러는 데는 하튼 노숙객들이 먹으러, 인제 읃어 먹으러 댕기는 분들이 많었어요. 그렇다고 뭐 그지 생활핸 사람들만 오는 게 아니라, 선비들까지 와요. 에-, 선비들이 공부하다가 배가 고프니깐 허길 채우러 부자집엘 찾어 가 가지구, 어- 시나 한 수 읽구 그래면.

"어- 오셨느냐구." 말야. 이렇게 대우를 해주구.

참 그러는데, 그러니 그 참 부자 체면에서 안 줄 수두 없구.

그러다 보니깐 안주인이 이건 일년이면, 삼백 육십 오일이면, 하루 손님이 떨어질 날이 없는 거야. 그래니깐 내 식구들만, 내 종들 하구, 내, 에, 종이 아니라 일꾼들, 일해는 일꾼들만 멕여 살리, 뒤치다꺼리 해기두 힘들어 죽겠는데.

이건 매-일 손님들이 오니까, 술, 술 저-, 매일 해서 술 담궈가주, 술, 술상 내가야지, 밥 해 멕여야지, 잠 재우면 또 저거하지.

아주 그냥 조석 간에 매일 삼백 육십 오일 동안 그래 노니깐 안주인이 화가 난거여. 뭐 죽을 지경이야. 참, 그래니까 나, 저기 옛날에 저 남자가 한 마디 어, "물 떠와" 그러면 꼼짝 없이 물 떠다 줘야되고.

[웃음]

그런 세상인데. 말루만 부자지.

[35초간 이야기 중단]

그래가주 거기, 삼백 육십 오일 동안 그냥 그래구, 한 두 해가 아니라 몇 해를 인제 살어 온 거여. 그래니깐 그게-, 이래 생각해 보면 부자가 아니라 지겨운거여. 뭐가 지겨우냐면, 사람 오는 게 지겨운 거여.

먹구 사는 게 문제가 아니라, 사람 오는 게 지겨우니까는 '야-, 어트게 좀 저 손님이 좀 들 오게 핼 수 있는 방이 없을까?'해구 궁리를 해봤자 생각이 안난거여.

그런데 마침 스, 중이, 옛날엔 중이구, 지금은 아주, 뭐 저 저 스님이니 뭐 대사니 해지만요.

중이 하나 딱- 와가지구 시주를 해 달라구 목탁을 뚜드리구 섰는거야. 그래 가만히 보니깐 '야- 이때 기회다'해구서 생각해구서는, 거 마님이 쌀을 가지구 간거야.

스님 앞에다 주면서.

주니까 스님이 "아유 감사햅니다."해구 인사를 해구 갈라 그래니깐, 또 부른거야.

"내 애기 한 번 들어 보세요. 나, 우리 집이가 이렇게 부잔데, 이, 일년 내내 몇 년을 두고 내가 이렇게 시달림 받어서 그 치, 그 뒤에서 뒤치다꺼리 해다보니까 나두 괴로우니, 손님이 쪼끔 안 들어오게끔만 해 줄 수 있는 방식이 있느냐"

그리니깐, 스님이 그 애길 첨에 듣구 당황 핸거야.

'야- 이상하다' 그래구 가만히 몇 발짝 돌아설라, 가다가 생각하니깐, 뭘 생각하니, 돌아서 가지구,

"그럼 내가 그 비결을 가르쳐 주마. 대신 누구한테도 절대 애기하지 마라. 어 내가 가르쳐 줬다 소리해지 말구, 저기, 일을 처리해라."

아 그래니까 이, 이 양반이 "진짜 손님 안 들 수 있느냐구" 또 매달렸어.

그래니까 "아유- 걱정해지 말구, 내 해래는 대루 해라."

그래니깐, 좋아 가지구.

옛날엔 쌀 한 되만 가져두 엄청 크게 생각했는데, 근데 부자니까 쌀 한

말을 그냥 중한테 퍼 앤긴거여. 아 중이 그거 한 말 받으니, 뭐 눈이 휜해지, 죙일 돌아 댕겨두 쌀 한 말 구해지두 못 할 판인데.

[일동 웃음]

그래 인제 비결을 가르쳐 준거야. 그래 스님은 떠나구, 이 여자, 저 그- 부잣집 마님이 참, 그 들었다 봤다 좋은 게 하나 있어요. 그 뒷산이 아우영(臥牛形)터여. 소가 앉었는 형상이라구.

(보조조사자 : 와우?)

에-. 지금 있는 산이, 아우영턴데 소가 앉어 가지구, 고 그트머리에 뭐냐면, 소가 머리 있잖아여. 소 머리. 소 머리가 나온 그 봉이 쪼끄만 게 있는데, 그 앞에는, 개, 내천이 흘러요. 이 앞에는, 그 또랑이 글루 흘러나가는 또랑이라고. 그랬는데 지금은 저 논이 돼 버리구 개울이, 변, 변동이 됐지만은.

그- 거기 가면 바우가 나왔고, 바우 능선이 나와 가지구, 소 머리 형으루 됐는데, 혓바닥이 바우가 나온게 혀요 혀. 소가 물을 빨어 들이기 위해서 또랑이 이렇게 났었걸랑, 이 개울이 있으니까. 소가 앉어가지구 물에서 혀를 내밀어가지구 먹는 그런 형상이걸랑요.

그래는데, 스, 스님이 뭘 가르쳐 줬냐면은 "딴 거 보다도 저 가면은 거 바우가 있다. 바우가 저 노란 바우가 나왔을 때 고길 끊어라." 에, 혀를 끊어 논거여. 물을 먹을라구 혀를, 내민 혀를 끊어 논 식이야. 그래니까는 께 인제 그- 고런 얘기는 안 해주구, 거기 나감 거 바우가 있으니깐 바우 끄트머릴 끊어라.

그래 부자, 그 동네에서 최고 부자고 뭐 그래니깐 권력 행살 해는 거지. 그래 뭐 자기 일꾼들을 불러 가지고, 고 바우를 가르쳐 주고, 바우 끄트러릴 깨놔라. 그래니깐 소 혓바닥을 끊어 논거여 말하자면은.

아 그래, 종들이나 동네 사람들이 뭣두 몰르구 가서 그걸 끊어 버렸어요. 징으루 깨가지구, 깨내구 을마 안 있다 보니깐 그 집이 아주 망핸

거여.

그래 그 많던 부자가 그냥 갑자기 그냥 서서히 줄어 들어가지구, 아주 망해가지구 거덜이 났는데, 지금두 그 집터가 있구 나중에 한 사람이 와서 거기다 집을 짓구 살언게 지금두, 그긴 한참 또 부자루 살다 갔는데요.

에- 지금 그래, 유래가 사람의 집은 사람이 와야 된다. 사람 없으면 망핸대는게 그래서 그 유래가 있는 겁니다. 부잘수록 사람이 많이 들어오면 부자가 된대는 거. 사람의 집에 사람이 꼬여야 된다는 얘기 있잖습니까. 그게 그런데서 나오는 얘기, 지금두 전설이 있는데, 그 동네가 지금 있어요. 실장동이라고 바우, 산 자체도 있고, 바우도 지금 있어요.

(보조조사자 : 쇠쇄바우가 소 혀 바위란 뜻인거죠?)

소 혀를 끊은. 쇠쇄바우라 그러죠.

대추 훔치는 방법

자료코드 : 03_08_MPN_20101217_HRS_JMW_0001
조사장소 : 강원도 원주시 소초면 장양9리 1002-1번지 마을회관
제보일시 : 2010.12.17
조 사 자 : 황루시, 유명희, 유형동, 김명수
제 보 자 : 정무웅, 남, 70세
구연상황 : 황효자 이야기를 마친 후 잠시 이야기가 중단되었다. 그러자 제보자가 나서서
　　　　　 이런 이야기를 해도 되냐며 구연하였다.
줄 거 리 : 대추를 서리하려면 바가지를 쓰고 가야한다. 달빛에 보이는 대추열매와 대추
　　　　　 나무 잎은 모두 반들반들 해서 구분이 되지 않는다. 또한 나무에 가시가 있
　　　　　 어 손으로 훑어 따기도 어렵다. 그래서 바가지를 쓰고 나무 위에 올라가서
　　　　　 바가지에 닿는 소리가 나면 그것을 따면 된다. 제보자가 어린 시절 이런 방
　　　　　 법으로 대추 서리를 한 경험이 있는데, 이때 주인 영감님이 나와서 나무에
　　　　　 죽은 듯이 피해 있었다. 한참 대치하고 있다가 결국 주인 영감님이 포기하고
　　　　　 집으로 들어가 버렸다.

　그 옛날에, 그, 그니깐 육이오(6·25) 전이니 그만해두 옛날이지 뭐-.
60년두 전이니까. 내 어려선데.

　대추 훔치는 방법은, 달밤에 대추나무에 올라가먼은 기냥 보면 대추잎
도 반들반들 해구, 대추두 반들반들 해구, 그냥 훔치질 못 해.

　(보조조사자 : 아-, 그래요?)

　그르믄 대추를 쥐구.

　[두 손을 모아 위에서 아래로 훑으며]

　무조건 이렇게 잎을 내리 훑으믄, 까시땜에 찔려 거 따지두 못해구.

　대추만 하나 씩, 하나 씩 따야 되는데. 그래, 이게, 실, 내가 실제로 해
봤는데.

갑선네 집 앞에 저 아래, 그 대추나무가 큰 게 두 개가 있었어요.

육이오 전이지. 달밤에 갔는데, 이 따러 올라갔는-. 대추는 훔칠램 바가지를 쓰구 올라가야 돼.

[머리에 무언가를 쓰는 시늉을 하며]

바가지를 머리에 쓰구 올라가서, 대추나무는 거 대추 결가지가 그거-, 일년생에서 달리기 땜에, 봄에 햇순이 나와가주, 줄기가 나와 거기 대추가 달리는 건데.

그 주룩주룩 늘어져 있으니까 바가질 쓰구 올라가서 이렇게 햄, 달그락 해니, 요거 닿음 '톡' 해구 소리가 남, 고거만 따야 돼.

[두 손을 모아 위에서 아래로 훑으며]

그냥 이렇게 훑으믄 까시땜에 전수 찔리구.

[위쪽을 올려 보면서]

그냥- 눈으로 보면은 대추도 반들반들 해구, 달밤에 이, 대추잎도 반들반들 해는.

아, 그래 그 갑선이 할아버지가 이제, 내가 그 바, 대추나무에를 올라가서, 좀 따다가 어트게 인기척이 나서 그랬는지, 이 노인네한테 들켰네.

나와서, "누구여, 누구여-."

이래, 높이 올라가서 가만-히 있는데, 내려오라 이거여.

아이, 그래 또 갑선이 할아버지가 여간 무서워?

아유-, 무서워 내려오지두 못 해구, 한 시간두 넘게 거기 나무에서 매달렸다가 그 노인네가 기권하구 들어가셨지.

그래 대추 몇 개 훔치지두 못 해구서, 기냥 이거를 내려오긴 내려왔는데.

우쨌든 간에 지끔이나, 예나 지끔이나 대추를 훔치러 갈래면 바가지를 쓰구 가야된다는 거여, 바가지.

해방가

자료코드 : 03_08_FOS_20101217_HRS_JBH_0001
조사장소 : 강원도 원주시 소초면 흥양2리 565번지 진병호 자택
제보일시 : 2010.12.17
조 사 자 : 황루시, 유명희, 유형동, 김명수
제 보 자 : 진병호, 남, 73세
구연상황 : 회심곡을 선소리와 뒷소리를 하면서 혼자 구연한 후 조사자가 밭을 갈 때 하
시던 소모는 소리에 대해 질문하자 '젊었을 때는 잘했다'면서 사양하였다. 혼
자서는 신명이 안 난다시면서 소모는소리를 자꾸 청하자 '내가 해방가나 하
나 불러줄게' 하시면서 노래를 시작하였다. 소리를 끝낸 후 노래에 대해서
'해방나고 술집에서 술을 드시면서 할아버지, 아버지가 하던 소리'라고 하였
다. 손을 들어서 장단을 맞추면서 신나게 구연하였다.

팔월이라 십오일은 우리님나라 기념일날

태극기를 높이들고 부산항구를 내려가니

한사람도 안보이고 파도소리만 요란한데

서울이라 올라와보니 삼천만 동포가 다모여서

만세소리는 진동한데 한강철교를 내다보니

두동강이 나서있고 일본간 우리낭군

대마도로 건너갔나 미국으로 건너갔나

언제올꼬 기다릴제 한정없는 이시간을 [기침]

어느누가 알아주나 여보시오 젊은이들아

내말한말 들어보게 조선팔도 도로찾고

후손만대 늘이면서 웃어가며 살아보세

6. 신림면

증편 한국구비문학대계 ● 강원도 원주시

강원도 원주시 신림면 성남2리

조사일시 : 2011.2.18
조 사 자 : 황루시, 유명희, 유형동, 김명수

강원도 원주시 신림면 성남2리

성남리 북쪽에 있는 치악산에 금두산성이 있고, 성(城)의 남쪽에 마을이
위치하고 있다고 하여 성남리로 부르고 있다. 또 백제시대 궁예가 성남리
서북쪽 절골에 절을 짓고 한동안 머물렀다고 기록에 전하는데, 이때의 절
이름이 석남사(石南寺)였다. 석남사의 명칭이 변화하여 성남리로 부르게
되었다고도 한다. 성남리는 안동김씨의 집성촌이다.

옥수수, 산나물, 콩, 수수, 잡곡 등의 밭작물을 중심으로 산업이 형성되어 있다. 특히 잡곡은 최근 특화산업으로 육성하려고 하며 방송을 통해서도 홍보가 되었다고 한다. 관광지로 지정되면서 펜션과 같은 숙박시설을 운영하는 사람들도 많이 늘어났다.

성남리는 치악산 국립공원에 속해 있어 산수가 수려하며 상원사, 성황림 등 유적과 전설을 많이 간직한 곳이다. 성황림은 고산식물에서부터 야산식물에 이르기까지 각종 초식물이 서식하고 있어 1962년 12월 3일 천연기념물 제93호로 지정되어 보호, 관리되고 있다. 근간에는 많은 초식물이 점차 멸종되어 가고 있어 1990년 8월에 보호철망을 설치하고 외부인의 출입을 통제하고 있다. 음력 4월 7일 성황림에서 제를 지낸다. 원래는 4월 초파일이 행사날이었는데 상원사의 초파일 행사와 겹치게 되어 조정했다고 한다. 제사는 마을 단위의 행사라기보다 지역의 대학이나 지자체까지 참석하는 대규모 행사이다.

강원도 원주시 신림면 신림3리

조사일시 : 2011.2.18
조 사 자 : 황루시, 유명희, 유형동, 김명수

박정희 대통령 때 소 선거구 개편을 위해 원래 신림1리에서 3리로 분리되어 나왔다. 원래는 쇠오골이라고 불렸는데 한자로 이름을 바꾸면서 금(金)옥(玉)동이 되었다. 예전에는 화전민이 많이 유입되어 40호 정도까지 이른 적이 있었으나 현재는 25호 정도의 가구가 유지되고 있다. 경주 김씨와 연주 현씨가 집성촌을 이루고 있다.

옥수수, 감자, 무, 배추, 콩 등의 밭농사가 주를 이루고 있으며 벼농사를 짓지만 많지 않다. 80년대 후반 농기계가 들어왔다.

마을 행사로는 성황제가 있다. 음력 3월 3일과 9월 9일날 지내는데 이를 위해 마을 기금을 모은다. 예전엔 소로 제사를 지냈으나 현재는 인구 감소로 인해 돈을 모으기가 힘들어 간소화하였다. 천주교를 믿는 가구가 다섯 가구정도 되지만 행사의 의미로 참석을 하기 때문에 개의치 않는다고 한다.

강원도 원주시 신림면 신림3리

마을의 농악이 활성화되어 있었고 농악의 총책임자를 '영좌' 라고 부른다. 두 가문에서 번갈아 가며 영좌를 맡아 농악을 이끌어 인근의 둔창마을과 누가 더 잘하는지 기싸움을 펼치기도 했다.

강원도 원주시 신림면 황둔1리

조사일시 : 2011.2.18, 2011.2.21
조 사 자 : 황루시, 유명희, 유형동, 김명수

원래는 원주군 구을파면 지역으로서 오리 또는 황둔이라고 하다가 1914년 행정구역 개편 때 물안골, 소야, 신목정, 재사동, 창골, 샘골, 청룡,

평촌을 병합하여 황둔리라고 하였다. 서쪽의 싸리치와 동쪽 송계리의 솔치가 있어 교통이 불편한 곳이었으나 지금은 싸리재에 신림터널이 뚫리고 신림 I.C가 생겨 교통이 편리해졌다. 매봉산과 감악봉이 있어 경관이 좋아 도로를 중심으로 음식점이나 휴게소가 들어서고 있다. 특히 감악봉과 백련사, 매봉산을 찾는 사람들이 창촌을 기점으로 하고 있어서 외지 사람들이 많이 찾는 곳이다. 황둔 1리의 현재 가구수는 128호 정도 된다.

논농사를 기본으로 하여 옥수수, 고추 등의 밭작물을 재배하고 있다. 현재는 황둔리의 찐빵이 유명해져 인터넷 판매 등 다양한 경로로 판매하고 있다. 어느 정도 경기가 활성화되면서 외지인들에게 상가를 임대하는 임대업을 하는 이들도 많아졌다고 한다. 서낭제는 6년 전에 폐지하였으며 정기적으로 하던 풍물놀이와 씨름 등의 민속놀이는 하지 않은 지 20년쯤 되었다고 한다. 별다른 마을 행사는 없고 12월 말에 이장수당을 재원으로 대동계를 한다.

강원도 원주시 신림면 황둔1리

김기열, 여, 1929년생

주 소 지 : 강원도 원주시 신림면 신림3리 354번지
제보일시 : 2011.2.18
조 사 자 : 황루시, 유명희, 유형동, 김명수

김기열은 원주시 지정면 보통리에서 1남
1녀 중 장녀로 태어났다. 17세 때 성남 1리
시댁으로 시집을 갔다가 22년 전에 가축을
키우기 위해서 현 거주지인 신림3리 354번
지로 이주하였다. 6년 전 남편과 사별하고
지금은 혼자 살고 있다. 제대로 된 학교 교
육은 받지 못하고, 야학을 다니며 한글을
깨우쳤다고 한다.

민담을 두 편, 전설을 한 편 구연하였는데, 이 이야기들은 어린 시절
아버지에게 들은 것이라고 한다.

제공 자료 목록
03_08_FOT_20110218_HRS_GGY_0001 방귀 잘 뀌는 며느리
03_08_FOT_20110218_HRS_GGY_0002 명기가 빠진 명당
03_08_FOT_20110218_HRS_GGY_0003 아내의 치성

김순기, 남, 1945년생

주 소 지 : 강원도 원주시 신림면 신림3리 354-1번지
제보일시 : 2011.2.18
조 사 자 : 황루시, 유명희, 유형동, 김명수

김순기는 신림 3리에서 외동아들로 태어나 지금까지 거주하고 있는 토박이로 현 거주지는 신림3리 354-1번지이다. 국민학교를 마치고 농사일을 돕다가 철도청 시설관리를 약 25년 동안 했다고 한다. 25세 때 혼인하여 아들만 2명을 두었다. 현재 신림 3리 노인회 총무직을 맡고 있으며, 공공근로직에 종사하고 있다.

체격이 작은 편이다. 집안 형편이 어려웠지만 어려서부터 성격이 쾌활하여 사교성이 좋은 편이다. 구연한 민담과 민요는 어릴 때 동네 어른들에게 듣고 자연스럽게 익힌 것이라고 한다.

제공 자료 목록

03_08_FOT_20110218_HRS_GSG_0001 해와 달이 된 오누이
03_08_FOS_20110218_HRS_GSG_0001 아라리

김창동, 남, 1933년생

주 소 지 : 강원도 원주시 신림면 황둔리 286-4번지
제보일시 : 2011.2.9
조 사 자 : 황루시, 유명희, 유형동, 김명수

함경북도 단천 출생으로 3살에 원주시 신림면 황둔리 286-4번지로 이주하였다. 4남 2녀 중 둘째로 24살에 결혼하였고 슬하에 5남매를 두고 있다. 어린 나이에 한국전쟁을 겪어서 공부할 여건이 아니었지만, 초등학교를 마친 뒤 근처에 있던 서당을 다니면서

2년 정도 한문 공부를 했다. 이장일을 5년간 보았고 농협 이사직을 16년 동안 맡았다. 소리는 나이가 들면서 주변 어른들에게 배워 해방 직후까지 불렀다. 현재 경로당에서 7년째 회장직을 맡고 있어서인지 매우 적극적으로 조사에 참여하였다.

제공 자료 목록
03_08_FOS_20110209_HRS_GCD_0001 아라리
03_08_FOS_20110221_HRS_GCD_0001 아라리

김태진, 남, 1936년생

주 소 지 : 강원도 원주시 신림면 성남2리 823번지
제보일시 : 2011.2.18
조 사 자 : 황루시, 유명희, 유형동, 김명수

김태진은 평안북도 벽동군 출생으로 1944
년 9세 때 부모님이 왜인들을 피해 부곡으
로 이주하면서 함께 내려오게 되었다. 15세
때 성남2리 823번지로 이주해 지금까지 살
고 있다. 삼형제 중 맏이로 어릴 때 부모님
이 돌아가셔서 소년가장 역할을 하였다. 2
남 5녀를 두었는데 모두 혼인해 외지에 살
고 있다. 일제강점기 때 소학교 2학년까지

다녔고, 15세부터는 줄곧 농사만 지었다고 한다.

제공한 자료는 성남리에 이주해 동네 어른들과 일할 때 들은 이야기라고 한다. 호리소 모는 소리를 길게 구연하였는데 혼자 밭을 갈 때 심심하니까 노래를 한 것이라고 한다. 군대에 가기 전부터 소를 몰고 밭을 가는 등 농사일을 했으며 소모는 소리는 동네에 연세 많으신 어른들이 하는 것

을 보고 듣고 흉내낸 것이라고 한다. 다른 일을 할 때도 힘들면 '신세타령'을 많이 한다고 한다. 성격은 점잖은 편이며 수줍음이 많아 보인다. '연습을 많이 해서 좀 잘해 줄 걸'이라는 아쉬움을 나타냈다.

제공 자료 목록
03_08_FOT_20110218_HRS_GTJ_0001 치악산 전설
03_08_FOS_20110218_HRS_GTJ_0001 소모는 소리 – 밭가는 소리

박성남, 남, 1949년생

주 소 지 : 강원도 원주시 신림면 성남2리 1061번지
제보일시 : 2011.2.18
조 사 자 : 황루시, 유명희, 유형동, 김명수

박성남은 경상북도 군위군 군위읍 대북리에서 5남매 중 막내로 태어났다. 군위국민학교와 군위중학교, 대구상원고등학교를 거쳐 서경대학교 경제학과에 진학했으며, 은행에 근무했다. 대학시절부터 서울에서 거주하였으나, 5년 전 신림에 살고 있는 동서의 권유로 이주하게 되었다. 현 거주지는 원주시 신림면 성남 2리 1061번지이다. 현재 성남 2리 이장직을 맡고 있으며, 성황림 해설위원이기도 하다.

보통체격에 갸름한 얼굴형이다. 차분하고 부드러운 말투로 치악산의 유래를 구연하였는데, 이 이야기들은 성황림 해설위원으로 활동하면서 알게 된 것이라고 한다.

제공 자료 목록
03_08_FOT_20110218_HRS_BSN_0001 치악산 전설

백낙진, 남, 1937년생

주 소 지 : 강원도 원주시 신림면 황둔1리 354번지
제보일시 : 2011.2.9
조 사 자 : 황루시, 유명희, 유형동, 김명수

평창군 미탄면에서 출생하여 20세에 영월
북면 공기리로 이주하였고 10년 뒤 원주시
신림면 황둔리로 이주하였다. 영월로 이주하
기 전에 결혼하여 5남매를 두었다. 제보자는
6남매 중 다섯째로 태어나 어려운 살림에도
중학교 과정까지 마쳤다. 소리는 장난감이
없는 시절이어서 어렸을 적부터 재미 삼아
자주 불렀다고 한다. 그 영향인지 초성이 좋
은 편으로 조사에도 적극적으로 임하여 흥겹게 소리를 하였다.

제공 자료 목록
03_08_FOS_20110209_HRS_GCD_0001 아라리

서매화, 여, 1939년생

주 소 지 : 강원도 원주시 신림면 신림3리 37-31번지
제보일시 : 2011.2.18
조 사 자 : 황루시, 유명희, 유형동, 김명수

황해도 출생으로 3세에 정선으로 이주하
였다. 이후 30세에 원주시 신림면 신림3리
37-31번지로 거주지를 옮겨 현재 40년째
살고 있다. 4남매 중 둘째로 20세에 박상희
씨와 혼인하여 현재 슬하에 4남매를 두었

다. 어려서부터 성격이 활발하여 주위 친구들과 잘 어울렸다. 당시 친구들과 놀면서 조금씩 시작한 소리가 지금은 몸에 익어서 자연스럽게 구사할 수 있다고 한다.

제공 자료 목록
03_08_FOS_20110218_HRS_BSH_0002 아라리

안수창, 여, 1935년생

주 소 지 : 강원도 원주시 신림면 황둔1리 36번지
제보일시 : 2011.2.21
조 사 자 : 황루시, 유명희, 유형동, 김명수

제보자 안수창은 제천시 송학면에서 출생하여 14세에 20세된 남편을 만나 황둔리로 시집왔다. 평생 농사를 지었고 자녀는 6남 2녀를 두어 모두 출가시켜 현재 남편과 둘이 살고 있다. 아라리를 주로 많이 불렀는데 어려서부터 크는 동안은 그런 노래만 불렀다고 한다. 요새는 촌에서도 신식 노래만 부르는데 제보자 자신은 글도 모르고 유행가도 모른다고 한다. 옛노래(구조)는 명절 때, 처녀 적에 많이 했고 요새는 회관에서도 모두 앉으면 화투만 친다면서 아쉬워하였다.

제공 자료 목록
03_08_FOS_20110221_HRS_ASC_0001 아라리2
03_08_FOS_20110221_HRS_YGS_0001 아라리1
03_08_FOS_20110221_HRS_YGS_0002 아라리3

윤경순, 여, 1933년생

주 소 지 : 강원도 원주시 신림면 황둔1리 335-1번지
제보일시 : 2011.2.21
조 사 자 : 황루시, 유명희, 유형동, 김명수

　영월 녹전리 출생으로 18세에 혼인하여 춘천에 거주하였다. 한국전쟁 당시 영월로 피난하였다가 30세에 황둔 335-1번지인 현 거주지로 이주한 뒤 지금까지 토박이로 살고 있다. 자매 중 장녀로 국민학교를 졸업하였으며 책임감이 강한 편이다. 현재 3남매를 두고 있으며 10년째 성당에 다니는 매우 독실한 신도이다. 소리는 어렸을 적 주위 친구들과 어른들이 하는 소리를 듣다 보니 자연스럽게 익혔다.

제공 자료 목록

03_08_FOS_20110221_HRS_ASC_0001 아라리2
03_08_FOS_20110221_HRS_YGS_0001 아라리1
03_08_FOS_20110221_IIRS_YGS_0002 이리리3
03_08_FOS_20110221_HRS_YGS_0003 이거리 저거리 갓거리

이순자, 여, 1941년생

주 소 지 : 강원도 원주시 신림면 황둔리 산21번지
제보일시 : 2011.2.21
조 사 자 : 황루시, 유명희, 유형동, 김명수

　평창읍 종부3리 출생으로 16세에 결혼하여 47년 전에 원주시 신림면 황둔리 산21번지로 이주하였다. 4남매 중 셋째로 어릴 때

첫째 오빠가 한국전쟁 당시 전사하고 막내는 실종되어 고생을 많이 했다. 제보자는 슬하에 7남매를 두었으며 평생 농사를 지었다. 소리는 주위 어른들을 통해 자연스럽게 배웠다고 한다.

제공 자료 목록

03_08_FOS_20110221_HRS_YGS_0001 아라리

이옥임, 여, 1943년생

주 소 지 : 강원도 원주시 신림면 신림3리 269번지
제보일시 : 2011.2.18
조 사 자 : 황루시, 유명희, 유형동, 김명수

이옥임은 원주시 신림면 성남 1리에서 7 남매 중 여섯째로 태어났다. 어린 시절 부모님을 따라 용암리로 이주했다가 21세 때 혼인하면서 금창리로 옮겼다. 약 30년쯤 전에 남편의 눈 수술로 가세가 기울면서 현 거주지인 신림3리 269번지로 이주, 정착하였다.

제공한 자료는 민담으로 어린 시절 동네 어른들로부터 전해들은 것이라고 한다.

제공 자료 목록

03_08_FOT_20110218_HRS_YOY_0001 바보사위
03_08_FOT_20110218_HRS_YOY_0002 며느리 시집 살이

전기영, 남, 1938년생

주 소 지 : 강원도 원주시 신림면 신림3리 29번지

제보일시 : 2011.2.18
조 사 자 : 황루시, 유명희, 유형동, 김명수

전기영은 강원도 횡성군 우천리에서 9 남매 중 장남으로 태어났다. 군대를 다녀온 21세 무렵 부모님이 신림 3리로 이주할 때 따라왔다. 이후 서울 북가좌동(모래내)에서 약 30년, 인천에서 약 10년 거주하다가 13년 전에 다시 신림3리 29번지로 오게 되었다.

중학교를 다니던 중 한국전쟁이 일어나 중간에 학업을 그만두게 되었으며, 전쟁 이후에는 다시 공부할 생각을 못하고 농사, 벌채 등 많은 일을 했다. 20세 때 동갑내기 부인과 혼인하여 2남 2녀를 두었는데 지금은 모두 혼인해서 외지에 살고 있다.

서울에서 거주할 때 강원도민회회장직을 3년간 맡았으며, 신림3리에 온 이후에는 2001년부터 2005년까지 노인회장직을 맡았다.

건장한 체격에 이국적인 외모를 지녔다. 조사의 취지를 설명하자 적극적으로 참여하였다. 소리는 어른들에게 교육받으며 자연스럽게 익히게 된 것으로 그때 부르던 소리들을 아직도 기억하고 있다고 한다. 장난감이 없던 옛날에 어른들의 노랫가락을 듣다 보니 자연스럽게 또래들끼리 모여서 소리를 하면서 놀았다도 한다.

제공 자료 목록

03_08_FOT_20110218_HRS_JGY_0001 곶감과 호랑이
03_08_FOS_20110218_HRS_GSG_0001 아라리
03_08_FOS_20110218_HRS_BSH_0002 아라리
03_08_FOS_20110218_HRS_JGY_0001 아라리
03_08_FOS_20110218_HRS_JGY_0002 소모는 소리

주진희, 여, 1936년생

주 소 지 : 강원도 원주시 신림면 황둔리 223번지
제보일시 : 2011.2.18
조 사 자 : 황루시, 유명희, 유형동, 김명수

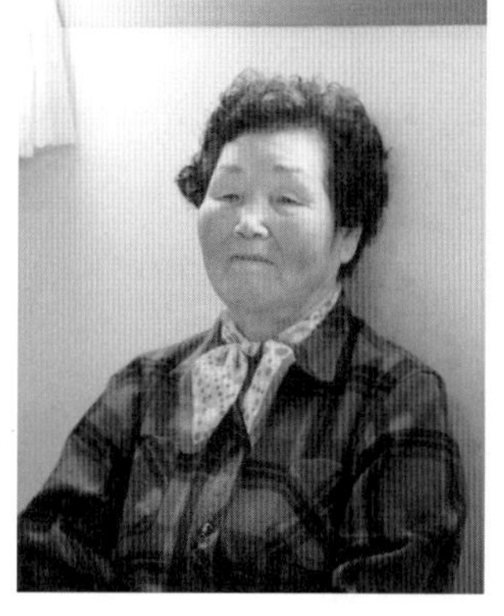

　　제천 송한 출생으로 16세에 결혼한 뒤 22세에 황둔 223번지로 이주하여 지금까지 살고 있다. 5남매 중 장녀로 현재 슬하에 5남매를 두고 있다. 가정 형편상 학교는 다니지 못했으며 소리는 성장하면서 자연스럽게 배웠다. 약 30세 전까지 놀이를 하거나 사람들과 어울릴 때 소리를 하였다.

제공 자료 목록
03_08_FOS_20110221_HRS_YGS_0001 아라리

최봉학, 남, 1938년생

주 소 지 : 강원도 원주시 신림면 성남2리 750번지
제보일시 : 2011.2.18
조 사 자 : 황루시, 유명희, 유형동, 김명수

　　최봉학은 강원도 태백에서 7남매 중 다섯째로 태어났다. 10세 무렵 농사꾼이던 부모님이 태백에서 농사가 잘 안되어 성남리로 이주하였다고 한다. 현재 원주시 신림면 성남 2리 750번지에서 거주하고 있다. 보통학교 3학년까지 다니고 학업을 중단했으며, 부모님을 따라 농사를 지은 것이 지금까지

이어졌다고 한다.

마른 체격에 눈매가 선하다. 제공한 자료는 마을과 관련된 전설로, 갑작스럽게 부탁했음에도 진지한 태도로 구연하였다. 이 이야기들은 20~30년쯤 전에 마을 어른들로부터 전해들은 것이라고 한다.

제공 자료 목록
03_08_FOT_20110218_HRS_CBH_0001 양길장군 이야기
03_08_FOT_20110218_HRS_CBH_0002 치악산 유래

방귀 잘 뀌는 며느리

자료코드 : 03_08_FOT_20110218_HRS_GGY_0001
조사장소 : 강원도 원주시 신림면 신림3리 경로당
제보일시 : 2011.2.18
조 사 자 : 황루시, 유명희, 유형동, 김명수
제 보 자 : 김기열, 여, 83세
구연상황 : 제보자와 청중의 교류가 활발하여 즐거운 분위기에서 설화 구연이 이루어졌다. 특히 김기열 제보자는 교훈을 강조하는 이야기를 주로 구연하였다. 구연을 시작할 때도 적극적이어서 민요 구연이 끝난 후에 설화 구연 유도를 위해 노랑 병든 며느리의 이야기를 해달라고 요청하였는데 바로 구연한 이야기이다.
줄 거 리 : 옛날에 며느리를 보니 얼굴이 노랬다. 며느리가 방귀를 참고 있어서 인데 며느리는 방귀를 뀌면 나무의 배가 떨어질 정도로 방구의 힘이 셌다. 하루는 얼굴이 노란 며느리를 이상하게 여긴 시아버지가 왜 그러느냐 연유를 물으니 방귀 때문이라고 답했다. 시아버지가 방뀌 뀌는 것을 허락하자 식구들에게 단단히 잡을 것들을 알려주었다. 시아버지는 대문, 남편은 기둥, 시어머니는 솥을 붙들라고 이야기한 뒤 방귀를 뀌었는데 그 물건들이 덜컹덜컹 흔들릴 정도로 엄청난 방구였다. 방귀를 뀐 며느리는 그 병이 나았다.

잊어 버렸을 거 같은데. 옛날에 며느리를 봤는데 며느리가 얼굴이 노-랗더래.

"저 얼굴이 왜 저렇게 노라냐?" 그러니까는 어 인제 며느리를 봤는데 참

가마를 타고 가는데 그렇게 방구를 많이 뀐데 며느리가. 그래서 인제 방구를 뀌면은 배나무에 배가 노랗게 달렸던 게 다 떨어진데. 그래 인제 뭐두 가던 사람이 주서먹고.

또 인제 집에 가서 인제 그 방귀를 못 뀌니까는 노랑병이 든다는 거야

"너 왜 이렇게 얼굴이 그러냐." 그러니까. 이제 죽을 때가 되니까 아버님 얘기를 한다고.

"방구를 못 뀌어서 이렇게 노랑병이 들었다고. 그러니까는

"아버님은 대문을 가 붙들고 신랑은 상기둥을 붙들구 시어머니는 솥을 붙들구 그래라 그러더래."

[웃음]

방구를 뀌니까 뭐 집이 들썩 들썩 대문이 열었다 닫았다 막 하고 솥이 막 드르막 거리고 그러더래. 그래가 주고 그걸 애길 들었는데 내가 진(긴)데 다 잊어버렸어. 그래서 그랬다는 소리는 들었어.

(보조조사자 : 그래서 그 며느리는 어떻게 됐어요?)

그 며느린 인제 방굴 뀌었으니까 살았지.

(청중 : 노랑 병이 안 들었겠지.)

(보조조사자 : 그 대문 잡고 있던 시아버지는 어떻게 됐어요?)

다 괜찮데.

명기가 빠진 명당

자료코드 : 03_08_FOT_20110218_HRS_GGY_0002
조사장소 : 강원도 원주시 신림면 신림3리 경로당
제보일시 : 2011.2.18
조 사 자 : 황루시, 유명희, 유형동, 김명수
제 보 자 : 김기열, 여, 83세
구연상황 : '방귀 잘 뀌는 며느리' 구연을 마친 제보자에게 또 다른 이야기는 없는지 묻
　　　　　자 구연한 이야기이다.
줄 거 리 : 옛날에 한 대감이 살았다. 대감은 마적패들에게 밥과 술을 대접했는데 그 대
　　　　　감이 죽어서 장례를 치를 때가 되었다. 마적패들은 상여를 자기들이 지겠다
　　　　　며 나섰고 맏상주만 따라오라고 하였다. 어느 산으로 간 마적패들은 맏상주
　　　　　에게 자신들을 믿고 절대 이곳을 쳐다보지 말고 한숨 자라고 권했고 불안한

맏상주는 잠을 이루지 못했다. 맏상주가 숨어서 지켜보니 투구를 쓴 장수가 앉아있고 장례를 치르고 있었다. 그런데 맏상주가 보고 있는 것을 알아챈 마적대 괴수가 명기가 빠져나갔다며 왜 쳐다보았냐고 상주를 채근했다. 원래 그 자리가 풍수상 장수가 날 자리였는데 이제는 명기가 빠져나갔다고 탄식한 후 장례를 마쳤다. 그 다음 날 임금이 죽어 그곳에다 장사를 지내려 왔는데 누가 미리 들어와 있다며 아쉬워했다. 그 후로 그 대감의 후손들은 큰 장수 는 나지 않았지만 먹고 사는데 걱정은 없었다고 한다.

옛날에 참 인제 또 한 마을에 대감이 살았데. 부잣집 대감이 사는데. 옛날에 마적패가 많이 다녔데요. 그 도둑패가 한 이십 명씩 떼를 지어 댕 기면은 어적어적 댕기는 소리가 난데.

근데 동네 대감님이 도둑놈은 대감집이니까 잘오지. 도둑놈 오는 걸 안 데 이 대감님이.

"오늘 저녁에는 술에 떡에 마당에다 멍석을 깔고 한-상 차려놓고 광문 이고 뭐이고 다-- 열어놓고 너희 가서 자거라 내가 본다."구

광이고 뭐이고 뭐 창고문 다 열어 놓고 가만-히 다 식구들 재우러 보 내고. 그러면 그냥 마적패들이 와가주고 거기서 술에 떡에 실컨 먹고 하 나도 안가져 간데 기냥 간데. 기냥 가구 가구 그러더래.

몇 해나 그랬는지 그렇게 했는데 하루는 인제 그 대감이 인제 돌아 가 셔가주고 막 장례를 저거 했는데. 그 마적패가 또오더라네. 또 오더니만 은 들어와서 하는 말이.

"당신네들 다-- 가만히 있고 맏상주 하나만 나서라. 신체는 우리가 가 져간다. 가져가서 잘 치러줄테니깐. 그렇게 해라." 이러더래.

그래서 인제 시키는 대로 거 뭐

(청중 : 무섭지.)

거 무서우니까. 그라더니 마적패들이 상여를 메고선 밤에 뭐 얼마나 갔 는지 가가주고는

"함을 내가 둔 여기다 놔라." 그 인제 도둑놈들 장수가 있잖아 괴수가

그러더래.

그래 놓고는 맏상주 보고

"아무소리가 나도 저 산에 절대 쳐다보지 말고 당신 저 맘 푹놓고 자라고. 우리가 다 할테니까. 한잠 자자 자고일어나 하자." 이러더래

그래서 맏상주가 그 궁금하지 또 궁금하니까는 그 산자리를 이자리에다 하는데 가만히 보니까 어디 투구 쓴 장수가 앉았었더래. 몇자리에. 얼른 숨었다네. 숨었더니.

그 마적패가 자다 벌떡 일어나더니

"시간됐다 일어나자. 이러더래." 별안듯 보더니

"아 맏상주 ○○○ 처리를 해라. 왜 보지 말랬더니 왜 봤느냐."고

음 왜 봤느냐 보지 말라 그랬는데. 그래도 어떻게

"그래 이젠 뭐 봤으니 할 수 없고 당신이 거길 안봤으면 거기다 산을 쓰면 당신 아주 대대로 장수가 날 텐데. 명기가 빠져나갔다."

그 장수가 명기래 그리고만 도망갔네. 맏상주가 쳐다봐가주고. 그래가주고는 인제 거기를 막- 부랴부랴 거그다 다 쓰고 내일와서 막상 숨었는데 서울에서 임금이 죽어가주고 그자리를 쓰러오더래.

"한발 늦었다. 어떤 놈이 여기와서 벌써 쓰고 갔다."고 그러고는 막 야단을 치더라네.

그러고선 그 사람넨 가고. 이집엔 거기다 쓰고 큰사람은 안나도 대대로 먹고사는 건 걱정없이 잘 살았데.

[웃음]

아내의 치성

자료코드 : 03_08_FOT_20110218_HRS_GGY_0003

조사장소 : 강원도 원주시 신림면 신림3리 경로당
제보일시 : 2011.2.18
조 사 자 : 황루시, 유명희, 유형동, 김명수
제 보 자 : 김기열, 여, 83세
구연상황 : '명기가 빠진 명당' 구연을 마치고 이어서 구연하였다.
줄 거 리 : 옛날에 어떤 사람이 너무 가난하여 중국으로 돈을 벌러 떠났다. 부인은 항상
        남편의 안전을 위해 치성을 드렸다. 중국에서 머슴살이를 했던 남편은 부자
        집에서 일을 하여 돈을 많이 벌었다. 남편은 국경을 넘다 돈을 빼앗길 것을
        우려한 주인은 무명에다가 금물을 부어 올려 거지 거적에다 싸주고는 항상
        하찮게 여기는 듯 툭 차서 마루에 놓고 자라고 했다. 그 시간 어떤 중국인은
        보석이 들어오는 꿈을 꾼 후에 조선으로 건너가려는 남편을 쫓아 왔다. 처음
        에는 너무 거지 같은 모습에 속아 금덩이를 놓치고 두 번째는 금덩이를 노려
        남편이 자는 방에까지 들어갔는데 갑자기 일곱명으로 변해서 금을 빼앗지 못
        했다. 결국 안전하게 압록강을 건넌 이 사람은 그 돈을 가지고 부자로 행복하
        게 살았다. 그 비결은 하루도 쉬지 않은 부인의 치성이었다.

그래가 주고 또 한 사람이 아주 가난하데. 그런데 신랑이

"내가 어디로 가서 돈을 벌어가주 올테니까 당신 집에 가만 있으라고."

신랑이 나간 뒤로는 색시가 장광에다 물을 떠놓고 맨날 기도를 한데.
그런데 이 사람이 중국을 들어가 그전엔 대국이라 그랬어.

왜정때 대국이라 그러고 만주라 그러고 그래서 인제 거길 갔데. 가서
얼마다 댕김 돈을 벌어가주고는 중국집에가서 큰— 부잣집에 가서 머슴을
살았데.

근데 인제 머슴을 살고 인제 한 삼년 살았으니까 오게 됐는데 여기서
돈을 줄 수가 없더래. 중국돈을 도둑놈이 하도 많으니까. 그니깐 명이라
고 있어 옛날에 명 짠거 목화로 솜으로 명짜는거 거기다 금물을 싹 올려
가서 똘똘 말아서 껍데기는 이정돈 없지. 똘똘 말아서

거적대기에다 싸서 주면서

"이걸 가주고 가되 어디를 가서 자도 마루 밑에나 아무데나 툭 쳐놓고
들어가 자거라." 그러고 가거라 이러더래. 그 중국사람이 인제. 그래서 그

걸 지고 오다 저만큼까지 오더래. 또 중국놈이 하나 꿈을 꾸니까는

"너희 집에 오늘 저녁에 큰- 아주 뭐이 보석이 들어온다." 그러더래,

보석이 들어온다 그래서 인제 중국놈이 생각을 해고 앉았는데

뭐 그지가 들어 오더라네 뭐 하도 거지가 꺼적대기를 지고 들어오더니 마루 밑에다 툭 차놓고 들어가 잤데. 그러고서는

"하이고 보석이 들어온다고 했는데 어찌 저런 그지가 와서 자고 간다."고

그 보따리를 유심히 보니까 그 보다릴 유심히 보니까 그 보따리 구멍으로 서기가 뻗치더라네 금이.

"아 저저게 보석인가 저걸 못잡았다. 저놈을 이제 쫓아가서 잡아야 된다,"구

그래가주 얼른 어디까정 가서 또 여관에 가서 자는데 아 그날은 또 그걸 가주고 들어가더라네. 가주고 들어가서는 자는데 이 중국사람이 그걸 죽이고 뺄을라구 들어가보니까 아 일곱이 쫙 들어눠 자더래. 그지 같은 ○○ 그걸 하나 씩 비고(베고).

일곱명이 쫙 하나가 분명히 들어왔는데 일곱이더래. 그거를 얼마를 재다가 재다 저걸 다 죽일수도 없고 밤새도록 그러다 그냥 놓쳤데.

아침에 가만히 또 보니까 또 한놈이 나가더래.

[웃음]

그래 그걸 또 지고 가더라는 거야. 그래도 그땐 압록강을 건너오니깐 인제 못쫓아왔지.

그래가주고 여자는 삼년동안에 만날 거기서 장광에서 비느라구. 그걸 지고 들어가니까는 여전히 그거 비느라구 들어가 불러도 못 듣더래.

그걸다 펴놓으니 그거다 금이거든. 그래가 아주 부자로 잘 살았는데

"이걸 어떻게 해서 이렇게 벌었느냐?" 하니까.

"그렇게 그렇게 해서 벌었다."고 근데 중국사람이 이렇게 해 주더라.

그렇게 자기도 꿈을 뀄었데. 자기도 꿈을 뀄었으니까 일곱명이더래. 중국 사람이 죽일라고 하다보니까 일곱명이야. 어떤걸 죽일. 이건 여자가 하-도- 치성을 드리니까 그걸로 해서 인제 그렇게 해서 돈을 벌어가주고 잘 살았데.

하도 여자가 그렇게 축원을 하니까 한사람 이래도 일곱으로 보이고.

(청중 : 마누라 치성덕이지 뭐. 마음이 워낙 정성스러우니까.)

해와 달이 된 오누이

자료코드 : 03_08_FOT_20110218_HRS_GSG_0001
조사장소 : 강원도 원주시 신림면 신림3리 경로당
제보일시 : 2011.2.18
조 사 자 : 황루시, 유명희, 유형동, 김명수
제 보 자 : 김순기, 남, 67세
구연상황 : 처음 민요조사를 마치고 설화조사로 방향을 바꾸었을 때 쉬운 설명을 위하여
          노랑 병든 며느리나 해와 달이 된 오누이와 같은 대표적인 이야기들을 제시하
          며 구연을 유도하였다. 수숫대가 빨개진 이유 등과 같이 복합적인 질문을 하
          자 해와 달이 된 오누이 이야기를 해주겠다며 구연을 시작하였는데 생각이 정
          리되기 전의 구연이라 제보자가 알고 있는 내용들을 제대로 정리하지 못했다.
줄 거 리 : 옛날에 오누이가 한집에 살았다. 엄마는 팥죽을 팔러 다녔는데 팔고 돌아오다
          호랑이를 만났다. 호랑이는 처음에는 팥죽을 주면 잡아먹지 않겠다고 이야기
          하다가 팥죽이 다 떨어지자 결국 엄마를 잡아먹고 그 아이들까지 잡아먹으러
          집에 왔다. 호랑이가 집에 오자 마당에 있는 복숭아나무로 도망을 갔는데 아
          이들을 찾아 헤매던 호랑이는 우물에 비친 아이들의 모습으로 아이들을 찾았
          다. 나무로 어떻게 올라갔냐는 호랑이의 질문에 아이들은 옆집에서 참기름을
          얻어 와서 올라갔다고 이야기했다. 처음에 참기름을 바르고 올라오다 뜻대로
          되지 않자 다시 묻는 호랑이에게 여동생이 실수로 도끼를 찍어 올라오면 된
          다고 이야기를 했다. 호랑이가 올라오기 시작하자 아이들은 호랑이를 피해 집
          앞 우물로 몸을 던져 살아나고 호랑이는 뛰어내리다가 수숫대에 엉덩이를 찔
          려 죽었다. 그때 피가 묻어 수숫대가 빨갛다. 나중에 오빠는 달이 되고 동생

은 해가 되었다.

그 옛날에 두 오누이가 한집에 이래 살았는데 그때는 지금처럼 이렇게 뭐저 상수도가 아니고 뭐 주방이 아니고 그 저기 물을 우물에서 두레박으로 퍼다 먹던 거 시절에 있었는데 그 저 우물가에는 큰 그저 복숭아 나무가 하나 있었는데 인제 거기 인제 두 인제 오누이가 그 저기 그 물을 길어다 먹고 살고 그래 인제 그 저기 어머니는 장에 팥죽을 팔러 다니는데 그래인제 그 팥죽을 파는데 호랭이가

"팥죽 한그릇 주면 나 안잡아 먹지." 그래 팥죽을 또 한그릇 줬단 말이야.

"팥죽 한 그릇 주면 안잡아 먹지." 아 그래 팥죽을 다 퍼주고 났는데 내중에는 팥죽이 다 없는데 호랭이는 내중에 그 할머니를 잡아먹고 없단 말이야. 그래 인제 오누이는 자기 어머니가 올때까지 암만 기다려봐도 어머니는 오지 않고 두 오누이가 앉아서 있는데 호랭이가 그 집에 들어와서 오누이까지 잡아먹을라고 그 얘기를 뭐 다하자면 조금 뭐 길어지는 얘기지만 호랑이가 문밖에서 이래- 들여다 보니까 그 오누이가 있는데 거 인제 그 누이가 콩을 깨물어 먹으니까.

"누나는 뭘 먹어?" 그래갖고

"어이구 나 저기 마당가에 있는 저기 콩얼어 먹는다."

그래서 이제 이래 보니까 호랑이가 왔길래 그 오누이가 도망을 나간거야. 나갔는데 어딜로 갔는가 하면 우물가 복숭아 나무로 갔는데 이 호랑이도 거기를 따라왔어. 따라왔는데 이 오누이들이 할 수가 없어갖구 이래 호랑이가 보니까 호랭이가 달 그림자에 우물에 얼굴이 비치거든.

"야 니들 거기 그 우물에 나무에 어떻게 올라왔니.

"아이구 이웃집에가서 기름발라갖구 올라왔다."

호랑이가 기름을 발라 올라가니까 나무가 미끄러워 올라 갈수가 없거든. 그래

"야 니들 그러지 말고 나무에 어떻게 올라갔는지 가르켜 달라." 그러니까 거 여동생이

"이웃집에 가서 도끼를 얻어갖구 이렇게 흠집을 내서 올라와라."

아 그래 도끼가 흠집을 내갖고 그 낭구를 올라가는데 그래갖구 인제 그 죽게되어있었어. 낭구가 인제 그저 호랭이가 올라오니까. 그래갖구 낭구는 떨어지고 그 오누이는 우물에 빠져서 살았다. 뭐 옛날 애긴데 지금 내가 하는 얘기도 빼먹고 잘못한게 많지만 옛날에 그래서 거 저기 뭐야 거 저저 오빠는

(보조조사자 : 우물에 빠졌다면서요?)

우물에 빠져서 인제 뭐나온거지 인제. 달이 되고 동생은 해가 되고. 햇님과 거 달님 이야기래는게 어른들이 인제 그 전해주신 말씀이야 이게.

(보조조사자 : 호랑이가 그러니까 떨어져가지고 수숫대가 빨개졌다는 거죠?)

어 그니까 호랑이가 거기서 떨어진게 수수밭에 떨어져갖고 호랑이 구멍의 피가

(청중 : 수숫대에 묻어가주고.)

어 그래서 그

(청중 : 수숫갱이가 빨개졌다고.)

거 묻어서 수숫대가 그렇게 빨개 졌다고 그래 참 빼먹었네 그걸.

치악산 전설

자료코드 : 03_08_FOT_20110218_HRS_GTJ_0001
조사장소 : 강원도 원주시 신림면 성남2리 김태진 자택
제보일시 : 2011.2.18
조 사 자 : 황루시, 유명희, 유형동, 김명수

제 보 자 : 김태진, 남, 76세
구연상황 : '소모는 소리'를 할 수 있다는 김태진 제보자의 집에서 채록을 시작하였다. 밖에선 개가 상당히 많이 짖고 있었고 나름 준비한 소모는 소리에 비하여 설화의 경우는 딱히 준비가 되지 않아 이야기를 제보하는 제보자들이 내용에 대한 정리가 조금 부족한 상태에서 이야기를 주고받았다. 이 이야기는 최봉학 제보자가 구연한 치악산 전설에서 잘못된 점이 있다며 보태서 처음부터 다시 구연하겠다고 요청하고 이루어졌다.
줄 거 리 : 선비가 과거를 보러 가던 길에 구렁이한테 잡힌 꿩을 구해주었다. 선비는 날이 저물어 유숙할 곳을 찾게 되었는데 여자 홀로 지키고 있는 집을 발견했다. 하루만 묵어가기를 청한 선비는 그곳에서 잠이 들었다. 느낌이 이상해서 일어나보니 커다란 구렁이가 자신의 몸을 감싸고 있었다. 선비가 죽인 구렁이의 부인이었던 이 구렁이는 종이 세 번 울리지 않으면 선비를 죽이겠다고 말했다. 그러자 어디선가 종소리가 세 번 들리고 선비는 풀려났다. 잠을 깨어보니 집이라고 생각했던 장소는 바위 밑이었다. 선비는 어떤 사람이 종을 쳤을까 궁금하여 상원사로 갔다. 거기서 종을 치느라 죽은 꿩 세 마리를 발견한다. 그래서 꿩 치자를 써서 산 이름이 치악산이 되었다.

옛날 선비가 과. 공부를 해가주고 과거를 보래 서울로 가는데 그때 지끔은 차가 있지만 옛날엔 차가 없기 때문에- 몇몇 일을 걸어가야 되는 거야.

시울 갈리면 몇몇 일을 가야 되니까. 서울로 과거 보래 가는 도중에 가는 서울로 과거 보러 가는 도중에 선비가 그땐 총이 없었고 활을 아매(아마) 메고 댕겼나봐요. 어디 가다 보니까 까치하고 구랭이하고 싸움을 하더라는기야. 인제 가는 도중에 구랭이가 까치를 감고 까치를 잡아 먹을라고 까치가 아니라 꿩이다.

자꾸 까치라네 꿩을 잡아 먹을라고 하니까 이 선비가 가다보니 저놈의 구랭이를 잡으면 까치는 살려주겠거든 그래서 그 활로 구랭이를 쐈답니다. 쏘니까 구랭이는 죽고 그 자리에서 죽고 이 까치는 구랭이한테 잡아 먹힐껀데 살아가서 날아갔어요.

그래 가다가 본 것이 인제, 그리고 가는데 날이 저물어서 참 상원사 절인가 보래요 아매. 날이 저물어서 어느 누구 인가도 없고 잘 데도 없고 날은 어두웠는데 저물어서 가다 보니까 어디 불이 빤짝빤짝 하는 게.

'아 저 집이 가면 안에 인가니까 잘 수 있겠구나.' 하고.

가서 찾으니까 참 뭐 이쁜 아가씨가 나오더랍니다. 그래 자자 그러니깐 자기 혼자 있는 집인데 여길 재울 수 없다 이러니까 참 억지로 좀 자고 가자고 과거 보는 사람인께 가다가 저물었으니 자고 가자 그러니까 아매 자라 그랬던가 봐요.

그래 자다나니까 잠이 딱- 깨이는데 구렁이가 몸을 싹-- 감고 입을 딱-- 떼고 낮에 자기 남편을 죽였으니까 나 너 잡아먹는다. 어 꼼짝없이 죽게 생겼더랍니다. 아가씨가 그게 둔갑을 해 가주고 낮에 잡은 구렁이의 암놈이 됐답니다. 꼼짝없이 죽게 생겼더랍니다.

암놈인데 인제 그 사람 보기에 아가씬 줄로 알고 그렇게 둔갑을 해 가주고 불이 밝도록 아매 맨들어 놓는 거야. 뭐 집도 아니겠지 그야 그 사람 눈에만 그러겠지.

자기 남편을 낮에 활로 쏴서 잡아서 죽었으니까, 내 원수를 갚기 위해서 내가 너를 잡아먹었다. 꼼짝없이 죽게 생겼는데 살려 달라 해도

"이 도안(동안)에 종소리가 세 번을 나면 너를 살려줄 티고 세 번 안 나면 잡아먹는다." 해더래요. 그러니까 종소리가 참 하나, 하나, 세 번 나더랍니다.

그래서 갑자기 살고 살아가주고 그 이튿날 잠이 깨보니까 바우 밑이 됐데. 집이 아니고 바우밑. 아 이 까치가.

"누가 이종소리를 세번 냈나?" 하고.

종소리를 세 번 냈기 때문에 자기가 살았으니까 이상해서 설라무네 그 이튿날 내려오다 보니까 그 종은 아매 절의 종이 됐는지 어쨌는지 모르겠는데 까치가 자기를 살려준 은공을 갚는다고 입으로 쫘서 종을 때렸답니다. 까치도 죽었더래요. 꿩이 참 꿩이 자기 살려준 은공을 갚기 위해서 일

부러 종을 때려 가주고서 그런 다음에 꿩두 입이 머리가 깨져서 죽었다는 얘기가 있어요.

(청중 : 거기서 얘기하는 거 들어보면은 이렇게 책이 한 권이 되요.)

아께(아까) 그 얘기가 쪼끔 빠진 거 있지. 그래 그게 그 사람이 그때서 사람도 은공을 참 못갚는데 짐승이 이만침 은공을 갚는다는 걸 느꼈답니다.

살려준 은공을 자기가 죽으면서도, 은공을 갚아서 그 사람이 도로 살았다고 그래가주 갔다는 그래 그 까치 치자라고 해가주고 거기 치악산이라고 이산에 이산 부근에서 그랬다니깐.

(청중 : 그래서 하여튼 오세원이 그 얘기 하는 소리를 몇 번 들었거든.)

그 선비는 과거를 봐 가주고 후대에 나왔다는 소리는 못 들었어요.

(청중1 : 뒷 얘기는 없더라구.)

뒷 얘기는 나도 못 들었지.

치악산 전설

자료코드 : 03_08_FOT_20110218_HRS_BSN_0001
조사장소 : 강원도 원주시 신림면 성남2리 김태진 자택
제보일시 : 2011.2.18
조 사 자 : 황루시, 유명희, 유형동, 김명수
제 보 자 : 박성남, 남, 63세
구연상황 : 치악산 전설을 구연하는데 처음에는 그 내용들이 산만하고 정리가 되지 않았다. 하지만 제보자들이 서로 남의 이야기를 듣고 그것의 틀린 점을 지적하면서 이야기가 알려진 틀대로 재조합되기 시작했다. 그래서 조사자들은 제보자들에게 각자 한번 씩 치악산 전설에 대해 구연해 달라고 요청하였다.
줄 거 리 : 치악산의 원래 이름은 송악산이었다. 기를 받을 수 있는 4대 명산으로 꼽히고 가을엔 단풍이 아름다워 적악산으로도 불렀다. 원래 이 신림면이라는 마을이 한양으로 과거 보러 가는 사람들이 지나가는 코스였다. 시간이 급한 응시자

들이 택하는 지름길이 상원사로 넘어가는 길이었는데 그 길이 무서워 사람들이 혼자서는 가지 않았다. 하지만 시간이 촉박한 어느 선비가 그 길을 과감하게 나섰다. 가던 도중에 꿩을 잡아먹으려 하는 구렁이를 활로 쏘아 죽였다. 밤이 되자 묵을 곳을 찾던 선비는 불빛을 발견하고 민가에 재워달라는 요청을 했다. 여자가 혼자 있는 집이라 처음에는 안 된다고 했었지만 사정이 딱해 보였는지 재워주기로 하였다. 자는 동안 느낌이 이상해 눈을 떠보니 구렁이가 선비의 몸을 감고 있었다. 선비가 낮에 죽인 구렁이의 부인이 복수를 하기 위해 둔갑한 것이었다. 구렁이는 상원사의 종이 세 번 울리면 선비를 살려준다고 했고 절망하던 선비에게 세 번의 종소리가 들린다. 살아난 선비는 누가 종을 울렸는지 찾으러 상원사에 다 달았고 거기서 죽어있는 꿩 세 마리를 발견한다. 꿩이 은혜를 갚아 목숨을 부지한 것이다. 선비는 그곳에서 꿩을 위한 삼년상을 치렀고 그래서 신림면이 보은의 고장으로 불리고 있다.

제가- 알기로는 인제 그 성황림하고는 연계성이 조금 없고 원래 인제 과거 보러가던 그 코스에서 치악산이라는 원래 산 이름은 송, 송악산입니다.

그래서 우리나라에 사대 명산. 기를 받을수 있는 사대명산이 송악산, 묘향산, 구월산, 지리산이 있는데 그 중에 여기 인제 치악산에 옛 이름이 송악산.

그 다음에 인제 여기는 또 단풍이 인제 유명해가주고 붉을 적자를 써서 적악산으로 했다가 그 다음에 지금 두 어르신들이 말씀하신 이 꿩과 구렁이 선비의 전설이 생기면서, 꿩 치자를 써서 치악산으로 불려지게 됐다는 그 전설부터 제가 말씀을 드리려고 하는데.

그렇게 해서 사대명산이 송악산 그 다음에 구월산 그다음에 묘향산 지리신 이렇게 사대명산으로 기를 잘 받는 산으로 유명하고요.

그리고 실제는 인제 지금 이 보은에, 그래서 인제 이 자기 신세진 것을 받았다 해서 우리 현재도 보은의 마을이라고 해서 성황림 마을 내지는 보은의 마을.

그래서 원래는 과거를 보러가는 정식 코스가 울고 넘는 박달재 저쪽으로 넘어가는 게 정상 코스였는데. 만약 집에서 우환이 있다던지, 준비가 늦어가주고 하루이틀 늦었을 경우에는 부득이 이 지름길을 택할 수밖에 없었는데 그 지름길을 택한 것이 바로 이 상원사를 넘어가는 그런 코-스를 택하므로서, 하루내지 이틀이 절약되는 그 작전상 그런 편의성이 있었기 때문에 이 길을 다녔다는 것인데 거기에서 가다가 아까 보셨지만은 저희 집 밑에 있는데 높은 다리라는게 있습니다. 거기가 인제 지금 현재는 높은 다리 그 옆에 인제 상원 산장이라고 그 옛날에 주막집입니다.

거기에서 있었는데 사람들이 부르기를 높은 다리라고 부르는 이유가 지체 높은 양반네들이 와서 술먹고 지냈다고 해서 높은 다리 이렇게 했는데 실제는 다리가 높지 않습니다. 거 지체 높은 놈들이 술먹던 다리라 해서 높은다리.

그렇게 해서 지금 현재 나와 있는게 거기고 그렇게 해서 우리집 앞으로 해서 상원사 코스로 넘어가면 하루나 이틀이 절약이 되니깐 그러나 길이 험해가주고 무서우니까 주막에서 모여서 세 명이상 되면은 넘어갔는데.

이 친구는 만기가 찼기 때문에 세명 모을 시간이 없으니까 단독으로 인제 넘어가는데 구렁이가 꿩을 감고 잡아머을려고 하니까 애처로운 소리에 무심코 활을 빼 가지고 이렇게 쏘고 아무 생각 없이 그냥 올라가는데 지금에 상원사 쪽에 갔을 적에 날이 저물어 가지고 지금 현재도 거기에서 올라가면 두 시간 내지 한 시간 반이 걸립니다.

이 초가집이 하나 있는데 거기에 뭐 어떻게 더 이상 갈 수도 없고 하니까 아무 데서라도 유(留)하고 가야 되겠다. 이렇게 해가주고 인제 들어가서.

"과거 보러가는 나그넨데 하루밤 좀 쉬어가는 수가 없겠느냐."고 그러니까,

"저는 여자가 수절을 하는 여자가 혼자살기 때문에 재워 줄수는 없는

데 방은 있습니다마는 좀 재워 주기가 곤란합니다.” 그러니 아 그러면 옛날 이야기처럼,

“처마 밑이라도 좀 자게 합시다.” 그러니까,

“그럴수야 있습니까. 거 방이 별도로 하나 있으니까. 어쨌든 방에 불을 지펴 드릴테니까 거기가서 주무십시오.” 해가주고 감사하다고 인사하고 거기에 자고 있는데.

갑자기 인제 그 소복한 여인이 구렁이로 변해가주고 딱 감으면서,

“야 이놈아, 너가 아까 활로 쏴 죽인 그게 내 남편인데 너 오늘 한번 죽어봐라. 그러나 참 나도 너를 꼭 죽이고 싶지는 않으니까 저기 상원사 종소리가 세 번 들리면은 내가 너를 풀어주겠다.“

이거는 뭐 지놈이 무슨 재주로 그렇게 하겠냐 해서 이야기했는데 갑자기 ‘띵!’ 하더니만 종소리가 한번 울렸어요.

그러니까 이 선비는 난 죽었다고 생각했는데 종이 하나 딱 울려서, ‘아이고 한번 울리고 말겠지.’ 그랬는데 또 띵! 하더니만 또 종소리가 한번 울렸어요

그래서 이거 또 ‘희망이 좀 있다.’ 그렇게 생각했는데 마지막에 ‘띵’ 소리가 다시 울렸어요.

그러고 나서 구렁이 귀신이,

“아-이고 원통하다. 이거 할 수 없다. 내가 약속은 했거니까 내가 너를 살려주기는 하는데 앞으로 똑바로 살아라.”

그런 식으로 이야기하고 구렁이는 인제 하늘나라로 올라가고 이 사람은 인제 지금 엉겁결에 당한 거라서.

이거 진짜 이게 이 깜깜한 곳에 절은 어디 있으며 누가 이걸 울렸나? 그걸 확인해 보기 위해서 종소리가 울리는 쪽으로 가봤더니마는 꿩 세 마리가 이렇게 떨어져서 머리가 깨진 채로 죽어있더라.

그래서 아 그럼 내가 아까 그 구렁이한테 감겨 있는 거 그거 때문에 그

랬구나. 참 예를 바쳐서 장사를 지내주고 그렇게 했다는 데서 보은이라는 의미가 있고,

그 다음에 저도 인제 현대판으로 생각해 볼 때 가슴이 아픈 게 이 사람이 그렇게 했으면은 장사지내고 바로 가서 과거를 보고 출세를 했더라 면은 더욱더 좋은 일을 할 수 있었을 텐데 그 거기에 삼년상 하듯이 꿩을 제사를 지내고 삼년상 그죠?

움집에서 머물다가 과거도 못 보고 그 은혜에 보답했다는 그런 쪽으로 인제 지금은 전해지고 있고 실제 거기에 대한 기념비가 저 밑에 오면은 솟대공원에 기승전결(起承轉結)로 해서 이렇게 다 기록이 되어 있어요. 그래서 그 내용이 상세히 되어 있습니다마는.

제가 인제 현대판으로 해석한 거는 트루스토리(true story)는 그런 거라고 저는 인제 모든 분들한테 해설을 해주고 있습니다.

바보사위

자료코드 : 03_08_FOT_20110218_HRS_YOY_0001
조사장소 : 강원도 원주시 신림면 신림3리 경로당
제보일시 : 2011.2.18
조 사 자 : 황루시, 유명희, 유형동, 김명수
제 보 자 : 이옥임, 여, 69세
구연상황 : 신림3리는 조사에 앞서 미리 연락을 취한 덕에 많은 주민들이 조사자들을 기다리고 있었다. 몇 가지 민요를 조사한 후 '노랑병 든 며느리' 이야기를 예로 들며 옛이야기 구연을 요청하였다. 그래서인지 소화를 중심으로 다양한 이야기들이 나왔다. 청중들이 적극적으로 구연에 참여하는 모습이 특징적이었다.
줄 거 리 : 옛날에 바보가 가난한 집으로 장가를 가게 되었다. 아들이 걱정된 부모는 흰떡 한 말과 인절미 한 말, 닭 한 마리와 술 한 병을 챙겨주며 음식이 얼마 되지 않으니 구경이나 하시라는 말과 함께 같이 먹으라고 이야기를 했다. 바보 아들은 처갓집에 가 지붕을 이고 있는 장인에게 어머니의 말대로 그 음식들

을 그냥 구경만 시켜주고 그것이 무엇인지 물어보는 장인에게 엉터리로 대답을 했다. 화가 난 장인이 호통을 치니 바보는 그 물건들을 챙겨 수수밭으로 도망을 갔다. 그곳에서 헐떡이다가 헐떡헐떡 우는 개구리를 보며 너도 장인에게 혼나서 도망을 왔느냐고 물었다.

옛날에 바보, 바보를 데리고 살았는데 장가를 보냈데. 아들을. 아 그랬더니 만은 이놈의 친정도 가난하고 시집도 가난하고 응 저 시집도 가난하고 그니까 시집을 보냈을거 아니여. 아 만고천세에 해 보낼께 없어 가지고 인제 흰떡 한 말 빼고, 인절미 한 말 빼고, 닭 한 마리 사고, 인제 술 한 병 받고 이래가주고 처갓집을 보냄서 엄마가,

"아이고 얼마 되지는 않는 음식이니까. 이래 펼쳐놓고 구경이나 해고 그러라."고.

아들을 시켜서 처갓집을 보내니까. 처갓집을 가니까 장인이 지붕케 가서 지붕을 해 잇더래.

아 그래서 그 놈을 해서 지고서래는 지붕에 낼름 올래가서 이래- 펼쳐놓고 장인을 보고.

"이게 뭐요?" 인제 저기 처갓집이 하도 못사니까 흰떡을 가지고 이게 뭐냐니까.

"그거는 느름치기요. 아니 허여번데기요." 이래고 인절미 가지고 이게 뭐냐 그러니까

"그거는 으름치기요." 그게 닭을 보고는 이거 뭐냐 이러니까.

"꼬꼬댁이요." 그래 술을 이렇게 출랑 출랑 하잖아 그지?

이거는 "올래이 출래이요." 그러니까.

"아 이-놈의 자식이 이런 법이 어디 있느냐?" 하면서 고만 사우가 그 놈을 숨켜가주고 도망가다가 수수밭에 가서 헐떡 헐떡 헐떡 해가주고 있다 나니까. 아이구 이놈의 깨구리 한 마리가 앞에 와서 헐떡헐떡 해, 그러더래.

“너도 장인한테 쫓겼니 나도 장인한테 쫓겼다.”

이러면서 헐떡헐떡 하더래요.

[청중 웃음]

(보조조사자 : 아 할머니 애기하는 솜씨가 아주 와-.)

그래 가주고 쫓겨 왔대 도로 저이 집으로.

[청중 웃음]

며느리 시집 살이

자료코드 : 03_08_FOT_20110218_HRS_YOY_0002
조사장소 : 강원도 원주시 신림면 신림3리 경로당
제보일시 : 2011.2.18
조 사 자 : 황루시, 유명희, 유형동, 김명수
제 보 자 : 이옥임, 여, 69세
구연상황 : ‘바보사위’ 이야기를 하고 나서 그에 맞는 짝인 며느리 이야기를 하겠다며 이
  야기를 시작했다. 제보자는 재담이나 소화를 구연하는데 능숙하였다.
줄 거 리 : 어떤 사람이 시집을 갔는데 친정엄마한테 귀먹어 삼 년, 벙어리 삼 년, 눈멀
  어 삼 년 참으라고 교육을 받았다. 시집살이를 견디면서 종말로 말을 하지 않
  는 며느리를 이상하게 생각한 시어머니는 아들에게 며느리를 친정에 돌려보
  내라고 이야기했다. 친정으로 가던 며느리는 꿩을 보고 남편에게 잡았으면
  좋겠다는 말을 했다. 말을 하는 것을 본 남편은 시집으로 다시 부인을 데려가
  고 며느리는 꿩을 요리해서 시집 식구들에게 나누어 주었다. 시어머니는 다
  리를, 시아버지는 날개로 덮어주었다는 의미에서 날개를, 시누이들은 촉새처
  럼 고자질을 한다고 해서 부리를, 그리고 남편과 자신은 맘고생을 했다고 해
  서 복부를 나누어 먹었다.

내가 옛날 애기 한마디 해줘야지 그럼.

[웃음]

옛날에 어떤 사람이 시집을 갔는데 친정에서 귀먹어 삼 년, 벙어리 삼

년, 으- 눈멀어 삼 년, 그렇게 석 삼 년을 살으라 그러더래. 아 그래 시집을 갔는데 이놈의 시누 들볶지 시어머이 들볶지 도- 저히 살 수가 없어서. 시어머이가,

"저년 말도 못 하는 거 친정으로 도로 데려다 줘라."

그러니까 신랑이 인제 마누라를 데리고 고요하니 어느 고개를 한번 올라갔데.

"아이구 여보 우리 여서 쉬어가자."

신랑이 그러니깐 앉아서 쉬면서 아 이놈의 꿩이 하나 퍼더더더더더덕 하고 날라 가더래요.

그러니까 그제서 마누라가,

"아이구 여보 저 꿩을 좀 잡았으면 좋겠다." 이러니까.

"아 당신 말 안 한다 그래서 벙어린 줄 알았더니 인제 말을 하느냐?" 이래더래.

그래서 신랑이 허겁지겁 가서 꿩을 탁 잡아왔데.

"그래 인제 말을 하니까 가자 도로 집으로." 그래 집에 와가주고.

인제 그 놈을 인제 뜯어서 인제 삶아서 인제 해 먹는데. 아유 이놈의 시어머니는 다리만 주고, 시아버지는 이 날개 저 날개 덮어줬다고 날개만 주고, 아유 시누년은 조대질 했다고 조대만 주고, 아 이거 두 내외가 동가슴을 앓았다고. 요 복부는 두 내외가 뜯어먹더래요.

그래가주구- 잘- 살더래요.

(보조조사자 : 엊그저께 잔치집 갔다 오셨죠?)

[웃음]

아니 그럼.

곶감과 호랑이

자료코드 : 03_08_FOT_20110218_HRS_JGY_0001
조사장소 : 강원도 원주시 신림면 신림3리 경로당
제보일시 : 2011.2.18
조 사 자 : 황루시, 유명희, 유형동, 김명수
제 보 자 : 전기영, 남, 74세
구연상황 : 처음 민요 조사를 마치고 설화 조사로 방향을 바꾸었을 때 쉬운 설명을 위하
여 노랑 병든 며느리나 해와 달이 된 오누이와 같은 대표적인 이야기들을 제
시하며 구연을 유도하였다. 그런 이야기들이 하나둘씩 나오자 호랑이와 곶감
을 제보자가 구연하였다.
줄 거 리 : 옛날에 울음을 멈추지 않는 아이를 채근하던 가정이 있었다. 이런저런 무서운
것들을 말해도 울음을 멈추지 않았는데 엄마가 곶감을 줄 테니 울음을 그치
라고 하자 아이는 울음을 그쳤다. 그것을 밖에서 들은 호랑이는 자기보다 무
서운 것이 있었다며 도망을 쳤다.

아주 옛-날 옛적에 말이야. 이렇게 한 가정에 이렇게 살고 있는데 거
인제 애기 애기를 낳고 사는데 시어머니나 인제 애기를 낳고 사는 데 애
기가 자-꾸 울더래.

우는데. 애기를 세상 달랠 수가 없다는 기여. 뭐 별에 별일을 해도 말
을 안듣고 보채고 그래가주고 밤새워 우는데. 끝에 가서 하도 저거해서
애기를 속이느냐고.

"너 곶감을 사다 줄 테니깐 곶감 줄게 우지마라." 하니까 어 대뻔 끄치
더라는거야.

이 호랭이가 내려와서 문밖에서 이래-고 있다가 어 그 소리를 떡 들으
니까 이 저보다 더 무서운 곶감이 있거든 그러니까 그만 도망질을 쳐 올
라가더래요. 호랭이가.

그래 이거 옛날 애긴데 그거 다 거짓부렁인지 실지는 몰라도 그런 소
리는 들은 적 있어.

(보조조사자 : 그런거 해주시면 되요.)

그래가주고 호랭이가 산으로 쥐 빼더라. 이런 얘기가 있지. 역사 얘기가.

양길장군 이야기

자료코드 : 03_08_FOT_20110218_HRS_CBH_0001
조사장소 : 강원도 원주시 신림면 성남2리 김태진 자택
제보일시 : 2011.2.18
조 사 자 : 황루시, 유명희, 유형동, 김명수
제 보 자 : 최봉학, 남, 74세
구연상황 : 민요 제보가 끝나고 설화 채록을 위해 분위기를 바꾸던 찰나에 이 지역에 문
화재에 대하여 제보를 유도하였다. 성황림이나 절터, 그리고 치악산이 같이
있어 유명한 지역 문화재에 얽힌 이야기들을 물어보았더니 양길장군이 훈련
을 하던 절터가 있다면서 구연을 시작하였다.
줄 거 리 : 성남리에 성남사라는 절터가 있었다. 이곳은 양길장군이 궁예와 함께 군사를
훈련시키던 장소였다. 양길장군은 궁예와 함께 많은 전공을 세우고 궁예가
그를 사위로 삼을 만큼 능력이 뛰어난 장군이었으나 위협을 느낀 궁예는 결
국 그를 죽이고 만다. 그 터에 뒤늦게 충신을 기리는 비석이 세워졌다.

그때 양길장군도 몇 해 전에 요, 양길장군 비석을 해 세웠는데 그렇고
저기와 세울 적에는,

"뭐예 여기다 세우는가?" 물었더니만.

(보조조사자 : 누가 세우는데요?)

요 밑에 아깨 차 대논.

(청중 : 문화재 관리국에서.)

고 거기 있어요. 여기다 양길장군을 세우는가 물어 봤었지요. 물어보니
까. 과거에 요 밑에 집 저분[마을 이장을 가르키며] 사는 집인데 그게 과
거에 절이 됐어요.

(청중1 : 성남사 절이 됐어.)

예 성남사 절이 됐는데 그 절에서 양길장군이- 공부를 하는데, 거그서 공부를 절에 와서 아매(아마) 공부를 하다가 거 시방 거기 비석해 세운데가 조그만한 섬이래요.

양쪽으로 물이 내려가게 돼 있어요. 거기 와서 여름철에 이제 아매, 더운 때가, 땐가 보죠? 책을 들고 나와서 거그 공부한 자리라.

"이래가 주고 이 자리에다가 양길장군 비석을 해 세운다." 이러더라구요.

그러면 그 양길장군이 뭐 난 자세하게 역사를 잘 모르지만서두 그 세울 적에 와서 그분(문화재관리국 관계자)한테 물어봤죠. 왜 그러니까.

우리나라에 충신인데. 충신인데 어떻게 하다 보니까 역적으로 몰려 가주고서 칠월달 어디가서 사망됐다 하든가, 그걸 내가 들었는데.

날짠 모르는데 칠월 달에 사망됐다 하더라고. 어느 지역에 가서 사망됐다 소리는 내가(못 들었고) 칠월 달에 사망을 된 사람인데.

원래는 충신인데 역적으로 몰린걸 이렇게 괄세를 해 가주고 그러는데 인제 알고 보니까 충신이 돼는데 비를 그래도 해 세워야 된다. 이래서 해 세운다는, 비석 해 세울 적에 그 내가 물어본 고것만 들었죠. 거기서 공부한 자리라고

(보조조사자 : 그러면 이 마을에서는 그런 비석 세우기 전에는 그 양길장군이나 절에 대한 얘기는 아예 없었어요?)

그거는 나도 양길장군 이라는 걸 뭐

(청중 : 있었죠- 뭐 그게 있기는. 양길장군은 있었죠.)

양길장군은 있었다 하는데 어디서 공부를 하고 그런 내력은 모르죠.

거기에 옛날에 인제 성남사라는 절이 있었데요. 그런데 그 궁예라는 분이 옛날에, 지금으로 말하면 대통령 이런 꿈을 뀌(꾸)고 이런 분이 있었는데.

양길장군은 원주, 원주 태생이에요. 출신이. 원주에서 장수로 태어난 분

은 그 양길장군밖에 없었데요. 그니까 지금으로 말하면 전쟁하는데 제일 힘센 사람이 있었죠. 그러니까 궁예 그분이 양길장군을 여기 밑에 자리에 갖다 놓고, 모셔다 놓고 이 군사훈련, 지금으로 쉽게 말하자면 군사훈련을 가리킨(가르친) 거에요. 같이. 그래 인제 군사훈련을 가리키면서 여기서 공부를 했다는 겁니다. 그래서 여 비석들이 여기 다 서 있어요.

그래다 냉지에(나중에) 옛날에 백제니 뭐 참 이런 그 싸움들이 많았잖아요. 지금도 그렇지마는 근데서 인제 그 양길장군하고 궁예하고 뭐, 그 뭐 나도 확실히 그 뭐 내가 책을 읽었어도 한번 봤다 해드래도 다 잊어버리니까-. 그걸

똑바로 애기를 못하는데 전장을(전쟁을) 하다가 양길장군이 궁예의 사우(사위)였었어요. 사우가 됐어요. 그러믄서 근데 그 궁예가 자기 딸을 준 사우였었는데 같이 그렇게 전쟁을 할라구 싸워가주 이겨서 성공을 할라구 하다가 그냥 양길장군이 워낙 쎄-니까 기술과 능력이 좋으니까, 그 사람을 살려놨다가는 자기가 인제 쉽게 말해 지금으로 말하면 대통령 자리를 차지를 못하겠으니까. 그 사람을 죽여 버렸데요. 자기 사우를 죽여 버렸데.

(보조조사자 : 어디서 죽었데요?)

그게 여기 어디 횡성어디-가 거기가 그 사람이 사망자리라는데. 천년 전 애기랍니다 이게 천년 전 역사 애기래요.

(보조조사자 : 여기 그 자리는 군사훈련 했던 터라는 거죠. 양길이 태어난 곳도 아니고 죽은데도 아니지만 양길장군이….)

양길장군이 태어난 곳은 원주고.

(보조조사자 : 원주 어디요. 여기도 원준데.)

어딘지는 그런건 모르겠어요. 천년 전 애기라니까. 그건 뭐.

(청중 : 그 제가 언뜻 이야기 들었을 때는 저기 밑에 가둔지라는 데가 인제 군사훈련을 하는거 같이 해놓고 실제는 숨어서 이쪽에서 훈련을 했

다는 거에요.)

여 너머네가면 아마 영원사라는.

(청중 : 영원사 있습니다.)

영원사 있는데 거기 저기 있어요.

(보조조사자 : 산성(山城) 있잖아요.)

산성이 있어요. 성이 있어요. 그때 이렇게 여기서 넘나들며 했답니다.

(청중 : 원래 여기도 인제 성남리라고 이름이 지어진 거도 금두산성에 남쪽에 있는 마을이라고 성에 남쪽이래서 성남리. 우연찮게 또 저하고 한글 발음은 같아요. 이름하고.)

치악산 유래

자료코드 : 03_08_FOT_20110218_HRS_CBH_0002
조사장소 : 강원도 원주시 신림면 성남2리 김태진 자택
제보일시 : 2011.2.18
조 사 자 : 황루시, 유명희, 유형동, 김명수
제 보 자 : 최봉학, 남, 74세
구연상황 : 치악산과 상원사 이야기를 요청하니 서로 이장에게 제보를 미루었다. 이장은 자신은 나라에서 알려 준 것만 알고 있다며 어르신들한테 들은 이야기를 해 주라고 제보자에게 요청하였고 망설이다 이야기를 시작하였다.
줄 거 리 : 선비가 과거시험을 보러 치악산을 지나는데 날이 저물었다. 당황한 선비가 주변을 살피니 조그만 불이 보였고 선비는 그 집에서 유숙해야겠다고 마음을 먹었다. 그 집에 가니 여인 혼자 살고 있는 집이었고 처음엔 재워주기를 거부하다가 사정이 워낙 딱하니 쫓지 못하고 재워주었다. 그날 밤 구렁이가 한 마리 들어와 여인과 선비가 죽을 운명에 처했다. 선비가 오는 길에 꿩을 잡아먹으려 하는 구렁이를 활로 쏘아 죽였는데 죽은 뱀의 부인이 복수하러 온 것이었다. 뱀은 다음 날이 밝을 때까지 상원사의 종이 세 번 울려야 살려주겠다고 했다. 선비가 포기한 순간 종이 세 번 울려 뱀이 떠났고 선비는 그것을 감사히 여겨 현재 성황림 자리에 절을 하고 떠났다.

이기, 이 상원사는 치악산이라는 거는 옛날에 선비가 옛날엔 선비라고 그랬잖아요. 벼슬하러 가는 사람들 공부해 가주고.

게 그분이 공부를 많이 해 가주고 서울에 인제 과거 보러 가는 거지. 과거, 지금으로 말하면 뭐 이게 국회의원 뭐 이게 출마하는 식으로 이게 거기 당선 될 라고 과거보는 식으로 올라 가는데. 가다 길이 저물었단 얘기에요.

길이 확 저물어 가주고 그니 뭐 옛날에도 워낙 못살아서 그런지 막 산으로도 가고 뭐 길로도 가고 막 이제 서울을 빨리 가야 되니까. 한양을 빨리 가야 되니까 지금은 서울이지만 그전엔 한양이 있었대요.

가다보니깐 길은 저물었는데, 날은 저물었는데 길은 못 찾고 어두와 지니깐 당황했겠죠. 그러다보니까네 어딘가 불이, 불이 쪼끄만치 보이더래요. 그래서는 그 불빛을 보고.

"저기 가서 내가 날을 새고 가야되겠다." 이런 생각으로 그걸 쫓아가 보니깐.

그래서리 아 뭐 이렇게 그냥 큰 기와집이 있고, 집이 큰 게 있는데 그 안에 아주 이-쁜 쉽게 지금 현실로 얘기하면 아가씨, 젊은 아가씨 여자가 혼자 앉아 있더란 말이야.

"여서 여서 한양으로다가 과거 보러 가는 사람인데, 선빈데 길이 저물어 가주고서 길도 잃어버리고. 음, 그래가주고 서는 불빛을 보고 찾아 왔노라. 어떻게 인제 하루쯤 여기서 유숙하고 갈 수가 없느냐?"

그러니깐 인제 그 처음에는 안 받아주더래요.

"우리집은 사람이 잘 수가 없다. 못 잔다."

뭐 이러다가 결국에 아마 사정을 해가주고 거기서 자게 됐나봐요. 자게 됐는데, 낭중에 그거 그게 뭐 말쟁이들 다 얘긴데요. 알고 보니까 그날 저녁에 그 아가씨가 사색이 되서 참 죽게 된 처지가 되어 있더래요.

(청중 : 둔갑을 해 가주고 구랭이가 돼 가주고.)

그래 인제 보니깐 밤에 인제 구렁이가 들어오는데 구렁이가 들어오는데 그 아가씨를 인제 잡아먹으러 온 거지 이거 구랭이가.

(청중 : 과거 하러 온 사람을 잡아 먹을라고 한거야.)

어뜨게 할 수가 없으니까 못 잔다고 했는데 그 사람이 거기서 잤단 말이에요. 선비가. 자다보니깐 인제 구렁이가 이렇게 인제 들어오더래요.

그래가주고 그 선비가 구렁이를 어떻게 해서 살해를 했는가 죽였데. 그래가주고 인제 그게 무슨 무슨 치자? 꿩 치잔가? 꿩 치잔가? 그래가주고 치악산이라는 이름을 붙였데요. 그래가주고 그 선비가 가다가 여 성황림 자리를 거기서 절을 하고 갔다나 그랬데요. 기도를 하고 갔다나. 응 그래가주고 그 자리가 성황림 자리가 인제 돼 있고 뭐 이렇게 됐다는 애기를 나 역시도 어른들한테 이렇게 좌담하는 애기를 들은거 뿐이에요.

(보조조사자 : 이걸 언제 들으신 거예요?)

그 뭐 내가 들은 걸로도 따지면은 이십 년, 삼십년 전.

(보조조사자 : 이삼십년 전이요? 그냥 동네 어르신….

어른들이 앉아 애기 하시는거.

(보조조사자 : 곁에 계시다가?)

곁에 있다가 들은거지.

(청중 : 애기 하실 때, 꿩치 자는 왜 그 꿩치 자가 된 거예요?)

그런데 그기 그게 들어보니 다 애기 할라믄 한 시간 두 시간 해도 안되요.

그게 인제 그 선비가 저거 하는데 그 누가 자꾸 가물가물하네 정신이.

죽게 됐는데 뭐 종을 몇 시에 종소리가 세 번 나면은 난 죽는다 그 아가씨가. 예.

"난 이래 이러한 구렁이로 인제 가서 널 잡아 먹을 것이다."

이렇게 인제 애기가 됐는데 종을 그 어뜨게 칠 수가 없잖아요. 그러니깐 그래서 인제 고민을 하고 있는 중인데 느닷없이 종소리가 났데요. 종소리가 세 번을 나더래요. 그러니깐 구렁이가 옛날에 무슨 뭔 원한이 된 환상인데 쉽게 말해 환상인데. 졌잖아요, 그러니까.

종을, 종소리가 세 번 나면 내가 너를 안 잡아먹고 종소리가 세 번 안 나면은, 응 내가 너를 잡아 먹겠다. 이렇게 있는데 종소리가 세 번이 났으니까네 구렁이가 진거죠. 그러니깐 못 잡아먹고 기양(그냥) 없어진거요 그것두 그 환상인데. 그 꿩이 그 뭐라 그러더라 나 들었는데 얘기를 잘 못하겠네.

(청중 : 얘기를 하니까 내가 자꾸 이것 저것 떠올르는데 조금 순서가 바뀌었구만. 내가 부가적으로 좀 말씀드립니다.)

(보조조사자 : 처음부터 다시 해주세요. 그리고 이장님도 다시 다 하나씩 들을 거예요. 그러면 그 여자는 어떻게 된 거예요?)

그래가주고 선비하고 그 여자가 같이 서로 지금 쉽게 알아들어가면 결혼해가주고 살았다는 그런 얘기를 하더라고요. 그래서 여기가 치악산이고 여 성황림이 그때 선비들이 가면 선언해요. 인제. 거기서 보면. 그래가주고 여기 비교할 때 있어요 귀신 신자 하고.

(청중 : 귀신 신(神)자 수풀 림(林)자.)

그래가주고 귀신이 잡아논 자리다. 이래가주고 여기.

(청중 : 이 면 자체도 신림면이라는게 이 성황림 때문에 그 면이 이름이 붙여졌어요.)

그래가주고 이 당숲이 국보 백삼십삼호에요. 백삼호.

(청중 : 구십삼호.)

아니 이건 백삼호. 그건 전나무 순이 부러져가주고 그렇지 그 전나무가. 백십삼혼가 백삼혼가 그래요.

아라리

자료코드 : 03_08_FOS_20110218_HRS_GSG_0001
조사장소 : 강원도 원주시 신림면 신림3리 마을회관
제보일시 : 2011.2.18
조 사 자 : 황루시, 유명희, 유형동, 김명수
제보자 1 : 김순기, 남, 67세
제보자 2 : 전기영, 남, 74세
구연상황 : 제보자 조사 등 여러 가지 다른 이야기들을 하는 중에 총무를 맡고 있는 제
         보자가 나서서 아라리를 시작하자 다른 제보자 전기영이 소리를 받았다.

제보자 1 정선읍네에 물레방아는 빙리빙빙 도는데

        우리집에야 저멍텅구리는 날안고돌줄을 모르네

        아리랑 아리리요 아리랑 고개루 넘어를 간다

제보자 2 세월인지야 봄철인지야 나는 몰렀더니

        뒷동산 행화춘절이 날 알궈주네

제보자 2 오늘갈런지 내일에갈런지 사사망경(사사망정)인데

        맨드라미 줄봉선화를 왜 다심어놨나

아라리

자료코드 : 03_08_FOS_20110209_HRS_GCD_0001
조사장소 : 강원도 원주시 신림면 황둔1리 마을회관
제보일시 : 2011.2.9
조 사 자 : 황루시, 유명희, 유형동, 김명수

제보자 1 : 김창동, 남, 79세
제보자 2 : 백낙진, 남, 75세
구연상황 : 효부이야기에 이어서 소리를 청하였더니 다들 수줍어하였다. 거듭 청하면서
"아라리는 다 하실 수 있지 않느냐"고 하자 회장님이 먼저 소리를 시작하였
다. 자리는 좀 어수선하였으나 두 분이 소리를 시작하자 다들 경청하였다.

제보자 1 정선읍내야 일백오십호 다잠들어주게
　　　　꽁지갈보(꽁지머리를 한 처녀 작부) 옆옆에찌고서 성마령(정선군
　　　　용탄리와 평창군 미탄면 경계 고개)넘자

제보자 2 안가네 못간다 얼마나 울었던지
　　　　정거장 한복판이 한강수로구나(...)

제보자 1 저건너 저묵밭은야 작년에두나 묵더니
　　　　올해도 날과같이나 또 묵는구나(해 좀...)

제보자 2 정선읍내야 일백오십호 몽땅 잠들여 놓구서
　　　　꽁지갈보를 옆에다끼구서 성마령을 넘자

제보자 1 산천초목과 물과요정은 임자다려 있건만
　　　　이내인생은 뭘루나 상겨서 임자도 임도없네

제보자 2 한치뒷산에 두치곤드레 내가뜯어 줄거니
　　　　머리태길고 키큰에아가씨 내뒤만 따라오게

제보자 1 꽃본나비야 물본기러기 탐화나봉적(探花蜂蝶)인데
　　　　나비가 꽃을보구선 그냥 갈쏘냐 [잡음]

제보자 2 오늘갈런지 내일갈런지 정수정망 없는데
　　　　울타리밑에 맨두라미는 왜심어놨나

제보자 1 꽃본나비야 물본기러기 탐화봉접인데

　　　　　나비가 꽃을보구선 그냥 갈쏘냐(인저 그만하지)

제보자 2 아우라지 뱃사공아저씨 배좀 건너주게

　　　　　저건너 올동박이 다떨어진다

제보자 1 한치뒷산에 곤드레딱주기 나즈미맛만 같다이면

　　　　　병자년 흉년이라도 봄살어나지

제보자 2 술은야 술술이 잘넘어 가는데

　　　　　찬물에 얼음에 냉수는 중치가 메이는구나

아라리

자료코드 : 03_08_FOS_20110221_HRS_GCD_0001
조사장소 : 강원도 원주시 신림면 황둔1리 마을회관
제보일시 : 2011.2.21
조 사 자 : 황루시, 유명희, 유형동, 김명수
제보자 1 : 김창동, 남, 79세
제보자 2 : 정철호
제보자 3 : 최원집, 남, 76세
구연상황 : 회다지소리와 상여소리 조사가 끝난 후 여러 이야기를 나누다 자연스럽게 아
　　　　　라리로 넘어갔다.

제보자 1 행지초마(행주치마)를 돌돌말아서 열옆에다 지구서

　　　　　총각낭군 가시잘적에 왜못따라 갔나 [잡음]

제보자 2 아리랑 아리랑 아라리요

　　　　　아리랑 고개고개루 나를 넘겨만 주소

　　　　　강원도 금강산 일만이천봉 팔람 구암자 유정사(유점사의 잘못) 법

당 뒤에 칠성당을 모두모와 팔자에 없는 아들 딸 나달라고 산지
불공을 말고~ 타관객지에 외로이 나온 사람 니가 괄세를 말어라

제보자 3 높고높은 주연태박 칡덩굴 엉클어진 가시덤불 헤치고
허덕단절에 왔건마는 정든님이 보고도 못본체하네

제보자 1 한치뒷산에 곤드레딱주기(곤드레와 딱주기, 나물이름) 나즈미(애
인, 일본속어)맛만 간다면
병자년 흉년이라도 봄살어나지

제보자 3 산이야 높구높어야 골이나마 짚지
조그마한 여자의 소견이 마음짚을소냐

제보자 2 눈이올라나 비가올라나 억수장마질라나
만수산 검은구름이 다모여든다

제보자 1 산천초목과 물과요정(물각유주, 物各有主)은 임자따려 있건만
이네 신세는 뭘로나 생겨서 임자도임도 없네

소모는소리 - 밭가는소리

자료코드 : 03_08_FOS_20110218_HRS_GTJ_0001
조사장소 : 강원도 원주시 신림면 성남2리 김태진 자택
제보일시 : 2011.2.18
조 사 자 : 황루시, 유명희, 유형동, 김명수
제 보 자 : 김태진, 남, 76세
구연상황 : '소모는 소리'를 부탁하자 자리에서 일어나서 구연하였다. 일을 하면서 해야
하는데 소 없이 몰아가려니까 어색하다고 하였다. 이곳에서는 호리만 하였기
때문에 호리소 모는 소리만 배웠다고 한다. 처음 구연한 소리가 짧아서 다시
부탁하였더니 길게 불렀으나 문서는 계속 반복되었다. 이 노래는 두 번째 구

연한 것이다.

이랴 어서가자 이밭자리 빨리갈고 저기 저밭 갈아야지
서산에 해지기전에 이밭저밭 다 갈아서 콩두심고 팥두심어
천하지대본이라 농사밖에 또있는가 와 돌아 돌아서라 올치
이랴 어서가자
이밭자리 빨리갈고 저기저밭 갈아야지
이밭저밭 다갈아서 콩두심구 팥두심어
천하지 대본이라 농사밖에 또있는가
와~ 돌~아~서~라~올치~어디어디어디여 어서가자~
이랴~ 이랴~
이밭자리 빨리갈고 저기저밭 갈아야지
이밭저밭 다갈아서 콩두심구 팥두심어
천하지 대본이라 농사밖에 또있는가
와~ 돌~아~서~라~올치~이랴이랴 어서가자~
이랴 어서가자
이밭자리 빨리갈고 저기저밭 또갈아서
콩두심구 팥두심어 천하에지 대본이라 농사밖에 또있는가
이랴이랴 와 돌~아~서라~올치~어디어디어디여 어서가자~
이랴 빨리갈아 어서가자
이밭자리 빨리갈고 저기저밭 갈아야지
서산에 해지기전에 이밭저밭 다갈아서
콩두심구 팥두심어
천하지 대본이라 농사밖에 또있는가
와~ 돌~아~서라~올치~이랴이랴 어디어디여 어서가자~
이밭자리 빨리갈고 저기저밭 갈아야지

서산에 해지기전에 이밭저밭 다갈아서 콩두심구 팥두심어

천하지 대본이라 농사밖에 또있는가

와~ 돌아 돌~아~서라~올치~이랴 어디어디어디여 어서가자~

이밭자리 빨리갈고 저밭자리 갈아야지

이밭저밭 다갈아서 콩두심구 팥두심어

천하지 대본이라 농사밖에 또있는가

와~ 돌아 돌~아~서라~올치~어디어디어디여 어서가자~

소모는소리

자료코드 : 03_08_FOS_20110218_HRS_BSH_0001

조사장소 : 강원도 원주시 신림면 신림3리 마을회관

제보일시 : 2011.2.18

조 사 자 : 황루시, 유명희, 유형동, 김명수

제 보 자 : 박상희, 남, 79세

구연상황 : 논매는소리에 이어서 소모는소리에 대해 질문하니 구연하였다. 호리소로 밭
갈 때 불렀던 소리라고 한다. 정선에서 40년 전에 이주하였는데 정선에서도
호리소를 부렸고 원주에서도 호리소를 부렸다. 논매는소리는 원주에 온 후에
들었고 정선에서는 논매는소리를 본 적이 없었다고 한다.

이러 어디어디여 얼른가자 이러~ 올라서~

이러~ 어디어디어어디어디어디 어어치~ 돌아서라 이러~

어디여~ 이러 이러 어디어디 올라올라서 어디어디

이러~ 어디여~ 어처~어 돌어서라

이러~

아라리

자료코드 : 03_08_FOS_20110218_HRS_BSH_0002
조사장소 : 강원도 원주시 신림면 신림3리 마을회관
제보일시 : 2011.2.18
조 사 자 : 황루시, 유명희, 유형동, 김명수
제보자 1 : 박상희, 남, 79세
제보자 2 : 서매화, 여, 73세
제보자 3 : 전기영, 남, 74세
구연상황 : 소모는소리에 이어 논매는소리는 단호리만 하였다는 이야기들이 오고 간 후
          술을 한잔 씩 드신 후 아라리를 구연하였다.

제보자 1 정선읍내 일백이십호 몽땅 잠들여놓구

        꽁지갈보(꽁지머리를 한 처녀 작부) 옆에다 끼구서 성마령(정선과

        평창의 경계를 이루는 고개)제 넘자(받아요)

제보자 1 아우라지네 뱃사공아저씨 배좀 건너주게

        싸리밭골 검은에동백이 다떨어지네

제보자 2 술이라구 잡수시그던 실수를 마시고

        임이라구 만나시그던 이별을 마세요

제보자 3 비가올라나 눈이올라니 억수장미기 질리나

        수만수 검은구름이 막모여든다

제보자 1 오늘갈런지 내일갈런지 정수정망 없는데

        만드라미 줄봉숭아는 왜심어 놓았나

제보자 2 당신이 날만큼만 날생각을 하시면

        가시밭 천리라도야 맨발벗구 가리라

아라리1

자료코드 : 03_08_FOS_20110221_HRS_YGS_0001
조사장소 : 강원도 원주시 신림면 황둔1리 마을회관
제보일시 : 2011.2.21
조 사 자 : 황루시, 유명희, 유형동, 김명수
제보자 1 : 윤경순, 여, 79세
제보자 2 : 주진희, 여, 76세
제보자 3 : 안수창, 여, 77세
제보자 4 : 이순자, 여, 71세
구연상황 : 10명 이상 모여 계신 할머니방에 먼저 방문하였다. 뱃노래, 풍년가, 창가, 어
　　　　　리리 강원도아리랑 등을 1-2곡씩 여러 분이 섞어서 부르는 상황이 계속되었
　　　　　다. 조사자가 그 중 몇 분만 나와서 돌아가면서 소리했으면 좋겠다고 하여 4
　　　　　명의 제보자가 앞으로 나와 순서대로 구연하였다. 여전히 뱃노래, 노들강변
　　　　　등을 섞어서 구연하였으므로 이 곡은 마지막으로 아라리만 구연한 것 중 일
　　　　　부를 옮겨 놓은 것이다.

제보자 1 　한치뒷산에　고드레딱주기(곤드레와　딱주기, 나물이름)　나즈미(애
　　　　　인, 일본속어)맛만 같다면
　　　　　동지섣달 그곳만 뜯어먹어도 봄잘살어나겠네 [잡음]

제보자 2 　나물보구지 옆에나끼구 개구장가로 가꺼니
　　　　　낚숫대를 달달끌구선 개구장가로 오세요

제보자 3 　도랑가에 포름포름 봄배추(봄배추는..) [잡음]

제보자 4 　오름포름에 봄배차는 찬이실 올때나 기다리고
　　　　　옥에갇힌 춘향이는 이도령 오게만 고대한다 [잡음]

아라리2

자료코드 : 03_08_FOS_20110221_HRS_ASC_0001
조사장소 : 강원도 원주시 신림면 황둔1리 마을회관
제보일시 : 2011.2.21
조 사 자 : 황루시, 유명희, 유형동, 김명수
제보자 1 : 안수창, 여, 77세
제보자 2 : 윤경순, 여, 79세
구연상황 : 아래 윤경순 제보자의 주도로 구연된 아라리에 이어서 구연하였다.

제보자 1 옆구리를야 꼭찔러도 말아니 듣는 저여자

　　　　이구십팔 열여덟살에야 모발이 하얗게 시어라 [웃음]

제보자 2 앞남산 중허리에 실안개나 안고돌구여

　　　　우리집의 저명텅구리는 날안고 둘줄모르네 [잡음]

아라리3

자료코드 : 03_08_FOS_20110221_HRS_YGS_0002
조사장소 : 강원도 원주시 신림면 황둔1리 마을회관
제보일시 : 2011.2.21
조 사 자 : 황루시, 유명희, 유형동, 김명수
제보자 1 : 윤경순, 여, 79세
제보자 2 : 안수창, 여, 77세
구연상황 : 여러 제보자들이 돌아가면서 부른 아라리가 끝났을 때 조사자가 두 분에게만
　　　　　따로 더 하실 수 있냐고 묻자 기다렸다는 듯이 바로 구연하였다.

제보자 1 니가죽고 내가나살면은 무슨에 열녀가 스나

　　　　한강수 깊은물에 빠져나 죽자

제보자 2 정선앞에두 기린 바우는 물색이나 고와서

여자 일색이 낫다구 한다면 일등미색이라

제보자 1 니가죽고 내가 살면은 몇백년이나 사느냐
        한강수 깊은물에나 빠져나 죽잔다 [웃음]

제보자 2 도랑가에 오름포름에 나를가자구 하더니
        온산천이야 아우러져두나 날가잔말이 없네

제보자 1 포름포름 봄배차는 날가자구 하더니
        온산천이 다어우러져도 날가잔 말이 없네 [잡음]

제보자 1 한치뒷산에 곤드레딱주기 나즈미맛만 같다면
        올같은 쌀없는 풍년에 봄두잘살어 나겠네

이거리저거리갓거리

자료코드 : 03_08_FOS_20110221_HRS_YGS_0003
조사장소 : 강원도 원주시 신림면 황둔1리 마을회관
제보일시 : 2011.2.21
조 사 자 : 황루시, 유명희, 유형동, 김명수
제 보 자 : 윤경순, 여, 79세
구연상황 : 아라리에 이어서 베틀가를 여러 분이 시도하였으나 앞머리만 부르고 뒤를 잇
        지 못해 구연에 실패하였다. 이후 조사자가 유도하여 '다리세기'하는 소리 구
        연을 시도하였다. 여러 번 연습을 거듭하였으나 이 소리 역시 앞부분만 기억
        하는 분들이 대부분이어서 한분만 겨우 구연에 성공하였다. 네 분이 모여 앉
        아 다리를 펴고 앉아서 직접 동작과 소리를 하면서 구연하였다.

이거리저거리갓거리
천두만두도만두
짝발에 오양물

나그네 먹던 김칫국
딸을 줄래니 아깝고
마누랠 줄래니 아깝고
내가 홀짝 마시자

회다지소리

자료코드 : 03_08_FOS_20110221_HRS_YEG_0001
조사장소 : 강원도 원주시 신림면 황둔1리 마을회관
제보일시 : 2011.2.21
조 사 자 : 황루시, 유명희, 유형동, 김명수
제 보 자 : 이은관
구연상황 : 옆 마을에서 초대한 소리꾼이 도착하여 할아버지 방으로 옮겨 조사를 계속하
였다. 뒷소리하시는 분만 8분이고 원래 하던 것과 가깝게 구연하였다. 마지막
에 '오조밭에 새들었네'를 빼먹었다고 소리가 끝난 후에 설명하였다.

에이호리 달~회야~	고시레~
여보시오 기원님네	에이호리 달회야
또한말씀 들어를보소	에이호리 달회야
이세상에 나온사람	에이호리 달회야
선성남녀를 붉붂하고	에이호리 달회야
뉘덕으로 나왔는고	에이호리 달회야
석가여래 공덕으로	에이호리 달회야
아버님전 뼈를빌고	에이호리 달회야
어머님전 살을빌고	에이호리 달회야
칠성님전 명을빌어	에이호리 달회야
제석님전에 복을빌고	에이호리 달회야

십삭만에 탄생하니   에이호리 달회야
우리들을 길러낼제   에이호리 달회야
어떤공력이 들었을꼬   에이호리 달회야
진자리는 자비하신   에이호리 달회야
부모님이 누우시고   에이호리 달회야
마른자리는 아기두눕혀   에이호리 달회야
음식도 맛을보고   에이호리 달회야
쓴거슨 부모님이   에이호리 달회야
단 것은 아기도 주어   에이호리 달회야
오뉴월 긴긴밤에   에이호리 달회야
외롭다구두 안허시고   에이호리 달회야
다떨어진 살부채로   에이호리 달회야
설렁설렁 흔드시며   에이호리 달회야
왼갖시름을 다하시네   에이호리 달회야
동지섣달 설한풍에   에이호리 달회야
백설이 휘날리며   에이호리 달회야
그자손이 죽을세라   에이호리 달회야
덮은데다 덮어주고   에이호리 달회야
왼젖을 물려놓고   에이호리 달회야
다떨어진 살부채로   에이호리 달회야
설렁설렁 흔드시며   에이호리 달회야
왼갖시름을 다하시네   에이호리 달회야
여보시오 기원님네   에이호리 달회야
또한말씀 들어를보소   에이호리 달회야
우리들을 길러낼제   에이호리 달회야
어든공력 들었을꼬   에이호리 달회야

부모은공 생각하면	에이호리 달회야
태산도 무겁잖고	에이호리 달회야
하해도 깊잖소다	에이호리 달회야
부모은공 갚자하니	에이호리 달회야
은간두나 백발이오	에이호리 달회야
검던머리는 백발되고	에이호리 달회야
귓까지 절벽되네	에이호리 달회야(끝났어)

상여소리

자료코드 : 03_08_FOS_20110221_HRS_YEG_0002
조사장소 : 강원도 원주시 신림면 황둔1리 마을회관
제보일시 : 2011.2.21
조 사 자 : 황루시, 유명희, 유형동, 김명수
제 보 자 : 이은관

구연상황 : 회다지소리 이후 상여소리를 먼저 해야 한다면서 제보자들이 나중에 편집을 하면 된다면서 편집하라고 주문하였다. 여러 논의 끝에 이어서 상여소리를 구연하기로 했다. 첫소리가 너무 짧은 것이 아니냐는 조사자의 질문에 '가차운 데는 짧게 간다'면서 '한번 쉬었으니 두 번만 쉬면 돼'라고 설명하였다. 중간에 쉬는 시간에는 다른 사람들에게 곡을 하라고 시키기도 하면서 조사분위기가 자연스럽게 진행되었다. 문서는 좋은 편이 아니나 점점 자진소리로 빨라지는 소리의 형식을 보여주고 있다.

어~호 허이야 허이나가리 허호	어허넘차 어호
간다간다 떠나를간다	어허넘차 어호
이세상을 하직을 하고	어허넘차 어호
북망산천을 돌아를 간다	어허넘차 어호
인제가면 언제를 오나	어허넘차 어호

가시면한번 못오리라   어허넘차 어호

명사십리 해당화야   어허넘차 어호

꽃진다잎진다 설워를 마라   어허넘차 어호

명년삼월 봄이오면   어허넘차 어호

너는다시도 피련마는   어허넘차 어호

우리인생 한번가면   어허넘차 어호

다시오기는 어려워라   어허넘차 어호

놓고~   어허~(한잔 먹고!)

〈자진소리〉

오허이야 어이나가리 허호   오허오허야 어이나가리 허호

인제가면 언제오나   오허오허야 어이나가리 허호

이팔청춘 소년들아   오허오허야 어이나가리 허호

백발보고 웃지를마라   오허오허야 어이나가리 허호

니가원래 청춘이며   오허오허야 어이나가리 허호

낼른헌들 백발이냐   오허오허야 어이나가리 허호

꽃이라도 낙화지면   오허오허야 어이나가리 허호

오던나비도 아니를온다   오허오허야 어이나가리 허호

나무라도 고목이되면   오허오허야 어이나가리 허호

오는새도 아니나오고   오허오허야 어이나가리 허호

다떨어진 인부채(살부채의 잘못)로 오허오허야 어이나가리 허호

놓고~   놓고~ 술한잔먹고~

〈가파른 곳 올라갈 때〉

여~!(다같이)

올러간다 올러를간다 [잡음]

어름차 허호   어름차 허호~

올러를간다 올러를간다   어름차 허호~

흐여차   흐여차

흐여차   으쌰

흐여차   으샤

흐여차   으쌰

흐여차   으쌰

흐여흐여   으여차

흐여차   으차

흐여차   어여차

흐여차   어이 놓고!

둥게타령

자료코드 : 03_08_FOS_20110221_HRS_YEG_0003
조사장소 : 강원도 원주시 신림면 황둔1리 마을회관
제보일시 : 2011.2.21
조 사 자 : 함루시, 유명희, 유형동, 김명수
제 보 자 : 이은관
구연상황 : 둥게타령에 대해 질문하자 할 수 있다면서 자신있게 구연하였다. 소리의 서두
          부분을 잘 못 들었다고 다시 묻자 배뱅이굿타령하던 이은관이 불렀던 소리라
          고 한다.

삼신팔신 시집등나서서 너이렇게두나

어화둥둥 내딸이로다 니가 요롷게 이쁠적에는

니어머니는 얼마나 이쁘랴 어화둥둥 내딸이로다

각설이타령

자료코드 : 03_08_FOS_20110221_HRS_YEG_0004
조사장소 : 강원도 원주시 신림면 황둔1리 마을회관
제보일시 : 2011.2.21
조 사 자 : 황루시, 유명희, 유형동, 김명수
제 보 자 : 이은관
구연상황 : 글뒷풀이나, 화투풀이에 대해서 질문하자 옛날 거는 없다면서 신식노래인 각
　　　　　설이타령을 할 수 있다면서 구연하였다. 이 소리는 서서 하면서 돌아다녀야
　　　　　한다면서 일어서서 춤을 추면서 실감나게 구연하였다. 다른 제보자 한 분도
　　　　　함께 일어나서 두 제보자가 짝을 맞춰 춤을 추자 다른 청중들도 가세하여 신
　　　　　나는 춤판이 벌어지면서 박수 소리도 함께 커져 녹음상태는 좋지 못했다. 이
　　　　　소리는 소리만 다시 녹음한 것으로 두 번째 부른 소리이다.

안녕들 하십니까 한 할머니 할아버지들 안녕하세요?

이 못난 사람이 이 왔습니다. 이렇게 하곤

얼~씨구씨구 들어간다 절~씨구씨구 들어간다

각설이품바타령 들어간다

작년에 왔던 이창수가 죽지도 않고 살어왔어

어허 요넘이 이래봐도 정승판서나 자제로

팔도나감사 자릴마다구나 돈한푼에 팔려서

각설이로 돌아왔네

얼씨구씨구 들어간다 절씨구씨구 들어간다

그선생이 누구실까 날보다도나 잘이하구

신선선전(시전서전)을 읽었느냐 유식하게두나 잘이한다

서울에는 한발가지는 깍지

두발가지는 까마귀

세발가지는 통노귀

네발가진건 당나귀

먹는 길은 아리랑
지리구지리구두 잘이 한다
품바하구두 잘이 한다
절구동이나 먹었는가 미끈미끈 잘이 하고
막걸리동이나 먹었는가 비틀비틀비틀비틀 잘이한다
품바하구두나 잘이 한다

얼씨구두나 잘이 한다
하나님이 주신 우리나라는
편편한 옥토가 이아니며
높은데나 갈면 밭이되고
낮은데나 갈면 논이된다
언제왔다 이제왔어
봄돌아오면 소를몰아
각천목천에 논밭갈아
씨를 뿌려 덮어놓으니
에루와 좋구나 싹이 튼다
여름이 와서 비가오니
아랫논 웃논에 물대주고
김을매서 가꿔노니
에루화 좋구나 잘도큰다
가을이오면 추수하여
오곡백과와 쌀을 놓고
아들딸남매가 옹기종기
햅쌀콩밥이 맛있구나
지리구두지리구두 잘이 하구

품바하구두 잘이 한다(박수)

아라리

자료코드 : 03_08_FOS_20110218_HRS_JGY_0001
조사장소 : 강원도 원주시 신림면 신림3리 마을회관
제보일시 : 2011.2.18
조 사 자 : 황루시, 유명희, 유형동, 김명수
제 보 자 : 전기영, 남, 74세
구연상황 : 신림3리에서 민요를 조사하는 중에 들어온 제보자에게 옛날 소리를 해달라고
하자 스스럼없이 구연하였다.

삼혼칠백(三魂七魄)의 맑은정신을 어데다가 두고
걸음만 걸어두나 갈팡질팡하네

잘살고 못사는 내본분이려니와
잘만네 살고 못만네 사는 것은 중신애비탓이라

소모는소리

자료코드 : 03_08_FOS_20110218_HRS_JGY_0002
조사장소 : 강원도 원주시 신림면 신림3리 마을회관
제보일시 : 2011.2.18.
조 사 자 : 황루시, 유명희, 유형동, 김명수
제 보 자 : 전기영, 남, 74세
구연상황 : 김순기 제보자와 아라리를 부른 후 목도소리에 대해서 설명을 한참 하였다.
소모는 소리에 대해 질문하자 '소 소리'라면서 구연하였다. 호리소를 몰 때
하는 소리라고 한다.

이러~ 이러이러 이러이러 어디

골스로(곬으로) 들어서라 어~ 이러~

이러~ 어디 어디어디어디어디 올라서라 올러를 서라

이러~ 일낙서산에 해는 지는데 어서 빨리가자

이러~ 어디~ 이러이러 어디어디어디여 돌어를서~라 어디

이러~ 이러~ 잘 간다 이러 어디 허~ 어디

이러~ 이러 ~ 이러 어디~ 허 워워 어차

이러~ 어디 돌어서라 이러~ 어디어디어디어디~

이러~ 어디여~ 이러 올라서라 올라서 어디 올라서라

이러~ 어디~ 이러 어디어디~ 잘간다

워워 어디 돌아서~ 이러 어디~

어디어디어디~ 일락서산에 해떨어진다 이소야

어서 빨리 가자 얼른갈고 가세~

이러 이러이러 어 워워 쉬가자

7. 지정면

강원도 원주시 지정면 간현3리

조사일시 : 2010.12.18
조 사 자 : 황루시, 유명희, 유형동, 김명수

강원도 원주시 지정면 간현3리

　지정면 중앙에 위치한 간현3리는 간재의 재를 현(峴)으로 바꾸면서 간현리가 되었다. 마을에 있는 간현치를 숫돌고개로 불러서 갈다의 간과 현이 합쳐져서 간현이 되었다고 한다. 사람이 살기 시작한 지는 400여 년 되었다는데 총 120가구 중에 젊은이들은 20세대가 되지 않는다.

　대부분 농업에 종사하고 논농사를 기본으로 인삼, 고구마, 고추를 재배한다. 특정한 성씨가 많지는 않다.

감리교가 30세대, 천주교가 30세대로 반 이상이 기독교 계열 종교를 믿고 있다. 서낭당은 30년 이전에 현재 노인회 회원들이 젊었을 적 직접 없앴다고 한다. 전통문화를 계승하는 의지는 크게 보이지 않는다. 정월에 윷놀이와 음력 10월 20일에 하는 대동계를 제외하면 특별한 행사는 없다. 간현 1리에서 3리가 분리된 지 얼마 되지 않아서 3리에는 경로당이 따로 없고 마을회관의 빈방을 이용하고 있다. 그래서 비교적 젊은 60대 후반에서 70대 초반 세대들은 3리 경로당을 가고 기존의 1리 경로당은 그보다 나이가 훨씬 많은 노인들이 주로 이용하고 있다.

강원도 원주시 지정면 월송1리

조사일시 : 2010.12.19
조 사 자 : 황루시, 유명희, 유형동, 김명수

강원도 원주시 지정면 월송1리

월호와 송호 마을이 합쳐져 월송리라는 이름을 가지게 되었다. 원래는 다래밭이 많다고 하여 다래 마을이었는데 그 음이 달과 비슷하여 달의 한자인 월이 현재 마을 이름이 되었다고 한다.

총 가구 수는 175호로 645명(남 308명, 여 337명)이 살고 있으며 주산물로는 쌀, 콩 등을 생산한다. 특산물로는 엽연초, 잠업, 인삼, 수박, 고추 등이 있고 특히 군납 무를 재배하여 납품하고 있다. 최근에는 화승레스피아가 들어서 골프장, 수영장, 사우나, 눈썰매장, 회의실 등의 위락시설을 갖추고 있어 외지에서도 많은 사람들이 찾고 있다. 아울러 한솔오크밸리에서 골프장을 완공하였고 콘도미니엄, 눈썰매장, 회의장, 옥내외 전시장을 설치하였다. 한솔오크밸리는 화승레스피아보다 규모가 훨씬 크다. 학교는 송암 초등학교가 있었으나 폐교가 된 지 4~5년이 되었다.

마을 주요행사로 서낭제를 지내고 있다. 마을 사람들은 마을의 서낭신이 여신이라고 하고 사람에게 피해를 주는 여우를 타일러서 돌려보낸 일이 있었다고 하나 특별히 전해지는 이야기는 없다. 1년에 2번 정월보름과 시월 보름에 서낭제를 지내는데 마을에 천주교 10호 기독교 3호 정도 외래종교를 믿고 있으나 서낭제에는 모두 참여한다. 한국전쟁 이전에는 사람들이 많아 서낭제의 규모가 컸으나 지금은 줄어들었다.

서낭제에서 각 마을 사람들의 소지를 올리는데 순서는 서낭신과 궁씨 할아버지 그 후 고령자부터 올린다고 한다. 궁씨 할아버지는 마을에서 머슴살이를 하다가 모은 재산을 물려줄 사람이 없어 마을을 위해 쓰라며 땅을 기부했다. 그 땅을 원주 지역 휴양지인 오크밸리에 3억 정도에 팔아 마을 공공 기금을 마련했다. 조사자들이 방문했을 때는 그 재원과 세비로 지은 노인정이 신축된 지 얼마 되지 않은 상태였다. 제사를 지내는 마을 대표는 항상 궁씨 할아버지를 위한 제사를 잊지 않는다고 한다.

이후 음력 10월 말에 1년을 결산하는 대동계를 하는데 부락의 이장을 선출하는 등 마을 회의의 역할을 한다.

민창유, 남, 1931년생

주 소 지 : 강원도 원주시 지정면 간현3리 779-4번지
제보일시 : 2010.12.18
조 사 자 : 황루시, 유명희, 유형동, 김명수

　민창유는 경기도 가평 출생으로 청평 발전소 건설로 고향마을이 수몰되면서 홍천으로 이주해 그곳에서 성장했다. 일제강점기 때 춘천중학교를 다녔고, 이후 초등학교 준교사로 일을 했었다. 한국전쟁이 일어나면서 문막으로 피난을 왔다. 군에 다녀온 후에 의성고등공민학교, 원성고등공민학교 등에서 교사로 일했다. 24세 무렵 3살 연하인 이순희와 혼인하여 처가 동네인 간현으로 이주, 정착하게 되었다. 현 거주지는 간현 3리 779-4번지이다.

　보통체격에 얼굴은 둥글고 선한 인상을 준다. 이야기를 할 때, 인물이나 상황에 맞게 목소리 톤을 조절하였으며, 행동이나 표정도 풍부했다. 민창유가 제공한 자료는 6편인데, 거의 민담이다. 그런데 이야기의 결말부분이 불완전한 것이 많다. 또한 결말부에서 교훈을 강조하려는 경향을 보인다. 『강원의 설화』 편찬 당시 이야기를 구연한 경험이 있다.

제공 자료 목록

03_08_FOT_20101218_HRS_MCY_0001 갑자고개에서 넘어져 삼천갑자를 산 동방삭
03_08_FOT_20101218_HRS_MCY_0002 호랑이와 곶감
03_08_FOT_20101218_HRS_MCY_0003 숯 씻는 사자에게 잡힌 동방삭

03_08_FOT_20101218_HRS_MCY_0004 금도끼 은도끼
03_08_FOT_20101218_HRS_MCY_0005 도깨비를 만나 혹 뗀 사람
03_08_FOT_20101218_HRS_MCY_0006 나무꾼과 선녀

심호섭, 남, 1934년생

주 소 지 : 강원도 원주시 지정면 간현3리 811번지
제보일시 : 2010.12.18
조 사 자 : 황루시, 유명희, 유형동, 김명수

심호섭은 원주시 호저면 무장리에서 2남
중 장남으로 태어났다. 어린 시절 부모를
따라 횡성으로 이주해서 그곳에서 성장하였
다. 횡성 우천국민학교, 횡성중학교를 졸업
하고, 건축회사에서 일을 하다가 그만두고
약 40년 전에 간현으로 이주하였다. 현 거
주지는 간현3리 811번지이다. 22세 때 당시
18세이던 김진숙과 혼인하여 2남 3녀를 두
었는데 모두 혼인하여 원주 시내로 나가고, 두 내외만 함께 살고 있다. 간
현으로 이주한 후에 새마을가꾸기 위원회, 마을협의회장, 이장 등을 맡아
일힌 경험이 있다.

심호섭이 제공한 자료는 치악산의 유래에 대한 전설로, 치악산에 있는
절에 방문했다가 스님에게 들은 이야기라고 한다. 쇳소리가 섞인 낮은 목
소리로 구연했는데, 중간중간 몸짓을 곁들이기도 했다. 이야기는 전개과
정만 확인할 수 있을 정도로 매우 간략하게 구연하였다.

제공 자료 목록
03_08_FOT_20101218_HRS_SHS_0001 치악산의 유래

유광무, 남, 1941년생

주 소 지 : 강원도 원주시 지정면 간현3리 1040-9번지
제보일시 : 2010.12.18
조 사 자 : 황루시, 유명희, 유형동, 김명수

유광무는 원주시 지정면 간현 3리에서 태어나 지금까지 살고 있는 토박이로 현 거주지는 간현3리 1040-9번지이다. 2남 1녀 중 막내로 태어났고, 유복무와 형제간이다. 지정국민학교, 원주중학교를 졸업했다. 26세 때 1살 연상인 정숙영과 혼인해 1남 1녀를 두었는데 모두 원주 시내에 거주하고 있다. 사진관을 운영하다가 7년 전에 정리하고 지금은 농사를 짓고 있다. 79년부터 3년간 이장 일을 본 경험이 있으며, 새마을 지도자도 맡아 본 적이 있다.

건장한 체격에 둥근 얼굴이다. 조사자와 만날 당시는 구레나룻을 기른 모습이 인상적이었다. 제공한 자료는 2편으로 마을의 지명, 사물에 얽힌 이야기 등 전설에 가까운 것이었다. 이 자료들도 단편적인 것들로 자세한 내력은 잘 모른다고 했다. 또한 다른 제보자들의 이야기에 대해 어릴 때 들었지만 지금은 기억나지 않는다고 했다.

제공 자료 목록
03_08_FOT_20101218_HRS_YGM_0001 안창 욕바위의 유래
03_08_FOT_20101218_HRS_YGM_0002 간현 지명 유래

유복무, 남, 1937년생

주 소 지 : 강원도 원주시 지정면 간현3리 772번지
제보일시 : 2010.12.18

조 사 자 : 황루시, 유명희, 유형동, 김명수

　유복무는 원주시 지정면 간현 3리에서 태어나 지금까지 살고 있는 토박이로 현 거주지는 간현3리 772번지이다. 2남 1녀 중 장남으로, 유광무와 형제간이다. 지정국민학교, 문막중학교를 졸업했다. 슬하에 2남 2녀를 두었는데, 혼인해 외지에 살고 있다. 지금까지 농사일을 계속 해왔으며, 다른 일을 해본 적은 없다. 60대 무렵에는 이장일을 10년 정도 본 적이 있으며, 현재 노인회회장을 맡고 있다.

　마른 체격에 갸름한 얼굴형이다. 노인회장으로서 조사의 분위기를 조성하는데 도움을 주었다. 낮고 부드러운 목소리로 이야기를 구연했다. 제공한 자료는 욕바위에 얽힌 전설인데, 유광무가 구연한 이야기에 조사자가 질문을 하자 차근히 정리하여 구연한 것이다.

제공 자료 목록
03_08_FOT_20101218_HRS_YBM_0001 안창 욕바위의 유래

이강염, 남, 1933년생

주 소 지 : 강원도 원주시 지정면 월송1리 642번지
제보일시 : 2010.12.19
조 사 자 : 황루시, 유명희, 유형동, 김명수

　이강염은 원주시 지정면 월송리에서 태어나 지금까지 거주하고 있는 토박이로서 현 거주지는 월송1리 642번지이다. 4남매 중 셋째로 태어났는데, 다른 형제들은 작고하고 지금은 혼자만 남았다. 서당을 2년 정도 다니면서 천자문을 배웠고, 이후 지정국민학교, 육민관중학교, 육민관고등

학교를 졸업했다. 23세 때 1살 연상인 이덕구와 혼인해 슬하에 2남 3녀를 두었다. 50대 무렵 이장 일을 5년 정도 맡아 보았으며, 면정화위원장을 지낸 경험도 있다. 현재 월송 1리 노인회장직을 4년째 맡고 있다.

미리 약속을 정하고 방문한 조사자들을 매우 반갑게 맞아 주었으며, 많은 노인들이 나오지 못함을 미안하게 여기는 기색이 보였다. 함께 나온 최명옥을 독려해 조사를 도왔다. 직접 구연을 부탁하자 잘 모른다고 하면서도 민담 1편을 구연했다. 부드러운 말투로 이야기를 구연했으며, 웃음이 많은 편이었다.

제공 자료 목록

03_08_FOT_20101219_HRS_YGY_0002 대동강 팔아 먹은 김선달

이원규, 남, 1936년생

주 소 지 : 강원도 원주시 지정면 간현3리 794번지
제보일시 : 2010.12.18
조 사 자 : 황루시, 유명희, 유형동, 김명수

이원규는 강원도 홍천군 동면 신동리에서 태어나 그곳에서 자랐다. 4형제 중 장남인 그는 동면국민학교 홍천중학교를 졸업하고 체신공무원으로 근무했다. 근무지에 따라 부산, 안성에서 각각 10여년 씩 거주했으며, 18년 전 퇴직하면서 지금의 거주지인 원주시 지정면 간현3리 794번지로 이주하였다.

28세 무렵 9살 연하인 전영순과 혼인해 2남 3녀를 두었으며, 현재는 부부가 장남내외와 함께 거주하고 있다.

보통체격에, 이가 약간 빠졌다. 조금 높은 목소리 톤을 지녔으며 발음은 정확한 편이나, 말이 빠른 편이다. 주변의 노인들과 조그맣게 나누는 이야기를 조사자가 듣고 권하자, 적극적으로 구연하였다. 조사자들에게 농담도 잘 던지고 호의적으로 대했으나, 이야기를 다 잊었다고 하며 민담 한편만을 구연하였다.

제공 자료 목록
03_08_FOT_20101218_HRS_YWG_0001 저승 명부 고쳐 삼천갑자를 산 동방삭

조공수, 남, 1934년생

주 소 지 : 강원도 원주시 지정면 간현3리 769번지
제보일시 : 2010.12.18
조 사 자 : 황루시, 유명희, 유형동, 김명수

조공수는 횡성군 서석면 검산리에서 4형제 중 막내로 태어났다. 다른 형제들은 모두 작고하고, 지금은 혼자만 남았다고 한다. 한국전쟁 때 안동으로 피난갔다가 횡성, 원주 봉산동 등을 거쳐 간현 3리에 정착한 것은 약 50년 쯤 전이다. 24세 무렵 7세 연하인 김춘선과 혼인하여 3남 1녀를 두었으며, 지금은 장남 내외와 간현3리 769번지에서 거주하고 있다. 일제강점기 때 소학교를 2년 다닌 것 외에 학교교육을 받지는 못했다.

보통체격에 얼굴이 긴 편이며 선한 인상을 준다. 또한 웃음이 많은 편

이라서 더욱 선하게 느껴진다. 조사 취지를 밝히자 흔쾌히 조사에 임해주었다. 제공한 설화 3편은 어린 시절 동네 어른들에게 들어 자연히 습득한 것이라고 한다. 경험담도 2편 구연하였는데, 그 중 한편은 10대 무렵 복술을 따라 대잡이로 갔다가 실패한 이야기였다. 많은 이야기를 하지 못함을 미안하게 여기기도 했다.

제공 자료 목록
03_08_FOT_20101218_HRS_JGS_0001 숯 씻는 사자에게 잡힌 동방삭
03_08_FOT_20101218_HRS_JGS_0002 치마를 뒤집어쓰고 호랑이 쫓은 여인
03_08_FOT_20101218_HRS_JGS_0003 나무꾼과 선녀
03_08_MPN_20101218_HRS_JGS_0001 대잡이로 갔다가 실패한 경험
03_08_MPN_20101218_HRS_JGS_0002 도깨비에 홀린 사람

최명옥, 남, 1938년생

주 소 지 : 강원도 원주시 지정면 월송1리 630-1번지
제보일시 : 2010.12.19
조 사 자 : 황루시, 유명희, 유형동, 김명수

　　최명옥은 원주시 지정면 월송리에서 태어나 지금까지 거주하고 있는 토박이로서 현 거주지는 월송1리 630-1번지이다. 6남매 중 셋째로 태어나 송암국민학교를 졸업했다. 학교를 마친 이후 농사를 짓기 시작한 뒤 지금까지 다른 일은 해 본 적이 없다. 마을 반장 일을 5년 정도 본 적이 있으며, 노인회 총무도 4년간 맡아 본 경험이 있다.

　　보통체격으로 서글서글한 눈매가 인상적이다. 처음에는 조사에 소극적이었으나, 나중에는 적극적으로 협조해 주었다. 구연한 이야기는 전설과

성소화 등 설화 4편과 경험담 1편이 있는데, 설화는 대체로 이야기가 짧고 간단한 것들이었다. 웃음이 많았으며, 성소화를 구연할 때는 쑥스러워하기도 했다.

제공 자료 목록

03_08_FOT_20101219_HRS_CMO_0001 안창의 욕바위
03_08_FOT_20101219_HRS_CMO_0002 여우 잡은 월송리 서낭당 여신
03_08_FOT_20101219_HRS_CMO_0003 닭 벼슬 바위 깨서 망한 부자 - 파명당
03_08_FOT_20101219_HRS_CMO_0004 벽을 안고 돈 장인과 사위
03_08_MPN_20101219_HRS_CMO_0001 화로에 검정을 칠해 선생님 놀린 학생

갑자고개에서 넘어져 삼천갑자를 산 동방삭

자료코드 : 03_08_FOT_20101218_HRS_MCY_0001
조사장소 : 강원도 원주시 지정면 간현3리 마을회관
제보일시 : 2010.12.18
조 사 자 : 황루시, 유명희, 유형동, 김명수
제 보 자 : 민창유, 남, 81세
구연상황 : 삼천갑자 동방삭에 대한 이야기를 아는지 묻자 구연하였다.
줄 거 리 : 옛날 어느 마을에 큰 고개가 있었는데, 그 고개에서 넘어지면 한 갑자 밖에
        못 산다고 했다. 어느 날 동방삭이 그 고개에서 넘어졌다. 젊었던 동방삭은
        한 갑자 밖에 살 수 없다는 생각에 애를 태우고 있었다. 하루는 이웃 사람이
        와서 왜 걱정을 하는지 물었다. 동방삭이 사연을 털어놓자 이웃 사람은 한 번
        넘어질 때마다 한 갑자를 사니 한 번 더 넘어지라고 이야기를 했다. 이 말을
        들은 동방삭은 생각날 때마다 그 고개에서 넘어지기를 반복했다. 그 결과 동
        방삭은 삼천갑자를 살게 되었다.

이 큰 고개가, 인제 넘어 댕기는데, 어딜 다닐래면 큰 고개를 넘어야
되는데.

(보조조사자 : 네.)

옛날서부터 내려오기를 이 고개에서 넘어지면은, 한 갑자 밖에 못 산다
이거여. 육십(60) 밖에 못 산다 그래. 에. 넘어지면. 그래서 이, 가다가 그
동방삭이가 이렇게 넘어가다 삐끗해서 넘어졌단 말야.

'야 인제 나는 인제 육십 밖에 못 사는 구나.'

그래서 집이서 가만-히 그냥 고민을 하면서, 아 육십 밖에 못 사니까
젊은 사람이 말이야. 그러니까는 고생을, 인제 그렇게 인제 혼자 애를 태
우고 있는데. 동네에 그 좀 사람이 와서, "왜 그래느냐." 그랬더니.

[기운 없이 한탄하는 투로]

“아 글쎄 내가 고개 넘어가다 고개에서 넘어졌잖어. 아 근데 이게 넘어지면 육십 밖에 못 산대는데 나 인제 육십 넘으면 고만이잖아.”

[별거 아니라는 듯 한 말투로]

“아 이 사람아 뭘 그걸 그래, 가서 한 번 더 넘어져.”

그러면 두 번 넘어지면 백이십살 살잖어. 육십 사니까.

그래서 그저 심심허면 가서 그냥 가서 넘어지는 거여. 그래서 삼천갑자를 살었다구 해서 삼천갑자 동방삭인데.

그게 이제 거-, 옛얘기루다 내려오지만 어떤, 저, 어, 그렇게, 어-, 조그만, 앞에 조그만 거만 생각해구 좀 큰 거를 좀 생각지 않는 것이 우리 사람이다. 인제 그런 얘기루 쓰여.

인제 그래서 인제 그걸 저, 전해져 내려오는 게 그 삼천갑자 동방삭이야.

(보조조사자 : 그 고개가 어느 고개에요? 저희도 좀 가서 넘어져야 될 것 같은데.)

응? 그 고개, 고개는 모르지.

하여간 어디선지, 옛날 사람들이 그렇게 전해서 내려왔으니까 그게 그 창작 핸 것두 있을 테구, 그런 고개두 있을런지도 모르겠구. 옛날 일이니까 모르지 뭐.

(보조조사자 : 알면 좋을텐데.)

아이구 그걸 뭐 어려워요.

그건 아주 옛날서부터 우리 할아버지네,

[오른 손을 위로 들며]

그 할아버지 적부터 삼천갑자 동방삭이란 얘기 있어서 오래 살면 삼천갑자를 산다구 인제 그래서 동방삭이.

(보조조사자 : 그럼 동방삭이가 저승사자한테 잡혀 간거는 어떻게 하다가 잡혀갔어요?)

그거야 또 모르지 뭐 그냥 자빠졌다 가는 거지.

(보조조사자 : 아, 그냥 삼천 갑자 산 이야기만 아세요?)

그렇지 뭐, 그리구선 살구 있는데, 삼천갑자 동방삭이니깐 잘 따지면 꽤 오래 살었겠지 뭐.

[일동 웃음]

그래서 굉장히 오래 산다구 그러는거 보다두 그게 인제 고개가 그렇게 돼서 인제 그 전설이 내려오다 보니까 인제 동방삭이가 그렇게 오래 살었다 인제 그런 얘긴데.

그래서 지금도 그 옛날애기 좀 하구 그런 사람들은 삼천갑자 동방삭이가 인제 그래서 삼천갑자 동방삭이지 뭐 다른 건 아니라구. 나는 고것 밖에 몰라요.

(보조조사자 : 재밌네요.)

호랑이와 곶감

자료코드 : 03_08_FOT_20101218_HRS_MCY_0002
조사장소 : 강원도 원주시 지정면 간현3리 마을회관
제보일시 : 2010.12.18
조 사 자 : 황루시, 유명희, 유형동, 김명수
제 보 자 : 민창유, 남, 81세
구연상황 : '갑자고개에서 넘어져 삼천갑자를 산 동방삭' 구연을 마친 뒤 청중들 사이에
        삼천갑자가 몇 년인지 이야기가 오갔다. 그러던 중 제보자에게 더 아는 옛이
        야기가 없느냐고 묻자 구연하였다.
줄 거 리 : 옛날 한 집에 아기가 있었는데, 어느 밤 그 아기가 울기를 멈추지 않았다. 부
        모는 무서운 것이 집 밖에 왔다며 아기를 달랬다. 개, 고양이, 늑대 등이 왔다
        고 이야기 했지만 아기는 울음을 멈추지 않았다. 그때 호랑이가 그 집 담을
        넘어 들어왔다. 방안에서는 아이를 달래는 소리가 들려왔는데, 부모는 마침
        '지금 호랑이가 밖에 왔다'고 이야기를 했다. 그런데도 아기는 울음을 그치지

않았다. 호랑이는 아기가 자신을 무서워하지 않는다고 생각했다. 부모가 '여기 곶감이 있다'고 하자 아기는 울음을 그쳤다. 호랑이는 이를 듣고 자기보다 더 무서운 곶감이 이 집에 있다고 생각하고는 그대로 달아나 버렸다.

애가 자꾸 울으니까, 인제 이 애가 우는 것을 달래야 되잖어.

(보조조사자 : 네.)

근데 이게 밤에, 심심헌 밤인데, 밤에 자꾸 애가 울어서, 벼라 별일을 다 해, 그저. 뚝 그치지를 않어요, 그치질 않어.

"얘." 인제 뭐 "개, 강아지 온다." 뭐.

"개 온다."라던가, 무슨 "고양이 온다."든가, "늑대 온다."든가.

아 그래두 자꾸 우는데.

[오른팔을 바깥쪽으로 뻗었다가 안쪽을 접으며]

그 때 밖에서 호랭이가 딱, 지, 내려와서 그 집에 딱, 들어가 보니까 불이 켜져 있는데, 애가 우는데, 아 무서운 걸 다 얘길 하는데,

[목소리를 낮게 깔면서]

"호랭이가 온다, 호랭이가 왔단 말이야."

그래두 울어.

(보조조사자 : 아유, 그걸 어떡해.)

그런데 가만히 호랭이가,

'야 이 새끼, 이 놈이, 이게 나두 안 무서워 해다.'

[청중 웃음]

이렇게 된 거겠지, 인제. 그래다가 그냥, 그래구 있는데, 별안간 곶감을 하나 *끄*내가주 왔어.

(보조조사자 : 예.)

이렇게 이쁜 *꼬*가 왜,

[오른손을 앞으로 내밀면서]

"아따 여기 곶감 있다."

그러니까 뚝 그쳐, 꼬마, 곶감 먹었을 거 아냐.

(보조조사자 : 네. [웃음])

'야 이거 곶감이라구 해는 게, 그렇게 호랭이 나보다도 무섭구나. 근데 그 무서운 게 지금 여기 와 있으니까 내빼야 되겠다구.'

호랭이가 그래 내뺐대.

그래서 그게 호랭이가 거, 인제 그거, 에 저 뭐야, 애 우는데 내뺀게 그, 그래서, 그것두 뭐 그 옛날 노인네들이 어거지로 그냥 맨들어 낸 거지.

숯 씻는 사자에게 잡힌 동방삭

자료코드 : 03_08_FOT_20101218_HRS_MCY_0003
조사장소 : 강원도 원주시 지정면 간현3리 마을회관
제보일시 : 2010.12.18
조 사 자 : 황루시, 유명희, 유형동, 김명수
제 보 자 : 민창유, 남, 81세
구연상황 : 조공수 제보자가 구연한 같은 유형의 이야기 '숯 씻는 사자에게 잡힌 동방삭'
         에 덧붙여 구연하였다.
줄 거 리 : 저승사자가 삼천갑자를 사는 동방삭을 잡아오라는 명을 받고 이승에 오게 되
         었으나 동방삭을 잡을 길이 없었다. 저승사자가 꾀를 내어 숯을 갈고, 물에
         씻었다. 하루는 동방삭이 그 곁을 지나다가 왜 숯을 물에 씻는지 물었다. 저
         승사자는 숯을 하얗게 만들기 위해서 씻는 것이라고 답하였다. 그 말을 들은
         동방삭이 '내가 삼천갑자를 살았어도 숯을 빨아서 하얗게 된다는 말은 처음
         듣는다'고 말했다. 그러자 사자가 '네가 동방삭이냐'며 저승으로 잡아갔다.

저 저, 뭐, 무신, 이제 그거 뭐라, 저 저, 죽을 사람 붙잡어, 저승에서 저승사자가, 저승사자가 삼천갑자 이게 너무 오래 살어서, 이게 잡아 들이라 그래는데, 저승에서.

저승사자가 아무래도 못 해겠으니까,

[조공수 제보자를 가리키며]

지금 이제 이 양반 말씀대로 우트게 꾀를 함 부렸던가봐 인제.

근데 이렇게 한 번 가다 보니까, 아— 정말 참, 껌은 저, 검정을 갖다가 이렇게 갈구, 막 씻구 막 그랬단 말야. 그니깐,

"아 그걸 뭘 핼라구 씻습니까?"

그랬더니,

"요거 하—얗게 씻을라 그랜다구."

그랬다구, 그랬다구 그니깐 이 자, 사자가 '아 이거, 이 새끼 물어 보니까' 인제 이거.

이놈이 인제 그 자기가 씻는, 이 앉어서 씻으니까 삼천갑자 돌아 댕기면서.

"나 원 삼천갑자를 살어두, 내 숯 빨아 가지구서 하얗게 된다 소리 처음 듣네."

그러니까

[두 팔을 뻗어 무언가를 잡는 시늉을 하며]

"어, 니가 삼천갑자야?"

그래구 잡혀 간거야.

금도끼 은도끼

자료코드 : 03_08_FOT_20101218_HRS_MCY_0004
조사장소 : 강원도 원주시 지정면 간현3리 마을회관
제보일시 : 2010.12.18
조 사 자 : 황루시, 유명희, 유형동, 김명수
제 보 자 : 민창유, 남, 81세
구연상황 : 조사자가 '호랑이를 형님이라 부른 나무꾼' 이야기를 아는 지 물었다. 그러자 제보자가 그것은 모르고 산에 가서 도끼 빠트린 이야기는 안다고 했다. 자세한 이야기를 부탁하자 구연하였다.

줄 거 리 : 옛날 나무꾼 한 사람이 산에서 나무를 하고 있었다. 나무꾼이 도끼질을 하다
가 도끼를 연못에 빠뜨리고 말았다. 나무꾼은 도끼를 건질 방법이 없어 울고
있었다. 그러자 산신령이 나타나 왜 우는지 물었다. 나무꾼이 도끼를 물에 빠
뜨려 그렇다고 했다. 산신령이 금도끼를 내밀며 '네 도끼냐'고 물었다. 나무
꾼은 아니라고 답하였다. 잠시 후 산신령은 은도끼를 들고 나타나 나무꾼에
게 '네 도끼냐'고 물었다. 나무꾼은 아니라고 답했다. 산신령은 나무꾼이 빠
뜨린 도끼를 들고 나타나 '네 도끼냐'고 물었다. 나무꾼은 자기 도끼라고 답
하고 도끼를 받았다.

대개 이제 옛날에 나무 하니까, 나무를 하러 갔는데, 그 왜 산에 연못
이 있었는지.

산에 여,

[두 팔을 둥글게 그리며]

연못같은 게, 이 뭐 구렁이 있는 수렁이 있는데, 그 옆에 큰 나무가 올
라 있어요. 그래서 올라가서, 나무를,

[도끼질 하는 시늉을 하며]

도끼를 갖다 푹 짛다가 이 도끼가 쑥 빠졌지않어. 그래 물루 텀벙 들어
갔네.

그래 할 수 없이 그냥 울구선, 이렇게 드러 울구 있으니깐,

"왜 우느냐."

그래. 그래, 산신령이 와서,

[오른손을 턱 아래로 쓸어 내려 수염을 만지듯이]

수염을 이러니 하면서,

"너 왜 우느냐."

그랬더니.

"아유, 말두 말라구, 지금 나무 해다가 이게, 도끼가 이게 물에 빠졌는
데, 이걸 우트게 했으면 좋겠느냐구."

"가만 있어라."

그 양반이 목을,

[오른손을 위로 들었다가 내리며]

목을 해가지구 들어 갔어.

하여간 조금 있더니, 금이, 금이 번쩍번쩍한 도끼를 내고,

[오른손을 앞으로 내밀며, 근엄한 목소리로]

"이거 니 것이냐?"

그랬을 적에, 아이구 뭐 거기 뭐 아무도 없구 내 것이라면 내 것이지 뭘 그래.

[오른손을 저으며]

"아이구 아니에유. 그건 아니라구."

"그래?"

[오른손을 위로 들었다가 내리며]

그래더니 또 들어 갔어. 들어가서 은도끼를 가져 왔어요.

"그래 이것이 네 도끼냐?"

[오른손을 저으며, 우는 듯한 목소리로]

"아유, 그것두 아니에유,"

막 울면서 그러니까, 하이구, 참. 그래서 또 들어가서 가져온 게, 진짜, 거 그거 빠진 거, 이제 저, 쇠, 저 쇠도끼를 갖다가 주니까,

"이거 네 꺼냐?"

그래니까,

[두 손을 앞으로 내밀어 잡는 시늉을 하며]

"아유, 이거 내꺼라구. 그래 고맙습니다."

해구선, 절을 하구 그랬거든.

그래서 그것을 생각할 적에, 우리가 참, 지나친 욕심을 부려서, 어, 자기 꺼 아닌 것두 자기 꺼라구 해서 욕심을 내는데, 이 사람은 아 쇠도낄 잊어 버리구, 금도낄 찾아 주는데 글쎄, 주는데두 그거 내꺼 아니라구 했

으니까 얼마나 착한 사람이여. 그래서 권선징악이라구, 선을 권하구, 악을
인제 멀리하는 그런, 그 교훈 뜻에서, 이제 그게 전해지구 내려왔어.
　그래서 금도끼냐, 쇠, 은도끼냐, 그게 나온거지 그게.

도깨비를 만나 혹 뗀 사람

자료코드 : 03_08_FOT_20101218_HRS_MCY_0005
조사장소 : 강원도 원주시 지정면 간현3리 마을회관
제보일시 : 2010.12.18
조 사 자 : 황루시, 유명희, 유형동, 김명수
제 보 자 : 민창유, 남, 81세
구연상황 : 조사자가 제보자에게 도깨비 이야기를 아는 지 물었다. 그러자 간단하게 이야
　　　　 기 하겠다며 구연하였다.
줄 거 리 : 옛날 혹이 달린 사람이 노래를 하고 있었다. 도깨비가 그 곁을 지나가다가
　　　　 자신도 노래를 잘 할 수 있으면 좋겠다고 생각했다. 그리고는 노래하는 사람
　　　　 에게 노래가 어디서 나오는 것인지 물었다. 그 사람은 자신의 혹을 가리키며
　　　　 여기서 나오는 것이라고 했다. 도깨비는 그말을 듣고 혹을 달라고 했다. 그
　　　　 사람은 안된다며 거절했다. 도깨비가 거듭해서 부탁을 하자 그럼 감쪽같이
　　　　 떼어가라고 했다. 도깨비는 그 혹을 감쪽같이 떼어 갔지만 노래를 할 수는
　　　　 없었다.

　이 노래를 하는데, 노래를 한-창 신나게 하고 있는데, 거 옛날 노래 신
날 게 뭐있어. 그래두 신, 하구 있는데,
　[청중 웃음]
　아 지나가더라니까 한창 노래 하거덩. 도깨비가 '야 나도 저 노래를 좀
할 수 있었으면 좋겠다.' 싶어서, 도깨비가 지나가다 물어 봤어요.
　"당신 거 소리가 어디서 나오?"
　그랬으니까,
　[두 손을 오른쪽 턱에 댔다가 아래로 길게 내리면서]

아 이게 이게, 봐두 이게 혹일텐데,

“여기서 나오는 거지 뭐 어디서 나오는 거여?”

아 그런데, 이 도깨비가

“아 그럼, 그거 나 좀 우트게 좀 달게 해 달라구.”

그래더래.

“아–이구, 무슨 소릴 하구 있느냐구, 이거 아님 내가 노랠 못 하는데,
내가.”

아 그러니까 아마 도깨비가 슬슬 구실러가지구 삶었겠지.

[청중 웃음]

그러면

“아주 감쪽 같이 띠어 가라.”

그랬겠지. 그래서 도깨비가 감쪽같이 떠 다 저 붙이고, 아무리 노랠 헬
라고 해니 해져? 그래서 도루 뭐 말루는 뭐 찾어 왔대든가, 뭐 하여간 그
런거 있어요. 그래서 거, 거짓말 해가지구서 자기 혹 뗀, 혹 뗀 얘기지.

나무꾼과 선녀

자료코드 : 03_08_FOT_20101218_HRS_MCY_0006
조사장소 : 강원도 원주시 지정면 간현3리 마을회관
제보일시 : 2010.12.18
조 사 자 : 황루시, 유명희, 유형동, 김명수
제 보 자 : 민창유, 남, 81세
구연상황 : 조공수 제보자가 호랑이 쫓은 여인을 구연한 후 이런 우스갯소리를 더 구연
　　　　　해 달라고 부탁했다. 그러자 옆에 있던 제보자가 나무꾼 이야기를 하나 해주
　　　　　겠다며 구연했다.
줄 거 리 : 옛날 나무꾼이 산에서 나무를 하고 있는데, 노루가 달려와 살려달라고 부탁했
　　　　　다. 나무꾼은 사냥꾼을 피해 노루를 나무 덤불에 숨겨 살려주었다. 노루는 자
　　　　　신을 나뭇짐 위에 묶어 돌아가라고 했다. 노루를 잡아 돌아가자 구박만 하던

계모는 나무꾼을 반갑게 맞았다. 묶어 두었던 노루를 풀어 달아나게 하자 계모는 나무꾼을 구박하며 내쫓았다. 집에서 쫓겨난 나무꾼은 노루를 만났던 곳에 가서 노루를 부르며 울었다. 그 소리를 듣고 온 노루에게 나무꾼은 그간의 사정을 이야기했다. 노루는 선녀들이 목욕하러 오는 곳으로 나무꾼을 데려갔다. 그리고 날개옷을 함부로 벗어두는 선녀의 옷을 훔쳐 결혼하고 아이를 셋 낳을 때까지 절대 날개옷을 돌려주지 말라고 했다. 잠시 후 노루의 말대로 선녀들이 내려왔다. 나무꾼은 선녀의 날개옷을 훔쳐 선녀와 결혼했다. 아이를 둘 낳았을 때 선녀는 나무꾼에게 날개옷을 달라고 졸랐다. 나무꾼이 날개옷을 꺼내주자 선녀는 두 아이를 안고 하늘로 올라가 버렸다.

산에 인제 나무를 갔다, 한참 해다 보니까, 아 큰- 노루가,

[두 손으로 무언가를 긁어 모으는 시늉을 하며]

이게 인제 각지나무라 그래서 갈퀴로 이렇게 뜯어서 검불에 이렇게 잔뜩 쌓아놔서 인제, 해 짊어질라구 그래는데, 노루란 놈이 콱 뛰어 오더니,

[다급한 목소리로]

"야야야, 큰일났다." 이거여.

"왜 그래."

그랬더니.

[웃음]

"아유 지금 저기 포수가 쫓아 오는데, 나 좀 살려달라."는 거야.

"그래 우트게 살리니?"

그랬더니,

"내가 여기 드러 눌게, 이 크, 각지나무, 이 각지나무를 그, 쌓아라. 그리구 시침 뚝 떼구 선 모른다 그래라."

그래 그래구, 드러 눕길래 각지를 이렇게 쌓는데, 아니나, 포수가 둘이,

"아 일루 꼭 왔는데 어디 갔어, 여보여보."

그래더니,

"여기 저 노루 가는거 못 봤느냐?"

그래.

"뭐 나무 해는 사람이 그런 걸 뭘 봐요. 저기 저, 저쪽으로 갔는지 모르죠. 하여간 못 봤어요."

그러니까,

"야 여기까지 꼭 발자국이 요기 있는데 모른다니."

뭐 모른대는 걸 어트게 해. 그래,

"에이 오늘 재수 없다구."

그래서 인제 포수가 갔는데,

[조심스런 말투로]

"갔니? 갔니?"

그래더래. 그래서,

"그래."

그랬더니,

"그럼 이제 됐다."

이, 툭툭 털구 나오더니,

"이제 해 짊어지구 가되, 나를 꼭대기다 짊어지구 가라."

"그래?"

그래서 이제 나무를 짊어지구 그 위에다 노루를 붙잡어 매가지구선 그, 지게에다 짊어지구, 거길 내려 왔더니. 집에서 그렇게 구박만 해던 그 서모가, 서모가

[손뼉을 치며]

"야- 우리 아무개 노루 잡어 왔다구."

말이야. 아 잔치를 해구서, 자랑을 하믄서, 그냥 잘- 채려주구 그랬거든. 그래 잘 먹었지 인제. 그런데, '아 인제 먹었으니깐, 저 노루를 벳기던지 그렇게 해야지.'

아주 이래구선 가서 꽁꽁 묶은걸 다 풀러 놨두니까, 아 그냥 훌렁훌렁

도망갔지. 아― 또 그 때 난리를 치는데 말이야. 도려 그만 내쫓겼어. 그 내쫓겼는데, 그 우트게 내쫓겼으니, 그래 나무하던 데, 자리 가서, 원래가 노루가 장씨여, 성이. 그래.

"장산아―, 장산아―."

그래, 그걸, 울구 그래니까 말이야. 어서(어디서) 듣구서 덜러덜렁 뛰어 왔어.

그래서

"왜 그러냐?"

그래.

[우는 듯한 말투로]

"그나저나 나 쫓겨났어."

그니까.

"에이― 그러면, 어, 나한테 업혀라."

그래서 그 노루한테 업혔더니, 노루가 얼망 뛰면서 바위굴루 탁 들어가는데, 아주 이렇게 보니까, 저 폭포수가 있구 그런데루 갔다 데려다 놓더래. 그래더니, 여기 있다가, 선녀들이 이제 먹을 감으러 내려오는데.

[두 손으로 자신의 옷을 잡으며]

그 선녀들이 입는 옷 있잖아 옷, 인제 그, 저 뭐야 춤추는 옷, 어, 날개, 그것만 입으믄 하늘 춤추며 올라가는 거.

(보조조사자 : 음.)

그걸 다른 여자들은 다 이렇게 잘 챙겨놓고, 이렇게 놓고 하는데, 한 여자가 내려오더니, 선녀가 내려오더니, 훌러덩 벗어서 훅 집어 던지구 가더래.

[일동 웃음]

그래서 노루가,

"그런, 그런 상황이 벌어질 테니까, 다른 건 말구, 거 훌러덩 내버린 그 처녀의 옷을 감춰둬라. 그래구 난 인제 모른다.”

이래구, 내- 갔어요. 그래서 가만-히 있으니까 뭐 중얼중얼중얼 해더니 정말, 참 선녀들이 멱을 감으러 글루 내려 오는데,

[춤추는 듯 팔을 저으며]

참 이거 춤을 추구 내려오더니, 옷을 잘 개서 놓고. 아 근데 늦게, 아마 늦게 도착됐든가봐, 무슨 약속을 해 놓고, 그냥 부랴부랴 우트게 내려오더니, 그냥 옷도 훌러덩 벗구.

[오른손을 밖으로 털 듯 뻗으면서]

훅 집어 던지더래. 그래서 얼른 가서,

[오른손을 다리밑으로 집어 넣으면서]

이, 집어서 감춰 놓구선, 가만-히 인제 있는데, 그래 하늘에서 ‘우릉우릉우릉’, 선녀들 보구 인제 고만 목욕 끝내구 올라 오라 그랬겠지 인제, 그래.

‘우릉우릉’ 해니까, ‘어이쿠 이제 고만 두래는 가 보다.’ 이래구서는 옷을 다, 선녀들은 다, 지 친구들은 다 입구선, 그냥 춤추면서 올라가는데, 아 이건 제길 지, 남을, 왜 지 옷이 었어야 올라가지?

“하이구, 옷이 어니 갔어? 옷이 이디 갔어?”

그래는데, 근데 부탁을 하기를 그랬어요.

“그래니까 옷을 가주, 인제 가지구선 이제 주면은, 천상 그 인제 올라 가질 못 할 테니까 니가 옷 꼭 가지구 있다가 애기를 셋을 낳거든 줘라.”

그래서 인제, 그래는데 아 이거 마중 노래가 그 옷 좀 달래는 거야, 아무 때고.

애를, 아들을, 하나 낳고, 고 담에, 둘두 낳고 이랬는데.

“아이구 영감, 내가 애 둘 씩 낳구서 내가 뭐 하늘루 올라 갈까봐 그래유? 그거 어따 뒀수? 어따 뒀수?”

살살 꼬시니까, 끄내 줬단 말야. 아 이제, 애를 업구 안구, 그냥 훌렁훌

렁 올라가버렸지.

이게, 그니까 이게, 어-, 아무리 또 저렇게 제, 은혜를 베풀어 줘두, 이제 은혜를 갚는 건 좋은데, 베풀어줘두, 그걸 또 은혜를 감당할만한 그런 것두 있어야지. 그 여자한테 그렇게 속아서 이제, 선녀를 데리구 살다가 얼마나 좋았겠어. 근데, 업구 안구 하늘루 올라가 버렸으니, 그냥 허탕만 쳤지 뭐.

그게, 에, 산에 가서 어, 노루 거, 잡아서 대접받은 얘기야.

옛날에는 서모들이 그렇게 친어머니 아니, 친자식 아니라구 박대를 많이 하는데, 지금 어디 그래? 지금은 좋은 세상에 살어.

치악산의 유래

자료코드 : 03_08_FOT_20101218_HRS_SHS_0001
조사장소 : 강원도 원주시 지정면 간현3리 마을회관
제보일시 : 2010.12.18
조 사 자 : 황루시, 유명희, 유형동, 김명수
제 보 자 : 심호섭, 남, 77세
구연상황 : 사자가 치악산의 유래에 대해서 묻자 민창유 제보자가 꿩이 종을 울려서 이름이 유래했다고 간략히 이야기를 했다. 그러자 옆에 있던 제보자가 이야기를 구연했다.
줄 거 리 : 옛날 한 선비가 벼슬을 하기 위해서 산을 넘어오다가 뱀이 꿩을 잡아먹으려고 하는 것을 보았다. 선비는 활로 구렁이를 잡고는 길을 재촉했다. 날이 저물어 선비가 잠을 자게 되었는데 암 구렁이가 선비의 몸을 감고 종을 세 번 울리면 살려 주겠다고 말했다. 선비가 방도가 없어 고민하고 있을 때 꿩이 부리로 종을 세 번 울렸다. 이런 이유로 치악산으로 부르게 되었다.

옛날에 그-, 스, 선비-가 벼슬을 해러 갈라구, 그 산을 넘어 오는데, 뱀이 꿩을 잡아 먹을라구

막 물구 흔들 적에,

[활 쏘는 시늉을 하며]

뱀을 활루 쏴서 죽였다구. 근데 그 암놈이 그걸 보복해기 위해서, 그 자는 선비를 막 덮쳤는데, 그 선비가 막 죽을 때가 됐는데, 그 암놈, 그 구렁이가 뭐라 그랬고 하니.

"저 종이 세 번 울리믄, 살려 주겠다구."

그러니 종이 그 제잘루 울릴 리가 없잖아.

그래서 고민을 해구 있는데, 그걸 꽁이 용케 알구 와가지구,

[오른손으로 입을 가리키며]

이 주둥아리루다 공, 세 번을 쳤는데, 그래서 '묏부리 악(嶽)'자, '꽁 치(雉)'자, 치악산이라구 이름을 지어, 붙였다구 그래구.

[오른팔을 위로 올리며]

그 국향사서 한 오리 가량 올라가면, 내가 그 절 갔다왔는데두, 절 이름은 잊어뿌렸는데, 그 절터 바루더라구.

안창 욕바위의 유래

자료코드 : 03_08_FOT_20101218_HRS_YGM_0001

조사장소 : 강원도 원주시 지정면 간현3리 마을회관

제보일시 : 2010.12.18

조 사 자 : 황루시, 유명희, 유형동, 김명수

제 보 자 : 유광무, 남, 71세

구연상황 : 조사의 취지를 밝히고 지역의 유명한 산, 바위 등에 얽힌 이야기를 아는 지 물었다. 그 중 욕바위에 대해 묻자 구연한 이야기이다.

줄 거 리 : 옛날 한 원이 길을 지나가는데, 깎아지른 듯이 높은 바위 위에서 누군가 원에 게 욕을 하였다. 원이 사람을 시켜 잡도록 했으나 바위가 높아 잡을 수가 없 었다. 원에게 욕을 한 곳이라고 해서 욕바위라는 이름이 붙었다.

바위가, 그 어떤 원님이 지나가는데, 그 원님한테다 대구, 그 바위 꼭대

기에서, 바위 밑에서 욕을 해더래는 거여, 원님한테.

그러니까 원님이,

"저 놈 잡으라."

그래니까. 그 산, 바위 꼭대기 올라 가니깐, 그 뒤루 해서, 이 맨 상상봉에 올라가 있으니깐 거길 못 쫓어 올라가구 그냥 가더래는 거여.

그래서 그게 욕바우래는 거여 그게.

(보조조사자 : 그 왜 욕을 했대요?)

에이, 그거 해구 싶어서 했겠지 뭐.

[일동 웃음]

(보조조사자 : 못 잡았어요?)

어, 못, 그리니까 그냥 갔대니까. 원래 절벽이니까.

간현 지명 유래

자료코드 : 03_08_FOT_20101218_HRS_YGM_0002
조사장소 : 강원도 원주시 지정면 간현3리 마을회관
제보일시 : 2010.12.18
조 사 자 : 황루시, 유명희, 유형동, 김명수
제 보 자 : 유광무, 남, 71세
구연상황 : 간현이라는 지명이 어떻게 유래된 것인지 묻자 조공수 제보자가 간현이 예전에는 간재라고 불렸었다고 말했다. 조사자가 간재는 무슨 뜻인지를 묻자 제보자가 나서서 구연하였다.
줄 거 리 : 간재로 들어오는 노루고개에서 마을 쪽으로 들어오면 강이 둘러 있어서 더 나아갈 수가 없다. 그래서 그칠 간(艮)자와 고개를 의미하는 재가 만나서 간재라는 지명이 생겼다. 지금은 고개 현(峴)자를 써서 간현이라고 하는데 같은 의미이다.

그 간재라구 해는 건,

[오른팔을 들어 마을 어귀를 가리키며]

저기 넘어오다가 고개가 있었지요? 저기 저, 오다 여기 올 때 고개.

(보조조사자 : 신천에서….)

아니 초등학교 지나서.

(보조조사자 : 바로 요기 앞에요?)

예, 예. 그게 그 간재 고갠데, 에, 그게 노루고개, 일명 노루고개라 그래는 건데. 그 고개를 올라 서서, 올라 서가지구 내려 와서 이 간현까지 오믄은 나갈 데가 없어 더. 강이 쭈-욱- 이렇게 맥혀서 더 나갈 데가, 옛날엔 아무 저것도 없었을 때. 여기서 끝이란 말여 끝.

그래서 저-, '고개 현(峴)'자.

(보조조사자 : 네, 네.)

저기, '고개 재'자, '고개 현'자, 그러니깐. 간현두 똑같은 거구, 재두 똑같은거. 간재나.

'그칠 간(艮)'자, 그칠 간자, 응, 고개 재자.

여기만 넘어오면 끝이란 말이여.

(보조조사자 : 끝이다. 음-.)

응, 그래서 간재라구 진 거여.

안창 욕바위의 유래

자료코드 : 03_08_FOT_20101218_HRS_YBM_0001
조사장소 : 강원도 원주시 지정면 간현3리 마을회관
제보일시 : 2010.12.18
조 사 자 : 황루시, 유명희, 유형동, 김명수
제 보 자 : 유복무, 남, 75세
구연상황 : 유광무 제보자가 욕바위에 얽힌 단편적인 이야기를 구연했다. 조사자가 욕을
한 사람이 누구인지, 왜 욕을 했는지 등을 묻자, 옆에 앉아 있던 제보자가 나

서서 이야기를 구연했다.

줄 거 리 : 지정면 안창에 큰 바위가 있다. 그 바위 옆으로 길이 나 있는데, 이 길은 한
양과 원주를 오가는 관리들이 다니는 길이었다. 신분이 낮은 사람이나 마음
에 응어리가 있는 사람들이 원이 지나가는 시기에 맞춰 바위 위에서 욕을 함
으로써 속풀이를 하곤 했다. 욕설을 들은 관리가 사람을 시켜 욕한 사람을 잡
으려고 했지만 잡을 수 없었다. 이러한 일이 반복되면서 그 바위는 욕바위로
불리게 되었다.

그래니깐, 옛날에 그걸 뭐라 그래, 소외된, 지금으로 말하면 소외된 사
람들.

(보조제보자 : 네 네.)

뭐 쌍놈들이던가, 무슨 어, 뭐 남의 머슴꾼이래던가, 이런 사람들이. 소
외된 사람들이, 거 길목이 원래, 그- 옛날에, 에, 지금 뭐 고속도로가 있
구, 찻길이 있고, 그 지금 말해자면 뭐 대통령이 어디루 꼭 댕기는 길목이
있대든가, 그런 자린데, 그 길이.

(보조제보자 : 예 예.)

옛날에 원주 지구에, 그 벼슬을 받아가지구 내려 오면은, 꼭 그 길목을
지내 와야 오는 길인데, 길목인데. 어, 거기가서 기다리구 있다가, 이, 자
기 화풀이를 해야지, 그렇지 않으면 화풀이 햄 데가 없다 이거여.

그러니까 그 바우에 올라가서, 어, 지나가는 걸, 말을 타구, 옛날에 말
을 타구, 그 사또들이 말을 타구 지나가니까. 지나가는 걸 보구,

'아 여기에 내가 욕을 해야 되겠다.'

그래구선 올라가서, 자기, 그니깐 속풀이를 햇거지, 그러니까.

어, 올라가서 욕을 막, 인제 해더니까, 요롷게 보니까, 아유 어떤 놈이
괘씸하게 고, 꼭대기서 욕을 해니까 어, 욕을 해니까.

"아 저놈 잡아오라구."

가 보니깐,

[두 팔을 위로 뻗으며]

그- 순 바우, 서렁인데, 거기 올라 갈 수가 없단 말야. 그래가, 쫓아 올라가다 못해구 결국은 도로 그냥 내려 왔다는 전설인데, 그게 응.

그래서 그 바우가 욕바우다.

(보조제보자 : 그 어디에 있어요?)

응?

(보조제보자 : 지정면 어디.)

안창.

대동강 팔아 먹은 김선달

자료코드 : 03_08_FOT_20101219_HRS_YGY_0001
조사장소 : 강원도 원주시 지정면 월송1리 642-8 마을회관
제보일시 : 2010.12.19
조 사 자 : 황루시, 유명희, 유형동, 김명수
제 보 자 : 이강염, 남, 79세
구연상황 : 조사자가 '봉이 김선달' 이야기를 아느냐고 물었다. 그러자 그건 텔레비전에서도 많이 한 거라며 이야기하기를 주저했다. 거듭 이야기를 요청하자 구연하였다.
줄 거 리 : 옛날 김선달이 서울사람들을 속여서 돈을 벌 생각을 했다. 김선달이 대동강가에 와서 물을 떠가는 사람들에게 어느 날 서울에서 사람들을 데려 테니까 돈을 내고 물을 떠가도록 시켰다. 그리고 그때 낸 돈은 몇 배로 돌려주겠다고 약속했다. 김선달이 약속한 날에 서울사람들을 데리고 대동강가에 왔다. 과연 사람들이 줄을 서서 돈을 내고 물을 떠가고 있었다. 서울사람들이 보고 생각하니 강을 사면 큰 부자가 될 수 있을 것 같았다. 그래서 김선달에게 많은 돈을 주고 대동강을 샀다. 서울사람들이 대동강을 사고 와서 보니 아무도 와서 물을 떠가지 않았다.

그게 뭐냐면, 김선달이가 거기 인제 거 한 번은 거기 갔었어. 그 대동강.

근데 그게, 그 뭐야, 이렇게 하면, 물 잘- 해면, 돈을 좀 어떻게 좀, 아주 어렵잖어. 선달이가.

그래 생계를 유지하기 위해서 인제 저걸 꾸민거야 자기가.

일단 예, 옛, 저 뭐야, 서울 사람들을 좀 유혹시켜서, 아- 돈을 저- 좀 부려야겠다는 그런 뜻으로 그 김선달이가 대게 어떤, 인제 거 주민들을, 전체를, 느들- 주민들한테, 인제 이,

[두 팔을 둥글게 만들며]

이런 이와 같은 부락에서 인제 물을 먹는데.

"에-, 느들 이거 누가 어디어디 인제 서울에서 메칠, 누가 올 선비덜이 올 테니까, 아-, 그 물을 느들이 저- 사 가거라. 그래구 돈을 그 몇 배루 반환해 준다."

인제 선달이가 그랬어.

그리구 한 사람을 돈을 받게끔 지켰어, 거기서. 거, 물에서.

그래 인제 동네 사람들이 전체 가서 물을 여기가서 인제 그 사람들 올 제, 그렇게. 설, 인제 서울서들 올 적에 인제 시작을 했거여.

그 시작해서 와서, 돈을 주구선 가져 가거던 물을.

여기, 할튼 몇 백명이 와서 나래비루 서서 물을 퍼 간다 이거여. 그래 퍼가는데 꼭 돈을 받고. 그래 저 서울 인제 거 본 사람이 가만-히 보니까는 저거 사면은 큰 부자가 되겠거든.

[웃음]

그래 선달이한테 가서 서니, 그래서.

"선달이 거 얼마에 그걸 팔겠느냐?" 그냥 돈을 그래두 연신 주구 사니, 가져 가니까는.

그러니,

"얼마를 달라."

그래서 그게, 돈을 인제 받구서 이제, 그 막대한 금액을 받었지. 그래두

거 돈을 사니까 ○○○ ○○ 부자가 되겠거던.

나라비루 몇 십이 서 있으니깐. 그 돈을 주고 물을 떠가는 사람이.

그래서 물을, 그 대동강 물을 팔었다 하는 뜻이야.

대동강 물을 퍼가는 대로 돈을 주니까. 그래 그런게 시방은 사기성
이지.

(보조조사자 : 그래서 어트게 됐어요?)

응?

(보조조사자 : 그 물을 팔어서 그 부자가 그 물을 샀어요?)

그래 그 저- 선비 다 샀지. 사가지고, 그 사람이 사가지고 보니깐 한
사람도 안 오거던.

[웃음]

그렇게 했다. 인제 그래두 그게 인제 전설이여.

저승 명부 고쳐 삼천갑자를 산 동방삭

자료코드 : 03_08_FOT_20101219_HRS_YGY_0001
조사장소 : 강원도 원주시 지정면 간현3리 마을회관
제보일시 : 2010.12.18
조 사 자 : 황루시, 유명희, 유형동, 김명수
제 보 자 : 이원규, 남, 76세
구연상황 : 조공수 제보자가 원래는 삼십갑자였는데, 점을 하나 더 찍어서 삼천갑자가 된
　　　　　것이라고 이야기를 했다. 조사자가 자세히 이야기 해 줄 것을 부탁하자 잘 못
　　　　　한다며 사양했다. 그러자 옆에 있던 제보자가 나서서 구연했다.
줄 거 리 : 동방삭의 원래 수명은 삼십갑자였다. 정해진 수명을 다 산 동방삭이 저승사자
　　　　　들에게 잡혀 염라대왕 앞에 가게 되었다. 염라대왕 앞에는 명부가 있었는데,
　　　　　'삼십갑자 동방삭'이라고 써 있었다. 동방삭은 염라대왕이 조는 틈을 타서 옆
　　　　　에 있던 붓을 들어 십(十)을 천(千)으로 고쳤다. 그리고는 염라대왕에게 '왜 자
　　　　　신을 잡아왔느냐'고 호통을 쳤다. 염라대왕이 깜짝 놀라 깨어 명부를 보니

‘삼천갑자 동방삭’이라고 쓰여 있었다. 염라대왕은 동방삭을 이승으로 돌려보냈다.

원리(원래)가 삼십, 삼십갑자 동방삭인데, 그래 인제 때가 된거야, 삼십이 된거야. 그래 사자덜이 잡아 간거야.

잡아다가 염라대왕 앞에, 두, 가서 조살 받어야 되는데, 거기에 지필(紙筆) 있는데 보니까, 삼십갑자 동방삭이라구 썼더래는 애기야.

근데, 이 염, 염, 염라대왕이 졸더래요. 조는 동안에 ‘십(十)’자에다 ‘천(千)’을 삐친거야.

점 하나가 삐치니까 천자가 된 거 아냐.

여기 삼천갑자 동방삭인데, 이게 염라대왕이 눈을 떠 보니까 호령을 해는데,

“왜 삼십갑자 동방삭이, 니가 아니고 삽천갑자 동방삭인데 왜 날 잡어다 조사를 받을라 그래느냐.”

해구 보니까 점이 찍혀, 삼천, 삼십이 삼천이 됐더래는 애기여.

그래가주 삼천갑자 동방삭이가 됐대는 거야.

(보조조사자 : 아-, 그래 돌려 보낸거에요?)

네.

숯 씻는 사자에게 잡힌 동방삭

자료코드 : 03_08_FOT_20101218_HRS_JGS_0001
조사장소 : 강원도 원주시 지정면 간현3리 마을회관
제보일시 : 2010.12.18
조 사 자 : 황루시, 유명희, 유형동, 김명수
제 보 자 : 조공수, 남, 78세
구연상황 : 민창유 제보자가 ‘갑자고개에서 넘어져 삼천갑자 산 동방삭’ 구연을 마치고 조사자에게 조사의 취지를 다시 물어와 대답을 하고 있었다. 이때 옆에서 제

보자가 청중들과 동방삭이야기를 나누고 있었다. 이에 조사자가 구연을 부탁
했다.

줄 거 리 : 저승사자가 삼천갑자를 사는 동방삭을 잡아오라는 명을 받고 이승에 오게 되
었으나 동방삭을 잡을 길이 없었다. 저승사자가 꾀를 내어 숯을 물에 씻었다.
하루는 동방삭이 그 곁을 지나다가 왜 숯을 물에 씻는지 물었다. 저승사자는
숯을 자꾸 씻으면 하얗게 된다며, 그래서 씻는 것이라고 답하였다. 그 말을
들은 동방삭이 내가 삼천갑자를 살았어도 숯이 하얗게 씻긴다는 말은 처음
듣는다고 말했다. 그러자 사자가 네가 동방삭이냐며 저승으로 잡아갔다.

아, 저 동방석 얘기?

(보조조사자 : 예-.)

에-, 그건 우리가 듣기는, 이제 이렇게 들었단 말이유.

삼천갑자를 살았는데, 아유-, 이노무 동방식이가 을마나 약은지 말이
유, 도대체 사자(使者)가 잡어가질 못 해.

그러니까, 사, 인제 숯을 인제,

[두 손으로 무언가를 씻는 시늉을 하며]

사자가 숯을 자꾸 물에다 씻었단 말이여. 그러니까, 동방식이가 지나가
다 보니.

[몸을 앞으로 내밀며]

이거 숯을 씻구 있으니 참 희안하단 말이여.

[왼손으로 앞쪽을 가리키며]

“아 여보시오, 그 숯을 왜 씻냐구.”

그러니까

“이 숯을 자꾸 씻으면 하얘진대요.”

그러니까.

“내가 삼천 갑자를 살았어두, 내 숯 씻어서 하얘진다는 거는 니 놈 밖
에 못봤다.”

그러니까.

“니가 동방식이냐?

그래구 잡어 갔대는 거요.

치마를 뒤집어쓰고 호랑이 쫓은 여인

자료코드 : 03_08_FOT_20101218_HRS_JGS_0002
조사장소 : 강원도 원주시 지정면 간현3리 마을회관
제보일시 : 2010.12.18
조 사 자 : 황루시, 유명희, 유형동, 김명수
제 보 자 : 조공수, 남, 78세
구연상황 : 조사자는 노인들과 이야기할 기회가 사라진 것이 안타깝다는 이야기를 나누
        었다. 그러한 이야기 끝에 치마를 뒤집어쓰고 호랑이 쫓은 여인 이야기를 아
        는지 물었다. 제보자는 알기는 하지만 녹음하기는 민망하다며 사양했다. 조사
        가가 거듭 요청하자 쑥스러워하며 구연을 시작했다.
줄 거 리 : 옛날 어느 큰 고개가 있었다. 그 고개에는 호랑이가 자주 나타나 넘어가기를
        꺼렸다. 그런데 한 아주머니가 그 고개를 혼자 넘어 가게 되었다. 아주머니는
        주위의 만류에도 불구하고 혼자 고개를 넘겠다고 길을 나섰다. 아주머니가
        고개를 넘어가는데 호랑이가 나타났다. 아주머니는 호랑이를 막을 방법이 없
        어 치마를 뒤집어쓰고 엉덩이를 치켜들어 호랑이 쪽으로 내밀었다. 호랑이가
        보니 입이 세로로 달린 처음 보는 모양이었다. 호랑이는 자신이 잡혀 먹힐까
        봐 달아났고 아주머니는 무사히 위기를 넘기고 고개를 넘어갔다.

그런데, 예전에 이렇게 고개, 고개가 있대요, 큰 고개가 있어 가지구.
그노무 델 넘어 갈래믄, 그노무 호랭이가 말이야 나타나구, 나타나구 그
래거든. 그래서 그 고갤 잘 못 넘어 가는데, 아주먼네 혼자 딱 넘어 간다
그래거던.

“아유, 호랭이 나오니까 넘어가지 말라구.”

하니까, 그래두 굳이 넘어 가야 된대는 거여.

그래, 여느 사람이 못 말렸어요. 그래 가다 보니까 정말 이 놈이 나타

나거던. 나타나니, 우트게 저 놈을 막을 수가 없거든.

　그러니까 아주먼네가 그만 궁댕이를 훌렁 까 가지구는 까꾸루 치겼단 말이여. 그러니까, 아 가만히 호랭이가 들여다보니까, 세상에 입이 가루 째진 건 봤어두, 치 채진건 첨 봤거던.

　[청중 웃음]

　아, 이게 막 올라오니, 그 절 잡어 먹을 거 같으니까 이놈이 그냥 들구 도망 뛰는 거여.

　잡어 먹을라구 지키다보니 말이여.

　아니 이기 뭐 입이.

　(청중 : 아유 뭐 살구 봐야지, 우트게, 살구 봐야지 그럼.)

　[웃음 소리와 청중의 말이 섞여 5초간 청취 불가].

　그런게 막 올라 오니 말여, 이거 큰일 났거든.

　그만 도망을 해서 이 아주먼네가 무사히 그 고개를 넘었다 이런, 이게 저-, 그게 전설두 아니구 웃길라구 누가 한 건대.

　그 얘길 해라구 자꾸 하니 참, 거 참, 우스운 얘기란 말이여, 웃길라구 하는 얘기지. 여느 얘기가 아니여 이건 웃기는 얘기여 그건.

나무꾼과 선녀

자료코드 : 03_08_FOT_20101218_HRS_JGS_0003
조사장소 : 강원도 원주시 지정면 간현3리 마을회관
제보일시 : 2010.12.18
조 사 자 : 황루시, 유명희, 유형동, 김명수
제 보 자 : 조공수, 남, 78세
구연상황 : 민창유 제보자가 '나무꾼과 선녀' 구연을 마친 후 뒷부분의 이야기는 더 없느
　　　　　냐고 물었다. 민창유는 뒷부분에 이야기가 있기는 하지만 잊어버려서 더 할
　　　　　수 없다고 하며 조공수 제보자에게 이야기를 넘겼다.

줄 거 리 : 선녀가 하늘로 떠나버리고 나무꾼은 선녀를 보고 싶은 마음에 산에 가서 기
도를 했다. 그러자 산신령이 나타나 수수씨를 주면서 이것을 심어 자라면 그
수수를 타고 하늘로 올라가라고 말했다. 나무꾼이 수수씨를 심자 금방 자라
그 대궁을 붙잡고 하늘로 올라갔다. 나무꾼은 하늘로 올라갔지만, 장인의 박
대를 받아 아내인 선녀도 만나 볼 수가 없었다. 결국 나무꾼은 하늘에서 쫓겨
났다. 나무꾼이 정신을 차려보니 하늘로 올라갔던 것은 꿈이었다. 너무 간절
히 아내를 보고 싶은 마음에 그런 꿈을 꾼 것이었다.

간단한 얘기를 내가 그냥 핼께요.

여기 선녀가 그래,

[두 손을 위로 올리며]

애를 둘을 가지구 올라 갔잖우?

(보조조사자 : 네.)

올라 갔는데, 올라가서 있는데, 이거 이 남자가 어트게 해던지 올라가
봐야 되겠는데 말이야.

여자를 만나 봐야 되겠는데, 만날 도리가 없단 말이여, 이거 도대체 도
리가 없어.

그래, 이 고민을 많이 하구 가서, 참, 산에 가서 기도를 드리구 그래다
보니까 산신령이 떡 나오더니 수수씨를 딱 주면서.

"너 이거 갖다가 심, 심어라." 말이야.

심구서는, 이게 공갈이겠지.

"그 심어 가지구 수수가 크거든 거기, 거기로 해서 올라가거라." 이래.

아 이노무 수수를 갖다가 심으니까 금방 크거든 이게. 막.

그래 수수 대궁에 매달려 올라 갔대는 거여. 올라갔다는 거야.

올라가서 하유, 보니까 참 부인이 가 살구 있었단 말이여.

이제 올라가 사는데, 그래, 이 아매(아마) 하느님이라는 그 분이 아매
장인이 됐겠지. 그래 올라가서.

아 이 양반이 영 박대를 하는 거여, 도대체 못 살게 말이여. 못 살게.

그래 딸을 갖다가 딴 데다 돌려 버리고 서는 쾌켜(보여) 주지도 않는 거라. 그래 이 사람이 어떻게 살어, 살 수가 없지.

게 꿈이겠지 그게. 실지루 그렇게 올라간 게 아니지.

그래 박대를 해 내 쫓어서, 딱 깨나 보니까 도루 그 자리더라 말이여. 응, 올라가지를 못 했거지 그러니까. 꿈을 그렇게 뀐거야 이- 이 사람이 하두 고민이 되가지구.

그래 지금도 ○○가지면 꿈을 꾼다 말이여, 그거 한가지지.

하늘을 어떻게 올라가, 수수 대궁을 붙들구.

[일동 웃음]

그게 그짓말이라구.

그랬는데, 그게 인제 그, 고민이 하두 되니까 그게, 아, 인제, 소원이 그거니까. 그러니까 꿈을 뀠던거야. 잠깐 꿈을 꿔갔다가 깨나보니까 지, 제 자리더라. 이런 말이 있었지 뭐야.

다른 건 없어. 그게 그렇지.

아유 뭐 만나긴 뭐 어떻게 만내. 그 하늘로 등천한 사람을 만난대는 건 말두 안되는 소리구. 글쎄, 고, 고민을 하마 하니까, 고만 그게 꿈, 꿈으로 인제 변해서 그렇게 가마 내려왔다.

자인(장인)이 박대를 해가지구 내 쫓어서 땅에 떨어져서 깨났다, 깨나보니까 꿈이더라 하는 식으루 그런, 그런거야.

안창의 욕바위

자료코드 : 03_08_FOT_20101219_HRS_CMO_0001
조사장소 : 강원도 원주시 지정면 월송1리 642-8 마을회관
제보일시 : 2010.12.19
조 사 자 : 황루시, 유명희, 유형동, 김명수

제 보 자 : 최명옥, 남, 73세

구연상황 : 조사자가 원주에서 욕바위가 유명하던데 그 이야기를 모르냐고 묻자 제보자
가 전에 안창 사람에게 들었다며 이야기를 시작했다.

줄 거 리 : 옛날에 원주에서 한양을 가려면 안창의 높은 산 앞을 지나야 했다. 원이 가마
를 타고 지나가는데 한 사람이 그 산에 있는 바위에 올라서서 돌을 내려 굴
리며 원에게 욕을 했다. 원은 분했지만 잡을 방법이 없어서 그대로 서울로 향
했다. 그 사람이 올라서서 욕을 한 바위를 욕바위라고 부른다.

옛날에 서울, 한양을 가려면 그리 통과를 해야 되거든요.

(보조조사자 : 원주에서요?)

예, 원님이겠죠 뭐. 그런데 그리 지나, 가마를 지나가는데, 돌을 내려
굴리면서 그냥 욕을 막 해더래요.

[웃음]

아니, 어느 원님이라고 욕을 해, 옛날에 원님이면 참 기가 막힌데.

아, 그래 이거 졸병, 저 지, 지금 말해자면 졸병이지 뭐. 나졸들 포졸들
이지 뭐. 아 이거, 쫓어 올라 갈래니 산은 험해구. 아유 험해,

[왼팔을 위로 치켜들며]

참 그 산두. 좀 높어요?

(청중 : 아유-, 험해지 그럼.)

그래 올라 갈래니 그렇구, 참, 그냥 있자니 분해구. 아니 원님한테 그래
구 고했대.

"저거 우트게 했으면 좋으냐구. 저 놈을 가서 붙들어 오느냐구."

그러니까는.

아 원이 가만-히 생각을 해니까는, 갈 길은 먼데, 저 놈을 잡자니 또
저 놈은 또 안 내빼나?

[일동 웃음]

산 요리 잘 알겠다. 그래 가지구 가지두 못, 쫓어 가지도 못해구 그냥
욕만 실컷 먹구 서울을, 한양으로 출행했대는 얘기에요, 그게.

(보조조사자 : 근데 그 왜 거기 올라가서 욕을 했대요? 그 원님한테.)

아 그것두 모르지.

여우 잡은 월송리 서낭당 여신

자료코드 : 03_08_FOT_20101219_HRS_CMO_0002
조사장소 : 강원도 원주시 지정면 월송1리 642-8 마을회관
제보일시 : 2010.12.19
조 사 자 : 황루시, 유명희, 유형동, 김명수
제 보 자 : 최명옥, 남, 73세
구연상황 : 이강염 제보자가 '봉이 김선달' 이야기를 마친 뒤 옛이야기를 거듭 요청했다.
　　　　　그러자 그런 이야기는 잘 모르고 서낭당 이야기를 해주겠다며 구연하였다.
줄 거 리 : 월송리에 서낭당이 있는데 그 서낭신은 여신으로 아주 맑은 기운을 가졌다고
　　　　　한다. 옛날 여우가 밤새 울어서 마을 사람들이 잠을 못 이루었다. 다음날 아
　　　　　침 마을 사람들이 나무를 하러 서낭이 있는 쪽으로 가다보니 서낭 앞에 여우
　　　　　가 위패를 향해 꼼짝 않고 앉아 있었다. 사람들이 가까이 다가가서 비로소 죽
　　　　　은 것을 알았다. 사람들이 말하기를 서낭신이 하도 용해서 짐승을 잡아 둔 것
　　　　　이라고 한다.

이 서낭당에 대해서 그 얘길 해주지.

(보조조사자 : 예, 예.)

들은 얘신데. 이 여신(女神)인데 잠- 아주 맑어. 맑은 신이래요.

근데 옛날에 그-, 이제 노인네들한테 들었지 뭐. 하룻저녁엔 아주 여우
가 캥캥거리고 짖어서 잠을 못 잤었대요, 이 동네가. 근데 그 이튿날, 이
제 나무를 해러 그리 올라갔는데 보니까는, 아침먹고 올라가 보니까는,
여우가 산 놈처럼 위패를 보구 꾸부리구 이래 이래구 앉었더래.

아 근데, 저 놈이 산 놈인가 해 가지구 알 수가 없으니까 가다가.

[오른손을 가로 저으며]

가만-히 가두 안 씨러지더래여.

[오른손을 앞으로 내밀어 미는 시늉을 하며]

그래 가서 인제 근드리니까 씨러지더래.

그래 그 신이 하두 영, 아주 용핸 신이지. 안신이래서. 그래 그 짐승꺼정 잡어다 났다는 그 전설이 내려와 있어요.

닭 벼슬 바위 깨서 망한 부자

자료코드 : 03_08_FOT_20101219_HRS_CMO_0003
조사장소 : 강원도 원주시 지정면 월송1리 642-8 마을회관
제보일시 : 2010.12.19
조 사 자 : 황루시, 유명희, 유형동, 김명수
제 보 자 : 최명옥, 남, 73세
구연상황 : 마을의 형세에 대해 이야기를 하던 중에 부자가 망한 이야기를 아는지 묻자
　　　　　그런 얘기 하나 알긴 안다며 구연하였다.
줄 거 리 : 옛날 월송리 안말에 한 부잣집이 있었다. 손님이 매일같이 찾아와서 며느리가
　　　　　너무 고달팠다. 하루는 스님이 시주를 얻으러 왔는데, 며느리가 시주를 하고
　　　　　는 손님이 너무 많이 들어서 괴롭다며 손님이 덜 오도록 할 수 있는 방법이
　　　　　없는지 물었다. 스님이 산세를 살피더니 마을 뒷산에 있는 닭 벼슬 모양의 바
　　　　　위를 깨라고 했다. 그 바위를 깬 이후 그 부잣집은 차차 망해버렸다.

[오른 손을 들어 마을 뒤편을 가리키며, 이강염을 향해]

요기에 안우물이구 있잖아요. 그게, 요기 안우물이라구, 안말, 저 안말에, 거- 산에 바로 우물이 하나 있는데, 아주 옹달샘이여.

(보조조사자 : 아, 예.)

그런데, 고 위에 바루 달기(닭) 벼슬처럼, 바위가 숫꺼. 숫, 달기 벼슬처럼 요렇게 생긴 게 인제 내리왔는데.

거- 옛날에 아주, 아주 아주 아득한 옛날에, 큰 대가가 살었는데, 하두 손님이 매일같이 오니깐 며느리가 고달플거 아니여.

(보조조사자 : 네, 그렇지요.)

그랬는데, 어느 날 참, 지금 말하면 이제 중이지. 옛날 도사가,

"시주 해라구."

좀, 이제 와서 그래니까.

메느리가 나서 시주를 떠 가지구 가면서,

"도사님, 소원 좀 하나 들어, 들어 달라구."

그러니깐,

"뭔 소원이냐구."

"하유- 우리 집이 매일같이 손님이 너무 들어가지고, 아주-"

그러니까 신세같은, 신세 고달픈거지, 이제 그런 얘기를 해니까.

"그러냐구."

그래면서 참 이렇게 산세를 쭉- 훑어 보더니,

"저기 가서 저 바위를 깨라."

그랬대군 그래요.

그래 뭐 어, 어느 영이라고. 며느리 그 밑에 참, 하인이 가서 이제 오함마 가지 가서네, 그 달기 벼슬을, 바위를 내따 치니까, 그-냥 내따 생피가 텄다는 얘기여.

에, 그래가주구 바위가 떨어진 게 현재 꺼정두 있어. 근데 그 바위 지금 어띠 치있는지 몰러.

(보조조사자 : 아-.)

그런데 그 뒤루 차차- 차차 집이 망하는 게 아주 망해서 나갔대잖아. 옛날 옛날 태고에. 그래 그 얘기가 있어요.

벽에서 만난 장인과 사위

자료코드 : 03_08_FOT_20101219_HRS_CMO_0004
조사장소 : 강원도 원주시 지정면 월송1리 642-8 마을회관
제보일시 : 2010.12.19
조 사 자 : 황루시, 유명희, 유형동, 김명수
제 보 자 : 최명옥, 남, 73세

구연상황 : 자식 많은 부부가 부부관계를 갖기 위해 자식을 심부름 보냈다는 이야기를
아느냐고 묻자 쑥스러워하며 구연했다.

줄 거 리 : 옛날 자식을 많이 두었지만 단칸방에서 생활하게 되는 경우가 많았다. 한 집
이 딸을 시집보내고 사위를 보게 되었는데 사위는 마침 군대에 가게 되었다.
첫 휴가를 나온 사위가 처가 단칸방에서 밤을 보내게 되었다. 장인과 장모가
사위와 딸 사이에서 자게 되었는데, 사위가 부인이 있는 쪽으로 가려고 장인
의 위를 기어서 지나가다 보니 성기가 장인의 입에 닿았다. 장인이 생각을 하
니 사위가 곧 다시 넘어 올 것 같아서 벽을 안고 서 있었다. 사위는 사위대로
장인 위를 다시 지나가는 것이 민망해 벽을 안고 돌았는데, 사위와 장인이 벽
에서 만나는 웃지 못 할 일이 벌어졌다.

옛날엔 단칸방이 많잖우, 왜 애들은 많구.

(보조조사자 : 네.)

보통 애들이 뭐 옛날엔 칠남매, 팔남매꺼정 다.

아 근데 우트게라두 장가, 딸을 시집을 보내구서래, 군대 가게 됐는데,
처갓집에 와서 인제 있으라구 그래서 처갓집에 보냈는데.

그래 단칸방이지 뭐. 그래 이 놈의 장인 장모도 천치지. 그 휴가를 오
면은 좀 각방을 주던지, 그 어디가 동네, 동네가서,

[일동 웃음]

참 친척집에 가서 밤을 새고 오던지. 글쎄.

아, 장인 자구, 딸 재우고, 즉 어매 재우고, 애들 이쪽에 재우고, 사위는
이 끝으로다가, 장인 뒤루다가 재워 놓는데.

아 근데 이제 군대해구두 첫 휴가를 오는 데, 그거 참, 그거 참 목석이

아닌 이상에야 그거, 그거 그거 그냥 거시기 해잖어.

[일동 웃음]

아 그래, 이눔이 슬슬- 넘어 간대는 거지. 장인 머리루다가, 이 입을 다, 아 이게 긁히지 아냐.

[일동 웃음]

그게 한 짝 ○○는 게 아무래도 표시가 나잖어. 긁히는데 가만-히 장인이 그 옆에서 그냥 가만히 있다 보니까는.

아 오다보면 저 놈이 또 이리 지나 갈 텐데. 칠을 해겠거던, 입에다.

[일동 웃음]

그래서 '에이, 이번엔 나가 벽에 가서, 벽을 안구 있겠다구.'

그래 벽에서 섰었다구.

[일동 웃음]

아니 근데, 사위도 그렇지, 야, 이번엔 이리 왔다간 장인한테 들킬까봐서 이번엔 또 벽으로 돌았다구.

(보조조사자 : 사위두.)

사위가 또 인제.

아 그래, 슬슬- 벽을 안고 지나는데 장인이 가만-히 섰는데, 아 ○○○ ○○○.

아 그래 그런 얘기두 있어.

대잡이로 갔다가 실패한 경험

자료코드 : 03_08_MPN_20101218_HRS_JGS_0001
조사장소 : 강원도 원주시 지정면 간현3리 마을회관
제보일시 : 2010.12.18
조 사 자 : 황루시, 유명희, 유형동, 김명수
제 보 자 : 조공수, 남, 78세
구연상황 : 예전에 복술이나 독경이 많지 않았는지 묻자 제보자가 꺼낸 이야기이다.
줄 거 리 : 조공수제보자는 열 여섯 살 무렵 대잡이로 복술을 따라 간 적이 있었다. 복술
은 일주일 정도 경을 읽으며, 사흘이면 누구나 대에 신을 내릴 수 있다고 장
담했다. 조공수 제보자가 대에 신내림 경험을 해보고 싶은 마음에 복술을 따
라 갔는데, 사흘째가 되자 피곤해서 대를 잡고 앉은 채로 졸기 시작했다. 그
러자 대를 잡은 손이 자연히 까딱까딱 흔들리게 되었다. 그러자 복술이 신이
내린 것으로 착각하여 별안간 북을 울리고 경을 읽었다. 조공수 제보자는 깜
짝 놀라 깼는데, 그때 그 경험이 너무 창피스러워서 다시는 굿판에 간 일이
없다.

　대를 잡으믄, 어려서 대를 잡으믄 말이여, 영대가 든다 그러더라구. 그
래서, 내가 그 복술이, 대복술이라구 하구, 아주 용하다 그래서, 그 앞에
가서 대를 한 번 잡을라 그랬어요. 그래 대를 잡을라 그래는데.

　가서, 그게, 이, 내 열 여섯 살에 그랬거든.

　그러니까 그전에는, 그런, 이런 그릇이 그렇게 흔해지 않았어. 놋그릇이
면 최고란 말이여, 예전에는. 아 이놈의 놋그릇을, 지금은 뭐 뭐, 이 약품
이 많어 가주 닦으는게 많지만, 그때는 이, 불 땔 재루다 닦었다구. 수세
미루 닦어 가주 아주 반들반들하게 닦어 가지고, 그래가지구선 나가서,
거, 정화수를 들어다가 놓구, 절 하구, 대를 잡으면 내린다 그래 더라구.

　그래서 아 이놈을, 사흘을, 채정 읽는다 하면, 보통 일주일 이렇게 읽는

게 채정이거든.

그전엔 그- 경쟁이가 북방지치구 그래니까.

그래서 그걸 가서, 내릴라고 내가, 내려 볼라고, 가서 잡었단 말이여.

그래 이놈의 거 암만 잡어야 내리질 않아.

이놈의 찬물에다 겨울에 세수를 하구 말야, 추운데.

가 정화수를 들어다가 놓구, 절을 하구, 대를 잡고 앉어 있어도, 안 내리더라구.

그래 안내렀는데, 아 사흘째 되다 보니까, 인제 밤에, 밤에 인제 채정을 읽는데, 그 남, 정, 참, 환자가 있으믄 채정 읽는다구 하믄, 일주일이, 이주일이 읽는게 채정이거든.

거기가서 인제, 여- 붙들구 앉어 있는데, 사흘. 졸았기두 하구 인제, 사흘을 댕기믄, 밤에 가서 꼭 붙들었으니까.

아 이래 붙들구 있대니까, 그런걸 지금 사람은 잘 못 봤을거야.

그 북에다가 숟갈을 요렇게 그전엔 달았어요.

달어서 이러구 엎어놓구 이제, 뭐 어- 신장 이름두 불르구, 장군 이름두 불르면 이룧게 하는데, 으, 인제 날 보고 묻길,

"뭘 장군을 믿어, 받을래느냐, 신, 뭐 산신령, 무슨 신령을 받을래느냐?"

이레 물어. 그래,

"젤루 신게(센 게) 뭐냐구."

내가 복술이한테 물었더니,

"천하, 뭐야 그-, 천하장군이, 그게 최고 어-, 아주 시다."

그래더라구.

몇천 뭐, 천진 뭐, 이런거 뭐, 이런게 전부 있거든 거기. 그거 뭐 문서를 보면.

그래서 이 놈을 잡구 사흘동안 이래구 있는데, 생전 내리질 않는 거야 이게.

그래서 인제, 이래 잡구 있대니까, 아 이게 고만 졸으우니까 *끄득끄득* 했다구 내가. 알지 못 하게. *끄득끄득*하니까, 아 이놈의 복술이 금방 숟갈을 턱 내려 놓더니, 북방치 울려 치면서,

"굿청 누아 보아, 천지 하강 놀입을 하옵소서."

소리를 질르는 바람에 깜짝 놀랬단 말이여. 홱짝 놀래니, 아유 옆에서 귀경하던 사람이 어깨두 짚어 보지, 다리두 가 짚어 보지, 내린다구 말이야.

아 그래서 내가 거, 그때부텀 고만 챙피스러워서 다시는 정 귀경을 못 간 사람이야, 내가. 그게 사흘을 붙들어 놔, 내리질 않어요.

그러니까 여기, 어지간한 사람은 그때 보믄, 그저 가서 대만 잡으믄 내려 가주 흔들거덩. 그걸보구 '나두 내리겠지.' 해지? 안내려요.

그게, 그게 뭐 복술이 말룬, 사흘정만 붙들구 있음 안 내리는 사람이 없대는 거여. 장담한다구 아주 내려준다구. 그래서 가 그놈을 붙들었더니, 아이 내리긴 뭘 내려. 사흘 동안은 졸으니까 *끄득끄득* 이랬지.

대가 *끄득거리믄*, 그니까, 아 갑작스럽게 복술이 글쎄 숟갈을, 그때는 쇠숟갈이란 말야.

그놈을 갖다 북통갖다, 내려 놓구선, 북방치로 울려 치면서,

"굿청 누아 보아 천지 하강 놀입을 하옵소서."

하는데, 어트게 놀랬는지, 후닥닥 놀랬다구.

아니 이게 떨 수밖에. 아 그래니까 여기두 짚어 보지, 여기두. 아 그래 구선 챙피스러워서 도대체 갈 수가 있어야지. 구경을 못 갔어요, 그 다음엔. 그냥 쫓겨 와가지고.

그런 적두 내가 있었다, 이런 얘기지, 뭘, 하긴 뭘해 내가.

도깨비에 홀린 사람

자료코드 : 03_08_MPN_20101218_HRS_JGS_0002
조사장소 : 강원도 원주시 지정면 간현3리 마을회관
제보일시 : 2010.12.18
조 사 자 : 황루시, 유명희, 유형동, 김명수
제 보 자 : 조공수, 남, 78세
구연상황 : 도깨비 이야기를 아는지 묻자 도깨비는 술먹은 사람에게 잘 보인다며 이야기
　　　　　를 구연했다.
줄 거 리 : 이웃에 홍씨 성을 가진 사람이 하루는 술을 먹고 집으로 오는 중에 어떤 사
　　　　　람이 나타나서 자기를 따라오면 좋다며 따라오라고 했다. 그래서 그를 따라
　　　　　갔는데 온통 가시밭길로 다녀 얼굴이 상처투성이가 되었다. 거의 혼이 나간
　　　　　상태가 되어 아침녘에 마을에 나타난 것을 조공수 제보자의 형님이 보고 집
　　　　　에 연락해 데려가도록 했다.

그 사람이 죽었지, 저- 왜, 강 근너 그전에, 홍뭐시긴가 살었었잖아.

그 저, 그 아주먼네 하구, 이렇게 살었는데. 그 사람이, 그 사람이 아이
구 이제 이름두 잊어 버렸네. 그 사람이 글쎄, 저 두무수골 가서, 한, 밤새
두룩 돌아 댕겼어, 까시밭으루.

[얼굴을 어루만지며]

일굴 다 찢으구. 이래가주 식전에 내려온 걸, 다 죽게 된 걸, 내려온 걸
우리 형님이 끌어 들여 가지구, 물을 디워(데워) 멕여가지구선 자기네 집
에 연락해서 부인이 와서 데려갔다.

(보조조사자 : 그래 가시밭길을 왜 돌아 다녀요?)

아니, 술 먹구 오다가, 어떤 사람이, 여, 환하더래 아주.

자기, 얘기는. 환한 질루다가,

"아 이리, 이리 오믄 좋다구 말이야, 이리 오라구.

그래서. 그거 따라 댕기다가 그랬대. 그걸 따라 댕기다 글쎄 혼이 빠졌
지 뭐.

(보조조사자 : 밤새?)

그럼.

(보조조사자 : 밤 새구 돌아다녔다구요?)

밤에, 밤에두 저 덤부사리구 뭐구, 까시밭이구 얼매나 돌아다녔는지 얼굴에 다 상처가 나구, 이래가지군.

(보조조사자 : 그게 도깨비한테 홀겨서 그런 거에요?)

그래, 도깨비한테 홀렸겠다구 그래더라구, 그때는. 도깨비한테 홀렸겠다구.

화로에 검정을 칠해 선생님 놀린 학생

자료코드 : 03_08_MPN_20101219_HRS_CMO_0001
조사장소 : 강원도 원주시 지정면 월송1리 642-8 마을회관
제보일시 : 2010.12.19
조 사 자 : 황루시, 유명희, 유형동, 김명수
제 보 자 : 최명옥, 남, 73세
구연상황 : 이런저런 이야기를 나누던 중 제보자가 서당에 다닌 경험이 있다고 했다. 그래서 서당과 관련되어서 학동들이 훈장님을 골려준 경험이 없느냐고 묻자 구연하였다.
줄 거 리 : 제보자가 어린 시절 서당에 다닐 때 있었던 일이다. 어느 겨울이었는데 서당에는 화로가 있었다. 하루는 선생님이 화장실에 간 틈을 타서 화로 주둥이에 숯검정을 잔뜩 묻혀 놓았다. 화장실에 다녀온 선생님이 화로에 손을 대로 불을 쐬자 손에 검정이 묻게 되었다. 학생들이 선생님 얼굴에 뭐 묻었다며 선생이 검정 묻은 손으로 얼굴을 만지도록 유도했다. 잠시 후 선생님이 거울을 보더니 세수를 하고 왔다. 그날 선생님에게 호되게 매를 맞았다고 한다.

선생님이, 그 겨울 되니깐 봄이면 추워서, 인제 화로가 있어요. 그래 화로에다가 손을 눃구서 인제, 우리는 이제 글공부 해구 쓰구 이래는데.

아 그 저 기동이가 그랬어.

(청중 : 기동이가 같이 저 같이 한자 배웠지.)

[3초간 청취불가]

"우리 저 선생 얼굴에 좀 껌게 해주자."

[웃음]

그래 선생이 소변보러 나간 새, 이 화로에 꺼진 숯검댕 있잖아요.

(보조조사자 : 에-.)

[왼손을 빙빙 돌리며]

그거를 화로 진에다가 대-구 이래니 거 새카맣게 묻지. 그래 놓구서 이제 우리 글공부해는 척 해구서 이제 글공부만 해거든.

아 선생이 바깥에 들어오니깐 손 시리니까는,

[두 손을 모아 불 죄는 시늉을 하며]

화로재에 딱 놓고서는 인제 이리두 옮기구 저리두 옮기구 해니까는, 손에, 밑에 검정칠이 있잖어. 그래 우리가

[왼손을 뻗어 앞쪽을 가리키며]

"아유 선생님 얼굴에 뭐 묻었네유."

[왼손으로 왼뺨을 문지르며]

"어디?"

[왼손으로 다른 방향을 가리키며]

"아 요쪽에유."

[왼손으로 오른뺨을 문지르며]

"어디?"

[왼손으로 정면을 가리키며]

"아 요 요 ○○에유."

[왼손으로 얼굴 전체를 훑어 내리며]

"요 어디?"

아 그러니, 아 전 얼굴에 흙깜댕, 뭐야 검정 투생이니까는 좀 우리야 뭐 ○○지.

아이 선생이 실며시 나가더니 거울을 보더니 세수를 해구 나와가지구
참 혼나게 맞어 봤네.

8. 행구동

강원도 원주시 행구동

조사일시 : 2011.2.7

조 사 자 : 황루시, 유명희, 유형동, 김명수

강원도 원주시 행구동 신월랑

행구동은 1914년 행정구역 통폐합에 따라 4리(四里) 일부와 5리(五里)를 병합하여 행구리라 하여 판부면(板富面)에 편입되었다가 1955년 원주시 구역 확장에 의하여 원주시에 편입되었다. 마을 사람들은 마을을 신월랑이라고 부른다. 어원은 계단식 논을 뜻하는 다랭이논이 쉰(50)개라고 하여 쉰 다랭이 마을이라고 불렀는데 쉰을 한자 신(新)으로 다랭을 달 월(月) 사내 랑(郎)으로 해서 신월랑(新月郎)으로 부른다고 한다.

마을의 인구가 많았을 때는 70가구 정도 되었으나 이제는 20호 밖에 살지 않는다. 대부분 농사를 지었지만 원주시에 편입된 이후에는 치악산 및 상원사를 방문하는 관광객들을 상대로 식당과 모텔 등 관광을 주업으로 하고 있다. 예전에는 복숭아를 많이 심었지만 최근에는 조금 줄어들었다고 한다.

1994년 이후 농기계가 들어왔다고 하는데 이는 주변의 다른 마을보다 늦은 편이었다. 하지만 업종이 많이 바뀌면서 인구이동이 많아져 농업에 종사하는 인구가 줄어들었고, 따라서 예전처럼 농요를 부를 수 있는 인원이 많지 않았다. 마을엔 1년에 한번 하는 대동회를 제외하면 행사가 없다. 예전에는 농악을 비롯한 자잘한 민속행사가 많았으나 현재는 인구 부족으로 진행할 수 없는 상태다.

권복순, 여, 1930년생

주 소 지 : 강원도 원주시 행구동 658-2번지
제보일시 : 2011.2.7
조 사 자 : 황루시, 유명희, 유형동, 김명수

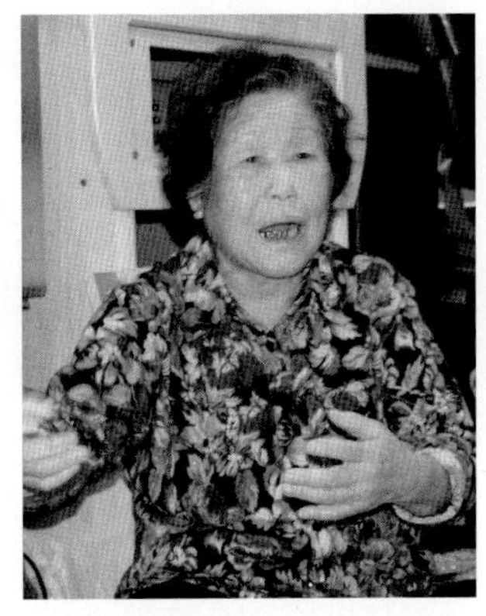

　권복순은 울릉도에서 태어나 8세 때 부모를 따라 봉화로 이주했다. 17세 때 혼인하여 원주 흥업면 매지리 방아실에 살다가 5년 전 남편과 함께 행구동 658-2번지로 이주하였는데 3년 전 사별하였다. 슬하에 3남 2녀를 두었으며, 모두 혼인하여 외지에 살고 있다. 학교교육은 받지 못했으나 아버지에게 한글을 배워 깨우쳤다고 한다.

　조사의 취지를 이야기하자 적극적으로 참여하려고 했는데, 잘 생각나지 않는다며 매우 안타까워했다. 제공한 설화는 20세 무렵 동네 아낙에게 들은 것이라고 한다. 차분하고 조곤조곤한 말투로 이야기를 구연했다. 민요 조사에도 적극적으로 참여하였으며 옛 노래를 불러달라는 요구에 처음에는 유행가를 부르기도 하였다. 다른 제보자와 함께 아라리와 뱃노래를 구연하였다.

제공 자료 목록
03_08_FOT_20110207_HRS_GBS_0001 동동신선비
03_08_FOS_20110207_HRS_GBS_0001 뱃노래
03_08_FOS_20110207_HRS_YGY_0001 아라리

유구연, 여, 1937년생

주 소 지 : 강원도 원주시 행구동 신월랑 2통 2반 588번지
제보일시 : 2011.2.7
조 사 자 : 황루시, 유명희, 유형동, 김명수

유구연은 원주시 행구동 신월랑 2통 2반 588번지에 거주하고 있다. 원주시 봉산2동 출생으로 1남 1녀 중 장녀인데 한국전쟁 당시 충북 청풍면으로 피난을 가서 그곳에서 15세에 혼인하였다. 그 후 33세에 다시 원주로 돌아와서 슬하에 3남 2녀를 두고 지금까지 살고 있다. 어려서부터 장녀로서 책임감이 강해 일을 많이 하게 되었다. 소리는 주변 어른들의 영향으로 저절로 익히게 되었는데 특히 아라리의 경우 힘든 일을 할 때 부르던 것이어서 더욱더 애착이 간다고 한다.

제공 자료 목록
03_08_FOS_20110207_HRS_YGY_0001 아라리

동동 신선비

자료코드 : 03_08_FOT_20110207_HRS_GBS_0001

조사장소 : 강원도 원주시 행구동 신월랑 666-1번지 마을회관

제보일시 : 2011.2.7

조 사 자 : 황루시, 유명희, 유형동, 김명수

제 보 자 : 권복순, 여, 81세

구연상황 : 민요를 한 차례 구연하고 잠시 쉬는 동안 옛날이야기를 아는지 묻고 구연을
부탁했다. 그러자 제보자가 '잊어 먹은 거 같은데 한번 해 볼까'라며 구연하
였다. 이야기의 내용이 신선비가 부인을 찾아가는 것으로 변형되었고 중간 중
간 빠진 부분이 매우 많다.

줄 거 리 : 옛날 어느 부부가 구렁이를 낳았다. 이 구렁이가 장독, 밀가루에 빠졌다가 나
와서는 동동 신선비가 되었다. 신선비가 장가를 갔는데, 사실 신선비는 이전
에 결혼한 여자가 있었다. 그 여자는 '시모삼천 지룡굴'이라는 이계(異界)에서
새로 결혼해 살고 있었다. 신선비는 본 부인을 찾아 길을 나섰다. 신선비는
설거지, 빨래 등을 해주고 시모삼천 지룡굴로 가는 길을 알아냈다. 얼마만큼
이르러서 땅에 덮인 송판을 치우자 파란 물이 나타났는데, 그 물로 들어가자
별세계인 시모삼천 지룡굴에 도착했다. 그곳에 도착한 신선비는 밭에서 새를
쫓는 아이를 만나 부인이 살고 있는 집을 알아냈다. 그 집에 도착한 신선비는
부인이 달을 보며 자신을 그리워하고 있는 것을 알았다. 신선비는 부인과 재
회하고 새로 얻은 부인과 함께 세 사람이 행복하게 살았다.

옛날에 옛날에 옛날 얘긴데, 어, 한- 동동, 아유 그러니까는, 동동 신선
비가 살았는데, 아 그 구레이 얘기여. 구레이 얘기.

구레이 얘긴데, 그것두 안하니까 다 까먹었네, 지금 약간.

(보조조사자 : 할머니 그거 되게 중요한 얘기거든요. 천천히 생각하셔서
해주세요.)

글쎄, 다 까먹었어.

그랬는데, 인제- 구렝이, 인제 두 으레, 인제 살다보니, 둘이 살다보니깐, 어- 애를 난데는 게 구레이를 났어.

그래니까는 이 구렝이가 어-, 인제, 그래 인제, 아유 고것 뺵에 잊어버렸네.

그 그 구렝일 났는데, 이 구렝이가 아-, 저기 장독에 가 풍덩, 간장독에 가 풍덩, 빠-, 밀가루 독에 가 풍덩, 빠져서 나와 가지고, 허물을 홀딱 벗어가지고 동동 신선비가 됐어.

동동 신선비가 돼 갔고, 어 인제, 장개를 갔는데 여자를 놔 두구, 어- 인제, 에, 그래까는 그 전에 여자가 있었대는 얘기야.

근데 이제 장개를, 그 허물 벗구 장개를 갔는데, 어, 이 남자가 본 여자를 찾어 가느라구, 어 인제, 자꾸 물어물어 인제 찾어 가는 거야.

[37초 간 구연장소에 다른 청중이 방문하여 잠시 중단]

그래 갔고는 인제 그 본 여자 찾으러 가느라구, 이 사람이 신선비가 찾어 가느라구 고상을 무척 많이 했거던.

그래 인제 어뜨케 찾아 갔냐 해면, 가다가 가다가 인제 한 집에 들어가서, 어,

"시모삼천 지롱굴이 어디냐?"

이제 그 시모삼천 지롱굴루 찾어 가느라구. 그래 인제 물으면은,

"아 이걸, 이 설거지를 깨끗해게 해 주면 갈켜준다."

그래가주 그 설거지를 다- 해 줬는데두 안 가리켜 줘. 그래가주 또 인제 얼마큼 가다가 또 인제 한 집엘 들어가가꾸.

"시모삼천 지롱굴루 찾어 갈래면 어디루 가느냐?"

물으니까 아 또 빨래를 하얗-게 해 줘야 가르켜 준대여. 그래서 인제 빨래를 다 빨어서 해 주니까는, 인제 어, 가르켜 주더래.

"얼마만큼 어디꺼정 가면은 어, 이-, 땅속에 물이 있는데, 이 송판이 이룽게 덮여 있으니까는 송판을 열어봐라. 열어 보면 그 물 속으로 빠져 들

어가야만이 시모삼천 지룡굴을 찾는다.”

그래가지구서는 인제, 그래서 인제 거기에서 떠나갔구 인제 시모삼천 지룡굴로 찾어 가는 거야. 찾아 가는데, 얼만큼- 얼만큼 가는데, 또 그걸 못찾어 가지고, 또 한 집에 들려서 가다 보니까 거, 시모삼천 지룡굴이 나섰어.

그래가지구서는 인제, 참, 거길 가래는 데를 이렇게쳐 들고 보니까는 물이 시퍼-렇더래여. 그래서 이 옷을 벗어 가지고 뒤잡어 씨고, 한- 없이 물로 내려가다 보면은 신작로가 파-래고 나오고 시모삼천 지룡굴이 나온다.

그래가지구서 인제, 참, 그 말대로 인제, 옷을 폭 뒤잡어 쓰구 그 물속으로 한 없이 내려 갔어. 한 없이 내려가서, 내려갔는데, 신작로가 파-란게 나스구, 수수도 꾸부러지고, 지장도 꾸부러 지고, 곡석이 하마 그렇게 찾어가다 보니까 가을이 돼 갔고, 곡석이 죄 꾸부러졌더래.

그랬는데, 한 아이가 인제 새를 쫓는데,

“후여-, 그 지장 한 알 먹지마라, 동동 신선비는 맛도 못 봤다.”

그래면서 새를 쫓더래.

요만한 아이가 와서, 그래서 인제 찾어간 사람이,

“그래, 야, 니 집이 어디냐?”

그래깐,

“조기 아무데 아무데 있어요.”

그래서 인제 찾어, 그렇게 찾다보니까 밤이 됐어. 밤이 됐는데, 그래 인제 가, 가가꾸서네(가 가지고서는), 당도를 했는데, 아주 그 여자가 본 여자가 시모삼천 지룡굴을 가 가지구, 남자를 읃어가지구, 하마 애를 낳구 살기 때문에 사는 거를 찾어갔단 말여. 근데 글소리가 왕-왕 나더래여. 가서, 그래까 이제 거기를 찾어, 깊게 찾어갔는데, 들어가진 못해구.

마당가에서 인제, 달이 덩그랗게 달이 밝어서 마당가에서 인제, 그래까는 아들 딸 공부가리키느라구 글소리 왕왕 나는데, 마당가에서 인제 들은 거지. 들었는데, 그래 글소리가 왕왕 나서 인제, 그랬는데, 찾어 들어갔, 들어 간거여. 그래 찾어 들아갔고, 본 마누라를 만냈어. 그래 본 마누라를 만나가지고

"사실 이만저만 해서 왔다."

해고, 인제 서로가 안구, 막- 뭐 어쩔줄 몰르지, 해기는.

그랬는데, 그래 찾어 가가꾸서네, 그 집 마당, 봉당에 가 앉가지구 이 남자가, 찾어 가서 봉당에 앉어가지구.

"달아 달아, 저 밝은 달은 동동 신서비를 봤건마는 나는 왜 못 보나."

인제 그래면서 한 서너마디 그래니까는 후닥닥 뛰어 나오더래.

그래가주구서네 움켜 안고, 반갑게 맞이 해고, 그래가지구는 인제 먼저 을은거는 큰마누라, 나중 을은거는 작은 마누라, 그렇게 해갔고 옛날에 잘- 살드랍니다.

뱃노래

자료코드 : 03_08_FOS_20110207_HRS_GBS_0001
조사장소 : 강원도 원주시 행구동 신월랑 666-1번지 마을회관
제보일시 : 2011.2.7
조 사 자 : 황루시, 유명희, 유형동, 김명수
제 보 자 : 권복순, 여, 81세
구연상황 : 옛날 노래라면서 유행가를 부르자 청중이 그 노래는 신식 노래라 안된다고
하니까 뱃노래를 구연하였다. 몸을 크게 흔들고 손동작도 하면서 신명나게 구
연하였다. 손가락으로 바닥을 치며 장단을 맞추면서 부르고 청중들도 신나게
호응하여 시끄럽게 녹음되었다.

어시름 달밤에 개구리 우는소리
손목잡고 입맞출제 왜할말 못했나
에야노 야노야 어야노 야노 어기여차 뱃놀이 가잔다

만경창파 두둥실 뜬배야
울렁술렁 노를 저어라 달맞이 가잔다
어야노 야노야 어야노 야노 어기여차 뱃놀이 가잔다

남물이 들었네 남물이 들었네
이산저산 도라지꽃이 남물이 들었네
어야노 야노야 어냐노 야노 어기여차 뱃놀이 가잔다

분홍이 들었네 분홍이 들었네
이산저산 진달래꽃에 분홍이 들었네
어야노 야노야 어냐노 야노 어기여차 뱃놀이 가잔다

일본 동경이 얼마나 좋아서

꽃같은 나를두고 연락선 타느냐

어야노 야노야 어냐노 야노 어기여차 뱃놀이 가잔다

아라리

자료코드 : 03_08_FOS_20110207_HRS_YGY_0001
조사장소 : 강원도 원주시 행구동 신월랑 666-1번지 마을회관
제보일시 : 2011.2.7
조 사 자 : 황루시, 유명희, 유형동, 김명수
제보자 1 : 유구연, 여, 75세
제보자 2 : 권복순, 여, 81세
구연상황 : 뱃노래로 분위기가 한껏 고조되었다. 조사자가 아라리를 청하자 유구연 제보
자가 먼저 선창하고 이어서 서로 주거니 받거니 하며 구연하였다.

제보자 1 아리아리랑 쓰리쓰리랑 아라리가 났구나

비가올라나 눈이올라나 검정구름이 막모여든다 [잡음]

제보자 2 오롱촉단(吳綾蜀緞, 비단의 일종)에 능라장팔(능라조의 잘못인 듯)
로 나를 감지를 말고

대장부 긴긴팔로만 나를 감아주게(받어 잡음)

제보자 1 아우라지 뱃사공아 배좀건너 주렴

싸릿골 올동백이나 다떨어진다

제보자 2 아우라지 뱃사공아 나를 건너주게

싸리밭골 검은동박이 다쏟아진다(받어받어받어)

9. 호저면

강원도 원주시 호저면 광격2리

조사일시 : 2010.12.18
조 사 자 : 황루시, 유명희, 유형동, 김명수

강원도 원주시 호저면 광격2리

　면소재지 북쪽에 위치한 광격2리는 120호가 넘는 큰 마을이다. 그중 젊은이들이 50여 명인데 시내로 출퇴근한다. 나머지 인구는 대부분 논농사를 짓는다. 고추와 고구마를 유기농법으로 재배하는 가구도 20호 정도 된다. 마을엔 원주 원씨가 많고 나머지는 각성받이이다.

　마을에 초등학생은 10여 명 정도로 고산초등학교를 다니고 있다. 노인회는 70여 명이고 부녀회와 청년회도 상당한 인원이 있어 타 지역에 비하여 활발한 활동을 하고 있다. 특히 노인회는 유난히 활발하여 관에서 주최하는 노인 건강 체조나 레크리에이션 교육 등에 마을 단위로 적극적인 참여도를 보이고 있다. 작년에도 건강체조 시범단 프로그램에 적극적으로 참여하여 우수마을로 선정되었고 면 대표로 시범단 활동을 하였다.

마을 단위 행사가 활발하다. 매년 10월 7일날 서낭당에서 제사를 지내는데 종교에 크게 구애받지 않고 참석한다고 한다. 천주교인 20호와 기독교인 5호 정도가 있는데 회비는 같이 내고 민감한 종교의식은 피하며 식사를 같이하는 친목모임의 형태를 지니고 있다.

마을 노인회 구성원에서는 조사 자료가 꼭 피드백되었으면 하는 바람을 나타냈다. 많은 학교 및 단체에서 조사를 해 가는데 그것이 어떻게 활용되는지와 시청각 자료 및 출판물이 있는지에 대해 궁금해했다.

유동춘, 남, 1931년생

주 소 지 : 강원도 원주시 호저면 광격리 968번지
제보일시 : 2010.12.18
조 사 자 : 황루시, 유명희, 유형동, 김명수

　유동춘은 원주시 소초면 평장리에서 4형제 중 막내로 태어났으며, 19세 무렵 큰집에 양자로 보내지면서 광격리로 이주하게 되었다. 22세 무렵 동갑내기인 황인순과 혼인하여 2남 5녀를 두었으며, 지금은 부부가 장남 내외와 광격리 968번지에 거주하고 있다. 소초 평장국민학교를 졸업하였다. 2007년부터 2009년까지 광격리 노인회장 일을 맡아본 경험이 있다.

　치악산과 관련된 전설을 한편 구연했는데, 소초면에 살던 어린 시절 동네 어른들에게 들은 이야기라고 한다. 이야기의 뒷부분에서 망각의 흔적이 보였다. 치아가 부실하여 발음이 부정확하다.

제공 자료 목록
03_08_FOT_20101218_HRS_YDC_0001 치악산 유래

조영애, 여, 1937년생

주 소 지 : 강원도 원주시 호저면 광격리 857-3번지
제보일시 : 2010.12.18
조 사 자 : 황루시, 유명희, 유형동, 김명수

　　조영애는 횡성에서 5남매 중 둘째(장녀)로 태어났다. 19세 때 큰아버지의 중매로 혼인하여, 호저면 광격리로 이주하였다. 현 거주지는 광격리 857-3번지이다. 횡성국민학교를 3학년까지 다니다가 한국전쟁으로 중단한 뒤, 다시 학교를 다니지 못했다. 슬하에 3남매를 두었는데, 장남과 장녀는 혼인하였고 둘째 아들과 함께 살고 있다. 종교는 천주교이다.

　　어린 시절 고모에게 들은 이야기라면서 민담 4편을 구연했다. 목소리는 작지만 발음이 명확해 잘 들을 수 있었고 이야기의 상황에 맞는 몸짓을 취했다.

제공 자료 목록

03_08_FOT_20101218_HRS_JYA_0001 노랑병 든 며느리

03_08_FOT_20101218_HRS_JYA_0002 해와 달이 된 오누이

03_08_FOT_20101218_HRS_JYA_0003 치악산의 유래

03_08_FOT_20101218_HRS_JYA_0004 혹 떼러 갔다가 혹 붙여 왔다

최봉열, 여, 1929년생

주 소 지 : 강원도 원주시 호저면 광격리 982-1번지

제보일시 : 2010.12.18

조 사 자 : 황루시, 유명희, 유형동, 김명수

　　최봉열은 원주시 호저면 광격리에서 태어나 지금까지 살고있는 토박이이다. 4형제 중 둘째로 태어났으며, 16세 때 한 살 연하인 강옥련과 혼인하였다. 2남 3녀를 두었는데, 모두 혼인해 외지에서 살고 있으며, 지금은 광격리 982-1번지에서 내외만 거주하고 있다. 일제강점기 때 간이학교를

2년 다닌 것을 제외하면 학교 교육을 받지 못했으며 농사 이외에 다른 일은 해본 적이 없다고 한다.

　민담을 한 편 제공하였는데, 이는 어린 시절 이웃마을 어른인 최상갑에게 들은 것이라고 한다. 최상갑은 고담을 잘 했었는데, 이와 같은 기회가 올 줄 알았다면 그에게 들은 이야기를 잘 기억해 둘 걸 그랬다며 아쉬워했다. 콧병을 앓아서 발음이 좋지 않다고 했다. 귀도 어두운 편이다.

제공 자료 목록
03_08_FOT_20101218_HRS_CBY_0001 하룻밤 사이에 머리가 센 사람

치악산 유래

자료코드 : 03_08_FOT_20101218_HRS_YDC_0001
조사장소 : 강원도 원주시 호저면 광격2리 마을회관
제보일시 : 2010.12.18
조 사 자 : 황루시, 유명희, 유형동, 김명수
제 보 자 : 유동춘, 남, 81세
구연상황 : 조영애 제보자가 치악산에 얽힌 이야기를 구연하자 옆에 있던 제보자가 꿩
　　　　　이야기라며 한마디 거들었다. 조사자가 제보자에게 이야기를 찬찬히 다시 해
　　　　　달라고 부탁하자 구연하였다. 이야기의 곳곳에 망각의 흔적이 보였다. 구연을
　　　　　다 마치자 조영애 제보자는 엉터리라며 웃었다.
줄 거 리 : 옛날 한 선비가 벼슬을 하기 위해서 한양으로 향했다. 산속을 지나다가 날이
　　　　　저물었는데, 멀리 불빛이 보였다. 그곳으로 가니 아름다운 여인이 나타나 선
　　　　　비를 맞았다. 여인이 차려준 진수성찬을 먹고 선비는 잠이 들었다. 잠이 깨어
　　　　　보니 구렁이가 선비의 몸을 감고 있었다. 그때 어디선가 꿩이 나타나 구렁이
　　　　　를 쪼아 선비를 구했다. 그런데 다시 구렁이가 찾아와 선비의 몸을 감고 절의
　　　　　종각에 있는 종을 세 번 울려 달라고 말했다. 꿩이 머리로 종을 세 번 울려
　　　　　선비를 구했다. 선비는 과거에 합격해 예조판서가 되었다.

　옛날에 선비가, 참, 벼슬을 볼라고, 충청도, 경, 경상도, 전라도, 그래 가
지고, 이, 아마 이 저-, 원주, 여 신림 치악산을 넘게 됐어요.

　넘게 됐는데, 이 사람네들이 하도 인제 그때는 차가 없고, 보행으로 댕
기다보니 기진맥지근- 해니까, 참 그 산골에 이렇게 뭐야 석양판에 지나
다보니 인간도 없지, 사람도 없지, 그런데 이렇게 번쩍번쩍 해는, 등하 응,
불이 비추더래요.

　들어가 보니까는 아주 그냥 꽃같은 색시가 절에, 절도 아닌데, 집에서
나오는데, 좀 흉직한 생각이 나더래요.

'아, 이게 내가 뭐, 응? 이게 뭐, 뭐야 기운이 없어서 허약하게 뵜었나.'

그래서 인제, 그런데 그만 이 여자가 그래, 저- 뭐야 진수성찬을 하얀 쌀밥에다 이렇게 해주는 걸 그 기진맥진한 탓에 그걸 허겁지겁 먹구선 고요-히 잠이 들더래요.

기운이 없는데, 그래 잠이 들었는데,

[오른손을 빙빙 돌려 감는 시늉을 하며]

그때 그 구렁이가 감었, 구렁이가 우트게 됐다 그랬었나?

(청중 : 구렁이가 몸때를 감었지.)

으, 응.

자는데, 자는데 감어가지고 숨을 못 쉴라고 그래는데, 그 당시엔 나도, 그- 아물가물해네.

그-, 아 어떻게 되었지?

[조영애를 가리키며]

그 얘기 좀 해봐.

[청중 웃음]

아니, 얘길해다, 나도 중간에 그게 인제, 아주 이거 갬겼으니까(감겼으니까).

그게 아마 그- 까치가 그랬누, 뭐가 그랬는지

(청중 : 까치든 꿩이든.)

(청중 : 꿩이 그랬지, 꿩이 그랬지 뭐.)

꿩이, 응.

꿩이 그- 뱀을 아마 쫬을거여

(청중 : 그럼.)

응, 쫘가지구, 쪼니까 이게 훌훌.

(청중 : 그게 꽁 치(雉)자, 꽁 치자가 들어가 치악산이여.

그래, 훌훌 벗겨가지고 나오니까는, 자고 나니깐 몸에 구래이가 몸에 감긴 게 싹- 풀리고 몸이 화끈하거든.

에-. 그러고선 인제, 이 사람이 인제 정신을 차려서 과거를 보러 인제 갈라고 그래는데, 참 또 그 구래이가 감고감고 이런 걸, 그 인제, 그 감았는데,

[오른손으로 위쪽을 가리키며]

그 치악산 절에 그 큰 종이 있는데, 그걸 에- 뭐여,

"세 번 울리면 내가 인제 네 몸에 감긴 걸 스르룩 풀고 나갈 테니깐, 그걸 좀 쳐다구."

그랬는데 이 사람이 몸에다, 그 몸에 그 구래이가 콱콱 감았으니 오, 오지 뭐 불텅이잖아. 그랬는데.

구래이가 그 꿩이 아, 나, 구래이가, 꿩이 인제, 구래이가 꿩을 살렸으니까 나도 은혜를 갚겠다. 그래 가지고 종을 세 번 치니까 후루룩 풀러 가지고 언제가 그 사람은 한양에 가서 그 급제 해 가지고 예조판서를 했데요.

노랑병 든 며느리

자료코드 : 03_08_FOT_20101218_HRS_JYA_0001
조사장소 : 강원도 원주시 호저면 광격2리 마을회관
제보일시 : 2010.12.18
조 사 자 : 황루시, 유명희, 유형동, 김명수
제 보 자 : 조영애, 여, 74세
구연상황 : 조사자가 방귀를 못 뀌어 병든 며느리 이야기를 아느냐고 묻자 구연하였다.
줄 거 리 : 옛날 한 집에 며느리가 새로 들어왔다. 그런데 얼굴이 점점 노랗게 변했다. 시부모가 며느리에게 왜 얼굴이 노래지는지 묻자, 며느리는 방귀를 뀌지 못해서 그렇다고 대답했다. 시부모가 마음껏 방귀를 뀌라고 하자, 며느리는 시부모에게 집 기둥을 붙잡고 있으라고 했다. 며느리가 방귀를 뀌자 집이 날아갈 정도로 흔들거렸다. 그러자 시부모는 그만 뀌라고 했고, 며느리의 방귀가

멈추자 흔들리던 기둥도 멈췄다.

그 옛날에, 그 메누리를 이제 봤는데, 메누리가 이렇게 노란 병에 들려 가지구, 얼굴이가 노-랐더래요, 그렇게. 그래서 메누리 보고,

"너 왜 이렇게 얼굴이가 만날- 이렇게 노-랐냐?"

그르니까는.

"저는 방구를 못 껴서 이렇게, 얼굴이가 노란 병이 든다."

그러더래.

"그래, 그래 실컷 껴바라."

그랬더니.

"저기, 저, 시아부지는 앞, 앞문 지둥을 붙들고, 시어머니는 이 뒤쪽, 저 지둥을 붙들고 있으라."

그러더래.

방구를 뀌는 데, 아주 뭐 집이 날라가도록 뀌더래. 게가서 이 집이 날라오니까 흔들흔들 해가(해서).

[양손을 흔들며]

"아이구, 야 야, 그만 껴라, 그만 껴라, 그만 껴라."

그랬대요.

그래, 방구가 멈, 멈추니까 지눙(기둥)두 멈추더래.

[일동 웃음]

해와 달이 된 오누이

자료코드 : 03_08_FOT_20101218_HRS_JYA_0002
조사장소 : 강원도 원주시 호저면 광격2리 마을회관
제보일시 : 2010.12.18
조 사 자 : 황루시, 유명희, 유형동, 김명수

제 보 자 : 조영애, 여, 74세

구연상황 : 조사자가 수숫대가 왜 빨갛게 되었는지 아느냐고 물었다. 그러자 조영애 제보
자는 그런 이야기를 알고 있다고 답하였다. 이야기를 청하려는데 최봉열 제보
자가 중국 역사이야기를 시작했다. 최봉열 제보자가 이야기를 마치고 조영애
제보자에게 이야기를 청하자 이야기를 시작했다.

줄 거 리 : 옛날 한 산골에 어머니와 삼남매가 살고 있었다. 아버지는 장사하러 돌아다니
고 어머니가 품을 팔아서 생계를 꾸려갔다. 하루는 어머니가 열 두 고개를 넘
어 어느 집에서 베를 매주고 팥죽을 얻어 집으로 돌아가고 있었다. 집에 가는
고개마다 호랑이가 나타나 팥죽을 요구했다. 팥죽이 다 떨어지자 호랑이는 어
머니를 잡아먹고는 그 옷을 입은 채 아이들만 남은 집으로 갔다. 아이들은 호
랑이에게 속아 문을 열어주었다. 호랑이는 어린 갓난아기를 잡아먹고, 오누이
에게 그 손가락을 주었다. 무서워진 오누이는 똥 누러 간다며 방에서 빠져나
와 우물 옆 나무 위로 올라갔다. 아이들을 찾아 나온 호랑이는 나무 위의 아
이들을 발견하고 나무에 오르려고 애를 썼다. 호랑이가 어떻게 올라갔는지 거
듭 묻자 올라오는 방법을 알려주었다. 오누이는 하느님께 동아줄을 내려 구원
해 달라고 기도했다. 기도가 이뤄져 아이들은 하늘로 올라갔다. 호랑이도 아
이들을 따라 기도했는데, 하늘에서 동아줄이 내려왔다. 그런데 이것은 썩은
줄이어서 호랑이는 수수밭에 떨어져 죽었다. 수숫대가 빨간 것은 호랑이 피가
묻었기 때문이다. 하늘로 올라간 오누이 중 누이는 해가 되고 오빠는 달이 되
었다.

옛날에, 어-, 한 옛날에, 한- 저기 산골에, 산골에 이제 이렇게 집을 이
제 살았대.

이제 부부가 살고, 애덜이 이제, 남매를 낳고, 그 사는데, 인제 그 아저
씨는, 인제 멀리, 인제 장돌배로 돌아 댕기면서, 인제 장사하러 다니구.

그- 집에는 인제 남매하고 마누리하구, 인제 세 식구가 사는데, 이 사
람이 아주 째지게 가난해 아주. 째지게 가난해가주구 이 여자가 산 넘어
산을 열 두 고개를 넘어가 가주구, 그 마을에 가서 인제 저기 베도 짜고,
인제 명도 짜주구, 이래가주 인제 벌어다 인제 먹구 사는데.

그래서 하루는 인제 그 베, 베 매러 거길 갔는데, 거기서 팥죽을 쒀주
더래. 팥죽을 한-동을 쒀줘서,

"이거 가지구 가서 애들하구 같이 먹으시오."

이래구선, 팥죽을 이구, 이 장동을 한 고개 넘어오는데, 호랑이가 나섰어.

"팥죽을 한 그릇 주면 안 잡아먹지."

왜 그 소리있지?

(보조조사자 : 네.)

"팥죽 한 그릇 주면 안 잡아먹-지."

그래서 팥죽 한- 그릇을 뚝 떠주니까는 그걸 먹고, 또 한 고개 넘었는데, 또 호랑이가, 또 나섰어.

"팥죽 한 그릇 주면 또 안 잡아먹지."

이래서 또 한 그릇 뚝 떠주구.

그리다 보니까 인제 팥죽이 다 없어졌어. 없어져 가지구 넘어오는데,

[오른손으로 왼팔을 훑어 내리며]

"나 팔 한 짝만 떠 주면 안 잡아먹지."

이러더래. 그래 팔 한 짝을 뚝 떠 줬어.

그랬더니, 또 한 고개 넘어보니까, 또.

"이쪽 팔 한 쪽 마저 떠 주면 안 잡아먹지."

이러더래.

[왼손으로 오른팔을 잡으며]

그래서 이쪽 팔을 하나 또 떠 줬어. 또 고개 넘었는데,

"다리 한 짝 띠어 주면 안 잡아먹지."

이러더래.

그래 그래서, 바, 다리 한 짝을 뚝 떠 줬어. 그래서 인제, 또 한 고개, 또 넘으니까,

"한 짝 다리 마저 떠 주면 안 잡아먹지."

이러더래.

“그럼 난 어떻게 가라고 이걸 마저 떠 달래느냐?”

이래니까는.

“그 한 짝 다리 깨금깨금 뛰어 가면 되지 않는냐?”

이러더래.

그래서 인제 한 짝 다리를 또 떠 줬어. 아 근데, 저 또 한 고개, 또 넘어오니까, 이놈이 뛰굴뛰굴 굴러 오노라니까,

[두 손을 모아 입으로 가져가며] 호래이가 얼른 집어 먹어 버렸어. 그-, 그 호래이가, 그 집의, 그 옷을 입고, 그 찾아 갔어요. 찾아가서,

“애들아 애들아, 엄마 왔으니까 문열어라.”

그 즈 엄마가 문을 열어주지 말라 그랬어, 애덜보구.

그래서,

“우리 엄마는 아닌, 목소리가 아닌데요.”

그래니까는.

“우리 엄마면은 손을 한 번 디밀어 보세요.”

이래니까.

[오른팔을 앞으로 내밀며] 손을 쑥 빼니까,

[왼손으로 오른팔을 만지며] 여기 털이 달렸잖아.

“아우 우리 엄마 손이 아닌데요, 여기 이렇게 털이 달린 게, 우리 엄마 손이 아닌데요.”

그래니까는, 이제 거 뭐 어디 그, 그짓말이겠지. 뒷집에 가서 밀가루를 이렇게 발라가주 와서, 이리케 디미니까 빤들빤들 해거든, 그래 문을 열어줬어. 근데, 애기가 또 하나 있었어.

애기가 있는데, 이렇게 저기, 들어오더니 애기를 안고 젖 멕인다고 웃방으로 올라 가드래.

그래서 뭐를, 이렇게 들으니까는, 뭘 ‘와닥와닥’ 소리가 나드래.

그래서

“엄마 엄마, 뭘 먹-우.”

그러니까,

“저 뒷, 너머 집에서 콩을 볶아 줘서 콩 먹는다.”

이래더래.

“금, 나 좀 줘바.”

이랬으니까,

[오른손 새끼손가락을 내밀어 왼손으로 손톱을 가리키며]

애기 여, 손톱을, 그걸 떠 주더래. 그래서, 그거를 보구서는 무서워서 애덜이 그냥, 둘이 어뜩케 할 수가 없어서,

“엄마 엄마, 나 똥 매려와.”

이래니까,

“거기서 눠라.”

그래니까,

“아부지 오면 혼나.”

그래니깐,

“아 엄마 나 똥 매려와.”

그래니까,

“조기 나가, 마당에 가 눠라.”

그러니까는,

“거기 눠두, 아부지 오면 혼나.”

그러니까, 애덜이 잿간에 가서 눈다고 이렇게 올라가는데, 이, 우,

[양팔로 둥그렇게 원을 만들며]

두레우물이 있었어, 거기에. 그래 두레우물 낭구가 이렇게 하나 섰는데,

[양 손으로 나무에 오르는 시늉을 하며]

그 꼭대기에 둘이 올라가 있었어.

게, 이노무 호래이가 나와서, 암만 찾아도 없단 말이야, 애덜, 애덜이.

그래서, 찾다가 찾다가 없어서,

[고개를 앞으로 내밀며]

이렇게 우물을 이렇게 들어다 보니까, 애덜이 저기 들어가 있거덩.

그래 그러니까,

[오른손으로 건지는 시늉을 하며]

조리로다 이렇게 건지니까, 이노무 조리가 안 건져진단 말이야.

그래서, 그게, 애덜이, 남매가 인제 거서 웃다가, 인제 내려다 보니까 그게 우숩거든,

[오른손으로 건지는 시늉을 하며]

이게 조리로 건지니까. 그래서 인제 거기서 꺄르륵 웃어버렸어.

그르니까 이렇게 쳐다보니까, 거 나무꼭대기가 있잖아.

그래서,

"애들아 거기 어떻게 올라갔니?"

이래니까,

"저 뒷집에 가서 들기름 바르고 올라왔지."

이래니까, 이 들기름 지름 바르고 올라오니까 더 미끄럽지. 더 미끄러 못 올라 가겠지.

그러니까,

"애들아 니네 어떻게 올러갔니?"

이래니까,

"뒷, 저기, 도끼로 퍽퍽 찍고 올러왔지."

이래니까. 이쪽 저쪽 퍽 찍으니까 잘 올라간단 말이야. 그래서, 애덜이 하나님한테 빌었어.

[두 손을 기도하는 모양으로 모으고]

"하나님 하나님, 저를 살려 줄려면 새 동아줄을 내려주시고, 저를 죽일 려면 헌 동아줄을 내려주십시오."

그랬더니, 요 호랑이가 막 올라오는데 동아줄이 내려왔어.

그래, 그게 인제, 그 막-, 인제 타고선 올라갔는데, 이노무 호래이도 또 빌었어.

[두 손을 기도하는 모양으로 모으고]

"하나님 하나님, 저를 살려 주시려면 새 동아줄을 내려주시고, 죽일려면 헌 동아줄을 내려 주십시오."

그러니까 동아줄이 내려왔어. 그래, 그 동아줄이 올라가다 썩은 동아줄이라서 쑥 올라가다가, 뚝 떨어지니까 수수밭에가 뚝 떨어졌단 말이야. 그래 그니까, 그 피가, 수수밭에 그 피가, 그- 묻은 게 그 호래이 피래요. 그게.

[손뼉을 치며]

끝이요.

(보조조사자 : 그 올라간 애들은 어떻게 됐어요, 할머니?)

(청중 : 선녀가 됐겠지 뭐.)

선녀가 됐, 그게, 아, 아니, 그게 마무리구.

(청중 : 여, 여자, 여자는 해구, 남자는 달이 됐대유.)

올라 가 가지구, 두 남매가 그랬어.

나는, 응-, 저기, 딸은, 저기 동생은 낮에, 저 낮, 밤에는 무서우니깐,

"나는 낮에 해가 된다."

그래구, 인제, 오빠는

"나는 밤에 달이 된다."

그래가주 달이 돼버렸대요.

치악산의 유래

자료코드 : 03_08_FOT_20101218_HRS_JYA_0003
조사장소 : 강원도 원주시 호저면 광격2리 마을회관
제보일시 : 2010.12.18
조 사 자 : 황루시, 유명희, 유형동, 김명수
제 보 자 : 조영애, 여, 74세

구연상황 : 앞 이야기에 이어서 치악산 이야기를 구연하기 시작했는데, 회관에 노인들 몇
분이 들어오면서 중단되었다. 자리가 정리된 후 조사자가 제보자에게 다시 구
연을 부탁하였다.

줄 거 리 : 옛날 한 선비가 과거를 보러 가던 중 나무에서 까치가 짖는 소리를 들었다.
자세히 보니 큰 구렁이가 까치를 잡아먹으려고 하고 있었다. 선비는 활을 쏘
아 구렁이를 죽이고 까치를 구했다. 날이 저물어 길을 잃은 선비는 산 속을
헤매다 불빛을 발견하고 그리로 갔다. 주인을 찾자 젊은 여자가 나와 여자
혼자 사는 곳이라 머물 수 없다고 했다. 선비가 사정을 하자 여자는 안방을
내어주고 식사를 대접하여 쉬도록 해주었다. 잠이 든 선비가 몸이 무거워 깨
어 보니 구렁이가 몸을 감고 있었다. 그리고는 선비가 낮에 죽인 구렁이가
자신의 남편이며, 선비가 남편을 죽여 자신이 용이 되지 못했다며 선비를 잡
아먹겠다고 했다. 선비가 사정을 하자 구렁이는 종각의 종소리를 세 번 울려
주면 자신은 용이 되어 승천 할 수 있다고 했다. 선비가 할 수 없다고 하자
구렁이는 선비를 잡아먹으려고 하는데, 바로 그때 종소리가 세 번 들렸다. 종
소리를 들은 구렁이는 용이 되어 승천했다. 이튿날 아침에 종소리가 난 곳에
가보니 까치 세 마리가 죽어 있었다. 선비는 까치를 양지 바른 곳에 묻어주
고는 과거를 보러 떠났다. 선비는 과거를 잘 치르고 잘 살았다.

에, 저기 옛날에 이 선비가 공부를 해가지고 과거를, 과거를 해러 가는
데, 그 한 고개를 넘어시는데 까치가 낭구에서 막 짖더래요. 그래서 이 선
비가 가서 보니까는 큰- 구렁이가, 아주 까치를, 아주 이렇게 똘똘 싸구
서는 까치를 막 이렇게 잡아먹을 듯이 그냥 입을 딱- 이래고 벌리고 있
더래.

그래서 이 사람이, 이 선비가 가다가 거기다 화살을 쐈대. 그 구렁이한
테다가. 활을 쏘니까는 이게 구렁이가 그냥 뚝 떨어져 죽더래요.

그래 이 선비가 인제 가다, 인제 가다 보니까, 날이 저무르니까는 깜깜
한데, 어디가 헤메다 보니까는 아주 불이 반짝반짝해, 인제, 있더래.
불이 반짝반짝 한 데가 있어서, 거기를 찾아 들어가니까는, 들어가서
"주인 양반 계십니까?"
해구, 해니까는.
아주, 아주 젊-은 새댁이 나오드래요.
게서(그래서),
"난 이렇게 과거를 해러 가다 길이 저물어서 여기서 하루 밤 묵어 가겠
습니다."
그러니까는,
"아, 이 젊은, 이 여자 혼자 있는데, 그 남자가 그렇게 와서 쉬어 갈 수
가 있느냐?"
그러니까는,
"방도 한 칸이라서 못자겠다."
이래더래. 그래서,
"아니, 나는 요새 뭐 아무데나 마구간이래도 좀 쉬어서 가겠습니다. 길
두 저물고."
그러니까는, 그래도 한 데다 재울 수 없으니까. 이 여자가 안방을 주고,
자기는 웃방에서 인제,
"나는 쉴테니까, 선비님은 안방에서 주무시오."
이래더래. 게서 인제 안방에서 인제, 저녁을 해줬어. 인제 저녁을 먹고
그렇게 자는데.
한 밤중 되는데 머리가, 이 몸이 찌뿌드-해서 무거운 게 아주 그렇더
래. 그래서 눈을 번쩍 떠보니까, 그 여자가 구레이가 되가지고,
[오른손을 빙빙 돌리며]
몸 때를 찬찬 감아 있더래.

그래서

"니가 내 남편을 죽였으니까는, 내가 너를 잡아먹어야 되겠다."

그래더래.

그래서,

"나는 일 년, 몇 년을 이 공부를 해 와가지고, 서울로 과거를 따러가는데, 나 과거를 못보고 여기서 그냥 죽으면 너무 억울해니까, 내가 서울가서 과거를 해고서는 저기 오다, 올테니깐 나를 오, 그때 잡아먹어라."

그랬대요. 그래서,

"당신이 하도 재주가 좋고 공부를 많이 했으니까는, 나는 당신이, 당신 때문에 내 남편을 죽여서 내가 용으로 못 되 올러 가니까는, 당신은 나를 용으로 올려 보내려문 저 뒷산에 있는 종이, 여기 앉아서 그 종을 울려 세 번을 울려다구."

그래더래. 그 저, 그 구레이가.

그래, 거기서 뭐 아예 드러누워서 거기 종을 울릴 수가 있어? 못 울리지.

그래서,

"나는 그 재주가 없다. 나는 거기 못 울린다."

이래고서는,

"나를 잡아 먹으려면 난 서울갔다 올 적에 그때나 잡아먹소, 그게 내 소원이다."

이래는데,

"그럼 니가 못하겠음, 내가 너를 잡아 먹겠다."

그래고 입을 다 벌리는데, 종소리가 '댕', '댁'하고 세 번이 울리더래요.

그래서 이 구렁이가 그냥 수루룩 풀어져셔, 인제 승천해서 하늘로 올러갔는데, 이 남자가 인제 이튿날 아침에 날이 새서 거 종있는 데를 가니까는, 까치 세 마리가 거기 땅에 떨어져서 주저, 죽었더래.

그게 이케 머리로 쳐 가지구, 세 번 울려 가지구, 땅에 떨어져서 죽었
는데,

[손뼉을 치며]

‘아 이거를 내가 장사를 잘 치뤄줘이 되겠다.’

이래가서 그 까치를 인제, 양지쪽에다 인제, 잘 파고 묻었어.

묻구 내려와 가주구서 인제, 길을 떠나서선, 저 마큼 가다 돌아서니까,

[오른손을 흔들면서]

그 집이 온데 간데 없어 졌더래요.

그래서, 이 사람은 이제 서울가서 과거를 해구, 과거를 와서 잘 살았대.

혹 떼러 갔다가 혹 붙여 왔다

자료코드 : 03_08_FOT_20101218_HRS_JYA_0004
조사장소 : 강원도 원주시 호저면 광격2리 마을회관
제보일시 : 2010.12.18
조 사 자 : 황루시, 유명희, 유형동, 김명수
제 보 자 : 조영애, 여, 74세
구연상황 : 앞 이야기를 마친 후 조사가 잠시 중단 되었다. 제보자와 이런 저런 이야기를
　　　　　나누던 중 도깨비 이야기를 아는지 묻자 ‘혹 뗀 이야기 해볼까?’라고 말하며
　　　　　구연하였다.
줄 거 리 : 옛날 한 마을에 혹이 달린 사람이 있었다. 이 사람이 어디 갔다가 오는 길에
　　　　　날이 저물어서 느티나무 밑에서 하룻밤을 보내게 되었다. 그런데 나무에서
　　　　　‘이릉이릉’하는 소리가 났다. 이 사람은 그를 거들어 같이 소리를 했다. 다음
　　　　　날 아침 나무에서 ‘지난밤엔 손님이 도와줘서 수월했다며 혹을 떼어 주겠다’
　　　　　는 소리가 나더니 혹을 떼어 갔다. 이 소식을 들은 다른 혹 달린 사람이 자신
　　　　　도 혹을 떼어 볼 요량으로 어디를 다녀오다가 그 느티나무 밑으로 갔다. 과
　　　　　연 ‘이릉이릉’하는 소리가 났다. 그런데 이 사람은 자신이 더 나서서 ‘이릉에
　　　　　릉’하며 소리를 했다. 다음 날 아침 나무에서 ‘어젠 힘들어서 혼났으니 이 혹
　　　　　을 더 붙여 줘야겠다’는 소리가 나더니 반대쪽에도 혹을 달아 주었다. ‘혹 떼

러 갔다가 혹 붙였다’는 말은 여기서 유래한 것이다.

그 저기, 옛날에, 이 혹이.

[오른손을 오른쪽 턱 밑에 대며]

에, 혹이 이렇게 달린 영감이, 이제 이게 어디를 갔었대요.

어디 인제, 멀리 인제, 갔다가 인제 오는데, 날이 저물어 가주구, 그 큰- 느티나무가 있는데, 거기서 인제 밤을 새울라구, 인제 자는데, 이렇게 앉아서 자는데, 낭구에서 소리가 나드래.

‘이룽이룽’ 해구 소리가 나드래.

그래서 밤새도록 인제, 그- 이, 같이 인제, 했대.

‘이룽이룽’ 해니까는, 하다가 인제 아침에 인제, 날이 샜는데, 고 낭구에서 그러더래.

“아우 오늘은 손님이 와서 같이 거들어 가주구, 내가 아주, 참 힘이 덜 들구 수해니까는 혹이나 뚝 떠 줘야겠다구.”

[오른손을 오른쪽 턱 밑에 댔다가 앞으로 밀치며]

이쪽 혹이 이렇게 달린 걸 뚝 띠 더래.

그래서 인제 동네 와가주구는, 그 혹부리 영감이, 이렇게 달린 영감이, 혹이 뚝 떨어졌으니까는, 그 동네에 인저 혹부리 영감이 있는데.

“나는 인제, 어디 갔다 오다가, 날이 저물어서 그 낭구에서 자다보니까는 소리가 나서, 그 인제, 심심해길래 그걸 해줬더니, 에- 그- 혹을 뚝 떠 주더라.”

그러니까 이 사람이 자기도 혹이 달렸으니까는, ‘나도 한 번 그렇게 해 봐야 되겠다.’

해고서 인제, 어디 인제, 갔다가 인제, 오다가 그 낭구 밑에서 인제 쉬었대.

자다가 보니까는, 참, ‘이룽이룽’ 해더래.

그래 이 사람이 한, 한 술 더 뜨느라고, '이릉 에릉 이릉 에릉' 이렇게 했대.

그랬더니 날이 하얗게 새가지구 이, 보니까는,

"아 이 사람이 한 가지나 안 했으면, 두 가지를 해가지구, 아 엊저녁에 한 가질 하니까, 두 가지를 해가지구 내가 더 힘들었네."

[왼손을 왼쪽 턱 밑에 대며]

이 떠 준 혹을 갖다 이쪽에다 턱 붙여주더래.

그러니까는 '혹을 띠러 갔다가 혹을 붙여다.' 소리가 거기서 나왔대요.

(보조조사자 : 네-.)

(청중 : 혹 떼러 갔다가 혹 붙였다 소리.)

응.

하룻밤 사이에 머리가 센 사람

자료코드 : 03_08_FOT_20101218_HRS_CBY_0001
조사장소 : 강원도 원주시 호저면 광격2리 마을회관
제보일시 : 2010.12.18
조 사 자 : 황루시, 유명희, 유형동, 김명수
제 보 자 : 최봉열, 남, 83세
구연상황 : 회관에 모인 노인들에게 준비해 간 다과를 대접하고 나자, 제보자가 나서며
　　　　　무서운 얘기를 하나 해주겠다며 구연하였다.
줄 거 리 : 옛날 소금장수 한 사람이 소금을 지고, 산골마을로 돌아다니다가 날이 저물었
　　　　　다. 머물 곳을 찾다보니, 멀리 불빛이 보여 그리로 갔다. 주인을 찾으니 여인
　　　　　이 나왔는데, 사정을 해 그 집에서 하루 묵기로 했다. 잠시 후 여인은 장에
　　　　　간 남편 마중을 다녀오겠다고 하고 소금장수는 여인과 횃불을 만들어 함께
　　　　　마중을 나갔다. 얼마쯤 갔을 때, 고갯마루에서 호랑이가 여인의 남편을 죽여
　　　　　물고 있는 것을 보았다. 여인이 횃불로 호랑이를 쫓는 사이 남편의 시체를
　　　　　업고 돌아온 소금장수는 여인의 부탁대로 여인과 힘을 합쳐 양지바른 곳에
　　　　　남편의 시체를 묻었다. 다음 날 여인은 소금장수에게 몇 푼 돈을 주고는 떠

나보냈다. 한참 갔을 때 뒤를 돌아본 소금장수는 여인이 집에 불을 지르고 그 집과 함께 마지막을 맞이하는 것을 보았다. 어찌할 도리가 없던 소금장수는 그 길로 집으로 돌아오는데, 그 아내가 왜 그리 머리가 하얗게 되었냐며 놀랐다. 소금장수가 물에 자기 얼굴을 비춰보니 정말 머리가 하얗게 세어 있었다. 하루 저녁이지만 너무 고생을 많이 해서 그렇게 된 것이다.

놀래지들 마세요.

(보조조사자 : 예-.)

옛날에 집이 드문드문 있구, 산골 마실에서 사는 사람은 한 십리 이십리 내려가야 마실이 있구 이렇게, 그른데두 산골에 혼자두 사는 집이 있었습니다.

그래 옛날에 하도 어려워서 시방은 소금이 뭐, 아- 막 차로 실어다 풀어주구 그래서, 인생, 우리 국민 살이가 좋지만, 예전에는 차도 없구 등짐으로 지고 댕겼습니다.

그래, 소금을 삼십리, 오십리 가서 소금을 한 것 짊어지고 와가지구, 사는 게 하두 곤란해니까 소금을 또 한 것 짊어지고서 소금을 몇 십리길 댕기며 팔러 댕겼어요, 소금장사가. 그래 소금을 팔러 짊어지고 어딘가 돌아 댕기다 보깐 날이 저물어서 갈 곳이 없다고요. 아 그래 뭐 무인지경에 날은 저물고 어떻게 할 수가 있습니까.

그래서 '집이 어딨노.' 해고 찾으니깐, 한곳에서 불이 반짝반짝 해 보이드래요.

'에- 저기 사람이 사는 거니 거기 좀 가보자고.'

그래, 그 불을 찾어 찾아가니깐, 오막살이집이 하나 있는데, 등잔불을 켜놓고 있어, 주인을 찾으니깐 우쩬 여인이 나오더니, "누구세요." 그래.

"아, 나 집이 가다가 날이 저물어서 하룻밤 쉬어 갈라 그런다."

그러니까,

"쉬어 가시는 건 좋지만 집이 단칸이래서 재울 수가 없습니다."

그래깐,

"아, 그래믄 처마 밑에레두 그늘로 가 잤습니다."

그래까,

"아이구 처마 밑에 우에 자느냐구."

그래깐,

"거 뭐 날이 춥지 않으니깐 괜찮습니다."

그래니깐,

"아, 그럼 뭐 집이 멀고, 여기서 마실에 갈라믄 뭐 이십리가 되는데 갈 수가 없으니 그럼 아무데나 밤을 새우고 가세요."

그러더래.

근데 보니깐 여자 혼자 있더래요. 그래 한-참 있어두 시방 시계로 말하면, 여, 한 열시쯤 됐는데도 장에 남편네가 갔는데 아니 오니깐, 올 시간이 되도 안오니까는.

"아, 이거 큰일 났네."

그래고 허는 말이

"집이나 좀 보실래요? 들어가셔서. 난 남편 마중간다."

그러니까. 아이고, 아 그 혼자 집보기가 무섭더래요.

"아 그럼 나도 같이 따라 갔다오지유, 뭐."

그러니까.

"아, 그래 동행하니까 더 좋지요."

그래 같이 갈라 그러니깐, 장, 그 광수를 기다랗게, 옛날에 광수 ○○ 광수를 ○○로 패는 게 바닥에 있는데,

[오른손을 빙빙 돌려 묶는 시늉을 하며]

그거를 이렇게 자꾸 작대기를 하나 세우고 묶더래요.

[양 팔을 옆으로 벌리며]

기다랗게.

그래서 횃불을 대려 가지고서 둘이 하나씩 들고서 마중을 간거란 말이요. 그래 고개가, 한 오리 가면 고개가 있는데, 고개가 무섭데요. 엄청 뭐 호랭이가, 날마다 나온다는 고개가 있다고.

아 그래, 고개 밑에 거진 갔는데, 불러도 소리가 안 나거든. 아 거진 뭐 고개 밑에 거진 가니깐 호랭이가 저이 남편을, 응, 잡아먹구, 저 잡아서 물고 있더라고요. 근데 피가 막나오는데, 막 그때 잡아논거요.

아, 그래니깐, 이 여자가 기겁해니깐 횃불을 가지고선 이이 거기다.

"이노무 새끼 뒈져라."

그러고선 막 들이대니까,

"어흥."

해구선 한 발짝 물러 앉으면, 또 쫓아 횃불로 들이 지지면은 쫓겨가고 쫓겨가고 그래, 저리 가더래요. 그 둘이 횃불을 이렇게 들었는데,

"횃불을 두 개 들고 뒤에서 호랭일 쫓을라우, 이 죽은 우리 남편을 업고 가실라우?"

그래드래요.

아 이것 참, 이래두 못해구, 저래두 그래구, 거 뭐 핑계도 못해구, 뭐 해볼 수가 없단 말이요. 아 그래 가만- 생각하니깐, 호래이를 쫓을 수가 없구, 호래이를 쫓아 준대니깐 송장을 업고 갈 수밖에 없다. 그러니깐,

"내 그럼 업고 가겠다."

그러니깐, 거 남자니깐, 그럼 업어 이렇게 업혀주더래요.

[왼손은 무엇을 들듯이 세우고, 오른손으로 무언가를 드는 시늉을 하며]

횃불을 한짝으루 들구, 한짝 손으로 업혀주니깐, 그, 끄져서, 업구서 여자가 횃불을 두 개들구,

[두 손을 들고 흔들며]

아 이래면서 호래이를 쫓으니깐 호래이가 멀-리 저만큼 자꾸 쫓아 오

드래요. 그래 인제, 방에다 갔다 눕히고시, 이 마누라가 오드니만, 바깥에 낭구데미를 가 큰게, 낭구데미에다 이렇게 마당에다 전부 쌓아 놓으랬데요, 횃불을. 그래 남자가 횃불이 없느니까 마당에다 불을 에미 확-해구 ○○ 불을 싸놓으니까,

[왼손으로 손사래를 치며]

호래이가 올래니 불이 무섭고 어떻게 하다보니까 갔버리더래요. 그래서 날이 샜는데, 어떻게 할 수가 없드래요. 그래도 그 뭐, 강냉이 밥을 좀 해 주더래요. 손님이 왔다고. 그 강냉이 밥을 먹고.

"이젠 할 수 없습니다. 뭐 없구 그러니 저 아래 뭐 한 이십리 되는 마을에 가서 사람을 얻을래도 없고 그러니, 이왕 그렇게 오셨으니 우리 영감을 나하고 같이 파 묻어주고 가십시오." 그래더래요. 아 뭐 어떻게 할 수가 없더래요.

"아 그, 그래, 그럴 수밖에 없다고."

그래, 송장을 짊어지고서 인제, 여자는 괭이, 삽을 가지고,

"에이, 뭐 헐 수 없이, 요 따뜻한 양지 쪽으로 갔다 하시죠."

그래 길가에 양지쪽에다 갔다,

"여길 파시라구."

그래 파고서 묻었는데 보니깐 신지리가 괜찮더래요. 따뜻한게.

"아, 괜찮다고."

그래 게다 봉분을 이렇게, 그니 뭐 오죽 했겠나? 둘이 거 여자하고 둘이 파 묻었으니,

"이제 집으로 갑시다."

그래, 아 그래, 집으로 가자니 쟁기를 가지고 이 집으로 왔단 말이야.

그러니까 밥을 좀 해주더래요.

"시장해구 고상 많이 했다고."

그러면서 이제, 그때 돈에 ○○○○ 엽전, 엽전이 몇 푼 있더래요.

“고상만 했다고, 내 밑천이 이것 밖에 없으니깐 가져가시라고.” 자꾸,

“아이, 안 가져 간다고, 어려운 살림에 사셔야지 그걸 어떻게 가져가나고.”

“아니에요, 가져가세요. 가져가세요.”

아 이래,

“안 가져가시믄 내가 죽을 테니까 가져가시라고.”

하두 그래더래요.

“안가지 가두 내가 죽는다.”

아 그 죽는대니 우트게해. 그래면 내가 할 수 없이 받아가지고 호주머니에 넣고서,

“그간 잘 계시라고.”

“이제 잘 가시라.”

그래.

그래 여까지 가다 뒤를 돌아보니까 이 여자가 낫을 가지고 사다리 놓고 지붕엘 올라가더래요. 지붕에 올라가더니만, 지붕에 보더니 드러눠 보더래요. 드러눠 보더니만, 아 그래 저 꽤 멀리 갔는데, 뭐 초가집이 쬐그마니 뭐 뭐. 내려오드만 처마 끝에서 성냥불을 불을 켜더래요. 그래구선 올라가더니만 거기 드러눕더래요. 그래 뭐, 이런 거 초가집으로 뭐, 새껍데기 위에다 덮은 거 금방 타죠. 후루루 타니까 아 금방 타 죽잖아요. 아 그러니 혼자 뒤 돌아 보니까는, 오두 가두 못하겠단 말이지.

그러니 뭐 죽은 걸 파묻어 줄 수도 없고, ○○○○ 같아서 불 봉태기시니 할수없간,

“에— 할 수 없다.”

그래, 집으로 헐 수 없이 돌아왔데요.

그래 돈 서푼을 이걸 죽을라고 마음먹고 그 사람을 줬단 말이요. 내가 필요 없으니깐.

그래 가지구선 집으로 왔는데, 부인이 이렇게 보드니만,

"아, 당신 왜 이렇게 머리가 세었수?"

그래더래요.

[청중 웃음]

"에?"

그래구 세경(샛경, 거울)두 없어가지구, 이 대접에다 물을 떠 놓고, 그릇에다 물을 떠놓고, 이렇게 보니까 아 제 머리가 하얗게 셌더래요.

그래서 옛날, 고상을 많이 해서, 애를 쓴 사람은 머리가 쉰단 말이에요. 그 소금장사가 하루 저, 하루저녁 고상한 것이 머리가 하얗게 세었답니다.

10. 흥업면

강원도 원주시 흥업면 대안3리

조사일시 : 2011.2.24
조 사 자 : 황루시, 유명희, 유형동, 김명수

강원도 원주시 흥업면 대안3리

    3리의 대송동과 1리의 승안동의 이름을 따서 대안리로 지어졌다. 또는 도선 국사가 이곳을 지나다가 '大安百川은 來落公이요 五峰四隣은 巨寶水'라 읊고 3번 돌아보았다고 해서 대안리(大安里), 삼성동(三省洞) 이름이 지어졌다고도 한다. 1973년 행정개편에 따라 대안 1,2,3리로 구분되었다. 현재 인구는 83명 24가구이며 밀양박씨 집성촌이다. 갈보리 사랑촌이라는 요양원이 들어서서 그곳에서 일하는 사람들이 이주한 것 이외에는 크게 종교를 가진 사람들이 없다. 예전에는 담배 농사를 많이 지었으나 현재에는 고추나 옥수수 농사를 많이 짓는다. 예전에는 축산 농가가 일부 있었으나 지금은 많지 않다. 80년대 초반에 농기계가 들어왔다. 서낭제의 경우 20년 전에 없어졌으나 근래에 나쁜 일이 많이 일어나 5년 전부터 다시 시작했다고 한다. 농악 등의 민속놀이는 50년 전에 없어졌다. 조사 당시 원주시가 구제역이 심하여 명절을 제대로 치르지 못해 마을 분위기가 좋지 않았다.

강원도 원주시 흥업면 사제3리

조사일시 : 2011.2.24
조 사 자 : 황루시, 유명희, 유형동, 김명수

강원도 원주시 흥업면 사제3리

하천이 넓게 분포되어 있어 모래가 많이 있고 옛부터 사금이 나오는 곳이었다고 한다. 모래가 많은 개울이란 뜻에서 사(沙)+개울>사개울>사재울>사제울로 된 것으로 추정된다. 고종32년(1895년) 사제울이라 부르다가 조선시대에 사제면이 되어 면사무소가 있었다. 1914년 행정구역 통폐합으로 금물산면의 사제리로 되었다가 1916년 흥업면의 사제리로 개칭되었다. 1973년 행정구역 조정에 따라 사제 1,2,3리로 구분하여 오늘에 이르고 있다.

사제 3리는 주민 600호가 사는 큰 마을이다. 방문한 요동마을은 30호 정도였다. 집성촌이라 할만한 성씨는 없으며 논농사를 중심으로 오이를 많이 재배한다. 농악은 예전부터 치고 있으나 요새는 명절 때 조금 치는 것을 제외하면 농악놀이는 하지 않는다. 서낭제는 원래 존재했으나 없어진 지 30년이 되어간다고 한다. 종교는 기독교가 3가구 불교가 2가구 정도 되며 따로 마을 행사는 없다. 원래 대동계가 있었으나 10년에 없어졌다고 한다.

조병인, 남, 1936년생

주 소 지 : 강원도 원주시 흥업면 사제3리 247-1번지
제보일시 : 2011.2.24
조 사 자 : 황루시, 유명희, 유형동, 김명수

조병인은 함경북도 길주에서 1남 2녀 중 둘째로 태어났다. 부모님은 원래 충청도가 고향이었는데, 고향을 찾아 내려오다가 사제리에 정착했다고 한다. 당시 조병인은 10세 무렵으로 부모님을 따라 함께 이주했다. 현재 흥업면 사제 3리 247-1번지에 거주하고 있다. 중학교를 졸업하였으며, 그 이후 서당에 1년 정도 다니며 천자문을 배웠다. 한평생 농업에 종사하고 있으며, 36세 무렵 이장직을 8년 정도 맡아 본 경험이 있다.

사제리에서는 민요를 중심으로 조사가 진행되었는데, 조사자가 전설의 사례를 들며 유사한 이야기가 있는지 묻자 나서서 구연하였다. 상황에 맞는 몸짓을 곁들여가며 구연하였다. 전설을 한편 제공했는데, 이 이야기는 국민학교에 들어갈 무렵 동네 어른들에게 들은 것이라고 한다.

제공 자료 목록
03_08_FOT_20110224_HRS_JBI_0001 부잣집 망한 이야기 – 파명당

한상렬, 남, 1937년생

주 소 지 : 강원도 원주시 흥업면 대안리 1443번지
제보일시 : 2011.2.24
조 사 자 : 황루시, 유명희, 유형동, 김명수

평창 대화 하안미리에서 출생, 11살에 현 거주지인 대안리 1443번지로 이주하여 살고 있다. 4남매 중 막내로 27세에 결혼하였다. 대구에서 군생활을 마친 뒤 집안일을 적극 도와서 소리는 여주에 살 때 공사장 인부들과 만날 기회가 많았는데 이때 인부들에게 소리를 배웠다. 또한 32세에 우시장을 누빈 경험을 통해 소리를 많이 듣고 배울 기회가 있었다. 50세 무렵부터 반장을 7년간 역임했으며 현재에도 대안리 노인회장직을 맡고 있다.

제공 자료 목록
03_08_FOS_20110224_HRS_HSR_0001 어랑타령
03_08_FOS_20110224_HRS_HSR_0002 고사반

한양준, 남, 1936년생

주 소 지 : 강원도 원주시 흥업면 사제리 22-8번지
제보일시 : 2011.2.24
조 사 자 : 황루시, 유명희, 유형동, 김명수

평창읍 진조리 출생으로 7살에 원주시 개운동으로 이주하였다. 현재 거주하고 있는 곳으로 71세에 이사왔다. 외아들로 21세에 양평 강상면 출신의 부인과 혼인하여 슬하에 4남매를 두었다. 중학교까지 마친 후 29세에

수주면에서 운학국민학교 급사일을 보았다. 33세에 원주 개운동 시청 미화원 일을 시작하여 59세에 정년퇴임하였다. 이 해에 부인과 사별하였다. 소리는 마을 단위로 하는 행사에 참가를 자주 하다 보니 알게 되었으며 지금은 귀가 잘 안 들려서 의사소통에 약간의 지장이 있지만 뜻있는 일이라며 조사에 적극적으로 임했다.

제공 자료 목록
03_08_FOS_20110224_HRS_HYJ_0001 단허리
03_08_FOS_20110224_HRS_HYJ_0002 단호리, 상사데야
03_08_FOS_20110224_HRS_HYJ_0003 상사데야
03_08_FOS_20110224_HRS_HYJ_0004 상여소리
03_08_FOS_20110224_HRS_HYJ_0005 회다지소리
03_08_FOS_20110224_HRS_HYJ_0006 각설이타령
03_08_FOS_20110224_HRS_HYJ_0007 아라리

부잣집 망한 이야기 - 파명당

자료코드 : 03_08_FOT_20110224_HRS_JBI_0001
조사장소 : 강원도 원주시 흥업면 사제3리 마을회관
제보일시 : 2011.2.24
조 사 자 : 황루시, 유명희, 유형동, 김명수
제 보 자 : 조병인, 남, 76세
구연상황 : 논매는 소리를 한 시간 이상 구연해서 제보자들이 지쳐있는 상태였다. 부자가
　　　　　 망한 이야기를 예로 들며 이야기를 해달라고 하자 논매는 소리를 할때는 소
　　　　　 극적이었던 제보자가 나서며 이야기를 시작했다.
줄 거 리 : 부잣집의 식모가 손님이 많이 오는 것을 싫어했다. 어느 날 지나가는 중에게
　　　　　 손님이 오지 않을 수 있는 방법을 묻자 중이 산밑 바위를 가리키며 저 바위
　　　　　 를 부수면 된다고 하였다. 사람을 시켜 바위를 부수었고 손님이 오지 않아
　　　　　 부잣집은 곧 망했다.

부자란건 누구네 집이여 저저저 골말. 그 저 거먹산 밑에 부자집이.

그때 무슨 저기 그 절 절이 됐어요.

(청중 : 거 밑에 우리 밥 부치는데 거기 그전에 뭐 집이 기왓장이 나왔
는데.)

기와집인데 뭐 이름이나 성은 안 나오고. 집이 부자집이 살았는데

거기 식모가 인제 살았는데 손님이 하도 많이 들어오니깐.

지나가는 중이 들어가지고 서리 이 손님이 안들게 해줬으믄 어뜨 어뜬
으떤 리

"어떻게 하면 손님이 안들게 해주느냐."

식모가 인제 손님이 마이 오니깐 이게 밥대접 해기두 힘들고 이러니깐

그 중한테다 그렇게 의뢰를 해니깐 중이 그 밑에 내려다 보면서

"저 바우를 깨 내버리면 손님이 안올 것이다."

사람을 시켜서 그걸 깨버렸어. 손님이 한명도 안 들러누어서 집안이 홀랑다 망했다.

이런 전설이에요. 그게

내가 알기는

(청중 : 그러게 그래 가주고 옛말에 내려오더라구요 그렇게.)

(보조조사자 : 그 골자기가 무슨 골자기라구요?)

안골.

(보조조사자 : 거 거기도 여기 사제3리에요?, 그럼 거기에 지금 뭐 기와 집이 있거나 뭐...)

짐 기왔장만 남아있지 기왔장만.

(보조조사자 : 그리고 바위는 깨져있는 바위였구요?)

깨져있는데 그 다 묻혀서 없어졌어요. 지금

(보조조사자 : 그 바위 원래 이름 같은 건 없었구요?)

예.

(보조조사자 : 우리 이런거 해주시면 되요.)

근데 거 바우가 매립해가주고 묻혔어요. 전부.

어랑타령

자료코드 : 03_08_FOS_20110224_HRS_HSR_0001
조사장소 : 강원도 원주시 흥업면 대안3리 마을회관
제보일시 : 2011.2.24
조 사 자 : 황루시, 유명희, 유형동, 김명수
제 보 자 : 한상렬, 남, 75세
구연상황 : 계룡산에서 19살에 듣던 노래라고 한다. 곡조는 어랑타령인데 노랫말은 일종
의 숫자풀이이다. 이 노래는 팔도강산으로 끝나는 노래이므로 팔자에서 끝난
다고 한다.

일월영천이 생긴에후에는 일일이 열녀가 좋구요

일만알았다 또는가 일등에 비바가 좋다네

어랑어랑 어허야

이월삼월 피는꽃은 이화도화가 좋구여

이팔청춘은 놀기좋지 이친구저친구 다좋다네

어랑어랑 어허야

삼천갑자 동박삭이는 나이나 많아서 좋구여

삼인이 앉아 맺은연분 삼세연분이 좋다네

어랑어랑 어허야

사인교 쌍두거 앞에는 사자품새가 제자리요

어사자이면 알구보니 네귀가 꼭들어맞았다

오연발탄 양포기 대대는 오만군사가 놀구요

오동나무 거문고에 오성부락이 논다네

어랑어랑 어허야

육군묘지 소진이는 말이나 잘해서 좋구여

육모망치 후다닥 암행어사만 나가더라

어랑어랑 어허야

육군묘지 소진이는 말이나 잘해서 좋구여

육모망치 후다닥 암행어사만 나가더라

칠월이라 칠석날은 견우정녀(견우직녀)가 만내는날

칠보장단 족두리 금홍로 절이절녀서 좋다네

어랑어랑 어허야

팔도강산 봄이오니 파름파름에 좋구여

팔진도 군법에는 제갈량 군법이 제각일세

어랑어랑 어허야

고사반

자료코드 : 03_08_FOS_20110224_HRS_HSR_0002
조사장소 : 강원도 원주시 홍업면 대안3리 마을회관
제보일시 : 2011.2.24
조 사 자 : 황루시, 유명희, 유형동, 김명수
제 보 자 : 한상렬, 남, 75세
구연상황 : 어랑타령 구연 후 고사반이나 성주풀이를 잘 하신다고 들었다고 하니 구연하
            였다. 원래는 더 긴데 잊었다고 한다. 중간중간에 잊어서 소리가 끊기기도 하
            였다.

국태민안 국난후에 시화연풍 연연히 돌아든다

이씨한양 등극후에 각도각군 마련할제

저기 저나란 소한국이요 여기 여나란 대한국인데

대한이 그르다만 소한이 그르다만 바람품이 대문이었다(목이~ 큰

일났네)

조공을 받으러 나온시다 어떤 손님 나오시더냐

말잘하는 호변선생 글잘하는 문장선생

사나불구나 녹두선생 이리사뿐 나오실제

강원도하구두 원주시여 원주시하구두 흥업면

흥업면하구두 대안리에 김씨권명 대둔이

이집이 이런경사 또있느냐 [잡음]

일년하구두 열두달 삼백하구두 육십일

매해 철철 돌아올 때 어느달이 액달이냐

액수풀이나 하여보자

정월이라 드는 액은 이월 한식으로 막어내고

이월이라 드는 액은 삼월 삼질으로 막어내고

삼월이라 드는 액은 사월 초파일로 막어내고 [잡음]

오월이라 드는 액은 유월 유두로 막어내고

유월이라 드는 액은 칠월 칠석으로 막어내고

칠월이라 드는 액은 팔월 한가위로 막어내고

팔월이라 드는 액은 구월 구일로 막어내고

구월이라 드는 액은 시월 말로 막어내고

시월이라 드는 액은 동지 팥죽으로 막어내고

동짓달이라 드는 액은 섣달 그믐날 흰떡 가으로 대문밖을 소심나
니(?)

이집이 이런 경사 또 있느냐

일년하구두 열두달 삼백하구두 육십일에 농사한철을 지어보자

높은 데는 밭을 하구 얕은 데는 논을 해서

논농사도 좋지마는 밭농사를 지어보자

갈에 갈았다 갈보리냐 봄에 갈았다 봄보리냐

올콩졸콩 주눈이콩 수수밭 모대 적두팥

항깨들깨 드들깨 이만하면 밭농사는 지었다마는

논농사를 지어보자 키가 컸다 금도냐 키작었다 음행도냐

홰홰주르락 산모찰 찰베슴쌀 지어본내[잠시 잊음]

이집 귀동자 점점이 자랄 적에

한 살 먹어 말배우고 세 살 먹어 걸음배워

시선서선 다배워서[웃음 말로]

과거를 하러 가신다! 이집 귀동자[간격]

나라에 충덕보는 각도선비 모였드라

글짓기가 적어 지긋기가 극성인데 무신 글을 질까

한양천리를 찾어와서 언변없어 못하는에

옛날에 소진이두 말잘했지 하지마는

알성급제 못하구서어 퇴직하구 가는사람

눈물짓어 가구가네

단허리

자료코드 : 03_08_FOS_20110224_HRS_HYJ_0001
조사장소 : 강원도 원주시 흥업면 사제3리 요동 마을회관
제보일시 : 2011.2.24
조 사 자 : 황루시, 유명희, 유형동, 김명수
제 보 자 : 선소리 - 한양준, 남, 76세
　　　　　　 뒷소리 - 정영수, 박대선
구연상황 : 회장님과 미리 연락하고 찾아갔는데 회장님께서 여러 제보자들을 미리 섭외
　　　　　 하여 소리꾼들이 모인 후 바로 소리를 시작할 수 있었다. 처음에는 뒷소리를
　　　　　 맞추는 소리꾼들의 소리가 맞지 않았다. 이 노래는 연습한 소리이다.

　　　어하얼씬 단호리야

이논배미를 얼른매고	어하얼씬 단호리야
장구배미로 넘어가세	어하얼씬 단호리야
또나오네 떠나오네	어하얼씬 단호리야
반달같은 정심밥이	어하얼씬 단호리야
둥실둥실 떠나오네	어하얼씬 단호리야
이논배미를 얼른매고	어하얼씬 단호리야
정심참을 대어보세(그만해요)	

단호리, 상사데야

자료코드 : 03_08_FOS_20110224_HRS_HYJ_0002
조사장소 : 강원도 원주시 흥업면 사제3리 요동 마을회관
제보일시 : 2011.2.24
조 사 자 : 황루시, 유명희, 유형동, 김명수
제 보 자 : 선소리 - 한양준, 남, 76세
　　　　　 뒷소리 - 정영수, 박대선
구연상황 : 조사의 목적을 오해하고 맛배기만 보여주신다는 제보자에게 원래 하시던대로
　　　　　 가깝게 하시길 부탁하여 다시 녹음하였다. 상사데소리로 넘어가는데 뒷소리
　　　　　 꾼들이 어하얼씬단호리야를 계속해서 뒤쪽은 소리가 잘 맞지 않게 되었다.

어하얼씬 단호리야	어하얼씬 단호리야
이논배미를 얼른매고	어하얼씬 단호리야
장구배미로 넘어가세	어하얼씬 단호리야
또나오네 또나오네	어하얼씬 단호리야
어하얼씬 단호리야	어하얼씬 단호리야
반달같은 점심밥이	어하얼씬 단호리야
둥실둥실 떠나오네	어하얼씬 단호리야
거적문이 문일런가	어하얼씬 단호리야

의붓애비가 애빌런가   어하얼씬 단호리야

잔솔밭에 송이도 많다   어하얼씬 단호리야

어하얼씬 단호리야   어하얼씬 단호리야

이논배미를 얼른매고   어하얼씬 단호리야

새구배미로 넘어가세   어하얼씬 단호리야

어하얼씬 단호리야   어하얼씬 단호리야

이노래는 그만두고   어하얼씬 단호리야

상사데루 넘어가세   어하얼씬 단호리야

〈상사데야〉

얼러러 상사뒤야   얼러러 상사뒤야

상사뎅이 소리를 받아주소   얼러러 상사뒤야

얼러러 상사뒤야   얼러러 상사뒤야

얼러러 상사뒤야   얼러러 상사뒤야

상사뎅이 소리가 너무적다   얼러러 상사뒤야

상사뎅이소리를 크게불러   얼러러 상사뒤야

얼러러 상사데야   얼러러 상사뒤야

얼러러 상사뒤야   얼러러 상사뒤야

상사데야

자료코드 : 03_08_FOS_20110224_HRS_HYJ_0003
조사장소 : 강원도 원주시 흥업면 사제3리 요동 마을회관
제보일시 : 2011.2.24
조 사 자 : 황루시, 유명희, 유형동, 김명수
제 보 자 : 선소리 – 한양준, 남, 76세

　　　　　뒷소리 - 정영수, 박대선
구연상황 : 두벌 논을 맬 때 '긇었네 긇었네 뎅이만 살살 넝겨라'와 '얼러러 상사데야'를
　　　　　했다고 한다. 문서가 좋은 편은 아니지만 듣기 어려운 소리이기에 올린다.

얼러러 상사데야	얼러러 상사데야
긇었구나 긇었구나	얼러러 상사데야
엎어딩이가 긇었구나	얼러러 상사데야
이논배미를 얼른매고	얼러러 상사데야
장구배미로 넘어가세	얼러러 상사데야
잔솔밭에 옹이도 많다	얼러러 상사데야
의붓애비가 애빌런가	얼러러 상사데야
거적문이 문일런가	얼러러 상사데야
얼러러 상사데야	얼러러 상사데야
이논배미를 얼른매고	얼러러 상사데야
장구배미로 넘어가세	얼러러 상사데야
또나오네 또나오네	얼러러 상사데야
새이참이 또나오네	얼러러 상사데야

(얼른 고만 먹고 한잔 먹고 하세)

상여소리

자료코드 : 03_08_FOS_20110224_HRS_HYJ_0004
조사장소 : 강원도 원주시 흥업면 사제3리 요동 마을회관
제보일시 : 2011.2.24
조 사 자 : 황루시, 유명희, 유형동, 김명수
제 보 자 : 선소리 - 한양준, 남, 76세
　　　　　뒷소리 - 정영수, 박대선

어허넘차 허호	어허넘차 허호
이와중에 모인사람	어허넘차 허호
남며노수 뉘남없이	어허넘차 허호
이길한번 당하리라	어허넘차 허호
여보시오 군정님네	어허넘차 허호
사람은많아도 소리는적다	어허넘차 허호
어화넘차 어호	어허넘차 허호
천지천지 이분한후에	어허넘차 허호
창님화산 일어나오	어허넘차 허호
이세상에 나온사람	어허넘차 허호
누덕으로 생겼슴나	어허넘차 허호
하나님전 은덕으로	어허넘차 허호
필성님께 명을빌며	어허넘차 허호
제석님께 복을빌며	어허넘차 허호
아버님전 뼈를빌어	어허넘차 허호
어머님전 살을빌고	어허넘차 허호
석가여래 제도하야	어허넘차 허호
인생일신 탄생하니	어허넘차 허호
하두살에 철을몰라	어허넘차 허호
부모은공 모르다가	어허넘차 허호
이삼십을 당오하니	어허넘차 허호
병든날과 잠든날을	어허넘차 허호
걱정근심 다제하니	어허넘차 허호

단사십이 안되나니   어허넘차 허호
아침나절 성튼몸에   어허넘차 허호
저녁나절 병이들어   어허넘차 허호
실낱같은 이내몸에   어허넘차 허호
태산같은 병이드니   어허넘차 허호
부르나니 어머니요   어허넘차 허호
찾나니 냉수로다   어허넘차 허호
무녀들어 굿을한들   어허넘차 허호
굿덕이나 입을손가   어허넘차 허호
판수불러 경읽은들   어허넘차 허호
경덕이나 입을손가   어허넘차 허호
고향이있으되싫구싫어   어허넘차 허호
명산대천 찾어가서   어허넘차 허호
하탕에 목욕하고   어허넘차 허호
상탕에 매지하여   어허넘차 허호
소지삼장 드린후에   어허넘차 허호
비난이다 비난이다   어허넘차 허호
칠성님께 비난이다   어허넘차 허호
제석님께 공양인들   어허넘차 허호
음덕이나 입을손가   어허넘차 허호
실낱같은 이내몸을   어허넘차 허호
쇠사슬로 잡어내어   어허넘차 허호
옛늙은이 말들으니   어허넘차 허호
저승길이 머다드니   어허넘차 허호
오늘내게 당하여선   어허넘차 허호
대문밖에 저승일세   어허넘차 허호

일직사자 월직사자	어허넘차 허호
앞뒤서서 재촉하며	어허넘차 허호
어서가자 바삐가자	어허넘차 허호
시장하니 쉬어가세	어허넘차 허호
만단계류 애걸한들	어허넘차 허호
들은척도 아니하네	어허넘차 허호
신사당 허배하고	어허넘차 허호
구사당 하직하고	어허넘차 허호
대문밖을 썩나서니	어허넘차 허호
없든곡성 낭자하다	어허넘차 허호
일가친척 많다해도	어허넘차 허호
어느친척 대신가며	어허넘차 허호
친구벗이 많다해도	어허넘차 허호
어느친구 등장가나	어허넘차 허호

(그만해)

회다지소리

자료코드 : 03_08_FOS_20110224_HRS_HYJ_0005

조사장소 : 강원도 원주시 흥업면 사제3리 요동 마을회관

제보일시 : 2011.2.24

조 사 자 : 황루시, 유명희, 유형동, 김명수

제 보 자 : 선소리 - 한양준, 남, 76세

　　　　　뒷소리 - 정영수, 박대선

구연상황 : 회관에 모인 제보자들은 평상시에도 친분이 깊은 듯 소리가 멈춘 사이에는
농담을 하면서 서로 격려하기도 하였다. 상여소리 후 좀 쉰 후에 다시 회다지
소리를 시작하였다.

에허리 달회야~   고시레~ [잡음]
에허리 달회야~   고시레~ [잡음]
에허리 달회야~   에이허리 달회야
여보시오 기원님네   에이허리 달회야
이내소리 적다지말고   에이허리 달회야
일신합력 다하여서   에이허리 달회야
울럭쿵쾅 다져주소   에이허리 달회야
상모매기는 돌아서서   에이허리 달회야
상을보고 구버를주소   에이허리 달회야
진소리는 고만두고   에이허리 달회야
이번버틈 잦혀보세   에이허리 달회야
에허리 달호야   에야호리 달호야
산지조종은 곤룽산이요   에야호리 달호야
수지조종 황해술세   에야호리 달호야
곤륜산 일지맥이   에야호리 달호야
조선이 생겼으니   에야호리 달호야
백두산이 주산되고   에야호리 달호야
한라산 안산되고   에야호리 달호야
두만강이 청룡되고   에야호리 달호야
압록강 백호로다   에야호리 달호야
건곤이 개벽후에   에야호리 달호야
조선이 생겼으니   에야호리 달호야
기세도 좋거니와   에야호리 달호야
풍경이 더욱좋다   에야호리 달호야
산천밝고 좋은경개   에야호리 달호야
역력히 끌어다가   에야호리 달호야

이좌중에 모였으니 에야호리 달호야
천하대지 이아닌가 에야호리 달호야
경기도 삼각산은 에야호리 달호야
임진강이 둘러있고 에야호리 달호야
평안도 묘향산은 에야호리 달호야
세류강이 둘러있고 에야호리 달호야
황해도 백두산은 에야호리 달호야
두만강이 둘러있고 에야호리 달호야
황해도 구월산은 에야호리 달호야
압록강이 둘러있고 에야호리 달호야
충청도 계룡산은 에야호리 달호야
백마강이 둘러있고 에야호리 달호야
전라도 지리산은 에야호리 달호야
공주금강 둘러있고 에야호리 달호야
경상도 태백산은 에야호리 달호야
양자강이 둘러있고 에야호리 달호야
강원도라 금광산은 에야호리 달호야
세계명산 되었어라 에야호리 달호야
이렇닷이 좋은 명기 에야호리 달호야
이좌중에 묘를쓰니 에야호리 달호야
천년대거 이아닌가 에야호리 달호야
아산소터 잡을적에 에야호리 달호야
뉘신인시 잡았던고 에야호리 달호야
무핵과 선학이가 에야호리 달호야
윤도판을 앞에놓고 에야호리 달호야
지남철을 손에들고 에야호리 달호야

안배보고 안배놀제	에야호리 달호야
득수득파 얻더든고	에야호리 달호야
사대국법 법을보니	에야호리 달호야
우청룡 나려와서	에야호리 달호야
외손번성 할것이오	에야호리 달호야
좌청룡 나려와서	에야호리 달호야
원손번창 할것이오	에야호리 달호야
뒤에주춤 문필봉은	에야호리 달호야
문잘명판 날것이오	에야호리 달호야
앞에주춤 투구봉은	에야호리 달호야
수명장수 날것이다	에야호리 달호야
사시하관 오시발복	에야호리 달호야
아들은나면 관옥이오	에야호리 달호야
딸이나면 열녀로다	에야호리 달호야

(그만 쉬면서 해 – 뒤소리하시는 분들이)

각설이타령

자료코드 : 03_08_FOS_20110224_HRS_HYJ_0006
조사장소 : 강원도 원주시 흥업면 사제3리 요동 마을회관
제보일시 : 2011.2.24
조 사 자 : 황루시, 유명희, 유형동, 김명수
제 보 자 : 한양준, 남, 76세
구연상황 : 각설이타령인데 십장가의 아류로 보인다. 다부르고 난 후 청중들로부터 박수
　　　　　를 받았다.

얼씨구 들어간다 행화나 춘절이 나오신다

어허 내딸 춘향이가 가이나없이 되었구나

허나를 맞고 하는말이 일부나종사 우리낭군 일각삼초나 보고지고

둘을맞고 하는말이 이부불사 충신녀 이부불녀는 열녀로다

이월유두 맺은계약 이성진이가 분명하니 이리천리 돌아간들 그소
식을 잊을쏘냐

셋을맞고 하는말이 사오세로 익한것이 사서삼경 운지라

사류사람 어진마음[소리겹침] 잊을손가

얼씨구씨구 들어간다 행화나춘절이 나오신다

한번만에도 아니주면 어거리망치가 들어간다

얼씨구씨구 들어간다 작년에 왔던 각설이가 죽지도 않구 또왔구나

다섯맞고 하는말이 [소리겹침] 오군관장에 제일이요

여섯맞고 하는말이 육방관속 다보는데 육신을 찢어주소

일곱맞고 하는말이 칠월이라 칠석일에 너의 춘향이가 운무중에
들었구나

팔을맞고 하는말이 팔월이라 뜨는해는 둥근해로다 돌아온다

아홉맞고 하는말이 구곡의 학이되어 구만장공 높이날어 우리낭군
보고지고

열을맞고 하는말이 십오세 춘향이가 운무중에나 들었구나

얼씨구씨구 들어간다 행화나춘절이 나오신다

한번만해도 아니주면 으거리망치가(아 땀이나서 못하겠다)

아라리

자료코드 : 03_08_FOS_20110224_HRS_HYJ_0007
조사장소 : 강원도 원주시 홍업면 사제3리 요동 마을회관
제보일시 : 2011.2.24

조 사 자 : 황루시, 유명희, 유형동, 김명수
제보자 1 : 한양준, 남, 76세
제보자 2 : 정영수, 남, 80세
구연상황 : 목도소리 등 다른 소리를 질문한 후 이야기도 하나 듣고 마지막으로 아라리
를 부탁하자 두 분이서 주거니 받거니 구연하였다.

제보자 1 문전옥답에 전지두고 다팔아먹어도
술상머리에 쓰는금전은 애끼를 말어라

제보자 1 요놈의 총각아 내손목을 놓아라
물같은 손목이 다잘커진다

제보자 1 강기지편에 논만든이는 나날이도 만나도
꽃같은 아가씨 품속에 어느날에 가느냐 [잡음]

제보자 1 임자 당신이 날만큼은 생각을 한다면
가시밭이 천리라도 맨발벗고 가지요 [잡음]

제보자 2 눈이올라나 비가올라나 억수장마가 질라나
만수산 검은구름이 막모여드네

제보자 1 앞남산 철뚝꽃은 울긋에나 불긋
정드신님에 얼굴이 여전두 하지

제보자 2 오릉촉단에 능라주루는 날감지 말고
대장부 진진팔루 날감어주게 [잡음]

제보자 1 오늘갈런지 내일갈런지 사사망정인데
맨두라미 봉숭아는 왜심어놨나

제보자 2 오늘갈런지 내일갈런지 서사망중인데

　　　　맨두라미 줄봉사를 왜심어났나

제보자 1 지척은 처리요 울타리가 사인데
　　　　호박잎이 너울넌출에 임못보겠구나

제보자 2 오늘갈런지 내일갈런는지 서사망종인데
　　　　맨두라미 줄봉사를 왜심어놋나

제보자 1 사금사리를 팍팍 께여서 불씨를 묻고
　　　　사금팔이에 불붙도록만 놀다가 가세요

제보자 2 살림살이를 핼지말지는 두세가지 맘인데
　　　　호박덩쿨 강낭줄도 왜요렇게 승해요

제보자 1 울타리를 똑똑꺾으면 나오신다더니
　　　　행랑챌 어우러저도 안나오는구나

▌엮은이 소개

황루시 가톨릭관동대학교 명예교수. 이화여자대학교 신문방송학과를 졸업하고 동
대학원 국어국문학과에서 문학박사 학위를 받았다. 한국구비문학회장, 문화
재청 문화재위원을 역임하였다. 주요 저서로『한국인의 굿과 무당』(문음사,
1988),『황루시의 우리 무당이야기』(풀빛, 2000) 등이 있다.

유명희 춘천학연구소 학예연구사. 한림대학교 국어국문학과를 졸업하고 동대학원
에서 문학박사 학위를 받았다. 강원도문화재전문위원, 한국민요학회와 한국
민속학회 편집위원 등을 맡고 있다. 한림대, 관동대, 강원대 등에서 강의를
했고 현재 춘천학연구소에서 근무하고 있다. 주요 저서로『삶의 대서사시,
정선아리랑』(정선군, 2012), 공저로『한국농산노동요연구』(민속원, 2007),
『한국역사민속학강의』(민속원, 2010) 등이 있다.

유형동 건국대학교 박사후연수 연구원. 한신대학교 국어국문학과를 졸업하고 중앙
대학교 대학원에서 문학박사 학위를 받았다. 한신대, 중앙대, 남서울대 등
에서 강의를 하고 있으며, 한국구비문학회 연구이사, 국제어문학회 편집이
사, 중앙어문학회 연구이사 등을 맡고 있다. 참여한 저서로『역동적 소통의
현장 이야기판』(민속원, 2012),『이야기꾼과 이야기의 세계』(민속원, 2013),
『정선의 세시풍속』(정선군, 2017) 등이 있다.

김명수 화성문화원 연구원. 건국대학교 국어국문학과를 졸업하고 동 대학원에서
문학석사 학위를 받았다. 현재 화성문화원 연구원으로 재직 중이다. 참여한
저서로『시집살이이야기집성』(박이정, 2013),『새로 풀어쓴 해동명장전』(박
이정, 2014),『신 로맨스의 탄생』(2016, 위즈덤하우스)가 있다.

증편 한국구비문학대계 2-16
강원도 원주시

초판 인쇄 2019년 3월 21일
초판 발행 2019년 3월 28일

엮 은 이 황루시 유명희 유형동 김명수
엮 은 곳 한국학중앙연구원 어문생활사연구소
출판기획 유진아

펴 낸 이 이대현
펴 낸 곳 도서출판 역락
편   집 권분옥
디 자 인 안혜진

주   소 서울시 서초구 동광로46길 6-6(반포4동 577-25) 문창빌딩 2층
등   록 1999년 4월 19일 제303-2002-000014호
전   화 02-3409-2058, 2060
팩   스 02-3409-2059
이 메 일 youkrack@hanmail.net

값 68,000원

ISBN 979-11-6244-416-0 94810
      978-89-5556-084-8(세트)